Gianni Farinetti ist Roman- und Drehbuchautor und lebt in Turin. Der vorliegende Roman, eine faszinierende Mischung aus Gesellschaftsporträt und Kriminalgeschichte, wurde in Italien mit dem Premio Selezione Bancarella ausgezeichnet.

Gianni Farinetti
Brennende Insel

Aus dem Italienischen von
Karin Diemerling

BLT
Band 92 018

© Copyright 1997 by Marsilio Editori, Venedig
Originaltitel: L'ISOLA CHE BRUCIA
Originalverlag: Marsilio Editori, Venedig
Deutsche Lizenzausgabe 1999 by BLT
BLT ist ein Imprint der Verlagsgruppe Lübbe,
Bergisch Gladbach
Printed in Germany
Erste Auflage: Juni 1999
Einbandgestaltung: Gisela Kullowatz
Titelbild: René Magritte, »Sans titre« (Ausschnitt)
© Copyright 1998 by VG Bild-Kunst, Bonn
Autorenfoto: Privat
Satz: hanseatenSatz-bremen, Bremen
Druck und Verarbeitung: Elsnerdruck, Berlin
ISBN 3-404-92018-x

Sie finden uns im Internet unter
http://www.luebbe.de

Der Preis dieses Bandes versteht sich einschließlich
der gesetzlichen Mehrwertsteuer.

Den Lebenden und den Toten

Am Fuß eines düsteren Berges
betrachte ich die Ewigkeit im Spiegel.
Welcher Feind ist es, der uns für alle Zeit
aus dem rosaroten Wald vertreibt?

Gian Piero Bona, *Gli ospiti nascosti*

Komm oft zurück und nimm mich, bei Nacht!

Costantino Kavafis, *Torna*

Auf der Insel Stromboli, im August

Im Palazzo der Vancori:
Corrado Vancori, Filmproduzent
Don Bartolo Vancori, Corrados Onkel
und seine Schwestern
Immacolata, Annunziata und **Incoronata** (die *Kleine*)

Rosario Benevenzuela, Diener der Vancori
und sein Bruder **Pietro** (aus Brooklyn, N.Y. anreisend)

Im Pavillon des Palazzos:
Caterina, Assistentin von Corrado Vancori

In der Casa Arancio:
Franzo und **Charles** (*Franzocarlo*)
Isolina, ihre unschätzbare Haushälterin
Prospero und das **Kätzchen**, dem eine
Pfote fehlt
sowie
Fabrizio Cassinis, Regisseur und Gast im
blauen Zimmer

*In der Casa Rosmarino, einem Nebengebäude
der Casa Arancio:*
Consuelo, Principessa Blasco-Fuentes

Matteo, Laienbarnabit
Romanow (ein schwarzer Mops)
und **Hohenzollern** (eine graue Bracke)

In der Casa Mandarino:
Ruben mit **Giancarlo, Susy** und **Federico**

In der Casa Limone:
Signor **Nuccio Persutto** (der Cavaliere)
und seine Gattin **Signora Elide**

In der Casa Malanta:
Frida und **Livia**

In der Zisterne, Nebengebäude der Casa Malanta:
Maria Grazia (die *Pflaume*) und **Ornella**

In der Casa Morgana:
Valeria Griffa, Schauspielerin und Exfrau von Corrado Vancori

In der örtlichen Carabinieristation:
Maresciallo Nicola Calì
und die jungen **Carabinieri Luca Rosingana**
und **Roberto Colombo**

Außerdem, an einem nicht näher bezeichneten Ort:
eine **Leiche** unter dem Sand

Betreffs Nebenrollen, besonderer, vielfacher
und zufälliger Mitwirkung
siehe **Acknowledgments** am Ende des Romans

1

Eine Leiche unterm Sand – Brief an Claudia – Der lange Strand von Piscità (Ruben und die Stille um neun Uhr morgens) – Ein wenig Geographie – Isolina ist verstimmt – Franzo ist nicht ganz überzeugt – Die *Lakmé* von Delibes – Maria Grazia vollführt eine geschmackvolle Geste – Die Principessa schilt die Hunde – Ein zu reparierender Wasserhahn – Die Sorgen des Cavaliere und die Ungerührtheit seiner Gattin – Auf dem Hängeboden der Casa Mandarino – Eine harmlose List – Unter Frauen am Strand (dem sündigen Teil) – Prosperos Betrachtungen – Drohung und Strafe – Um die Mittagszeit – Nackte Körper – Iddus Grabesruf

Einen Meter tief liegt die Leiche unter dem schweren Sand vergraben. Ausgestreckt ruht sie dort, während sich die Wurzel eines Unkrauts um die Zehen des einen nackten Fußes schlingt. Viele Tage lang wird sich die Wurzel geduldig, mit der unerschütterlichen Ruhe der Natur, einen Weg zwischen den Sandkörnchen hindurchbahnen. Ihre lebendige Berührung streichelt die Haut des unbeweglichen Körpers.

Nicht weit davon badet das Meer leise den Strand, und die Schatten der Nacht lösen sich im Licht eines neuen Tages auf.

Stromboli, Montag, den 8. August

Meine liebe Claudia,

kaum war ich aufgewacht, hatte ich Lust, Dir zu schreiben, also fange ich gleich damit an. Es ist erst halb acht Uhr morgens, aber die Sonne steht schon hoch. Hier ist es herrlich: nicht zu heiß, abends kommt sogar ein kleines Lüftchen auf. Franzo und Isolina behaupten, daß ein Schirokko im Anzug ist, aber ich hoffe, sie irren sich. Überall herrscht die gewohnte, wunderbare Stille. Ich bin erst seit drei Tagen auf der Insel, aber du weißt ja, wie hier die Zeit vergeht ... Stell Dir vor, als ich angekommen bin, habe ich meine Armbanduhr auf der Truhe neben dem Bett abgelegt und seitdem keinen Blick mehr darauf geworfen (außer vor ein paar Minuten, um zu sehen, ob es wirklich noch zu früh zum Aufstehen ist). Ich habe auch meine Ohrringe ausgezogen und trage nur noch deinen Ring.

Die Vancori sind ausgesprochen liebenswürdig und haben mir einen ganz reizenden Empfang bereitet. Don Bartolo ist extra zum Hafen gekommen, um mich abzuholen. Das hatte ich überhaupt nicht erwartet. Ich hatte ihn schon vom Tragflächenboot aus erspäht, wie er hochgewachsen und aufrecht an der Mole stand, ganz in weiß gekleidet und mit dem Spazierstock in der Hand, den wir ihm letztes Jahr geschenkt haben. Er war von mehreren »Lape«, wie man hier die dreirädrigen Lieferwagen nennt, umgeben. Als ich an Land ging, hat er mit einem Wink seines Stocks Rosario losgeschickt, die Koffer zu holen, dann seinen Panamahut gelüftet und mir die Hand geküßt. Er hat sich sofort nach Dir erkundigt. Von Scari nach Piscità sind wir mit der »Lapa« von Rosario gefahren (der sie dieses Jahr aufgerüstet und eine Art Sofa auf der Ladefläche montiert hat: *»Haben Sie gesehen, wie vornehm wir geworden sind, Donna Caterina? Tja, Don Bartolo braucht eben etwas Bequemlichkeit in seinem Alter...«* Worauf Vancori ihn mit einem bitterbösen Blick anfunkelte: *»Das ist für die Bequemlichkeit der Gäste gedacht. Ich selbst bin noch ausgezeichnet zu Fuß!«) Als wir durchs Dorf fuhren, haben die Einheimischen unter den neugierigen Blicken der Touristen den Hut vor uns gezogen.*

Bei unserer Ankunft im Palazzo erwarteten Immacolata und Annunziata uns schon auf der Terrasse. Incoronata lag unpäßlich zu Bett. Nach vielen Küßchen und Umarmungen bin ich hinaufgegangen, um nach ihr zu sehen, und sie hat mir bis ins kleinste Detail ihre Bauchschmerzen beschrieben (wie es schien, war ein Scheibchen eisgekühlte Melone schuld, das dieser »Dummkopf« von Rosario ihr auf den Teller gelegt hatte. Und sie, gierig wie sie ist...).

Die beiden anderen bereiteten mir danach ein üppiges Mittagsmahl zu, und ich habe mich eine Weile mit ihnen unterhalten, während Rosario die Koffer in den Pavillon brachte. Sie haben mir das Neueste von der Insel berichtet und dabei mit theatralischen, geheimnisvollen Gesten auf Incoronatas Zimmer gedeutet. »Glauben Sie bloß nicht, daß sie wegen der Melone zu Bett liegt.«

»Nein? Weshalb dann?«

»Wegen Iddu«, sagten sie und bekreuzigten sich.

»Wegen Iddu? Was ist mit ihm?«

»Incoronata ist ein Siebenmonatskind...«

»... sie hat Vorahnungen!«

An dieser Stelle mischte sich Don Bartolo ein und sagte mit nüchterner Miene zu mir: »Alles nur Weiberphantasien, Caterina.« Die Schwestern waren beleidigt: »Sag so etwas nicht, Bartolo. Incoronata weiß immer, wenn Iddu kurz davor ist zu sprechen. Sie spürt es im Bauch!« Ich

habe mich daraufhin zum Vulkan umgedreht, über dem ein zartes, weißes Wölkchen schwebte, und bemerkt: »Er kommt mir nicht besonders bedrohlich vor dieses Jahr.«
»Heilige Mutter Gottes! Iddu wird sprechen, und es wird eine Katastrophe geben!«
»Jetzt reicht es!« Don Bartolo schlug energisch mit seinem Stock auf den Boden. Die beiden verstummten und sahen den Bruder schmollend an. Ich bat sie um eine Erklärung, aber es war unmöglich, noch mehr über das Rätsel des Vulkans aus ihnen herauszubringen. Es scheint tatsächlich ein Rätsel zu geben, aber davon erzähle ich dir später.
Nach dem Mittagessen konnte ich endlich den Pavillon beziehen und in aller Ruhe eine Dusche nehmen. Du solltest den Garten sehen ...

Caterina legt den Füllfederhalter nieder und sieht zu dem kleinen Hausgecko hinauf, der sich an einen Zweig der Bougainvillea klammert. Der Gecko scheint sie mit seinen gleichgültigen, prähistorischen Augen ebenfalls zu beobachten. Sie senkt den Blick auf die hölzerne Tischplatte. Das Sonnenlicht wird durch das überhängende Flechtwerk gefiltert und zeichnet feine Arabesken auf den Briefbogen vor ihr, auf das Zigarettenpäckchen, das Feuerzeug. Sie berührt mit der Fingerspitze den kleinen Majolikateller, den sie als Aschenbecher benutzt. Eine rosa Blüte löst sich von der Bougainvillea und schwebt lautlos an ihrer Hand vorbei. Sie nimmt sie, streicht sacht darüber und legt sie auf den noch unbeschrifteten Briefumschlag.

Aus der Richtung des Vulkans, der Bergseite, weht ein Windhauch heran. Von dort, wo sie sitzt, im Schatten der Terrasse, kann man den Gipfel von Iddu nicht sehen. Caterina lächelt, als das kaum wahrnehmbare Echo einer Eruption durch die bebenden Zweige der Kletterpflanze dringt. Man muß Iddu gut kennen, um ihn zu hören, man muß seinen unterirdischen Donner kennen, der, wie in diesem Moment, manchmal fast unhörbar ist, manchmal jedoch unerwartet bedrohlich klingt. Wie ein plötzliches Gewitter. Sie erinnert sich gut an das erste Mal, als sie ihn hörte, vor über zwanzig Jahren. Sie nimmt den Füllfederhalter wieder auf:

... Iddu hat gerade gesprochen, aber nur ganz leise. Ich wollte Dir vom Garten erzählen. Du müßtest unseren Jasminstrauch sehen ... er ist jetzt eine richtige Wand! Gestern abend habe ich einen kleinen Spaziergang mit Charles gemacht, auf seiner Seite des Grundstücks bis hin zum Mäuerchen. »Du bestehst hartnäckig darauf, ihn so zu nennen, Caterina! Aber es ist kein echter Jasmin, sondern ein Trachelospermum jasminoides, aus der Familie der Apocynaceae ...« (ich gebe Dir hier getreulich die Namen wieder, die ich mir von Charles habe diktieren lassen, Du weißt ja, wie pingelig er ist) »... die ihr Italiener mit dem wenig wohlklingenden Ausdruck Rincospermen bezeichnet ...«

Caterina lächelt in der Erinnerung an das Gesicht des englischen Freundes, der mit hochgezogener Augenbraue doziert: »Ein geschätztes Klettergewächs, duftet oft sogar stärker als der echte Jasmin.«
»Wann haben Claudia und ich ihn gepflanzt? Vor vier oder fünf Jahren?«
»Vor fünf. Zu Corrados Geburtstag.«
»Ach ja, zu seinem vierzigsten.«
»Eine außergewöhnlich reiche Blüte, sieh dir diese

schönen Blätter an. Ein echter Jasmin, *Jasminum officinalis*, ist dieser hier ...« Er hatte auf eine Masse von kleinen weißen Blüten gezeigt, die neben der Tür zum Vorratshäuschen von einem Bambusgestell gestützt wurden. »Du hättest ihn im Mai sehen sollen!«

Caterina fährt fort:

Charles und Franzo geht es gut, und Isolina ist ebenfalls in Hochform. Ich werde heute abend bei ihnen essen. Und Prospero ... prosperiert!

Fabrizio Cassinis wird morgen früh mit der Fähre von Neapel ankommen und bei Franzo und Charles im blauen Zimmer wohnen. Es ist sehr nett von ihnen, ihn aufzunehmen, Fabrizio hätte so kurzfristig woanders kein Zimmer mehr gefunden. Wir werden mit ihm ein wenig über sein Filmprojekt reden und über das Drehbuch, an dem Sebastiano Guarienti schon schreibt. Wie du weißt, kommt Cassinis hierher, um sich mit Corrado zu treffen.

Größere Neuigkeiten gibt es nicht. Den Inselbewohnern geht es gut. Frida habe ich schon gesehen, und natürlich auch Ruth und Francesco. Corrado wird wohl Mittwoch oder Donnerstag eintreffen, wohl mit dem Tragflächenboot von Milazzo aus.

Ich rufe dich in Rom an. Jetzt werde ich erstmal zu dem kleinen Strand unterm Haus gehen und eine Runde schwimmen, ehe noch andere kommen. Aber die Insel scheint dieses Jahr nicht besonders überlaufen zu sein.

Ich küsse Dich, mein Schatz,

Mama

P.S. Ich wollte Dir ja noch von dem Rätsel um Iddu berichten. Die Vulkanologen von Lipari haben wohl eine übermäßige Aktivität ausgemacht. Man sagt, es werde einen Rekordausbruch geben, aber es bestehe kein Grund zur Beunruhigung. Iddu »spricht« allerdings recht häufig, das muß man ihm lassen. Es bedeutet, daß der mächtige Alte bei bester Gesundheit ist! Gestern abend haben wir beobachtet, wie sich der Himmel hinter dem Gipfel rötete, und weil kein Mond schien, war das Schauspiel noch beeindruckender.

Ich küsse Dich noch einmal.

Caterina faltet den Briefbogen zusammen, legt die Bougainvilleablüte in den Knick und verschließt den Umschlag. Ihr Kopf ist leer und leicht. Sie sieht wieder zu dem Gecko hinauf, der ihr träge zuzwinkert.

Bis neun Uhr geschieht in diesem Teil der Insel, zwischen dem Kirchplatz von San Bartolo (von respektlosen Gotteslästerern wegen der bonbonfarbenen Fassade »Santa Fragola«, Heilige Erdbeere, genannt) und den letzten Häusern am Ortsausgang von Piscità nichts Bemerkenswertes.

Caterina steigt zu dem kleinen Strand unterhalb des Palazzos hinunter, wo Charles im Schutz einer schwarzen Felsspitze das Boot vertäut. Sie geht allein und ungestört schwimmen.

Ein Stück weiter, wo der Ort – und in gewisser Weise auch die Insel – aufhört, ist der langgezogene Strand noch fast verlassen. Nur eine schon etwas betagte Dame aus Norwegen steht dort vollkommen nackt auf den Felsen und trocknet sich ab. Sie rubbelt energisch über ihren Rücken und deutet ein Paar Armbeugen an. Dann läßt sie das Badetuch fallen, geht zum Wasser und sieht mit in die

Hüften gestützten Händen aufs Meer hinaus, in die Richtung von Strombolicchio. Weit in der Ferne dreht ein kleines Touristenflugzeug seine Runde.

Auf der Anhöhe über dem Strand, über einem Felsvorsprung, fährt knatternd ein dreirädriger Ape Piaggio vorbei (eine »Lapa«, wie die Einheimischen sagen).

Er verschwindet hinter einer Kurve in Richtung des Observatoriums. Wieder wird die Stille nur vom leisen Klatschen der Wellen unterbrochen.

Wenn man dort oben an der kleinen Straße stünde, könnte man jetzt einen jungen Mann von etwa dreiundzwanzig Jahren hinter der Ecke des letzten Hauses hervorkommen sehen. Er streicht über die Tamariske, die eingzwängt in der niedrigen Mauer wächst, und entfernt ein Steinchen aus seiner Sandale. Bei einer kleinen Treppe bleibt er stehen und blickt über den Strand. Doch statt hinunterzugehen, springt er auf eine Zementplattform, die ein langgestrecktes, niedriges Haus schützend überragt.

Der Junge setzt sich an den Rand der Plattform und läßt die nackten Beine baumeln. Er trägt ein weißes Hemd zu khakifarbenen Shorts und stellt einen kleinen Leinenrucksack neben sich ab, aus dem der Zipfel eines violetten Handtuchs herauslugt. Er verschränkt die Arme und sieht unverwandt aufs Meer hinaus. Es ist ein großgewachsener junger Mann, gut gebaut und gertenschlank.

Die alte Norwegerin hat sich in einen bunten Pareo gehüllt. Sie hebt ihr Badetuch vom Boden auf, wirft es sich über die Schulter und schüttelt ein wenig Sand aus den streichholzkurz geschnittenen Haaren. Sie geht auf die kleine Straße zu. Als sie an dem Jungen vorbeikommt, grüßen sich die beiden mit einem kurzen Nicken. Die Frau verschwindet mit nackten Füßen um die Hausecke.

Der junge Mann – er heißt Ruben und weiß noch nichts vom Verliebtsein – bleibt allein zurück. Schließlich steht er auf und landet mit einem kurzen Sprung im Sand. Er geht flink auf das gegenüberliegende Ende des Strandes zu, wo sich der kleine Friedhof der Choleratoten befindet.

Von den vierhundert Einheimischen der Insel Stromboli wohnt niemand in diesem Teil des Dorfes. Sie leben hauptsächlich zwischen San Vincenzo und Scari oder an der Höhenstraße zwischen dem »Backofenweg« genannten steilen Aufstieg zum Vulkan und dem Ortsanfang von Piscità. An der unteren Straße und im eigentlichen Kern von Piscità stehen die Häuser, die seit den fünfziger Jahren von *Fremden* aufgekauft wurden. Es sind die schönsten von ganz Stromboli, instandgesetzte ehemalige Ruinen.

Dort, wo die beiden einzigen Straßen des Dorfes sich zu einem Feldweg vereinigen, der bis zum Observatorium führt und anschließend in den Fußweg zu den Kratern übergeht, beginnt das Mäuerchen, welches das Grundstück des *Palazzo* Vancori umgibt. Dieser wird vor allem wegen seiner Stattlichkeit so genannt. In Wirklichkeit handelt es sich nur um ein großes, zweistöckiges Haus aus dem ausgehenden neunzehnten Jahrhundert, das in manchen Teilen nie fertiggestellt wurde (was Corrado Vancori so belassen hat, allerdings nach vielen Restaurierungsarbeiten) und zu dem zahlreiche Nebengebäude – darunter der sogenannte Pavillon – zwischen Straße und Meer gehören. Der westliche Teil des Gartens grenzt an den der Casa Arancio, des Hauses von Franzo und Charles. Die beiden Besitzungen werden durch die ausladende Mauer schneeweißer Rincospermen getrennt, die Caterina und ihre Tochter Claudia vor fünf Jahren gepflanzt haben. Eine hundertjährige Palme, hochgewachsen und schlank, kündigt schon von weitem den Palazzo der Vancori an.

Der Garten von Charles sticht nicht nur durch seine verschiedenen seltenen Pflanzenarten ins Auge, sondern auch durch eine Kaskade von Bougainvillea in einem außergewöhnlich kräftigen Rosa, die sich über das Dach der Terrasse ergießt.

Gegen neun Uhr, in der fortdauernden morgendlichen Stille – in diesem Teil der Insel steht man früh auf und macht keinen Lärm –, schaut Isolina nachdenklich auf den Schrank aus Buchenholz im Ankleidezimmer der Casa Arancio. Sie öffnet erneut die Tür, hinter der sich das Fach mit den Kopfkissenbezügen befindet, und hebt vorsichtig einen Stapel an, der mit einem Schildchen mit der Aufschrift *Blaues Zimmer* versehen ist. Sie findet nicht, was sie sucht: »Wenn sie nicht hier sind, wo dann ... Ah! Sie werden in der Casa Mandarino sein, genau.«

Am Vorabend hatte sie nach dem Essen zu Franzo gesagt: »Hast du schon die Bettwäsche für deinen Gast ausgesucht?«

»Hmm, ich würde sagen, die mit dem hellblauen Zierband.«

»Und wo ist die?«

»Wo sie hingehört.«

»Die mit dem Zierband hast du doch in die Casa Mandarino getan.«

»Ja, aber dann hast du sie gewaschen, nicht wahr? Ich habe sie wieder in den ...«

»Ich bin sicher, daß sie in der Casa Mandarino ist.«

»Ach, Isolina, mach es doch nicht so kompliziert. Gehen wir einfach nachsehen.«

Sie waren zusammen ins Ankleidezimmer gegangen.

Franzo hatte den Schrank aufgemacht und mit sicherem Griff sofort die Bettwäsche gefunden. »Die Kopfkissenbezüge sind ...«

»Ja, ja, die suche ich morgen früh. Kommt dieser Regisseur mit dem Schiff oder mit dem Tragflächenboot?«

»Mit dem Schiff, übermorgen.«

»Und wer wird ihn abholen?«

»Ich habe Italo beauftragt, ihn herzubringen.«

»Aber er kennt Italo doch gar nicht.«

»Stell dir vor, wenn er an Land geht, wird er sich umsehen und fragen: Wer ist Italo? Und Italo darauf ... Du tust gerade so, als hätten wir noch nie Besuch gehabt, Isolina!«

»Aber dieser ist berühmt, nicht wahr?«

»Aber nein! Noch nicht, jedenfalls. Außerdem ist er jung, er legt nicht so viel wert auf Förmlichkeit ... hoffe ich«, hatte er etwas zweifelnder hinzugefügt.

»Mag sein. Und wenn er ein unsympathischer Kerl ist?« Franzo hatte seine Haushälterin so sachte wie möglich aus dem Zimmer geschoben und vorgeschlagen: »Dann kannst du ihn immer noch vergiften, oder?«

Sie hatte sich zu ihm umgedreht, die Hand am Treppengeländer. »Was soll das sein, eine Beschwerde? Haben dir die Nudeln mit Bohnen nicht geschmeckt? Sag es ruhig!«

»Sie waren ausgezeichnet, wunderbar, Isolina. Aber wir haben August ...«

»Und was soll ich diesem Regisseur vorsetzen? Wie heißt er doch gleich?«

»Fabrizio Cassinis.«

»Er wird doch hoffentlich nicht wählerisch sein?«

»Wir sprechen morgen darüber, einverstanden?«

Puh. Sie haßt es, nicht zu wissen, was die Gäste essen und was nicht. Wenn *Franzocarlo* ihr doch sagen würden:

»Der da kann« – beispielsweise – »Zwiebeln nicht ausstehen!« Dann würde sie sich wesentlich besser fühlen. Doch statt dessen lassen *Franzocarlo* sie immer im Zweifel und sagen: »Koch einfach, was du willst.« Und gestern hatte sie eben Lust auf Pasta mit Bohnen.

Endlich findet sie die bestickten Kopfkissenbezüge. Die Bettücher sind noch auf dem Stuhl, auf dem Franzo sie gestern abend abgelegt hat. Sie schließt den Schrank und geht in das blaue Zimmer. Soll ich das Bett jetzt gleich beziehen? Sie sieht sich um und inspiziert den Fußboden aus antiken sizilianischen Fliesen in zwei verschiedenen Blautönen, die dem Zimmer seinen Namen gegeben haben. Mit dem Lappen in der Hand wischt sie flüchtig über Franzos alten Theaterkoffer, der halb geöffnet in einer Ecke steht. Dann macht sie die Fenstertür zur Terrasse auf. Sie geht hinaus, setzt sich auf die gemauerte Steinbank, die die gesamte Terrasse entlangläuft, und beugt sich hinunter, um der kleinen Katze mit nur drei Pfoten über den Buckel zu streicheln. Das Kätzchen streift um ihre zu dieser frühen Morgenstunde schon geschwollenen Beine.

Isolina liebt die weichen Helldunkelkontraste des Gartens zu dieser Stunde. Obwohl sie seit fünfundzwanzig Jahren jeden Sommer hierherkommt, kann sie an manchem Morgen immer noch über das Wunder staunen, das *Franzocarlo* – in diesem Fall Charles – vollbracht hat, indem er einen Geröllhaufen in ein Paradies von Farben und Düften verwandelte. Sie betrachtet die hellblaue Wolke des vollerblühten Bleikrauts und die schlaff zu Boden gesunkenen weißen Stechapfelzweige, die, wie jeden Morgen, ihren geheimnisvollen nächtlichen Lebenszyklus vollendet haben. Und den Oleander, den Hibiskus, die Geranien in fünf verschiedenen Rosatönen.

Als sie sich mühevoll wieder erhebt, beschließt sie: Fisch in der Folie und ein Tomatensalat mit Kapern. Damit liegt man immer richtig. Sie geht auf die Küche zu, gefolgt von der kleinen Katze, die sie gerade adoptiert hat – von der sie vielmehr adoptiert worden ist – und die unsicher zwischen ihren Beinen herumhoppelt.

Der Terrassenboden ist mit Bougainvilleablüten und zusammengerollten Ficusblättern übersät. Bald wird Charles sie, wie jeden Morgen, zusammenfegen und in den großen Korb häufen, der neben der Tür zum Vorratshäuschen steht.

Im oberen Stockwerk betrachtet Franzo im Spiegel die zweiundsechzig Sommer seiner Taille. Ich sollte zwei Kilo abnehmen. Lieber drei? Hmm. Sein Blick gleitet vom Bauch zu den mit Rasierschaum bedeckten Wangen.

Ein Tomatensalat, ein kaltes Reisgericht, das wäre vollkommen ausreichend ... wir müssen Isolina ein wenig bremsen.

Vorsichtig, damit er sich nicht ins Kinn schneidet, beugt er sich zu der offenen Tür, die in das Zimmer von Charles führt. »Wie ist dir das Essen bekommen?«

»Was?«

»Das Abendessen.«

»Mir? Wieso?«

Er steckt den Kopf ins Zimmer. Der andere sitzt an seinem Arbeitstisch, die Nase in einem großen Buch mit farbigen Abbildungen. Ein Bild der Versunkenheit. Er wird deutlicher: »Die Nudeln mit Bohnen.«

»Waren doch gut.«

»Ja schon, aber so schwer!«

»Was?«

Franzo verdreht die Augen zum Himmel und nimmt die linke Wange in Angriff. Er kehrt zu dem kleinen gewölbten Spiegel zurück, der am Griff des Badezimmerfensters hängt. An diesem Abend werden sie Caterina, Consuelo und Matteo, die wie die Vögelchen essen, zu Gast haben, außerdem die beiden Persuttos, die dagegen gute Esser sind, und wie gute! Vielleicht Spaghetti mit Kapern und Minze? Warum nicht?
»Spaghetti mit Minzsoße?«
»Hä?«
»Du könntest die Minze pflücken.«
Schweigen.
Ich muß zur Casa Mandarino und nachsehen, ob die jungen Leute alles haben, was sie brauchen, und dann muß ich bei Ruth vorbeischauen und Honig holen ... Laut: »Du kommst nicht zufällig bei Ruth vorbei?«
»Bei Ruth?«
Franzo verliert ein wenig die Geduld. »Ja, diese Frau, mit der wir seit dreißig Jahren befreundet sind und die hundert Meter weiter wohnt.«
»Was redest du da?«
»Ruth!«
»Ja, Ruth, ich hab's gehört.«
»Also, kommst du bei ihr vorbei?«
»Klar.«
»Sehr gut. Dann bring etwas Honig mit.«
Das blaue Zimmer muß für Cassinis vorbereitet werden. Wann Corrado wohl ankommen wird? Ich werde bei Don Bartolo hereinschauen und ihn fragen. Was hatten bloß Consuelos Hunde letzte Nacht dauernd zu kläffen?
»Mir ist das Essen sehr gut bekommen.«
Charles steht in der Tür, die Halbbrille auf der Stirn. Er kratzt sich den Nacken mit demselben seelenruhigen Aus-

druck, den er als Fünfundzwanzigjähriger hatte, vor etwa fünfunddreißig Jahren. Franzo betrachtet ihn mit plötzlicher Zärtlichkeit. »Was hast du gelesen?«

»Ach, dieses Buch, das mir die jungen Leute in der Casa Mandarino mitgebracht haben. Gut gemacht. Ein englisches Buch.«

»Schön, also ...«

»Das Kapitel über die Euphorbien ist sehr interessant, gut dokumentiert.«

»Aha. Wir haben auch welche, stimmt's?«

Jetzt ist es an dem anderen, den Freund zärtlich anzusehen. »Der Garten ist voll von ihnen. Auch das, was du als Kaktus bezeichnest, ist eine Euphorbie. Sogar die Weihnachtssterne sind welche.«

»Na so was.«

Charles küßt ihn auf die bereits rasierte Wange. »Was hast du über die Minze gesagt?«

»Du sollst ein wenig davon im Küchengarten pflücken. Ich werde Isolina ein leichtes Pastagericht für heute abend vorschlagen.«

»Gut. Dann geh ich jetzt ins Dorf.«

»Halt dich ran, es ist schon ziemlich heiß.«

»Was ist mit Brot?«

»Bring reichlich mit. Wir sind heute abend ...«, er zählt an den Fingern ab, »... zu acht.«

»Du, ich, Isolina ...«

»... Consuelo und Matteo, Caterina und die Persuttos.«

»Aha, die Stumme also auch.«

Franzo lacht und wischt sich einen Schaumklecks von der Nase. »Weißt du, wie Consuelo die Persutto getauft hat? Portici!«

»Weshalb?«

»Nach der Oper ›Die Stumme von Portici‹.«

»Ah, sehr schön.« Charles grinst und schnuppert an einem Fläschchen Eau de Cologne. »Wo steckt eigentlich Prospero?«

»Keine Ahnung, wahrscheinlich liegt er auf dem Bett.« Der Engländer durchquert das Bad und geht durch die andere Verbindungstür in das Zimmer des Freundes. Der ruft ihm hinterher: »Und, ist er da?«

»Ja, er ist hier.« Er beugt sich über den getigerten Kater, der die Augen zu einem Schlitz öffnet und mit königlicher Geste eine Vorderpfote ausstreckt. Charles flüstert ihm ins Ohr: »Hast du die kleine graue Mieze gesehen, die unten auf der Terrasse herumschleicht?« Prospero schließt die Augen. Soll das Ja heißen? Im Grunde können ihm all die anderen Katzen, die sich in den Gärten von Piscità herumtreiben, gestohlen bleiben. Er, und er allein ist hier der Herr. Zumindest im Haus.

Charles tritt auf den kleinen schmiedeeisernen Balkon hinaus, beugt sich über das Meer von Bougainvillea auf dem Terrassendach (man muß sie bald ein bißchen zurückschneiden, vermerkt er in Gedanken, und dann wieder im Dezember), und sieht Isolina unten in die Küche gehen, gefolgt von der neuen, humpelnden Hausgenossin.

Wir sollten uns Rat bei Aimée holen, die Katzen vermehren sich mit einer Geschwindigkeit ... Außerdem ist der Garten voller giftiger Pflanzen (wie die Stechapfelsträucher, deren schlaff auf die dunkle Erde hinunterhängende Zweige er gerade betrachtet). Aber Katzen sind ja nicht dumm, oder? überlegt er, denn er hat schließlich noch nie eine vergiftete strombolanische Katze gesehen. Nur leider verstoßen sie die Krüppel, wie Isolinas neuen Schützling.

»Ich gehe auch bei Aimée vorbei.« Wieder im Zimmer streichelt er den dicken Kopf von Prospero, der die Ohren anlegt und sich ansonsten keinen Millimeter rührt.

Franzo kommt mit einem um die Hüfte geknoteten weißen Handtuch aus dem Bad: »Ja, gut, lade sie auch ein. Ich möchte bloß wissen, was Consuelos Hunde letzte Nacht hatten.«

»Sie werden eine fremde Katze im Garten gesehen haben.«

»Meinst du? Aber sie haben furchtbar geheult. Merkwürdig.«

Charles zuckt die Achseln und fährt sich mit einer Hand über den schneeweißen Bürstenschnitt. Franzo löst den Knoten des Handtuchs und bleibt nackt mitten im Zimmer stehen. Er versetzt sich einen leichten Klaps auf den Bauch. »Hmm, drei Kilo mindestens, was meinst du?« Der andere wendet sich zur Tür und kneift ihn im Vorbeigehen in den Hintern. »Aber nein, du bist immer noch sehr schnuckelig.« Er verläßt das Zimmer.

Franzo schlüpft, nicht ganz überzeugt, in eine Badehose von derselben Farbe wie der Bleiwurz draußen.

Frida öffnet ein Auge und verjagt die Fliege auf ihrer Nasenspitze. Dann öffnet sie auch das andere und sieht, daß das Moskitonetz aus Gaze ein Stück zur Seite geschoben ist. Sie streckt einen Arm aus. Die rechte Seite des Bettes ist leer.

Sie gibt einen kleinen Grunzlaut von sich und schnuppert den Kaffeeduft, der von der Terrasse hereindringt. Schließlich streckt sie die gebräunten Arme und zieht dabei ein paar Grimassen, ihre morgendliche Pseudogesichtsmassage. Sie läßt die Arme wieder aufs Kissen fallen und strampelt nachlässig das Laken weg, das sich um ihre Beine gewickelt hat.

»Kaffee, ah, einen Kaffee«, seufzt sie und schließt die

Augen wieder. Verträumt hört sie der leisen Musik zu, die ebenfalls von draußen hereinweht. Was ist das? Ah ja, das weibliche Duett aus der *Lakmé* von Delibes: »... *Viens, Malika* ...«

Und eine Zigarette. Doch sie dreht sich lieber noch einmal um und vergräbt den Kopf im Kissen, o selige Faulheit.

Draußen schwillt der Gesang der Frauenstimmen an und wird wieder leiser, verzehrend, schmachtend, ermattet. Eindeutig sapphisch. Frida lächelt in sich hinein und betrachtet einen feinen Riß in der gekalkten Wand. Ob diese beiden in der Zisterne wohl ... Der verdammte Wasserhahn dort muß repariert werden, ächz.

Die Zigaretten liegen auf dem Koffer, mindestens zwei Meter vom Bett entfernt. Unerreichbar. Man müßte aufstehen, um sie zu holen. Und vor dem Rauchen gelüstet es sie nach einem Kaffee. Sie hört gedämpftes Geschirrklappern von unten. Sehr gut. Außerdem hat sie Lust, ein Bad im Meer zu nehmen, dann will sie ins Dorf gehen und nachsehen, ob Post gekommen ist, Zeitungen kaufen, Francesco beschwören, sich diesen Wasserhahn anzusehen, weil sonst die beiden dort unten ...

»Wir werden ihn morgen reparieren. Inzwischen können Sie gern zum Duschen zu uns kommen ...« Sie muß lachen bei dem Gedanken an die Gesichter der beiden, an ihr errötendes Gestammel: »Oh, äh, na ja, wir wollen nicht stören.«

»Ich bitte Sie, es ist doch meine Schuld. Sie würden überhaupt nicht stören«, und dann, hinterhältig, »... im Gegenteil.«

Weitere verlegene Ähs und Ohs, bis zu dem ehrenhaften Kompromißvorschlag: »Wir haben zwei kleine Bäder in unserem Haus oben. Sie können das Gästebad zum

Duschen benutzen.« Dann hatte sie schnell hinzugefügt: »Aber morgen werden Sie auch selbst wieder eine perfekt funktionierende Dusche haben.«

Hätte sie gewußt, daß Fabrizio kommen würde, hätte sie die Zisterne für ihn freigehalten. Doch im Prinzip ist es besser, das Haus an Feriengäste wie diese beiden zu vermieten, die es für den ganzen Monat genommen haben. Sie lacht in der Erinnerung an das Telefongespräch mit Franzo Anfang Juni: »Frida, mir liegen hier dauernd welche in den Ohren, die unbedingt nach Stromboli kommen wollen. Aber ich habe für Juli und August sowohl die Casa Mandarino als auch die Casa Limone schon vermietet. Und in der Rosmarino sind Consuelo und Matteo. Also habe ich an die Zisterne gedacht.«

»Ja, kein Problem. Was sind das denn für Leute?«

»Zwei Frauen aus Turin. Freundinnen oder Bekannte von Phil, der ihnen die Insel in so glühenden Farben beschrieben hat, daß sie nun ganz verrückt danach sind, herzukommen.«

»Also von mir aus spricht nichts dagegen, ich habe noch keine Anfragen.«

»Oh, wunderbar. Dann tun wir Phil auch einen Gefallen.«

»Hast du sie schon einmal gesehen?«

»Ja, ich habe sie auf einen Aperitif eingeladen. Zwei ganz hübsche Mädels.«

»Welche Sorte?«

»Hm, nicht verheiratet, etwa Mitte Dreißig, vielleicht auch älter, aufwendige Frisuren, viel modischer Klimbim.«

»Wohlhabende Turiner Dämchen?«

»Nein, eher Sekretärinnen mit Torschlußpanik, würde ich sagen.«

»Aha, verstehe. Und Phil hat ihnen wahrscheinlich etwas vom geheimnisvollen Zauber der strombolanischen Nächte erzählt, was?«

»Genau, von den Fischern von Ficogrande, die jederzeit bereit sind, sich auf Frauenzimmer aus dem Norden zu stürzen.«

»Hör mir bloß auf mit Frauenzimmern.«

»Warum? Soweit ich weiß, ist das eine immer noch sehr verbreitete Spezies.«

»Ja, ja ...«

Eine Stimme hinter ihrem Rücken: »Was lachst du da vor dich hin?«

Frida dreht sich zu der Stimme und der dampfenden Tasse Kaffee um, die durch die Terrassentür hereinkommen. »Hast du mich lachen gehört? Ich habe an unsere zahlenden Gäste gedacht.«

»Ach so ...«

Frida stützt sich auf einen Ellbogen, fährt sich durch die kurzgeschnittenen, dichten Locken. Sie lächelt: »Kaffee! Ich liebe dich.«

»Ich weiß.«

Sie greift nach der Tasse, umfaßt sie mit beiden Händen und trinkt gierig. »Aaah! Und jetzt eine Zigarette. Sie sind dort drüben.«

»Sofort, Gebieterin.«

Frida zündet sich eine an, nimmt einen tiefen Zug und bläst den Rauch mit einem weiteren zufriedenen Seufzer aus. »Wie ist es draußen?«

»Wunderbar.«

»Laß uns gleich mal runter zum kleinen Strand gehen und eine Runde schwimmen. Müssen wir die beiden zum Abendessen einladen?«

»Wenn sie kommen wollen.«

»Die Brünette ... Maria Grazia, oder?«
»Ja.«
»... scheint mir die Wortführerin zu sein. Franzo hatte recht, die andere ...«
»Ornella.«
»... Ornella hat sich von ihr ins Schlepptau nehmen lassen, was meinst du?«
»Sie ist jedenfalls ruhiger. Die Dunkelhaarige ist wohl von der nervösen Sorte.«
»Tut aber immer so, als wäre sie ganz gelassen. Ziemlich unattraktiv die beiden, oder?«
»Jedoch nicht ohne eine gewisse Faszination.«
»Wirklich?« Frida hebt eine Augenbraue, und ein leichtes Grinsen zeichnet sich schon in ihren Mundwinkeln ab. »Findest du?«
»Für solche, die auf den Horrortyp stehen.«
»Und dein Typ, wie sieht der aus?«
»Das weißt du genau.«
»Ah ja?«
»Und ob.«
Frida streicht zärtlich über weiche, dunkelblonde Haare. »Komm, sag mir, was dein Typ ist ... viens, Malika.«
Die Besitzerin der Haarpracht, deren Name Livia ist, nimmt die glänzende, honigfarbene Masse im Nacken zusammen und beugt sich über den Hals der Geliebten. Sie beißt sachte hinein.

»Du hast dich die ganze Nacht hin und her gewälzt.«
»Bei dieser Hitze!«
»Einmal habe ich gedacht, daß ein Gewitter kommt.«
»Wann?«

»Weiß nicht genau, so gegen vier vielleicht. Ich habe Donner gehört.«

»Donner? Bist du sicher?« Ornella streicht eine großzügige Menge Honig auf eine Scheibe Knusperbrot und schiebt sie sich fast ganz in den Mund. »Lecker, dieser Honig.«

»Ist mir zu süß.« Maria Grazia rümpft die Nase. Ein Netz von feinen Fältchen zieht sich über ihr Gesicht. Sie fischt nach einem Vollkornknusperbrot in der Tüte, taucht es in ihren Milchkaffee und nagt daran herum. Die andere bearbeitet mit ihrem Messer das halb ausgepackte Stück Butter. »Sehr nett ...«

»Wer?«

»Die beiden.« Sie deutet mit dem Kinn über die gemauerte Steinbank der Terrasse hinweg in Richtung des Vulkans.

»Hmm. Mir kommen sie komisch vor.«

»Aber nett sind sie. Schau doch: Kaffee, Brot, Honig, eine Schale voll Obst, Orangensaft im Kühlschrank.«

»Na, hör mal, das ist ja wohl das mindeste.«

»Das sagst du so. Weißt du noch, letztes Jahr in Griechenland? Da haben wir bei der Ankunft was ganz anderes als Saft vorgefunden. Zwei große Ratten in der Küche nämlich.«

»Dafür hat das Haus im Vergleich zu diesem fast nichts gekostet. Und noch nicht mal die Dusche funktioniert. Wir sollen hinauf zu ihnen kommen zum Duschen! Diese Ferkel.«

»Aber sie haben doch versprochen, sie heute vormittag zu reparieren, oder? Außerdem ist es hier schöner.«

Maria Grazia schnaubt: »Abwarten. Ich weiß noch nicht, ob mich diese Insel überzeugt.«

»Gefällt es dir hier nicht?«

»Ich weiß noch nicht, hab ich gesagt. Dieser schwarze Sand, dieser Feldweg voller Schlaglöcher, sich nachts mit der Taschenlampe seinen Weg suchen müssen ...«

»Ist doch romantisch.«

»... und dann noch mit dem Hintern auf einem aktiven Vulkan sitzen!«

»Aber er ist doch nicht gefährlich.«

»Hoffen wir's. Hast du gehört, was sie gestern abend im Dorf gesagt haben? Daß ein außergewöhnlich heftiger Ausbruch vorhergesagt worden ist. Und wenn es ein Erdbeben gibt, vielleicht sogar ein hübsches Seebeben?«

»Ach komm, sei nicht dumm.«

»Und wenn man hier irgendwo hängenbleibt und stolpert, bricht man sich das Genick. Allein die Brombeerhekken, die ich schon an diesem Weg gesehen habe!«

»Na ja, mit diesen Keilabsätzen.«

»Was willst du? Die sind doch toll.« Maria Grazia betrachtet ihre vielfarbigen Riemchensandalen mit goldener Sohle und einem sieben Zentimeter hohen Korkabsatz. Gekrönt von einer anmutigen Tüllschleife.

»Aber unbequem.«

»Ich laufe gut darin. Guck dir doch deine Latschen an.«

Ornella senkt den Blick auf ihre normalen, schwarzen Espadrilles – von denen sie einen anhat, während der andere vernachlässigt unter dem Stuhl liegt – und zuckt die Achseln.

Maria Grazia fährt gereizt fort: »Sie hätten uns jedenfalls sagen können, daß man hier Bergstiefel und einen Wanderstock braucht ... Das ist keine Insel, das ist ein Steinbruch! Ich habe geglaubt, ich fahre ans Meer, und finde mich im Val di Susa wieder. Außerdem scheint mir«, sie hebt das Kinn und schiebt die Unterlippe vor, »daß sie hier alle ziemlich hochnäsig sind.« Sie rümpft erneut die Nase, als hätte sie einen widerlichen Geruch wahrgenommen.

»Findest du?«

»Klar, sieh dir doch nur mal diese ... *Freundinnen* an.« Sie deutet mit dem Daumen wie beim Autostop.

»Aber sie haben uns doch sogar am Hafen abgeholt.«

»Sonst hätten wir diesen gottverlassenen Ort ja wohl auch kaum gefunden, du Dummkopf.« Sie taucht einen Finger in die kalorienreduzierte Marmelade, die sie aus Turin mitgebracht hat.

»Ich finde jedenfalls, daß sie sehr nett sind.«

Maria Grazia bricht in lautes Gelächter aus. »Also, selbst du mußt doch gemerkt haben ...«

»Blöde Kuh. Die Besitzerin, Frida, ist etwa in unserem Alter. Mir kommt sie ganz normal vor.«

»Normal, ha!«

»Ja, ruhig, freundlich, keine, die die ganz große Dame spielt.«

»Reich muß sie wohl sein. Mit den zwei Häusern hier ... Die andere dagegen – ganz die junge Mädchenblüte.«

»Sie ist wirklich schön, diese Haare, dieses Gesicht.«

»Wie ein verwöhntes Gör.«

»Gör! Sie ist bestimmt schon fünfundzwanzig.«

»Diese Sorte Frauen hat auch noch mit sechzig so eine perverse Jugendlichkeit, wie frisch aus einem Schweizer Internat. Sie ist mir unsympathisch, und damit basta.«

»Du bist doch nur neidisch«, erwidert Ornella seelenruhig und leckt sich einen Tropfen Orangensaft vom Kinn. Maria Grazia funkelt sie aus halbgeschlossenen Augen böse an. »Iiich? Und worauf soll ich bitte schön neidisch sein?«

Ornella betrachtet gedankenvoll einen Kaffeefleck, der sich in Brusthöhe auf ihrem Nachthemd ausdehnt. »Ich mach doch nur Spaß, Dummkopf.«
»Na«, tönt die andere, »das will ich aber auch meinen. Ich und neidisch auf zwei ... zwei ...« Sie bricht plötzlich von neuem in Lachen aus.
»Warum lachst du?« Auch auf dem runden Gesicht der Freundin zeigt sich schon ein breites Lächeln.
»Weil ich ... weil wir dagegen ...«
»Was?«
Maria Grazia nimmt mit herrischer Geste eine Banane von interessanten Ausmaßen aus der Obstschale. Sie umfaßt sie mit der Faust und schwenkt sie vor einem imaginären Publikum: »Wir jedenfalls haben überhaupt nichts gegen ...«
Ornella lacht jetzt ebenfalls lauthals, den Mund voller Nutella.

»Romanow, merde!«
Die Principessa Consuelo Blasco-Fuentes packt ihren schwarzen Mops am Genick und zieht ihn mit einem energischen Ruck zurück. Dem anderen Hund, einer dicken, weißgrauen Bracke, versetzt sie eine kräftige Ohrfeige. »Und du Hohenzollern, kusch!«
Der Mops nagt an einem Hinterlauf der Bracke, die sich umdreht und ihn in seine Schwanzspitze beißt. Lautes Gewinsel von beiden.
»Jetzt reicht's aber, hört auf! Matteo!«
In der Türöffnung erscheint ein großer, kräftiger Mann mit Vollbart, gekleidet in einen weißen Kaftan aus indischem Leinen. »Signora?«
Die Principessa wirft ihm ein ledernes Halsband zu.

»Kümmere dich um die Hunde. Sie sind furchtbar unruhig, ich verstehe nicht, warum.«

Matteo beugt sich geduldig über den Mops, der ihn verehrungsvoll ansieht. »Komm her, Romy.« Der Hund landet mit einem erstaunlich agilen Sprung in seinen Armen und streckt der Bracke die kleine Zunge heraus. Matteo wendet sich dem anderen Hund zu. »Und du, mein guter Holly.« Die Bracke gibt den Versuch auf, zart in das Hinterteil des Mopses zu beißen, und läßt sich von Matteo den großen Kopf streicheln.

»Was haben sie bloß? Sie sind völlig durchgedreht letzte Nacht.« Consuelo sieht die Hunde an. »Na? Verratet ihr mir mal, was los ist?«

Matteo setzt Romanow auf einem Kissen ab. »Wahrscheinlich war eine Katze oder ein Kaninchen im Garten.«

»Glaubst du? Aber sie haben regelrecht geheult, und es ist noch nicht mal Vollmond. Das haben sie noch nie gemacht.«

»Weißt du, was es sein könnte, Signora?«

»Was?«

»Dieser Riesenköter, den wir gestern nachmittag hier auf der Straße gesehen haben.«

»Hm. Ich hoffe, die beiden Rabauken hier haben nicht ganz Piscità mit ihrem Geheul aufgeweckt.« Consuelo, die nackt ist, nimmt einen Badeanzug von der Leine. Sie zieht ihn an und läßt dabei die elastischen Beinausschnitte gegen die Oberschenkel klatschen. »Ich geh mal nach drüben, um zu hören, ob Franzo und Charles bei diesem Heidenlärm schlafen konnten.«

»Frag sie, ob sie etwas brauchen, ich werde die Rabauken gleich spazierenführen.«

Die Principessa geht in das kleine Bad, in das man direkt von der weinbewachsenen Laube aus gelangt, legt

Lippenstift auf, zieht ein Paar auffällige, mit – falschen – Aquamarinen besetzte Goldohrringe an und richtet kurz ihre Frisur. Sie ruft: »Hast du meine Sonnenbrille gesehen?« Matteos Lockenkopf taucht in der offenen Tür auf. »Sie liegt auf dem Tisch, Signora. Soll ich dir die Zeitungen aus dem Dorf mitbringen?«

Consuelo kommt aus dem Bad. »Ja, und Zigaretten.« Sie drückt einen Kuß auf die bärtige Wange des Mannes. »Das kratzt.« Dann geht sie barfuß in den Garten.

Sich eine Zigarette anzündend betrachtet sie den blaßorangenen Hibiskus. Sie pflückt eine vertrocknete Blüte ab und wirft sie zu anderen Gartenabfällen in einen Korb. Dann sieht sie Isolina mit einem gelben Teller in der Hand aus der Küche kommen und ruft ihr schon aus der Entfernung zu: »Huuhuuh.«

Die Haushälterin dreht sich zu der Stimme um, wartet, bis die andere näherkommt und begrüßt sie. »Hallo, Principessa.«

»Hallo, Isa. Sind sie schon wach?«

»Klar, um diese Zeit. Möchtest du einen Kaffee?«

»Ja.«

»*Franzocarlo* ist weggegangen. Der andere wird oben sein.«

Isolina stellt den Teller auf dem steingefaßten Waschplatz ab und geht zurück in die Küche. Consuelo rückt einen Liegestuhl zur Seite und nimmt die Ausgabe der Repubblica vom Vortag von der Steinbank. Sie drückt die lippenstiftbefleckte Zigarette aus.

»Schon auf?« Franzos Stimme läßt sie den Blick zu dem kleinen Balkon im ersten Stock erheben. »Und du? Haben dich meine Hunde letzte Nacht wachgehalten?«

»Ich muß gestehen, daß ich sie gehört habe. Was war denn los?«

»Pah, chiens fous!«

Franzo läßt den Blick hinauf zum Palazzo der Vancori und dann übers Meer schweifen, ehe er wieder zu ihr hinuntersieht. »Trinkst du einen Kaffee mit mir?«

»Ja, Isolina ist schon dabei ihn zu machen.«

»Ich komme runter.«

Consuelo geht zum hinteren Teil der Terrasse. Auch sie betrachtet den Streifen Meeres, der zwischen den weißen Würfeln der Häuser hindurchleuchtet. Der Himmel nimmt langsam eine emailleblaue Färbung an. Kein Wölkchen ist zu sehen. Beim Klang von Franzos Stimme dreht sie sich um. »Wir werden Schirokko bekommen.«

»O je, meinst du?«

»Wirst sehen.«

»Hör auf zu unken.«

»Das Wetter ändert sich, glaub mir. Isolinas Krampfadern bestätigen es.«

»Du sollst nicht immer mir die Schuld geben.« Sie wenden sich beide zu der alten Kinderfrau um, die gerade das Tablett mit dem Kaffee auf den Tisch stellt. »Gib ruhig zu, daß es dein Bruch ist, der da spricht.«

»Oder auch meine Arthritis«, schließt Consuelo und fügt hinzu: »Ein hübsches Altersheim geben wir ab. Quelle horreur!«

»Sprich für dich selbst«, schränkt Franzo ein und streckt ihr die Zunge heraus.

»Ja, ja, scherzt nur, ihr beiden. Ihr werdet die Hitze morgen schon zu spüren bekommen.« Isolina verteilt die Tassen auf den Strohuntersetzern. »Auch Iddu gibt alle Anzeichen, daß ...« Consuelo schlägt sich mit der flachen Hand vor die Stirn. »Das war es also!« ruft sie. Franzo sieht sie stirnrunzelnd an. »Was?«

»Die Hunde.«

»Was ist mit den Hunden?«
»Sie haben geheult.«
»Allerdings.«
»Ja, aber jetzt verstehe ich auch, wen sie angeheult haben.« Sie bückt sich, um das humpelnde Kätzchen zu streicheln.
»Und wen?«
Consuelo setzt sich und entfaltet eine karierte Serviette. »Na, Iddu natürlich.«
»Fängst du jetzt auch damit an?«
»Nicht ich, sondern Romanow und Hohenzollern, ganz klar. Diesmal wird der Vulkan in die Luft fliegen.«
»Und wir mit ihm«, verkündet Isolina düster.

Gegen zehn Uhr wird es schließlich etwas lebendiger. Charles, ein zerdrücktes, hellbeiges Hütchen auf dem Kopf, geht an der Casa Mandarino vorbei, die still daliegt, bis auf ein schwaches, rhythmisches Geräusch. Schnarcht da jemand? Er zupft eine trockene Blüte von der riesigen Schildpelargonie ab (*Pelargonium peltatum*, im März vor drei Jahren dort gepflanzt), die die Eingangspforte umrahmt. Dann geht er weiter in Richtung San Bartolo.

Er kommt am Haus eines befreundeten Paares, Giovanni und Alda, vorbei, wo Giovanni gerade den Bambusgriff der Gartenpforte neu befestigt. Sie grüßen sich. »Geht ihr zum Strand?« Der Mann schüttelt den Kopf. »Nein, wir erwarten Besuch. Vielleicht heute nachmittag.«

»Dann kommt auf einen Drink bei uns vorbei.«

Hinter der Sakristei der Kirche begegnet er Frida, die sich über einige an der Mauer lehnende Gasflaschen beugt. »Hast du noch welche?« Er zeigt auf die Gasflaschen. Die Frau nickt. »Aber ich muß Italo Bescheid sagen, damit er die hier wegbringt. Hast du zufällig Francesco gesehen?«

»Heute noch nicht.«

»Er soll diesen Wasserhahn reparieren.«

»Was machen deine Gäste?«

Frida schiebt schnaubend eine Schulter ihres weißen Männerhemdes zurecht. »Sie haben viel Oh und Ah gemacht, als sie gestern abend das Panorama von der Terrasse gesehen haben, aber ich weiß nicht, ob sie wirklich zufrieden sind.«

Der Engländer betrachtet entzückt Livia, die zwischen den Olivenbäumen rechts und links des Feldwegs, der zur Casa Malanta hinunterführt, auftaucht. Das Mädchen küßt ihn zur Begrüßung auf beide Wangen. »Guten Morgen, Charles.«

»Hallo, Süße.« Dann zu beiden: »Geht ihr zum Strand?«

Frida verdreht die Augen zum Himmel. »Zuerst müssen wir Francesco suchen. Damit niemand sagen kann, ich sei keine gute Wirtin.«

Livia stützt sich mit einer Hand auf die Schulter der Freundin und schließt die Spange einer Sandale. »Möchte wissen, ob die beiden das richtige Schuhwerk dabeihaben.«

Frida legt ihr einen Arm um die Taille: »Aber sicher, sie machen einen gut organisierten Eindruck, die beiden Dämchen.«

Charles kichert: »Wenn sie sich von der Reise erholt haben, laden wir sie auf einen Aperitif ein.«

»Gute Idee. So kommen sie ein wenig unter Leute.«

»Heute abend haben wir die Persuttos zum Essen da.«

»Nur Mut! Das Leben prüft uns alle.«

Sie trennen sich an der Weggabelung. Frida und Livia nehmen den Weg zum Strand hinunter. Charles geht allein weiter und wirft einen betrübten Blick auf die aufgegebenen Weinberge. In der Ferne, unter dem reglosen Augusthimmel, schimmert die kleine Vorinsel Strombolicchio.

»Noch nicht einmal ein Jackett, Sakrament. Nur diese blöde, kackfarbene Safarijacke!«

»Hier trägt doch niemand ein Jackett.«

»Was weißt du schon. Ich sag' noch zu dir: Was ist, wenn wir irgendwohin eingeladen werden? Und? Da haben wir's.«

»Zieh den blauen Pullover an und das hellblaue Hemd darunter.«

»Ach, hör doch auf, hör bloß auf.« Signor Persutto verdreht wütend die Augen, öffnet und schließt Schubladen und betrachtet voller Abscheu die Safarishorts, seine »Gesundheitsleibchen«, die verschiedenfarbigen, ordentlich zusammengelegten Socken. »Sakrament! Nicht mal eine Krawatte oder wenigstens eine Fliege.«

Signora Persutto läßt sich in ihrem kleingemusterten Trägerrock auf der Bettkante nieder und fächelt sich das Doppelkinn mit einer Ansichtskarte. »Was regst du dich so auf? Hast du nicht gesehen, wie man hier herumläuft?«

»Wenn sie hier solche *slandroni*, solche Schlamper sind, möchte ich erst recht nicht dazugehören.«

»Aber sie sind doch nicht schlampig! Ständig Seidenhemden und Designerschals.«

»Ja, schöne Schwuchtelmode!«

»Psst, Nuccio, wenn dich jemand hört!« Signora Persutto sieht sich beunruhigt um. Aber die dicken Mauern der Casa Limone bilden einen ausreichenden Schutz für ihre Privatsphäre.

»Ach, stell dich nicht so an«, lacht er, »als ob nicht alle wüßten, daß Franzo und Charles ... Sag mir lieber, ob wir etwas mitbringen sollen?«

»Mach nicht so einen Wirbel, Nuccio. Wir sind schließlich nicht beim König von Spanien zum Essen eingeladen.«

»Du gibst mir das Stichwort, meine liebe Elide. Weißt du, daß heute abend auch die Principessa Blasco-Fuentes zugegen sein wird?«

»Ist sie zufällig mit dem König verwandt?«

Er bleibt abrupt mit halboffenem Mund stehen. »Wer weiß?« Signora Elide erhebt sich müde. »Ich bitte dich. Ist sie denn überhaupt eine echte Fürstin?«

Signor Persutto – der Cavaliere Persutto, wie er sogar heißt, auch wenn der Titel zweifelhaften Ursprungs ist und man ihn nur aus weit zurückgehender Übereinkunft so nennt – wirft sich zum treuen Gefolgsmann des Gotha auf und ruft hochmütig: »Eine geborene Prinzessin, absolut authentisch. Uralter palermitanischer Adel, im vierzehnten Jahrhundert aus Spanien eingewandert. Ich habe es nachgeprüft.« Signora Elide schleppt sich in ihren Hauspantoffeln in die Küche. Sie zuckt gleichmütig die Achseln. »Na, wenn du es nachgeprüft hast ...« Sie läßt ihren Gatten nebenan weiter nervös in den Schubladen wühlen, während sie die zur Küchenausstattung gehörige Espressokanne aufsetzt.

Wie ihr das auf die Nerven geht! Seit vier Tagen, seit sie auf der Insel sind, ist ihr Tropf von einem Ehemann völlig aus dem Häuschen. Überall sieht er Fürstinnen und Prinzessinnen. Ständig verneigt und entschuldigt er sich, pardon, man stelle sich vor, welche Ehre. Dieser Langweiler. Und seit gestern abend quält er sie ohne Unterlaß wegen dieser Abendeinladung. Wegen dieser geborenen Prinzessin-Freundin von denen dort drüben. So ein Blödsinn! Was ziehe ich an, was ziehst du an? Schuld ist nur sein Asthma: trockenes Klima, afrikanische Hitze mußte es sein. Laut diesem anderen Dummkopf von Professor Giustetto. Wären sie nur nach Noli gegangen. In Ligurien ist es doch auch heiß im Sommer, oder etwa nicht? Und dann kommt auch noch der da hinzu, denkt sie, ohne sich zum Vulkan umzudrehen, und macht alles noch schwieriger.

»Dort müssen wir hinauf, Elide!«

»Die kannst du allein machen, deine Vulkanbesteigung. Noch dazu mit deinem Asthma.«

»Was hat denn das Asthma damit zu tun? Das ist doch ein Spaziergang. Franzo hat mir gesagt, daß man in nur drei Stunden ...«

Also sind sie hier gelandet, an diesem ausgesprochen unwirtlichen Ort, um einen tätigen Vulkan zu besteigen und mit sizilianischen Adeligen zu Abend zu speisen, die im vierzehnten Jahrhundert aus Spanien gekommen sind, möge sie alle der Teufel holen.

Sie betrachtet ihre durch die Hitze ein wenig geschwollenen Knöchel. Wenn er glaubt, daß ich mich heute abend in geschlossene Schuhe zwänge, hat er sich geschnitten. Und auf den Vulkan kann er alleine kraxeln, der Schwachkopf.

Die Espressokanne beginnt leise zu zischen. Signora Persutto greift sich einen Topflappen und hebt den Deckel, um das Brodeln des Kaffees zu beobachten. Ohne die Stimme zu heben sagt sie: »Kaffee ist fertig.«

Der Cavaliere kommt mit einer schwarzen Hose über dem Arm in die Küche. »Soll ich die hier anziehen?« Sie mustert ihn mit geschürztem Mund. »Die hattest du auf der Reise an. Sie hat dort Flecken.«

Er dreht hysterisch die Hose um. »Sakrament nochmal!« Sie nimmt ihm die Hose aus der Hand. »Ich werde die Flecken entfernen.« Dann, bissig: »Wirst du auch vor deiner Principessa so fluchen?«

Er sieht sie abfällig an. »Du hast es nötig. Sieh lieber zu, daß du nicht wie üblich die Stumme abgibst. Sei ein bißchen lebhaft!«

Signora Elide setzt sich mit der Hose im Schoß auf ein Mäuerchen und beginnt, energisch über einen glänzenden Fleck im Schritt zu reiben. »Aber sag mal, dieser Kerl mit dem Bart, dieser Matteo, glaubst du, er ...«, sie macht eine unmißverständliche Geste, »mit deiner Principessa?«

Der Cavaliere – er fragt sich, wie er nur diese Kröte heiraten konnte, er, ein Mann von Bildung, Klasse und Eleganz – betrachtet die siebzig Kilo seiner auf der Steinbank kauernden Gattin und zischt: »Sei nicht so vulgär, Elide.«

»Ich bin vielleicht vulgär, aber der da ...«, sie wiederholt die Geste, »mit der Adligen.«

»Wer hat dir denn das erzählt? Was denkst du dir ...«

»Du hast sie doch gestern auch am Strand gesehen, oder? Sie hat vor aller Augen ihre Sandalen ausgezogen und sich die edlen Füße massieren lassen.«

»Wie provinziell du doch bist. Er war der Hauslehrer ihrer Söhne, er ist ein Laienbarnabit, der sie begleitet und ihr treu dient und ...«

»Und es mit ihr treibt.«

»Hör auf!«

»Warum so schockiert? Sie kann sich glücklich schätzen, daß sie in ihrem Alter noch einen Liebhaber gefunden hat. Zumal sie wirklich keine große Schönheit ist.«

»Eine feine, sehr elegante Dame.«

»Nun mach mal halblang, sie kennt bestimmt auch ein paar derbe Ausdrücke.«

»Man merkt einfach, daß du vom Land kommst.«

Signora Elide befeuchtet einen kleinen Schwamm in dem steingefaßten Waschbecken neben sich und bemerkt ungerührt: »Besser vom Land als *merda munta scagn*, Nuccio.«

(*Merda munta scagn* bezeichnet wörtlich die *Exkremente auf einer Hühnerleiter* und im übertragenen Sinn einen sozialen Aufsteiger aus der untersten Schicht. Alter bildhafter Ausdruck aus dem Piemontesischen. Anm. d. A.)

Federicos Zunge leckt über Susys Fuß. Die dreht sich im Bett herum und murmelt: »Was machst du denn da?«
»Ich leck dich ab.«
»Warum?«
»Weil du so gut schmeckst.«
Das Mädchen schiebt ihn sachte weg. »Ich muß doch salzig schmecken. Ich habe gestern abend nicht mehr geduscht.«
»Eben. Köstlich.« Er streichelt ihre nackten Pobacken. Sie kichert: »Hände weg. Mach erst mal einen Kaffee, sonst tut sich hier gar nichts heute morgen.« Federico macht einen Satz zur Bettkante. »Kaffee, jawohl, kommt sofort. Aber dann machen wir's, ja? Machen wir's?«
»Abwarten.« Sie streicht über sein Geschlecht.
»Willst du mich provozieren?«
»Geh und mach Kaffee.«
Federico beugt sich über sie, um sie zu küssen, und fängt plötzlich an zu lachen: »Hörst du ihn?« Susy lacht ebenfalls und lehnt sich mit dem Rücken gegen die Wand am Kopfende des Bettes. »Ein richtiges Sägewerk.« Sie verstummen, um dem lauten Schnarchen zu lauschen, das von unterhalb des Hängebodens zu ihnen heraufdringt.

Federico streckt den Kopf über das niedrige Geländer. Unter sich sieht er ein Knäuel von zerwühlten Laken, aus dem das rhythmische Schnarchen aufsteigt. Das zweite Bett daneben ist leer und ordentlich gemacht. Susy schlägt vor: »Wir könnten ihm eine Trillerpfeife in den Mund stecken.«

»Oder ihn im Schlaf ersticken.«

»Armer Giancarlo.«

»Von wegen arm. Wir sollten ihn zum Schlafen in den Garten schicken.«

»Dort würden wir ihn auch hören. Und Ruben?«

»Ist schon weg. Er hat sogar sein Bett gemacht.«

»Unglaublich. Er wird langsam verrückt, unser Ruben.«

»Ich habe ihn noch nie so erlebt. Diese Insel hat eine merkwürdige Wirkung auf alle.«

Susy streckt sich wollüstig. »Stimmt. Es muß etwas in der Luft liegen.«

»Die Strahlung des Vulkans vielleicht. Franzo hatte recht. Es ist ein sehr ... anregender Ort?«

Sie zieht ihn zu sich heran. »Sehr anregend.«

»Willst du jetzt deinen Kaffee?«

»Später.«

Auf dem Hängeboden der Casa Mandarino herrscht wieder Stille, die nur ab und zu von einem Stöhnen durchbrochen wird. Unten schnarcht der ahnungslose Giancarlo konzentriert weiter.

»Die Insel ist auch nicht mehr das, was sie einmal war.«

Ach, tatsächlich? Blödes Geschwätz.

»... zuviele Leute, zuviele Ausflugsboote, überall Schlauchboote. Neuerdings muß man einen Tisch reser-

vieren, wenn man im Restaurant essen will. Früher dagegen ...«
»Hast du das Kokosöl?«
»Sieh mal in der Tasche nach.«
Ruben beugt den Kopf und beobachtet interessiert den eigenen Schatten auf den Steinen. Er grinst verstohlen über den Austausch von Banalitäten der beiden, die sich an seinem heiligen Rückzugsort ausgebreitet haben. Die und ihre blöden Designerhandtücher. Der ältere der beiden – der immerhin etwas stiller ist, weniger nörgelig – wühlt in einem Beutel und zieht eine nagelneue Brieftasche aus blauem Leder hervor. Er legt sie auf einen roten Stein. Ruben ist von dem ansprechenden Farbkontrast fasziniert. Ruhig streckt er einen Finger aus, um einen ähnlichen Stein zu berühren, ebenfalls von diesem besonderen Lavapurpur, das ihm so gut gefällt. Er schiebt ein anderes, dunkleres Steinchen zur Seite, in dem Spuren von Obsidian glitzern, spürt dankbar dessen Wärme wie ein Streicheln an seiner Fingerkuppe. Er nimmt es auf und hält es in der Handfläche.
»... das Dorf ist überfüllt, sogar um ein einfaches Fladenbrot zu kaufen muß man jetzt Schlange stehen, ganz zu schweigen von den Preisen. Mittlerweile lassen sie sich dieses Paradies ganz schön teuer bezahlen.« Angeregt durch das Stichwort sehen sich alle drei in dem sie umgebenden Paradies um. Das nur eines ist, wenn man es zu schätzen weiß. Es ist gerade zehn Uhr vorbei, der lange Strand von Piscità erinnert an eine Mondlandschaft. Nackt und schwarz liegt er da und ist schon im Begriff, kochend heiß, abweisend und unwirtlich zu werden. Ein Strand für Kenner. Auch das Meer nimmt zwischenzeitlich einen feindseligen Farbton an: von dem rosagesprenkelten Silber von vor zwei Stunden wechselt es nun zu ei-

nem dunklen, metallischen Blaugrün. Erst am Nachmittag wird es – über alle nur vorstellbaren Schattierungen von Blau – wieder zu einem tiefen Indigo zurückfinden und schließlich das goldüberzogene Schwarz des Sonnenuntergangs annehmen. Keine Welle ist zu sehen, nicht die kleinste. Gegen Mittag wird Strombolicchio dort drüben wie eine in einen Spiegel eingebettete Stahlplatte aussehen. Ohne jegliche Schatten. Ruben läßt den Blick mit einem innerlichen Aufbegehren über seinen Lieblingsplatz schweifen.

Wie werde ich bloß diese beiden Blödmänner wieder los?

Er hat die aufgesammelten Steine in einer Art Halbkreis hinzugefügt, dessen Verlauf nur ihm bekannt ist. In Wirklichkeit hat er nur eine schon vorhandene Linie vervollständigt, ein Geschenk des Strands, der sich nach einem geheimnisvollen Plan ständig neu formt. Von Jahr zu Jahr schmaler, ist er zu dieser Jahreszeit in zwei Abschnitte geteilt. Der erste Abschnitt, der am Ortsrand von Piscità beginnt, endet hier, etwa nach der Hälfte der Gesamtlänge des Strandes, in einem kleinen, von weiteren Steinhalbkreisen – wie Überbleibsel von steinzeitlichen Behausungen – durchbrochenen Tal. Der zweite, der am »Friedhof der kleinen Toten« seinen Anfang nimmt, besteht dagegen aus einem Geröllfeld, unterbrochen von kleinen *sciare*, Lavabecken, die winzige Buchten von der Größe einer Strandmatte oder eines Hemdes bilden, und erstreckt sich bis zur unüberwindlichen Grenze der Landzunge. Dort spiegelt das Meer schon das Violett der großen Magmarinne, der Sciara del Fuoco, die auf dem Landweg nicht zu erreichen ist.

Ruben empfängt nicht gern Fremde in seinem Halbrund. Und keiner hier legt sein Handtuch so dicht neben einen anderen. Außer diesen beiden, die sich unter lautem Palaver zwischen Steinen und Meer niedergelassen haben und sich ausführlich über Ferienhäuser, die Bedienung in Bars und Cafés und die Qualität von Pizzastücken unterhalten. Bloß weil er ihnen gestern abend vor dem Barbablù begegnet ist und sie sich kurz gegrüßt haben (auf dieser Insel kennt man nach drei Tagen jeden). Also mußte Ruben vor einer halben Stunde voll Schrecken mitansehen, wie sie sich seinem Platz näherten und ihre angeberischen Matten nur einen Schritt von ihm entfernt ausrollten. Jetzt wendet er sich mit unschuldiger Miene an den jüngeren (unnatürliche Bräunung, aggressive Nase und eine unsympathische Stimme) und bemerkt: »Breiten Sie Ihre Matten nur ganz aus, dieses Jahr ist der Strand voller Sandflöhe.«

Der andere zieht instinktiv die Füße auf die Matte. »Wie bitte?«

»Ja, hin und wieder gibt es hier welche. Gestern hatte eine Frau die Beine voller Bisse.«

»Wirklich? Wie furchtbar!«

Ruben seufzt. »Nicht wahr? Und obendrein ist an diesem Küstenabschnitt das Meer voller Quallen.«

»Nein!« Er sieht seinen Freund an. »Hast du das gehört?«

Der andere nickt ruhig. »Ja, ja, weißt du noch, vor zehn Jahren? Man konnte überhaupt nicht schwimmen gehen.«

»Aber jetzt schon wieder Quallen? Und dann auch noch Sandflöhe? Ekelhaft! Und ich sag noch zu dir: Fahren wir zur Bubi nach Panarea. Aber du: Nein, laß uns mal wieder nach Stromboli fahren, das ist weniger mondän, wilder. Ja, wilder, und ob. Sogar Flöhe am Strand. Mist.«

Der andere beugt sich ein wenig zu Ruben hinüber, wie

um sich zu entschuldigen: »Sind sie denn überall, die Flöhe?«

Ruben lächelt wissend: »Nein, ich habe gehört, daß der Strand bei Scari in Ordnung sein soll.«

»Ah ja, dort ist es auch ruhiger.«

Der mit der langen Nase mischt sich klagend ein: »Aber dort ist es furchtbar, *niemand* geht dorthin.«

»Stimmt gar nicht. Gestern bin ich bei Ficogrande mit der Principessa Blasco-Fuentes geschwommen. Es war wunderbar.« Die beiden fahren sich, obwohl sie nackt sind, mit den Händen an den Hals, als wollten sie kostbare Perlenketten festhalten. »Consuelo Blasco? Sie ist auf der Insel?«

»Aber ja. Dieses Jahr zieht sie Ficogrande vor. Wenn sie nicht mit dem Boot hinausfährt. Dort badet man zwar nicht nackt, aber was soll's.«

»Nein, so etwas! Nein, wirklich! Ist ja toll! Wir haben sie vor Jahren einmal bei Franzo und Charles kennengelernt, auf einer ihrer Abendgesellschaften. Weißt du noch? Sie war zu Gast in diesem Nebenhaus ...«

»Casa Rosmarino. Das mietet sie jedes Jahr.«

»Casa Rosmarino, genau, eine ausgesprochen geistreiche Frau.«

Ruben lächelt bescheiden. »Ja, das ist sie. Die arme, sie ist auch diesen mörderischen kleinen Biestern zum Opfer gefallen.« Dann, um dem ganzen die Krone aufzusetzen: »Auch oben im Haus hat sie sich einen schönen Schrecken geholt.«

»Wieso?«

»Sie hat eine tote Schlange in der Zisterne gefunden.«

»O Gott, wie furchtbar!« Langnase dreht sich zu seinem Freund um, macht schon Anstalten, sich zu erheben. »Hör mal ... was hältst du davon, wenn wir woanders hingehen?« Und mit einem musternden Blick zu Ruben: »Haben Sie denn keine Angst vor ...«

Der Junge, der seine Badehose anbehalten hat, zwinkert ihm freundlich zu. »Nein, aber ich gehe auch nicht oft an den Strand. Leider habe ich mir so einen lästigen Herpes geholt ...« Er deutet prüde auf seinen Slip. Langnase springt plötzlich wie von der Tarantel gestochen auf, ein gefrorenes Lächeln auf den Lippen. »Oh, wie unangenehm.« Er versetzt dem Freund einen drängenden Schlag auf die Schulter. »Was meinst du, gehen wir?« Um nicht ungehobelt zu erscheinen, fügt er hinzu: »Es wäre dumm, hierzubleiben, bei all den Flöhen, wo die Insel doch so viele wunderbare Strände hat, finden Sie nicht?«

Ruben steht wohlerzogen auf. »Aber ja.« Er streckt die rechte Hand aus, die der andere flüchtig drückt. »Schönen Tag noch.«

Die beiden packen geschwind ihre Sachen zusammen, wobei sie auf dem heißen Sand herumhüpfen. Dann machen sie sich mit überschwenglichen Abschiedsworten auf den Weg: »Und danke für die freundlichen Ratschläge ...«

»Aber ich bitte Sie. Wir sehen uns im Dorf.«

»Ja, ja, auf Wiedersehen.«

Sie werden immer kleiner, während sie in Richtung der Häuser verschwinden. Ruben lächelt dem Meer zu, das einen Meter vor ihm beginnt, und zieht seine Badehose aus. Unter der er äußerst gesund ist.

Mit ruhigen Kraulschlägen umschwimmt Caterina das Riff, das den kleinen Strand unterhalb des Palazzo Vancori von dem langen Strandabschnitt trennt. Alle dreißig Schläge hält sie an und inspiziert den Grund, wobei sie zehn bis fünfzehn Meter Distanz zum Ufer hält.

Nach dem Bad um acht Uhr früh war sie am Strand eingeschlafen, den Kopf auf ihre Netztasche gestützt. Etwa eine Stunde später war sie von dem frischen Atem eines kleinen Mädchens geweckt worden, das sich neugierig über sie gebeugt hatte, um sie zu betrachten. Sie hatte die Augen aufgeschlagen und die Kleine angelächelt, die auf den Ruf einer Frau, offensichtlich ihrer Mama, zum hinteren Teil der kleinen Bucht davongelaufen war. Caterina hatte die Frau angelächelt, als diese aus der Entfernung eine entschuldigende Geste machte. »Sie hat mich überhaupt nicht gestört.«

Der Strand war inzwischen etwas voller geworden. Caterina hatte wieder die Augen geschlossen und dem gedämpften Geplauder einer unter einem Felsvorsprung sitzenden Gruppe zugehört. Dann hatte sie ihre Tasche in Charles' Boot geworfen, das in Ufernähe festgemacht war, und war losgeschwommen.

Vom Meer aus betrachtet bietet der Ortsteil Piscità völlig neue Perspektiven. Die Palme in Corrados Garten überragt das Gewirr von Stromkabeln, die an den Hausecken aufeinandertreffen. Mittlerweile haben fast alle Elektrizität, wenn auch die Straßen immer noch nicht mit fest installierter Beleuchtung ausgestattet sind. Ein weiterer Anziehungspunkt dieser Insel, lächelt Caterina und denkt an das Gesicht der Signora Persutto, als diese feststellte, daß man das Haus abends nur mit einer Taschenlampe bewaffnet verlassen kann.

Sie dreht sich auf den Rücken und läßt sich von den Wellen wiegen. Vom Meer aus wirkt Iddu noch imposanter. Er umfängt die ganze Insel mit seiner Umarmung, er selbst ist die ganze Insel. Für den nächsten Tag hat Charles einen Bootsausflug zur Sciara del Fuoco, der »Feuerrutsche«, versprochen. Von dort aus kann man auch tagsüber die *scatti* und die *bombe* – vom Vulkan ausgespuckte Lavabrocken – sehen, wie sie bis ins Meer hinunterrollen. Sie dreht sich wieder auf den Bauch, den Blick auf den Strand gerichtet. Zwei Männer gehen mit eiligen Schritten auf die Häuser zu. Echte Frühaufsteher, wenn sie jetzt schon wieder nach Hause gehen. Weiter entfernt entdeckt sie einen der Jungen aus der Casa Mandarino, der sich gerade die Badehose auszieht und ins Wasser rennt. Es ist der mit dem schönen jüdischen Namen – Ruben.

Am Anfang des Strands herrscht ein wenig Bewegung, dort sind etwa ein Dutzend Leute versammelt, etwas abseits davon liegt ein Paar mit einem Hund. Ungefähr in der Mitte, zwischen dem Riff und dem kleinen Friedhof, entdeckt sie Frida und ihre Freundin. Erstere liest im Schneidersitz eine Zeitung, während die andere sich die Haare zu einem Zopf flicht und dabei dem Meer den Rücken zukehrt. Frida hebt den Blick von der Zeitung und legt schützend die Hand über die Augen. Sie erkennt sie und hebt grüßend einen Arm. Caterina winkt zurück.

Dann taucht sie in dem erfrischend kühlen Wasser unter. An dieser Stelle kann man den Grund nicht mehr sehen. Sie bleibt eine Weile unter Wasser, in einem von Sonnenstrahlen durchbrochenen Türkis, und hört dem Rauschen zu, das als einziges Geräusch in ihre Ohren dringt. Sie zählt die Sekunden und versucht, so lange wie möglich auszuhalten. Als das Rauschen schon fast zu einem Pfeifen wird, taucht sie ruckartig auf. Keuchend schüttelt sie ihre Haare und betrachtet wieder den Berg und den Streifen schwarzen Sandes vor sich. Mit einem gewandten Stoß schnellt sie vor und schwimmt aufs Ufer zu.

Dort empfängt sie Frida mit in die Seiten gestützten Armen. »Wo kommst du her?«

Caterina hockt sich im seichten Uferwasser auf die Steine. »Aus den geheimnisvollen Tiefen.«

»Die nicht länger geheimnisvoll sind. Weißt du, daß es dieses Jahr ganz wenig Fische gibt? Die vielen Boote sind schuld.«

»Wir sind alle schuld. Es kümmert uns einen feuchten Dreck, wie es um unser Meer steht.«

»Stimmt.« Frida streckt ihr die Hand entgegen, um ihr aus dem Wasser zu helfen. Caterina dehnt die Arme und den Rücken. »Ich bin eine ganz schöne Strecke geschwommen!«

Livia lächelt sie an. »Waren Sie an dem kleinen Strand?« Caterina betrachtet den schönen, in einem sportlichen Badeanzug steckenden Körper der jungen Frau. »Ja, dann ist mir langweilig geworden und ...«

Frida, die nur eine karierte Bikinihose trägt, zündet sich eine Zigarette an. »... und da hast du dich entschlossen, mal nach dem sündigen Teil des Strandes zu sehen, ja? Möchtest du ein paar Weintrauben?«

»Lieber eine Zigarette. Sie müßten endlich mal wasserfeste erfinden.«

Livia deutet kopfschüttelnd auf die Freundin. »Klar, damit sie auch noch unter der Dusche rauchen kann.«

»Tolle Idee! Heute abend probiere ich das aus.«

Caterina legt sich auf das Handtuch, das Livia ihr anbietet, während sie ihr gleichzeitig ein rosa Feuerzeug reicht. Frida faltet die Zeitung zusammen und beschwert sie mit einem Stein. »Und wie geht es Claudia?«

Caterina nimmt einen tiefen Zug. »Gut. Sie ist noch in Rom.«

»Kommt sie denn nicht dieses Jahr?«

»Vielleicht später. Sie hatte andere Pläne: Holland, Amsterdam ...«

»Bleibst du bis September?«

»Ich hoffe, ja. Vorausgesetzt, Corrado will nicht irgendwelche Arbeiten vorziehen. Dann ist da noch der neue Film von Cassinis.«

Frida lacht und verschränkt die Beine zum Schneidersitz: »Weißt du, daß wir uns seit einer Ewigkeit nicht gesehen haben, Fabrizio und ich? Wir sind alte Schulfreunde vom Gymnasium.«

»Tatsächlich?«

»Wir haben sogar zusammen am Zentrum für experimentellen Film angefangen. Ich hab bald wieder aufgehört, während er ...«

»Hast du seinen Film gesehen?«

»Klar.« Sie wendet sich an Livia: »Wann war das, im Januar, Februar?«

Livia nickt. »In Paris, in einem winzigen Kino in der Rue Saint André des Arts.«

»In einer synchronisierten Fassung?«

»Nein, dafür mit seltsamen Untertiteln. Wir haben uns kaputtgelacht bei den Übersetzungen. Aber der Film ist sehr schön. Ungewöhnlich. Sehr ... intensiv. Ich wollte ihm danach eigentlich schreiben, habe es aber wieder vergessen. Dann hat Franzo mir erzählt, daß er hierherkommt.«

Caterina lächelt. »Cassinis ist ein interessanter Regisseur, er wird seinen Weg machen.«

»Kennst du ihn gut?«

»Ich habe ihn ein paarmal in Rom gesehen. Und ihn mit Sebastiano Guarienti bekannt gemacht.«

»Sebastiano schreibt das neue Drehbuch für ihn?«

»Ja, er verarbeitet darin eine eigene Idee. Corrado hat den Entwurf gelesen und scheint gewillt, den Film zu produzieren, weshalb er Cassinis hierher eingeladen hat. Außerdem spielt ein Teil der Geschichte auf Stromboli.«

»Wirklich? Und worum geht es?«

»Es ist eine ziemlich verwickelte Handlung, fast ein Krimi, wenn man so will. Der Hauptdarsteller kommt nach Sizilien, um die Wahrheit über den Tod seines Vaters herauszufinden.«

Frida fängt an zu lachen. »Ah, jetzt verstehe ich! Sebastiano war nämlich letztes Jahr Ende August hier, zusammen mit seinem Freund, sie haben bei Franzo und Charles im blauen Zimmer gewohnt. Nachmittags hat er sich immer im Zimmer eingeschlossen und geschrieben und geschrieben ... da hatte er die Idee bestimmt schon im Kopf.«

Livia dreht sich auf den Bauch. »Was ist er für ein Typ?«

Frida verjagt eine Wespe, die um die Tüte mit den Trauben herumschwirrt. »Sebastiano?« lacht sie. »Er ist sehr witzig. Du hättest ihn und Consuelo mal zusammen erleben sollen. In der Casa Limone wohnte zu der Zeit eine Frau, die sich die herrlichsten Schnitzer leistete. Du kennst doch das Hotel La Sciara?«

»Ja, sicher.«

»Also, eines Abends verkündet sie auf der Terrasse der Casa Arancio, wo wir alle versammelt waren: ›Ich habe gehört, das beste Hotel der Insel soll das *La Sciarpa* sein ...‹, Hotel »Halstuch«, man stelle sich vor.« Caterina und Livia kichern. Frida fährt mit leuchtenden Augen fort: »Sebastiano und Consuelo hatten den ganzen Sommer ihren Spaß damit: ›Gehen wir auf einen Aperitif ins *Sciarpa*? Ja, gern, aber zieh dir ein Halstuch an ...‹ Oder einer von beiden sagte: ›Es ist ziemlich frisch heute abend.‹ Darauf der andere: ›Dann laß uns doch ins *Sciarpa* gehen ...‹ und so weiter. Jedesmal, wenn Sebastiano diese Frau erwähnte, sah Consuelo ihn indigniert an und ...«

»... und rief: ›Quelle horreur!‹« ergänzt Caterina, den charakteristischen Tonfall der Principessa imitierend.

Sie kringeln sich vor Lachen. Frida erzählt weiter: »Sebastiano stammt aus dem Piemont, wohnt aber zusammen mit seinem Freund in Rom. Letzten Sommer hatten sie ihren Hund dabei, Dromos, einen ganz sanften Maremmenhund ...«

Livia hält Caterina die Tüte mit den Weintrauben hin: »Möchten Sie jetzt welche?« Die ältere Frau greift lächelnd in die Tüte und sagt: »Ich weiß, ich könnte deine Mutter sein, aber tu mir einen Gefallen und duze mich.«

Die junge Frau nickt. Caterina fragt sie: »Wie alt bist du?«

»Dreiundzwanzig.«

»Meine Tochter Claudia ist im März neunzehn geworden. Du siehst also ...«

Frida unterbricht: »Und – wird sie in die Fußstapfen ihrer Mutter treten?«

»Ich weiß nicht, das muß sie entscheiden. Wie du weißt, habe ich meinen Beruf ja praktisch selbst erfunden. Eine Zufallsgeburt«, lächelt sie und legt zum Schutz vor dem Sonnenlicht eine Hand über die Augen. »Seit siebzehn Jahren arbeite ich jetzt für Corrado. Claudia war damals noch ganz klein.« Frida lächelt verständnisvoll zurück. Dann verkündet sie: »So, jetzt gehe ich aber wirklich ins Wasser.« Livia wendet sich an Caterina: »Frida hat mir erzählt, daß du jeden Sommer hierherkommst.«

»Ja. Wir werden hier zusammen alt, ich, Franzo, Charles, Consuelo, Isolina.«

Frida steht mit einer geschmeidigen Bewegung ihres athletischen Körpers auf, eine heroische Schönheit. »Die den beiden armen Jungs gestern Pasta mit Bohnen vorgesetzt hat.«

Die beiden anderen erheben sich ebenfalls. Caterina drückt ihre Zigarette auf einem Stein aus und grinst. »Heute abend bin ich bei ihnen zum Essen eingeladen. Wünsch mir Glück.«

»Vielleicht macht sie euch eine schöne Polenta.«

»Oder eine piemontesische *Bagna-cauda*-Tunke, zu Ehren der Persuttos.«

Livia rümpft die makellose Nase: »Mit Knoblauch?« Ihre Geliebte drückt ihr einen schmatzenden Kuß auf die Fingerspitzen. »Aber ja. Damit es hinterher keine Orgien in der Casa Arancio gibt.«

Caterina sieht den beiden Frauen nach. »Ich gehe zu Fuß zurück ... sag mal, Frida, könntest du dir eine Orgie mit dem Persutto vorstellen?«

Ehe sie untertaucht, ruft Frida zurück: »Quelle horreur!« Immer noch lachend packt sie unter Wasser die Beine von Livia, die sich mit ihr zusammen in die Fluten gestürzt hat.

Endlich mal Ruhe, aah! Sind Franzo und Consuelo jetzt weggegangen? Scheint so. Isolina wird in der Küche sein, mit dieser blöden, spitzgesichtigen Mieze. Typisch für die Gegend. Na schön, der Armen fehlt ein Bein, aber sie könnten doch auch wirklich vorsichtiger sein hier. Warum müssen sie sich bis zum Observatorium vorwagen, bis hinter die Casa Malanta, bis zum alten Friedhof? Damit sie ihre Pfoten in Fangeisen stecken können? Der Tierarzt hat ihnen das ja wohl nicht verschrieben. Außerdem gibt es noch nicht mal einen auf der Insel. Für die Erste Hilfe ist Aimée zuständig. Zum Glück, denn wenn sie letzte Woche nicht gewesen wäre, als ich diesen verflixten Dorn in der Pfote hatte ... Franzo und Charles sind in dieser

Hinsicht ja zu nichts zu gebrauchen. Ich für meinen Teil habe meine Pfoten noch nie weiter als bis zu dem Röhrichtfeld oberhalb der Casa Malanta gesetzt. Ja, ja, sie sagen immer, daß man von weiter oben eine großartige Aussicht hat, aber was soll unsereins denn mit einer Aussicht anfangen? Schon bis zur Casa Mandarino ist es eine kleine Reise. Aber die Leute dort sind sehr sympathisch, vor allem dieser Ruben versteht sich aufs Streicheln. Auch das Mädchen, Susy, ist nicht schlecht. Die in der Casa Limone dagegen mag ich überhaupt nicht. Er tut immer so freundlich und spielt den Würdevollen, wenn er hier ist, und dann gestern, als Franzo nicht hingesehen hat, hat er mir eine Ohrfeige verpaßt, weil ich mich auf seiner Zeitung ausgestreckt hatte. Wenn er das noch einmal versucht... Sie ist nicht ganz so schlimm, aber reichlich ungehobelt. Ich habe gehört, wie sie zu ihrem Mann sagte: »Er wird doch nicht ins Haus pinkeln?« Wie kann sie es wagen? Wo mir doch der ganze Garten zur Verfügung steht. In den Gärten wird es allerdings langsam etwas zu voll, muß ich sagen. Jetzt auch noch die kleine Mieze! Und in der Rosmarino die beiden Köter von Consuelo. Zum Glück hält Matteo sie mir vom Leib und ist ganz streng mit ihnen. Ein bißchen mehr Ruhe wär allerdings schön. Im Juni war es wunderbar hier. Jetzt noch den September durchhalten, und im Oktober geht es zurück nach Turin. Ich vermisse Franzos weichen Teppichboden. Nicht, daß es mir hier nicht gefiele, aber diese Hitze!

Er nagt an einer Kralle (eine lästige Angewohnheit, die dem Dorn von letzter Woche zu verdanken ist), leckt sich eine Pfote. Er dreht sich auf dem Bett um und betrachtet zerstreut die weit offenstehende Fenstertür, den langen, weißen Leinenvorhang, der träge im Wind weht, den blauvioletten Türrahmen. Er wirft einen Blick auf seinen

Napf mit einem Rest von Getreideknusperflocken darin. Allein bei dem Anblick schon bekommt man Durst.

Er steigt gravitätisch vom Bett und geht zu dem anderen Napf mit Wasser. Er trinkt. Warm. Dann streckt er sich unentschlossen, schnuppert an einer Staubflocke, die unter Franzos Schreibtisch hervorgeweht wird.

Man müßte sich mal vorstellen. Puh. Läßt sich wohl nicht vermeiden, über kurz oder lang ... Prospero stolziert zur Tür und beginnt, langsam die Treppe hinunterzusteigen. Auf, sehen wir mal nach, was dieses lahme Kätzchen für ein Typ ist.

Die Augen auf den Vulkan gerichtet wiederholt Immacolata Vancori das Zeichen des Kreuzes. Sie schielt nach dem mageren Gesicht ihrer Schwester Annunziata, die, nachdem sie sich ebenfalls bekreuzigt hat, ein stummes Zeichen des Einvernehmens gibt. Durch die halbgeschlossenen Fensterläden der nach draußen führenden Küchentür kann man den dunklen Umriß von Iddu erkennen, der sich wie der Rücken eines schlafenden Dinosauriers gegen die Sonne abzeichnet.

Ihnen kann man nichts weismachen, sie waren schon 1930 hier – und auch 1953 –, als Iddu die Häuser der Insel erbeben ließ, vor allem hier in Piscità. Sie erinnern sich gut an den Mantel aus Asche auf den Dächern, den Terrassen, den Wegen. Und an die lodernden *bombe*, die sich durch die tiefen Talkerben von Vaddunazzu nach Cannestrà, nach Serro Adorno wälzten. Und daran, wie die Leute schreiend mit Booten an den Strand von Ficogrande flohen und nicht anlegen konnten, weil der Seegang zu stark war. Und an die Risse in den Mauern und den alten Friedhof, der wie umgegraben war, und die *Sciara d'u Fuocu,* in der es wie wahnsinnig tobte. Aber Bartolo, nein, Bartolo will von all dem nichts hören. Er sagt, die Angst vertreibe die Touristen, die nicht mehr wiederkommen, die einzige Quelle des Wohlstands, die uns geblieben ist. Natürlich werden sie nicht wiederkommen, denn wenn Iddu ausbricht, begräbt er sie unter sich. Alle werden wir sterben, alle.

Immacolata läßt die Bohnen los, die sie gerade schält, um sich erneut zu bekreuzigen. Wenn nur die *picciridda*, die Kleine, sich wieder erholen wollte! Die Kleine ist Incoronata, zweiundsiebzig Jahre alt und die jüngste und launenhafteste der Vancori-Schwestern.

Annunziata legt das Messer weg, mit dem sie gerade eine Kartoffel geschält hat, und faltet die Hände vor einer kleinen Figur der Madonna di Pompeji, die zwischen dem steinernen Ausguß und dem alten Kuppelofen hängt. Die beiden Schwestern verständigen sich mit Blicken über ihre schlimmen Vorahnungen.

Denn man kann nicht viel tun, denkt Immacolata und rollt die Papiertüte mit den restlichen Bohnen zusammen, es ist nicht nur Incoronatas Angst, die sie erschreckt, sondern noch etwas anderes, etwas, das in der Luft liegt. Seit etwa zehn Tagen hat sie nicht mehr richtig geschlafen, sie spürt, daß Gefahr im Verzug ist.

Sie schaut die Schwester an, die gerade aufsteht und die Kartoffeln in einen Topf gibt. Annunziata dreht sich zu ihr um und nickt. Ja, Gefahr, große Gefahr liegt in der Luft. Und woher, wenn nicht von dort oben, sollte die Gefahr drohen?

Auch in der vergangenen Nacht hat Incoronata kein Auge zugetan – und an geeister Melone lag es diesmal wirklich nicht. Sie hatten sich im Zimmer der Kleinen versammelt und bis in die tiefe Nacht hinein gebetet, solange, bis sie Kopfschmerzen bekamen. Leise Stoßgebete, ein Flüstern wie das des Windes im Röhricht, weil Bartolo wütend wird, wenn er hört, wie sie alle Heiligen des Paradieses anrufen. Aber sie *müssen* beten, und nicht nur für die Rettung des Hauses Vancori, sondern für die ganze Insel, vor allem, nachdem sie jenen Ausdruck des Teufels gehört haben, den Franzo, dieser Sünder, lachend von sich gegeben hat. Zufällig haben sie ihn vernommen, gerade als eine Gruppe von Wanderern auf dem Weg zu den Berghängen auf der kleinen Straße vorm Haus vorbeiging.

In Erinnerung an jene furchtbare Schmähung bekreuzigt sich Immacolata immer noch hastig und bittet den Herrnunserngott persönlich um Vergebung. Denn Iddu wird sich rächen – und nicht nur für diesen gräßlichen Ausspruch ihres Nachbarn, sondern für all die Ruchlosigkeiten, die auf der Insel begangen werden. Denn sie wissen sehr wohl Bescheid über die unseligen Paarungen und Schändlichkeiten, die dort unten am langen Strand stattfinden. Alt mögen sie zwar sein, aber sie sind keineswegs senil. Sie haben beim Pfarrer von San Bartolo vorgesprochen und sogar bei dem von San Vincenzo, obwohl das nicht ihre Pfarrei ist. Nichts ist geschehen, rein gar nichts. Niemand hat es für nötig gehalten, Maßnahmen zu ergreifen. Als wollten sie nicht sehen, was da vor sich geht, welch niederträchtige Verderbtheit sich auf der Insel breit macht. Besonders jetzt im Sommer, wo sie alle nackt herumlaufen und sich für die Herren der Welt halten. Die Hölle verdienen sie, und zur Hölle werden sie hier auch fahren.

Vor Jahren hatte der Pfarrer von San Bartolo einmal versucht, die Sommerfrischler zu ermahnen, die Sonntagsmesse zu besuchen. Er hatte Lautsprecher am Glockenturm anbringen lassen, direkt unter der Glocke, über die der Gottesdienst mit voller Lautstärke übertragen wurde – eigentlich sehr bequem, wenn man es recht bedachte, man konnte der Messe folgen, ohne sich aus dem Haus zu begeben. Doch sofort hatten sich zahlreiche lautstarke Proteste von seiten der Hausbesitzer in Piscità erhoben. Sie drei hatten dem Pfarrer geraten, die Hauptmesse von halb acht Uhr morgens auf einen späteren Zeitpunkt zu verlegen. Auch das hatte nichts genützt. Man hatte dem armen Pfarrer verboten, seiner Pflicht als Seelenhirte nachzukommen. Die Lautsprecher hängen immer noch dort oben, unbenutzt und weiß und rosa angestrichen, seit sie die Kirche vor fünf Jahren renovierten. Und zum Gottesdienst geht überhaupt niemand mehr, das muß man sich mal vorstellen. Manchmal sieht man sonntags einen verwirrten Touristen in kurzen Hosen, die Nase zum bescheidenen Stuckwerk des Hauptschiffs hinaufgereckt. Was für ein Skandal! O armes Stromboli, und o, wir Armen. Der Fluch Iddus wird über alle kommen, auch über die Unschuldigen – von denen es sowieso keine gibt, weil man kaum Kinder auf der Insel sieht, und selbst den wenigen leuchtet schon die Bosheit aus den Augen.

Mit einem erschöpften Seufzer macht Immacolata der Schwester ein Zeichen. Sie stellt die Espressokanne und eine weiße Tasse neben einer zusammengerollten Serviette auf das Tablett. Annunziata holt die Zuckerdose aus Ton aus einem Schränkchen. In feierlicher Prozession steigen sie zur Kleinen hinauf. Als sie die Küche verlassen, werfen sie noch einen Blick auf die Madonna von Pompeji, die im Halbschatten mitleidsvoll den Kopf zu neigen scheint.

Und während so der Morgen allmählich in den Mittag übergeht, kommen alle ihren kleinen Pflichten und alltäglichen Ritualen nach.

Die beiden Damen von der Zisterne haben ihre voluminösen Taschen mit allem ausgestattet, was man am Strand so braucht – riesige Strandlaken, Sonnencremes mit den verschiedensten Lichtschutzfaktoren, Bikinis zum Wechseln, Evian-Wasserflaschen, Illustrierte – und folgen nun dem unbefestigten Weg, der hinunter nach San Bartolo führt. »Was hat der kesse Vater nochmal gesagt?«

»Maria Grazia, bitte!«

»Na, wo sie doch einer ist! Also, was hat sie gesagt, wie wir gehen müssen?«

»Hinter der Kirche sollen wir nach links abbiegen.«

»Und dann?«

»Dann ein Stück die Straße hinunter und dann wieder nach links. Von dort sollen Trampelpfade zu den kleineren Stränden führen, oder man kann auch bis zum Ende der Straße weitergehen und kommt dann zu dem langen Strand, der der schönste sein soll.«

»Aha. Da, sieh mal ...« Sie zeigt auf das unter ihnen liegende Meer, das von einem noch tieferen Blau als der Himmel ist. Ornella bleibt verzückt stehen. »Wie schön.«

»Und was für eine Hitze! Kein Lüftchen regt sich.«

»Am Strand wird schon eins wehen.«

»Meinst du? Mir gefällt dieser schwarze Sand nicht so recht ... Mist!«

»Was ist?« Ornella dreht sich erschrocken zur Freundin um, die sich einen Knöchel reibt.

»Verdammter Mist, dieser blöde Scheißweg. Beinahe hätt' ich mir das Bein gebrochen.«

»Jetzt hör mir mal zu, Maria Grazia«, sagt Ornella streng, »heute abend gehen wir ins Dorf, und dann wirst du mir den Gefallen tun, dir vernünftige Schuhe zu kaufen, klar? Ich habe nämlich keine Lust, dich mit dem Löffel aufzusammeln, wenn du hier in einen Abgrund segelst. Klar?«

»Ist ja gut, reg dich nicht so auf.«

»Ich reg' mich zu recht auf. Wenn du dir hier einen Knöchel verrenkst, sitzen wir schön in der Tinte. Es gibt nämlich kein Krankenhaus auf Stromboli.«

»He, du Zimperliese, ich werd' mir schon nichts tun. Ich bin doch nicht von gestern.«

»Mit den Dingern wirst du dir jedenfalls noch den Hals brechen.«

»Erzähl keinen Schwachsinn, Ornella. Reg dich ab.«

Beide ein wenig beleidigt – was aber schnell wieder vergeht – kommen sie bei der Kirche heraus. Sie sehen sich um: »Nach dort oder nach da?«

»Nach da.«

»Da runter?«

»Uff, ja.« Sie nehmen die nach unten führende Straße. Links ein ausgedehnter Olivenhain, rechts ein von zwei Meter hohen Rosmarinsträuchern begrenzter Garten. Sie lesen die Namen der Häuser, die auf die niedrigen Gartenmauern gemalt sind (Casa Marrella, Taranta Babù, Casa del Lupo) und gelangen schließlich an eine Weggabelung. »Und jetzt?«

»Hab' ich dir doch gerade gesagt. Nach links.«

Sie bleiben stehen, um ein abschreckendes Schild zu betrachten, das an der Gabelung schief in den Boden gerammt ist: STROMBOLI, TÄTIGER VULKAN. GEFAHRENZONE.

Sie sehen sich an. »Beginnt hier nicht der Aufstieg zum Vulkan?«

»O je. Aber Frida hat gesagt, wir sollen hier weitergehen.« Ornella muß lachen. »So aufgetakelt solltest du mal den Vulkan besteigen.« Sie zeigt auf die Sandalen der anderen.

»Mensch, jetzt hör aber mal auf. Ich bin schließlich nicht zum Bergsteigen hergekommen. Ans Meer will ich, und ich hoffe, daß es dort schön ist, sonst bekommst du Ärger mit mir.«

»Mit dir?«

»Ja, mit mir. *Du* hast mir doch ständig in den Ohren gelegen: ›Stromboli, Stromboli, laß uns nach Stromboli fahren!‹ Aber bisher kann ich nichts Besonderes finden an deiner tollen Insel.«

Ornella antwortet nicht. Sie schiebt ein wenig die Unterlippe vor – verärgert oder den Tränen nahe? – und zuckt die Achseln. Ihr jedenfalls beginnt es hier langsam zu gefallen. Sie weiß nicht genau, warum, aber die Insel berührt sie irgendwie. Sie gehen weiter und beugen sich dabei hin und wieder über Pforten und Mäuerchen, um in die Gärten zu spähen. Vor einem kleinen, offenen Platz beschneidet ein Mann nordischen Typs mit einem zerdrückten Hütchen auf dem Kopf einen Bougainvilleenzweig, der über die kleine Straße hängt. Als sie näherkommen, dreht er sich um und lächelt ihnen kurz zu. Die beiden grüßen verhalten zurück. Ornella flüstert: »Hast du diesen Garten gesehen? Wahnsinn!« Die andere nickt beeindruckt. Na ja, Garten kann man es auch nennen, kommt mir eher wie eine botanische Anlage vor, denkt sie. Am Ende des Gartenpfads haben sie eine große, beschattete Terrasse entdeckt.

Das Sträßchen ist verlassen, keine Radiogeräusche, keine Stimmen. Eine fast unheimliche Ruhe.

»Fast unheimlich, was?«

»Was denn?«

»Diese Ruhe, diese Stille.«

»Ist doch schön. Was hast du dir denn vorgestellt – Laigueglia, Riccione?«

»Nein, aber ... meinst du nicht, daß es etwas langweilig werden könnte?«

»Nun wart's doch erst mal ab ... schau, hier ist die kleine Treppe. Frida hat gesagt, die sollen wir runtergehen.«

Sie steigen zwischen zwei Mäuerchen hinab, wobei sie die Zweige einer Tamariske, die den Weg versperren, zur Seite schieben müssen.

Und bleiben atemlos stehen. Unter ihnen liegt der Strand. Schwarz, eingekeilt zwischen Meer und Bergen, gesäumt von in der Sonne glänzenden Klippen, umspült von tiefblauem Wasser. Und hier und dort mit nackten Körpern getüpfelt. Den ersten davon sehen sie schon sehr deutlich, er ist nahe genug, um bestimmte, bedeutsame Details erkennen zu lassen. Es ist der eines dunkelhaarigen, schlanken, perfekt gebräunten Jungen, der vollkommen nackt auf sie zurennt. Die beiden, die Mühe haben, wieder zu Atem zu kommen, bleiben wie gebannt stehen, während ein leises Pfeifen über ihre Köpfe hinwegzischt. Der Junge hält lächelnd zwei Meter vor ihnen an, wirft einen Blick auf die abbröckelnden Stufen, die barfuß nicht gut zu meistern sind, und sagt: »Entschuldigt ...«, wobei er auf eine orangefarbene Scheibe hinter ihnen zeigt.

Die verblüfften Freundinnen brauchen eine Ewigkeit, um zu kapieren, daß es sich um ein Frisbee handelt. Ornella bückt sich schließlich, betrachtet es, als sei es der Kohinoor, und reicht es schüchtern dem Jungen. Der nimmt es, lächelt erneut und rennt damit zurück. Maria Grazia, deren Augen auf die perfekten Pobacken des Davonlaufenden gerichtet sind, murmelt: »Allmählich beginnt mir deine Insel zu gefallen, muß ich sagen.« Dann mischen auch sie sich endlich unter die verstreuten Sommervölker des langen Strandes von Piscità.

Dieser Verrückte! Ruben läßt sich von den Wellen treiben und beobachtet, wie Giancarlo am Strand mit seinem Frisbee den Verrückten spielt. Tja, wenn einer weiß, daß er einen schönen Körper hat und obendrein von dem Drang besessen ist, ihn allen zu zeigen ...
Den Blick weiter auf den Strand gerichtet fragt er sich, wer wohl heute der Adressat der gymnastischen Vorführungen seines Freundes ist. Er sieht zwei junge Frauen – zumindest wirken sie von ferne jung – auf der Treppe zum Strand stehen. Die eine versetzt der anderen plötzlich einen Stoß, worauf diese, unter dem Gewicht einer riesigen Tasche taumelnd, die Stufen hinunterstolpert. Die andere folgt ihr lachend. Sie beginnen, mit übertrieben vorsichtigen Storchenschritten über den Sand zu gehen. Neulinge.
Etwas weiter vorn lagert die Gruppe der Neapolitaner: fünf oder sechs hübsche, temperamentvolle Jungen, manche mit Badehose, manche ohne, die sich um eine statueske Dunkelhaarige mit vielen Armreifen versammelt haben. Die Neapolitaner sind mit auffälligen Luftmatratzen, bunten Strandlaken und Körben voll Obst ausgerüstet. Gerade spielen sie irgendein merkwürdiges Spiel. Die Frau wirft hin und wieder ein Steinchen in die Gruppe, worauf die Jungen sich lachend darum balgen. Diesem Pechvogel von Giancarlo wäre es zuzutrauen, daß er sich für sie in Szene setzt. Weiter rechts davon, halb hinter einem Felsen verborgen, liegen Susy und Federico, die sich selbstvergessen küssen. Dann die beiden Frauen aus der Casa Malanta, die schöne Livia, die aufrecht stehend aufs Meer hinaussieht, und Frida, die im

Sand liegt, einen Arm zum Schutz vor der Sonne über die Stirn gelegt. Dann die norwegische Gruppe – vielleicht schielt Giancarlo auch dorthin – und schließlich ein einzelner Strandbesucher. In der Ferne noch ein Männerpaar zwischen den Klippen.

Ruben läßt sich unter Wasser gleiten. Und ich, zu welcher Gruppe gehöre ich? Er gibt sich keine Antwort und taucht statt dessen zum Grund. Er sammelt zwei Steine auf, reibt sie aneinander und stellt sich vor, wie kleine Fische, angelockt von einem Ton, den nur sie hören können, herbeigeschwommen kommen. Dann läßt er die Steine wieder fallen, die geräuschlos, nur mit einem leichten Aufwirbeln von Sand, wieder ihren Platz auf dem Meeresboden finden. Er steigt auf. Oben holt er Luft und träumt davon, ganz weit weg zu sein, ein Schiffbrüchiger auf offener See. Doch Strombolicchio rettet ihn, die einzige Oase in dem gänzlich verlassenen Rund des Horizonts. Ruben betrachtet das Riff dort draußen, das von kleinen weißen Wellenkämmen umspült wird. Er kann das kleine Boot sehen, das Ausflugsfahrten für die Touristen anbietet und jetzt mit seiner Last im Schatten eines Felsens festgemacht hat. Zum Baden nach Strombolicchio.

Wie kommt es, daß ein bestimmter Ort so viel Raum im eigenen Innern einnehmen kann? Wie kommt es, daß unter so vielen Meeren, unter so vielen gastfreundlicheren, lieblicheren, landschaftlich weniger dramatischen Inseln es ausgerechnet diese ist, die mir den Atem raubt und mich sprachlos macht? Und warum suche ich überhaupt nach Worten? Was habe ich zu berichten, und wem soll ich meine Gefühle beschreiben?

Er horcht auf das, was die Insel ihn lehrt, wendet sich mit einem kräftigen Schwimmstoß dem Vulkan zu und überläßt sich, überwältigt, dem Rätsel. Sicher ist nur, daß es keine Antworten gibt. Oder daß sie, wenn es sie gibt, von allein kommen.

Frida will gerade etwas fragen – etwa: Geht's dir gut, ist dir auch so heiß? –, hält sich aber zurück und betrachtet durch den schmalen Ausschnitt, den die Arme vor ihrem Gesicht freilassen, von unten die Beine der Frau, in die sie verliebt ist. Unglaublich, denkt sie lächelnd.

Nach Stromboli kommt sie, seit sie sechzehn ist, seit ihr Vater in einem Anfall von Immobilienerwerbs-Enthusiasmus die Besitzung Malanta kaufte. Sie kann nicht umhin, in rascher Abfolge die Sommer ihrer Jugend und die vielen Jungen und jungen Männer, mit denen sie sich zwischen diesen Klippen im Sand herumgewälzt hat, an sich vorbeiziehen zu lassen. Ausschweifende Mondnächte, laute Trinkgelage, pfirsichfarbene Sonnenaufgänge – zum Beispiel mit Antonio, dem jüngsten Sohn von Donna Peppina, mit dem sie Sachen gemacht hat, oh là là, die sie heute noch, als Erwachsene, wenn sie sich im Dorf begegnen, zwischen Lachen und Rotwerden schwanken lassen. Aah.

Und heute? Heute sieht sie sich hier mit einer – wie soll sie sie nennen? –, einem himmlischen Wesen unverwechselbar weiblichen Geschlechts.

Livia hat sich umgedreht und sucht zwischen den Felsen nach der Wasserflasche, die dort im Schatten versteckt ist. Frida sieht zu, wie sie die Flasche an den Mund führt und daraus trinkt. Da – jede ihrer Handlungen, sogar die einfachste, gewöhnlichste, läßt eine absolute Natürlichkeit spüren. Wie soll sie dieses wunderbare Mädchen, mit dem sie in perfekter Harmonie durch die Tage segelt, beschreiben? Eine, die genauso ist, wie sie scheint. Eine, die sich nicht verstellt und nicht darstellt, die all das ist, was man in ihren Augen liest. Unglaublich, daß sie mich gewählt hat. Unglaublich, daß ich mich habe wählen lassen.

Gedanken an einem Augustmittag. Zuerst klar und präzise, dann auf einmal vage und träumerisch. Dahinter ein wirres Gefühl, das aus Leichtigkeit mit einer dünnen Schicht von Angst besteht. Wie damals, als kleines Mädchen, als sie am Strand die Augen schloß und konzentriert vor sich hinmurmelte: Ich bin am Meer, ich bin am Meer, ich bin am Meer. Und der Winter, der Regen und die Schule verschwanden auf Nimmerwiedersehen.

Sie schließt die Lider: Ich bin verliebt, ich bin verliebt, ich bin siebenunddreißig Jahre alt und in ein Mädchen von dreiundzwanzig verliebt, das Livia heißt. Sie muß ein wenig lachen. Sie öffnet ein Auge, dann das zweite. Einige Meter entfernt entdeckt sie das Pärchen aus der Casa Mandarino (er versucht gerade, eine beachtliche Erektion mit Sand zu bedecken, während sie laut lacht, den schönen Mund weit offen der Sonne zugewandt).

Im Wasser sieht sie den anderen Jungen aus der Casa Mandarino – diesen Ruben, der sie an Livia erinnert, sie haben dieselbe entwaffnende Natürlichkeit – träge vor sich hinplanschen, allein im weiten Meer.

Auch ihre beiden Feriengäste aus der Zisterne erkennt sie, die sich umständlich in der Mitte zwischen den Neapolitanern und dem dritten Jungen der Casa Mandarino, der nackt umherhüpft, niederlassen.

Sie dreht sich um und sucht ihre Freundin mit den Augen. Livia liegt etwa zwei Meter von ihr entfernt, den Kopf in eine Hand gestützt, und sieht mit unendlicher Ruhe aufs Meer hinaus. Fridas Augen (sicher liegt es an der gleißenden Sonne oder an einem aggressiven Sandkörnchen) füllen sich unerwartet mit Tränen.

Als der Mittag sich in einen schnell fortschreitenden Nachmittag verwandelt hat, beschließen Consuelo und Franzo, daß es zu heiß ist, um noch an den Strand zu gehen. Sie strecken sich auf den Liegestühlen der Terrasse aus. Matteo ist mit den Zeitungen zurückgekehrt, die er auf der Steinbank verteilt, ehe auch er es sich gemütlich macht und mit einem Zigarrenstummel zwischen den Zähnen den »Espresso« aufschlägt. Die Hunde liegen im Schatten der Laube der Casa Rosmarino, Prospero hockt in der Bougainvillea, und Isolina schneidet in der Küche mit kraftvoller Bewegung eine Scheibe Salami ab. Sie wirft die Schale dem anbetungsvoll wartenden Kätzchen zu, das sie mit der verstümmelten Tatze aus der Luft auffängt. Die Haushälterin gestattet sich ein seltenes zufriedenes Lächeln.

Charles taucht aus dem Garten auf, die Arme voller Zweige, die er in einen Korb wirft. Er zieht sich die Arbeitshandschuhe aus. »Was, kein Strand heute?«

»Zu heiß.«

Consuelo hebt die bebrillten Augen vom »Messaggero«. »Bonjour, mon cher. Hast du schön Bäume beschnitten?«

»Yes, madam. Ich glaube, ich habe Fridas Feriengäste gesehen.«

»Und, wie sind sie?«

»Très habillées pour la plage.«

»Mon Dieu.«

Franzo sieht seinen Partner an. »Möchtest du etwas Wein?«

»Ich hole ihn mir selbst.« Der Engländer geht in die Küche. Isolina überfällt ihn mit der Frage: »Willst du zu Mittag essen?«

»Was ist mit den anderen?«

»Was weiß ich! Sie können sich nicht entscheiden. Frag

du sie nochmal.« Charles steckt den Kopf zur Tür heraus. »Isolina will wissen, ob sie was zu Essen machen soll?«

»Nur einen Salat, hm? Es gibt auch noch Mozzarella.« Franzo wirft Charles einen bedeutungsvollen Blick zu. Der Engländer sieht die Haushälterin an, die mit einer Hand am Griff der Kühlschranktür den Kopf schüttelt und brummt: »Sie vertragen mein Essen nicht, so so.«

Charles tritt mit einem Tablett mit Gläsern, einer gekühlten Flasche Corvo und dem Eisbehälter wieder auf die Terrasse und stellt alles auf dem Holztisch ab. Er schenkt Wein ein und reicht der Principessa ein Glas. Sie dankt ihm und faltet die Zeitung zusammen. »Ah, Franzo, jetzt weiß ich wieder, was ich dir noch sagen wollte. Gestern abend, als diese jungen Leute, die auf den Vulkan wollten, hier vorbeigegangen sind – ich bin sicher, daß Immacolata dich da gehört hat.« Matteo sieht mit einem ahnungsvollen Lächeln auf. »Was kann sie denn gehört haben, Signora?« Sie deutet mit einer lässigen Handbewegung auf Franzo: »Frag nur ihn, le cochon.«

Franzo nimmt das Glas, das Charles ihm hinhält. »Danke, mein Lieber.« An Consuelo gewandt: »Na und?«

»Was heißt ›na und‹?« Die Principessa senkt die Stimme. »Stell dir mal vor, was die arme Frau gedacht haben muß.«

»Ach, ich glaube nicht, daß sie mich gehört hat.«

»Ich bin mir sogar sicher. Sie war nur ein paar Meter entfernt, und du mit deiner lauten Stimme ... Caterina ist sich auch sicher.«

Charles setzt sich, reicht Matteo ein Glas und fragt Franzo: »Also, was hast du dir vor dieser Heiligen wieder geleistet?«

Der Freund kichert. »Nichts weiter. Außerdem habe ich sie gar nicht gesehen.«

»Natürlich hast du sie gesehen.« Alle drehen sich zu

Caterina um, die zwischen den Büschen hervorkommt. »Gib nur zu, daß du sie schockieren wolltest.«

»Niemals. Und im übrigen sind die Vancori-Schwestern gar nicht so unschuldig. Wer weiß, an was für Unanständigkeiten Corrado sie schon gewöhnt hat.«

Caterina lacht und streift ihre Sandalen ab. »O nein, Corrado ist immer sehr respektvoll gegenüber seinen Tanten.« Sie bückt sich, um Consuelo auf die Wange zu küssen, ehe sie hinzufügt: »Du hast es mit Absicht getan.« Die Principessa erwidert den Kuß der Freundin mit einem Nasenstüber. »Tu as raison, ma petite. Franzo, du bist widerlich.«

Matteo lacht: »Also, was nun? Darf man es endlich erfahren?« Charles verschränkt die Hände und schaukelt auf seinem Klappstuhl hin und her. »Ich wette, er hat gesagt, daß der Vulkan ständig Feuer speit, weil ...« Er beendet den Satz nicht.

»Genau, das hat er gesagt«, bestätigt Caterina.

Franzo steht auf und schlägt Caterina leicht auf die Schulter. »Also schön, erzähl du, warum.«

»Ich denk' ja gar nicht dran.«

Matteo drängt: »Warum speit Iddu ständig Feuer?«

»Weil, wie dieser *crin* hier, dieses Ferkel von *Franzocarlo*, sagt«, sie drehen sich alle zur Küchentür um, wo die massige Gestalt Isolinas mit einem Kochlöffel in der Hand sichtbar wird, »die Touristen mit ihrem ständigen Auf und Ab dem Vulkan einen runterholen. Deshalb.«

Kurz bevor das fröhliche Gelächter der trauten Runde auf der Terrasse erklingt, spürt man einen Moment reinster Spannung, eine winzige Unterbrechung der Zeit. Und Iddu, der auf so unchristliche Weise beschworen wurde, stößt seinen düsteren Grabesruf aus.

2

Großgrundbesitz (böse Vorahnung) – Signora Elides Vergeßlichkeit – Nachmittägliche Riten (Strandvolk, der Feueraltar, Franzo ist wieder zwanzig) – Charles ist melancholisch – Livia ist verliebt – Femme fatale – Ein unangenehmer Schauder – Ein Spiel, das auf der *Piero della Francesca* nicht mehr gespielt wird (eine umwerfende Blondine und ein normannischer Gott) – Der Cavaliere übertreibt – Fabrizio auf hoher See – Die Zärtlichkeit der Körper – Ein unerwarteter Gast – Yet each man kills the thing he loves – Ein schlichtes Grab

Auf einer Karte im Maßstab eins zu tausend ist der Palazzo der Vancori lediglich ein dunkles Rechteck von wenigen Quadratzentimetern inmitten eines unregelmäßigen, gelblich-weißen Trapezes. Don Bartolos Zeigefinger folgt einer unregelmäßigen Linie: die Grenze zum Grundstück der Casa Arancio. Dort ist die Straße zur Kirche und hier der Maultierpfad zum Vulkan. Ein Knick im Blatt verbirgt die Casa Warka. Darunter ein kleines Viereck, das die Casa Limone bezeichnet.

In einem lanzenförmigen Sonnenstrahl wirbelt ein Hauch von Staub über der Karte. Vancori glättet das Blatt und folgt mit dem Zeigefinger den anderen Wegen, die von der tiefergelegenen Straße abzweigen. Hier ist der Scalo dei Balordi, wörtlich »Anlegeplatz der Trottel«, und ein wenig darüber liegt die Casa Benevenzuela. Dieser

Strich auf der Zeichnung markiert die Zufahrt zur Straße, dieser andere die Bereiche, die den Wohnbereich von den Vorratshäuschen trennen: der Küchengarten und der große, halbverwilderte Obstgarten.

Der alte Vancori stützt die Hände auf die Armlehnen seines Sessels, läßt sich gegen die Rückenlehne sinken und sieht durch den Spalt der halbgeschlossenen Fenstertür nach draußen. Die Olivenbäume der Benevenzuela sind verwahrlost, aber es gibt immer noch die Feigenbäume, von denen ein riesiges Exemplar die Terrasse beschattet, und sogar noch einen Rest von Weinstöcken. Man könnte alles wieder kultivieren. Er muß abwarten, was Corrado sagt. Ungehalten schüttelt er den Kopf. Er ist keineswegs von der Erwerbung der Casa Benevenzuela überzeugt, jedenfalls nicht zu diesen Bedingungen. Rosario hat sich von weiß Gott wem in Messina beraten lassen, und dort haben sie ihm die wildesten Ideen in den Kopf gesetzt: jetzt glaubt er, Hunderte von Millionen Lire mit dem Verkauf des Hauses erzielen zu können. Er weiß, daß Corrado schon seit vielen Jahren ein Auge auf das Haus ihres Faktotums geworfen hat. Anfangs konnte keine Rede von einem Kauf sein – als dieser Dickschädel von altem Benevenzuela noch lebte –, aber kaum war er tot, hat Rosario flugs die Nachricht in Umlauf gesetzt, er wolle das Haus losschlagen. Nun spielt er den Zögerlichen, weil er genau weiß, daß Corrado ganz scharf darauf ist, es zu kaufen. Und weil er es allein nicht verkaufen kann, denn der Besitz gehört nicht nur ihm, sondern auch seinem Bruder Pietro. Deshalb muß man auch die Entscheidung des jungen Benevenzuela abwarten, der morgen aus Amerika angereist kommt.

Doch wozu überhaupt noch weitere Häuser auf der Insel kaufen? Don Bartolo schließt halb die Augen und läßt vor seinem geistigen Auge, Fassaden, Kelterräume, Terrassen, Röhrichtfelder, Gärten vorbeiziehen. Aber vor allem: Casa Benevenzuela ist *maliditta*, verflucht, sie bringt Unglück, das wissen alle im Dorf. Nur Corrado hat das Haus immer gemocht oder besser gesagt, er hat schon immer seinen Wert erkannt: ein nicht zu kleines Haus, das man nach Gutdünken ausbauen und später einmal mit Gewinn verkaufen kann. Auf einem der schönsten Grundstücke zwischen Piscità und Ficogrande gelegen, in bester Lage, nur wenige Schritte vom Meer entfernt. Aber irgend etwas hat Don Bartolo daran stets mißfallen. Außerdem sind die Benevenzuela eine Familie, der man nicht trauen kann, und Rosario haben sie nur in ihren Dienst genommen, um der alten Benevenzuela, einer entfernten und unbequemen Verwandten, einen Gefallen zu tun. Jetzt, da auch sie tot ist, nutzt Rosario das Haus nur noch als Vorratslager und schläft hier im Palazzo, in einem kleinen, ebenerdigen Zimmer hinter dem alten Kelterraum, nahe bei Corrados Zimmern, die aufs Meer hinausgehen.

Als er im Juni hier war, hatte Corrado das Thema vorsichtig angesprochen. Oh, wenn er an den heuchlerischen, schmierigen Gesichtsausdruck von Rosario denkt, dessen Augen vor Habgier leuchteten. Natürlich war Corrado geschickt gewesen und hatte sich nicht allzuviel Blöße gegeben, aber Rosario beeilte sich, von einem möglichen Verkauf an gewisse Bekannte aus Milazzo oder Capo d'Orlando zu reden, die sich interessiert gezeigt hätten. Nur um den Preis in die Höhe zu treiben. An einem gewissen Punkt dieser Farce, anders kann er dieses Gespräch nicht nennen, hatte Corrado eingeworfen: »Wie alt ist Pietro jetzt eigentlich?«

Rosario hatte sein wölfisches Grinsen aufgesetzt. »Er ist im Dezember siebenundzwanzig geworden.«

»Und wie lange war er schon nicht mehr zu Hause, Rosario?«

»Äh, seit sechs Jahren, seit unser Vater tot ist, Gott hab ihn selig.«

»Schreib ihm, er soll uns diesen Sommer besuchen kommen.«

»Hm, aber Petruzzo hat dort in *Broccolino* seine Arbeit. Und die Reise von Amerika hierher kostet viel Geld, wie Sie wissen. Noch nicht einmal zur Beerdigung unserer armen Mama ist er gekommen.«

Nun war es an Corrado, die Lippen zu einem schmalen Lächeln zu verziehen: »Aber Don Bartolo und ich werden ihm gern das Flugticket bezahlen. Der Junge muß wieder einmal auf die Insel zurückkehren, wenigstens um am Grab seiner Mutter zu beten.« Er hatte in die Hände geklatscht und sie aneinandergerieben. »Paß auf, wir machen es so: Wenn ihr jemals euer Haus an uns verkauft, ziehen wir einen Teil der Kosten des Flugtickets von der Summe ab, dann braucht ihr euch nicht beschämt zu fühlen. Und wenn nicht, ist es einfach ein Geschenk von meinem Onkel und mir. Na? Wie gefällt dir das, Rosario?«

Der Mann hatte nicht gewußt, was er sagen sollte. Wie konnte er ein solches Angebot ablehnen? Wie konnte er sich aus der Affäre ziehen, ohne sich von seiner Herrschaft durch eine Verpflichtung in die Enge treiben zu lassen? Corrado war ihm mit einem freundschaftlichen Schlag auf die Schulter zuvorgekommen: »Du brauchst dich jetzt nicht gleich zu entscheiden. Schlaf erst mal drüber. Schreib an Pietro, hör, was er dazu meint, und gib uns dann Bescheid. In Ordnung?«

Don Bartolo schüttelt unzufrieden den Kopf. Er ist es, dem die Sache nicht gefällt. Und sicher nicht wegen Corrados großzügigem Angebot – ein Flugticket von den

Vereinigten Staaten hierher, warum nicht? Sondern wegen des Hintergrunds. Wegen des Hauses. Vor dreißig Jahren war die Leiche eines Unbekannten in der Zisterne der Casa Benevenzuela gefunden worden. Die Frauen des Dorfes bekreuzigen sich noch heute, wenn sie auf dem ebenen Weg an dem Haus vorbeikommen. Man sagt, es sei ein Unglück gewesen, möglicherweise auch eine Eifersuchtsgeschichte. Niemand hat je erfahren, was wirklich geschehen ist, und die Benevenzuela, eine eigenbrötlerische Sippe, haben immer Schweigen bewahrt. Er, Don Bartolo, ist kein furchtsamer Mann, aber es kostet schon Mut, an manchen Januarabenden an der Mauer vor dem Haus vorbeizugehen. Die Hunde heulen und und zerren an der Leine, wenn man sie an der Pforte vorbeiführt. Aber schlußendlich wird es Corrados Entscheidung sein, wie immer.

Vancori faltet die Flurkarte sorgfältig zusammen, läßt sie auf dem wuchtigen Schreibtisch liegen und streichelt den beinernen Knauf des Spazierstocks, der am Sessel lehnt. Er betrachtet den schmalen Streifen Sonnenlicht, der durch das Fenster hereindringt. In der nachmittäglichen Stille des großen Hauses hört man lediglich ein fernes, schwaches Flüstern.

Der Alte ballt die Faust und hämmert ungehalten auf die Sessellehne ein. Sie beten wieder. Nichts als beten tun sie, diese Weiber. Mit lauter Stimme, die vor Heiserkeit brüchig klingt, ruft er: »Annunziata, Immacolata, hierher!« Sofort hört man aus irgendeinem Winkel des Hauses das scharrende Geräusch hastig gerückter Stühle.

»Also Malvasier, ja?«
»Wenn du welchen bekommst.«

»Natürlich bekomme ich welchen. In dem ersten Laden an der Straße habe ich welchen gesehen.«

»Wahrscheinlich ist er hier so teuer wie Champagner.«

»Nun sei nicht so knauserig, Elide ...«

Signora Persutto fragt sich, womit sie das alles verdient hat. Erstens ist es furchtbar heiß – das Wetter schlägt um, das sagen ihr ihre Knöchel, die sich selten irren –, zweitens würde sie jetzt gern ein Nickerchen machen und für eine Weile vergessen, daß sie vor zweiunddreißig Jahren diesen Trottel geheiratet hat. Drittens ... Drittens fällt ihr nicht mehr ein. Das passiert ihr dauernd, seit sie hier ist: Sie vergißt alles mögliche. Ihre Gedanken verwirren sich, lassen sie im Stich, verblassen. Was jedoch nicht unangenehm ist, im Gegenteil. Wenn nur ihr Mann endlich aufhören würde, sie zu piesacken. Sie sieht zum Wecker auf dem Nachttisch und bemerkt listig: »Es ist fast fünf, die Geschäfte machen gleich auf.«

Der Cavaliere erhebt sich ruckartig vom Bett. »Schon fünf? Zeit aufzustehen, Elide.« Sie, ohne sich zu rühren: »Ach, weißt du, geh doch allein ins Dorf. Meine Knöchel ... und dann kann ich dir noch das Hemd für heute abend bügeln.«

Er hört ihr überhaupt nicht zu, weil er wie ein Rasender nach seinen Hausschlappen unter dem Bett sucht. »Sakrament ... Und wenn sie keinen Malvasier haben, was sollen wir dann mitbringen?«

»Dann nimm eine Flasche Muskateller.«

»Meinst du? Ist das angemessen?«

»Warum denn nicht? Der Engländer mag ihn jedenfalls.«

»Wer hat dir das erzählt?«

»Er selbst, neulich abends.«

»Aber die Principessa? Ich habe keine Ahnung, was sie mögen könnte.«

Signora Elide boshaft: »Ich schon.«

»Was denn?« ahnungslos der Cavaliere. Dann sieht er die scheinheilige Miene seiner Frau und faucht: »Willst du Streit mit mir, Elide?«

»Aber ich mach doch nur Spaß, Nuccio. Nimm, was du möchtest. Wenn du nichts Passendes findest, geh bei dem Café an der Piazza vorbei, dort haben sie Mandelgebäck.«

»Ist das auch frisch?«

»Frag halt.«

»Ob es auch gut ist?«

»Probier es vorher.«

»Meinst du? Und wieviel soll ich nehmen?«

»Puh, drei Stück für jeden, würde ich sagen.«

»Und wieviele werden wir sein?«

»Ich weiß es nicht, Nuccio.« Kurz vor einem Schreikrampf. Immer noch auf dem Rücken liegend verschränkt sie die Arme vor ihrem ausladenden Busen. »Mach es so: wenn du Malvasier bekommst, nimmst du den, wenn nicht, werden so etwa zwanzig Mandelkuchen reichen.«

Er schnaubt verärgert: »Du bist mir überhaupt keine Unterstützung. Aber gut, ich werde mir schon zu helfen wissen. Wenn wir dann einen schlechten Eindruck machen ...«

»Aber nein, du wirst sehen ...« Ganz sanft jetzt. Der Cavaliere verläßt das Zimmer, zieht ein paar beige Bermudashorts über und flucht leise vor sich hin.

Signora Persutto zählt die Deckenbalken über sich: elf dicke, knorrige Balken, die von einem noch dickeren durchschnitten werden, der sie alle zu stützen scheint. Sie hört nur mit einem Ohr auf das Gepolter ihres Mannes nebenan. Sie schließt die Augen und denkt über sich nach. Dieser Ort ist zuviel für sie. Zu wild, zu seltsam, zu fremdartig. Sie ist an zahmere Gegenden gewöhnt, an

Orte, die ... ja, leichter einzuordnen sind – die ligurische Riviera vor allem, mit ihren beruhigenden Appartementblocks, die denen in Turin zum Verwechseln ähnlich sind, mit der Via Aurelia, dieser mörderischen Straße, auf der alle mit Vollgas dahinrasen, die ihr aber so vertraut ist, als wäre sie in ihre Chromosomen eingebrannt. Mit dem immergleichen hektischen Rhythmus von Strand – Badekabine – Einkäufe in den Gassen – Gardaseeforelle zu Mittag – Strand. Hier dagegen ...

Auf dieser Insel hat sie eine Trägheit, eine Leichtigkeit, sogar eine wunderbare Gleichgültigkeit überkommen. Als wäre sie stets ein bißchen betrunken. Immer noch das Muster der Deckenbalken betrachtend überlegt sie, was wäre, wenn Nuccio in eine Schlucht fiele, von einem Felsen zerschmettert würde. Ja, sicher, das wäre schon ein Problem. Man müßte die Polizei rufen, vielleicht sogar den Hubschrauber aus Lipari. Es wäre bestimmt mühselig, auf dieser Insel einen Sarg aufzutreiben. Ob sie hier selbst welche zimmern oder sie aus Messina importieren?

Ich sollte ihn besser hier begraben lassen. Was wohl eine Grabnische kostet? Sie stellt sich vor, wie umständlich es wäre, den armen Nuccio zuerst mit dem Zug nach Turin und von dort zum Friedhof von Carrù zu schaffen, wo sich die Gruft seiner Familie befindet. Viel praktischer wäre ein schlichtes Inselbegräbnis, eine schöne Messe in San Bartolo und fertig. Die aus der Casa Arancio würden sich um alles kümmern, dessen ist sie sich sicher, sie würden ihr gern helfen, die beste Lösung zu finden.

Sie öffnet die Augen und sieht nur eine Handbreit vor sich das Gesicht des Toten, der gebieterisch fragt: »Wo zum Sakrament hast du meine Mütze hingetan?«

Signora Elide zeigt mit einem tiefen Witwenseufzer auf den Kleiderständer in der Ecke. Er, aufgeregt: »Ich bin in einer Stunde wieder da. Wann werden wir erwartet?«
»Um halb neun, du hast reichlich Zeit.«
»Also Malvasier?«
»Ja, ja.«
»Dann gehe ich jetzt.«
»Mach's gut, Nuccio.«
»Mir ist eine Überraschung für die Principessa eingefallen.«
»Was denn?«
»Das wirst du heute abend erfahren. Tschüß.«
Wenn er mich nur ein einziges Mal fragen würde: Brauchst du etwas, soll ich dir etwas mitbringen? Aber das ist nicht das eigentliche Problem, denkt Signora Persutto, entschlossen, die Stunde des Alleinseins in vollen Zügen zu genießen, das eigentliche Problem ist, daß der Trottel *mich* begraben wird.
Doch dann schläft sie ein, unbesorgt über ihr Schicksal.

Am Meer ist es im Laufe des Nachmittags aufgrund verschiedener Anziehungskräfte zu einer gewissen Durchmischung der Gruppen gekommen.
Vor etwa einer halben Stunde, gegen halb fünf, ist Matteos weißer Kaftan auf dem Weg oben in Sicht gekommen, ihm voran und äußerst aufgeregt Romanow und Hohenzollern, hinter ihm Franzo und Consuelo. Die kleine Gruppe hatte sich der Mitte des Strands zugewandt, wo sie von den anderen mit viel Hallo begrüßt wurde. Dann hatte die kleine Zeremonie des sich Einrichtens stattgefunden: Breite das Strandlaken aus, mach mal Platz für Franzos Kram, willst du Wasser, eine Kak-

tusfeige, nein, lieber eine von deinen Zigaretten. Consuelo – schwarzer Badeanzug, Perlen in den Ohren, einen einzelnen Diamanten am rechten Ringfinger – hatte den Schwimmvorbereitungen der anderen gelassen zugesehen: »Nein, kein Bad für mich heute, geht ihr nur, mes enfants.«

Jetzt plaudert einer der Neapolitaner mit ihr und Frida. Susy und Federico sind mit Livia und Franzo im Wasser. Ruben stößt mit einem Hechtsprung zu ihnen. Giancarlo läßt sich von der Neapolitanerin aus der Hand lesen. Beide beugen konzentriert ihre Köpfe über die eine Handfläche des Jungen. Ein nackter und sehr blonder Norweger bleibt bei Consuelo stehen und gibt ihr Feuer. Die Principessa bedeutet ihm, sich zu ihnen zu setzen.

Maria Grazia und Ornella, die am vorderen Teil des Strandes liegen, braten unermüdlich in der Sonne. Livia kommt aus dem Wasser und schüttelt ihre nassen Haare. Sie wendet sich an Frida und deutet auf die beiden außer Rufweite ausgestreckten Körper. »Sollen wir sie wecken, was meinst du?« Die Gruppe dreht sich zu den beiden um. Der Junge aus Neapel lacht: »Heute abend werden sie schön knusprig sein, die beiden Hühner.«

»Laßt sie liegen«, prustet Consuelo, »in tausend Jahren wird man sie finden, Zeugnisse eines fernen Sommers. Übrigens, wo sind eigentlich die siamesischen Zwillinge?« Frida zeigt auf Susy und Federico, die sich mehr umschlingen als umarmen und sich leidenschaftlich im Wasser küssen. »Dort drüben.«

Der Norweger mit ernster Miene: »Ungeschützt man kann in der Sonne nach einer halben Stunde sterben. Unter qualvollen Schmerzen.«

»Na, dann sind die beiden Tussis schon seit einer Weile hinüber.« Frida steht auf, ganz die pflichtbewußte Pfadfinderin. »Ich werd mal hingehen und sie retten, obwohl sie schon eine Anzahlung geleistet haben.« Sie läuft barfuß an der Strandlinie entlang.

Ruben kommt aus dem Wasser, sich die Arme reibend. Livia reicht ihm ein Handtuch. Der Junge deutet mit dem Kinn auf Frida: »Die gute Fee in voller Aktion, was?« Livia nickt, rät ihm jedoch: »Sag das bloß nie in ihrem Beisein. Sie hält sich für einen furchtbar schlechten Menschen.«

»Die Grausamkeit in Person«, bestätigt die Principessa wohlwollend, und setzt eine imposante Sonnenbrille mit blaugetönten Gläsern auf.

Die Idee war Franzo beim Hören der Zwei-Uhr-Nachrichten im Radio gekommen. Jetzt, während er sich auf den Rücken dreht und Toten Mann spielt, beginnt er den Plan auszuarbeiten.

Eine schlichte Angelegenheit, am besten nach dem Abendessen. Genau, ein etwas erweitertes Kaffee- und Weintrinken nach dem Essen, am späteren Abend. Teils auf der unteren Terrasse, teils auf dem *altare del fuoco*, dem »Feueraltar«, hier und da eine brennende Fackel im Garten, viel Wein. Er wendet den Kopf und sieht ein Tragflächenboot am Horizont dahinsausen. Er läßt sich von den Wellen wiegen.

Wie früher, als sie jeden Abend Gäste in der Casa Arancio hatten. Natürlich laden sie heute auch noch Leute ein, aber früher, vor allem während gewisser Sommervollmondnächte, waren das ganz andere Einladungen. Durchzechte Nächte, wilde Nächte, junge Männer in allen Betten und auf allen Steinbänken. Und Isolina, die gegen Morgen »Was für ein Bordell, dieses Haus ist ein Bordell!« murmelte. Um sich dann wie verrückt, noch mehr als alle anderen, bei den Mittsommer-Liebeswalzern zu amüsieren.

Er schließt die Augen bis auf einen schmalen Schlitz und sieht Augen und Münder und Körper vor sich. Er sieht, und sein Herz macht einen kleinen Sprung, das Gesicht von Charles als junger Mann. Seine vollkommen natürliche Art, alle Freuden zu genießen. Er sieht sich selbst über einen Rücken streicheln. Verschränkte Hände. Auch andere Szenen deftigerer Natur.

Schöner Anfall von Senilität, sich hier draußen im Wasser an die Orgien vergangener Jugendtage zu erinnern. Consuelo hat recht, die Casa Arancio verwandelt sich langsam in ein Altersheim. Nicht, daß die Insel nicht immer wieder neue, hübsche Gesichter bieten würde, eine natürliche Fluktuation, aber wie das so ist, Jugend sucht nun einmal Jugend. Es bleibt ihm nichts anderes übrig, als im hochsommerlich ruhigen Meer Toter Mann zu spielen. Er schnaubt resigniert und streicht sozusagen in Gedanken die Segel. Wirklich schon?

Unter ihm schnellt verstohlen ein dunkler Schatten vorbei.

»Uuh, ooh, puh.«

»Man muß ein bißchen aufpassen, vor allem in den ersten Tagen.«

»Oh!«

Benommen und mit zerzausten Haaren haben sich die beiden aus der Zisterne aufgerichtet und stützen sich auf die Ellbogen. Etwas verständnislos lächeln sie zu Fridas Gesicht hinauf, das sie kritisch betrachtet. »Übertreibt es lieber nicht mit der Sonne.«

Ornella nimmt ihre Haare im Nacken zusammen und tastet nach dem kleinen Kamm aus falschem Schildpatt, der sich im Träger ihres Bikinioberteils verfangen hat. »Wir sind tatsächlich eingeschlafen.«

Frida beschließt: »Kommt doch auf einen Sprung herüber, wenn ihr Lust habt, ich stelle euch den anderen vor.« Wieder ist es Ornella, die reagiert: »Ja, danke, gern.« Ihre Wirtin entfernt sich mit einer grüßenden Handbewegung.

Maria Grazia rümpft die Nase, die einen interessanten Scharlachton angenommen hat und murmelt: »Was wollte die denn bloß?«

»Sei ruhig, ein Glück, daß sie uns geweckt hat. Du solltest mal dein Gesicht sehen.«

»Und du deins. Hat man dich verprügelt? Du siehst aus wie ein Pflaumenknödel.«

»Und du wie eine Pflaume. Trockenpflaume.« Ornella steht auf und bewegt den steifen Rücken. Sie betrachtet ihre Beine, betastet vorsichtig einen Oberschenkel. Ihre Finger hinterlassen für einen Moment einen weißen Abdruck. »Heilige Muttergottes, wir müssen uns bedecken, sonst sind wir bald geröstet.« Sie dreht den Kopf nach links und sieht verschiedene Grüppchen in der Sonne lagern. Im Wasser spielt einer Toter Mann. Sie beobachtet, wie er plötzlich untertaucht und mit einem Arm wedelt. Sieben Sekunden vergehen, dann taucht der Typ um sich schlagend wieder auf.

Maria Grazia hat sich aufgesetzt. Sie betrachtet gleichgültig das Meer. Dann zeigt sie auf den Mann, der gerade den Kopf prustend hin und herschüttelt. »Ob das Wasser wohl kalt ist?«

»Was glaubst du denn? Los, Faulpelz, steh auf, damit wir die anderen kennenlernen.«

Neben dem Mann im Wasser taucht auf einmal ein anderer Kopf auf, dann ein paar Schultern, ein Arm. Maria Grazia steht auf und versetzt der anderen einen Rippenstoß. »Ist das nicht der Jungstier, der uns begegnet ist, als wir angekommen sind?«

Ornella beschattet die Stirn mit der Hand. »Er ist es, er ist es. Wirklich hübsch, nicht?«

Die andere rückt ihren Busen zurecht (der das passende Pendant zur Nase bildet). »Na, dann wollen wir uns mal vorstellen lassen, auf.« Sie machen sich auf den Weg, die Augen begierig auf die beiden im Wasser planschenden Männer gerichtet.

»Die Jugend heutzutage hat wohl überhaupt keinen Respekt mehr vor älteren Herren, die friedlich im Meer baden, was?«

»Nein.«

Franzo verpaßt Giancarlo, der plötzlich unter ihm aufgetaucht ist und ihn ziemlich erschreckt hat, einen klatschenden Schlag auf die Schultern. Absolut entzückend, der Knabe. Der Knabe streicht sich die glänzenden Haare zurück. »Ah, herrlich heute, das Wasser.« Dann, mit einem Grinsen: »Habe ich Sie erschreckt? Tut mir leid.«

Franzo wirft einen Blick – einen ausgiebigen Blick – auf den wendigen Körper des Jungen und auf das weite Meer um sie herum. Der nachmittägliche Himmel geht allmählich von einem klaren Hellblau zu einem aprikosenfarben getupften Indigo über. »Ich wäre beinahe gestorben vor Schreck. Falls ich jetzt noch einen Ohnmachtsanfall bekomme, wirst du mich hoffentlich retten.«

»Aber gern.«

»Dann mußt du mich aber duzen. Oder hast du schon mal gehört, daß jemand bei einer Mund-zu-Mund-Beatmung sagt: ›Entschuldigen Sie, haben Sie bitte ein wenig Geduld, bitte öffnen Sie den Mund etwas weiter, weil ich Ihnen sonst nicht das Leben retten kann‹?«

Der Junge lacht: »Aber das wird nicht nötig sein! Sie sind ... du bist gesund und lebendig.«

»Schade eigentlich.«

Sie lächeln sich an, Franzo mit erhobener Augenbraue, Giancarlo mit einem leicht verlegenen Kichern. Den Blick immer noch auf den schimmernden Horizont gerichtet, fühlt Franzo sich einen Moment lang wieder wie zwanzig. Glücklich wie ein Junge fügt er hinzu: »Heute ist wirklich August.« Sie schwimmen zusammen zum Ufer zurück.

So versammelt sich die sommerliche Familie in neuer Zusammensetzung. Vom Meer aus gesehen besitzt das Bild – wenn auch durchbrochen von farblich dissonanten Details, wie Ornellas gelb-orangenem Pareo oder einer an der Wasserlinie zurückgelassenen grünen Luftmatratze – die Anmut einer neapolitanischen Gouache aus dem achtzehnten Jahrhundert, eine Landschaft mit Figuren, zusammengehalten von Matteos würdevoller Gestalt im weißen Kaftan.

In der Ferne die Häuser – weiße Würfel, die durch den Lichteinfall von einem milchigen Hellblau überzogen sind –, die üppige Palme der Vancori, der gemaserte Berghintergrund, alles mit einfühlsamer Hand gemalt. Im Vordergrund nackte oder halbnackte Körper, hingestreckt oder aufrecht stehend, lagernde Hunde, hindrapierte Stoffe, Früchte. Die Blondtöne der Norweger, kleine Gestalten in der Ferne, könnten auch ein flämisches Stilleben nahelegen, aber man soll es ja nicht übertreiben.

Wenn man näher herangeht und den Blickwinkel etwas

einschränkt, belebt sich das arkadische Bild mit Gesten, Stimmen und Geräuschen.

Im Mittelpunkt der Gruppe beschreibt eine männliche Gestalt in blaugrauer Badehose mit weitausholender Geste das Himmelsrund. Allgemeine Bewunderung und Zustimmung. Eine sitzende Frauengestalt, eine mütterliche Dame in Schwarz mit Perlenohrringen, formt mit ihren Armen einen Halbkreis. Ein junger Faun deutet mit den Händen geschickt das Spiel einer Laute an.

Also der Reihe nach. Franzo: »Übermorgen ist San Lorenzo: Kommt doch morgen abend alle zu uns, dann können wir von der Terrasse der Casa Arancio aus zusammen die Sternschnuppen bewundern. Im Radio haben sie heute einen spektakulären Sternenregen vorhergesagt.«

Consuelo: »Wir könnten eine Sangria machen, in dieser riesigen Schüssel, die in der Casa Rosmarino steht.«

Und Giancarlo: »Ich bring ein bißchen Gras mit, wenn's recht ist.«

Zwei etwas manierierte Bacchantinnen werden auf ungezwungene Art in die Szene miteinbezogen. Zwei weitere, eine stolze Frida-Athene und eine sanfte Livia-Nausikaa, legen sich die Arme um die Hüften. Athene tönt: »Soll ich einen Scampi-Cocktail oder einen Reissalat machen?« Mit einem Blick auf ein ineinander verschlungenes Pärchen: »Vielleicht kommt ihr beiden siamesischen Zwillinge ja nachmittags vorbei und helft mir?« Der Zwilling Susy nickt unter den unzüchtigen Küssen des Zwillings Federico.

»Bring lieber dein I-Ging mit, dann kannst du uns erleuchten.«

»Sternschnuppen und fernöstliche Weissagung, ah!«

Allein am Ufer, die Augen auf den Vulkan gerichtet, spürt unser Ruben, der von allen der sensibelste ist, daß etwas geschehen wird. Etwas so Unvorstellbares, daß ihn allein bei der bloßen Ahnung ein plötzlicher Schauder überkommt, der ihn wie Pfeile durchbohrt. Erstaunt, daß er noch aufrecht gehen kann, kommt er aus dem Wasser. Niemand bemerkt etwas von seiner unerklärlichen Bestürzung.

»Diese Insel ist doch wirklich merkwürdig, nicht?«

Caterina lehnt ihre Tasche gegen das leicht abfallende Mäuerchen. Sie betrachtet das sanfte Profil von Charles, der aufs Meer hinaussieht. »Warum?«

Der Engländer zeigt auf das Tal unter ihnen. »Ich werde euch Italiener nie verstehen. Sieh dir diesen Weinberg an, ehemaligen Weinberg, besser gesagt. Völlig vernachlässigt. Sobald ihr könnt, laßt ihr alles im Stich, laßt zu, daß alles stirbt. Fast, als würde es euch Vergnügen bereiten, die Dinge um euch herum zugrunde gehen zu sehen. Der ganze Süden ist so, ganz Italien.« Aber seine Worte klingen nicht heftig, es liegt vielmehr eine leise Melancholie in ihnen.

Caterina lächelt und setzt sich mit dem Rücken zum Meer auf das Mäuerchen. Sie läßt die Augen über den dichten Vorhang von Olivenzweigen wandern, der die Sicht auf den Vulkan versperrt. Sie haben Einkäufe im Dorf gemacht. Jetzt befinden sie sich auf halbem Weg zwischen den beiden Kirchen, kurz hinter dem Friedhof, auf der höhergelegenen Straße.

»Das liegt daran, daß wir verrückt sind, Charles. Diese Sonne hat uns verrückt gemacht.«

»Das glaube ich nicht, Caterina. Bist du mal auf Alicudi gewesen?«

»Nein.«

»Es ist die rauheste der äolischen Inseln, ein Vulkankegel mitten im Meer, ohne Ebenen, ohne Bäume. Das Dorf – wenn man es überhaupt so nennen kann – liegt auf halber Höhe an der Südseite. Die gesamte Insel ist terrassiert worden, Schicht für Schicht. Warum haben sie sich soviel Mühe gegeben, gab es dort früher keine Sonne?«

»Früher gab es kein Fernsehen, keine Tragflächenboote, keine Antibiotika ...«

»Keine Fremden, die Häuser aufkaufen, Gärten instandsetzen ...«

»Nun ja, wer hier geboren ist, sieht die Dinge nicht mit denselben Augen wie du und ich.«

»Auch das stimmt nur teilweise. Wenn du den Einheimischen einen schönen Garten zeigst, wissen sie ihn auch zu schätzen.«

»Aber einen Nutzgarten wissen sie mehr zu schätzen. Und ehrlich gesagt muß ich immer über die Leute lachen, die hierherkommen und bei jedem Lavasteinchen, bei jedem Kapernstrauch in Entzückensschreie ausbrechen. Aber auch ich stehe nach zwanzig Jahren an so manchem Morgen noch mit offenem Mund da und staune.« Sie schüttelt lachend den Kopf. »Ich werde nie eine richtige Strombolanerin sein. Immer nur eine, die jedes Jahr ihren Urlaub hier verbringt. Du dagegen ...«

»Ach, ich. Ich bin einer, der sich gern empört, und da Empörung für mich nun einmal der ideale Gemütszustand ist, habe ich den richtigen Platz zum Leben gefunden.«

»Als ob es in England ...«

»Hör mir auf mit England«, lacht Charles nun auch. »Auch ich habe die Sonne gesucht«, fügt er hinzu und sieht die Frau neben sich mit einem kleinen Lächeln an, »diese Sonne, die, wie du sagst, einem langsamen und süßen Tod gleicht. Ich wollte immer ein Mittelmeerbewohner sein.«

»Und du hast es geschafft, mein Lieber. Du bist italienischer als Franzo.«

»Was das betrifft – auch er empört sich gern. Aber über ganz andere Dinge als ich, typisch italienische Themen wie die Politik zum Beispiel. Wußtest du, daß er sich neuerdings immer bei den Fernsehnachrichten aufregt?«

»Ja, ich weiß, und er hat allen Grund, sich aufzuregen.« Caterina fährt sich mit einer Hand durch die Haare, lacht und zuckt die Achseln. »Wir sind verrückt, ich sag's dir ja. Ein Volk von Verrückten.«

»Ja, und melancholisch und sinnlich seid ihr, jedenfalls die besten von euch. Deshalb lebe ich hier.« Er lächelt erneut und richtet seinen Blick auf den Horizont. »Um euer Geheimnis zu ergründen.«

»Aber gibt es denn ein Geheimnis?«

Charles setzt sich neben sie. Er hebt den Kopf zum dunklen Silber der Olivenbäume. »Hier auf der Insel schon. Dies ist der Ort der Schlupfwinkel, der Täuschungen, der Scheinwahrheiten. Habe ich dir je davon erzählt, wie ich zum erstenmal nach Stromboli kam?« gluckst er. »Franzo und ich hatten uns gerade kennengelernt, ich war fünfundzwanzig. Damals gab es die Mole von Scari noch nicht, das Schiff machte weitab vom Ufer fest, und sie kamen uns mit Booten abholen. Ich war ganz geblendet vom Anblick Iddus, und als ich meinen Fuß an Land setzen wollte, bin ich gestolpert und habe mir das Knie an einem Stein aufgeschürft. Ich deutete das als schlechtes Omen und dachte, die Insel wolle mich zurückweisen. Erst später habe ich verstanden« – er zieht eine kindliche Grimasse in Richtung des Vulkans – »daß er mir einen seiner Streiche gespielt hatte. Um mich auf die Probe zu stellen, um zu testen, ob ich dem Spiel gewachsen bin, seinem Spiel natürlich. Das Geheimnis dieses Ortes wird einem nie enthüllt, sondern eifersüchtig bewahrt und genährt. Man muß daran glauben, ohne viele Fragen zu stellen. Etwa so wie bei eurem seltsamen Geheimnis des Glaubens.«

»Du siehst, wir sind verrückt. Sogar unsere Religion ist ein Rätsel.«

»Zum Glück ist sie das! Wenn man alles erklären will, wird man mit Sicherheit verrückt, meine Liebe. Außerdem sind die Katholiken so romantisch.«

»Stimmt nicht, wir suchen ständig nach Erklärungen, nach Sicherheiten.«

»Ihr tut doch nur so. In Wirklichkeit betet ihr euer Schicksal, die göttliche Fügung an. Deshalb verachtet ihr auch die Natur. Weil ihr sie fürchtet, weil ihr von ihr beherrscht werden wollt, um sie für jede Art von Unglück verantwortlich machen zu können. Um ein ruhiges Gewissen zu haben. Warum, glaubst du wohl, sitzen wir beide hier an einem schönen Augustnachmittag auf einem tätigen Vulkan? Weil wir darauf warten, daß er für uns entscheidet.« Charles sieht die Freundin an und lächelt. »Es gibt kein Warum. Es gibt nur Ereignisse.«

»Und wir sind diejenigen, die sie auslösen?«

»Sicher. Wir sind die Vulkane, die Erdbeben. Wir sind die Gefahr. Sieh dir dagegen den dort unten an, mit seinem weißen Fleck, wie harmlos er ist.«

Ein großer, schwarzer Hund nähert sich ihnen vorsichtig und sieht sie an. Dann läßt er sich ein wenig unterhalb ihres Platzes im Schatten der Mauer nieder. Caterina legt Charles eine Hand auf den Arm. »Und was wird passieren?«

Er streichelt sie sanft. »Nichts. Heute abend essen wir mit den Persuttos. Morgen oder übermorgen kommt Corrado, und du wirst genug damit zu tun haben, aus ihm herauszubringen, welchen Film er als nächstes produzieren will. Mittwoch ist San Lorenzo, und wir werden auf der Terrasse sitzen und Sternschnuppen zählen. Isolina wird den ganzen Sommer vor sich hinbrummeln, daß das Haus verfällt, und wir alle werden uns über Nebensächlichkeiten Gedanken machen, denen wir eine ungeheure Bedeutung beimessen. Und solange wir hier sind, kümmert uns das wirkliche Leben nicht.«

»All das hier ist nicht das wirkliche Leben?«

»Natürlich nicht. Unterdessen werden wir unmerklich älter und gebrechlicher, wir haben immer weniger Wünsche, und die, die uns noch bleiben, werden immer farbloser, kraftloser. Und wir warten.«

»Oder versuchen ... mit Würde zu leben?«

Charles lacht. »Ich bin hier der Engländer, stiehl mir nicht meine geistreichen Bemerkungen.« Er steht auf und reicht der Freundin eine Hand. »Entschuldige meine düstere Stimmung. Du hast recht, ich bin inzwischen ganz und gar Italiener geworden, Sizilianer sogar. Ich lasse mich von den Schatten verführen, vom süßen Honig des Vergessens.«

Caterina steht ebenfalls auf. »Weil die Schatten uns schützen.«

»Und existieren, um die Wahrheit zu verschleiern. Selbst unter dieser Sonne.«

Eingehakt lächeln sie dem Hund zu, der gleichgültig zurückblickt, und gehen nach Piscità hinunter, der Stunde entgegen, in der die Sonne sich verabschiedet. Zwischen den Olivenbäumen weht eine leichte Brise, ein Kind des Vulkans.

»Sehen wir mal nach, ob Francesco schon da war.«

Frida öffnet die Gartenpforte der Zisterne und läßt ihren Gästen den Vortritt. Livia betritt den kleinen Garten als letzte. Frida geht ins Bad und dreht die Wasserhähne der Dusche auf. Gleichmäßiges Rauschen. »Sehr schön.« Sie dreht sich zu der interessiert zuschauenden Ornella um: »Alles in Ordnung. Jetzt könnt ihr wieder duschen.«

Ornella lächelt ein Dankeschön, hebt dann den Blick zum Spiegel über dem Waschbecken. Beim Anblick ihres Gesichts murmelt sie: »Heilige Muttergottes« und berührt ihre Wangen, deren Knallrot allmählich eine violette Schattierung annimmt.

Livia, freundlich: »Wenn ihr wollt, wir haben oben im Haus etwas gegen Sonnenbrand.«

Maria Grazia, gereizt: »Ich bekomme nie Sonnenbrand.«

»Ich schon«, entgegnet die Freundin betrübt. Frida, energisch: »Also, wenn ihr etwas braucht, sagt einfach Bescheid.«

Sie und Livia verabschieden sich und steuern auf die Gartentür zu. Als sie die Pforte hinter sich schließt, wirft Frida noch einen Blick auf die beiden, die beginnen, ihre Strandtaschen zu entleeren. Sie nimmt Livias Hand und seufzt. Zusammen steigen sie den Pfad zu ihrem Haus hinauf. »Das sind mir ja welche!«

Das Mädchen lacht. »Hast du bemerkt, wie die Brünette Giancarlo am Strand mit den Augen verschlungen hat? Sie hat schamlos auf seine Mitte gestarrt. Echt peinlich.«

»Ja, und sie hat sich ganz schön in Positur geworfen«, Frida ahmt die statuenhafte Pose nach, eine Hand an der Hüfte, Brust rausgestreckt, »aber da dies die Insel ist, auf der nichts so ist, wie es scheint ...«

»Glaubst du etwa ...« Livia reißt ungläubig die Augen auf.

»Klar, sie haben überhaupt nichts kapiert. Du wirst schon sehen, morgen abend bei Franzo, wart's ab.«

»Was meinst du?«

»Ich meine, wenn sie nicht vorher verbrutzeln, werden sie sich morgen an die Männer ranwerfen, daß es eine wahre Pracht ist, wirst sehen.«

»O Gott.« Livia bricht in Gelächter aus und drückt der Freundin einen Kuß auf die Wange. An einer Biegung des Pfads halten sie an. Unter sich sehen sie die Apsis von San Bartolo, den Hang, der sanft zur Ebene abfällt, das Meer, das sich von Tiefblau zu Schwarz färbt. Die Arme umeinander geschlungen, bleiben sie einen Moment stehen, um Atem zu holen.

Livia streicht zärtlich über die dichten Locken der Freundin. »Sag mal, ich wollte dich etwas fragen. Heute morgen, als wir uns mit Caterina unterhalten haben, kam es mir auf einmal so vor, als wolltest du das Thema wechseln.«

»Als wir über ihre Arbeit gesprochen haben?«

»Genau.«

Frida nickt. »Ich weiß nie so recht, ob Caterina darüber reden will.«

»Über ihre Arbeit?«

»Nein, darüber nicht. Caterina lebt für ihren Beruf und ihre Tochter. Aber über ihre Vergangenheit. Weißt du, Caterina war mal mit einem sehr reichen Mann verheiratet, Claudias Vater, der sie verließ, nachdem er sich beim Glücksspiel ruiniert hatte. Sie hat mir vor Jahren einmal davon erzählt. Caterina saß plötzlich allein und ohne einen Pfennig in Rom und hatte eine kleine Tochter, die sie großziehen mußte. Franzo und Charles haben sie damals für die Ferien hierher eingeladen. So hat sie Corrado kennengelernt, der zu der Zeit gerade anfing, Filme zu produzieren. Er schlug ihr vor, seine Assistentin zu werden. Sie hatte noch nie gearbeitet, besaß aber eine hervorragende Schulbildung, sie spricht drei Sprachen. Kurzum, wie sie heute morgen selbst sagte, sie erfand sich einen Beruf und engagierte sich sehr. Sie ist sehr gut bei dem, was sie macht, sie hat eine Nase für Geschichten, weiß, wann ein Stoff geeignet ist. Corrado könnte nicht ohne sie auskommen.«

»Aber was macht sie denn genau?«

»Oh, alles mögliche. Sie liest die Drehbücher, arbeitet bei der Produktion und beim Casting mit. Sebastiano Guarienti hat mir vorigen Sommer erzählt, daß Corrado keinen Schritt ohne Caterina tut, auch wenn er natürlich bei allem das letzte Wort hat. Nicht nur das ...« Frida sieht auf einmal ernst drein. »Corrado ist ein ziemlicher Egozentriker, von einer Arroganz ...« Sie schnaubt verächtlich und sieht die Geliebte an. »Sagen wir ruhig, daß er manchmal ein richtiger Scheißkerl sein kann.« Dann, zärtlich: »Aber davon hab ich dir ja schon erzählt.« Sie haucht einen Kuß auf das Handgelenk der jüngeren. Livia lehnt sich an sie und fragt sanft: »Hat Corrado dir weh getan?«

Frida hebt die Schultern und lacht leise: »Aber nein, das war keine ernste Geschichte zwischen uns. Du wirst ihn ja morgen oder wann immer er ankommt kennenlernen. Als junger Mann war er ... er ist immer noch ... also, er gehört zu der Sorte Männer, die man einfach nicht übersehen kann. Nicht nur, weil er verdammt gut aussieht, auch jetzt noch, obwohl er schon die Vierzig überschritten hat, sondern vor allem weil er ein typischer Machtmensch ist, einer, der Geld und Menschen manipuliert. Auch wenn er arm geboren wäre – und die Vancori sind keineswegs schon immer reich gewesen –, hätte er trotzdem etwas aus sich gemacht.«

»Kurzum, er ist ziemlich ... sexy?«

Frida lacht laut auf. »Ja, sehr.« Mit komischem Seufzer:

»Es gab einmal eine Zeit, in der mir Männer – darunter Männer wie Corrado – gefallen haben. Frauen sind sehr gut darin, sich in Liebesdingen zu irren. Und einige lieben es, auf ihren Irrtümern zu beharren.« Sie legt dem Mädchen einen Arm um die Schultern und fügt sanft hinzu: »Aber du brauchst dir keine Sorgen zu machen, ich bin geheilt.«

Livia schmiegt ihren Kopf in Fridas Halsbeuge. »Ich dagegen bin erkrankt. Weil ich verliebt bin.«

»Dann muß ich dich wohl pflegen.«

»Ja.«

Als es halb sieben vorbei ist, beginnen sich feine Schattenlanzen über den langen Strand zu legen. Diejenigen, die im Schutz des Felsvorsprungs gelagert haben – Franzo hat es satt, die Leute davor zu warnen, sich dort hinzulegen, weil stets die Gefahr von Steinschlag besteht –, ziehen um, näher ans Ufer heran. Die Jungen aus Neapel sind gegangen und haben Franzo und Consuelo noch ein Stück auf der Straße begleitet. Die Norweger schwimmen noch ein letztes Mal bis zur Landzunge. Auch Susy und Federico sind ins Dorf hinaufgegangen, während Giancarlo mit Kopfhörern auf seinem Laken liegt und vor sich hindöst. Mit einer Hand schlägt er den Rhythmus der nur für ihn hörbaren Musik in den Sand.

Ruben sitzt am Ufer und streckt die Beine aus. Das Wasser badet seine Füße, fließt lauwarm zwischen seine Beine.

Der Junge sammelt etwas Wellenschaum in einer Handfläche, verteilt ihn über seine Schultern, einen Arm. Er streckt sich zwischen den Steinen aus und schließt die Augen. Undeutliche Schatten, Lichtblitze. Er befeuchtet seine Lippen mit der Zunge. Er hat Durst, aber keine Lust aufzustehen.

»Hast du jetzt endgültig Schiffbruch erlitten?«

Er öffnet die Augen und sieht von unten in Giancarlos Gesicht, der ihn neugierig betrachtet, die Kopfhörer um den Hals gehängt.

»Du stehst mir in der Sonne.« Er schließt die Augen wieder. »Ja, endgültig.«

Der Freund hockt sich neben ihn. »Er ist nett, dieser Franzo.« Ruben setzt sich auf. »Ach, und warum hast du dann den Hampelmann vor den Neapolitanern gemacht?«

»Ich weiß gar nicht, wovon du redest.« Giancarlo bespritzt Ruben mit Wasser. »Er hat vorhin mit mir geflirtet im Wasser.«

»Er mit dir? Du hast Delphin gespielt und bist unter ihm hervorgeschossen. Wir haben es alle gesehen.«

Giancarlo streckt ihm die Zunge heraus. »Franzo war mal Schauspieler, wußtest du das?«

»Ja, ich habe ihn vor ein paar Jahren mal auf der Bühne gesehen. Aber dann hatte er irgendwann keine Lust mehr, wie mir Frida erzählte. Warum?« Er stützt sich auf einen Ellbogen. »Hat er dir eine Tournee vorgeschlagen?«

»Ja, bei sich zu Hause ...«

»Na, an deiner Stelle würde ich das Angebot in Erwägung ziehen.«

»Aber er ist doch fest verheiratet mit dem Engländer! Wie steht's, gehen wir heute abend tanzen?«

»Mit den Neapolitanern?«

»Mmm.«

»Hmm.«

Giancarlo wirft ihm ein Steinchen auf den Bauch. »Weißt du, daß du allmählich verblödest, Ruben? Seit wir hier sind, bist du ein richtiger Langweiler geworden, bleibst entzückt vor jeder Bougainvillea am Wegrand stehen. Fehlt nur noch, daß wir dich im Lotussitz antreffen, das wäre die Krönung.«

Ruben antwortet nicht, lächelt nur, schließt die Augen. Der andere bewirft ihn mit einem neuen Stein, deutlich größer als der erste. »Ich meine es ernst. Man muß dich ja schon dazu prügeln, mal eine Limonade auf der Piazza zu trinken! Zwischen dir und den siamesischen Zwillingen ...«

»Mensch, Giancarlo, geh allein ins Dorf. Du bist doch schon groß und stark.«

»Nein, bin ich nicht. Soll ich vielleicht die Ferien mit diesen beiden dauerbrünstigen Verknallten verbringen? Und du spielst hier den Siddharta. Na toll!«

»Morgen sind wir doch in der Casa Arancio eingeladen, genügt dir das nicht?«

Giancarlo faltet die Hände und ruft den lieben Gott an: »Herr hilf ihm, er ist doch erst dreiundzwanzig! Was soll das heißen – wenn du einen Abend ausgehst, hängst du den nächsten vorm Fernseher, oder was?« Er steht auf und schüttelt den Kopf. »Heiliger Himmel, hast du denn keine Lust, ein bißchen die kleine Banane zu bewegen?«

»Was meinst du?«

»Ausgehen, aufreißen, ah!« Plötzlich kniet er sich neben den Freund, eine Hand aufs Herz gelegt. »Tun wir uns ein wenig um, Rubino! Das kann nur gut für dich sein. Sonst verwelkst du mir noch in deiner zarten Lotusblüte.«

»Du kannst einem vielleicht auf die Nerven fallen. Geh nur allein und spiel das leichte Mädchen.«

Giancarlo ist auf einmal ganz ernst und sachlich: »Findest du, daß ich zu leicht zu haben bin?«

Ruben rollt sich im Sand herum. »Neiiin, nur daß du herumscharwenzelst wie eine Femme fatale.«

»Und warum, Dummkopf?« schnaubt theatralisch die Femme fatale. »Nur weil ich immer noch nicht verliebt bin. Weil ich Lust habe, mich zu amüsieren. Und weil ich gehofft hatte, hier auf der Insel den zukünftigen Vater meiner Kinder zu treffen. Aber es tut sich nichts.«

»Wir sind doch erst seit einer Woche hier.«

»Eben. Ich hätte schon längst die Heiratsanzeige aufgeben können. Statt dessen ...« Er spannt die beachtlichen Brustmuskeln an. »Sieh nur, was für eine Verschwendung.«

»Dir bleibt immer noch unser Vermieter, oder? Morgen abend, auf der oberen Terrasse, die Franzo den Feueraltar nennt, zwischen zwei Sternschnuppen ...«

»Du hingegen, mein Lieber«, der andere richtet drohend einen Zeigefinger auf ihn, »benimmst dich, als hättest du deine verwandte Seele schon gefunden.«

»Ich ...«

»Ja, du läufst rum wie ein verliebter Trottel, den Kopf in den Wolken, und unternimmst nichts. Die besten Filetstücke der äolischen Inseln wandern vor deinen Augen vorbei – wir befinden uns hier zwischen den beiden Polen Neapel/Oslo, falls es dir noch nicht aufgefallen ist –, und du tust einfach nichts.« Giancarlo steht endgültig auf. »Spielst den Weisen. Aber wir sprechen uns wieder, wenn du deinen Traumprinzen gefunden hast.« Er zieht ein schwarzes Polohemd an. »Ich jedenfalls gehe jetzt ins Dorf und trinke eine Limonade und höre, was heute abend so los ist. Kommst du mit oder nicht?«

Ruben steht ebenfalls auf und zieht sein weißes Hemd über. »Nein, ich bleibe noch ein Weilchen hier.«

»Aber laß uns heute mal vor Mitternacht zu Abend essen, damit wir noch zu einer anständigen Uhrzeit ausgehen können.«

»Ist gut, und du stopf dich vor dem Essen nicht mit Sahne und Rosinenkuchen voll.«

»Ja, Mama.«

Giancarlo nimmt seinen kleinen Rucksack und sieht sich um, wobei er kindisch herumhopst. »Gnädige Frau, falls ich etwas vergessen haben sollte, bringen Sie es mir bitte mit? Vielen Dank auch.« Er winkt dem Freund lässig mit einer Hand zu und entfernt sich. »Und alles, alles Gute.«

Ruben sieht ihm kopfschüttelnd nach. Er streckt die Füße wieder ins Wasser.

Bis zum eigentlichen Sonnenuntergang ist es noch lange hin, aber in der Luft liegt eine sehnsuchtsvolle Mattigkeit, die zu Herzen geht. Die Landzunge von Piscità erstrahlt in einem gelblichen, überwirklichen Licht, wärend der Rest des Strandes fast vollständig im Schatten liegt. Ruben richtet den Blick auf seinen Halbkreis aus Steinen, die zurückgebliebenen Fußspuren eines Strandtages. Ein kleines, fuchsienfarbiges Handtuch fällt ihm ins Auge. Es muß Franzo oder der Principessa gehören. Er hebt es auf und faltet es sorgfältig zusammen. Später wird er bei der Casa Arancio vorbeigehen und es zurückgeben. Er sammelt ein paar zerdrückte Dosen und eine leere Mineralwasserflasche ein und steckt sie in eine Tüte.

Er betrachtet seine gebräunten Beine auf dem schwarz funkelnden Sand. Die Schatten streicheln sie und lassen die Haut zart und matt aussehen. Er bewegt langsam die Zehen, fast spürt er jedes einzelne Sandkorn, das sich an seine Haut heftet. Er hebt den Blick gen Norden, sieht auf das offene Meer hinaus, in Richtung Neapel. Allein beschließt er den Nachmittag.

Caterina lehnt die kleine, rote Mappe gegen den Tisch und liest erneut die an die erste Seite geheftete Karte:

*Liebe Caterina,
ich schicke Dir hier einige magere Seiten des Drehbuchs, von dem ich Dir schon in Rom erzählt habe. Cassinis freut sich wie ein Kind darauf, nach Stromboli zu kommen (und Vancori kennenzulernen). Und ich bin sehr neidisch, wenn ich daran denke, daß Ihr alle ohne mich dort auf der Insel weilt. Ich lege Dir Fabrizio ans Herz. Falls Du in diesem Moment gerade einen Whisky unter der Bougainvillea des Pavillons schlürfst, wirf Iddu eine Kußhand von mir zu und hebe Dein Glas auf ihn.
Ich umarme Dich und warte auf Neuigkeiten von Euch, Dein Sebastiano G.*

Die Frau lächelt und nimmt ein Glas vom Tisch, das tatsächlich halbvoll mit Whisky ist. Sie trinkt einen Schluck und lutscht an einem Eiswürfelrest. Dann zündet sie sich eine Zigarette an und überfliegt die Randnotizen, die sie den Seiten hinzugefügt hat.

Von jenseits der Mauer, die den Garten von der kleinen Straße trennt, hört sie das Füßescharren einer weiteren Gruppe auf dem Weg zum Vulkan. Sie denkt daran, wie sie vor Jahren auch einmal hinaufgestiegen ist, bei Nacht, zusammen mit Claudia und Charles. Damals war sie noch jung, man braucht eine gute Kondition, um Iddu die Ehre zu erweisen.

Rauchend erinnert sie sich an den Anblick der Krater im Sonnenaufgang, an die schräggeneigte Tafel der Sciara, an das Auftauchen der anderen Inseln, Salina, Filicudi, das weit entfernte Alicudi. Getaucht in ein dunstiges Meer, undeutlich wie ein Traum.

Cassinis hatte ihr erzählt, er sei noch nie auf Stromboli gewesen, kenne aber Panarea und Vulcano, die er mit Irene, seiner Frau, besucht habe. Morgen werden sie über den neuen Film reden. Sebastiano schreibt an einer ehrgeizigen Geschichte. Und einer kostspieligen. Sie beginnt in Paris, spielt dann auf Stromboli und endet in Palermo. Es werden zahlreiche Produktionsprobleme zu lösen sein. Doch es ist gut, zumindest in dieser ersten Phase der Drehbuchentstehung, daß Sebastiano sich keine Zügel anlegt. Corrado wird später schon genug Szenen herausschneiden und Kosten reduzieren. Hoffen wir mal, daß er nicht zu sehr einschreitet, es ist ein guter Stoff, könnte wirklich ein schöner Film werden.

Wenn Franzo sich nur entschließen würde, wieder zu spielen ... In dem Film gäbe es eine perfekte Rolle für ihn. Ich könnte mit Corrado sprechen. Wenn Cassinis einverstanden ist, könnte er versuchen, ihn zu überreden, auch wenn Franzo offenbar nichts mehr davon wissen will. Ich weiß, er ist enttäuscht von seiner Karriere, obwohl er nicht gern darüber spricht. Aber ein Schauspieler bleibt immer ein Schauspieler, auch wenn er nicht mehr arbeitet. Genau wie ein Priester oder ein Seemann. Ich dagegen könnte meine Arbeit jederzeit aufgeben und etwas anderes tun, einen Laden aufmachen, auf dem Land leben oder Hunde oder Pferde züchten oder ...

Sie zündet sich eine neue Zigarette an. Oder? Sie sieht sich selbst, wie sie dort unter der Bougainvillea mit einem Drehbuch in der Hand sitzt. Was sollte ich tun, wenn nicht das? Mir nicht mehr den Kopf darüber zerbrechen, woher ich die Komparsen bekomme, nicht mehr hinter den Kulissenbauern und den Kostümbildnerinnen herrennen, nicht mehr die Kostenvoranschläge der Filmateliers kontrollieren? Rechnungen begleichen, nervöse

Schauspielerinnen beruhigen, dafür sorgen, daß genug Filmmaterial vorhanden ist. Gesichter jeglicher Couleur, auf dem Set verbrachte Nächte, Hetzerei zwischen einem Flughafen und dem nächsten. Und Claudia, die währenddessen heranwächst. Bin ich eine gute Mutter gewesen? Eine aufmerksame Mutter, die für ihr Kind da ist?

Plötzlich fühlt sie sich einsam auf der stillen Terrasse. Sie sieht in den Garten, der zwischen dem Pavillon und dem Palazzo der Vancori liegt. Dort ist das Fenster von Don Bartolos Arbeitszimmer, da der winzige Balkon vor Incoronatas Zimmer. Kein Laut ist zu hören, keine Stimmen. Sie richtet den Blick auf die Wand von Rincospermen. Es geschieht manchmal, daß man sich so fühlt auf dieser Insel, ohne Bindungen, ohne einen Menschen, der auf uns wartet. Allein auf der Welt. Trink deinen Whisky aus und geh hinein, dich zum Abendessen umziehen, befiehlt sie sich, als ein unangenehmer Schauder sie überkommt.

Im schwächer werdenden Tageslicht, in der plötzlich rundum herrschenden Dämmerung, macht jemand in der Casa Arancio eine kleine Lampe an. Durch das dichte Blattwerk des falschen Jasmin schimmert das trügerische Versprechen von Rettung.

Vor einem Sonnenuntergang, der eines klassischen Schlachtengemäldes würdig gewesen wäre und in einem dramatischen, orangefarben gestreiften Bläulichrot leuchtet, allein durchbrochen von dem dünnen Gazeband eines Flugzeugkondensstreifens, steht Fabrizio Cassinis am Bug der *Piero della Francesca* und betrachtet das vor ihm liegende Neapel, das bereit ist, sich zum Abendessen niederzulassen.

Auf die Reling gestützt sieht er zur Mole hinunter und beobachtet, wie das Schiff die Passagiere verschlingt. Der heruntergelassene Landungssteg der Fähre schabt mit einem unheilvollen Geräusch über den Zement der Mole. Leute steigen ein, bleiben stehen, kehren wieder um. Überall rennen Kinder herum, Katzen beobachten aus ihren Körben heraus beunruhigt den weißen Wal, der sie zusammen mit Motorrädern, bereits aufgeblasenen Schlauchbooten, Schlafsäcken, die ihre Besitzer bald an Deck ausrollen werden, Koffern und Besatzung verschlucken wird.

Als er noch mit Irene, seiner Frau, mit eben dieser Fähre zu den Inseln fuhr, spielten sie immer ein Spiel, in dem sie als langjährige Besucherin der äolischen Eilande sehr bewandert war. »Siehst du die beiden dort drüben, er mit dem Pulli um die Schultern und nagelneuen Timberlands an den Füßen und sie in Designerjeans?«

»Ja.«

»Die werden garantiert in Panarea aussteigen.«

»Und was machen sie beruflich?«

»Warte ... sie könnte Kontakterin in einer Werbeagentur sein. In einer der großen Mailänder Agenturen würde ich sagen.«

»Vielleicht ist sie auch Übersetzerin und übersetzt aus dem Polnischen.«

»Ich bitte dich, mit einer Rolex am Handgelenk? Niemals. Eher noch hat sie eine gut gehende Boutique in der Provinz. In Pavia zum Beispiel oder Lodi.«

»Und er?«

»Er ist der Erbe eines mittelständischen Industriebetriebs.«

»Textilien?«

»Textilien oder Pharmaprodukte. Er versucht, seinen Doktor in den USA zu machen, aber er ist ein bißchen zu beschränkt.«

»Sind die beiden verheiratet?«

»Und wie. Sie kennen sich schon seit ihrer Teenagerzeit, dasselbe Wohnviertel, derselbe Tennisclub, dieselben Partys. Und sie haben auch schon ihre kleinen Seitensprünge, begrenzt auf einen engen Freundeskreis.«

Irene hatte gelacht und sich zu ihm umgedreht. »Aber am Ende haben sie nur einen Tabakladen in Cuneo und machen zwei Wochen Zelturlaub auf Lipari.«

»Oder seine Großeltern wohnen auf Salina, und er will ihnen seine Verlobte vorstellen.«

Sie hatten den beiden nachgeschaut, bis sie außer Sicht waren – um am nächsten Morgen prompt mit ihnen in Panarea an Land zu gehen. (»Hab ich's dir nicht gesagt?«). Dann waren sie an einer aufgeregten Familie vorbeigekommen, viele Hunde, viele wunderhübsche blonde Kinder, er um die Vierzig, aber noch gutaussehend, wenn auch ein klein wenig zerzaust und ungepflegt, sie sehr besorgt, mütterlich, auf elegante Weise verblüht, in einem kurzen Kleidchen aus indischem Baumwollstoff und einem beigen Baumwollpullover um die Hüften. »Die steigen mit Sicherheit in Pollara aus. Sie haben eine verlassene Ruine inmitten von Kapernsträuchern gekauft, und hin und wieder drehen sie sich einen Joint, nachdem sie die Blagen ins Bett gebracht haben.«

»Und dann lieben sie sich im Mondschein?«

»Klar, sie ist immer noch in ihn verliebt. Sie hätte nichts dagegen, noch ein Kind zu bekommen.«

Fabrizio sieht sich um und spürt die Leere, die sich ohne Irenes heitere Kommentare in ihm ausbreitet. Das Echo ihrer Stimme verschmilzt mit den Rufen der Menschen an Deck. Rechts neben ihm steht ein junges Mädchen, das wie verrückt jemandem auf der Mole zuwinkt. Wohin fährt sie wohl? fragt er sich, ohne nach einer Antwort zu suchen. Allein macht das Spiel keinen Spaß.

Unter sich sieht er den üblichen sommerlichen Vergnügungspark in der schnell herabfallenden Dämmerung liegen. Die erschöpfte Silhouette Neapels zeichnet sich vor einem petrolblauen Himmel ab. Irene schätzte die Leute nach ihren Gesichtern, Ticks und ihrer Garderobe ein und ordnete sie nach bestimmten Kategorien, die zumindest früher für die verschiedenen Inseln galten, dem jeweils passenden Bestimmungsort zu: die reichen Mailänder nach Panarea, nach Stromboli die Turiner und die kultivierteren Deutschen, nach Filicudi die letzten Freaks und nach Vulcano die wohlhabenden Sizilianer. Ob es immer noch so ist? fragt sich Fabrizio. Heute, da die Touristen im August mit derselben Wahllosigkeit auf den äolischen Inseln einfallen wie in Antibes, auf Mykonos oder Kuba? August ist der Monat, der alle und alles gleich macht. Man kann auf einer einsamen Klippe im Dodekanes landen und dort auf seinen Gemüsehändler treffen – den man natürlich nicht sofort erkennt, nackt und sonnenverbrannt wie er ist –, während es höchst unwahrscheinlich ist, sich in der Stadt zufällig zu begegnen. Der August hat auf ihn immer eine seltsame Wirkung gehabt, schon als Junge, er ist für ihn wie eine Auszeit, eine angstfreie Unterbrechung im Jahreslauf. Sie waren häufig in der Stadt geblieben, er und seine Frau, um abends nach Sabaudia oder Fregene zu fahren. Oder sie hatten gegen Ende des Sommers dieses Schiff bestiegen. Und jedesmal hatte Irene ihn im Morgengrauen mit den aufgeregten Worten geweckt: »Stromboli ist schon in Sicht, dieses Jahr muß ich wirklich mit dir dorthin fahren. Komm und sieh es dir an.« Sie waren an Deck gegangen, um den schwarzen Kegel des Vulkans zu betrachten, und als sie in der Morgendämmerung an der Insel vorbeifuhren, schien ein leises, geheimnisvolles Flüstern vom Ufer an ihre

Ohren zu dringen. Sie hatten es jedoch nie geschafft, gemeinsam dorthin zu fahren. Fabrizio grübelt über das Spiel des Zufalls nach, das ihn nun allein nach Stromboli führt. Besser so.

Unter sich hört er unruhiges Hin und Her: es ist Zeit, die Luke zu schließen und die nötigen Vorkehrungen zum Ablegen zu treffen.

Mitten in das Durcheinander auf dem Kai sieht er ein Taxi schießen und abrupt bremsen. Der Fahrer steigt aus und öffnet den Kofferraum, wobei er einem Jungen pfeift, der vor dem Landungssteg herumsteht. Der Junge läuft zum Wagen. Die beiden entladen teuer aussehende Taschen und einen imposanten Koffer, fast so groß wie ein Schrankkoffer. Aus dem Taxi steigt eine umwerfende Blondine – falls sie älter als dreißig ist, trägt sie ihre Jahre wie eine Göttin –, in sandfarbener Leinenhose, blauem Männerhemd, einer Segeljacke von derselben Farbe wie das Hemd und einer Vuitton-Umhängetasche. Die Frau fischt einen Schal und ein Portemonnaie aus ihrer Tasche. Mit flinken Bewegungen bindet sie sich den Schal um den Kopf, schiebt die Hemdärmel nach oben, wodurch sie mehrere schwere Armbänder in der Sonne glitzern läßt, gibt dem Taxifahrer mit nervöser Abschiedsgeste ein Bündel Banknoten und wartet ungeduldig mit dem Fuß trommelnd darauf, daß ihr Gepäck aufs Schiff gebracht wird. Ein Offizier grüßt sie mit der Hand am Mützenschirm, sie gibt ihm ihre Fahrkarte und geht mit weitausholenden Schritten an Bord. Königliche Haltung.

Panarea. Wohin sonst? denkt Fabrizio und wendet sich dem Bug zu, um die umwerfende Blondine zu erwarten. Kurz darauf sieht er sie an Deck erscheinen und schnell auf das Schiffsinnere zugehen. Neben der Umhängetasche hält sie ein umfangreiches Beautycase von der Farbe ihrer Hose in der Hand. Ohne sich umzusehen, verschwindet sie in Richtung der Kabinen.

Eine, die eher auf das Tragflächenboot als auf die *Piero della Francesca* passen würde, oder? Ein nicht ganz unbekanntes Gesicht hinter einer dunklen Brille. Hat er sie schon einmal in einem römischen Salon gesehen, ist sie gar eine Schauspielerin? Wäre möglich. Aber eine Frau dieser Kategorie hat normalerweise eine Privatyacht oder nimmt das morgendliche Tragflächenboot. Er wird sie nicht wiedersehen, dessen ist er sich sicher, das Labyrinth der Erste-Klasse-Kabinen hat sie verschluckt.

Fabrizio dreht sich wieder zum Hafen um und beobachtet die letzten Nachzügler, die sich unten drängen. Eine recht stattliche Dame hat sich einen Absatz abgebrochen. Sie flucht ausgiebig und massiert ihren Knöchel. Zwei junge Männer in Bermudashorts schleppen eine komplizierte Tauchausrüstung herbei, ein gutaussehender Mann etwa seines Alters geht gelassen als letzter an Bord. – Sieh an, das könnte Giovanni sein –, lächelt er und denkt an die Figur aus seinem Film, für den Sebastiano das Drehbuch schreibt. Ein gutes Zeichen, unter den Passagieren jemanden entdeckt zu haben, der seine Hauptfigur verkörpern könnte. Und die andere Figur, Manfredi? Für Giovanni hat er schon einen französischen Schauspieler im Kopf, der perfekt für die Rolle wäre. Aber seinen Manfredi hat er noch nicht gefunden. Er will auch zuerst Corrado Vancoris Meinung hören und sich eventuell mit Caterina beraten. Er drückt seine Zigarette aus und sieht auf die Uhr: Viertel nach neun. Zeit, sich von Neapel zu verabschieden.

Dann, einen Augenblick bevor der Landungssteg sich knarrend hebt, taucht ganz außer Atem an der Ecke der Fährstation Gott auf!

»Woher kamest du? Wer hat dich, so sanftmütig und schön, unseren Zeiten überliefert? Wie gelangtest du unter die Gesänge der verehrten Dichter, in denen ich dich, o Königin, einst schaute?«

Vor einer halben Stunde war es dem Cavaliere Persutto – ein schlecht verschnürtes Päckchen Mandelgebäck unterm Arm – gelungen, alle zu verblüffen. Vor allem die Adressatin der Verse, die, ein Glas Bourbon in der einen und eine Camel light in der anderen Hand, ihren Kopf leicht Franzo zuwandte und diesen mit dem Lächeln einer Diplomatin fragte: »Wovon redet er, mon cher?«

»Ich fürchte, er zitiert Carducci, Signora.« Matteo hatte sich zur Principessa gebeugt und dem Cavaliere zugelächelt. »Ode an Königin Margherita ... hmm ... 1878 oder '79, richtig?«

Der Cavaliere hatte die Lippen zu einem pikierten Mündchen geschürzt – für ihn wohl die Krönung hochwohlgeborenen Mienenspiels – und gehaucht: »November '78. An die ewige, königliche Weiblichkeit, ja.«

Consuelo hatte (während ein vor unterdrücktem Lachen halb ohnmächtiger Franzo Signora Elide auf eine Chaiselongue drückte) unverzagt entgegnet: »Sie machen mich älter als ich bin, mein lieber Cavaliere. Jahrhunderte älter sogar.«

»Aber das ist doch nur eine poetische Metapher, Principessa.«

»Was Sie nicht sagen.«

Charles hatte gehüstelt und sein liebenswürdigstes Lächeln aufgesetzt, assistiert von Caterina, die Persutto das unförmige Päckchen aus der Hand genommen und beim Anblick des Etiketts des Piazza-Cafés bemerkt hatte: »Ah, Mandelgebäck. Was für eine gute Idee, Cavaliere! Bravo.« Dann hatte sie Signora Elide zugelächelt, die das

Lächeln etwas betrübt erwiderte. Das Päckchen war flink von Hand zu Hand gewandert – von Caterina zu Charles zu Isolina, die sich damit in die Küche begeben und gemurmelt hatte: »*E l'uma 'n poeta a sina*« – wir haben einen Dichter zum Essen.

Franzo hatte dem stocksteif dastehenden Persutto einen Liegestuhl zu seiner Rechten angeboten. Der Cavaliere hatte sich darauf niedergekauert – mit steifem Rücken, so daß sein Hintern in dem gestreiften Leinwandstoff versank, und über die Liegefläche grätschten Beinen. Er befand sich so einen guten halben Meter unterhalb Consuelos, die seitlich ausgestreckt auf den Kissen der Steinbank lag. Sobald er saß, hatten sich alle entspannt und wie auf Kommando gleichzeitig zu reden angefangen, ungewöhnlich schwatzhaft.

Jetzt schlendert Consuelo unter irgendeinem Vorwand in die Küche, gefolgt von Franzo. »Wer ist denn dieser Cavaliere Persutto, wo hast du den bloß aufgetrieben?«

»Er ist der Verwalter unseres Hauses in Turin. Habe ich dir das nicht erzählt?«

»Aber nein! Ich dachte, er sei ein Gelehrter, ein Historiker.«

»Hobbyhistoriker, mit einer Schwäche für den Adel.«

»Ein Genealoge ...«

»Freizeitgenealoge, ja.«

»Na so etwas!«

Charles kommt in die Küche, ebenfalls fast vor Lachen platzend. »Woher kommest du, Consuelo? Du mußt den Persutto total umgehauen haben. Eine waschechte Prinzessin! In Turin kann er höchstens mal ein Wort mit den Gräfinnen Berlinghieri wechseln, die auf unserem Stockwerk wohnen. Du solltest mal sehen, wie unterwürfig er sich dabei aufführt, obwohl die beiden bekannt dafür sind, daß sie nie ihren Anteil für die Renovierungsarbeiten am Haus zahlen.«

»Sie schaffen es immer, ihn mit winzigen Beträgen zufriedenzustellen.«

»Und mit ihrem vollblütigen Adel. Er wird dich über deine Vorfahren ausquetschen, ärmste Consuelo. Obwohl du ihn wahrscheinlich schon enttäuscht hast, er hat sicher erwartet, dich mit der Krone auf dem Haupt vorzufinden.«

Die Principessa streicht sich schnell über das toupierte Haar. »Quelle horreur!«

»Und sie?«

»Wer? Die Stumme? Sie schämt sich zu Tode, das ist offensichtlich.«

»Los, gehen wir wieder hinaus. Wir haben Caterina und Matteo in der Gewalt des Genealogen zurückgelassen.« Franzo wendet sich an Isolina: »Und du paß auf mit deinen Bemerkungen, verstanden?« Die Gouvernante dreht das Gas ab und zuckt hochmütig die Achseln.

Draußen auf der Terrasse hört Caterina mit halbem Lächeln den tödlich langweiligen Ausführungen des Cavaliere über die Aufgaben eines Immobilienverwalters zu. »... denn hier, meine Liebe, wissen sie noch nicht einmal, was es heißt, einen Besitz zu verwalten, wie es sich gehört. Können Sie sich vorstellen, welches Fingerspitzengefühl allein nötig ist, um ... sagen wir, die Kosten für die Müllabfuhr aufzuteilen?«

»Ja, ja, sicher.«

Matteo streicht sich nachdenklich über den lockigen Vollbart. Franzo verkündet: »Ich glaube, das Essen ist fertig. Wollen wir zu Tisch gehen?« Sie begeben sich auf die andere Seite der Terrasse unter die Bougainvillea. »Consuelo, du hier. Und Sie, Signora, hier neben mich, bitte.«

Der Cavaliere bemerkt mit Genugtuung, daß sein Platz

sich gegenüber der Principessa befindet. Seine Nachbarin zur Rechten ist Caterina, die Charles einen amüsierten Blick zuwirft. Stühlerücken, man setzt sich.

»Schenkst du bitte ein?«

»Danke, ich nehme gern ein Gläschen Wein.«

»Probier mal eine Scheibe von dieser Salami, sie ist köstlich.«

»Heiß heute abend, nicht wahr?«

»Wie war das mit dieser Theorie, nach der der Schirokko, wenn er an einem Dienstag kommt, drei Tage dauert, aber wenn er an einem Sonntag kommt, neun Tage?«

»Ammenmärchen.«

»Hoffen wir, daß er überhaupt nicht kommt.«

»Zeig mir doch mal deinen Ring.«

Caterina streckt Consuelo ihre Hand über den Tisch hin. »Claudia hat ihn mir geschenkt. Gefällt er dir?«

»Sehr.«

»Ich trage nur noch den«, lacht sie, »aber ich muß aufpassen, weil die Kanten ziemlich scharf sind.«

»Das kenne ich, ich habe auch so einen Stein.«

Persutto beugt sich zur Principessa hinüber und deutet auf ihre großen Perlenohrringe. »Wunderbar, alte Familienstücke?«

»O nein, mein Lieber. Ich habe sie bei einer Tombola gewonnen.«

Isolina ruft mahnend von der Küchentür: »Schluß mit der Salami, jetzt kommt die Pasta.«

Der Landungssteg der *Piero della Francesca* hält auf halbem Weg inne und wird dann wieder hinuntergelassen, damit Gott das Schiff betreten kann.

Sein gewandter (göttlicher?) Sprung – bei dem er gleichzeitig einen abgerissenen Seesack über die Reling wirft – wird von einer Gruppe weiblicher Teenager auf der Brücke mit einem kurzen Applaus begrüßt. Fabrizio wartet, daß er die Treppenleiter hinaufkommt, um ihn genauer in Augenschein nehmen zu können. Er hat sich nicht getäuscht: mittelgroß, perfekte Proportionen, edler Kopf mit leicht gelocktem Haar (als Gott etwa vier Meter von ihm entfernt unter einem Scheinwerfer vorbeigeht, leuchtet in dem Licht ein dunkles Blond auf, das normannische Herkunft verrät), Arbeiterhände, aber wundersamerweise ohne Risse und Sprünge, nicht zu übermäßigem Lächeln neigende Lippen, Augen, die weit in die Ferne blicken. Knapp unter dreißig.

Er muß wieder an Irene denken: So einer kann, wenn er sich ein anderes Hemd anzieht, problemlos von der Baustelle direkt ins Edelrestaurant gehen.

Fabrizio fragt sich, ob so einer nach seinem Geschmack wäre. Im Bett. Und gibt sich zur Antwort, daß so einer nach jedermanns Geschmack wäre. Um an so einem keinen Gefallen zu finden, müßte man schon mit einem chronischen Mangel an Sinn für Ästhetik geschlagen sein. Möglicherweise ist er ein ganz ungehobelter Kerl, aber das ist nicht gesagt, überlegt Fabrizio, während er – und mit ihm gut die Hälfte der Passagiere an Deck – den jungen Mann betrachtet, der einfach, aber passend gekleidet ist: hell ausgewaschene Jeans, weißes T-shirt, dunkelblaue Segeltuchschuhe. Es ist nicht gesagt. Er macht den Eindruck, als wüßte er, wohin er will und was er dort zu tun hat. Jedenfalls ist er nicht von dieser unverwechselbaren, zellophanartigen Aura des Touristen umgeben, er könnte sogar ein Einheimischer sein, der nach Hause zurückkehrt.

Nun, man muß sagen, daß das Schiff, das inzwischen unbemerkt von der Mole abgelegt hat und Schaumstrudel im Wasser aufwirbelt, erstklassige Ware geladen hat. Zuerst die umwerfende Blondine und dann den jungen Gott. Zwei völlig verschiedene Welten zudem.

Manfredi? grübelt Fabrizio und denkt an die unzähligen Drehbuchsitzungen auf Sebastianos Terrasse in Trastevere. Nein. Dieser junge Mann, der sich jetzt vor seinen Augen auf dem Deck ausstreckt und dabei den Seesack als Kopfkissen benützt, hat etwas Grobes an sich, eine Rauheit, die auf eine einfache Herkunft schließen läßt. Er mag sich täuschen, aber nach seiner Einschätzung ist der Junge ein Abkömmling von Inselbewohnern, vielleicht von Auswanderern. Wohingegen Manfredi das unschuldige Produkt einer erschöpften Aristokratie ist. Es wird nicht einfach sein, jemanden für die Rolle zu finden. Keiner der derzeitigen jungen italienischen Schauspieler verkörpert die Figur, wie er sie sich vorstellt. Noch nicht einmal Irene ist ihm eine Hilfe gewesen, Irene, die ihn allein gelassen hat. Wie sie es angekündigt hatte, wenn er ihre Bedingungen nicht erfüllte.

Fabrizio stützt sich auf die Reling und schlägt den Kragen seiner Jacke hoch. Der Miglio d'Oro zieht links vorbei, sein Umriß erinnert an eine Krippe, wenn die Dämmerung sein abstoßendes Antlitz verhüllt, rechts kündigt sich wie ein Trugbild schon Capri an.

Auf Capri war es, wo er im Schatten einer Säule der Villa Jovis zuletzt mit seiner Frau zusamengesessen hat. Wo sie sich gegenseitig das Ende eines Lebensabschnitts erzählten. Fabrizio weiß, worunter Irene am meisten gelitten hat, auch wenn er nicht über seinen Schatten springen kann: Es war seine kindliche Art, sie zu brauchen, stets ihre beruhigende Gegenwart nötig zu haben. Sie sind zusammen aufgewachsen, haben zusammen studiert und gearbeitet. Dann haben sie geheiratet, um sich in dem gefährlichen Alter zwischen fünfunddreißig und vierzig statt als gleichwertige Partner in den Rollen von Mutter und Sohn wiederzufinden. Deshalb wollte Irene schließlich einen erwachsenen Mann, einen neuen Partner, einen, der ihr zur Seite steht. Irene hat ihn nicht verlassen, sie hat nur von ihm verlangt, endlich selbständig, für sich selbst zu entscheiden. Was bei ihm einen unbestimmten Groll hinterlassen hat. Denn Fabrizio weiß, daß er ohne sie frei ist, und die Freiheit jagt ihm eine furchtbare Angst ein. In Rom, im Frühling, hat er sich einen Liebhaber genommen. Er ist sich nicht sicher, ob er sich diesem Jungen gegenüber anständig verhalten hat und schämt sich deswegen ein wenig. Daher befindet er sich jetzt in einem Zwischenstadium, abwartend, aber vielleicht zum erstenmal in seinem Leben begreifend, daß niemand für ihn entscheiden kann.

Er wirft die Zigarette in den weißen Schaum unter ihm und reißt sich aus seinen Gedanken. Er ist auf dem Weg nach Stromboli, um dort den Produzenten seines nächsten Films zu treffen. Das ist jetzt zu tun. Arbeiten. Er überlegt, wieviel Sebastiano wohl von seiner, Fabrizios, Geschichte in die verwoben hat, an der er gerade schreibt: Giovanni und Nicole, Giovanni und Manfredi, Fabrizio und Irene.

Auch Giovanni ist auf der Suche nach sich selbst, er reist nach Sizilien, um das rätselhafte Verschwinden seines Vaters aufzuklären. Aber Giovanni begegnet Manfredi, und alle Schreckgespenster, die ihn plagten, lösen sich in dem unerschütterlichen Lächeln des jüngeren Mannes auf. Ich hingegen habe keinen Manfredi. Weshalb ich daran arbeiten muß, mir einen mit der Filmkamera zu erschaffen. Ohne Ablenkungen.

Capri gleitet wie eine Vision vorbei, und Fabrizio ist auf einmal ruhig und fast glücklich. Er ist auf See, es ist Nacht, weit unter ihm brummen die Schiffsmotoren. Außer verstreuten Felsinseln wird nun zehn Stunden lang nichts zu sehen sein, noch nicht einmal der Mond, denn die Nacht ist dicht bewölkt wie ein Traum. Das nächste Stück Land wird erst wieder Stromboli sein. Von mindestens dreizehnhundert Passagieren umgeben stellt er sich vor, allein auf dem Schiff zu sein. Sich selbst und einem neuen Sommer voller Geheimnisse überlassen.

»Mit dem Boot?«
   »Mit dem Boot.«
   »Mit der Principessa?«
   »Ich denke ja. Komm doch auch mit, ich glaube, es ist noch Platz.«
   »Ihr steht bestimmt im Morgengrauen auf, vielen Dank.«
   Susy wendet sich an Ruben und ruft: »Da ist er, schnell, halt ihn an!« Der Junge dreht sich geschwind um, aber der Kellner ist schon wieder zwischen den Tischen verschwunden. »Wir werden nie etwas zu essen bekommen.«
   Federico steht mit dem leeren Brotkorb in der Hand auf. »Ich werde ihn neu füllen lassen, dann kette ich die Frau des Kochs in der Küche an und verlange Lösegeld. Vielleicht wird man uns dann bemerken.«
   »Aber vergewaltige sie nicht.«
   »Wen, die Wirtin? Bei dem Schnurrbart wird sie eher mich vergewaltigen.«
   »Wenn mich doch mal jemand ...« jammert Giancarlo und schleudert ein imaginäres Handtäschchen in der Luft herum. Susy lacht und sieht ihrem Liebsten nach. Zu Giancarlo: »Wenn du brav bist, gehen wir hinterher mit dir tanzen und bezahlen jemand, der es dir besorgt.«

»Jemanden bezahlen! Mich müßte man bezahlen!« entgegnet Giancarlo schockiert, ehe er sich wieder an Ruben wendet: »Sie haben dich also zu einer Bootsfahrt eingeladen.«

»Ja, ich bin vorhin bei der Casa Arancio vorbeigegangen, um ihnen ein Handtuch zu bringen, das sie heute nachmittag am Strand vergessen hatten. Charles hat gesagt, daß wir zur Sciara fahren werden, um dort zu schwimmen. Wenn das Meer ruhig ist, kann man sogar bis nach Ginostra kommen.«

»Wir können ja mal abends das Boot von Pippo nehmen und nach Ginostra zum Essen fahren. Und die von der Casa Arancio einladen.«

»Laden wir doch lieber die ein«, raunt Giancarlo und deutet auf die Gruppe der Neapolitaner, die gerade das Restaurant betritt.

Susy neigt sich zu Ruben: »Findest du nicht auch, daß Giancarlos Geschmack ziemlich nachgelassen hat? Gut, wir machen alle Urlaub hier, aber muß man sich denn wirklich zum Essen anziehen als ginge es zum Karneval nach Viareggio?«

»Blöde Nuß, was hast du denn gegen ein wenig Farbe? Na gut, vielleicht übertreiben sie es ein bißchen«, räumt Giancarlo ein, während er einen der Neapolitaner in gemusterten Hosen und einer goldfarbenen Schärpe grüßt, »aber sie sind doch süß, oder?«

»Und furchtbar schwierig. Mit ihren heimlichen Flirts, ihren mysteriösen Regeln. Puh!«

»Da hast du recht«, seufzt Giancarlo. »Wir als altmodische Mädchen sind dagegen für klare Verhältnisse von Anfang an: Verlobungsfeier im kleinen Kreis, der Ring, gerührte Mütter ...«

»... Geschenke, Bonbonnieren ...«

»... eine bescheidene Hochzeit, den Brautstrauß bekommt die Busenfreundin ...«

»Eine neue Folge aus der Serie ›Vater deiner Kinder‹?«

»Den es nicht gibt, buhuu. Aber du und Federico, ist es ernst zwischen euch?«

»Was glaubst du denn?«

»Aber ihr kennt euch doch seit dem Kindergarten! Die erste Liebe kann kein ganzes Leben dauern.«

»Sie dauert, solange sie dauert.«

»Ja, ja, ihr bewahrt euch gegenseitig vor den Gefahren und Lockungen der bösen Welt, bis eines Tages ...«

Ruben, der zugehört und mit seiner Serviette gespielt hat, mischt sich ein. »Warum sollte es nicht funktionieren?«

Wieder Giancarlo: »Weil zwei, die seit ihrer Kindheit zusammen sind, sich früher oder später miteinander langweilen.

Jugendliebe ist eine Sache, Liebe zwischen Erwachsenen eine andere. Sieh mich an ...«

»Du hast dich doch zwischen sechzehn und einundzwanzig in halb Italien verliebt.«

»Eben. Deshalb bin ich jetzt reif für die wahre Liebe.« Dann, ernst: »Es ist nicht ganz einfach.«

Susy wirft ihre Haare in den Nacken: »Natürlich ist es nicht einfach. Man kommt heute leicht zusammen und geht genauso leicht wieder auseinander. Und vielleicht hast du recht: es ist schwer, sich ein ganzes Leben lang zu lieben. Das schaffen nur wenige.«

»Vielleicht kommt es vor, daß ein Mensch einen anderen für immer liebt«, überlegt Ruben, »aber ist das denn eine Frage der Zeit, eine Frage des Zusammenseins? Was heißt für immer, Susy?«

Das Mädchen lächelt. »Meine Eltern sind geschieden,

meine Schwester hat sich gerade von ihrem Mann getrennt. Aber meine Großeltern zum Beispiel haben sich ihr ganzes Leben lang geliebt. Ich glaube nicht, daß es nur daran liegt, daß sie einer anderen Generation angehörten, einen anderen Lebensstil hatten. Ich habe erlebt, wie sie zusammen alt wurden und sich jeden Tag daran gefreut haben, zusammensein zu können. Ich habe bei ihnen auch gesehen, welche Zärtlichkeit der alternde Körper des anderen hervorrufen kann. Im letzten Sommer bevor mein Großvater starb, haben sie stundenlang im Garten gesessen und sich dabei oft an den Händen gehalten. Sie hat ihm aus der Zeitung vorgelesen, sie haben sich unterhalten, gelacht, Musik gehört. Als er gestorben ist, hat ihm meine Großmutter die Kleider herausgelegt, sein Lieblingshemd, eine Krawatte, die sie zusammen auf einer Reise gekauft hatten. Sie hat sich um alles gekümmert, wie in all den Jahren. Und hat dabei gelächelt, inmitten der trauernden Verwandten, und uns Enkelkinder getröstet. Sie hat zu mir gesagt: ›Ich hoffe, daß du auch das Glück haben wirst, einen Gefährten zu finden, einen wirklichen Gefährten fürs Leben.‹«

Federico kommt mit dem Brot, einer Schale Oliven und einem Tellerchen mit in Scheiben geschnittenem Speck zurück. »Ich habe Carmelo schwören lassen, daß er sich innerhalb einer halben Minute um uns kümmern wird, sonst sieht er uns nie wieder.« Als er sich setzt, streichelt ihm Susy über den Rücken. Federico legt ihr lächelnd einen Arm um die Schultern. »Wenn ich nicht bald was zu essen bekomme, falle ich in Ohnmacht. Worüber habt ihr geredet?« Giancarlo sieht Ruben an und zwinkert ihm zu. »Über die Zukunft, glaube ich.«

»Was wollen Sie, Principessa, es sind eben Marokkaner.«
Der Cavaliere Persutto nickt selbstgerecht.

Der Hauch eines Lächelns umspielt Consuelos geschminkte Lippen. Mit einem Blick über die Brillengläser hinweg entgegnet sie: »Sie erstaunen mich, Cavaliere. Die Marokkaner sind ein äusserst würdevolles Volk. Schliesslich haben sie eine Monarchie, n'est-ce-pas?« Anmutig knabbert sie ein Grissino an.

Während des darauffolgenden peinlichen Schweigens bemerkt Caterina, wie die Wangen der Signora Elide sich mit einem tiefen Purpur überziehen. Franzo beeilt sich zu vermitteln: »Noch ein wenig Salat, Consuelo? Signora?« Isolina spielt nicht mit und platzt heraus: »Das meine ich aber auch. Zum Glück waren neulich, vor zwei Monaten, die Marokkaner da, die in den Mansarden wohnen, um diesen Dummkopf von Prospero vom Dach zu holen, als er allein nicht fähig war, wieder nach Hause zu finden.« Und mit zusammengepreßten Lippen: »Haben Sie etwas gegen Marokkaner?«

Der Cavaliere, hochmütig, wobei er sich fragt, wieso eine Hausangestellte überhaupt mit ihnen zu Abend ißt: »Nein, das nicht, aber Sie wollen doch wohl nicht behaupten, daß sie wie wir sind, oder?«

Charles darauf friedfertig: »London ist voll von Afrikanern, die Arbeiten verrichten, die kein Engländer mehr machen möchte. Und einige von ihnen sind hervorragende Gärtner.« An Consuelo gewandt: »Wie ist es in Paris?«

»Ebenso, mon cher.«

Caterina greift geschickt ein: »Letzten Monat hatte ich beruflich in Paris zu tun. Ich war gerade in Passy, hatte eine Stunde Zeit und bin auf den dortigen Friedhof gegangen, den ich noch nie besucht hatte. Debussy liegt dort begraben, aber ich wußte nicht genau, wo. Ihr wißt ja, wie das auf den Friedhöfen von Paris so ist: Die Leute gehen herum und suchen nach den Gräbern von berühmten Persönlichkeiten. Da war also eine Frau, die genau wie ich zwischen den Gräbern herumlief. Ich habe sie angesprochen und gefragt, ob sie mir das Grab von Debussy zeigen könne – ich dachte, daß sie vielleicht auch dorthin wolle. Die Frau hat mir freundlich geantwortet, daß sie es leider nicht wisse, aber nach dem Grab von Fernandel suche.«

Zur allgemeinen großen Erleichterung nimmt das Gespräch damit eine neue Wendung. Charles: »Und was hattest du in Paris zu tun?«

»Ich mußte den Agenten der Deneuve aufsuchen. Corrado will ihr eine Rolle anbieten.«

»In dem Film von Cassinis?«

»Nein, bei einem anderen Projekt im nächsten Jahr. Für den Film von Cassinis und Sebastiano gibt es noch keine konkreten Pläne. Obwohl«, sie lächelt Franzo an, »ich schon die eine oder andere Idee im Kopf habe.«

Consuelo hat den Blick aufgefangen. »Eine Rolle für Franzo? Das wäre ja großartig.«

Franzo runzelt die Stirn. »Nein, nein, bloß kein Kino, ich bitte euch.«

Caterina lacht: »Nicht einmal, wenn Corrado dich bitten würde?«

Er reißt die Augen auf. »Was soll das heißen? Hat Corrado dir etwa gesagt ...«

Caterina hebt abwehrend die Hände: »Nein, nein, das ist eine Idee von mir. Sie ist mir gekommen, als ich den Entwurf von Guarienti gelesen habe. In dem Film gibt es eine merkwürdige Figur, einen sizilianischen Anwalt, dem der Hauptdarsteller hier auf Stromboli begegnet. Die Rolle scheint dir auf den Leib geschrieben.«

»Ein alter Anwalt, hmm ...«

»Wer hat gesagt, daß er alt ist? Morgen frage ich Fabrizio, ob ich dir den Entwurf zu lesen geben darf.«

Franzo streckt den Arm nach der Wasserkaraffe aus: »Bemüht euch nicht.« Charles widerspricht ihm: »Aber wenn Caterina sagt, daß es eine interessante Rolle ist ...«

Franzo bringt ihn mit einem Blick zum Schweigen und sagt zu Isolina: »Ich helfe dir, die Teller für den Nachtisch zu holen.« Er steht auf, gefolgt von seinem alten Kindermädchen, das Persutto unerschrocken ins Gesicht sieht: »Und wenn ich ihnen auf der Straße begegne, grüßen sie mich immer!«

Franzo: »Wer? Wovon redest du?«

»Die Marokkaner, die in den Mansarden wohnen. Und nicht so sind wie gewisse Leute, die sich für Gott weiß wen halten.« Hoch erhobenen Hauptes entschwindet sie Richtung Küche.

Charles lächelt den Cavaliere an: »Wir haben eine sehr demokratische Wirtschafterin.«

»Und eine antirassistische«, fügt Matteo hinzu und zündet sich eine Zigarette an einer der Kerzen auf dem Tisch an. Persutto schluckt: »Vielleicht ist Ihre Bedienstete ...«

Consuelo unterbricht ihn liebenswürdig und erklärt: »Isolina ist keine simple Hausangestellte, lieber Cavaliere. Wußten Sie nicht, daß sie schon Franzos Kindermädchen war?« Und Caterina ergänzt nüchtern: »Fast wie eine Mutter für ihn.«

Der Kehle von Signora Elide entringt sich ein schwaches Ächzen, dann läßt sich plötzlich eine tiefe Stimme hinter ihnen vernehmen: »Isolina ist die Königin von Stromboli.«

Caterina fährt leicht zusammen und dreht sich um. Auf dem dunklen Pfad hinter der Terrasse taucht unerwartet Corrado Vancori auf.

Blaues, offenes Jackett, helle Hosen, hellgelbes Polohemd, das gutaussehende gebräunte Gesicht mit einem gepflegten, schwarzen Schnurrbart geziert. Schwarz, nur hier und da weiß meliert, sind auch die kurzgeschnittenen Haare. Die dunklen Augen richten sich forschend auf das verblüffte Gesicht des Cavaliere und wandern dann zu dem der Principessa. »Consuelo, wie schön dich zu sehen.«

Sie streckt einen Arm aus und läßt sich die Hand küssen. »Corrado! Was für eine Überraschung. Laß dich anschauen ... gut siehst du aus, großartig in Form.«

»Du aber auch.« Er gibt Matteo die Hand zur Begrüßung, ebenso Charles, der zum Haus hin ruft: »Franzo, sieh mal, wer gekommen ist.«

Der Cavaliere samt Gattin werden Vancori vorgestellt, dann nähert dieser sich Caterina, beugt sich über sie und streift ihre Stirn mit einem Kuß. Sie, während sie ihm das Gesicht darbietet: »Wir haben dich noch gar nicht erwartet. Wann bist du ...«

»Mit dem Tragflächenboot um sieben. Ich habe mich noch ein wenig im Dorf aufgehalten, um mit jemandem zu sprechen.«

Franzo tritt zu ihnen. »Corrado, wie geht es dir? Hast du schon gegessen?«

»Ja, mit Don Bartolo und den Tanten. Aber ich nehme gern ein Glas Wein. Ah, da ist ja unsere Königin.« Er geht auf Isolina zu und küßt sie auf die Wangen. Sie geht zufrieden ins Haus zurück, um noch ein Glas zu holen.

Vancori setzt sich zwischen Consuelo und Matteo und schlägt die Beine übereinander. »Wie schön, mal wieder auf der Terrasse der Casa Arancio zu sitzen. Geht es euch gut? Ihr seht alle prächtig aus.«

Signora Elide betrachtet interessiert den Neuankömmling. Sie weiß sehr wohl, wer er ist – sie hat ihn sogar einmal in der Maurizio-Costanzo-Show gesehen – und stellt fest, daß manche Berühmtheiten sich offenbar tatsächlich durch ein gewisses Etwas von Normalsterblichen unterscheiden. Die Ankunft Vancoris hat die Atmosphäre elektrisch aufgeladen, eine unsichtbare Strömung läuft um den Tisch, wie wenn ein geschlossener Raum von einem plötzlichen Luftzug durchweht wird. Auch die anwesenden Personen verhalten sich anders, sind interessierter, aufmerksamer. Sie bemerkt, wie die Principessa etwas lauter lacht, wie Franzo sich eifriger am Gespräch beteiligt, Caterina aufrechter auf ihrem Stuhl sitzt.

Er, der berühmte Produzent, plaudert mit einem seltsam erwartungsvollen Gesichtsausdruck, ein angedeutetes Lächeln auf den sinnlichen Lippen. Er hat das Gesicht – und den Körper – eines faszinierenden Tieres, denkt Signora Elide. Auch eines gefährlichen Tieres. Sie weiß nicht warum, aber ihr kommt der gespannte Ausdruck eines Pumas kurz vor dem Angriff in den Sinn. Das verstört sie. Signora Elide, die seit Jahren keinen Mann mehr auf diese Weise angesehen hat, überrascht sich selbst bei dem Gedanken, daß sie tatsächlich ein wildes Tier vor sich hat, eine große, Sinnlichkeit ausstrahlende Raubkatze. Ein Schauder durchfährt ihre siebzig Kilo unter dem ärmellosen Kleid aus Halbleinen. Sie fächelt sich das Kinn mit der Serviette, während Franzo vorschlägt: »Nehmen wir den Kaffee auf dem Feueraltar? Vielleicht weht dort oben sogar ein kleines Lüftchen.«

Signora Elide findet sich plötzlich an Charles' Arm wieder, der sie mit einem marokkanischen Windlicht in der Hand zu einer schmalen Treppe geleitet, über die man auf das Dach eines niedrigen Anbaus gelangt.

Die kleine Prozession steigt hinauf und verteilt sich auf der oberen Terrasse. Franzo wirft bunte Kissen auf die gemauerten Steinbänke und zündet neue Kerzen an. Von dort oben sieht man auf die umliegenden Gärten, auf reglose Palmen in der warmen, windstillen Luft, auf die von schwachen Lichtern erleuchteten anderen Terrassen. Und vor allem auf den schwarzen Schemen des Vulkans, der hier und da vom unregelmäßigen Aufblitzen der Taschenlampen nächtlicher Vulkanbesteiger punktiert wird.

Im Dunkeln hört Signora Elide die Stimme des Pumas, die dicht neben ihr fragt: »Sind Sie zum erstenmal hier, Signora? Wie wirkt Iddu auf Sie?« Mit einem verzückten Stimmchen, das sie nicht von sich kennt und das sie erschrecken läßt, antwortet sie: »Er macht mir furchtbar angst.«

Von der Südterrasse der Casa Malanta aus blickt Frida mit einem Glas Sherry in der Hand auf den Vulkan. Ihr leichter Schal rutscht von ihrer Schulter, sie läßt Arme und Beine baumeln. Heute abend ist es sogar hier oben noch heiß. Vielleicht hat Franzo recht, und es kommt ein Schirokko. Die Nacht ist still, nichts regt sich. Nur hin und wieder wird von geheimnisvollen Luftströmungen das rhythmische, dumpfe Stampfen aus der Diskothek unten im Dorf heraufgetragen, verklingt aber gleich wieder.

Der Widerhall einer Eruption durchzittert die Terrasse. Sie betrachtet die Rosmarinsträucher, die sie mit Charles vor zwei Jahren gepflanzt hat. Schon ein kleiner Wald. Sie geht die kleine Treppe hinunter, die auf die Dachterrasse der Zisterne führt. Im Vorbeigehen pflückt sie eine vertrocknete Geranienblüte ab und schnuppert an den duftenden Blättern. Livia hat das Licht neben dem Vorratshäuschen angelassen. Frida löscht es und starrt ins Dunkel, bis sich vor ihr allmählich verschiedene Konturen in der Nacht abzeichnen: die runde Hügelkuppe vor der Punta Labronzo, der weiße Schemen von San Bartolo, die fernen Häuschen von Piscità. Sie glaubt, die obere Terrasse der Casa Arancio ausmachen zu können, sieht umherwandernde Lichter auf dem »Feueraltar«, wie Franzo die Dachterrasse nennt. Dann geht sie in den Garten, wobei sie darauf achtet, nicht an die scharfkantigen Steine zu stoßen, die den Weg ins Tal markieren.

Auch im Haus ist es vollkommen still. Sie und Livia sind nicht ausgegangen an diesem Abend, haben ein Curryreisgericht und Obst gegessen, dann ist Livia in der Hängematte auf der zum Meer hin liegenden Terrasse eingeschlafen. Frida hat ihr einen Schal über die Beine gelegt, hat sich auch einen gegriffen und ist hinüber zur Vulkanseite gegangen.

Sie freut sich auf Fabrizios Ankunft. In Rom hat ihr jemand von seiner Trennung von Irene erzählt, was sie sehr erstaunte, denn sie hat die beiden immer für ein unzertrennliches Paar gehalten. Was wohl zwischen ihnen vorgefallen ist, fragt sie sich. Wer weiß schon, was im Laufe der Zeit mit all den Paaren auf der Welt passiert. Sie steigt wieder auf die andere Terrasse hinauf und setzt sich, um den seitlich geneigten Kopf Livias in der Hängematte zu betrachten, den schwachen Atem zu belauschen, der ihre Brust hebt und senkt.

Ohne ein Geräusch zu machen stellt sie ihr Glas neben sich ab und verschränkt die Arme. Ihr fällt eine Zeile von Oscar Wilde ein: *Yet each man kills the thing he loves*. Jeder tötet, was er liebt. Sie denkt an die Menschen, die sich in diesem Moment auf der Insel lieben. Dann muß sie über sich selbst lächeln, weil sie nicht mehr über die Insel hinausdenken kann, als ob die Welt hinter dem unsichtbaren Horizont des Meeres zu Ende wäre.

Schließlich steht sie auf, doch ehe sie ihre Geliebte weckt, pustet sie leicht auf die bloße Schulter der jungen Frau und beobachtet entzückt, wie sich die Haut dort kräuselt, einer kleinen Welle gleich.

Der Körper unter dem Sand wartet in seinem schlichten Grab auf eine weitere ruhige Nacht. In der Stille, die sich um ihn herum verdichtet, gleicht er einer verschollenen Statue. Oder einem zersprungenen, antiken Gefäß.

3

Der Sonnenaufgang huldigt Fabrizio – Ein jähes Erwachen – Anlegemanöver – Duett in der Küche – Weitere Überraschungen und Neuigkeiten – Charles' kleiner Tod – Im Frühjahr 1949 – Erdbeben, Seebeben und sogar Gasexplosionen (Ornella verliert die Geduld) – Der Mann auf der Klippe – Das verborgene Gesicht – Unter der Sciara del Fuoco – Tiefe Wasser – Signora Elide bezieht Stellung – Gymnopédie (Einladungen, der Olivenhain hinter der Casa Malanta, Valeria haßt diesen Ort, Mittagessen in Quattropani, Verwünschungen) – Himmlisches Zusammentreffen – Hausbesitzerinnenpflichten – Die Einsamkeit des Abendsterns

Ein unbeschreiblicher Sonnenaufgang.

Was Fabrizio vor allem in Erstaunen versetzt, ist die Tatsache, daß er die ganze Nacht kein Auge zugetan hat. Zwischen zwei und halb drei hatte er eine halbe Stunde in seiner Kabine gedöst, ohne sich auch nur ausgezogen zu haben. Dann war er ganz erfrischt und voller Erregung aufgewacht und hatte sich gleich wieder an Deck begeben, wo verstreute Gestalten in ihren Schlafsäcken zwischen den Rettungsbooten schliefen. Hier und da unterhielten sich noch muntere junge Leute mit gedämpfter Stimme, Männer von der Schiffsbesatzung standen am Heck und rauchten, eine alte Dame las ein Taschenbuch im Licht einer Taschenlampe.

Er hatte mehrmals das ganze Schiff umrundet, hatte am Bug den scharfen Wind genossen, war am Heck stehengeblieben, um auf die weiße Schaumspur des Kielwassers zu blicken, die die Fähre in dem tiefen, fast wellenlosen Wasser zog. Die Stunden waren langsam, mit angenehmer Monotonie vorübergegangen, getragen von dem beruhigenden Brummen der Motoren, eingetaucht in eine Mischung aus beißendem Dieselölgestank und feuchtem Salzgeruch. Er hatte den normannischen Gott gesehen, der eingehüllt in einen Armeeschlafsack träumte, während die nächtliche Brise die blonden Locken zerzauste. Sein schöner Mund war in der Entspannung des Schlafs leicht geöffnet.

Fabrizio hatte diese aus der Zeit herausfallende, mit funkelnden Sternen bestickte Nacht genossen, aufgeregt wie ein kleiner Junge, der zum erstenmal allein aufs Meer hinausfährt. Und in gewissem Sinn war dies tatsächlich die erste Reise, die er allein unternahm.

Trotzdem sollte ich noch ein wenig schlafen, sonst bin ich morgen ein Wrack. Ich muß mich gleich mit Vancori treffen, vorausgesetzt, er ist schon auf der Insel.

Doch der Schlaf war nicht gekommen, und er hatte sich gewundert, wie frisch er sich fühlte, ohne den geringsten Anflug von Müdigkeit. Er hatte sogar ein bißchen gearbeitet, sich Notizen gemacht: über eine Idee für ein Abendkleid bei der Festszene, über einen Dialog zwischen Manfredi und seiner Mutter und einen zwischen Giovanni und seiner Frau Nicole.

Und er hatte wieder über die Besetzung der Rollen nachgedacht. Für die Rolle des Manfredi will Fabrizio einen Anfänger. Ihm war ein Akademieschüler eingefallen, den ihm jemand im vergangenen Frühjahr vorgestellt hatte. Gutaussehend, die richtige Größe, tiefe, dunkle Augen. Über solche Dinge muß er mit Corrado Vancori und vor allem mit Caterina diskutieren, die schließlich diejenige ist, die sich um alles kümmern wird.

Jetzt lehnt Fabrizio an einer großen Kiste auf dem Steuerborddeck und hängt seinen Gedanken nach, als dicht neben ihm plötzlich jemand ruft: »Da, sieh nur!«

Er dreht sich zu der Stimme um und erkennt im Dunkeln den Umriß einer Gestalt, die mit ausgestrecktem Arm über Bord deutet und einer anderen Gestalt etwas zeigt. Fabrizios Blick folgt der Linie des Arms. Weit entfernt, aber scharf zeichnet sich eine plötzliche, helle Eruption vor dem nachtschwarzen Himmel ab. Stromboli ist schon in Sicht. Der Ausbruch dauert nur einen Augenblick, weniger als einen Augenblick.

Die Stimme neben ihm flüstert mit kindlicher Freude: »Hast du gesehen, er begrüßt uns.« Eine weibliche Stimme antwortet mit einem kleinen Lachen: »Mein Gott, er macht mir angst. Bist du sicher, daß es eine gute Idee war, zu diesem Vulkan mitten im Nichts zu fahren?«

Der Mann lacht ebenfalls. »Aber ja, wart's ab. Du wirst ihn nie wieder vergessen.«

Fabrizio bleibt stehen, gebannt von der Erregung in der Stimme. Er bewegt sich nicht vom Fleck, schlägt nur den Kragen seiner Windjacke hoch und wartet auf ein weiteres Zeichen.

Wenig später – vielleicht zehn Minuten, nicht mehr – läßt er sich von einer neuen Eruption überraschen, die noch kräftiger, noch höher ist. Eine blutrote Explosion vor dem nächtlichen Himmelsschirm. Klar und deutlich sieht er Massen von kleinen, glühenden Steinchen kaskadenartig herunterstürzen, ein purpurnes Muster bilden, durcheinanderrollen und verlöschen.

Noch mehr Leute stehen jetzt an der Reling. Verschlafene Stimmen, unterdrücktes Lachen.

Weit draußen schlingern die Fischerboote, eine dünne Kette aus flackernden Lichtern. Dann wird der Himmel von einer silbrigen Klinge durchschnitten, die blitzartig den Horizont teilt, um gleich wieder zu verschwinden. Eine Vorankündigung des Tages, den die Mächte der Finsternis noch nicht zum Zuge kommen lassen wollen. Düstere, grau und weiß gesprenkelte Wolkenfransen drücken gegen den Himmel, der noch schwärzer wird als zuvor und nur den nächstgelegenen Sternen noch zu leuchten gestattet. Viele sind verschwunden, aufgesogen von der Unendlichkeit.

Doch über kurz oder lang verliert die Nacht den Kampf und öffnet sich einem schwachen Lichtschein. Eine dünne, pfirsichfarbene Milch rinnt über den Horizont und läßt verschwommen den Umriß des Berges – plötzlich erschreckend nah – vor dem sich schnell verändernden, im Tageslicht weit werdenden Himmel hervortreten. Ein Schauder streift die Flanken des Schiffes. Strombolicchio, der teuflische Vorposten, kündigt Land an.

Er hat sich flüchtig vor dem Kruzifix bekreuzigt. Dann hat er sich mit einem Stück Kernseife das Gesicht geschrubbt, das Hemd wieder angezogen, das er am Abend zuvor auf einen Stuhl geworfen hatte, die dicken Socken, die Schuhe, die er das ganze Jahr über trägt. Er sieht nach draußen, wo der Himmel sich rosa färbt.

Rosario ist heute spät aufgestanden. Er hat schlecht geschlafen, wirre, schwere Träume gehabt. Darin hatte die Casa Benevenzuela einen frischen, weißen Anstrich, der Garten leuchtete vor roten Blumen, und neue Gardinen wehten im Wind. Sogar ein Sonnenschirm stand auf der Terrasse, samt Korbsesseln mit Kissen wie die der Casa

Arancio. Der junge Herr, Don Corrado, stand auf der Wiese und winkte ihm mit erhobenem Arm zu, während er selbst draußen vor der verschlossenen Pforte stand und die Hunde ihn durch die Gitterstäbe hindurch anbellten. Er ist mit einem pochenden Schmerz in den Schläfen und einem ordentlichen Schreck aufgewacht. Noch im Dunkeln – obgleich man schon einen Streifen grauen Lichts hinter den Fensterläden erahnen konnte – hat er tief durchgeatmet und zu den hohen Deckenbalken und dem schwarzen Kruzifix an der Wand hinaufgestarrt, hinter dem schräg ein trockener Olivenzweig steckt.

Er setzt sich auf die Kante seines Feldbetts. Während er sich die Schuhe zubindet, zeigt sich ein hinterhältiges Lächeln auf seinem Gesicht. Noch gehört die Casa Benevenzuela mir, und er wird sie mir teuer bezahlen. Für alles wird er mir bezahlen, der junge Herr.

Unversehens erinnert er sich daran, wie er als achtjähriger Junge mit seiner Mutter durch das Tor des Palazzos tritt. Es muß das Fest von San Vincenzo sein, es ist warm, er trägt eine zugeknöpfte Strickjacke und ein weißes, bis obenhin geschlossenes Hemd, seine feuchten Haare sind ordentlich gescheitelt und nach hinten gekämmt. Seine Mutter zerrt ihn ein wenig hinter sich her, sie ist groß und sehr stark. Sie gehen ins Haus, und die Vancori-Schwestern – damals schon alt, schon in ihre schwarzen Tücher gehüllt – überhäufen seine Mutter und ihn mit Komplimenten und Schöntuerei »Na, du Kleiner, brav bist du, ja, ja. Lauf, lauf und spiel mit deinem Cousin«, fordern sie ihn auf. Seine Mutter läßt seine Hand los und schiebt ihn in den Garten. Er kickt einen Stein vor sich her, schlendert auf die Palme zu. Die Stimmen der Frauen verklingen, als er um die Ecke des Kelterraums biegt. Dann steht Corrado vor ihm, genauso groß wie er selbst, in kurzen Hosen und ebenfalls mit einem weißen Hemd, dessen Ärmel er aufgerollt hat. Corrado sieht ihn schief und mit einem boshaften Lächeln an, die Haare fallen ihm in die Augen. Er hält ihm einen bunt gemusterten Ball vor die Nase. Dann schleudert er ihn mit einer wohlberechneten Geste über die Gartenmauer und sagt: »Ich spiele nicht mit Dienstboten.«

Er erinnert sich an den süßen Geschmack des Bluts aus seiner Nase, an die durchdringenden Stimmen der herbeieilenden Frauen, die sie trennen. An den Riß in seinem Hemd, der quer über den Rücken geht, an sein Knie, das dick anschwillt, und das gute Gefühl eines nassen Lappens auf seiner Stirn. Am Abend gibt ihm Don Bartolo ohne zu lächeln eine Tüte Bonbons, und seine Mutter scheucht ihn verlegen auf den Weg, der nach Hause führt. Spielbälle hat er sich von da an selbst gemacht, aus Lumpen.

Sie werden auch die großen Herren spielen, er und Petruzzo, wenn sie die Benevenzuela verkauft haben. Er wird sich ein Haus auf dem Festland kaufen und eines hier auf der Insel, das er im Sommer an Touristen vermieten wird. Die werden viel Geld dafür bezahlen, Millionen von Lire jeden Sommer. Millionen.

Er steht auf und erblickt sein spitzes Fuchsgesicht in dem kleinen Spiegel über der Kommode. Und die Herren werden nicht mehr Herren sein.

Im Hof läßt er den Motor der »Lapa« an und wendet auf dem kleinen Platz, um zur Straße zu gelangen. Sollen sie im Haus doch aufwachen, was kümmert's ihn. Er biegt auf die Höhenstraße ein und beschleunigt vor der Steigung. Dann schaltet er die Scheinwerfer aus, es ist fast hell. Er sieht aufs Meer hinaus. Die *Piero della Francesca* umschifft gerade Strombolicchio.

Hinter San Vincenzo nimmt Rosarios Vehikel mit hoher Geschwindigkeit die Straße nach Scari, Petruzzo entgegen, der nach sechs Jahren aus Amerika wiederkommt.

Weitere Überraschungen warten auf Fabrizio, als er an Land geht. Während die Fähre eine Hundertachtzig-Grad-Drehung macht, um mit dem Heck an der Mole anzulegen – und die Besatzung sich in zahlreichen Anrufungen der Madonna ergeht, weil das Anlegemanöver nicht beim ersten Versuch klappt –, beobachtet Fabrizio von Deck aus das bescheidene Getümmel am Kai: die zur Gepäckbeförderung bereitstehenden »Lape«, an den Absperrungen lehnende Motorroller, sich jagende Hunde, dösende Jugendliche, die darauf warten, zu einer der anderen Inseln weiterzufahren.

Auf einmal sieht er sich an der Seite der umwerfenden Blondine. Ihr Seidentuch hat sie um den Kopf geschlungen und unter dem Kinn festgeknotet, sie trägt ihre schwarze Sonnenbrille, einen Baumwollpullover um die Schultern und dieselben Kleider wie am Abend zuvor, die jedoch keine einzige Knitterfalte aufweisen. Auf den vollen Lippen liegt ein Hauch von rosa Lippenstift, das Gesicht zeigt die vornehme Blässe und den Ausdruck einer Frau, die nach wenigen Stunden Schlaf gerade aufgewacht, aber an das Reisen gewöhnt ist. Sie raucht und blickt ebenfalls auf die Mole hinunter. Sie beachtet ihn nicht. An der nervösen Geste, mit der sie den Reißverschluß ihrer Umhängetasche zuzieht, erkennt Fabrizio, daß auch sie hier an Land gehen wird. Er hat sich getäuscht, was Panarea betrifft.

Das Deck bevölkert sich mit Neugierigen, die einen Blick auf Stromboli werfen wollen. Neben der schmucklosen Mole aus Zement sieht man einen langgestreckten, schwarzen Strand, auf dem viele kleine Boote lagern. Ihre leuchtenden Farben – Azurblau, Feuerrot, Sonnengelb – heben sich grell von dem schwarzen Untergrund aus Sand und Kieseln ab. Nur wenige Häuser, eine Art Schutzdach, die Büros der Fährgesellschaften Siremar und SNAV. Außerdem ein ausgedehnter Röhrichthain und die abgeflachte Landzunge, die die nordöstliche Ecke der Insel markiert. Weiter oben am Hang der Umriß eines Kirchturms und darunter eine Traube von Häuschen. Links von der Mole eine weitere Reihe Häuser, weiße Würfel, einige graue Ruinen, noch ein leerer Strand. Keine Welle bewegt das Ufer. Das Meer liegt da wie eine stille Lagune.

Fabrizio hebt die Augen zum Vulkan. Die gewaltigen, steilen Abhänge weisen in der Sonne ein zartes Grün auf, das von einem hellen Nußbraun durchzogen ist und von den dunkelbraunen Flecken längst erkalteter Lavaströme unterbrochen wird. Die Krater, die er beim Herannahen gesehen hat, befinden sich auf der anderen Seite der Insel.

Dieselbe Stimme, die vor etwa einer Stunde auf die erste Eruption aufmerksam gemacht hatte, sagt jetzt neben ihm: »Dieser erkaltete Lavastrom heißt Rina Grande, früher spuckte der Vulkan aus der Spalte darüber.«

Fabrizio dreht sich um. Die Stimme gehört einem jungen Mann mit einem hübschen, aufgeregten Gesicht. Er drückt ein zierliches Mädchen an sich, das fragt: »Und Ginostra, wo ist das?«

»Man kann es von hier aus nicht sehen, es liegt hinter der Landzunge«, antwortet der Junge und zeigt nach links auf den rötlichen Felsvorsprung, der die Insel nach Süden begrenzt. Das Mädchen kichert etwas verwirrt. Cassinis denkt, daß dieses ungastliche Eiland, an dem sie angelegt haben, einen seltsamen Eindruck auf sie machen muß. Kein Baum in Sicht, kaum Pflanzen außer dem Röhricht und der einen oder anderen kümmerlichen Tamariske. Es gibt noch nicht mal ein richtiges Dorf hier am Hafen.

Auch Irene hatte lachend gemeint: »Das ist das schöne an Stromboli, seine Schroffheit, die seine Reize auf den ersten Blick verbirgt. Wer würde beim Anblick dieses Hafens, der kaum den Namen verdient, auf die Idee kommen, hier auszusteigen?« Und sie hatte ihm erzählt, daß früher, als sie noch ein junges Mädchen war, die weißen Würfel am Strand nur aus aufgegebenen Vorratsschuppen und Bootshäuschen bestanden hätten. Damals habe es noch nicht einmal die Mole gegeben.

Fabrizio sieht sich wieder nach der Blondine um, auf deren anderer Seite sich jetzt der junge Normanne an die Reling lehnt. Die Frau, die er aus der Nähe betrachtet auf vierunddreißig, fünfunddreißig schätzt, tritt einen Schritt zurück und wirft einen kennerhaften Blick auf den jungen Mann. Sie bewertet ihn, wägt sozusagen die Möglichkeiten ab. Der merkt nichts davon, sieht auf den Landungssteg und zieht sich einen alten Armeepullover über, wobei er den abgerissenen Seesack zwischen seine Knie klemmt. Offenbar ebenfalls bereit, an Land zu gehen. Wahrlich eine Insel für Kenner.

Der Landungssteg wird knarrend heruntergelassen, während die Passagiere sich vor den Eisentreppen zum Ausgang drängen.

Als er einen letzten Blick auf den Landungssteg wirft, ehe auch er sich ans Verlassen des Schiffes macht, entdeckt Fabrizio, daß noch eine freudige Überraschung auf ihn wartet. Auf der Mole, inmitten der kleinen Menge, die sich dort versammelt hat, erkennt er den dunklen Kopf von Frida und das charakteristische Stirnrunzeln seiner selbstsicheren ehemaligen Schulkameradin.

»Also, wenn du mich fragst, dieser Kerl steht mir bis hier«, verkündet Isolina und schlägt sich mit der Handkante gegen das Schlüsselbein. Die Angesprochene sieht gespannt zu ihr herauf und richtet das fadendünne Schwänzchen in die Höhe. Die Haushälterin schüttelt den Kopf: »Du hast wohl immer Hunger, was?« Sie bückt sich und hebt einen Napf aus Zinn vom Boden auf. Dann greift sie nach dem Dosenöffner und nimmt mit entschiedenen Bewegungen eine Fertigmahlzeit aus Reis und Thunfisch in Angriff, während sie weiter halblaut vor sich hinbrummelt und dabei die Katze beruhigt, die jetzt ein herzerweichendes, jammerndes Miauen ertönen läßt.

»Hast du gehört, wie er gestern abend gegen die Marokkaner gepöbelt hat, dieser Hanswurst? Das ist mir wirklich über die Hutschnur gegangen. Für wen hält der sich eigentlich? Du solltest ihn mal im Winter in Turin sehen, mit seinem uralten Mantel und seiner zerknautschten Tasche ...« und zur Unterhaltung der verblüfften Katze ahmt sie in übertriebener Manier den schlaffen Gang des Cavaliere nach: mit hängenden Schultern, baumelnden Armen, herausgestrecktem Bauch. »Was für ein aufgeblasener Affe! Bloß weil er Consuelo beeindrucken wollte, die ihn sowieso den ganzen Abend nur veräppelt hat. Und er hat es noch nicht einmal gemerkt. Was sagst du dazu!«

Sie nimmt wieder ihre normale aufrechte Haltung ein und füllt eine großzügige Portion in den Napf des Kätzchens, das sich mit rührender Gier darauf stürzt. Isolina lächelt: »Kleine Kreatur.«

Dann füllt sie die Espressokanne mit Kaffee und Wasser und sieht auf die Uhr: zehn Minuten nach sechs. Das Schiff wird schon am Hafen angelegt haben. Bis der Gast ausgestiegen ist, Italo ausfindig gemacht hat und in Piscità angekommen ist, wird mindestens noch ein Stündchen vergehen. Eher mehr. Vielleicht frühstückt er auch erst noch im Dorf. Hier ist jedenfalls alles bereit: der Korb mit Brot, die Gläser mit verschiedenen Marmeladen, die Butter, der Orangensaft im Kühlschrank. *Franzocarlo* haben ihm einen Willkommensgruß auf einen Zettel geschrieben, für den Fall daß sie bei seiner Ankunft noch schlafen, was wahrscheinlich ist zu dieser frühen Stunde. Das gilt natürlich nicht für sie, die seit einiger Zeit überhaupt nicht mehr schlafen kann. Letzte Nacht haben ihr auch noch die Beine weh getan, sie hat sich im Bett herumgewälzt, und obendrein war ihr kalt. Dann hat sie auf einmal etwas Warmes am Oberschenkel gespürt, hat eine Hand ausgestreckt und das weiche Fell der neuen Hausgenossin gestreichelt, die daraufhin ein so zufriedenes und lautes Schnurrkonzert von sich gab, das beinahe halb Piscità aufgeweckt hätte.

Sie kichert in sich hinein, als sie wieder an den vergangenen Abend denkt, an Corrado Vancoris überraschende Ankunft, an die ausgelassenen Bemerkungen von *Franzocarlo*, Caterina und Consuelo, als der Trottel und seine Gemahlin sich zurückgezogen hatten. »Isolina ist die Königin von Stromboli, das ist schon etwas anderes als die Königin Margherita!« Ah! Und heute abend wird sie die beiden schon wieder ertragen müssen. Sie, diese Elide, ist gar nicht so verkehrt, hat keine Allüren, aber er! Er! Vielleicht wird sie ihm ja gar nicht begegnen, bei dem Durcheinander, das im Haus herrschen wird. *Franzocarlo* werden wieder den üblichen Haufen Leute einladen, obwohl sie gestern abend noch gesagt haben, mach dir keine Sorgen, wir kümmern uns um alles, du brauchst dich nicht zu überanstrengen. Von wegen, den ganzen Tag wird sie auf den Beinen sein und Vorbereitungen treffen müssen. Sollen sie mir nur ein wenig zur Hand gehen, ich habe nämlich keine Lust, vor Erschöpfung umzufallen.

Sie bleibt mitten in der Küche stehen und kann sich nicht entscheiden, ob sie zuerst die Geschirrspülmaschine ausräumen oder einen Blick in das blaue Zimmer werfen soll. Sie geht hinaus auf die Terrasse und kratzt sich am Kinn. Schon jetzt ist es sehr heiß, bis zum Abend wird man umkommen vor Hitze. Das Wetter ändert sich, und zwar zum Schlechteren.

Dieser Gast, der Regisseur, wird sich erstmal hinlegen wollen. Hoffentlich. Einer weniger, dem sie heute hinterherlaufen muß. Sie geht von der Terrasse ins blaue Zimmer. Alles in Ordnung hier, das Bett gemacht, Franzos Theaterkoffer, der als Kleiderschrank für Gäste dient, steht halb geöffnet in der Ecke, ein Strauß von Lavendel und wilden Gladiolen schmückt eine Vase aus hellblauem Opalglas. Gut.

Sie hört ein schwaches Poltern von oben. Etwa schon wach um diese Zeit? Sie werden mir hoffentlich nicht erzählen wollen, daß ihnen das Essen von gestern abend wieder schwer im Magen gelegen hat! Wenn einer letzte Nacht nicht gut geschlafen haben dürfte, dann dieser Trottel von Persutto, der sich mit seinem mitgebrachten Mandelgebäck vollgestopft hat. Sechs Stück hat er bestimmt gegessen, wenn nicht sogar sieben. Sie sieht zu dem Kätzchen hinunter, das sie verehrungsvoll anmaunzt, versetzt sich mit der flachen Hand einen hohlklingenden Schlag auf die Brust und kommentiert abschließend: »Dieser *cujun*!« Dieser Hohlkopf.

»Bist du etwa meinetwegen so früh aufgestanden?«
»Na klar. Ich bin es dir doch schuldig.«
»Wieso?«
»Weil du dich – vor einer halben Ewigkeit – einmal im

Morgengrauen aus dem Bett gequält hast, um mich am Bahnhof zu verabschieden. Ich bin damals mit meinem Vater irgendwohin in die Ferien gefahren. Erinnerst du dich nicht? Du hast mir damals den Hof gemacht.«

Fabrizio lacht. »Aber völlig erfolglos. Du hast mich noch nicht mal angesehen.«

Frida knufft ihn gegen eine Schulter. »Was glaubst du, ich habe dich angeschmachtet. Irene war zu der Zeit meine beste Freundin ... und du hast mich wegen ihr fallenlassen. Glaub ja nicht, ich hätte das nicht gemerkt.«

»Aber das stimmt nicht, ich war total verschossen in dich.«

»Wirklich? Und warum sagst du mir das erst jetzt?«

Fabrizio stellt seinen Koffer ab und nimmt die Freundin in die Arme. »Wie schön, dich zu sehen, Frida. Warum haben wir uns in all diesen Jahren bloß so aus den Augen verloren?«

Sie drückt ihm einen Kuß auf die Wange: »Weil ich als Papas Töchterchen um die Welt reisen mußte und du damit beschäftigt warst, berühmt zu werden.«

»Apropos, wie geht's deinem Vater?«

»Ach, der! Er hat eine Argentinierin geheiratet, die fünf Jahre jünger ist als ich, und eine Art Hazienda gekauft, wo er Rinderzüchter und Torero spielt. Weihnachten wollen wir ihn vielleicht besuchen.«

»Wer, wir?«

Frida lacht. »Das ist eine Überraschung. Eine große. Du wirst später noch davon erfahren.«

»Bist du verheiratet? Verlobt? Oder hast du einen heimlichen Liebhaber hier auf der Insel?«

»Nein, nein, nichts Heimliches, im Gegenteil ... Aber wart's ab. Laß uns gehen. Hier ist Italo, er nimmt dein Gepäck mit.« Frida deutet mit freundschaftlicher Geste auf einen Mann, der Koffer und Taschen auf eine dreirädrige »Lapa« lädt. Der Mann lächelt: »Sie sind in der Casa Arancio zu Gast? Geben Sie mir Ihren Koffer.« Er nimmt Fabrizio seinen großen Koffer ab, der daraufhin die Brieftasche öffnen will. Doch Frida hält ihn zurück. »Nein, du bezahlst ihn, wenn du wieder abreist. Das ist hier so Sitte. Jetzt gehen wir erst einmal einen Kaffee trinken.« Als sie sich umwendet, zieht sie plötzlich eine erstaunte Grimasse und senkt ihre Stimme zu einem Bühnenflüstern: »Oh, sieh mal wer da ist.«

Cassinis läßt den Blick über die Menge auf der Mole schweifen und sieht die Superblondine in eine »Lapa« steigen. »Wer, die? Du kennst sie?«

Frida bläst die Wangen zu dem pausbäckigen Gesicht auf, das sie als Fünfzehnjährige hatte, als sie noch bei den Nonnen zum Heiligen Herzen zur Schule ging. »Sag bloß, du weißt nicht, wer das ist? Das gibt's doch nicht.«

»Nein, wirklich nicht. Ich habe sie auf dem Schiff gesehen, aber ...«

»Das ist Valeria Griffa.«

»Ah. Ihr Gesicht kam mir bekannt vor, aber ich habe sie nicht erkannt.«

»Oh, sie hat die Schauspielerei fast völlig aufgegeben. Ist auch besser so, bei den Filmen, die sie gemacht hat. Außerdem ist sie ein ziemliches Miststück. Komisch, daß sie mit der Fähre gefahren ist.«

»Fand ich auch, so wie sie aussieht. Kommt sie oft nach Stromboli?«

Frida sieht ihn verblüfft an. »Weißt du das etwa nicht? Sie ist die Exfrau von Corrado Vancori.«

»Und was macht sie dann hier? Besucht sie Vancori? Haben sie ein freundschaftliches Verhältnis?«

»Im Gegenteil. Ich glaube, sie hassen sich. Nein, nein,

er hat ihr vor Jahren eine große Villa hier auf der Insel überschrieben. Trotzdem ist es komisch, daß sie hier ist, normalerweise setzt sie nie einen Fuß auf Stromboli.«

Die »Lapa« mit der Blondine fährt rumpelnd an ihnen vorbei. Die Frau erkennt Frida und grüßt sie mit einer zerstreuten Handbewegung. Frida grüßt zurück: »Ciao, Valeria.« Der Wagen verschwindet in Richtung des Dorfes. Die beiden machen sich ebenfalls auf den Weg. »Stell dir vor, du warst auf demselben Schiff wie die Exfrau deines Produzenten. Hast du ihr heute nacht Avancen gemacht?«

»Nicht mal im Traum.« Er wendet den Kopf zu dem normannischen Gott, der gerade einen anderen Mann neben einer »Lapa« umarmt. Frida fängt den Blick auf und hebt neugierig eine Augenbraue, als sie von Fabrizios Gesicht zu dem des jungen Mannes sieht. Dann stößt sie einen leisen Pfiff aus. »Sieh an, sieh an.«

»Kennst du ihn etwa auch?«

»Nein, ihn nicht, aber der andere, Rosario, ist das Faktotum der Vancori ... Kaum zu glauben, was für ein Ausbund an männlicher Schönheit der berühmte Pietro ist, der kleine Bruder aus Amerika! Wer hätte gedacht, daß Rosario einen solchen Bruder hat?« Sie blickt wieder in Fabrizios Gesicht und ihre Augen verengen sich zu Schlitzen. »Hast du die Avancen zufällig in dieser Richtung gemacht?« Fabrizio wird unerwarteterweise tiefrot. »Na, komm, ich mach nur Spaß.«

Frida hakt sich entschlossen bei ihm ein. »Jetzt gehen wir erstmal Kaffee trinken. Mir scheint, wir beide haben uns einiges zu erzählen.«

Lonicera Caprifolium aus der Familie der Caprifoliaceae. Mehrjährige Kletterpflanze mit ungleichmäßig wachsen-

dem Stamm. Robust, muß gestützt werden. Italienische Bezeichnung: Caprifoglio oder Madreselva. Charles betrachtet die Fotografie des Geißblatts auf der rechten Seite, die zarten, cremeweißen Blüten, die ins Hellgelbe tendieren. »Madreselva. Was für ein schöner Name«, murmelt er vor sich hin.

Er hat bei seinem Pflanzenhändler in Messina drei weitere ausgewachsene Geißblattpflanzen bestellt, die er an der Nordseite der Casa Rosmarino anstelle einer Clematis pflanzen will, von der er nie besonders überzeugt war und die plötzlich und grundlos vertrocknet ist. Komische Pflanzen, diese Clematis, sehen so kräftig aus und sterben dann unversehens ab. Man weiß nicht, warum, und man kann nichts dagegen tun. Wie es manchmal auch mit Menschen geschieht, am Abend geht es ihnen noch gut, und dann findet man sie am nächsten Morgen leblos in ihrem Bett.

Er hatte sie aus einer sentimentalen Anwandlung heraus gepflanzt, im Gedenken an die wilden Clematiswälder der englischen Landschaft. Aber hier sind wir im Süden, da braucht man Pflanzen mit einer anderen Konstitution. Im Nachhinein tut es ihm leid. Er lächelt in sich hinein. Wahrscheinlich habe ich sie einfach nicht genug geliebt, die Arme.

Er nimmt seine Brille ab, legt sie auf den Tisch und läßt sich gegen die gerade Lehne seines Stuhls sinken, die unter seinem Gewicht knarrt. Er lauscht der Stille des Hauses. Franzo schläft in seinem Zimmer, gemeinsam mit einem am Fußende des Bettes zusammengerollten Prospero. Im Stockwerk unter sich vernimmt er ein leises Miauen, das sofort durch einen geflüsterten Befehl von Isolina zum Schweigen gebracht wird. Er hört, wie die Kinderfrau die Fenstertür zum blauen Zimmer öffnet.

Oft schon hat Charles in diesen Jahren, besonders wenn er früh im ersten Morgenlicht erwachte, daran gedacht, daß er hier auf der Insel sterben möchte. Er kann sich keinen anderen Ort vorstellen als diesen, der ihm so vertraut, so ans Herz gewachsen ist, um dort für immer die Augen zu schließen. Sein Vater hatte stets von sich behauptet, daß er einmal durch Ertrinken sterben werde. Er hatte eine Todesangst vor dem Meer und hielt sich möglichst weit davon entfernt. Er fuhr nur aufs Land in den Urlaub und verließ England nie, obwohl er es zugleich verabscheute, auf einer Insel geboren zu sein. Dann eines Morgens, er war schon sehr alt und wohnte allein in einem Vorort von London südlich der Themse, war er in der Badewanne ausgerutscht und hatte sich den Kopf angeschlagen. Dabei hatte er das Bewußtsein verloren. Man fand ihn unter Wasser liegend in der Wanne, mit schrecklich verzerrtem Gesichtsausdruck.

Gibt es so etwas wie Schicksal? fragt sich Charles und läßt den Blick über die gekalkten Wände des Zimmers schweifen. Ich habe keine Phobien, Ängste, Vorahnungen. Aber ich habe einen Wunsch. Daß der Tod, wenn er irgendwann kommt – oh, irgendwann in ferner Zukunft, es gibt noch so viel zu tun –, mich hier ereilen möge, in diesen unmöglichen, auf Stein blühenden Gärten, vielleicht während ich gerade die Geranien einpflanze oder den Rosmarin der Casa Limone beschneide. Oder während ich auf der Terrasse mit Caterina und Consuelo schwatze oder bei einem kleinen Nachmittagsimbiß mit der aufgeschlagenen Zeitung auf dem Tisch eine Gabel zum Mund führe. Er stellt sich Caterinas bestürztes Gesicht vor, das sich über ihn beugt, hört, wie Franzo seinen Namen ruft und Hilfe herbeieilt. Er lacht und legt eine Hand aufs Herz. Das mit schöner Regelmäßigkeit schlägt.

Aber vielleicht werde ich auch ganz allein sein, wie mein Vater. Was er wohl gedacht hat, in dem Moment, als er ausrutschte. Wenn er überhaupt Zeit hatte, zu denken. Bestimmt hatte er die. Er wird sich einen Dummkopf gescholten haben, wütend auf sich selbst gewesen sein, auf seinen schwerfälligen, alten Körper. Er wird reflexartig nach dem Knauf des Wasserhahns gegriffen haben oder nach dem glitschigen Rand der Badewanne, er wird wild herumfuchtelnd nach einem Halt gesucht haben. Ohne einen zu finden. Und beim Fallen hat er wahrscheinlich noch die Decke gesehen, die sich wie ein Strudel über ihm drehte. Der Schlag ins Genick muß ihn überrascht haben, ein stechender, gemeiner Schmerz. Dann, eine Sekunde bevor er starb, muß er das Wasser über sich gespürt haben. Er war untergegangen, besiegt, wie ein altes, abgetakeltes Schiff. –

Charles tippt einen Bleistift auf dem Tisch an. Ein warmer Sonnenstrahl fällt auf seinen Handrücken. Aber wenn es nicht hier geschieht, sondern zu Hause in Turin oder auf Reisen oder in irgendeinem Krankenhausbett, möchte ich wenigstens hier begraben werden. Vermischt mit dieser Erde, Asche zu Asche, zwischen dem spitzen Vulkangestein. Näher an dem siedenden Lavafluß, der sich unterirdisch hier vorbeiwälzt, versunken in seinem ewigen Donnergrollen.

Gedanken im Morgengrauen? Gedanken eines alten Mannes? Ich bin nicht alt, mir geht es gut, sagt er sich und spreizt die Finger einer Hand. Ich bin an dem Ort, den ich am meisten auf der Welt liebe, zusammen mit den Menschen, die ich am meisten liebe. Meine Familie. Franzo, Isolina, Prospero. Und Caterina, Consuelo, Frida. Die Freunde, die Wahlfamilie. Ich kann mich glücklich schätzen, sagt er sich und denkt wieder an seinen Vater, an dessen letzte, einsame Jahre als mißmutiger Bär, ohne Frau, ohne Kinder, die in seiner Nähe lebten. Ohne Kinderstimmen um ihn herum. Ich dagegen bin nicht allein.

Er schließt das Buch, in dem er gerade gelesen hat. Dann gibt es da noch die Gegenstände und die Pflanzen, die Möbel in diesem Zimmer, den Garten dort draußen. Die Jahreszeiten, das ständige Wiedererblühen, Jahr für Jahr, der Bougainvilleen, der Stechapfelbüsche, des Jasmins, des gelben Hibiskus. Und die Blätter, die Büsche, die Früchte des Orangenhains hinterm Haus.

Hat eine abgestorbene Clematis etwa all diese Gedanken ausgelöst? Möglich wär's, lächelt Charles. Ein Tod, auch der geringste, umfaßt alle anderen Tode, enthält ihre dunkle Bedeutung, ruft seine Unabwendbarkeit in Erinnerung. Während dort draußen das Leben weitergeht, ein neuer, klarer Tag heraufzieht, bebend und voller Möglichkeiten. Berauschend. Eine geheimnisvolle Dynamik sendet dort draußen ihren Lockruf aus und bewirkt, daß ich in Kürze aufstehen und in die Küche hinuntergehen werde, um ein Glas Wasser zu trinken, dann auf die Terrasse treten werde, um nachzusehen, welche Farbe der Himmel und die Hänge von Iddu haben. Ich werde diese Gedanken vergessen, die bereits in anderen, schlichteren und naheliegenderen aufgegangen sind, Gedanken, die Handlungen nach sich ziehen, die Suche nach Lösungen. Die mich in das Geflecht der alltäglichen Verrichtungen treiben: Brot kaufen gehen, das Boot für den Ausflug vorbereiten, die Sonnenbrille einstecken, Weintrauben zur Erfrischung nach dem Schwimmen mitnehmen.

Der Tod existiert nicht. In der Minute, bevor er starb, dachte mein Vater wahrscheinlich an Pferderennen oder daran, wie er sich vor einer lästigen Verpflichtung gegenüber einem Bekannten drücken könnte, oder an die leichte Übelkeit, die ihn in der vorangegangenen Nacht eine

Zeitlang wachgehalten hatte. Dann war er gestorben und hatte Gedanken mit sich genommen, die kein anderer jemals denken würde. Es gibt Schlimmeres als den Tod. Krankheit, Verzweiflung, Einsamkeit. Oder die Sehnsucht nach dem Tod.

Er steht entschlossen auf und schüttelt die Reste seiner Melancholie ab – obgleich er weiß, daß einige an ihm kleben bleiben werden, glanzlose Schuppen der Traurigkeit.

Der kommende Tag wird schön werden, sagt er sich und wirft einen kurzen Blick auf den Garten, voll Schönheit, Unschuld, Hoffnung. Ohne Schmerz. Aber er täuscht sich.

»Also haben wir beschlossen, uns zu trennen.« Fabrizio stellt seine Kaffeetasse auf dem wackeligen Tischchen ab und schiebt einen Aschenbecher, randvoll mit Zigarettenstummeln vom Vorabend, zur Seite. Frida lacht: »Entschuldige, das ist die einzige Bar, die um diese Zeit schon auf hat.«

»Ich bitte dich, das macht doch nichts.« Er bietet der Freundin eine Zigarette an. Frida nimmt sie, meint aber: »Warte, laß sie uns draußen auf der Piazza rauchen.« Sie steht auf und geht zur Kasse. »Ich lade dich ein.«

Sie treten in den Morgen hinaus und gehen schweigend eine steil ansteigende Gasse zwischen den Häusern hinauf. Kurz darauf kommen sie am Kirchplatz an. Fabrizio sieht sich um, Frida erklärt: »Das ist San Vincenzo, die Hauptpfarrkirche. Wir in Piscità gehören zu San Bartolo, was aus irgendeinem Grund als schicker gilt.«

Links von ihnen ist die schlichte, elfenbeinfarbene Fassade der Kirche zu sehen und ringsherum, jenseits des Eisengeländers, das ferne Meer. Mitten auf dem Platz – der sich wie eine weitläufige Terrasse über dem Dorf erstreckt – steht ein Dutzend kreuz und quer geparkter »Lape«, eine einzige Ansammlung aus Reifen und Blech. Niemand ist zu sehen. Das einzige Gebäude neben der Kirche beherbergt eine noch geschlossene Bar. Sie überqueren den Platz und setzen sich auf ein Mäuerchen mit Blick auf Strombolicchio.

Rauchend betrachten sie die silbrige Fläche des Meeres. Dann sagt Frida: »Nach so vielen Jahren. War es schwer?«

Fabrizio nickt. »Aber unvermeidlich. Glaube ich jedenfalls.«

Die Frau neben ihm lacht kurz auf. »Gerade hast du genauso zweifelnd dreingeschaut wie damals auf dem Gymnasium.« Dann, mit einem Lächeln: »Und jetzt?«

»Wir telefonieren. Aber nicht zu oft, um Komplikationen zu vermeiden. Weißt du, jedes Paar hat so seine Automatismen. Zwischen Irene und mir beginnt, sobald wir zusammen sind, ein Spiel gegenseitigen Beschützens, das schließlich zu unserer Trennung geführt hat. Es ist sehr behindernd, immer jemanden beschützen zu müssen, besonders wenn dieser jemand, in diesem Fall ich, diesen Schutz ständig sucht, ja fordert. Um sich dann dagegen aufzulehnen.« Er sieht die Freundin an. »Es hatte nichts mehr mit dem normalen Kümmern zu tun. Irene hat ihr ganzes bisheriges Leben damit verbracht, sich um mich zu kümmern, sich um alles zu kümmern. Sie hat sogar meine Karriere geplant, auf Kosten ihrer eigenen. Und dann hat sie damit aufgehört.«

»Aber warum? Es war wie eine Art ... Berufung für Irene.« Fabrizio sagt nichts darauf. Frida fährt fort: »Du warst ihre Berufung. Seit unserer Teenagerzeit, ich kann mich noch gut daran erinnern, war Irene deine Gefährtin. Ihr wart so ein tolles Paar.«

»Sie hatte die Nase voll.«
»Hast du sie betrogen?«
»Auch das, ja.« Er steht auf und stützt sich mit den Ellbogen auf das Geländer. »Aber es war nicht, wie du denkst. Es hat keine anderen Frauen gegeben, keine ernsthaften Geschichten. Ich ... ich habe sie in gewisser Weise gezwungen, zu sehr auf mich achtzugeben, ständig meine Unentschlossenheiten zu ertragen und aufzufangen. Nennen wir sie ruhig Neurosen. Ich habe zuviel von ihr verlangt.«
Frida zuckt gleichmütig die Achseln. »Sie war deine Frau, deine Partnerin. Und sie war Irene. Eine der entschlossensten Personen, die ich je kennengelernt habe.«
»Eben«, lacht Fabrizio, »aber ich war kein guter Ehemann, kein guter Gefährte. Ich war eher ein unsicherer kleiner Junge, oder ich habe mich zumindest häufig so benommen.«
»Und jetzt?«
Fabrizio sieht aufs Meer hinaus und lacht wieder: »Und jetzt? Sag du's mir.«
Frida hebt erneut die Schultern und legt den Kopf schräg. »Jetzt bist du hier. Ich weiß, daß die Insel dir gefallen wird. Vielleicht bringt sie dir sogar Glück. Hier finden sich viele Antworten, wenn man danach sucht.«
»Hoffen wir's. Wenn ich an das Filmprojekt denke ...«
»Ach, Corrado! Er wird deinen Film schon machen wollen, bei dem Erfolg, den der andere gehabt hat. Corrado ist ein wahrer Goldesel, du wirst sehen. Aber ich hatte nicht nur den Film im Sinn.« Sie verdreht neidisch die Augen. »Wie ist es denn so, wenn man berühmt ist?«
»Man bekommt den besten Tisch im Restaurant.«
»Nicht schlecht.«
»Mir liegt wirklich viel daran, diesen Film zu machen«, entgegnet Fabrizio ernst. Dann dreht er sich lächelnd zu

Frida um. »Fast genauso viel wie Sebastiano Guarienti. Du hättest mal hören sollen, in welch glühenden Farben er mir die Insel geschildert hat. Und du, wie geht es dir?«

Die Frau steht auf und klopft ihren leichten Sommerrock ab. Dann streckt sie genießerisch die Arme dem Meer entgegen. »Ich befinde mich mitten in einem Urlaubsjahr, ah!« Sie läßt die Arme fallen. »Los, komm, ich begleite dich zur Casa Arancio.« Sie gehen auf die Höhenstraße zu. Frida hakt sich bei ihm ein. »Letztes Jahr habe ich innerhalb eines Monats mein ganzes Leben umgekrempelt. Nach seiner Heirat hat mein Vater mir die Leitung seiner Geschäfte in Europa anvertraut. Ich habe sie zum Teil in die Hände unserer Anwälte übergeben und den Laden in Mailand geschlossen – ich konnte keine Modenschauen, keine Models und keine hysterischen Fotografen mehr ertragen und wollte mich gern wieder in Rom niederlassen. Außerdem dachte ich, daß es Zeit sei, ein Kind zu bekommen, jetzt oder nie. Aber mit wem? Ich hatte zwei Affären, eine doch tatsächlich mit einem Fotografen und die andere mit einem unserer Anwälte. Kannst du dir das vorstellen? Schließlich habe ich es aufgegeben.« Sie lachen. Frida fährt fort. »Und dann habe ich mich geschämt.«

»Weswegen?«

»Weil ich nichts wirklich kann.«

»Du?«

»Ja, ich. Ich habe noch nie ein Buch geschrieben, einen Film gedreht oder ein Bild gemalt. Selbst als Köchin bin ich eine Katastrophe. Ich kann nur rechnen, Buch führen, Produkte herstellen. Um so besser wirst du sagen, schließlich hatte ich genug mit diesem Chaoten von meinem Vater zu tun, nachdem meine Mutter gestorben war. Trotzdem...« Sie bleibt stehen und kratzt sich im Nacken. »Ich war es leid. Und ich fühlte mich in der Schwebe.«

»Inwiefern?«

»Insofern, als ich nichts Richtiges darstellte. Außer so eine Art spätes Mädchen, mit einem Vater, der wie ein Kind ist, doch ohne ein richtiges Kind, und mit einer Reihe von verkorksten, aussichtslosen Liebschaften – wenn man sie überhaupt so nennen kann. Die ich eingegangen bin, um mir selbst zu beweisen, wie begehrenswert ich noch immer bin, noch immer das Mädchen, das in der Schuleinfahrt den Minirock mit einem längeren vertauschte, damit die Schwestern vom Heiligen Herzen keinen Anfall bekamen. Und all die ehrgeizigen Träume und Pläne – Bücher, Filme, Bilder – die ich aus Faulheit, aus Zeitmangel, auch aus Talentmangel verraten habe. Für dieses verdammte, praktische Vernunftdenken, das ich von meiner Mutter geerbt haben muß. Die sowieso bei uns der Mann im Hause war. Also habe ich eine Pause eingelegt, oder besser gesagt, ich habe begonnen, mich ernsthaft weiterzuentwickeln.«

»Wann?«

»Als ich den Menschen kennenlernte, der mich auf die Idee brachte, ein ganzes Jahr gemeinsam auf der Insel zu verbringen. Wir sind seit April auf Stromboli und haben uns nicht ein einziges Mal von hier fortbewegt.

»Und er, was macht er? Was ist er für ein Mensch?«

Frida zögert kurz. »Ein ganz und gar natürlicher Mensch. Ruhig, unkompliziert. Klug. Und jünger als ich, was mich immer wieder seltsam berührt.«

»Du hast dir einen jugendlichen Liebhaber genommen!«

»In gewissem Sinne, ja. Aber wie gesagt, was Reife und ... Lebensweisheit angeht, übertrifft er uns beide zusammen.«

»Also entschuldige mal, hast du dich vielleicht mit einer

indischen Gottheit eingelassen? Einem Asketen? Oder dich mit dem letzten Blumenkind verlobt?«

»Nein, im Gegenteil, es handelt sich um ein ausgesprochen heidnisches Wesen.«

»Jetzt verstehe ich gar nichts mehr. Und wie heißt dein jugendlicher Liebhaber?«

»Das sage ich dir später. Jetzt will ich dir erstmal ein Geschenk machen, etwas, das wie für dich geschaffen scheint, sieh mal ...« Stolz zeigt sie nach oben. Sie stehen vor dem einzigen farbig angestrichenen Haus des Dorfes. Die Wände sind von einem verblaßten Rot, Fenster- und Türrahmen leuchten weiß. Eine Gittertür behütet ein armseliges Gärtchen. Zwischen der Eingangstür und einem Fenster, etwa zwei Meter über dem Pflaster, ist eine kleine Gedenktafel aus grauem Marmor eingelassen, auf der in schwarzer Kursivschrift eingemeißelt steht:

In diesem Haus wohnte
Ingrid Bergman,
als sie mit Roberto Rossellini
im Frühjahr 1949
den Film »Stromboli« drehte.

Frida sieht gespannt in Fabrizios verblüfftes Gesicht. »Da staunst du, was? Stromboli hält viele Überraschungen parat.« Sie fügt verschmitzt hinzu: »Übrigens, der jugendliche Liebhaber heißt Livia.«

»Verdammt, die Augentropfen!« Maria Grazia hat sich abrupt im Bett aufgesetzt, ein einziger himmelblauer Lockenwickler prangt mitten auf ihrer Stirn, um den Ponyfransen ihre Tagesform zu verleihen. Im Doppelbett nebenan murmelt Ornella erschrocken: »Was ist mit den Augentropfen? Was hast du?«

Die andere bleibt wie vom Schlag getroffen und mit weit aufgerissenen Augen sitzen und zerknüllt erbost ihr Nachthemd. »Meine Augentropfen, Mensch! Gestern abend habe ich vergessen, in dieser sogenannten Apotheke welche zu kaufen, und du dumme Kuh hast mich nicht daran erinnert, deshalb muß ich jetzt den ganzen Tag blind herumlaufen, verdammt.«

»Reg dich ab und schlaf, nachher gehen wir ins Dorf, und ich kauf dir eine ganze Ballonflasche voll, damit du zufrieden bist. Weißt du eigentlich, wieviel Uhr es ist?« Sie beugt sich blinzelnd zu dem Reisewecker mit den Leuchtziffern. Noch nicht einmal sieben! Tu mir den Gefallen und leg dich wieder hin, sei brav!«

»Jetzt hör mir mal gut zu, ja?« Maria Grazia dreht sich wütend zu Ornella um, die unter einer Wolke von Bettlaken kaum zu sehen ist. »Ich kann hier kein Auge zumachen, klar? Mir geht's nicht gut, ich krieg keine Luft. Dieses Zimmer stinkt, und außerdem bezahlen wir viel zuviel dafür. Ich habe von Erdbeben, Seebeben und sogar von Gasexplosionen geträumt. Ich verschwinde hier, meine Liebe, ich nehme den nächsten Zug.«

»Was denn für einen Zug? Hast du vergessen, daß wir auf einer Insel mitten im Meer sind?«

Maria Grazia heult entnervt auf. »Du mußt mich auch noch daran erinnern, daß wir hier festsitzen, mit dem Arsch auf glühender Lava! Du gemeines Biest, du willst mich unter die Erde bringen. Du haßt mich! Du haßt mich, stimmt's?« Ornella nickt.

»Wußt ich's doch! Was hast du dir bloß dabei gedacht, mich an diesen gottverlassenen Ort voller Ziegen ...«

»Ziegen? Hast du hier irgendwo Ziegen gesehen?«

»Unterbrich mich nicht. Das hier ist jedenfalls ein Ort für Ziegen und Wölfe!« Sie beginnt, bösartig auf Ornellas freiliegenden Arm einzuschlagen, worauf diese sich an die entgegengesetzte Bettkante verkriecht. »Was machst du denn, warum schlägst du mich? So was Verrücktes.« Ornella steht auf und tastet mit den Füßen nach ihren Pantoffeln. »Du bist ja krank!« ruft sie, wobei sie eine wedelnde Handbewegung vor dem Gesicht macht.

»Was sollen wir hier überhaupt? Kannst du mir das mal verraten?« jammert Maria Grazia. Ornella legt ihr eine Hand auf die Stirn. »Kein Fieber«, verkündet sie, »aber du hast mit Sicherheit gestern zuviel Sonne abbekommen. Die beiden dort oben hatten recht, man muß wirklich sehr aufpassen in den ersten Tagen. Du bist ziemlich rotbraun.«

»Und du gelb.«

»Versuchst du, mich zu beleidigen?« Schnaubend reißt sie die Arme hoch und läßt sie resigniert wieder fallen. »Ich mache jetzt einen Kaffee, weil man hier ja sowieso nicht mehr schlafen kann. Aber eins will ich dir noch sagen«, sie stemmt die Arme in die Hüften, »wenn du dir den Urlaub verderben willst – nur zu, ich hindere dich nicht. Aber mich laß bitte in Frieden, bei den sauer verdienten vier Wochen, die ich im Jahr habe.«

»Mir gefällt es hier einfach nicht. Ich ersticke«, klagt die andere mit düsterer Miene.

»Aber warum, heilige Madonna! Warum?«

»Wahrscheinlich liegt's am Vulkan.«

»Was hast du denn gegen den Vulkan? Es gibt hier einen traumhaften Strand, ein Dorf wie aus dem Bilderbuch, keine Autos, keinen Lärm, ein Meer, das man am liebsten ausschlürfen möchte. Was willst du mehr?«

»Ich hab's dir doch gerade gesagt, ich habe auf dieser Insel das Gefühl zu ersticken.« Sie umfaßt mit dramatischer Geste ihren Hals.

»Aber das ist doch nicht das erste Mal, daß wir auf einer Insel sind, oder? Santorin zum Beispiel, dort gab es auch schwarzen Sand, oder? Und einen Vulkan ...«

»... einen erloschenen.«

»Schön, trotzdem war es ein Vulkan.«

»Und wenn etwas passiert?«

»Was soll denn passieren?«

»Ich weiß nicht, ein Unglück, ein Unfall ... und wir sitzen hier fest.«

»Aber manche Leute leben das ganze Jahr hier, und es geht ihnen ausgezeichnet.«

»Die Armen, wie machen die das bloß? Ich würde mich erschießen.«

»Sehr schön, erschieß dich.« Ornella breitet die Arme aus. »Entschuldige, tut mir leid, aber manchmal forderst du mich einfach heraus.« Sie beschließt, einen anderen Ton anzuschlagen und setzt sich neben die Freundin aufs Bett. »Schau, Graziella, was soll denn schon passieren? Wir müssen uns halt noch ein wenig eingewöhnen. Wirst sehen, in ein, zwei Tagen ... Außerdem sind wir hier doch nicht allein und von allem ausgeschlossen. Wir haben die beiden dort oben und ihre Freunde. Und heute abend sind wir zu einer großen Soirée bei diesem Exschauspieler und seinem englischen Freund eingeladen, zusammen mit einer echten Prinzessin und einem Filmproduzenten! Ist doch toll! Und was für hübsche Jungs hier herumlaufen! Komm, wir werden uns schon amüsieren.«

Maria Grazia läßt sich wieder aufs Bett fallen und bleibt stocksteif liegen, die Augen starr auf die Deckenbalken gerichtet. »Ich weiß nicht, ich weiß nicht.«

Ornella erhebt sich munter. »Laß uns lieber überlegen, was wir heute abend anziehen. Hier tun sie alle so, als ob es nicht drauf ankäme, als ob man auch wie der letzte Penner rumlaufen könnte ... Aber hast du gestern gesehen, was die Principessa für Ohrgehänge anhatte? Noch dazu am Strand!«

»Mmm, sind garantiert falsch.«

»Meinst du? Ich wette eher, daß sie sich für heute abend das Familiendiadem in die Frisur steckt.«

»Warten wir's ab, wohin sie sich das Diadem steckt.«

Ornella lacht lauthals, erleichtert, daß die Freundin zu ihrem normalen Ton zurückfindet. »Und wir werden uns aufbrezeln wie zu Silvester. Ob es wohl einen Friseur auf der Insel gibt?«

»Komm, du wirst dich doch bei dieser Hitze nicht unter eine Haube setzen wollen?«

»Nur ein bißchen nachfrisieren«, überlegt Ornella und wickelt sich eine lockige Strähne um den Finger. Sie wirft einen Blick auf Maria Grazias Lockenwickler, will etwas sagen, verkneift es sich aber. Lieber nicht wieder anfangen, jetzt wo die andere sich gerade beruhigt hat. Statt dessen steht sie auf, öffnet die Fensterläden und späht auf die Terrasse hinaus, die schon im vollen Sonnenlicht liegt. Was redet sie da von Unglück und Gefahr! Wie kann man nur glauben, daß es hier gefährlich ist? Bei dieser Sonne, diesem Himmel.

»Sieh nur, was für ein Tag, Maria Grazia! Jetzt frühstücken wir erst einmal und dann ...« Sie wird von einem jähen Donnern unterbrochen, das sich in ein Beben, fast eine Erschütterung verwandelt. Die andere hebt den Kopf. »Was war das?«

»Ach, ist schon vorbei«, lacht Ornella gezwungen, »der Vulkan hat uns guten Morgen gesagt.«

Maria Grazia tastet nach ihrem Lockenwickler und zischt: »Ehe dieser Scheißvulkan uns beide umbringt, bring ich zuerst dich um, mit meinen eigenen Händen.«

Über Rubens schlanke, behende Beine läuft ein leichter Schauer, als sie das rollende Donnern des Vulkans spüren. Der junge Mann sieht zum Iddu hinauf und schüttelt lächelnd den Kopf. »Aha!« Er und der Berg begrüßen sich.

Statt der Straße hat er den Pfad durch die Gärten genommen, er geht flink zwischen den Einfriedungsmauern hindurch, bleibt kurz stehen, um zwei schon reife Feigen zu pflücken, die er in ein Taschentuch wickelt. Er kommt auf dem kleinen Platz vor der Casa Arancio heraus. Diesseits der Gartenpforte stehen ein Koffer und eine Reisetasche an die Mauer gelehnt. Ruben sieht sich die Gepäckstücke genauer an: Der Koffer ist aus Leder und fast neu, von guter Qualität. Auch die Tasche ist kein billiges Modell, aber oft gebraucht und an den Rändern abgestoßen. Sie werden dem neuen Gast gehören, dem Regisseur. Italo hat sie wahrscheinlich hier abgestellt. Er wirft einen Blick durch die Pforte. Das große Haus liegt still da, es ist noch früh, mit Charles sind sie erst um neun verabredet. Er biegt in den Weg ein, der sich an den Mauern des Palazzo Vancori vorbeiwindet. Schließlich erreicht er die abbröckelnden Stufen, die zu dem kleinen Strand unterhalb der Häuser führen. In der schmalen Einbuchtung liegt Charles' Boot. Ruben zieht sich schnell aus und stürzt sich nackt in die kühlen Fluten.

Er betrachtet den Himmel unter Wasser, dreht sich um, taucht auf. Mit kräftigen Zügen schwimmt er aufs offene Meer zu, dann läßt er sich treiben und massiert seine Schultern. Weiter draußen sieht er zwei Fischerboote, die auf die Sciara zufahren. Merkwürdig. Normalerweise kehren sie um diese Zeit nach Scari oder Ficogrande zurück. Vielleicht haben sie schon ein paar Touristen für die Inselumrundung an Bord. Allerdings – er nimmt das näher an der Küste fahrende Boot genauer in Augenschein – ist das nicht das Ausflugsboot von Pippo. Nun, was soll's.

Er läßt sich auf dem Rücken treiben und betrachtet die Klippe über sich, auf der der Palazzo Vancori thront, mitsamt dem rückwärtigen Garten des Hauses, den er jedoch vom Wasser aus nicht sehen kann. Er bemerkt eine Gestalt, die sich über den Klippenrand beugt und aufs Meer hinunterblickt. Die Gestalt zieht sich zurück, verschwindet und taucht kurz darauf wieder neben einer Felsnase auf. Es ist ein hochgewachsener Mann – zumindest kommt er ihm von hier unten so vor – mit Sonnenbrille, hellem Hemd und einem Jackett über dem Arm. Der Mann scheint ihn zu bemerken, läßt seinen Blick aber weiter gleichmütig über den Horizont schweifen. Dann, als hätte ihn eine Stimme gerufen oder als stünde jemand hinter ihm, dreht er sich plötzlich um und verschwindet in Richtung des Hauses. Das muß dieser Vancori sein, von dem Franzo und die anderen von der Casa Arancio gestern nachmittag gesprochen haben.

Träge vor sich hinschwimmend denkt er wieder an Susys Worte gestern abend beim Essen, an das, was sie später auf dem Heimweg im Dunkeln die Zärtlichkeit der Körper genannt hatten. Der alternden Körper. Er lacht im Gedanken an Giancarlo, der unter der Maske des Großmauls ein höchst sensibles Herz verbirgt. Aber wehe, man sagt ihm das ins Gesicht.

Älterwerden. Aber erst einmal gilt es, mit dem Leben zu beginnen, Donnerwetter. Ruben gehört zu den Menschen, den jungen Männern, für die ihre Jugend eine Qual war, weil sie nie wußten, wohin mit ihren Händen und Füßen, und zu den unpassendsten Gelegenheiten rot wurden. Nichts wissend von der eigenen Schönheit. Auf eine isolierte Kindheit, die er mit Lesen, Lesen, Lesen verbracht hatte, war eine schüchterne Jugend gefolgt, in der seine Neugier voll erwachte, seine übermäßige Wohlerzogenheit ihn aber stolz und hochmütig wirken ließ. Obwohl von Hochmut keine Rede sein konnte, im Gegenteil. Ruben war der Junge, dem die Schulkameradinnen tränenreich ihren Liebeskummer mit anderen Jungen anvertrauten; er war das Entzücken der Mütter (Oh, dieser Ruben! Wurde ja auch Zeit, daß du mal einen anständigen Freund beibringst); einer, der verständig den überspannten Erzählungen der Tanten lauschte, während die anderen Jungen sich im Schwimmbad balgten.

Auf diese Weise ist auch seine Sexualität im Stadium der Erwartung steckengeblieben. Er gehört zu der Sorte, die Körper und Herz allzu frühzeitig zusammenbringen. Auf dem Gymnasium war er so hingebungsvoll in eine Klassenkameradin verliebt gewesen (die viel zu sehr damit beschäftigt war, erwachsen zu werden, anderen zu gefallen und sich zu amüsieren), daß er sich an kein Fest, kein Gesicht, keinen Nachmittag erinnern kann, ohne die alles überstrahlenden Züge dieses Mädchens vor sich zu sehen. Um dann mit mindestens fünf Jahren Verspätung – und großer, rückblickender Verwunderung – zu entdecken, welchen Strauß junger Gymnasiastenblüte er ungepflückt zurückgelassen hat.

Bin ich etwa frigide? fragt er sich und taucht wieder unter. Vielleicht was das Herz betrifft. Immer war er hin und hergerissen zwischen seinen Altersgenossen – denen es jedoch an Saft mangelte – und den unbegreiflichen Erwachsenen. Oder, noch schlimmer, zwischen der Beliebtheit bei den kleinen Brüdern und Cousins seiner Schulkameraden (Oh, wenn Ruben da ist, sind die Kinder immer ganz brav, sie himmeln ihn an) und der Bewunderung durch die Freunde seiner Eltern (Dein Sohn ist schon so reif und erwachsen! Wenn ich meinen dagegen ansehe: ein Esel, ein Tunichtgut).

Aber er weiß sehr gut, daß es vor allem an ihm selbst liegt, weniger an seiner unüberwindbaren Schüchternheit, als an diesem Bedürfnis nach Einsamkeit, dem er so oft nachgegeben hat, bis die Einsamkeit zu seinem bevorzugten Zustand wurde.

Deshalb mußte ich mir dann auch anhören, daß ich hochmütig wirke. War ich damals ganz versessen darauf, dazuzugehören, mich mit den anderen zum erstenmal zu betrinken, heimlich Joints zu rauchen, mit den Mädchen rumzualbern? Oder hatte ich schon ein Vorgefühl von Langeweile dabei? Vielleicht geht etwas Fremdartiges von mir aus, das die anderen von mir ferngehalten hat. Als ob es nicht genügte, daß ich Jude bin!

Man darf aber nicht glauben, daß Ruben als Junge ein sauertöpfischer Eigenbrötler war, dem die anderen aus dem Weg gingen. Nein, er war einfach nur Ruben, etwas zurückhaltender, etwas weniger umgänglich. Nicht unbeliebt, aber distanziert. Im Grunde war er es, der die anderen ein wenig einschüchterte. Ein häufiges Schicksal von Einzelkindern. Sie sind es gewohnt, allein zu spielen, erfinden sich Spielkameraden – vor allem einen, einen besten Freund –, mit denen sie ihre Abenteuer erleben, und entwickeln schließlich einen übermäßigen Stolz, sie verlangen keine Aufmerksamkeit und wollen in Ruhe gelassen werden (Ruben spielt gern allein. Dieser Junge liest zuviel. Er langweilt sich. Gott, was bist du ernst für dein Alter, Ruben!). Und doch hätte er ein Jahr seines Lebens dafür gegeben, mit dieser faszinierenden Derbheit Witze erzählen zu können, wie sein Cousin Daniele.

Er taucht auf – ihm ist kalt geworden – und schaut wieder zur Klippe. Der Mann dort hat seine Jacke übergezogen und eine Krawatte angelegt. Er sieht mit verschränkten Armen und vorgestrecktem Kinn aufs Meer hinaus. Ruben erinnert die Pose an die eines Kapitäns auf der Kommandobrücke seines Schiffs. Er schüttelt sich das Wasser aus den Haaren, und als er den Blick erneut zur Klippe hebt, ist der Mann verschwunden.

Sein Gepäck war schon gebracht worden, hatte vor der veilchenblau gestrichenen, hölzernen Gartenpforte gestanden.

Fabrizio und Frida hatten sich mit einer Umarmung verabschiedet. »Ruh dich ein bißchen aus, wir sehen uns dann später. Ach, weißt du schon, daß heute abend ein großes Fest bei euch stattfindet?« Frida hatte seine Wange mit einem Kuß gestreift. »Du mußt fit sein für die Nacht von San Lorenzo. Ciao.« Dann war sie mit schnellen Schritten zur Casa Malanta davongegangen. Fabrizio hatte sein Gepäck genommen, den wunderbaren Garten betreten und sich dabei an Sebastianos Schwärmereien in Rom von den Pflanzen und Düften der Casa Arancio erinnert.

Dann hatte er Charles, den Engländer kennengelernt, der ihn überaus herzlich empfangen hatte (Hier stehen wir mit den Hühnern auf, willkommen auf Stromboli, ich bringe Sie in Ihr Zimmer), sowie die Hauswirtschafterin (Sie haben bestimmt noch nicht gefrühstückt, was? Es steht alles bereit. Kaffee oder Tee?).

Er hatte das große Zimmer bewundert, die himmelhohe

Decke, den Theaterkoffer, den gewaltigen Krug voller Spazierstöcke. Den Blumenstrauß auf dem Tisch.
»Wenn Sie sich frisch machen möchten, das Bad ist hier.«
»Danke. Ich nehme gern das Frühstücksangebot an von ...«
»Isolina. Die Orangenmarmelade ist selbstgemacht«, hatte Charles ihm zugeflüstert. »Wenn Sie Ihnen schmeckt, sagen Sie es Isolina. Dann haben Sie einen Stein bei ihr im Brett.«
Sie hatten sich an einen Tisch auf der Terrasse gesetzt und über das Wetter, die Reise, Rom gesprochen. Dann war Franzo herausgekommen, im Begriff sich ein weißes Unterhemd anzuziehen. »Ah, da sind Sie ja! Hatten Sie eine schöne Überfahrt? Viele Leute auf dem Schiff?«
»Ja, alles bestens. Und ein unglaublicher Sonnenaufgang.«
»Hoffen wir, daß das Wetter sich hält.«
Isolina hatte sich eingemischt. »Schi-rok-ko. Ihr werdet sehen, wartet's nur ab.«
»Ach, hör schon auf.«
»Ich möchte mich bei Ihnen bedanken, daß Sie mich aufgenommen haben, vor allem so kurzfristig ...«
»Sie müssen sich bei Caterina bedanken. Wir halten das blaue Zimmer immer für unerwartete Gäste frei.«
Fabrizio zu Franzo: »Ich freue mich, Sie persönlich kennenzulernen, ich habe Sie früher oft im Theater gesehen. Und frage mich, warum Sie aufgehört haben.« Franzo hatte die Achseln gezuckt und geschmeichelt gelächelt. »Erzähle ich Ihnen später einmal.«
Bei der zweiten Zigarette hatte Fabrizio eine bleierne Müdigkeit überkommen. »Ich glaube, ich werde mich jetzt ein wenig hinlegen.«

»Natürlich. Wenn man auf der Insel ankommt, legt einen der Vulkan erst einmal lahm. Man darf sich nicht überanstrengen. Wir werden Sie schlafen lassen.«

»Was das Mittagessen angeht ...«

»Machen wir es doch so: Falls Sie noch schlafen, wecken wir Sie nicht extra, und Isolina bereitet Ihnen später einen kleinen Imbiß, wenn Sie aufgestanden sind. In Ordnung?«

Jetzt liegt Fabrizio ausgezogen in der blütenweißen, frischen Bettwäsche und überläßt sich dem Schlaf. Durch das halb geöffnete Fenster vor ihm erkennt er einen schmalen Streifen Himmel. In der Ferne hört er die Brandung. Seine Gedanken verwirren sich auf angenehme Weise, er lächelt und denkt an Frida, ihre Freundin, die er später kennenlernen wird – wirklich eine große Überraschung –, an Sebastianos augenzwinkernde Miene und seine Worte: »Ah, Stromboli, du wirst sehen ...« und an Manfredis noch verborgenes Gesicht. Im Gegenlicht sieht er eine verschwommene Gestalt, deren Haar von einer blendenden Aureole aus Sonnenstrahlen bekränzt ist. Er kann ihre Züge nicht erkennen, aber während er in einem lavendelduftenden Dunkel versinkt, weiß er bereits, daß es die des jungen Mannes sind, den zu suchen er gekommen ist. Hier auf der Insel.

»Ist er angekommen?«

»Ja, er schläft.«

»Ah, bon. Und dieser Junge, der mit uns kommen will?«

»Ich habe mich mit ihm am kleinen Strand verabredet. Möchtest du einen Kaffee, Consuelo?«

»Nein, danke. Heiß, c'est vrai?«

Die Principessa wirft einen Blick auf die Sandaletten an ihren Füßen. »Kann ich die im Boot tragen?«

Charles sieht hinunter. »Klar. Ich hole dir noch einen Hut.«

»Oh ja, mon Dieu. Ich habe meinen vergessen. Was ist mit Caterina?«

»Da kommt sie.«

Consuelo dreht sich zum Pfad um, sieht die Freundin den Garten betreten und die Pforte hinter sich schließen.

»Guten Morgen, ma petite. Gut geschlafen?« Sie blickt in Caterinas etwas erschöpftes Gesicht.

»Nicht sehr gut, und du?«

»Die Hunde sind heute nacht einigermaßen ruhig gewesen. Aber Matteo hat geschnarcht. Und er reagiert immer beleidigt, wenn ich ihn darauf anspreche. Er behauptet, er habe noch nie im Leben geschnarcht, außer im Priesterseminar. Und redet sich damit heraus, daß er möglicherweise vom Seminar geträumt und mich für den Rektor der Barnabiter gehalten habe. Du siehst müde aus, hast du Sorgen?« Caterina nickt. »Ich erzähle dir später davon.« Dann begrüßt sie Charles, der mit einem Strohhut in der Hand aus dem Haus kommt. »Hallo, mein Lieber. Was macht Cassinis?«

»Ist in seinem Zimmer und schläft noch. Er macht einen sympathischen Eindruck, es scheint ihm hier zu gefallen.« Caterina nickt stirnrunzelnd. »Sehr schön. Gehen wir?« Isolina kommt aus der Küche. »*Franzocarlo* hat gesagt, ihr sollt nicht zu spät von eurem Ausflug zurückkommen.« Charles verabschiedet sich mit einem lässigen Winken. »Ist gut. Ciao Isa, kümmere dich um unseren Gast.«

Sie gehen ein Stück die schmale Straße entlang und nehmen dann den Abstieg hinter dem Palazzo Vancori. Am Strand wartet schon Ruben in der Nähe des Bootes auf sie.

Als die beiden Männer den Kahn ins Wasser schieben, wirft Consuelo einen neugierigen Seitenblick auf Caterinas ungewöhnlich angespanntes Gesicht. Dann hilft Charles ihr beim Einsteigen und läßt den Motor an, während Ruben in den Bug klettert. »Consuelo, du hier, und du, Caterina, setzt dich am besten auf die linke Seite. Ruben, nimmst du mal die Ruder.« Die Frauen breiten Handtücher auf den hölzernen Planken aus. Consuelo bietet Caterina eine Zigarette an und wartet darauf, daß die andere ihr den Grund für ihre schlechte Laune offenbart.

Sie wenden sich dem Meer zu und schlagen dann die Richtung zur Sciara del Fuoco ein. Niemand spricht, das Knattern des Motors würde ihre Stimmen übertönen. Sie zeigen sich gegenseitig das blaue Meer, einige Boote in der Ferne, den fast noch leeren, langen Strand, den sie links passieren.

Als sie in Küstennähe die Punta Labronzo umfahren, wird das Meer auf einmal bewegter, und Wasser spritzt an den Bordseiten auf. Die riesige, schräggeneigte Steintafel der Sciara beginnt sich abzuzeichnen. Zwischen nebelartigen Dämpfen tauchen die Krater des Vulkans auf, und ein Geräusch wie fernes Pferdegetrappel übertönt das des Bootsmotors. Es sind die Felsbrocken – die *bombe* –, die bei den Eruptionen über die glatte Steinfläche rollen, dabei aneinanderstoßen und sich mit dem feinen, schwarzen Puder des Sandes unten vermischen. Der eine oder andere schafft es bis zum Wasser und läßt festlich anmutende Spritzfontänen aufsteigen.

Sofort fällt ihnen der ungewöhnliche Betrieb unter der Felsrutsche der Sciara auf. Viel mehr Boote als sonst tummeln sich dort, fast alle Fischer des Dorfes sind unterwegs und scheinen auf einen Punkt hinter dem sogenannten Möwenstrand, Richtung Ginostra, zuzuhalten. Sie sehen sich fragend an, dann lenkt Charles das Boot auf die anderen zu. Sie kreuzen ein Schlauchboot, aus dem ein Bekannter ihnen zuruft: »Habt ihr es auch schon gehört?«

»Was? Was ist los?« Das Schlauchboot mit Außenborder entfernt sich schnell, der Mann legt seine Hände zu einem Trichter um den Mund: »Er hat sich dort hinten verfangen ... seht selbst.«

Charles steuert um den Steinschlag herum, sie durchpflügen die aufgewühlten Wellen.

Dann entdeckt Ruben hinter der Ansammlung von Booten als erster eine kompakte Form und deutet mit ausgestrecktem Arm darauf. Caterina und Consuelo recken die Hälse, können aber nicht erkennen, um was es sich handelt. Sie machen Charles, der aufgestanden ist, stumme Zeichen, bis auch er die Stelle entdeckt hat.

Die Form ist von den hellen Felsen, die man beim Näherkommen an diesem Küstenstreifen ausmachen kann, kaum noch zu unterscheiden. Aber sie bewegt sich sachte auf den flachen Uferwellen. Die Fischer haben sich mit ihren Booten im Halbkreis darum zusammengedrängt und brüllen sich gegenseitig etwas zu. Von einer strahlend weißen Yacht aus beobachtet ein Mann mit einer Zigarre im Mund unbeweglich das Szenario. Ein Taucher kommt an die Oberfläche und schwenkt mit erhobenem Arm ein abgeschnittenes Stück Netzschnur. Eine Frau rümpft die Nase und hält sich ein Taschentuch vors Gesicht.

Sie sind jetzt ganz nahe am Ort des Geschehens. Charles stellt den Motor ab und läßt die Barke seitlich an das Schlauchboot eines Freundes, des Architekten Pagliero, herantreiben, der auf die längliche, halb im Wasser liegende Form deutet. »Hast du gesehen, Charles? Sie haben ihn bei Tagesanbruch gefunden.« Endlich erkennen auch die beiden Frauen den Umriß des Körpers. Consuelo runzelt die Stirn.

Die gräulichen Flanken des Pottwals, der sich in einem Treibnetz verfangen hat, schlagen wehrlos gegen die Felsen.

»Er ist bestimmt zwanzig Meter lang oder noch länger.« Charles nickt. Eine andere Stimme ruft: »Aber er ist nicht mehr in einem Stück. Raubfische haben schon Teile von ihm angefressen, seht ...« Der treibende Körper scheint in der Mitte auseinandergebrochen zu sein, der vordere Teil wölbt sich wie aufgeblasen, während der hintere in einer gezackten Linie abfällt. Die Schwanzflosse ist nicht zu sehen, der Rücken von verwickelten Netzschnüren bedeckt. Die unverwechselbare Kopfform hingegen ist gut auszumachen. Riesig, fast quadratisch, mit enormem Kiefer und halbgeöffnetem Maul, bewehrt mit dichtstehenden, spitzen Zähnen. Ein feuchtes Auge ragt aus dem Wasser und ist gelatineartig starr gen Himmel gerichtet. Um den großen Leib herum breitet sich eine Lache von Fett aus.

Ein schwerer, durchdringender Brackwassergeruch liegt in der Luft. Eine Frau bemerkt kopfschüttelnd: »Sie werfen illegal Treibnetze aus, und diese armen Viecher verfangen sich darin. Oft auch Delphine.« Der erschöpfte Pottwal ist zum Sterben hierher, unter die Sciara del Fuoco, gekommen.

Einen Augenblick lang hört man nur das Schwappen der Wellen, dann ruft jemand, daß man die Hafenkommandantur in Lipari verständigen müsse. Ein anderer antwortet lachend: »Laß mal, die Fischer werden ihn schon harpunieren.«

»Kann man diesen Fisch denn essen?«

»Ich kann mir nie merken, ob das Fische oder Säugetiere sind.«

»Er stinkt ganz schön, nicht?«

»Letztes Jahr in Indien habe ich einen Hai gesehen. Hier gibt es doch wohl keine Haie, oder?«

»Oh doch, einer ist gerade hinter dir.«

»Blödmann.«

Der Architekt Pagliero lächelt Charles zu, aber durchaus nicht amüsiert. »Kein schöner Anblick.« Charles erwidert das Lächeln und sieht zu Caterina hin, die ein wenig blaß geworden ist. Consuelo hat sich eine Zigarette angezündet und betrachtet nachdenklich den im Wasser treibenden massigen Körper. Ruben schlingt mit ernster Miene ein T-Shirt um seine von der Sonne vergoldeten Schultern. »Fahren wir?« fragt Charles und läßt den Motor wieder an. Die anderen antworten nicht. Nur Consuelo nickt zustimmend. Sie verabschieden sich von dem Architekten, der ebenfalls seinen Motor startet. Schweigend kehren sie um.

Die Köpfe von Ruben und Charles tauchen weit draußen abwechselnd auf und wieder unter. Consuelo rollt die Strickleiter über Bord und hilft Caterina, ins Boot zu steigen. »Wie ist das Wasser?«

»Herrlich erfrischend. Willst du nicht auch mal reinspringen?«

»Nein, ich habe keine Lust. Hier.« Sie reicht ihr ein trockenes Handtuch. Caterina reibt sich die Haare trocken und sieht zu der steil aufragenden Felswand hinauf.

Charles hat vor Strombolicchio festgemacht, weit weg von der Sciara del Fuoco, wie um sich bei den Freunden für die unangenehme oder vielmehr traurige Begegnung mit dem toten Wal zu entschuldigen und dem Ausflug eine heitere Wendung zu geben. Doch die Stimmung bleibt getrübt.

Im Schatten des Felsvorsprungs berührt Consuelo streichelnd Caterinas Arm. »Also, möchtest du mir jetzt erzählen, was dich so beunruhigt?«

»Ich hatte gestern abend einen Zusammenstoß mit Corrado.«

»Wann?«

»Nach dem Essen, auf dem Heimweg.«

»Eine Auseinandersetzung?«

»Ja.« Caterina blickt starr aufs Meer, dann dreht sie sich zur Principessa um. »Er hat mir mitgeteilt, daß er nicht mehr beabsichtigt, den Film von Cassinis zu produzieren.«

Consuelo sieht sie verwundert an. »Er will ihn nicht mehr produzieren? Aber warum?« Caterina zuckt die Achseln. »Er hat es eben so beschlossen, als er in Rom war. Die Story überzeuge ihn nicht mehr, meinte er.«

»Aber zuerst hat sie ihm doch gefallen, oder?«

»Ja, aber jetzt hat er seine Meinung auf einmal geändert«, schnaubt Caterina. »Du weißt doch, wie Corrado ist: impulsiv, autoritär.«

»Ich verstehe das nicht.«

»Er habe es sich anders überlegt, nachdem er die Bearbeitung gelesen habe, die Sebastiano ihm zukommen ließ. Die Geschichte gefalle ihm nicht mehr, sie sei zu ... zu speziell, zu persönlich, was weiß ich. Nicht kommerziell genug.« Sie lacht sarkastisch.

»Aber er wußte doch, was Cassinis für Filme macht! Außerdem war sein letzter doch sehr erfolgreich, oder? Er hat sogar Preise gewonnen, ein Haufen Leute hat ihn gesehen.«

»Natürlich. Ich bin mir auch sicher, daß Fabrizio schnell jemand anders finden wird, der bereit ist, in diesen Film zu investieren, aber ...«
»Aber?«
»Es ist nicht schön für Cassinis. Corrado hat ihn doch extra hierher eingeladen.«
»Da bin ich ja mal gespannt, wie er es ihm beibringen will.«
»Tja, genau das ist das Problem.« Caterina fährt sich ärgerlich mit der Hand durch die Haare. »Ich bin es nämlich, die es ihm beibringen muß.« Consuelo starrt sie verwundert an. »Du? Warum du?«
»Weil es zu meinem Beruf gehört, mit jeder Art von Ärger und Unannehmlichkeiten fertig zu werden. Corrado ist sehr talentiert darin, den Mist, den er baut, auf mich abzuwälzen. Außerdem ...«
»Was?«
Caterina schüttelt den Kopf. »Außerdem ist es einfach so. Es war schon immer so. Ich bin es, die sich um alles kümmert, vor allem um die unangenehmeren Aufgaben, wie einem Schauspieler zu sagen, daß er eine Rolle nicht bekommt, oder jemanden aus dem Cast abzulehnen. Aber diesmal ist es besonders unangenehm. Schließlich habe ich Sebastiano und Fabrizio miteinander bekannt gemacht, ich habe Corrado für das Projekt erwärmt – es ist wirklich ein vielversprechendes Projekt, weshalb ich um so wütender bin. Ich habe Fabrizio größte Hoffnungen gemacht, weil ich sicher war, daß Corrado interessiert ist, und jetzt ...«
»Vielleicht überlegt er es sich noch einmal?«
»Nein, das glaube ich nicht. Ich kenne ihn. Ich habe gestern abend mit allen Mitteln versucht, ihn zu überzeugen, aber wenn er etwas beschlossen hat ... und wenn er erst einmal gegen jemanden eingenommen ist ...«

»Mag er Cassinis nicht?«
»Es ist komplizierter als das. Er ärgert sich, daß er Fabrizio auf die Insel eingeladen hat, jetzt, da er seine Meinung geändert hat, und ...«
»... und im Grunde schämt er sich.«
»Corrado weiß gar nicht, was Scham ist.«
»Und du mußt es jetzt ausbaden! Mon Dieu, Caterina, was für ein Kuddelmuddel.«
»Schlimmer als ein Kuddelmuddel. Es ist eine Ungerechtigkeit, eine Gemeinheit.«
Consuelo klopft der Freundin aufmunternd aufs Handgelenk. »Nimm es dir nicht so zu Herzen. Paß auf, wir werden alles tun, um dem jungen Mann den Aufenthalt hier so angenehm wie möglich zu machen. Du wirst in aller Ruhe mit ihm sprechen ... Du kannst dich dabei ja ein wenig bedeckt halten, ihm sagen, Corrado wolle das Projekt verschieben, was weiß ich, es sich noch einmal überlegen. Wo ist Corrado heute überhaupt?«
»Er ist mit dem Tragflächenboot um halb neun nach Lipari gefahren. Er wollte sich mit jemandem treffen, einem Anwalt oder Notar, ich weiß nicht genau.«
»Gut, dann werden sie sich tagsüber wenigstens nicht begegnen. Und heute abend bei Franzo denken wir uns etwas aus. Hör auf mich, versuch, ein bißchen Zeit zu gewinnen.«
»Hmm.« Caterina lächelt betrübt. »Bis gestern schien alles schon so gut wie abgemacht, wie soll ich da jetzt Zeit gewinnen? Fabrizio ist doch nicht dumm.«
Die beiden Frauen sitzen einen Moment ruhig da und lassen sich von den kleinen Wellen vor Strombolicchio schaukeln. Consuelo sieht auf ihre Hände. »Corrado versteht es wirklich, sich verhaßt zu machen, nicht? Bei all seinem Charisma habe ich ihn nie vorbehaltlos gemocht.« Sie

schüttelt den Kopf. »Er weiß gar nicht, was für ein Glück er hat, daß du ihm bei seiner Arbeit zur Seite stehst.«

Caterina muß plötzlich lachen. »Was für ein Beruf! Und was für ein Leben, hach! Hör mal, Consuelo, erzähl niemandem etwas davon, auch nicht Franzo, ich bitte dich.«

»Natürlich nicht.«

»Ich werde deinen Rat befolgen, irgendwie werde ich die Sache schon schaukeln. Du hast recht, wir sollten Fabrizio die Tage hier so angenehm wie möglich machen, zumal ich nicht glaube, daß er lange bleibt. Sobald er ahnt, wie es steht, oder ich ihm die Wahrheit sage, wird er so schnell wie möglich abreisen wollen. Aber er wird dir gefallen, er ist ein netter Mensch.«

»Das bezweifle ich nicht, da du ihn magst. Schau, da kommen unsere Delphine zurück.«

Ruben schwimmt mit schnellen Stößen auf das Boot zu. Hinter ihm streckt Charles winkend einen Arm aus dem Wasser.

Die Principessa sieht in das hübsche, lachende Gesicht des Jungen und beugt sich über den Bootsrand: »Amusant, mon petit?«

»Das Wasser ist phantastisch, man kann den Grund hier nicht sehen ... fast ein bißchen beängstigend.«

Sie schauen auf das Dunkelblau des Meeres, das die Schatten in der kleinen Bucht noch dunkler erscheinen lassen. Schimmernde Lichtreflexe schlängeln sich an den Seiten des kleinen Bootes entlang. Ohne die Leiter zu benutzen stemmt Ruben sich über die Bootswand und läßt sich behende hineingleiten. Charles folgt ihm lachend: »Kaum zu fassen, es ist kein Mensch hier heute morgen.«

Caterina blickt in Richtung der Sciara: »Sie sind alle dorthin geströmt.«

»Genau.« Charles reibt sich die Arme. »Machen wir, daß wir aus dem Schatten herauskommen.« Er läßt den Motor an. Das Boot wendet langsam um die steilen, über fünfzig Meter hohen Felswände. Charles fragt Ruben: »Wußtest du, daß Strombolicchio eine Brekzie ist?«

»Was ist eine Brekzie?« fragt Caterina.

»Eine Anhäufung von Lavamaterial, das sich im Innern eines Vulkanschlots verfestigt hat. Der Vulkan drumherum ist im Laufe der Jahrtausende abgetragen worden, aber die Lava ist geblieben.«

»Also war auch das hier einmal ein Vulkan.«

»Ja, obwohl die Leute hier die etwas abenteuerliche Version erzählen, daß Strombolicchio ein von Iddu gespuckter, riesiger Stein sei.«

»Ah, diese Version gefällt mir besser«, kommentiert die Principessa, »ein Wutausbruch des Vulkans.«

»Ja, stell dir vor, er explodiert.«

Wie unter Zwang drehen sich alle zu ihrer Insel dort drüben um, zu dem vollkommenen Bergkegel mit seiner luftigen, weißen Rauchfahne. Consuelo macht eine gespielt ungehaltene Geste:

»Ich bitte dich, Charles. Denk doch mal an all die zerbrochenen Teller in der Casa Arancio. Franzo wäre sehr verärgert.«

Ruben stimmt ein: »Und eure Haushälterin würde es sich nicht nehmen lassen, unter einem Regen aus Lavabrocken zu betonen: *L'avia dìlu, mi!* Ich habe es euch ja gesagt!«

Sie lassen die kleine Vorinsel hinter sich und steuern direkt auf Piscità zu.

Signora Elide streicht über ein raschelndes Bündel von

Pareos, das an einem Bügel über der Tür der Boutique hängt. Tropische Fische, Seesterne, riesige, vielfarbige Blüten. Hmm, nichts Passendes für sie dabei. Sie späht in das Innere des Ladens: Kelimkissen, afghanischer Schmuck, marokkanische Windlichter.

Dann entdeckt sie, drapiert über einen Stuhl aus Flechtwerk, einen prächtigen Schal aus schwerer, tiefblauer Seide mit einem üppigen rosa Rankenmuster. Bezaubernd. Signora Elide betritt schüchtern das Geschäft.

Eine etwa vierzigjährige Frau lächelt sie flüchtig an und notiert etwas in ein Heft. Sie nähert sich dem Schal, befühlt den Stoff, die langen Fransen. Sie dreht sich zu der Frau um und fragt nach dem Preis. Bei der Antwort stockt ihr der Atem, wobei ein Teil ihres Verstands automatisch die Kilo von Rinderfilet, die Körbe voll Spargel, die Stücke von Taleggio überschlägt, die sie für diese Summe in ihren Einkaufskorb laden könnte. Mit einem bedauernden Seufzer sagt sie: »Wunderschön.«

»Ja, eine Freundin von mir, die ein Haus hier auf der Insel hat, entwirft sie.«

»Aha.«

»Legen Sie ihn doch einmal an.«

»Nein, nein, ich wollte nur schauen.«

Die Frau lächelt und wendet sich wieder ihren Berechnungen zu.

Jetzt hält sie mich für knauserig, da haben wir's. Ich konnte mich noch nie ungezwungen in diesen Boutiquen benehmen. Elide denkt sehnsüchtig an den schönen Markt an der Piazza Benefica zu Hause in Turin, auf dem es unvergleichlich bessere Sachen als auf dem der Piazza Crocetta gibt. Einen so schönen Schal hat sie außer auf der Piazza Benefica noch nie gesehen, noch nicht einmal in den eleganten Schaufenstern der Via Roma. Mit gespielt unbeteiligter Miene – aber schweren Herzens – verweilt sie noch einen Moment bei einigen Majolikaaschenbechern, hebt eine Halbkugel aus Rauchglas an (und schielt auf das an der Unterseite klebende Preisschild: Zentner von Pasta, Dutzende von Weinflaschen, Kühlschränke voll Gorgonzola) und setzt sie vorsichtig wieder neben einem Stapel einfacher Wischtücher aus Baumwolle ab, der mit einem weißen Band zusammengehalten ist. Sie verzichtet darauf, nach dem Preis zu sehen, und tröstet sich mit dem Gedanken, daß man diese Tücher bei »Standa« mit »Drei für zwei«-Angeboten hinterhergeworfen bekommt. Mit einem schwachen Lächeln verläßt sie den Laden.

Das Magnesium! Umflutet von hellem Sonnenlicht lenkt sie ihre Schritte zur Apotheke. Sie schaut auf die Uhr, gleich ist sie mit Nuccio auf dem Kirchplatz von San Vincenzo verabredet.

In der Apotheke blickt sie sich ein wenig um, während sie darauf wartet, daß sie an die Reihe kommt. Wer weiß, was sie einem hier für eine Packung Aspirin abknöpfen. Vor ihr schnauzt ein brauner Lockenkopf die Apothekerin an: »Ich habe doch gesagt, ich möchte ›Occhiobel‹-Augentropfen!«

Die Apothekerin reagiert geduldig: »Wir haben leider nur diese, aber sie sind sehr gut, ich kann sie Ihnen empfehlen.«

»Na schön, dann geben Sie mir eben die.« Die Brünette fummelt in ihrer Handtasche herum und murmelt der jungen Frau neben sich unüberhörbar zu: »Die haben hier ja überhaupt nichts.«

Die Apothekerin wickelt das Fläschchen ein und reicht es der Brünetten, die es grob der Freundin in die Hand drückt. »Halt mal. Wo zum Teufel habe ich mein Portemonnaie ... ah, da ist es. Wolltest du nicht noch Shampoo kaufen? Vorausgesetzt, sie kennen hier so was.« Die andere lächelt peinlich berührt. »Ich habe noch welches. Gehen wir?«

Signora Elide sieht den beiden nach, ehe sie sich zu dem gelassenen Gesicht der Apothekerin umdreht, die fragt: »Was kann ich für Sie tun, Signora?«

Sie kauft etwas Magnesium für diese Nervensäge von Ehemann – letzte Nacht hatte er Sodbrennen und war lange wach – und Aspirin für sich. Ein paar glänzende Fläschchen auf dem Tresen fallen ihr ins Auge. Die Apothekerin führt ihr freundlich eine Pflegeserie aus Algen von den äolischen Inseln vor. Um sich aufzumuntern kauft sie ein erfrischendes Après-soleil-Gel.

Dann geht sie hinaus auf den Platz und setzt sich an einen Tisch vor der Bar Ingrid. Dort schlürft sie in aller Ruhe einen Kaffee mit zerstoßenem Eis, als sie ihren Mann die steile Gasse hinaufkeuchen sieht. Von fern betrachtet sie kritisch seinen entblößten Hals und die dünnen Beine, die in einem Paar beiger Bermudas stecken. Sie versucht, ihn mit dem Blick einer Fremden zu sehen, und fragt sich, wie man nur freiwillig einen solchen Mann heiraten kann. Ich weiß, Millionen von Frauen sind mit solchen Männern verheiratet – angefangen bei mir.

Wie er sich gestern abend gegenüber dieser Principessa aufgespielt hat! Und gegenüber den anderen. Sogar Carducci mußte er aus der Mottenkiste ziehen, Carducci! Sie beobachtet, wie er sich suchend auf dem Platz umschaut. Eine Sekunde lang – eine wunderbare Sekunde – hofft sie, er möge sie nicht finden, möge nach Hause gehen, seinen Koffer packen, das erste Tragflächenboot nehmen und für immer verschwinden. Ärgerlich dreht er seinen Kopf hin und her. Dann verfliegt der Zauber, und der Cavaliere Persutto entdeckt in der Urlauberschar vor der

Bar seine Frau. Mit mißmutiger Miene kommt er auf sie zu. »Hatten wir nicht vor der Apotheke gesagt?«

»Ich hatte Durst. Willst du auch etwas?«

»Nein, nein, beeil dich lieber, damit wir an den Strand kommen.«

»Nun setz dich wenigstens einen Moment hin. Du bist ganz verschwitzt.« Er läßt sich schnaubend auf einen Stuhl fallen. Signora Elide lächelt: »Also, hast du für morgen abend alles abgemacht?«

»Ja. Um sieben geht's los. Das heißt, der Führer trifft sich mit den Leuten aus Ficogrande um sieben, aber da sie sowieso durch Piscità müssen, stoße ich erst um halb acht dazu. Ich soll vor der Casa Arancio auf sie warten.«

»Ah, gut. Erinnere mich daran, daß ich dir eine Flasche Wasser mitgebe.«

»Nein, keine Wasserflasche, zuviel Ballast. Der Führer hat gesagt, wir sollen ein wenig in einer Feldflasche mitnehmen – was meinst du, soll ich Franzo um eine bitten? Ob sie eine Feldflasche in der Casa Arancio haben? – und eine Zitrone gegen den Durst. Denk an die Zitrone.«

»Ist gut.«

»Und ein Taschentuch, um es sich vors Gesicht zu halten, weil die Schwefeldämpfe dort oben wohl schädlich sind.«

»Taschentuch.«

»Und einen Pullover, weil es nachts kühl wird.«

»Ist es nicht gefährlich, diese Besteigung bei Nacht zu machen?«

»Unsinn«, lacht der Cavaliere überlegen, »außerdem kennt sich der Führer aus. Charles hat ihn mir empfohlen. Er hat erzählt, daß sie früher die Leute ungeführt auf den Vulkan steigen ließen. Aber dann sind sie haufenweise umgekommen, Deppen, die sich zu weit in die

Krater hineingebeugt haben, um besser sehen zu können, und ...«

»Die Armen, was für ein furchtbares Ende.«

»So einen Vulkan darf man nicht auf die leichte Schulter nehmen. Einmal nicht aufgepaßt, ein kleiner Fehler, und schon ist man verbrutzelt.«

»Bitte gib auf dich acht, Nuccio.«

»Mach dir keine Sorgen.«

»Und überanstrenge dich nicht mit deinem Asthma.«

»Ach, Elide. Ich bin in bester Form.« Mit einem herablassenden Blick auf seine Frau: »Was man von dir nicht behaupten kann. Du wirkst jeden Tag schwächlicher.«

Signora Persutto läßt sich nicht darauf ein und bemerkt statt dessen freundlich: »Gestern nacht ging's dir nicht gut ... ah, hier habe ich dein Magnesium. Und heute abend sollten wir nicht bis zum Morgengrauen bleiben, sonst ...« Der Cavaliere steht auf: »Mach nicht so ein Theater, Elide. Und trink endlich deinen Kaffee aus. Ich geh schon mal vor.«

»Warte doch.«

»Nein. Wir sehen uns am Strand. Kauf noch ein paar Zeitungen.« Damit geht er.

Signora Elide wendet ihren Blick von dem sich entfernenden, wenig verführerischen Hinterteil ihres Gatten ab und sieht nach Strombolicchio hinüber, das am Horizont schimmert.

Plötzlich weiß sie, was sie zu tun hat. Ein klarer, berückender Gedanke ist in ihrem Kopf aufgeblitzt. Sie stellt ihr Glas ab und zahlt schnell bei dem vorbeikommenden Kellner. Dann wendet sie sich dem Gäßchen zu, durch das sie vorhin schon gegangen ist.

Als sie erneut den Laden betritt, blickt die Frau um die vierzig verwundert auf. Sie zeigt gerade einem deutschen

Paar, das nicht so aussieht, als wolle es überhaupt etwas kaufen, einen Teppich. Elide lächelt sie an. »Akzeptieren Sie Kreditkarten?«

»Natürlich.«

Sie zieht die Karte ihres Mann aus dem Portemonnaie und reicht sie der Ladenbesitzerin. Die läßt die beiden Deutschen stehen und geht lächelnd damit zur Kasse. »Eine ausgezeichnete Wahl, Signora.« Ehe sie den blauen Schal einpackt, besteht sie darauf, ihn Elide um die Schultern zu legen: »Er steht Ihnen hervorragend.«

Elide bewundert sich in dem großen Spiegel. Mit nie gekannter Unbefangenheit sagt sie zu ihrem Spiegelbild: »Ich werde ihn heute abend tragen, zu dem Fest in der Casa Arancio.« Dann ahmt sie mit ruhiger Hand die Unterschrift ihres Mannes auf dem Beleg nach, den die Frau ihr hinschiebt.

Der Tag, der im Rhythmus einer *Gymnopédie* von Satie dahingleitet – und Satie und Debussy sind es auch, die Franzo als musikalische Untermalung für das Fest auf der Terrasse heute abend ausgewählt hat –, wird von weiteren unwichtigen kleinen Begebenheiten unterteilt. Oder auch wichtigen, je nach Standpunkt.

Prospero beobachtet hochmütig von einem Ast der Bougainvillea aus das geschäftige Hin und Her von Franzo und Isolina. »Es fehlen noch die Kerzen ...«

»Die Vorratskammer ist voll davon.«

»Nein, ich meine diese kleinen Schwimmkerzen. Ich werde mal sehen, ob Nicola noch welche hat. Vielleicht bringe ich auch Petroleum mit, dann können wir die Lampen anzünden.«

»Petroleum stinkt.«

»Ach, komm. Hat es auch gestunken, als wir noch kein elektrisches Licht auf der Insel hatten?«
»Ja!«
So treffen die anderen sie fröhlich zankend an, als sie von ihrem Bootsausflug zurückkehren. Charles gibt seinem Freund einen Kuß und verkündet: »Große Neuigkeiten.«
»Was?«
»Valeria Griffa ist auf der Insel.«
»Wirklich? Hast du sie gesehen?«
»Nein, Ruth hat es mir erzählt.«
»Müssen wir sie für heute abend einladen?«
Consuelo streckt sich auf der Steinbank aus: »Versuch einmal, sie *nicht* einzuladen.«
»Aber was ist, wenn sie und Corrado sich begegnen?«
Caterina lächelt: »Was soll's, früher oder später müssen sie sich ja begegnen.« Sie nähert sich Franzo begütigend. »Wenn du hinterher keine beleidigte Miene sehen willst, ruf sie an.«
»Komisch, daß sie sich nicht angekündigt hat.«
»Ruth sagt, sie sehe ausgesprochen übellaunig aus.«
»Stimmt.« Sie drehen sich zu Matteo um, der auf dem Pfad zur Terrasse der Casa Rosmarino auftaucht. »Ich bin ihr vor der Bar Sirenetta begegnet.«
»Hat sie denn schon mal jemand mit freundlichem Gesicht gesehen?«
»Hmm.«
Sie stellen eine Gästeliste zusammen und entscheiden, wer schon zum Essen und wer später kommen soll. Insgesamt die halbe Insel.
»Gut, also wir plus Cassinis, die vier aus der Casa Mandarino ...«
»... und die unvermeidlichen Persuttos.«

»Genau. Dann Frida und Livia, denen ich gesagt habe, sie sollen ihre Feriengäste von der Zisterne mitbringen.«

»Corrado mit Don Bartolo und den Schwestern, wenn sie kommen wollen.«

»Ich habe Rosario gebeten, uns ein wenig zur Hand zu gehen.«

»Übrigens ist Pietro, sein Bruder, angekommen.«

»Was machen wir jetzt mit Valeria?«

»Ich denke, Caterina hat recht, ruf sie an.«

»Außerdem Ruth und Francesco, Pagliero, Alberto und Gin ...«

»Giovanni und Alda, Aimée und ...«

Die Liste wird länger und länger. Isolina faltet nervös ein Bündel Zeitungen zusammen. »Lad sie nur alle ein, morgen früh kannst du den Laden alleine aufräumen.«

»Nun halt doch mal einen Moment den Mund. Charles, meinst du, wir sollen auch ...«

Unterdessen sind Susy, Federico und Giancarlo in der Casa Malanta eingetroffen, da Frida und Livia sie zum Mittagessen eingeladen haben. Zur Casa Arancio werden sie alle erst nach dem Abendessen gehen. Sie beschließen, einen Salat mit Kapern, Basilikum und einem besonderen Öl zu machen, das Frida sich extra aus der Toskana schikken läßt.

Livia hackt das Basilikum mit einem Wiegemesser. »Ich weiß, eigentlich darf man nur ein normales Messer dazu benutzen, aber ...« Sie sieht Susy lachend an. »Einmal habe ich so einen Gourmet-Kochkurs besucht. Als ich nach einem Wiegemesser fragte, haben mich alle schokkiert angesehen: ›Aber nein, Signorina, so etwas darf man *niemals* benutzen, nur mit einem Küchenmesser ...‹ Ich bin ausgestiegen, als ich feststellte, daß sie noch nicht einmal Topflappen benutzten, um die heißen Töpfe vom Herd zu nehmen.«

Frida zeigt Federico und Giancarlo den Olivenhain hinter dem Haus. »Und wo ist Ruben?«

»Er ist mit Charles und den anderen mit dem Boot rausgefahren. Ich habe ihm einen Zettel geschrieben, daß wir hier oben sind.«

»Gott, was für ein schönes Fleckchen, und diese Aussicht! Man sieht sogar Strombolicchio ... und den Strand von Ficogrande.«

»Und den Friedhof.«

Frida lächelt. »Seid ihr schon auf dem alten Friedhof gewesen?«

»Nein, noch nicht. Lohnt sich das?«

Sie nickt. »Wir müssen einmal abends bei Sonnenuntergang dorthin gehen. Mit festen Schuhen. Es ist ein wunderbarer Spaziergang.«

»Wir haben vor, den Vulkan zu besteigen«, verkündet Federico.

»Ah, gut, wann denn?«

»Morgen abend, mit einem Führer, den uns Charles empfohlen hat. Du warst bestimmt schon oft oben!«

Frida nickt. »Ja, es ist phantastisch. Wenn ihr euch richtig ausrüstet, könnt ihr dort oben übernachten und den Sonnenaufgang erleben.«

»Wie die Bergman in dem Film von Rossellini.«

»Was ist das dort für ein Haus?« fragt Giancarlo und zeigt auf das Dach eines Häuschens in der kleinen Senke unter ihnen.

»Das ist ein Ferienhäuschen, die Zisterne. Ich habe es an die beiden Frauen vermietet, die ihr gestern nachmittag am Strand gesehen habt.«

Sie bleiben neben einer Ruine stehen, die halb in einem Wäldchen aus Ailanthusbäumen versteckt ist. Giancarlo beugt sich über die Brüstung einer verfallenen Steinbank.

Frida ruft: »Achtung, es ist gefährlich da«, und fügt lachend hinzu: »Ehrlich gesagt ist die ganze Insel gefährlich. Seid bitte vernünftig morgen abend auf dem Vulkan und hört auf den Führer.«

»Gehört dir diese Ruine?«

»Ja, da muß etwas getan werden. Irgendwann werde ich noch ein Nebengebäude daraus machen. Als Alterssitz.«

»Ich will es mir mal ansehen ...«, sagt Federico. Giancarlo versetzt ihm einen Rippenstoß. »Laß dich von ihm nicht einwickeln, Frida. Unser Architekt hier hat ständig neue, tolle Ideen. Seit wir auf der Insel sind, entwirft er dauernd Pläne für irgendwelche Häuser, er hat bestimmt schon ein Dutzend gekauft und restauriert.« Sie umkreisen die Mauern und schmieden zwischen wilden Büscheln von Wermut und Poleiminze zum Spaß Restaurierungspläne – ein traditionelles strombolanisches Spiel – bis der Salat fertig ist.

Unterdessen schnaubt Valeria Griffa empört, als sie den zwanzigsten Schrank öffnet, und flucht in Gedanken: Das ist das letzte Mal gewesen, daß ich dieser dummen Kuh vertraut habe. Sie hat überhaupt nicht gelüftet, alles ist feucht und schimmelig hier drinnen! Sie hebt ein Abdecktuch von einem Stapel Bettwäsche, die mit auffälligen Monogrammen bestickt ist. Jesus, da bezahlt man diese Hausangestellten, und das kommt dabei heraus ... Sie zieht einen vergilbten Kopfkissenbezug hervor. Man sollte es nicht für möglich halten. Die wird sie mir alle waschen. Das kommt davon, wenn man sich auf die Einheimischen verläßt. Sie sieht sich in dem wilden Durcheinander geöffneter Koffer um und versetzt einem besonders großen einen Fußtritt. Dieses beschissene Haus.

Das beschissene Haus ist eine der luxuriösesten Villen an der Küstenstraße, auf der halben Strecke zwischen Ficogrande und Piscità auf einem Felsvorsprung über dem Meer gelegen und von der Straße durch einen tropischen Garten getrennt, den Charles angelegt hat, wobei er dem Drängen der Hausherrin nachgegeben und es mit der Exotik ein wenig übertrieben hat.

Valeria läßt den Kissenbezug zu Boden fallen und reißt die große Glastür auf, die auf eine riesige Terrasse führt.

Dieser Mistkerl. Er glaubt, er kann mich mit diesen dreihundert Quadratmetern kaufen (und nochmal genauso viel an Patio und Terrassen). Mistkerl. Schwein. Sie blickt mit höchster Gleichgültigkeit auf die geschwungene Linie der Einfriedungsmauern, die anmutigen Stufen, die zum Meer hinunterführen, auf die sinnlichen, massigen Formen der riesigen Agaven und den hundertjährigen Feigenbaum, der jenen Teil der Terrasse beschattet, der der Sonne am meisten ausgesetzt ist. Wenn sie doch wenigstens die Abdeckmatten aufgerollt und die Liegestühle und Sonnenschirme herausgebracht hätten! Wozu habe ich dieser Kuh von Hausverwalterin Bescheid gesagt, daß ich komme? Ich weiß, was ich mache, ich rufe bei den Vancori an, damit sie mir Rosario rüberschicken. Die schulden mir sowieso noch was.

Wütend – sie haßt diesen Ort – stapft sie ins Haus zurück und schleudert ihre Sandalen von den Füßen. Im Ankleidezimmer bleibt sie stehen und betrachtet ihr Gesicht im Spiegel. Sie streicht über ihre schönen, glänzenden Haare – ekelhaft – und streckt eine Hand aus, um die gepflegten Fingernägel zu begutachten – zum Kotzen.

Obendrein mußte ich mit dem Schiff fahren. Kein einziger Platz auf dem Tragflächenboot mehr frei, noch nicht mal von Milazzo aus. Das wird dieser Scheißkerl mir bezahlen, mein niederträchtiger Exmann und seine hochnäsige Familie von bäuerischen Emporkömmlingen. Und wie sie mir das bezahlen werden. Obendrein hat er mir eine Rolle – ein Riesencomeback, hat dieses Schwein gesagt –, in einem Film versprochen, den er dann nicht mehr zu machen gedenkt. Und dieser blöde Regisseur, von dem er geredet hat, ist auch hier auf der Insel, einer, von dem man noch nie etwas gehört hat. Wahrscheinlich gehört er zu diesen neuen Antonioni-Jüngern, die todlangweiliges Zeug über die Probleme der Jugend drehen. Was für ein Schwachsinn!

Im Grunde war es eine miese, kleine Rolle, überlegt Valeria und zerdrückt einen Hauch von Chanelmorgenrock – eine Gelegenheit, in Paris gekauft – zwischen ihren Händen. Was denken sich diese Filmleute eigentlich? Ganz zu schweigen von denen vom Fernsehen. Ein anderer Scheißkerl von Produzent hat ihr gerade die Rolle der Mutter eines frisch von der Schauspielschule kommenden Bürschchens angeboten, mit dem sie obendrein mal im Bett war und das vielleicht knapp fünf Jahre jünger ist als sie! Wollen die sie verarschen? Sie zieht ihre Bluse aus – von Krizia, ein Jahr alt –, betrachtet ihre Titten – umwerfend und ganz und gar Natur – und zieht einen Bademantel aus dem Schrank – vor drei Wintern aus dem Martinez in Cannes geklaut. Dann nimmt sie den Telefonhörer ab und wählt mit entschiedenen Fingern die Nummer des Palazzos (die sie auswendig kennt). Es meldet sich schüchtern Annunziata: »Ja, wer spricht da?«

Unterdessen – es ist schon nach drei Uhr nachmittags – stützt Corrado Vancori seine Hände auf das glühendheiße Geländer der Dorfterrasse von Quattropani. Vor ihm, auf der anderen Seite des kurzen Meeresarms, erstreckt sich die grüne Insel Salina, ein flaches Stück Land mit einem Leuchtturm und den beiden Häusergruppen der Dörfer Rinella und Leni, das eine am Meer gelegen, das andere etwas weiter oben am Hang. Es ist noch zu früh, um dieses Panorama von seiner schönsten Seite genießen zu können, man muß zum Sonnenuntergang in diesem Teil Liparis sein, wenn die Sonne direkt vor einem hinter den Zwillingskegeln der Nachbarinsel versinkt. Salina, der arkadische Zwillingshügel.

Aber auch das Wetter ist heute nicht richtig: diesig, zu heiß. Der entfernte Kegel von Filicudi – und der noch weiter entfernte von Alicudi – sind nur zwei hellblaue Dächlein unter dem unveränderlichen Gewölbe des Augusthimmels. Der Horizont ist fast weiß, so schwül ist es an diesem Nachmittag. Sogar hier oben, wo seltsamerweise immer ein kleines Lüftchen weht, das von Vulcano herübergetragen wird, einer weiteren Insel, die außer Sicht links hinter Pianoconte liegt.

Hinter Corrado räumt eine Frau den Tisch ab und klappert mit dem Geschirr. Er dreht sich um, die Frau lächelt ihn servil an und verschwindet im Haus. Der Notar Butera hatte darauf bestanden, ihn zum Mittagessen auszuführen, unter dem Vorwand einer kleinen Spritztour über die Insel. In Wirklichkeit hatte er ihm jedoch ein zum Verkauf stehendes Haus oberhalb der Thermalquellen von San Calogero zeigen wollen. Miserable Lage, schlechte Straße, Mauern in heruntergekommenem Zustand und obendrein teuer.

»Es gibt noch ein anderes, in Canneto, mit einer traumhaften Aussicht.«

»Nein, in Canneto gefällt es mir nicht.«

»Also gut, dann lade ich dich jetzt als Wiedergutmachung zu einer Verwandten in Quattropani ein, einer Cousine mütterlicherseits, die eine göttliche Köchin ist.«

Die Cousine – Corrado hat den Verdacht, daß es sich eher um eine alte Geliebte handelt – hatte unter einer einfachen Weinlaube ein köstliches Mittagessen aufgetragen, das nach verlorengegangenen Rezepten und vergessenen Zutaten schmeckte. Sie hatte sich nicht mit ihnen an den Tisch gesetzt, Corrado hatte noch nicht einmal ihre Stimme vernommen. Er und der alte Butera hatten schweigend gegessen und dazu einen gut gekühlten, herben Weißen von Salina getrunken.

»Ah, mein Lieber, das waren noch Zeiten, als man günstig Häuser auf unseren schönen Inseln erwerben konnte.«

»Dafür kann man sie heute mit mehr Gewinn weiterverkaufen.«

»Stimmt«, hatte der Notar gelacht, »da hast du recht. Diese Casa Benevenzuela ...«

»Darüber reden wir, wenn die Zeit reif ist, Don Antonio«, hatte Corrado das Thema sachlich beendet.

Inzwischen ist Butera ins Haus gegangen. Corrado betrachtet die schneeweiße Kielwasserspur eines Tragflächenboots mit Kurs auf Panarea und Stromboli – er wird das um sechs nehmen, vielleicht auch das davor, da er schließlich alles erledigt hat, was es auf Lipari zu tun gab. Er denkt mit Verdruß und Sorge und auch ein wenig Angst an das, was ihn erwartet. Nicht nur heute abend, sondern auch morgen und in den nächsten Tagen. Auch in Rom, im Herbst. Er will dieses Problem, das unvermeidlicherweise zu einem Problem geworden ist, lösen und hinter sich lassen.

Mit fünfundvierzig Jahren ist Corrado Vancori wahrscheinlich zum erstenmal in seinem Leben ernsthaft besorgt. Und tief beunruhigt. Diesmal ist es nicht wie sonst, denkt er gequält, es ist anders, ganz anders. Viel wichtiger, entscheidender, vielleicht endgültig. Seine Pläne hatten so etwas nicht vorgesehen, nicht auf diese Weise, und doch ...

Er hat bereits gründlich all die schweren, auch schmerzhaften Konsequenzen dieser Sache bedacht. Aber er ist entschlossen, bis zum Ende zu gehen. Selbst wenn er wollte, könnte er nicht mehr anders handeln. Ein bitteres Lächeln zeigt sich auf seinem Gesicht. Er, der es gewohnt ist, zu befehlen und von anderen bedenkenlos alles mögliche zu verlangen. Und jetzt befindet er sich auf einmal in dieser beängstigenden, ausweglosen Situation. Ein Schauder überläuft ihn. Die Hitze, das Essen, oder ein unerwarteter Anfall von Melancholie? Wütend auf sich selbst bleibt er sich die Antwort schuldig.

Er hört den schweren Schritt Buteras hinter sich und dreht sich zu dem listigen Gesicht des alten Notars um, der sich gerade den Schweiß von der gewölbten Stirn wischt. »Übrigens, mein lieber Corrado, was die Sache betrifft, von der du mir erzählt hast, so möchte ich dir noch einen Rat geben, wenn du gestattest: Sei vorsichtig, sei sehr, sehr vorsichtig.«

Unterdessen intonieren die Vancori-Schwestern im Zimmer der Kleinen eine Litanei, die sich in einem anderen Winkel des Hauses wie ihr ewiges Gebetsgemurmel anhören mag. Doch wenn man sich dem Raum nähert, wird man feststellen, daß die drei frommen Schwestern einen ganz und gar nicht heiligen Singsang angestimmt haben.

Dafür besteht er aus deutlichen, kraftvollen Worten: »Hure, Dirne, Flittchen ...«

Annunziata wird noch immer rot, wenn sie an das Telefonat von eben denkt. »Die Hündin wollte, daß wir sofort Rosario zu ihr schicken. Und in was für einem Kommandoton sie mit mir geredet hat, die Dame!« Letzteres höhnisch hervorgestoßen. Immacolata senkt die Lider und zischt: »Du hast ihr doch wohl gesagt, daß er nicht da ist?«

»Das habe ich.«

Incoronata, die auf einem Berg von Kissen sitzt, verkündet mit päpstlicher Miene: »Wir werden Bartolo informieren, daß die Metze auf der Insel ist.« Die beiden anderen sehen sich besorgt an, dann einstimmig: »Und unser kleiner Corrado? Ob unser lieber, kleiner Corrado schon davon weiß?«

Incoronata hebt kardinalhaft eine Hand: »Die Insel hat überall Augen und Ohren. Sobald er von Lipari zurück ist, wird es ihm jemand erzählen.«

»Aber was will sie hier? Warum ist sie gekommen?«

»Um sich zu vergewissern, daß wir ihr nicht das Haus ausräumen, die Dirne.« Immacolata hebt die Augen zur Decke. »Oh, sie, die nichts als Unglück über die Familie gebracht hat, oh!«

Die Kleine stößt einen schwachen Schmerzenslaut aus. Sofort eilen die beiden anderen herbei: »Incoronata, was ist, was hast du?«

»Nichts, nichts«, sie preßt ihre Hände auf den Bauch, »nur ein Stich, genau hier. Und noch einer hier. Oh ...«

»Mußt du dich entleeren?«

»Nein, ich bin aufgebläht.«

»Erleichtere dich.«

»Leicht gesagt.« Incoronata läßt die Schultern sinken.

Die Schwestern klopfen die Kissen in ihrem Rücken auf, suchen ihr Taschentuch, das zwischen den Decken abhanden gekommen ist, trösten sie, so gut sie können. Sie starrt vor sich ins Leere und weissagt: »Die Hure ist gekommen, Schande über unser Haus zu bringen.«

Annunziata und Immacolata sehen sich bestürzt an. »Was sollen wir tun?« Schon strecken sie die Hände nach den Rosenkränzen am Fußende des Bettes aus. »Beten wir?« fragen sie und seufzen im Chor: »Beten wir.«

Unterdessen ist in der Casa Benevenzuela ein stiller, aber heftiger Kampf im Gange. In bester bäuerlicher Tradition sitzen sich die beiden Brüder gegenüber und fixieren sich mit finsteren Blicken, auf ihren Stirnen stehen Schweißperlen. Im Feigenbaum, der seine Zweige über die Terrasse breitet, bewegt sich kein Blatt.

Bis Rosario nach gut drei Minuten eisernen Schweigens die Augen zu Schlitzen verengt und zischt: »Du Lump.« Pietro hebt unmerklich das Kinn: »So empfängst du also deinen Bruder nach sechs Jahren?« Rosario schlägt sich mit den Knöcheln gegen die Stirn und wiederholt: »Du Lump. Weißt du, wie dringend ich auf deine Rückkehr gewartet habe, hä? Und dann kommst du, um mir das zu sagen.« Der andere antwortet nicht. Rosario fährt bösartig fort: »Aber ich werde dafür sorgen, daß du deine Meinung änderst.«

»Niemals.«

»Nein? Du willst mich zerstören. Und dich selbst auch.« Er steht abrupt auf und umkreist das alte Becken der Zisterne. Er versetzt einer angeschimmelten Ecke des Deckels einen Fußtritt. Das Holzstück fliegt über das trockene Gras des Gartens. »All das hier ... das ist alles, was wir haben, Petruzzo.«

»Eben.«

»Was heißt hier ›eben‹? Du kommst hierher und sagst mir, daß du das Haus nicht mehr verkaufen willst.« Er legt beide Hände an seinen Kopf. »Am Grab unserer Mutter habe ich geschworen, dir eine bessere Zukunft zu verschaffen.« Auch Pietro steht auf, geht geschwind auf den Bruder zu, packt ihn an den Schultern und schüttelt ihn: »Aber verstehst du denn nicht, Rosario? Gerade wegen unserer Mutter und unserem Vater bin ich dagegen, das Haus zu verkaufen. Und an wen denn? An die Herrschaft?«

»Der junge Herr leckt sich alle Finger nach der Benevenzuela. Und wir sollten schnell machen, ehe er es sich anders überlegt oder Don Bartolo ihn davon abbringt. Don Bartolo will das Haus nämlich nicht kaufen. Es macht ihm angst, das weiß ich.«

»Und wir werden ihm einen Gefallen tun und das Haus behalten.«

Rosario reißt sich brüsk los. »Und was sollen wir damit? Es verfällt immer mehr. Wollen wir mit dem Verkauf warten, bis es zusammenkracht? Bis es niemand mehr haben will?«

»Wir werden dorthin zurückkehren.«

Rosario starrt den Bruder ungläubig an. »Wir? Du und ich?« Er bricht in kreischendes Gelächter aus. »Wovon sollen wir es denn instandsetzen? Und du, was willst du damit, die Ferien dort verbringen, wenn du aus Broccolino zu Besuch kommst?«

Pietro lächelt. »Nein, ich bleibe hier.«

»Bist du verrückt?«

Der Jüngere dreht sich zur Vorderseite des Hauses und betrachtet die alten Architrave aus Lava über der Eingangstür, die beiden Fenstertüren im ersten Stock mit den zierlichen, schmiedeeisernen und angerosteten Balustraden davor, den abblätternden Rahmen der Küchentür. Schweigend läßt er den Blick über die zu Stümpfen abgebrochenen Säulen gleiten, die einst die Querbalken der Terrasse stützten, und über die abgefallenen, blutroten Fliesen der gemauerten Steinbank. »Ich bin für immer zurückgekommen. Ich will einmal hier sterben.« Er sieht Rosario ernst an: »Ich gehe nicht wieder nach Amerika.« Dann lacht er: »Rosario, ich habe einen Beruf. Hier herrscht mehr Bedarf an Maurern als in New York. Außerdem bin ich jetzt wirklich gut, weißt du. Du hättest mal sehen sollen, was ich dort drüben für Mauern hochgezogen habe. Verstehst du denn nicht, daß wir unser Glück schon in den Händen halten? Sieh nur!« Er nimmt den Bruder an der Hand und zieht ihn ungestüm zu einem niedrigen Gebäude, das schräg an das Haupthaus gelehnt steht. Voll Begeisterung schildert er sein Pläne: »Das hier bauen wir aus, zwei Zimmer und ein Bad, Kanalisation gibt es schon, und hier ziehen wir eine Mauer, so daß ein kleiner Hof mit einem Stück Garten entsteht. Und dann können wir vermieten. Oben sind auch noch zwei Zimmer, vielleicht drei, wenn wir die Vorratskammer ausbauen. Und für uns bleibt das ganze Erdgeschoß, das hintere Wohnzimmer, Mamas Küche. Es heizt sich leichter im Winter, wenn wir nur ein Stockwerk bewohnen, stimmt's? Und im Sommer vermieten wir an Gäste, wie die in der Casa Arancio. Sie kommen auch im Frühling vom Festland herüber, sogar im Herbst. Stell dir vor, Rosario, wie schön das wird. Das Haus wird wieder so, wie es war, als die Eltern noch lebten. Und wir werden wieder Bienen haben, dort unten in den bunten Stöcken, ja?« Der normannische Gott lächelt wie ein glückliches Kind.

Rosario entzieht dem Bruder die Hand und sieht ihn erschrocken an: »Aber Don Corrado hat dein Flugticket bezahlt.«

»Wir werden ihm das Geld zurückgeben, es ist ja kein Vermögen.«

»Aber ich habe versprochen ...«

»Was? Du hast nur gesagt, daß du mit mir darüber sprichst, wenn ich hier bin. Du hast dich zu nichts verpflichtet.« Er zuckt sorglos lächelnd die Achseln. Rosario geht langsam zurück zur Terrasse. Er starrt auf die alten Kacheln, ohne sie zu sehen.

»Ich habe mich verpflichtet.«

Pietro folgt ihm. »Inwiefern? Was meinst du?«

Rosario setzt sich auf ein Mäuerchen. »Die neue Lapa, das Grundstück unterhalb des Friedhofs ...«

»Welches Grundstück, Rosario? Wovon redest du?« Rosario hebt den Kopf. »Ich habe ein Grundstück gekauft. Ein kleines, einen Obstgarten. Das Geld dafür hat mir der junge Herr gegeben. Auch für den Wagen. Als Vorschuß für die Benevenzuela. Das Grundstück habe ich auf deinen Namen eintragen lassen.«

Pietro reißt die Augen auf, die sich von Dunkelblau zu Schwarz färben. »Du hast mich doch gar nicht erwartet. Warum hast du mir nichts davon geschrieben?«

»Und du?« schreit der andere, um sich Mut zu machen. »Hast du mir je geschrieben, daß du zurückkommen und hier leben willst?«

»Es sollte eine Überraschung sein, ich wollte dich überraschen.« Pietro bedeckt sein Gesicht mit den Händen, fährt sich dann damit durch die Locken. »Weißt du, wie oft ich an Stromboli gedacht habe, an dieses Haus ... Wieviel hat er dir gegeben?«

»Viel. Genug für das Grundstück.«

»Wir werden es wieder verkaufen und ihm das Geld zurückgeben.«

Rosario schreit auf. »Nein, es ist zuviel. Und außerdem ...« Pietro packt den Bruder unter den Achseln und hebt ihn hoch. »Was? Was denn noch, zum Teufel?« Rosario hängt da wie eine Vogelscheuche, doch dann befreit er sich und antwortet verärgert: »Ich habe einen Teil des Geldes nicht mehr, ich habe es ausgegeben.« Er wendet sich zähneknirschend ab. »Ja, ja, eine Frau. Was ist, darf ich nicht auch mal eine Frau haben? Ich bin nicht jung und schön wie du. Ich muß dafür bezahlen.«

»Wer ist es? Eine von der Insel?«

»Nein, eine Nutte, nur eine Nutte von Lipari, die ... die dann mit einem aus Kalabrien abgehauen ist.« Rosario läßt Kopf und Schultern hängen wie ein Besiegter. »Nur eine Nutte ...«

Dem normannischen Gott steigen die Tränen in die Augen. Er weiß nicht, ob aus Wut oder aus Mitleid. »Ich habe etwas gespart. Wir werden arbeiten.«

Die wölfische Grimasse zeichnet sich wieder auf dem Gesicht des Älteren ab. »Laß uns verkaufen, Petruzzo. Der Herr muß uns einen Haufen Geld für das Haus bezahlen. Wir werden leben wie die Herrschaft.«

Ein bisher unbekanntes Gefühl regt sich in Pietro, ein Gefühl, das nach Einsamkeit schmeckt. Er betrachtet diesen Mann, der da vor ihm steht, den einzigen Verwandten, den er auf der Welt hat. Mit vernichtender Sanftheit sagt er nur ein Wort: »Nein.«

Der Einfluß des Vulkans, hat der Engländer gesagt. Ein betäubender Effekt. Fabrizio hat bis in den späten Nachmittag hinein geschlafen, begleitet von den wechselnden

Stimmen auf der Terrasse oder auf der Gasse unter dem blauen Zimmer. Hin und wieder war er verwirrt aufgewacht und hatte sich über die Mattigkeit in Kopf und Gliedern gewundert. Das Streicheln der weichen Bettlaken, die langsame Veränderung des Lichts in der Geborgenheit des Halbdunkels. Einmal hatte er in das verduzte Gesicht eines dicken, grauen Katers geblickt, der ihn aus etwa fünf Zentimetern Abstand anstarrte. Lächelnd war er wieder eingeschlafen. Er hatte von einem brennenden Schiff geträumt, aber wie von fern, als handele es sich um einen Druck oder eine Zeichnung. Dann – was, schon halb sechs? – war er aufgestanden und ins Bad gegangen, um sich frisch zu machen und die zerzausten Haare zu kämmen.

Auf der Terrasse hatte er die Haushälterin angetroffen, die mit grimmiger Miene einen Stapel Dessertschälchen auf dem Tisch begutachtete. Kaum hatte sie ihn aus dem Zimmer kommen sehen, war sie über ihn hergefallen: »Was sagen Sie dazu, daß *Franzocarlo* unbedingt das Service aus Santo Stefano di Camastra herausholen muß? Diese hier ...«, sie hatte eine Schale genommen und damit unter seiner Nase herumgefuchtelt, »... wenn nur eine davon kaputt geht, ist die ganze Serie dahin, sie werden nicht mehr hergestellt mit diesem Muster. Und dann sollten sie mal *Franzocarlo* hören, wenn er einen unvollständigen Satz Schälchen hat, dann zieht er nämlich sooo ein langes Gesicht und läßt es an mir aus. Sie haben geschlafen, was!« Fabrizio hatte sie ein wenig matt angelächelt. »Ja, und wie gut! Was für eine Stille.«

»Stille? Warten Sie mal ab, was es heute abend wieder für ein Spektakel geben wird! Haben Sie Hunger? Soll ich Ihnen einen Tee machen? Ein belegtes Brötchen?«

»Nein, danke, aber ...« Einer plötzlichen Eingebung

folgend: »Aber vielleicht einen Kaffee und ein Brötchen mit dieser köstlichen Orangenmarmelade, die ich heute morgen probiert habe.« Isolina hatte sich entspannt und die Schale mit einem zufriedenen Lächeln abgestellt. »Die ist gut, nicht? Wenn Sie wüßten, was das für eine Arbeit ist, sie zu machen, wenn einem dieser lästige *Franzocarlo* ständig zwischen den Füßen herumspringt und sagt, nimm mehr Zucker, nimm weniger Zucker... Dabei war ich es, die ihm beigebracht hat, wie man diese Marmelade kocht! Jetzt setzen Sie sich mal schön dahin, und ich mache Ihnen einen Kaffee.« Auf dem Weg in die Küche hatte sie sich plötzlich mit der flachen Hand vor die Stirn geschlagen. »Ah, was bin ich dumm!« Und war mit der Hand in der Schürzentasche zurückgekommen, um ihm ein zusammengefaltetes Blatt Papier zu überreichen. Fabrizio hatte es unter der Bougainvillea gelesen:

Willkommen! Ich wollte Sie nicht wecken. Ich war kurz in Ihrem Zimmer, aber Sie schliefen noch wie ein zufriedenes Kind. Jetzt ist es kurz vor fünf, wir gehen ins Dorf, um ein paar letzte Dinge für das Fest zu besorgen. Der Zauber der Abende in der Casa Arancio wird auch Sie überwältigen...
Franzo entschuldigt sich dafür, daß ausgerechnet am Tag Ihrer Ankunft so ein Trubel herrscht, und bittet mich, Ihnen auszurichten, daß Sie sich um nichts zu kümmern brauchen und noch in aller Ruhe ein Bad im Meer nehmen können, wenn Sie wollen. Wir sehen uns dann zum Aperitif, so gegen acht. Das Abendessen findet im kleinen Kreis statt, in relativ kleinem Kreis, bezogen auf den Troß dieses Hauses. Jackett ist nicht nötig, ein Oberhemd genügt (nur die Damen machen sich ein wenig fein...)
Ich freue mich, daß Sie hier sind.
Caterina

P.S.: Wir überlassen Sie Isolinas Obhut (die diese Nachricht sicherlich lesen wird).

Die Haushälterin war kurz darauf mit einem Tablett wieder aus dem Haus gekommen und hatte nickend auf den Zettel gedeutet: »Und, werden Sie Ihr Bad im Meer nehmen?«

Jetzt geht Fabrizio mit einem Handtuch über den Schultern die Stufen zum langen Strand hinunter. Das schräg einfallende Licht des späten Nachmittags streichelt den Felsvorsprung. Fabrizio steuert auf den hinteren Teil des Strandes zu. Nach der Hälfte des Wegs bemerkt er seltsame, weiß leuchtende Punkte auf einem von Steinkraut überwucherten Felsplateau. Er kann nicht erkennen, um was es sich handelt, es sieht aus wie von Kindern gebaute Häuschen oder wie einzelne Stücke einer niedrigen Mauer. Aber die Mauerstücke sind frisch geweißt und heben sich auffällig von dem ockerfarbenen Untergrund ab. Er bleibt nicht weit davon stehen und breitet sein Handtuch aus. Dann wendet er sich dem von Helldunkelschattierungen überzogenen Meer zu und geht ins Wasser.

Mit regelmäßigen, konzentrierten Zügen schwimmt er hinaus. Das Wasser ist zuerst frisch, dann warm, dann ganz kalt. Er schüttelt sich, hält an und läßt sich mit Blick auf den Vulkan, die Häuser am Rand von Piscità und die steile Landzunge, die die Insel nach rechts begrenzt, treiben. Diese Stille. Die hätte auch Irene gefallen. Irene, Irene, denkt er traurig und schluckt prustend Wasser.

Dann kehrt er langam zum Ufer zurück, paddelnd, fast ohne Schwimmbewegungen. Rechts von ihm, auf einem dreieckigen Felsen, der noch in der Sonne liegt, während sich ringsherum die Schatten verdichten, sieht er eine sitzende Gestalt.

Jeune homme nu. David oder Flandrin? Letzterer, scheint ihm – hat er das Bild im Louvre oder im Gare d'Orsay gesehen? Er weiß es nicht mehr, aber der Maler ist mit Sicherheit Flandrin. Der »Jeune homme nu« hebt den Kopf zum Meer, in seine Richtung. Aber er ist zu weit weg, Fabrizio kann sein Gesicht nicht erkennen. Nach einem kurzen Moment legt er den Kopf wieder auf die verschränkten Arme, die seine Knie umfassen.

Fabrizio erreicht das Ufer, steigt aus dem Wasser und trocknet sich schnell ab. Er streckt sich auf dem warmen Sand aus, dreht den Kopf nach links. Aus dieser Sicht zeigt die unbewegliche Gestalt auf dem Felsen tatsächlich die gleiche Haltung – so natürlich und bequem – wie die auf dem Bild von Flandrin.

Er schließt die Augen. Vor dem rötlich-dunklen Hintergrund taucht das Gesicht Irenes auf, lächelnd, aber starr, wie auf einer Fotografie. Dann schiebt sich bizarrerweise das friedfertige Gesicht von Sebastiano Guarientis Maremma-Hund darüber.

Morgen wird er den Drehbuchautor kurz anrufen, der ihn wahrscheinlich mit Beschimpfungen überhäufen wird: »Ja, ja, du aalst dich dort in der Sonne, während ich armes Würstchen hier sitzen und schreiben muß, um deinen Kontostand in die Höhe zu treiben. Ist das gerecht?«

Er lacht in sich hinein und denkt an ihre gemeinsamen Drehbuchsitzungen, an die detailbesessenen Entwürfe für Figuren und Szenen: »Und wo soll Giovanni in Paris wohnen?«

»Hm, mal sehen. Nicole ist reich, stammt aus einer alten, angesehenen Familie. Es sollte also ein Viertel des Ancien Régime sein.«

»Faubourg Saint Germain?«

»Hmm, zu abgewirtschaftet. Besser etwas im 16. oder

sogar im 8. Arrondissement, in der Nähe des Parc Monceau. Gutbürgerlich, solide, aber mit Charme.«

Kopfschüttelnd erinnert er sich, wieviel Spaß er und Sebastiano bei diesen Gesprächen hatten. »Was soll Nicole deiner Meinung nach in der Szene tragen, in der sie Giovanni verläßt?«

»Sie trägt natürlich Trauer!«

»Quatsch.«

»Aber ja, ein wunderschönes Witwenkostüm. Vielleicht sollte sie ihn sogar zur Gare de Lyon begleiten, mit einem großen Strauß flammendroter Gladiolen im Arm. Oder was hältst du von einer schönen Szene auf dem Friedhof Père Lachaise? Wo Giovanni endgültig die spärlichen Reste seiner Heterosexualität begräbt?«

»Idiot.«

Doch hier erstarrt Fabrizio plötzlich aus zweierlei Gründen, und seine Gedanken verfliegen im Nu. Eine Stimme über ihm fragt: »Entschuldigung, gehört das Ihnen?«

Er reißt die Augen auf und sieht in einem verstörenden, aber nicht überraschenden Gegenlicht – denn die Stimme kam von links, von der Seite des Sonnenuntergangs – den »Jeune homme nu« stehen, der immer noch vollständig *nu* ist und eine Armbanduhr in der Hand hält. Fabrizio wirft einen Blick auf die Uhr, nickt und setzt sich auf. Der Junge lächelt: »Sie lag dort unten zwischen den Steinen, Sie müssen sie verloren haben, als Sie aus dem Wasser kamen.« Er dreht sich ein wenig um die eigene Achse und verschwindet aus dem Gegenlicht, so daß Fabrizio sein Gesicht sehen kann.

Erster Grund für das Erstarren: Der junge Mann hat mit seiner Frage »Gehört das Ihnen?« genau die Worte ausgesprochen, die Sebastiano Manfredi für die Szene in den Mund gelegt hat, in der er Giovanni zum erstenmal auf Stromboli begegnet, wobei er sich jedoch auf ein liegengebliebenes Buch auf einer Mauer bezieht.

Zweiter Grund: Es besteht kein Zweifel daran, daß Fabrizio sich unversehens, ohne jegliche Vorwarnung – aber vielleicht steht diese Begegnung ja schon seit Jahrtausenden in den Sternen – seinem Manfredi gegenübersieht.

Ruben hebt die Augen zu dem Felsplateau hinter ihnen. »Das ist der kleine Friedhof der Choleratoten von 1911. Sie haben sie hier begraben, weil die Stelle weit genug weg vom Ort ist.« Dann sieht er wieder den vor ihm sitzenden Mann an. »Schätze, daß im Jahr 1911 noch niemand hierher zum Baden kam.«

»Aha, ich habe mich schon gefragt, was das für kleine, weiße Steinansammlungen sind.«

Sie schweigen eine Weile, verbunden durch ein kleines Lächeln. Fabrizio bricht schließlich das Schweigen und deutet auf die Uhr, die Ruben immer noch locker zwischen seinen Fingern hält: »Danke, wie unachtsam von mir.« Die Uhr, die mit ihrem kaum hörbaren Ticken den Takt zu einem winzigen Zeitabschnitt zwischen vergangenen und kommenden Jahrtausenden schlägt, wechselt die Hände.

Sie verabschieden sich mit einem nüchternen Gruß.

Wenig später beobachtet Valeria – während sie sich fragt, ob die in der Casa Arancio sie mit Absicht erst in letzter Minute eingeladen haben – fasziniert den über Rollen von Rohrgeflecht gebeugten Rücken Pietros. Rosario kommt mit einem riesigen, geschlossenen Sonnenschirm aus einem kleinen Anbau. »Wo soll ich den hintun, Signora?«

»Dorthin ... nein, da.«

Pietro dreht sich zu ihr um und zeigt auf die Rollen, die als Wind- und Sonnenschutz dienen. »Die da baue ich morgen auf, das dauert länger.« Sie sieht ihn über die dunkle Brille hinweg an. »Gut, kommen Sie morgen wieder. Aber nicht zu früh.«

»Ich komme um acht, aber ich werde Sie nicht stören. Sie können mir den Schlüssel für die Gartenpforte geben.«

Valeria überlegt, ob sie ihm vertrauen kann. »Ist gut. Ich muß noch irgendwo einen zweiten haben ... Waren Sie nicht gestern nacht auf dem Schiff?« Pietro richtet sich auf und wischt seine Hände an den Jeans ab. »Ja, auf dem aus Neapel.«

»Ah, dachte ich's mir. Ich bin mit demselben gekommen.« Der junge Mann bemerkt ihren Blick, sie sehen sich einen Moment lang unverwandt an. Dann sagt er: »Ich gehe und helfe meinem Bruder«, und verschwindet im Anbau.

Valeria nimmt ihre Haare im Nacken zusammen. Was ziehe ich heute abend bloß an? Das Schwein wird natürlich auch da sein. Das weiße Dolce & Gabbana? Nein, sieht zu sehr nach Discothek aus, und außerdem bin ich nicht braun genug. Das rosa Valentino? Sieht nach Hochzeitsfeier aus. Diese alte Scharteke von Consuelo wird sicher auch nicht fehlen, beladen mit Juwelen wie die Madonna von Carmelo – ha, das reimt sich sogar! Und diese andere Kuh, Caterina, wieder in einem ihrer braven Schulmädchenkleider, pah! Wozu soll ich mir überhaupt die Mühe machen? Um mich von dieser Bande von Schwuchteln bestaunen zu lassen?

Zum Glück sind sie nicht alle schwul, sinniert sie und begutachtet Pietros Arme, mit denen er vier hölzerne Liegestühle herbeischleppt. Zum Glück nicht alle. Der junge

Mann klappt die Liegestühle auf und plaziert sie ohne nachzufragen an den richtigen Stellen der Terrasse. Genau dort, wo sie am besten stehen. Dann hilft er Rosario, die Sonnenschirme aufzuspannen und kleine Fußschemel vor den Liegestühlen anzuordnen. Schließlich taucht er mit einem Barwagen auf, sieht sie stumm an und steuert auf eine im Schatten liegende Wand zwischen zwei Fenstern zu. Sie nickt. Pietro stellt den Wagen ab.

Er hat Geschmack, der Junge. Wenn der auch auf Männer steht, bekomme ich einen hysterischen Anfall. Oder ich richte ein Gemetzel an. Pietro dreht sich wieder zu ihr um. Doch bevor er ihr ins Gesicht sieht, verweilen seine Augen einen Moment lang auf ihren Beinen. Valeria entfährt ein stiller Seufzer der Erleichterung. »Kommen Sie, ich gebe Ihnen den Schlüssel.«

Über dem Vulkan beginnt der erste Stern zu leuchten. Zuerst flackert er unsicher und verschwindet wieder. Dann gewinnt er an Kraft und zeichnet sich klar vor dem Indigoblau des Himmels ab. Wie von ihm herbeigerufen tauchen gleich noch andere auf, kaum zu erkennen für ein ungeübtes Auge. Die schmale Sichel des neuen Mondes ist noch nicht aufgegangen, sie hat die ganze Nacht Zeit, ihren orientalischen Zauber zu verbreiten.

Als irdischer Widerschein der Sterne gehen im Dorf die ersten Lichter an. Eines ist nur ein kleines, verschlafenes Lämpchen, das seit vergangener Nacht vor einem Vorratshäuschen brennt und offenbar vergessen wurde. Dann leuchten hier und da auf den Terrassen schwache Lichter auf, die ihren Zweck noch nicht so recht erfüllen.

Es ist eine Stunde, die die Menschen in zwei Gruppen teilt. Da sind diejenigen, die beim ersten Anzeichen von

Dämmerung die Lichtschalter betätigen. Und da sind die anderen, die der Dunkelheit Raum geben und sich vom Verschwinden des mediterranen Lichts, welches auf diesem Breitengrad schnell und plötzlich geschieht, überraschen lassen. Gerade noch konnte man in einem weiten Umkreis alles erkennen, und auf einmal ist man von Dunkelheit umgeben.

Es ist auch eine Stunde, die manche verabscheuen – oder unbewußt herbeisehnen –, weil sie sich verloren fühlen und ein kindliches Bedürfnis verspüren, zu einem hell erleuchteten Zimmer heimzukehren, zu der Wärme eines vertrauten, vielleicht sogar geliebten Gesichts.

Es ist eine Stunde des Alleinseins, die man mit abendlichen Riten füllt: sich zum Abendessen umkleiden, ein Glas Weißwein trinken und dabei aufs Meer schauen oder die Fernsehnachrichten ansehen, aufmerksam die Blumen im Garten betrachten, die beim Verlöschen des Tageslichts die unwahrscheinlichsten Farben annehmen.

Es ist auch die Stunde der Toten, die sich sehr von der Stunde der Morgendämmerung unterscheidet, die fahler, feindseliger ist. Sie hingegen ist weich und süß wie die Hingabe. Sie duftet nach wahrer Ruhe für alle, auch für die unbekannte Leiche unter dem Sand, die so einsam in ihrem ungewöhnlichen Grab liegt.

Und während hier, auf der Höhe des Sommers, für eine kleine Weile noch alle beisammen sind und ahnungslos einer schicksalhaften Nacht von San Lorenzo entgegengehen, ist das blasse Schimmern des ersten Sterns schon ein trostloser Vorbote des kommenden Winters.

4

Die schicksalhafte Nacht von San Lorenzo

Prospero beobachtet von einem Ast der Bougainvillea aus das Treiben auf der Terrasse. Ich hasse sie, wenn sie so sind, überall müssen sie Unruhe verbreiten. Wenn es doch ein Eckchen, ein Bett gäbe, auch die Badewanne wäre mir recht, wohin man sich in Frieden zurückziehen könnte. Aber nein! Keine Chance. Und wehe, wenn du einem von ihnen begegnest: Na, wen haben wir denn da, was für ein schöner Kater, miez, miez! Widerlich! Wenn es einer wagen sollte, gegen meinen Futternapf zu treten, werde ich zur Bestie. Adieu, Ruhe und Frieden, da kommt sie schon wieder! Verärgert starrt er zu der kleinen, grauen Katze herunter, die von einem tiefergelegenen Ast schmachtend zu ihm aufblickt und versucht, zu ihm und seinem zeitweiligen Rückzugsort zu gelangen. Das lahme Kätzchen schwingt sich so akrobatisch es kann neben ihn und drückt sich schmeichelnd an seine runden Flanken.

So nebeneinander hockend genießt das ungleiche Paar auf seinem spärlichen Ast, der eher einem billigen Galerie- als einem Logenplatz gleichkommt, die possenhafte Aufführung der Menschen dort unten.

Im Prolog sieht man Isolina auftreten, die, in einen schreiend gelben, mit Goldlamé bestickten Sari gehüllt, mit dem Kaffeetablett auf die Terrasse kommt und die Tischgäste antreibt: »Jetzt trinkt euren Kaffee, damit ich die Tafel aufheben und abdecken kann. Vorwärts!«

»Aber Isolina, es ist doch noch früh.« Franzo verdreht die Augen zum Himmel und begegnet Prosperos hämischem Blick.

»Von wegen früh. Dann hetzt du mich wieder, weil die Gäste kommen und der Tisch noch nicht abgeräumt ist.« Caterina mischt sich ein: »Isolina hat recht.« Zur Haushälterin: »Ich helfe dir.« Sie steht auf, die anderen folgen ihrem Beispiel.

Consuelo will wissen: »Wann gibt uns denn der Genealoge samt stummer Gattin die Ehre?«

»Ich habe allen gesagt, nicht vor halb elf.«

»Mon Dieu«, seufzt die Principessa. Sie neigt sich zu Fabrizio: »Ich möchte Sie um Ihre Unterstützung bitten. Wenn Sie mich in einer Ecke von einem zweifelhaften Menschen belagert sehen, denken Sie sich etwas aus, um mich zu retten. Sagen Sie, ich würde am Telefon verlangt.« Matteo schlägt vor: »Sagen Sie am besten, die Königin von Belgien sei am Telefon.«

»Oui, dann werden wir alle sehen, wie le chevalier reagiert. Hast du die Hunde eingesperrt?«

»Ja, Signora.«

Consuelo kichert und wendet sich wieder an Fabrizio: »Wenn er mich die Namen Romanow und Hohenzollern rufen hört, bekommt Persutto am Ende einen Blutstau.«

»Oder eine Erektion«, unkt Charles.

»Quelle horreur!«

»Das wäre doch was!« ruft Franzo aus. »Seit Jahren hat dieses Haus keine bemerkenswerte mehr gesehen!«

»Also wirklich, mes enfants!«

Fabrizio amüsiert sich über das Intermezzo, von dem er vermutet, daß es nicht zuletzt seinetwegen aufgeführt wird. Caterina dagegen fand er bei ihrem Wiedersehen merkwürdig zurückhaltend. Als er vom Strand zurückkehrte, noch ganz verwirrt von der Begegnung mit dem »Jeune homme nu«, war Caterina ihm auf der Terrasse der Casa Arancio entgegengekommen. Freundlich, herzlich. Aber irgendwie ausweichend.

»Ja, Vancori ist hier. Das heißt, heute ist er geschäftlich auf Lipari, aber er kommt abends zurück. Er wird sich nach dem Essen zu uns gesellen.«

»Haben Sie miteinander schon über den Film geredet?«

»Ja, aber nur kurz. Er ist erst gestern abend angekommen und ... Aber wie war denn Ihre Reise? Hoffentlich nicht zu anstrengend.«

Fabrizio kommt es unwahrscheinlich vor, daß Caterina und Vancori noch nicht über die Arbeit gesprochen haben sollen. Vor allem, da es sich um ein Projekt handelt, das dem Produzenten am Herzen zu liegen scheint. Oder schien.

Im Verlauf des Essens – ausgezeichnet, alle freundlich und gut gelaunt, fast überschäumend – hatte sich der Eindruck verstärkt, daß Caterina ihm etwas verschweigt. Er hatte das Thema Film gar nicht wieder angesprochen, und doch hatten die anderen sich alle erdenkliche Mühe gegeben, es zu vermeiden. Und überaus nett und zuvorkommend zu ihm zu sein. Die Situation erinnerte ihn daran, wie er einmal als kleiner Junge in der Schule eine Nachprüfung in Italienisch machen mußte. Seine Familie hatte es vor ihm erfahren und alle waren, bevor sie es ihm schonend beibrachten, ausgesprochen nett und aufmerksam zu ihm gewesen. Ein ähnlich mißtrauisches Gefühl beschleicht ihn nun an diesem Abend.

Jetzt, da alle sich zum Einnehmen des Kaffees zum anderen Teil der Terrasse begeben, fragt sich Fabrizio, ob er Caterina noch einmal mit der Frage nach Vancori konfrontieren soll. Aber das kann er schlecht vor den anderen tun. Er beobachtet, wie die Frau lächelnd etwas zu dem Engländer sagt. Caterina dreht sich von seinem Blick angezogen zu ihm um. Sie lächelt auch ihn an, aber nur mit den Lippen. Ihr ausweichender Blick ist für Fabrizio die deutlichste Bestätigung seines Verdachts.

Die Persuttos treffen um zwanzig nach zehn als erste ein. Er in khakifarbenen Hosen, einem hellgrünen Hemd mit unidentifizierbarem Markenzeichen auf der Brusttasche und schwarzen Anzugschuhen. Sie dagegen verblüfft alle mit einem wunderschönen Schal – göttlich! skandiert Consuelo –, der eindeutig aus der besten Boutique der Insel stammt. Außerdem ist sie gut frisiert und wirkt jugendlich, geradezu hübsch.

»Sie sehen wunderbar aus, ganz wunderbar.«

Persutto muntern die Komplimente, die seine Frau bekommt, wieder auf (nach dem Schlag von heute morgen, als Elide ihm in aller Ruhe den Kaufpreis auftischte, wobei sie ein Eis mit Minzgeschmack schleckte). Lüstern nimmt er sein adeliges Opfer in Augenschein – es trägt eine schwarze Hose zu einer smaragdgrünen Tunika sowie zwei beeindruckende Edelsteine von derselben Farbe in den Ohren – und beginnt, eine Annäherungsstrategie zu entwerfen. Isolina rückt das Schultertuch ihres Saris zurecht (wobei die Träger des Unterhemds und des BHs sichtbar werden) und fährt ihn an: »Wollen Sie auch Kaffee oder nicht?«

»Ich ... äh ... nein. Abends lieber nicht.«

»Sehr gut.« Dann wendet sie sich an Elide: »Und Sie, Signora?«

»Vielleicht einen kalten, wenn es möglich ist ... falls Sie Eis haben.« Schüchtern.

»In diesem Haus gibt es nichts als Eis. Ich mache Ihnen gleich einen.«

Der Cavaliere Persutto sagt mit übertrieben gerolltem R und falschem Lispeln: »Signora Principessa, ich habe gelesen, daß Ihre Familie aus Spanien stammt.«

Ein beliebter und stets erleichternd wirkender Ausruf schießt durch die Köpfe aller Anwesenden (einschließlich der Katzen auf den Balkonplätzen, wie wir vermuten dürfen): »Lieber Himmel, jetzt geht das wieder los!«

»Vorsicht, hier kommt eine Stufe.« Frida faßt Maria Grazia instinktiv am Ellbogen. Die schaudert und entzieht ihr brüsk den Arm. »Hab schon gesehen, danke.« Livia grinst und richtet den Lichtstrahl der Taschenlampe auf die Stelle vor Ornellas Füßen. Die dankt ihr: »Ganz schön finster, was?«

Livia nickt lachend: »Nachts ist dieser Pfad mörderisch. Besonders mit ungeeignetem Schuhwerk.« Sie schwingt die Taschenlampe wie einen Degen und beleuchtet Maria Grazias Pumps mit den Sadomaso-Absätzen.

Hinterhältig führt Frida den Stoß aus: »Erinnerst du dich an die Frau aus Hamburg, die vergangenen Monat in die Schlucht gestürzt ist?«

Ornella: »Oh Gott! Hat sie sich verletzt?«

»Na klar! Sie mußten den Hubschrauber aus Messina kommen lassen. Ich glaube, sie liegt immer noch im Krankenhaus.«

»Ach du lieber Himmel.«
»Tja, so was kommt vor.«
Frida und Livia hatten an der Weggabelung zwischen der Casa Malanta und der Zisterne auf die beiden gewartet und geglaubt, eine Erscheinung zu haben. Ornella gerade noch erträglich in ihrem zusammengestoppelten, antiquierten Feministinnen-Look: indisches Baumwollgewand, Zöpfchen, Pullover mit Ethnomuster – aber die andere! Törichter Minirock aus schwarzem Atlas, blickdichte, halterlose Strümpfe, ebenfalls schwarz, Top mit der Aufschrift *Why not?*, schief sitzende Schleife im toupierten Haar, grelles Bums-mich-Make-up. Eine Vision aus einem B-Movie.

Ohne sich anzusehen, waren Frida und Livia in Komplimente ausgebrochen: »Oh, so fein gemacht heute abend! Aber Vorsicht mit den Strümpfen, hier kann man sich leicht eine Laufmasche ziehen.« Von einer Jungengruppe, die ihnen auf der Höhenstraße begegnete, waren anerkennende Pfiffe ausgegangen.

Mit wunderbarerweise unversehrten Knöcheln – es gibt für alles einen Heiligen – präsentieren sich die vier Frauen auf der Terrasse der Casa Arancio.

Eine stattliche Anzahl von Gästen hat sich schon zwischen Terrasse und Garten verteilt. Man stellt sich vor ...

»Wie geht es Ihnen? Haben wir uns nicht schon im letzten Jahr hier gesehen?«

»Heiß heute abend, nicht wahr?«

»Mein Gott, diese Gartenbeleuchtung.«

»Franzo und Charles haben immer einen so ausgezeichneten Geschmack.«

Man umarmt sich ...

»Ich habe ein Fläschchen Champagner mitgebracht, leider habe ich vergessen, es vorher kaltzustellen.«

Man verteilt Küßchen ...

»Du siehst bezaubernd aus. Aber wer ist die denn? Scheint einem Foto von Helmut Newton entsprungen zu sein, weißt du, als er diese Kalender mit den Huren machte.«

Franzo führt die Gruppe der Neapolitaner – ein wenig Calvin Klein, ein wenig vorderer Orient – auf den Feueraltar.

»Gab es schon Sternschnuppen?«

»Bis jetzt habe ich noch keine einzige gesehen.«

»Ich hätte schon einen Wunsch ...«

»Ich auch, vielleicht haben wir ja denselben.«

Charles kommt mit einer großen Schüssel voll Sangria, in der Orangenscheiben und Apfelschnitze schwimmen, aus der Küche. Er hebt sie über seinen Kopf und wiegt sich dabei ein wenig in den Hüften. »Achtung, aus dem Weg!« Caterina macht ihm auf einem niedrigen Tischchen in der Mitte der Terrasse Platz. Mit einem Winken begrüßt sie Frida, die sie gerade in der Menge entdeckt hat.

Ornella und Maria Grazia lassen sich ein wenig eingeschüchtert auf einer Ecke der Steinbank nieder. Maria Grazia murmelt zähneknirschend: »Gib mir mal ein Kissen, mein Arsch hängt raus!«

»Kein Wunder, du siehst aus wie eine Werbung für halterlose Strümpfe! Spinnst du denn, bei dieser Hitze Strümpfe anzuziehen?«

»Guck dich doch an, du siehst aus wie eine Zeugin Genuas.«

»Jehovas.«

»Sag ich doch«, schmollt sie. »Außerdem sind die hier alle gar nicht so elegant, ich hatte Gott weiß was erwartet ... Was ist denn?« Sie starrt auf den offenstehenden Mund der Freundin. »Sag schon, Ornella, was ist, hast du Maulsperre?« Dann folgt sie Ornellas Blick und sperrt ebenfalls den Mund auf. Ihr bleibt die Luft weg, sie kann gerade noch murmeln: »Verdammt, verdammt.«

»Du wolltest doch Eleganz. Hast du sie erkannt?«

Maria Grazia schluckt: »Jetzt sind wir geliefert, meine Liebe. Gegen die haben wir keine Chance.« Sie betrachten bestürzt das spärliche Trägerkleidchen – rosa, mit winzigen, blauen Pünktchen –, das Valerias schwindelerregende Kurven eng umschmeichelt.

»Die Griffa.« Maria Grazia kapituliert: »Verdammt, sieht die gut aus.«

»Denn ich glaubte, nach den Almanachen, die ich konsultierte, bevor ich hierherreiste, festgestellt zu haben, daß Ihre Familie ...«

Consuelo, eingezwängt zwischen Persutto und Matteo, der seine stinkende Corona raucht, begreift, daß sie ihre Taktik ändern muß. Indem sie alles nur mit einem Lächeln übergeht, das Thema wechselt oder hüstelt und das dritte Glas Gin verlangt, wird sie sich nie von diesem heraldischen Blutsauger befreien können. Sie muß angreifen, den Feind mit seinen eigenen Waffen schlagen. Und ihn vernichten. Sie seufzt tief und wirft Matteo einen auffordernden Seitenblick zu. Der ahnt sogleich, daß ein blutiges Duell bevorsteht.

Consuelo läßt sich vom Cavaliere Feuer geben und fragt entgegenkommend: »Sie wollen also etwas über meine Titel wissen, lieber Persutto? Also, Cavaliere ... Matteo, hilf mir ein bißchen, du hast ein besseres Gedächtnis als ich.«

»Gern, Signora.«

»Ich heiße mit vollem Namen Consuelo Maria de los

Dolores, Eugenia Fabiola, Luigi – ja, ja, ein Männername –, Gonzaga, Sofia Idalberta, Ippolita Blasco-Fuentes, einzige Tochter von Gioacchino Emanuele Blasco-Fuentes, sechzehnter Fürst von Brancato Campoducale, Malfa, Carvano und Cuddura, Fürst des Heiligen Römischen Reiches, Patrizier in Palermo, Neapel, Ascoli und Genua, achter Fürst ...«

»... und siebenmaliger spanischer Grande erster Klasse«, bemerkt Matteo gelassen. »Ah ja, danke, mein Lieber ... Also, achter Fürst von Zaldìvar y de Javier – ein Titel, der duch die Heirat des siebten Fürsten Blasco mit Eugenia de Castelvy, der letzten Prinzessin Zaldìvar, in die Familie kam.«

»Eine Nachfahrin von Ximenes de Zaldìvar, Vizekönig unter Karl V.«, ergänzt der vortreffliche Barnabit.

»Zwölfter Herzog von Saracena Requense, Villafiorita und Porticello, Graf von Pianocorte und Librizzi, Marchese von Sommacampagna ...«

»... San Michele agli Umbri, Bucchieri, Erbarossa und Zappalà.«

»Ich bin auch Marchesa von Zappalà? Na so etwas, das hatte ich doch tatsächlich vergessen.«

Der Cavaliere gerät ins Wanken, wie die Flammen der Fackeln, die dort unten den Garten erleuchten.

»Ich habe mir erlaubt, meinen Bruder mitzubringen, falls Sie noch Hilfe brauchen ...«

Franzo mustert den normannischen Gott – möglicherweise auch ein Würgeengel, denkt er im stillen. »Du bist also Pietro, ich hätte dich nicht wiedererkannt. Als ich dich das letzte Mal gesehen habe, warst du erst so groß. Du hast dich ... verändert.«

»Er ist wirklich groß geworden«, bemerkt Rosario stolz.

»Ja, und nicht nur das«, schließt Franzo und hebt zum Zeichen der Anerkennung eine Augenbraue.

Pietro – wie üblich in Jeans, aber in ein sauberes Paar, und ein weißes Hemd von entwaffnender Einfachheit gekleidet – hat bei seiner Ankunft im Garten ein leichtes Raunen unter den Gästen hervorgerufen. Der eine oder andere beeilt sich, ihn zu begrüßen: »Sieh an, der junge Benevenzuela!«

Der Gegensatz zwischen ihm und Rosario könnte nicht größer sein. Der eine grau, demütig, finster, obwohl er viel lächelt; der andere braungebrannt, blond und strahlend, obwohl sparsam mit seinen Gefühlsbezeugungen. Charles gibt dem jungen Mann die Hand zur Begrüßung, fragt nach der Reise, fordert ihn und seinen Bruder auf, sich etwas zu trinken zu nehmen. Dann murmelt er Franzo zu: »Oh là là.«

Franzo seufzt: »Meine Güte, die alte Benevenzuela muß ihrem Mann ein schönes Paar Hörner aufgesetzt haben. Weißt du noch, was für zwei häßliche Ungeheuer das waren?«

»Sie hatte zum Schluß ja einen üppigen Schnurrbart, aber in ihrer Jugend soll sie ziemlich wild gewesen sein.«

Pietro schaut sich auf der unteren Terrasse um, dann hebt er den Blick zum Feueraltar. Von dort oben sieht Valeria, deren Beine auf der letzten Treppenstufe gut ausgestellt sind, zu ihm herunter, während sie zerstreut lächelnd jemandem zuhört, der ihr etwas ins Ohr flüstert. Sie trinkt einen Schluck Sangria, setzt das Glas ab und leckt sich mit der Zunge über die Lippen. Ihre Augen blicken unverwandt nach unten, Richtung Jeans.

»... Graf von Santa Domenica ai Valloni, Cassano della Perissa, von Santa Rufina und Scilla. Die Baronate kann ich mir nie merken. Matteo?«

Der Barnabit holt enzyklopädisch aus: »Der Vater der Principessa war auch Baron der Gebiete von Bagnara Lucana, Pennìcoli, Calazuriana, Filippella, Casebianche und Rocca di Carbonara, Herrscher über Marzalino, Drogo, Scariu, Figlino della Biviera, Urzu und Crutìa.«

»Danke, mein Lieber.« Wieder munter zum Cavaliere: »Der Fürst hatte auch einen deutschen Titel, den ihm eine kinderlos verstorbene Tante vererbt hatte – ihre einzige Erbschaft übrigens: Graf von Riesenberg zu Lingsfürst, vom Zweig der Riesenbergs von Peterswaldau. Und auch einen piemontesischen, denken Sie nur, ebenfalls ererbt, aber von seiner Großmutter, die mütterlicherseits von den Paläologen von Monferrato abstammte.«

»Tatsächlich? Hochinteressant, wie lautet er?«

»Visconte von Tarantasca.«

»Hmm ... Tarantasca. In der Provinz Cuneo gelegen, soweit ich weiß.«

»Ich habe nicht die geringste Ahnung, wo ein Ort mit einem solchen Namen liegen mag, Chéri.«

»Die Tanten lassen sich entschuldigen, aber Incoronata ist noch nicht wieder ganz auf der Höhe. Und du weißt ja, daß sie keine großen Nachtschwärmerinnen sind.«

»Aber ja, Corrado.« Franzo wendet sich an Don Bartolo: »Danke, daß Sie gekommen sind. Möchten Sie hier sitzen oder lieber auch auf die andere Terrasse hinaufgehen?«

Der alte Vancori, wie immer elegant und ganz in Weiß gekleidet, mit einem speziell für diesen Abend ausgewählten Spazierstock, legt seinem Gastgeber eine Hand auf den Arm: »Ich bleibe hier unten, lieber Franzo, und genieße die Kühle eures Gartens.« Er dreht sich zu Caterina um, die gerade herbeikommt. »Ich werde mir von Caterina etwas zu trinken bringen lassen.«

Corrado stellt der Frau eine stumme Frage mit den Augen. Caterina lächelt Don Bartolo herzlich, Corrado hingegen unsicher an. Während der alte Vancori den Architekten Pagliero begrüßt, will Corrado wissen: »Hast du mit Cassinis gesprochen?«

»Ich war noch keine Minute allein mit ihm, aber ich habe das Gefühl, daß er schon etwas gemerkt hat ...«

»Um so besser.« Corrado wendet sich abrupt ab, um Gin Wagner die Hand zu küssen und Alberto zu begrüßen, ebenfalls Nachbarn der Vancori.

Im hinteren Teil der Terrasse lächelt Fabrizio Livia an: »Ich freue mich, dich kennenzulernen.« Dann zu Frida: »Ich muß mit dir reden. Später.«

»Was ist? Du siehst besorgt aus. Hast du Corrado schon gesehen?«

»Nein, eben nicht.«

»Mama war eine Carency – ich habe länger in Frankreich als auf Sizilien gelebt – und mit jenem Zweig der Richelieus verwandt, der während der Revolution alles verloren hat. Der französischen, meine ich. Zwei Carencys sind auf der Guillotine gestorben, einen dritten haben sie unter der folgenden Schreckensherrschaft umgebracht. Man sagt, er sei ein natürlicher Sohn des Grafen Artois gewesen, aber wir konnten es nie sicher nachweisen, Sie wissen ja, wie das in solchen Familien ist.«

»Ja, ja.«

»Wissen Sie, was Fürst Massimo antwortete, als dieser Parvenu von Napoleon ihn fragte, ob er wirklich vom römischen Kaiser Fabius Maximus abstamme?«

»Nein, sagen Sie es mir bitte.«

»›Ich könnte es nicht beschwören, Majestät, es ist nur so ein Gerücht, das man sich in meiner Familie seit über zweitausend Jahren erzählt.‹«

Natürlich haben sie unvernünftig spät zu Abend gegessen, weil jeder zuerst noch in dem einzigen kleinen Bad des Häuschens duschen wollte. »Das nächste Mal sollten wir lieber alle zusammen duschen«, hatte Giancarlo ungeduldig vorgeschlagen, »bis jeder von uns im Bad war, vergehen gut zwei Stunden!«

»Ausgerechnet du mußt das sagen, wo du immer eine Ewigkeit brauchst«, hatte Susy zurückgegeben, während sie sich mit nacktem Oberkörper die noch feuchten Haare kämmte.

»Ich? Ihr braucht doch jedesmal so lange, daß man nicht weiß, ob ihr nur duscht oder die Gelegenheit nutzt, um mal wieder ...«

»He, paß auf, sprich nicht so mit meiner Dame. Und du, fasse dich, Weib!«

»Jetzt hat unser Obermacho gesprochen, heilige Muttergottes!« stöhnt Giancarlo und versetzt ihm einen Rippenstoß. »Aber sag mal ...«, er deutet mit dem Kinn auf Ruben, der draußen auf dem Terrassenmäuerchen hockt, »was hat denn unser Träumer wieder? Er kommt mir schwermütiger vor als sonst.« Federico zuckt mit den Achseln und rollt die Ärmel seines Hemdes auf: »Jetzt beeil dich mal, sonst sind die Sternschnuppen alle gefallen, und wir hängen immer noch hier rum.«

Giancarlo zieht ein paar weiße Bermudashorts an und meint kopfschüttelnd: »Der wird uns noch verrückt hier auf Stromboli. Wartet's mal ab, morgen abend auf dem Vulkan hat er bestimmt eine Vision.«

Der Träumer dort draußen hat die vergangenen Stunden damit zugebracht, im stillen eine ganze Theorie über das Phänomen der Liebe auf den ersten Blick auszuarbeiten. Es gibt sie also! Es passiert! bestätigt er sich selbst zum hundertstenmal und setzt im Geiste die Mosaiksteinchen zusammen, die das Gesicht des Mannes – des jungen Mannes – ergeben, dem er gegen sechs Uhr am Strand begegnet ist.

Ist es denn möglich? Ist es möglich, hier zu sitzen und einem Herzen zu lauschen, das laut wie das eines kleinen Gymnasiasten pocht? Allerdings ist es möglich, es ist sogar Tatsache. Der junge Mann hat nur ein paar Worte zu ihm gesagt, ihn zum Dank für die gefundene Uhr freundlich angelächelt, weiter nichts. Und doch brummt ihm schon der Schädel vor aufgeregten Überlegungen, Vermutungen, möglichen Taktiken.

Er hat überhaupt keine Lust mehr, auf das Fest zu gehen. Er würde lieber mit einer Taschenlampe bewaffnet durch das Dorf streifen und an jede Tür klopfen, jede Terrasse nach ihm absuchen – fünfunddreißig, höchstens sechsunddreißig, und verdammt gutaussehend –, der jetzt Gott weiß wo ist. Und mit Gott weiß wem! Ein eiskalter Schauder läuft ihm über den Rücken, so daß sich die Haut unter dem dünnen Baumwollstoff seines Hemdes zusammenzieht: Bestimmt stellt sich heraus, daß er nur einen Tagesausflug nach Stromboli gemacht hat. Bestimmt ist er schon mit dem Schiff um zehn nach Lipari, Milazzo, Palermo oder Sydney abgefahren! Oh Gott. Nein, Unsinn, wahrscheinlich ist er heute erst angekommen, sonst hätte ich ihn doch längst bemerkt. Also wird er doch wohl ein paar Tage bleiben, oder? Und ich werde ihm wieder begegnen. Alles ist möglich. Oder etwa nicht?

Giancarlos Pranke fällt wie ein Beil auf seine Schulter nieder. »Also, was ist, gehen wir?«

»Oh, äh, ja ...«

»Du verheimlichst mir etwas. Sprich!«

»Blödsinn.«

Giancarlo umfaßt seine Arme, hebt ihn buchstäblich hoch und sieht ihm fest in die Augen. »Du hast es getan!«

»Was getan?«

»Na was schon! Wann? Heute morgen beim Bootsausflug? Heute nachmittag am Strand, hä? Und mit wem, wenn man fragen darf? Kaum läßt man dich eine Minute aus den Augen, schon ...«

»Hör auf.« Dann, mit dem Gesicht des dreizehnjährigen Ruben: »Ich habe gar nichts getan.«

»Hmm.« Giancarlo setzt ihn wieder ab. »Du willst es mir nicht erzählen.«

Federico und Susy kommen ausgehfertig auf die Terrasse heraus. Hinter ihnen erstreckt sich der weite, schwarze Himmel, über den, nur für Ruben, heimlich und blitzschnell die erste Sternschnuppe des Abends saust. Ruben sieht Giancarlo an, jetzt wieder mit seinem Erwachsenengesicht: »Ich habe es *noch* nicht getan, wenn du es unbedingt wissen willst.«

»Außerdem bin ich Marschallin von Alicudi, ob Sie es glauben oder nicht. Als Tomasi di Lampedusa gerade begann, seinen Roman *Der Leopard* zu schreiben, traf er meinen Vater einmal bei den Lanzas. Er fragte ihn, welche Inseln seiner Meinung nach keinem Adeligen unterstünden. Mein Vater antwortete ihm: ›Ah, Peppino, ich glaube Salina gehört niemandem mehr, den Namen kannst du deiner Romanfigur geben.‹«

Signora Elide fächelt sich das Kinn und sieht zum Himmel. Sie ist bei ihrer dritten Sangria, weshalb ihr ein plötzliches, dringendes Bedürfnis, Pipi zu machen, nur natürlich erscheint. Sie entschuldigt sich und steht auf. Matteo erhebt sich galant halb von seinem Sitz, während die Principessa, ohne ihren Redefluß zu unterbrechen, Elide ein komplizenhaftes Lächeln zuwirft. Ihr Gatte dagegen nimmt sie überhaupt nicht wahr.

Sie steigt die Treppe hinunter, wobei sie sich unsicher am Geländer festhält, und betritt das Bad im Erdgeschoß. Eingehüllt in ihren prächtigen Schal, den alle bewundern, erleichtert sie ausgiebig ihre Blase.

Dann überprüft sie ihr Make-up in einem kleinen Spiegel mit Holzrahmen, aus dem ihr ein gelassenes Gesicht entgegenblickt. Neben dem Spiegel gibt es ein schmales, hohes Fensterchen, das offensteht und auf einen Verbindungspfad zwischen Garten und Terrasse hinausgeht. Von draußen hört sie die Stimme des Engländers: »Hallo Corrado, alles klar? Möchtest du etwas zu trinken?«

»Ich bin schon versorgt, danke. Aber sag mal, wer ist denn dieser Schwachkopf, der Consuelo da oben belagert?«

Signora Elide hört die beiden lachen. Dann verklingen ihre Stimmen. Sie wartet noch gut drei Minuten. Als sie hinausgeht, macht sie das Licht aus.

»Meine Großmutter mütterlicherseits war dagegen Ungarin, eine de Tersztyanszky, durch irgendein morganatisches Durcheinander entfernt mit der russischen Zarenfamilie verwandt. Zar Alexander der Zweite nämlich ...«

Von allgemeinen Aaah-Rufen begleitet fällt über dem Vulkan eine besonders helle Sternschnuppe. Charles kommentiert: »Dieses Jahr hat das Fremdenverkehrsamt sich wirklich etwas einfallen lassen!« Franzo tadelt ihn: »Sei nicht so zynisch, du weißt, daß ich das nicht leiden kann.«
　Maria Grazia im selben Moment zu Ornella: »Schade, er hat sich nicht erfüllt.«
　»Was?«
　»Mein Wunsch von eben.«
　»Und was hast du dir gewünscht?«
　Maria Grazia deutet auf die mit dem Rücken zu ihnen stehende Valeria: »Sie ist immer noch da, nicht vom Dach gesegelt. Aber ist dir etwas aufgefallen?«
　»Daß sie nicht miteinander sprechen?«
　»Genau!« bestätigt Maria Grazia befriedigt. Sie betrachten gemeinsam Valerias Rücken, der ostentativ dem Corrados zugekehrt ist.
　»Ich habe vorhin beobachtet, wie sie sich begrüßten.«
　»Äußerst unterkühlt.«
　»Hmm. Sie hassen sich, das sieht man. Sind sie eigentlich schon geschieden?«
　»Keine Ahnung. Man sagt, daß er sie menschlich verachtet, aber immer noch sexuell von ihr angezogen ist.«
　Maria Grazia bemerkt weise: »Ja, ja, das kennt man: schwacher Kopf, starke Möse.«

»Besser als ein Feuerwerk. Hast du dir etwas gewünscht?«

Caterina lächelt Fabrizio an, sie sind zum Du übergegangen. Er zieht eine kindlich enttäuschte Grimasse: »Ja, ehe ich hierherkam.«

Caterina errötet ein wenig und hakt sich bei ihm unter. »Hör zu, ich will offen zu dir sein: Es gibt Probleme mit dem Film.«

»Das habe ich mir schon gedacht. Er will ihn nicht mehr machen, stimmt's?«

Caterina nickt. »Aber noch ist das letzte Wort nicht gesprochen.«

»Vielleicht, aber er hat mich kaum richtig begrüßt. Nicht nur ein Betrüger, auch noch einer mit schlechtem Benehmen.« Er lächelt bitter. »Entschuldige.«

»Entschuldige dich nicht, du hast recht. Wir werden morgen mit ihm sprechen, in aller Ruhe.« Sie lacht freudlos: »Ich werde dir einen Termin verschaffen. Am besten am Strand.«

»Danke. Ich denke, ich fahre morgen abend wieder ab.«

»Was redest du? Kommt gar nicht in Frage. Wir freuen uns alle so, daß du da bist, ich, Frida, Consuelo ...«

»Apropos, ich hatte ihr versprochen, sie von dieser Klette zu befreien. Wenn ich schon hier bin, kann ich wenigstens etwas Nützliches tun.«

Sie drehen sich zu Livia um, die gerade einen Neuankömmling umarmt. Caterina: »Ah, die jungen Leute aus der Casa Mandarino. Sie sind sehr sympathisch, komm, ich mache dich bekannt.« In einem Lichtkegel, der von der kleinen Straße her in den Garten fällt, tauchen Susy und Livia auf, hinter ihnen Federico und Giancarlo. Als letzter kommt Ruben, der sich in der Runde umsieht, bis sein Blick an Caterina hängenbleibt. Und dann an Fabrizio, der gerade den Kopf in seine Richtung dreht. Blitzschlag.

Auf dem Feueraltar wird mit einem neuen begeisterten »Aaah« ein weiteres himmlisches Zusammentreffen über – und unter – dem Vulkan begrüßt.

»Mein erster Mann, der arme Aspreno, war der jüngste Sohn des Herzogs Albertoni – auch sie in männlicher Linie ausgestorben – und hatte von seinem Großvater den Titel eines Fürsten von San Gregorio in Sassetta geerbt. Mein Sohn Ascanio ist also im Moment der letzte Herzog Albertoni, der vierzehnte oder fünfzehnte, ich kann mir das nie merken, aber wegen eines Familienstreits, der sich seit fünf Generationen hinzieht – ich erspare Ihnen die Einzelheiten – ist sein rechtlicher Nachname Romanelli, das zweite Patronymikon der Familie durch eine Heirat eines Albertoni mit der letzten Romanelli, die in direkter Linie von Papst Urban IX. abstammte. Mein zweiter Sohn, Andrea, dagegen darf sich nur Signor Guidi nennen, der glückliche.«

Matteo erklärt: »Die Signora war in zweiter Ehe mit dem Advokaten Carlo Guidi verheiratet.«

»Nun bin ich zweifache Witwe.« Sie wendet sich an Franzo, der gerade vorbeigeht: »Erinnerst du dich an Carletto?«

»Aber natürlich. Ein wunderbarer Mensch.«

Consuelo hebt den Kopf zum Vulkan und seufzt: »Klein, häßlich und kahlköpfig. Aber ein göttlicher Liebhaber. Er war hochtalentiert, mon Dieu! Auch er hatte hin und wieder les goûts particuliers.« Franzo, während er schon in Richtung einer anderen Gruppe davonflattert: »Ein geistreicher Mann, der gute Carletto, in jeder Hinsicht.«

Intermezzo am Buffet.

Corrado zu Frida, während er in eine Zitronenscheibe beißt: »Aber du hast Schwänze doch immer gemocht, und zwar sehr, soweit ich mich erinnere.«

»Und du hast Muschis immer so sehr gemocht, daß ich neugierig geworden bin. Zu recht, danke für den Hinweis.«

Das hat gesessen.

»Ah, Asthma ist etwas Furchtbares, lieber Cavaliere. Wollen Sie wirklich morgen abend den Vulkan besteigen?«

»Raten Sie mir davon ab, Principessa?«

»Nein, aber passen Sie auf sich auf.« Sie lächelt den Norweger an, der gestern nachmittag ebenfalls am Strand war, und bedeutet ihm, sich zu ihnen zu setzen. Der blonde Junge küßt Consuelo die Hand und sagt in unsicherem Italienisch: »Auch ich morgen gehe auf den Vulkan.«

»Dann müssen Sie auf den Cavaliere aufpassen.« Wieder zu Persutto: »Wußten Sie, daß die besten Familien Palermos ihren Niedergang dem Asthma verdanken? In Wahrheit war allerdings das Morphium der Grund.«

»Wie bitte?«

»Oui. Zu Anfang des Jahrhundert waren die Damen des sizilianischen Adels – auch Tante Concetta und Tante Sofia sind ihm zum Opfer gefallen – geradezu besessen vom Asthma, der damaligen Modekrankheit. Es gab zu der Zeit einen sehr beliebten Arzt der höheren Gesellschaft, der den armen Frauen Morphium als einziges Heilmittel verschrieb. Ich weiß nicht, ob er in gutem Glauben handelte oder einfach ein raffinierter Dealer war. Kurzum, die Familien dezimierten sich, und die Vermögen schmolzen dahin. Auch unseres, das sowieso schon recht zusammengeschrumpft war, erlitt einen neuen Schlag. Papa mußte für den Drogenkonsum seiner Schwestern aufkommen, und so ...«

Die sechste *Gnossienne* von Satie geht in einen langsamen Walzer von Debussy über, während am Himmel die Mondsichel aufsteigt. Ein Gästepaar: »Wie schön, nur leider sieht man jetzt die Sterne nicht mehr so gut.«
»Du bist aber auch nie zufrieden.«
»Hast du die beiden dort gesehen?«
»Wen?«
»Die Blonde mit den Zöpfen und die andere, die so dick geschminkt ist und das Gesicht voller Fältchen hat, sie sieht aus wie ... ja wie?«
Charles kommt vorbei und ergänzt boshaft: »Wie eine ... dry plum?«
»Genau, sehr gut Charles«, gluckst der Mann, »wie eine Trockenpflaume.«
Die Frau fragt: »Was glaubst du, was so eine wohl beruflich macht? Vielleicht ist sie eine Kubistin.«
»Eine Kubistin?«
»Ja, eine, die auf diesen Würfeln in den Discotheken tanzt, zur Animation.«
»Ach so! Na, die dort drüben sind auch nicht schlecht.« Er zeigt auf zwei Neapolitaner, die aneinandergeklammert einen Mamboschritt andeuten. »Und sie dort drüben?«
»Wer, die Griffa? Sie ist schön, was?«
»Mit diesem Nichts von einem Kleid ... Franzo, was sagst du dazu?«
»Zu Valeria? Da fällt mir ein denkwürdiger Ausspruch ein: ›Lieber alles zeigen, als übersehen werden‹.«
»Ist der von ihr?«

»Aber nein, von Mae West.«

»Wer hat denn das Gerücht in Umlauf gesetzt, am langen Strand gebe es Sandflöhe?« Frida lacht, als sie die plötzliche Röte auf Rubens Wangen bemerkt. »Aha, du warst das also!«
»Eine Art Notlüge.«
Ebenfalls lachend erkundigt sich Livia: »Um die beiden loszuwerden, die neulich abends dauernd um dich herumgeschwirrt sind? Sind sie dir am Strand wieder auf die Pelle gerückt?«
»Genau.«
»Tja, so ist das«, wendet sich Frida an Fabrizio (der das Vorhaben, Consuelo zu retten, völlig vergessen hat und mit einem Glas Gin Tonic in den Händen dabeisteht), »wir sind eben etwas eigen hier auf der Insel.«
»Wir lassen an niemandem ein gutes Haar«, ergänzt Susy und schüttelt den Kopf. »Das wirst du schon noch merken.«
»Na ja, hin und wieder machen wir eine Ausnahme.«
»Bei euren beiden Feriengästen zum Beispiel?« Federico deutet mit dem Daumen auf die obere Terrasse.
»Gott, die! Habt ihr gesehen, wie die Brünette sich aufgetakelt hat?«
Giancarlo mit gesenkter Stimme: »Sie erinnert mich an eine Freundin meiner Mutter, eine nicht mehr ganz taufrische Dame, die herumläuft wie Barbie. Wißt ihr, was meine Mutter, die zartfühlende Seele, hinter ihrem Rücken über sie sagt?«
»Was?«
»Von hinten Lyzeum, von vorne Museum.«

Caterina sieht das Grüppchen aus der Casa Mandarino mit Frida und Livia scherzen und hört Fabrizios Lachen. Zum Glück ist er nicht allzu niedergeschlagen, er scheint sich auf einmal sogar ganz gut zu amüsieren. Lächelnd wendet sie sich an Don Bartolo: »Möchten Sie noch etwas trinken?«

Vancori legt ihr eine Hand auf den Arm: »Nein, danke, Caterina. Gehen Sie nur und unterhalten sich mit den anderen, ich habe Sie schon den ganzen Abend in Beschlag genommen.«

»Aber nein, überhaupt nicht.«

»Aber ja. Also, um Sie von Ihrem lästigen Gesprächspartner zu befreien, schicke ich Sie jetzt, mir noch ein Glas Wein zu holen. Danach gehe ich nach Hause.«

Caterina steht auf und streicht ihren Rock glatt. »Aber es ist doch noch früh.« Er schüttelt den Kopf: »Für mich nicht, ich bin ein wenig müde.«

»Ich bin gleich wieder da.«

Vancori sieht ihr nach, wie sie zum Büffet geht, dann hebt er den Blick zum Feueraltar. In dem Meer von Kerzen sieht er verschiedene Gesichter leuchten und sucht mit unerwartetem Herzklopfen nach einem bestimmten. Schließlich entdeckt er es zwischen den sich hin und herbewegenden Köpfen auf der oberen Terrasse. Versunken betrachtet er dieses Gesicht, das sich für einen Augenblick in seinen Greisenaugen spiegelt. Dann wendet er plötzlich die Augen ab, als überkäme ihn eine alte, doch unverminderte Schüchternheit. Er muß lächeln, er ist wirklich müde, müde und töricht melancholisch. Andere Nächte wie diese kommen ihm in den Sinn, als er noch jung und stark war und sich unbesiegbar glaubte. Doch die Jahre haben ihr Leichentuch über seine Hoffnungen, seine geheimen Träume vom Glück gebreitet. Seine Hoffnungen haben ihn verraten, sind ihm aus den Händen geglitten, ungreifbar wie die Sternschnuppen, die diese neuerliche Nacht von San Lorenzo, die für ihn keine Versprechungen mehr enthält, durchzucken.

Lächelnd empfängt er Caterina, die mit einem Weinglas in der Hand zurückkehrt. Er trinkt einen Schluck und erhebt sich mühsam aus seinem Korbsessel, wobei er einen Stich in der Herzgegend verspürt. Ein Gefühl der Vergeudung, auch der verspäteten Wut über die eine Gelegenheit in seinem Leben, bei der ihn der Mut verlassen hat, überwältigt ihn. Es ist Zeit für ihn zu gehen, seine geheimsten Empfindungen gehören ihm allein, nur mit der Ödnis seines Zimmers will er sie teilen.

Schließlich lächelt Consuelo und drückt ihre Zigarette in einem Dessertschälchen aus: »... und dabei besitzen wir keine Lira mehr, uneigentlich gesprochen. Ein bißchen Schmuck, den mir Carletto geschenkt hat, ein verfallendes Haus in der Toscana und den Palazzo in Palermo, der uns seit dreißig Jahren nicht mehr ganz gehört. Ich komme nie nach Palermo, auch meine Söhne nicht. Lieber fahre ich jeden Sommer hierher auf die Insel.« Sie wendet den Kopf zum Palazzo Vancori, von dem man zwischen den Baumwipfeln nur das reich verzierte Kranzgesims des ersten Stocks erkennen kann. Sie sieht, wie Don Bartolo Caterina auf die Wangen küßt. »Mein Süden endet hier.« Sie streckt dem Cavaliere die Hand hin und entläßt ihn kühl: »Es war ein bezaubernder Abend. Gute Nacht.«

Persutto springt eilig auf und küßt der Principessa unbeholfen die Hand. Matteo nickt ihm knapp und ohne Lächeln zu.

Ein Gästepaar steht auf, der Mann reicht seiner Gefährtin die Hand. Charles: »Geht ihr schon?«

»Ja, die Sclarandis haben uns morgen in aller Frühe zu einer Bootsfahrt eingeladen.« Die Frau küßt ihn auf die Wangen: »Danke für den schönen Abend, Charles.«

»Und richte Isolina ein Kompliment für ihren Sari aus. Ein ungewöhnliches Stück.«

»Ich habe ihn ihr von einer Reise mitgebracht. Sie zieht ihn nur zu besonderen Gelegenheiten an.«

Der Mann faßt seine Partnerin am Ellbogen. »Komm, wir schließen uns Ruth und Francesco an, sie wollen auch gerade gehen.«

Charles sieht sich auf der Terrasse um. Gruppiert um Franzo, der mit alten Theateranekdoten Hof hält, sitzen laut lachend die vier aus der Casa Mandarino, Cassinis, Frida, Livia – wunderschön im Mondlicht – und die Stumme. Der Cavaliere nimmt gerade Abschied von Consuelo. Fridas Feriengäste stehen allein herum und können sich offenbar nicht entschließen zu gehen.

Unten sieht er den alten Vancori mit Caterinas Hilfe aufstehen. Die Frau blickt zu ihm hinauf. »Charles, Don Bartolo und Corrado verabschieden sich.« Er geht hinunter und macht Rosario unterwegs ein Zeichen, die Fackeln im Garten zu löschen. Und Valeria? Die scheint verschwunden zu sein.

Signora Elida kramt in ihrem Handtäschchen nach der Taschenlampe. Sie sieht ihren Gatten aufgewühlt und mit großen Schritten den dunklen Garten durchmessen. Auf einmal stolpert er, streckt reflexartig die Arme aus und landet auf einem breiten Teppich von Sukkulenten. Man hört ihn fluchen: »Sakrament nochmal.«

Eine Hand legt sich sacht auf ihren Arm: »Warten Sie, Signora, ich führe Sie.« Sie hebt den Kopf zum dunklen Gesicht des Pumas und sieht seinen Schnurrbart im schwachen Licht einer Taschenlampe schimmern. Verzückt murmelt sie ein kaum hörbares Dankeschön. Corrado geleitet sie zur Gartenpforte. Dann fragt er Persutto: »Haben Sie sich weh getan?«

»Nein, nein, nur ein par Dornen.«

»Passen Sie auf, die sind giftg. Sie sollten sie lieber gleich herausziehen.«

Elide richtet den Strahl ihrer Taschenlampe (die sie schließlich unter der Brieftasche gefunden hat) auf die Hände ihres Mannes: »Zeig mal her.«

»Es ist nichts«, schnaubt er, grob wie immer.

Vancori küßt Elide eilig die Hand und nickt dem Cavaliere zu. Dann faßt er seinen Onkel unter und wendet sich ab. Elide sieht ihnen nach, wie sie durch den Nachbargarten gehen und hinter einer Ecke des Palastes verschwinden.

Ihr Gatte poltert los: »Potzblitz nochmal, jetzt auch noch Dornen! Los, beweg dich, ich muß mich desinfizieren. Aber was für ein Erfolg bei der Blasco-Fuentes!«

»Ah ja?« macht sie in neutralem Ton.

»Ah ja?« äfft er sie nach. »Du hast doch gesehen, daß sie mich den ganzen Abend nicht von ihrer Seite gelassen hat.«

»Ja, Nuccio, sicher. Das haben alle bemerkt.«

»Das will ich meinen!« bläst er sich stolz auf. Sie stapft erschöpft hinter ihm drein und hüllt sich dabei in ihren wunderbaren, vielbeneideten Schal. Ihren einzigen Trost.

Jemand hat die Kerzen auf dem Feueraltar gelöscht. Nur

die marokkanische Laterne steht noch angezündet auf dem Boden und beleuchtet schwach die untere Hälfte der Personen auf der Steinbank. Von den im Dunkeln liegenden Gesichtern geht fröhliches Geplauder aus, dominiert von Franzos Stimme: »Aber '72 in Spoleto ... Kinder, wie die Zeit vergeht.«

Ruben betrachtet Livias übereinandergeschlagene Beine, sieht Susys Hand über Federicos Knie streicheln, Fridas Fuß mit einer Sandale wippen. Dann kommt ein nackter Fuß, der Giancarlo gehört, und schließlich die hellen, gekreuzten Hosenbeine des jungen Herrn, die sich etwa einen Meter von ihm entfernt befinden. Er hebt die Augen zu den sich schemenhaft abzeichnenden Köpfen. Fabrizios Stimme sagt: »Es war ein Fehler, mit der Schauspielerei aufzuhören, Franzo.«

»Oh, ich habe viele Fehler im Leben gemacht. Aber diesen bereue ich nicht. So, jetzt, da wir en famille sind, laßt uns noch etwas trinken.« Er steht auf und kneift Giancarlo dabei in den Oberschenkel. »Hilfst du mir?«

»Klar.«

»Und ihr«, zu Consuelo, Caterina und Matteo, »tut uns bitte den Gefallen und bleibt noch, ja? Wir haben uns den ganzen Abend kaum gesehen.«

Charles dreht den Kopf zum Vulkan. Die Sterne sind auf einmal verschwunden, ebenso der bedrohliche Umriß des Berges. »Oh je, Isolina hatte recht. Schirokkowolken, und zwar solche, die einen besonders schweren, drückenden ankündigen.«

»Natürlich hatte ich recht!« verkündet die Haushälterin, die sich in ihrer Alltagskittelschürze und mit einem Häkelschal um die Schultern die schmale Treppe hinaufschleppt. Sie baut sich vor der kleinen Gruppe auf: »Ich habe mein Abendkleid ausgezogen, weil es bald wieder

Tag ist.« Mit der Hand auf der Hüfte: »Zeit, das Feld zu räumen und nach Hause zu gehen, was?«

Die winzigen blauen Pünktchen sinken zu Boden wie Konfetti in einer rosafarbenen Wolke. Sie hat kaum Zeit, sich den Slip auszuziehen. Er reißt ihn ihr ohne viel Federlesens herunter, erst bis zu den Knien, dann ganz, wo er um einen Knöchel geschlungen hängenbleibt. Valeria verliert das Gleichgewicht, vergräbt ihre Fingernägel in Pietros nackten Rücken. Er stützt sie mit einer Hand, mit der anderen hebt er sie an und lehnt sie gegen die Mauer des Vorratshäuschens. Ein unterdrückter Schrei entringt sich ihr, sie beißt ihn in den Hals. Er knetet ihre Brüste, taucht mit dem Kopf ab und leckt konzentriert das bebende Fleisch der Frau seines ehemaligen Herrn, wobei seine Hände überallhin wandern.

Valeria plagt sich mit den Knöpfen seiner Jeans ab. Pietro nimmt ihre Finger und hilft ihr, die Gürtelschnalle zu lösen. Schließlich holt sie ihn heraus. Ein flüchtiger Moment des Abschätzens: von derselben Qualität wie der Rest, sogar noch besser als erhofft. Sie hatte sich nicht getäuscht auf dem Schiff.

Es hatte ganz unauffällig begonnen, in gewisser Hinsicht schon in der Casa Arancio, mitten unter den Gästen, die den Beginn des Zweikampfs verpaßt hatten, weil sie die Nasen zu den Sternen erhoben hielten. Denn wie ein Zweikampf wirkt es nun tatsächlich, angesichts der Vehemenz, mit der die beiden es ineinanderverschlungen überall treiben. Auf der Terrasse unter einer Palme, dann in der Küche gegen den Kühlschrank gelehnt, irgendwann in der Nacht sogar im Bett. Wobei sie sich Unwiederholbares zuflüstern.

Pietro läßt sie nach vielen Stunden erschöpft und mit einem seligen Lächeln auf den Lippen in den zerwühlten Laken zurück. Ihre Haare sind nicht weniger zerwühlt, ihr Make-up ist zerlaufen, ein einzelner Ohrring – wer weiß, wo der andere gelandet ist – baumelt lose von einem Ohrläppchen.

Der normannische Gott sammelt Jeans und Hemd vom Boden auf. Er kann den einen Schuh nicht finden und bemüht sich nicht weiter. Leise schleicht er davon, wie ein Dieb oder wie eine Katze oder wie ein Liebhaber sich davonschleichen soll, der seine Pflicht getan hat. Am Ende der Nacht. Wunderbar.

Am Ende dieser Nacht, in der in mehrfacher Hinsicht Schicksalhaftes geschieht, schläft einer immer noch nicht.

Es ist eine süße, träumerische Schlaflosigkeit, untermalt von Giancarlos rhythmischem, aber nicht lästigem Schnarchen, die Ruben friedlich in ihren Armen hält. Er hat sich einen Freiraum zurückerobert, eine Zeit des Alleinseins, er spürt, daß er diese Stunden wie einen Schatz hüten muß, daß die Schlaflosigkeit seine Freundin ist. Sie lädt ihn ein, nachzudenken, alles neu zu betrachten. Seine Einsamkeit verabschiedet sich von ihm, zumindest vorübergehend: Du brauchst mich jetzt nicht mehr, du hast einen neuen Seinszustand gefunden, den du pflegen und genießen mußt. Nicht mehr allein zu sein – sich nicht mehr allein zu fühlen – kann einen schwindelig machen. Und Ruben ist nicht mehr allein, egal, was passieren wird.

Er steht auf und grüßt den schwarzen Berg von einem Fensterchen aus. Überrascht entdeckt er schon die ersten, noch sehr blassen, aber unverkennbaren Lichtstreifen. Bald wird wieder ein Schiff anlegen. Im stillen segnet er das Schiff von gestern morgen und seine Passagierfracht. Er schnappt sich ein Badehandtuch und ein Hemd, geht in die Morgendämmerung – die Beinahemorgendämmerung – hinaus und eilt an den Grundstücksmauern entlang zum Strand.

Diese Stimme, Fabrizios Stimme im Dunkeln. Zuerst war er natürlich vollkommen überrascht, ihm auf der Terrasse der Casa Arancio zu begegnen, dann begann auch schon das Vorstellen: »Wir sind uns heute schon am Strand begegnet.« Die verrückte Zärtlichkeit, die ihn überkam, als er – wie dumm ich doch bin – an das Gepäck dachte, das er im Vorbeigehen vor der Pforte der Casa Arancio bemerkt hatte. *Sein* Gepäck.

Aber dann seine Stimme im Dunkeln auf dem Feueraltar, gegen Ende des Abends. Obwohl er Fabrizios Gesicht nicht erkennen konnte, hatte er es allein durch den Klang seiner Stimme vor sich gesehen. Hatte dem Phantom, das allen anderen Phantomen ein Ende bereitete, einen Körper gegeben. Ruben spürt, wie er den Jungen, der er gewesen ist, abschüttelt. Keine einsamen Stunden über den Büchern mehr, keine langen Spaziergänge in Gesellschaft nie geteilter Gedanken. Mit jemandem gemeinsam spazierengehen, lesen, denken. Oder zumindest an jemanden denken.

Er läßt die Casa Arancio seitlich liegen – hinter diesem Fenster umhüllt die erquickende Dunkelheit noch Fabrizios Schlaf, stören wir ihn also nicht – und steigt die Stufen zum kleinen Strand hinunter. Leicht schaudernd zieht er sich aus und geht langsam ins kühle Wasser. Er schwimmt nicht gleich, watet zuerst nur am Ufer entlang.

Franzo war mit einer Flasche Pommery zurückgekommen, gefolgt von Giancarlo, der einen gefüllten Eiskübel trug. Sie hatten noch mehr getrunken, noch mehr gelacht, dann hatten sich alle verabschiedet. Als er durch die Gartenpforte ging, befand sich Fabrizio auf einmal neben ihm. »Ich gehe noch ein paar Schritte mit euch.« Schweigend waren sie Seite an Seite die Straße entlanggegangen. An der Weggabelung hatten sie sich zum zweitenmal höflich voneinander verabschiedet. Ruben hatte mutig hinzugefügt: »Bis morgen.«

Das Wasser erwärmt sich langsam, der Körper reagiert auf die richtige Temperatur. Er schwimmt und taucht mit dem Kopf unter. Als er ihn wieder aus dem Wasser hebt, sieht er Charles' kleines Boot, das sie gestern vormittag nicht aufs Trockene gezogen haben. Das Boot schaukelt leicht zwischen den Felsen der kleinen Einbuchtung unterhalb des Palazzo Vancori. Mit einer Leine ist es an einer Boje festgemacht, mit einer andern an einem Felszacken.

Er schwimmt darauf zu. Am Horizont wird es hell. Das Wasser unter ihm ist noch grau, genau wie der Himmel und die Felsen um ihn herum, aber schon von feinen Lichtschimmern durchzogen. Ruben erreicht mit der Hand die feuchte Bootswand, findet Halt und läßt sich von den Wellen umspülen.

Und morgen? Oder vielmehr heute? Er stellt sich vor, wie er unter einem fadenscheinigen Vorwand den Garten der Casa Arancio betritt. Ach, ich bin nur so vorbeigekommen und wollte Hallo sagen. Er weiß nicht, daß dieser Morgen sehr bald eine einschneidende Veränderung mit sich bringen wird.

Ohne jegliche Vorahnung, nur einem plötzlichen Impuls folgend, macht er einen Schwimmstoß und umklammert den Bootsrand. Er zieht sich aus dem Wasser, hängt einen Moment lang in der Luft. Und sieht immer noch nichts.

Dann schwingt er sich ins Boot und läßt sich hineingleiten, um auf einer schlüpfrigen Masse – mein Gott, was ist das? – zu landen. Als er hektisch nach einem Halt sucht, taucht er seine Hände in die Mischung aus Blut und Wasser, die die hölzernen Bootsplanken bedeckt. Er gleitet aus und sieht dabei für den Bruchteil einer Sekunde das unbewegliche Auge des im Treibnetz verfangenen Pottwals vor sich. Ruben fällt mit dem Gesicht nach unten, stößt seinen Kopf an den der Leiche. Er fuchtelt mit den Armen und tritt um sich, fühlt den durchweichten Stoff eines Jacketts unter seinen Händen. Schließlich erkennt er entsetzt den Mann, den er gestern auf der Klippe gesehen und den Charles ihm erst vor wenigen Stunden auf dem Fest vorgestellt hat. Den Mann, den Fabrizio, das hat Ruben wohl bemerkt, schweigend und mit kaum verhohlener Verachtung angesehen hat. Den Filmproduzenten, diesen Corrado Vancori, wegen dem Fabrizio auf die Insel gekommen ist.

5

Ein furchtbares Unglück – Mit diabolischer Geschicklichkeit – Ein frisches Hemd – Am Fundort – Die Vancori-Schwestern helfen der Seele, den Körper zu verlassen – Der zweite große Schmerz – Eine Art Vendetta – Rosarios trostloses Chaos – La séparation des corps – Eine heilsame Ohrfeige – Wieder das unbekannte Hemd – Der unsichtbare Feind – Großes Dorfgespräch – Auf der Suche nach einer Zitrone – Frida unterscheidet – Das Sommerpreisrätsel (Ornella hat eine Idee) – Verdächtigungen und Vermutungen – Was auf der Insel zählt – Ein abendlicher Trauerzug – Zwischenspiel vor dem Tabakladen – Maria Grazia tritt in den Fettnapf – Spiegel – Don Bartolo läßt eine Gelegenheit verstreichen – Ein fast perfektes Verbrechen – Ein Kollege aus dem dreizehnten Jahrhundert v. Chr. (noch mehr Scheinwahrheiten)

Meine liebe Claudia,
es ist ein furchtbares Unglück geschehen, Corrado ist tot. Seine Leiche ist heute morgen von einem der jungen Männer aus der Casa Mandarino gefunden worden. Er lag in Charles' Boot, das unterhalb der Klippe des Palazzos festgemacht war. Corrado ist in der Nacht vom Felsen gestürzt. Später mehr.
Ich umarme Dich ganz fest,
Mama

Schwarz und dicht beieinander wie die Felsen der Klippe heben sich die drei Vancori-Schwestern von der weißen Wand des Zimmers ab. Sie bewegen sich kaum, nur ihre Köpfe wackeln ein wenig und tauchen hin und wieder aus den Falten ihrer schwarzen Umhängetücher auf. Annunziata steht links, Immacolata rechts. In der Mitte sitzt Incoronata gebrochen auf einem Stuhl. Sie sieht aus wie ein Kind mit dem Gesicht einer Greisin, die kurzen Beinchen reichen nicht bis auf den Boden. Ihr Rücken wird von einem dicken Kissen gestützt.

Sie wehklagen. Aus ihren schwarzen Gewändern steigt eine Art hoher, kontinuierlicher Summton auf, wie das verhaltene Winseln eines Hundes. Der Klagelaut eines verendenden Tieres. Die rotgeränderten Augen der Schwestern sind auf das bleiche Gesicht der Leiche gerichtet, auf die klassisch geschnittene, jetzt spitze Nase, die hinauf zu den Deckenbalken zeigt. Auf die flache, hohe Stirn und den Schnurrbart, der im Verlauf weniger Stunden schon seinen dunklen Glanz verloren hat und ebenfalls ausgebleicht wirkt. Den Nacken bedeckt ein weißes Taschentuch, das die klaffende, tödliche Wunde an seinem Hinterkopf verbirgt.

Seine Hände liegen auf der blütenweißen Bettdecke und sind wie zu einer letzten, vergeblichen Geste der Autorität übereinander gelegt. Der junge Polizist, der aufrecht in einer Ecke steht, betrachtet sie fasziniert. Auch seine Hände sind in derselben Haltung gekreuzt. Er schwitzt leicht unter dem hellblauen Uniformhemd. Ein schmaler Fleck bildet sich entlang seiner Wirbelsäule.

Durch das weit offene, zum Meer hinausgehende Fenster fliegt eine große Hornisse herein, schwirrt zwischen den Deckenbalken umher und umkreist den Raum. Der Carabiniere blickt zu ihr hinauf und fragt sich, was zu tun ist. Zum Gesumme der drei Alten ist das des Insekts hinzugekommen, das jetzt im Tiefflug über die Möbel und den Teppich saust. Auf einmal verschwindet es unter dem Bett. Der Polizist braucht seinen Rücken nicht zu sehen, um zu wissen, daß er schweißgebadet ist. Er versucht, das Summen der Hornisse durch eine Bewegung zu unterbrechen. Stille. Dann sieht er sie wieder über dem Bett auftauchen, nur wenige Zentimeter von den Händen des Toten entfernt.

Blitzschnell – mit unerwarteter, diabolischer Geschicklichkeit – zieht Immacolata unter dem Stuhl eine Fliegenklatsche aus Plastik hervor und läßt sie in geübter Präzision auf das Insekt niedersausen. Die Hornisse scheint zuerst unverletzt auf die Dreiergruppe der Frauen zufliegen zu wollen, doch dann dreht sie sich hilflos auf dem weißen Bettuch im Kreis und flattert wie wild mit den Flügeln. Annunziata nimmt der Schwester die Klatsche aus der Hand, hält sie wie einen Tortenheber und befördert das Insekt damit aus dem Fenster. Die Kleine neigt beifällig den Kopf.

Der junge Carabiniere stößt einen übertriebenen Seufzer der Erleichterung aus, der im Zimmer – oder nur in seinen Ohren? – widerhallt wie das Grollen des Vulkans.

Caterina kommt mit angespanntem Gesicht herein.

Es hatte ihm noch ein zweiter, heftiger Schreck bevorgestanden.

Ruben war sofort wieder ins Wasser gesprungen und mit schnellen Stößen aufs Ufer zugeschwommen. Ohne sich anzuziehen, ohne sich auch nur abzutrocknen und nur mit seiner Badehose am Leib war er wild klopfenden Herzens zur Casa Arancio hinaufgerannt. Im Garten war er, mitten auf dem Pfad, mit einer unbeweglichen Gestalt zusammengeprallt, die in der Dämmerung kaum von dem knorrigen Stamm des Ficus zu unterscheiden war. Unwillkürlich war ihm ein Schrei entfahren, worauf Fabrizio ihm gleichfalls im Reflex die Hand auf den Mund gelegt hatte: »Was machst du hier?«

Ruben war taumelnd einen Schritt zurückgewichen, ehe er die Stimme erkannt hatte. »Mein Gott, Sie sind es, schnell ...«

»Was? Was hast du?« Im grauen Morgenlicht hatte Fabrizio die noch nasse Haut des Jungen bemerkt. »Was ist passiert? Du bist ja ganz naß.« Er hatte ihn auf die Terrasse geschoben, wo Ruben sich gegen die Steinbank lehnte: »Dort unten, unter der Klippe. Ich glaube, er ist tot.«

»Wer?«

»Vancori. Der Produzent.« Er hatte zu zittern begonnen. Fabrizio legte ihm die Hände auf die Schultern: »Corrado Vancori? Liegt er im Wasser?«

»Nein, in Charles' Boot. Der Boden ist voller Blut. Er ist ganz sicher tot.«

Fabrizio hatte zu den dunklen Schlafzimmerfenstern im ersten Stock hinaufgeblickt. »Wir müssen uns das ansehen. Ich werde Franzo und Charles wecken.« Doch zuerst war er durch die Fenstertür des blauen Zimmers verschwunden, um gleich darauf mit einem Handtuch und einem Hemd wieder herauszukommen. »Hier, trockne dich ab.« Er hatte Rubens Schultern mit dem Frotteetuch bedeckt und energisch seine Arme gerieben.

»Zieh das an.« Ruben hatte folgsam das Hemd übergezogen, das der andere ihm reichte. Dann war Fabrizio durch die Küchentür im Haus verschwunden. Er hatte das trockene Schleifen des Bodenriegels der einen Türhälfte auf den Fliesen gehört. Sich langsam beruhigend hatte er sich das Hemd zugeknöpft und die noch nassen Haare ausgeschüttelt. Dann war in Charles' Zimmer das Licht angegangen. Auf der anderen Seite des Gartens hatten die Hunde der Principessa wie besessen zu jaulen begonnen.

»Wir dürfen nichts anfassen.«
»Ich werde die Polizei verständigen.«
»Warten Sie, helfen Sie mir.« Fabrizio hatte sich mit Hilfe von Charles' ausgestrecktem Arm wieder ins Wasser gleiten lassen. Beim Wiederauftauchen sah er Franzo, Ruben und Matteo am Ufer stehen. Charles sagte leise: »Kommen Sie, weg hier.« Sie waren auf den Strand zugeschwommen, als Consuelo gerade die schmalen Steinstufen hinunterstieg.

Franzo war ihnen nervös entgegengekommen: »Ist er tot?«
»Ja, eindeutig.«
»Und falls er doch noch lebt? Wir müssen alles versuchen. Wir können ihn doch nicht dort liegenlassen.«
»Benachrichtigen wir den Maresciallo.«
»Schon passiert, er ist unterwegs.« Franzo rieb sich mit der Hand übers Gesicht. »Oh mein Gott, wie konnte das passieren?«

Consuelo deutete auf die Klippe: »Ist er von dort oben heruntergefallen?« Charles antwortete: »Ich glaube, ja. Er muß mit dem Kopf auf dem Motor oder auf dem Bootsrand aufgeschlagen sein. Er liegt in einer riesigen Blutlache.«

Sie wandten sich an Ruben: »Hast du ihn vom Strand aus gesehen?«
»Nein, ich war schon im Wasser. Ich konnte nicht schlafen. Ich wollte ins Boot steigen.«

Matteo reichte Fabrizio einen Bademantel: »Ist er angezogen?«

»Ja, genau wie gestern abend. Dasselbe blaue Jackett.«

Worauf Consuelo folgerte: »Das bedeutet, daß er kurz nachdem er das Fest verlassen hat, von der Klippe gestürzt sein muß. Um wieviel Uhr ist er gegangen?«

»Ich weiß es nicht, ich kann mich nicht erinnern. Er hat seinen Onkel nach Hause gebracht und ist nicht mehr wiedergekommen.«

Sie hatten zu dem kleinen Boot hinübergesehen, das sanft auf dem kaum bewegten Meer schaukelte. Die Sonne war inzwischen aufgegangen und erleuchtete den klaren Horizont. Selbst aus dieser Entfernung hatten sie den mit dunkelroten Flecken besprenkelten Motorkopf erkennen können. Fabrizio hatte sich umgedreht und war Rubens Blick begegnet: »Auch ich konnte heute nacht nicht schlafen.«

Hinter sich hatten sie eilige Schritte gehört. Am oberen Ende der Strandtreppe war der Maresciallo Calì aufgetaucht, gefolgt von zwei jungen Carabinieri.

Caterina blickt zuerst zu dem immer noch aufrecht in der Zimmerecke stehenden Polizisten – sein Name ist Roberto Colombo –, dann zu den drei aneinandergedrängten Alten. Caterina spricht sie sanft an: »Er ruht jetzt. Er wird rufen, wenn er etwas braucht.« Immacolata hebt ihr vom Kummer gezeichnetes Gesicht. »Danke, Caterina. Für Bartolo bedeutet das das Ende. Sein geliebter Corradino.«

Sie richten ihre Augen wieder auf den Mittelpunkt des Zimmers: das Gesicht des Toten. Caterina spielt geistesabwesend mit dem Ring an ihrem Finger. Sie hat den Alten geholfen, die Leiche zu entkleiden. Sie haben ihn unter den aufmerksamen Blicken der beiden Polizisten zuerst abgetrocknet, dann gewaschen, dann wieder abgetrocknet. Auf der linken Wange des Toten ist ein feiner, schon geschlossener Schnitt zutage getreten, der jetzt wie ein dunkler Grashalm über dem Wangenknochen liegt.

Der Maresciallo Calì hatte das Boot an Land bringen lassen. Consuelo war zum Pavillon gekommen und hatte sie geweckt. Sie hatte sich ein weites Hemd übergezogen und war mit ihr zusammen zurück zum kleinen Strand geeilt. Unterwegs hatten sie bei Rosario und Pietro an die Tür geklopft. Aber keiner von beiden war zu Hause gewesen.

Am Strand hatte sich schon eine kleine Menge versammelt. Der andere Polizist – mit Namen Luca Rosingana – hatte den Zugang überwacht und die Neugierigen ferngehalten. Um das Boot herum standen Charles, Matteo, Fabrizio und Ruben. Franzo war mit dem Maresciallo zum Haus hinaufgegangen. Die Polizisten hatten Corrados Leiche mit der Plastikplane abgedeckt, die sonst zum Schutz des Bootes dient.

Als der Maresciallo mit Franzo zurückgekehrt war, hatte er verkündet, daß der Polizeihubschrauber von Lipari nicht sofort kommen könne, weil er bei einer Rettungsaktion im Einsatz sei. »Ein Boot ist vor Filicudi auf ein Riff aufgelaufen.«

»Und der Gerichtsmediziner?«

»Ist benachrichtigt. Er kommt mit einem Rettungsboot.«

Charles hatte sich an den Polizeimeister gewandt und auf das Boot gedeutet: »Meinen Sie nicht, daß wir ihn ...« Der Maresciallo hatte genickt und zum Himmel hinaufgesehen. Es wurde bereits heiß. »Es ist nicht nötig, ihn hierzulassen. Tragen wir ihn hinauf.«

Caterina hatte erklärt: »Ich gehe vor und benachrichtige die Familie.« Auf einen Blick von ihr hatte Consuelo sich angeschlossen: »Ich komme mit dir.«

An der Küchentür des Palazzos waren sie Immacolata begegnet. Caterina hatte sie gebeten, hineinzugehen und die Schwestern zu rufen. Kurz darauf war Don Bartolo, alarmiert von den Schreien der Schwestern, ebenfalls heruntergekommen.

Caterina und Consuelo hatten ihn stützen müssen. Der alte Vancori hatte sich an einem Küchenschrank festgehalten und sich gleichzeitig bei der Principessa entschuldigt. Mit einem Blick in den Garten hatte er gesagt: »Gehen wir hinunter.«

»Nein, sie bringen ihn herauf. Bitte setzen Sie sich, Don Bartolo.«

Der Alte war jedoch auf die Terrasse hinausgegangen, gefolgt von den Frauen. An dem Pfad zur unteren Straße hatten sie den kleinen Trauerzug empfangen: die beiden Polizisten, welche die von der Plastikplane verhüllte Leiche trugen, und die anderen, denen sich Susy und Federico angeschlossen hatten.

Kurz darauf war der Gerichtsmediziner eingetroffen und hatte sich mit Don Bartolo und dem Maresciallo in Corrados Zimmer eingeschlossen. Dann war der alte Vancori zusammengebrochen.

Caterinas Blick wandert von Corrados Gesicht zu den Händen des Polizisten. »Warum setzen Sie sich nicht?« Der junge Mann steht stramm. »Ich darf nicht, Signora. Danke.«

»Ach so, wie dumm von mir. Entschuldigung.« Wie um ihn zu trösten fügt sie hinzu: »Der Maresciallo kommt gerade zurück.«

Das Gesumme und Gewimmer der Alten mischt sich mit dem Geräusch der Brandung. Im Zimmer ist es erstickend heiß. Der Horizont, der vor wenigen Stunden noch ganz klar war, verbindet Himmel und Meer jetzt mit einem milchblauen Nebelstreifen. Caterina sieht zu den Deckenbalken hinauf, dann auf das große, weiße Bett, den türkischen Teppich. Vor dem Bett steht eine einfache Kommode, die Corrado vor vielen Jahren bei einer Versteigerung in Rom erstanden hatte. Auf der Kommode ein mexikanischer Wandteppich. Eine Lampe auf einem Höckerchen, ein Spiegel mit einem schwarz und blau bemalten Holzrahmen zwischen den beiden Fenstern, der ausladende, mit Papieren bedeckte Schreibtisch.

Corrados Zimmer. Das Zimmer, in dem sie zusammen unzählige Drehbuchentwürfe besprochen, sich Notizen gemacht, abendelang ganze Drehbücher diskutiert hatten. In einer Ecke des Schreibtischs entdeckt sie den roten Deckel des Entwurfs von Cassinis und Guarienti. Mit wem wird Fabrizio seinen Film jetzt machen? Vielleicht hätte Corrado seine Meinung noch einmal geändert, vielleicht hätte er sich doch entschlossen, den Film zu produzieren. Sie hätte ihn schon noch überzeugt.

Ich muß das Büro in Rom anrufen, auch das in Paris. Ob Jacques wohl in Paris oder in der Provence ist? Man muß die Anwälte benachrichtigen und ... Dann fällt ihr Valeria ein: ... und auch seine Frau. Sie wird es inzwischen schon erfahren haben. Warum hat sie sich noch nicht blicken lassen? Sie sieht zu den alten Vancori-Schwestern hin, denkt an Don Bartolo, der mit leidendem Gesichtsausdruck auf seinem Bett ausgestreckt liegt. Es wird keinen Vancori mehr geben. Es wird auch keine Filme mehr geben, keine Produktionen, die zu organisieren wären.

Nichts wird es mehr geben. Sie wirft einen Blick auf ihre Armbanduhr: fast eins.

»Sie müssen etwas essen. Ich werde in die Küche gehen.«

Immacolata hebt abwehrend eine Hand. »Nein. Wir essen nicht.«

»Ich bitte Sie.«

Incoronata hebt die Arme zur Zimmerdecke. »Wir müssen hierbleiben. Wir müssen ihm helfen, seinen Körper zu verlassen. Er braucht uns, wir waren wie Mütter für ihn. Immer waren wir für ihn da, immer.«

Annunziata sieht sie mit tränenfeuchten Augen an: »Er ist noch hier, er kann sich nicht trennen. Spüren Sie es nicht?«

»Wir müssen seiner Seele helfen, das Haus zu verlassen, sein Haus.« Immacolata streichelt über den Kopf des Toten: »Geh nur, Corradino, geh.«

Die Stirn der Leiche scheint unter der zärtlichen Berührung zu erzittern. Aber es handelt sich nur um eine Lichtspiegelung. Incoronata schüttelt den schwarzverhüllten Kopf und schlingt das Umschlagtuch fester um ihren Hals. »Er geht nicht fort, er will nicht. Er will bei uns bleiben, bei seinen Müttern.«

Caterina macht dem Polizisten, der bleicher als der Tote geworden ist, ein Zeichen und schlüpft leise hinaus. Vor der geschlossenen Tür von Don Bartolos Zimmer zögert sie einen Augenblick. Sie preßt ein Ohr an den Türflügel und lauscht auf die Stille im Zimmer. Dann geht sie die Treppe hinunter ins Erdgeschoß.

Im Halbdunkel ziehen die Gesichter eines ganzen Lebens vorbei: sein eigenes, noch junges Gesicht, als er den Sarg seines Bruders, Corrados Vater, zum Friedhof geleitete. Das reine, strahlende von Chiara, der Mutter seines Neffen, die ebenfalls jung gestorben ist. Dann das von Corrado, im Profil und bei hellem Tageslicht, das aufmerksam die verbrannten Stoppeln auf dem Grundstück der Casa Benevenzuela betrachtet.

Don Bartolo, der lang ausgestreckt auf seinem Bett liegt, durchrieselt ein Schauder. Die Casa Benevenzuela, natürlich. Corrado hätte sich nicht dafür interessieren dürfen, das Haus bringt Unglück. Gestern abend, als er ihn gefragt hatte, wie er sich mit Rosario und Pietro einigen wolle, hatte Corrado ausweichend und ungewöhnlich zurückhaltend reagiert. Er wußte, daß Don Bartolo nicht mit dem Kauf einverstanden war. Und nun hatte die Casa Benevenzuela auch über seinen einzigen Neffen Unglück gebracht, der viel mehr als ein Neffe, der wie ein Sohn für ihn gewesen war. Sohn und einziger Erbe.

Don Bartolo starrt auf die weißen Wände des Zimmers, folgt mit den Augen dem Sonnenstrahl, der durch das nach Süden, zum Vulkan hin zeigende Fenster dringt. Jetzt gibt es niemanden mehr, dem er etwas hinterlassen könnte. Umsonst die ganze Arbeit eines Lebens, das geduldige Einfädeln von Geschäften, die heiklen Machenschaften und komplizierten Verhandlungen, die riskanten Käufe und Wiederverkäufe, die umsichtigen Erwerbungen auf der Insel – und nicht nur auf dieser –, mit denen er das umfangreiche Vermögen der Vancoris zusammengetragen hatte. Ein Vermögen, das Corrado mit seinem außergewöhnlichen Spürsinn, seiner selbstsicheren Ausstrahlung und seinem besonderen Talent noch vervielfacht hatte. Natürlich war da noch das einträgliche Filmgeschäft gewesen, aber war nicht auch dieses neue Vermögen aus den schwarzen Steinen hervorgegangen, mit denen hier Mauern, Terrassen, Straßen gebaut wurden?

Der alte Vancori sieht blitzartig das harte Gesicht seines Vaters vor sich aufleuchten und das ebenfalls vom Leben gezeichnete seiner Mutter, das auf den trostlosen Horizont des winterlichen Meeres blickt. Er denkt an den Ursprung ihres Reichtums, den kleinen Acker auf der Ebene zwischen den beiden Straßen. Und an den ersten Zukauf, als die anderen Inselbewohner nach New York, Australien oder Neuseeland auswanderten. Während sie blieben und Grundstücke kauften. Manchmal stahlen sie auch einfach kleine Restgrundstücke, nahmen es mit den Grenzen nicht so genau oder eigneten sich Land an, das niemandem zu gehören schien, weil bisher keiner ein Gatter, einen Zaun oder eine Tafel mit dem Namen des Eigentümers darauf errichtet hatte.

Bis hin zu seinem größten Wurf, dem Erwerb des Palazzos. Aber das ist eine noch junge Geschichte, kaum dreißig Jahre alt. Die besten Geschäfte hatte er mit den Fremden gemacht. Zuerst mit den Deutschen, die Rossellinis Film auf die Insel gelockt hatte, dann mit den Norditalienern, die der Sirenengesang Iddus bis hier herunter gerufen hatte. Alle wollten sie ein verlassenes Haus, ein Grundstück, einen Garten kaufen. Als Don Bartolo den Palazzo kaufte – und damit ein Versprechen einlöste, das er sich selbst gegeben hatte –, hatte er sich als König der Insel gefühlt. Und er wurde es auch wirklich und krönte seinen Aufstieg mit der Anrede »Don«, die ihm nach seinem sechzigsten Geburtstag niemand auf der Insel mehr verweigerte.

Und jetzt liegt er im Halbdunkel dieses großen, kahlen Zimmers und hört seinem alten Herzen zu, das mit dem zweiten grausamen Schmerz seines Lebens kämpft. Der eigentlich der einzige ist, denn der erste hat mit der Zeit nachgelassen, ist nicht mehr ganz so frisch, auch wenn er immer noch bösartig und lebendig in ihm lauert. Er hat sich im Laufe der Jahre mit den vielen seltsamen Launen und Enttäuschungen des Lebens vermischt. Und doch hat er gestern abend auf der Terrasse der Casa Arancio, wenn auch nur für eine Minute, dasselbe bittere Leid wie vor all den Jahren empfunden. Einen Widerhall reinen Schmerzes. Dann hatte ein Handkuß, eine Begrüßung, ein frische Bö vom Vulkan genügt, um sein lärmendes Herz zu beruhigen.

Jetzt ist er allein, allein mit drei verängstigten Alten in diesem riesigen Haus über einem gleichgültigen Meer, das ihm den Sohn, den Erben, die natürliche Fortsetzung seiner selbst genommen hat. Er muß herausfinden, wie es passiert ist. Was Corrado letzte Nacht auf der Klippe gemacht hat und warum er in dieses verfluchte Boot gestürzt ist.

Das lahme Kätzchen sieht hoffnungsvoll zu seiner Herrin auf und dreht dann den Kopf den anderen schweigenden Gesichtern auf der Terrasse der Casa Arancio zu. Isolina verzieht die Lippen zu einem versuchsweisen Lächeln. »Wenigstens die Tiere sollen essen.« Sie steht auf und geht in die Küche, gefolgt von dem Kätzchen und Prospero. Man hört, wie sie den Kühlschrank öffnet und mit den Katzen flüstert.

Verteilt auf der Steinbank und den Liegestühlen sitzen Franzo, Charles, Consuelo, Matteo und Fabrizio in angespanntem Schweigen. Isolina hat versucht, sie zu einem Mittagessen zu bewegen, aber niemand scheint Hunger zu haben.

Franzo erhebt sich mit einem Ruck: »Ich kann nicht

mehr stillsitzen. Ich sehe mal nach, ob Caterina etwas braucht, dann kann ich mich auch gleich erkundigen, wie es Don Bartolo geht.« Er wendet sich an Charles: »Der Maresciallo will später mit uns sprechen, hat er gesagt.«

»Sag Caterina, sie soll zu uns herüberkommen.«

Consuelo blickt zu Franzo auf: »Ja, sag ihr, wenn sie die armen Schwestern oder Don Bartolo nicht allein lassen will, löse ich sie ab.«

»Ist gut.« Franzo verläßt eilig den Garten.

Fabrizio zündet sich eine Zigarette an und blickt in die Runde: »Kann ich mich irgendwie nützlich machen?« Charles lächelt ihn an: »Nein, aber wir sind froh, daß Sie hier sind. Bei uns.«

Cassinis fährt fort: »Entschuldigen Sie, wenn ich nachfrage, aber ich fürchte, ich habe die Verwandtschaftsverhältnisse der Vancori noch nicht richtig durchschaut. Ich dachte, der alte Vancori sei Corrados Vater.«

Der Engländer wirft Consuelo einen Blick zu: »Nein, er ist der Onkel. Don Bartolo hat nie geheiratet.«

»Haben sie schon immer im Palazzo gewohnt?«

Fabrizio bemerkt das kurze Zögern – eine leichte Verlegenheit? – ehe Charles antwortet: »Nein, das Haus hat nicht immer ihnen gehört.«

Matteo sieht Consuelo an, die ihre Zigarettenasche über den Rücken der Steinbank hinwegschnippt, ehe sie lächelnd erklärt: »Der Palazzo gehörte einst meiner Familie.« Sie nimmt ihre Brille ab: »Vancori hat ihn vor dreißig Jahren gekauft, kurz bevor mein Vater starb.« Nach kurzem Schweigen beugt sie sich vertraulich zu Fabrizio und stößt einen merkwürdigen Seufzer aus: »Es war eine Art Vendetta.«

Pietro läßt das trostlose Chaos im Zimmer seines Bruders auf sich wirken. Eine ganze Wand ist mit einem angerosteten Metallregal verstellt, in dem kunterbunt durcheinandergeworfen alte Reifen, Kisten, eine zerrissene Matratze und Gerätschaften für die Feld- und Gartenarbeit liegen. Aus einem Karton ragen ein Netzknäuel, nicht mehr brauchbare Fischreusen und ein zerbrochenes Ruder hervor. Neben der Tür steht ein blauer, halbvoller Benzinkanister. Rosarios Kleider bilden einen dunklen Haufen auf einer Sitzbank. Es riecht ungelüftet und nach Dieselöl.

Rosario wühlt in dem Haufen herum. Er zieht ein weißes Hemd daraus hervor und schlüpft mit den Armen hinein. Pietro betrachtet seinen mageren Oberkörper unter dem fleckigen Unterhemd, die hervorstehenden Schulterblätter. Dann sieht er zu dem Feldbett, auf dem eine karierte, an mehreren Stellen geflickte Wolldecke liegt. An der anderen Wand befindet sich auf dem nackten Fußboden die Matratze, die Rosario ihm als Bett bereitet hat. Rosario, der gerade seinen Gürtel schließt, folgt seinem Blick und deutet mit dem Kopf auf die Matratze: »Wo hast du letzte Nacht geschlafen?«

Pietro blickt zu dem grauen Gesicht seines Bruders auf. »Zu Hause. In unserem richtigen Zuhause.«

»Und wo? Da gibt es doch noch nicht mal ein Bett.«

»In meinem Schlafsack.« Er steht auf und geht herum. »Ich habe im Zimmer unserer Mutter auf dem Boden geschlafen.«

Rosario zieht eine höhnische Grimasse. »Du hast deinen Willen bekommen, bist du zufrieden? Jetzt, wo der junge Herr krepiert ist, wird uns niemand mehr diese Bruchbude abkaufen.« Pietro antwortet ihm nicht sofort. Er geht zur Tür, der einzigen Öffnung nach draußen, und sieht in den leeren Hof des Palazzos hinaus. Ohne sich umzudrehen fragt er schließlich: »Wie kannst du bloß so leben? In diesem Loch?«

Der andere zuckt die Achseln. »Was hast du erwartet? Daß die Vancori mir einen hübschen Salon einrichten, hä?« Mit einem bitteren Lachen: »Was glaubst du denn, wer wir sind? Wir sind doch nur Diener für sie, nichts als Diener.«

Pietro sieht Franzo zur Gartentür hereinkommen und sich der Treppe zum ersten Stock des Palazzos zuwenden. Er dreht sich um: »Aber du haust hier wie ein Vieh.« Rosario knirscht mit den Zähnen: »Sei vorsichtig, Pietro. Paß auf, was du sagst.« Dann, mit mißtrauischer Miene: »Sag mir lieber die Wahrheit. Wo warst du letzte Nacht wirklich?«

»Wieso?«

»Weil ich dich in der Benevenzuela gesucht habe. Du warst nicht da, weder in Mamas Zimmer noch sonstwo.«

»Wann bist du denn gekommen?«

»Spät, sehr spät.«

»Ich war spazieren.«

»Die ganze Nacht?«

»Ja.«

»Und du bist niemandem begegnet?«

Pietro sieht ihn verwundert an. »Wovon redest du? Wem sollte ich denn begegnet sein?«

Rosario hebt die Schultern. »Was weiß ich, wem du begegnet bist oder begegnen wolltest.« Nach einer kurzen Pause: »Vielleicht dem jungen Herrn.« Pietro runzelt die Stirn. »Bist du verrückt? Warum hätte ich ihm begegnen wollen?«

»Um ihm zu sagen, daß du das Haus nicht verkaufen willst.«

»Hör auf damit.«

»Vielleicht hast du ihn ja wirklich getroffen, vielleicht hast du es ihm gesagt, und er ist wütend geworden, hä?«

»Was soll das?«

»Er war bestimmt nicht erfreut über die Nachricht, er hat nur noch auf dich gewartet, um den Kaufpreis festzulegen.«

»Ich habe ihn überhaupt nicht mehr gesehen.«

»Aber ich habe ihn gesehen.«

Pietro starrt seinen Bruder erschrocken an. »Wann?«

»Nachdem er Don Bartolo nach Hause gebracht hatte. Er ist kurz darauf wieder herausgekommen. Und auf das Ende der Klippe zugegangen.«

»Bist du ihm gefolgt?«

»Ich? Warum sollte ich?« Er lacht böse. »Nein, ich bin ihm nicht gefolgt. Aber er war nicht allein.«

»Und wer war bei ihm?«

»Du vielleicht?«

Pietro geht auf seinen Bruder zu und schüttelt ihn: »Was willst du damit sagen?«

»Laß mich.« Rosario reißt sich los und zeigt Pietro wieder sein höhnisches Grinsen. »Was hast du letzte Nacht angestellt, Petruzzo?«

»Er hatte sich geschworen: Ich werde dieses Haus kaufen, koste es auch mein Leben. Und er hat es getan.« Consuelo legt ihre Hände an die Schläfen. Matteo neben ihr verschränkt seine Arme vor dem imposanten Bauch und sieht schweigend zu den Ästen der Bougainvillea hinauf. Auch Charles schweigt, den Blick zu Boden gerichtet.

Die Principessa sieht Fabrizio an und erklärt: »Diese Insel ist kein Ort für Geheimnisse. Außerdem gehören Sie, nach allem, was geschehen ist, praktisch schon zur

Familie«, sie beschreibt mit dem Arm einen Halbkreis, »weshalb es nur richtig ist, wenn Sie es erfahren.«

Sie stößt sich mit einem Fuß ab, umfaßt ihre Knie mit den Armen und schaukelt auf ihrem Sitz vor und zurück. »Ich war noch sehr jung, als ich mit meinem Vater auf die Insel kam. Ah, Stromboli vor fünfzig Jahren ... es war eine Wüste. Überall Häuserruinen, vor allem hier in Piscità. Abgesehen vom Palazzo. Meinem Vater, dem Fürsten, gefiel es, ihn das ganze Jahr über offen zu halten. Im Herbst lud er häufig seine Freunde zur Jagd ein. Auch meine Mutter mochte das Haus, obwohl die beiden ein Gutteil des Jahres getrennt lebten. Als mein Großvater starb, fuhr ich mit ihr von Paris nach Sizilien zu seiner Beerdigung. Sie fand in Palermo statt und war ein Schauspiel, wie ich es nie wieder erlebt habe.« Lächelnd wechselt sie einen Blick mit Charles: »Ich habe dir einmal davon erzählt, nicht wahr?« Wieder an Fabrizio gewandt: »Die Diener trugen den Sarg durch die Zimmer unseres Palazzos in Palermo, das Abschiednehmen des Herrn von seinem Haus. Ich erinnere mich an eine alte Gouvernante im Ruhestand, die die herbeigerufenen Klageweiber anführte. Meine Mutter sagte mir, vierundzwanzig von ihnen seien bestellt und bezahlt worden. Sie heulten und schrien und zerrissen sich die Kleider, während sie hinter dem Sarg hergingen, die Prunktreppe hinauf, durch die Empfangssalons, bis hinauf zu den Dienstbotenzimmern unterm Dach. Dann, einem alten Brauch folgend, der glücklicherweise ausgestorben ist, schnitten sie dem Lieblingspferd meines Großvaters, einem bildschönen Fuchs, die Kehle durch und ließen es im Kutschenhof verbluten.«

Isolina ist aus der Küche gekommen und hat sich etwas abseits von ihnen auf einen Stuhl neben die Fenstertür des blauen Zimmers gesetzt. Schweigend hört sie der Erzählung der Principessa zu.

»Nach der Beerdigung kamen wir hierher. Ich war sechzehn Jahre alt, sie nahmen mich zum erstenmal mit auf die Insel. Der Vater von Don Bartolo war unser Halbpächter. Ich erinnere mich, wie die drei Vancori-Schwestern uns auf der Terrasse empfingen und Incoronata, die damals schon ganz in Schwarz gekleidet war, meiner Mutter einen Strauß wilder Nelken überreichte. Bartolo verbeugte sich vor meinem Vater und übergab ihm die Hausschlüssel. Was für ein gutaussehender Junge er war! Groß, schlank, dunkel und sehr zurückhaltend. Ich ging in den Garten und sah ihn schweigend dort arbeiten. Er schaute mich an ohne zu lächeln. Es war ihm nicht erlaubt, das Wort an mich zu richten. Also sprach ich ihn an, eines Nachmittags, als ich keine Lust mehr hatte, zu lesen und einsam darauf zu warten, daß meine Eltern von ihren Jagdausflügen zu den Vulkanhängen zurückkehrten. Er erzählte mir von den Leuten, die auswanderten, ihre Häuser verließen, nicht mehr wiederkamen. Er sagte, daß er bleiben werde. Und er küßte mich. Er war mein erster Mann. Ich verliebte mich in ihn und er sich in mich.«

Sie unterbricht sich. »Matteo, ich hätte gern etwas Wein.«

Der Barnabit steht auf, geht zum Tisch und gießt Wein in ein Glas, das er der Principessa reicht. »Möchte noch jemand welchen?«

Charles und Fabrizio bejahen, während Isolina mit einem Kopfschütteln ablehnt. Schließlich schenkt Matteo auch für sich ein Glas ein.

»Mein Vater bekam es natürlich heraus. Er war nicht erfreut, verhielt sich aber sehr korrekt mir gegenüber und betrachtete die Geschichte als jugendliche Verirrung. Bartolo jedoch ging zu ihm und sagte ihm, daß er mich liebe. Nicht, daß er mich heiraten wolle, es war undenkbar, daß ein Vancori die einzige Tochter des Fürsten Blasco-Fuentes heiratete. Aber er teilte ihm wortwörtlich mit, daß er mich liebe. Mein Vater nahm ihn nicht ernst und schickte mich und meine Mutter nach Frankreich zurück. Erst sechs Jahre später kam ich wieder nach Stromboli. Ich war bereits mit meinem ersten Mann verheiratet und mit meinem Sohn Ascanio schwanger. Bartolo sagte nur, daß es unser Kind hätte sein können. Wir haben nie wieder darüber gesprochen. Und er hat mir nie verziehen. Er hat stillschweigend den finanziellen Niedergang meiner Familie beobachtet, und als die Gelegenheit kam, hat er den Palazzo, die umliegenden Ländereien und Olivenhaine gekauft. Für eine lächerliche Summe.«

Charles sieht Fabrizio an. »Und er hat nie geheiratet.«

»Und er hat nie geheiratet«, bestätigt Consuelo. »Sein Neffe wurde für ihn der Sohn, den ich ihm nicht geschenkt hatte.« Die Principessa hebt ihr Glas: »À la nôtre, mon ami. Und wie man in meiner Familie sagt, wenn zwei sich trennen: À la séparation des corps.«

Sie stürmt herein wie eine Furie, ihr Gesicht schimmert weiß unter der großen, schwarzen Sonnenbrille. »Kein Mensch hat sich die Mühe gemacht, mich zu benachrichtigen, verdammt«, fährt sie Caterina in schneidendem Ton an. Die geht auf sie zu, versucht, sie zu beruhigen: »Valeria, es tut mir leid ...«

»Faß mich nicht an, blöde Kuh.« Sie dreht sich zu dem murmelnden Häuflein in der Zimmerecke. Bei ihrem Auftauchen haben die Vancori-Schwestern begonnen, sich schnell zu bekreuzigen und vernichtende Blicke auszusenden, die Valeria ohne Wimpernzucken erwidert. Sie wirft einen flüchtigen Blick auf den jungen Polizisten, der schlucken muss, und auf Franzo am Fussende des Bettes. Dann nähert sie sich der Leiche. »Hat sich den Schädel aufgeschlagen, was?«

Drohend wie das Grollen des Vulkans steigt das Knurren der Kleinen aus dem Häuflein auf: »Hure, scher dich weg von hier, scher dich weg.« Unter den Stofffalten des Schals taucht die runzelige Hand der Alten auf, die mit Zeigefinger und kleinem Finger das verwünschende Zeichen der Hörner formt und der Blonden entgegenhält.

Wie versteinert hört der Polizist dem Gekreische zu, das plötzlich den aufgebahrten Leichnam umwogt. »Ich, eine Hure? Das muss ich mir von euch alten Flintenweibern ...«

»Valeria, ich bitte dich ...«

»Dirne, Metze ...«

»Ihr habt ihn immer gegen mich aufgehetzt.«

»Komm, lass uns hinausgehen.«

»Und du, du hast ihn auch noch unterstützt, dieses Schwein.«

»Verschwinde von hier, liederliches Weibsstück.«

Schliesslich packen Franzo und Caterina zur grossen Erleichterung des Carabiniere Colombo die blonde Dirne und Hure – aber schön ist sie, bei Gott – rechts und links am Arm und schieben sie aus dem Zimmer. Vor der Tür hört Valeria keineswegs auf, Caterina anzuschreien: »Dir war ich doch immer nur ein Dorn im Auge!« Auch Franzo bekommt seinen Teil ab: »Und euch auch, ihr snobistischen Scheisskerle.«

Die kräftige Ohrfeige, die Caterinas Arm austeilt, erzielt das gewünschte Ergebnis. Valeria bricht auf einem Stuhl zusammen und fängt an zu heulen wie ein kleines

Mädchen, das Gesicht in den Händen vergraben. Während Caterina nach unten läuft, um Wasser zu holen, streicht Franzo der Frau beruhigend übers Haar: »Ist ja gut, Valeria, wein dich nur aus, ist ja gut.«

Sie versucht ein Achselzucken mit ihren von Schluchzern geschüttelten Schultern und stammelt: »Dieser Mistkerl ... jetzt ist er tot ... und ich?«

»Was?«

»Was soll ich jetzt machen?«

»Hast du ihn denn noch geliebt?«

Valeria hebt den Kopf. »Geliebt, dieses Schwein? Spinnst du? Ich habe ihn gehaßt.«

»Aber ...«

»Er hätte nicht einfach so sterben dürfen. *Ich* wollte ihn doch umbringen.«

Franzo sieht Caterina hilflos an, die mit einer Flasche Mineralwasser und einem Glas zurückgekehrt ist. »Hier, trink etwas. Beruhige dich«, sagt sie streng. Valeria nimmt gierig einen großen Schluck und wischt sich das Kinn mit dem Handrücken ab. »Ja, ich hätte ihn mit Freuden umgebracht.«

»Red keinen Unsinn und schrei nicht so, Don Bartolo liegt nebenan und fühlt sich nicht wohl.«

»Ist mir scheißegal.«

»Jetzt reicht es, Valeria. Komm.« Caterina zieht sie resolut vom Stuhl, schleift sie die Treppe hinunter und schiebt sie in die Küche. »Setz dich und sei ruhig. Warum bist du nicht gleich gekommen?«

»Niemand hat mich benachrichtigt, ich habe geschlafen, und vor einer halben Stunde sehe ich plötzlich das Gesicht von diesem Kerl vor mir, wie heißt er doch? Der Bruder von Rosario.«

»Pietro?«

»Genau, Pietro. Er sagt zu mir: ›Komm ... äh ... kommen Sie, man hat Ihren Mann tot unter der Klippe gefunden‹. Und keiner von euch hat ...«

»Ja, es tut mir leid. Wir haben nicht daran gedacht.«

Franzo tritt hinzu. »Du hast recht, entschuldige, wir waren so erschüttert und ...«

Sie läßt nicht locker. »Ja, ja, ich zähle ja nicht. Ich war ja nur seine Frau.«

»Exfrau, Valeria.«

»Na und! Glaubst du denn, er kam nicht immer wieder auf einen kleinen Fick zu mir gekrochen?«

Caterina hebt eine Augenbraue: »Jetzt hör mal ...«

»Nein, hör du mal, du Betschwester: Er kam mit Freuden zu mir, er kam immer wieder, um es mit seiner Ex zu treiben. Wenigstens bis ...« Sie unterbricht sich und hält sich die Hand vor den Mund.

»Bis wann?«

»Ich weiß nicht, ich weiß nicht ...« Sie beginnt wieder, laut zu weinen. »Auf einmal ist er nicht mehr gekommen, hat nicht mehr angerufen, hat nicht zurückgerufen. Das Schwein.«

Caterina und Franzo sehen sich schweigend an. Dann beruhigt sich Valeria, stützt den Kopf in die Hand und blickt stumpf zum Fenster hinaus. »Ich weiß nicht, was plötzlich mit ihm los war. In letzter Zeit war Corrado nicht mehr er selbst.«

»Haben Sie ihn vom Strand aus gesehen?«

»Nein, das war nicht möglich, auch vom Wasser aus nicht. Wie gesagt, Maresciallo, ich bin geschwommen und wollte ins Boot klettern.«

»Warum?«

»Ich weiß nicht. Einfach so.«

»Aha. Und warum waren Sie so früh schon schwimmen?«

Die plötzliche, heftige Röte auf Rubens Gesicht entgeht weder dem Maresciallo Calì noch dem Carabiniere Rosingana, die auch in der relativen Kühle der Laube der Casa Mandarino in ihren Uniformen schwitzen. Doch der Junge hat ein so entwaffnendes Lächeln, daß der Moment der Unsicherheit – oder gar des Verdachts – sofort wieder verfliegt. »Ich konnte nicht schlafen, vielleicht habe ich gestern abend auf dem Fest in der Casa Arancio etwas zuviel getrunken.«

»Ah ja.« Der Maresciallo überlegt, daß man der Reaktion des Jungen wohl keine allzu große Bedeutung beimessen darf. Diese jungen Leute vom Festland kommen im Sommer hierher, feiern Feste, trinken, gehen bei Sonnenaufgang schwimmen. Und warum nicht, die Insel ist schließlich wie gemacht für diese Vergnügungen. Außerdem hat der Gerichtsarzt festgestellt, daß der Tod mit aller Wahrscheinlichkeit zwischen zwei und drei Uhr morgens eingetreten ist. Und zwar durch Quetschung des rechten hinteren Gehirnlappens, der Hauptverletzung neben verschiedenen kleineren Quetschungen und Hautabschürfungen. Was bedeutet, daß er an dem Fall von der Klippe und dem folgenden, heftigen Aufschlagen seines Kopfes auf dem Bootsmotor gestorben ist. Aber der Junge ist eindeutig rot geworden. Aus Nervosität? Vermutlich. Teufel, er hat schließlich einen ganz schönen Schreck bekommen.

Der Maresciallo seufzt und macht Anstalten aufzustehen. Carabiniere Rosingana folgt seinem Beispiel, wobei seine Augen an den klaren und hellwachen von Susy hängenbleiben. Die lächelnd sagt: »Maresciallo, möchten Sie vielleicht einen Kaffee oder einen Eistee? Bei dieser Hitze ...«

»Nein, danke, Signorina.« Er erhebt sich endgültig. »Aber kümmert euch um euren Freund. Er steht noch ein wenig unter Schock.«

Susy und Federico begleiten die beiden Polizisten zur Gartenpforte. Giancarlo dagegen faltet bedächtig die Hände unterm Kinn und sieht Ruben, der sich auf den Kissen der Terrassenbank ausgestreckt hat, durchdringend an. »Nun? Du bist rot wie eine Tomate geworden. Erkläre dich.«

»Was willst du?«

»Du kannst vielleicht unseren Freunden und Helfern etwas vormachen, aber nicht deinem besten Freund. Denn als ...«

»Mensch, Giancarlo, du kannst einem wirklich auf den Wecker fallen. Ich weiß nicht, warum ich rot geworden bin!«

»Überlegen wir mal: Es liegt auf der Hand, daß du diesen armen Kerl nicht umgebracht hast.«

»Hör schon auf.«

»Es sei denn, du bist gestern nacht dort hinaufgegangen und hast ihn vom Felsen geworfen. Und hast dann raffinierterweise das Auffinden der Leiche inszeniert.«

»Giancarlo ...«

»Nein, zu kompliziert, ich geb's zu. Außerdem hattest du kein Motiv. Bleibt aber die Frage, warum du um halb sechs aufgestanden und an den kleinen Strand zum Schwimmen gegangen bist.«

»Ich bin aufgestanden, weil du geschnarcht hast wie ein ganzes Infanterieregiment.«

»Das wäre ja das erste Mal, daß du dich daran störst. Nein, nein, offenbar ...«

»Verpiß dich, los.«

»Oh-ho, du hast ein Geheimnis. Ich spüre das. Aber was könnte es sein?« Susys lachende Stimme antwortet ihm: »Wenn du nicht gleich aufhörst, Giancarlo, wirst du von uns allen zum Teufel gejagt. Laß ihn doch mal in Ruhe.« Zu Ruben: »Wir sollten die Vulkanbesteigung heute abend abblasen. Du bist zu erschöpft.«

»Nein, ihr braucht doch wegen mir eure Pläne nicht zu ändern. Geht ihr nur, und ich ...«

»Mit wem möchtest du wohl gerne auf den Vulkan steigen, hä?« Giancarlo steht auf, stemmt die Hände in die Hüften und bohrt unerbittlich weiter: »Schon gestern abend warst du nicht du selbst. Oder vielmehr, du warst du selbst in der dritten Potenz. Das heißt, du warst noch geistesabwesender als sonst, zu nichts zu gebrauchen, total weggetreten. Und vielleicht verrätst du mir mal, wem dieses Hemd gehört, das übrigens von bester Qualität ist und genau zum Ton deiner träumerisch ins Leere starrenden Augen paßt? Und das du seit heute morgen trägst als wäre es mit dir verwachsen?«

Aus der Laube der Casa Mandarino ertönt als Antwort ein einstimmiges, im Chor gerufenes »Verpiß dich«.

Isolina hatte natürlich recht mit ihrer düsteren Prophezeiung.

Von den Dünenwüsten Nordafrikas kommend, vollgesogen mit Feuchtigkeit, die er im lebhaften Zwist mit den nervösen östlichen Luftströmungen zwischen dem Dodekanes und den Kykladen und dem zahmeren Südwestwind aufgesammelt hat, stürzt er sich brüllend in die Meerenge von Messina und überfällt zuerst Vulcano (wo er heiße, rote Sandsäulen aufwirbelt), dann Lipari, Panarea und Ginostra, setzt mit einem Galoppsprung über den Graben, streift Iddus Flanken und ohrfeigt mit seinem schwülen Atem Stromboli. Der unheilvolle Schirokko. Von den Fischern gefürchtet, von Hotelbesitzern und anderen Tourismusabhängigen gehaßt, drängt sich der heiße Wind aus Afrika – der für alle der Wind vom Meer ist, der Gegenspieler der wohltuenden, von Norden kommenden Tramontana – gewaltsam und honigsüß zwischen die Felsausläufer von Strombolicchio, wendet sich mit teuflischer Arglist dem offenen Meer zu, um dann zur Insel zurückzukehren und seine zerstörerische Energie auf die schwarzen Strände, die Röhrichthaine, die Gassen, die Terrassen, die Zimmer und sogar zwischen die Bettücher zu entladen. Feucht, schwül, aggressiv.

Himmel und Seele trüben sich. Man sieht unbehaglich zum Horizont und sucht im Wasser (das ebenfalls trüber, dickflüssiger wirkt) eine kurzfristige Erfrischung. Man wartet resigniert, daß er vorbeigeht wie eine Krankheit, gegen die man nichts ausrichten kann.

Und er geht vorbei. Aber die kurze Zeit seiner Dauer – immerhin einige verschwendete Tage für diejenigen, die ihre wenigen, erbärmlichen Urlaubstage im Kalender abzählen müssen – hinterläßt Spuren der Erschöpfung: »Mein Gott, die zweite Augustwoche hat mich fertiggemacht. Was für eine Hitze! Brutal, du kannst es dir nicht vorstellen.«

Den Inselbewohnern kündigt sich der unwillkommene Gast durch ein deutliches Signal an: durch die veränderte Richtung von Iddus schneeweißer Gipfelwolke. Wenn das Wetter »hält«, verläuft sie in einer geraden, horizontalen Linie – wie ein luftiges, kilometerlanges Baguette – in nordöstlicher Richtung, in Richtung Kalabrien. Aber wenn die Wolke auseinanderreißt, sich verdüstert und an den Rändern eine typische, taubengraue Färbung annimmt – und vor allem wenn sie sich in Richtung des Dorfes, nach Westen, wendet und die höhergelegenen Berghänge in einen nordischen Nebel hüllt –, dann haben wir die Bescherung: Dann ist der Schirokko da. Und bringt diverse Übel mit sich: überwältigende Mattigkeit, schlimme Depressionen, außergewöhnliche Appetitlosigkeit.

Solche Tage sollten dem Nichtstun geweiht sein (keine anstrengenden Unternehmungen, auch keine persönlich-emotionaler Art wie zermürbende Streits, aufreibende Versöhnungen, mittel- bis langfristige Vorhaben in Herzensangelegenheiten, bloß nicht). Das Wichtigste für das Überleben auf der Insel: kalte Duschen, kein fettes Essen, sich nicht plötzlich verlieben, um gefährliche Blutdruckschwankungen zu vermeiden. Wenn man dann bedenkt, daß in diesem Winkel der Welt Iddu hinzukommt – immerhin ein äußerst tätiger Vulkan – und die vom verderblichen Meereswind hervorgerufene drückende Atmosphäre noch verschlimmert, fällt es nicht schwer, sich vorzustellen, daß die dadurch entstehende unruhige Spannung unter solchen Bedingungen einen Höhepunkt erreichen und zu einem Ausbruch führen kann. Dabei werden zerstörerische Kräfte freigesetzt, die sogar einen gewaltsamen Tod hervorrufen können, wie der schwerwiegende Vorfall der vergangenen Nacht deutlich gezeigt hat.

Im Dorf spricht man von nichts anderem. In den beiden Tabakläden, sowohl in dem am Hafen, der auch Zeitungen verkauft, als auch in dem an der oberen Straße verwirren sich Neuigkeiten und Spekulationen. »Was sagt man in Piscità, was gibt's Neues?« Der gleiche Austausch findet in der Apotheke an der Piazza statt, im Supermarkt, an den Tischen der Bar Ingrid und in der schicken Boutique, zu der die beiden Deutschen von gestern zurückgekehrt sind, um sich den Teppich noch einmal anzusehen, den sie – was die Besitzerin auf den ersten Blick erkannt hat –, doch nicht kaufen werden.

Während die beiden sich murmelnd über den schönen Kelim beugen – der in Köln die Hälfte kosten würde – wendet sich die Besitzerin einem anderen Paar zu (Mailänder, optimale Kunden): »Weiß man denn schon, wie es passiert ist?«

Die Frau stellt ihren Rucksack, aus dem ein luxuriöser, purpurfarbener Bademantel herauslugt, auf einem Schemel ab und läßt zahlreiche Armreifen klimpern. »Wie es scheint, ist er von der Klippe gefallen, stellen Sie sich vor. Und wir haben ihn gestern abend noch bei Franzo und Charles gesehen!«

Ihr Mann (oder Lebensgefährte) schielt auf seine Stahlrolex am Handgelenk. »Da war er noch putzmunter. Hör mal, wir müssen uns beeilen, die Sclarandis erwarten uns.«

Die Frau fügt erklärend für die Boutiquebesitzerin hinzu: »Wir wollten heute morgen zusammen mit ihnen eine Bootstour machen, aber nach dem, was passiert ist, war niemandem mehr danach.«

»Verständlich. Es ist wirklich unfaßbar. Wie es wohl Don Bartolo geht?«

»Und Valeria erst!«

»Waren sie eigentlich schon geschieden?«

»Ich glaube nicht.« Die Mailänderin senkt vertraulich die Stimme. »Es steht sicher eine fette Erbschaft auf dem Spiel, bei all den Häusern, die die Vancori auf der Insel besitzen.«

»Oh, allerdings.«

Der Gefährte (oder Ehemann) scharrt mit den Füßen: »Gehen wir? Gott, diese Schwüle.«

Die Boutiquebesitzerin wendet sich diskret dem älteren deutschen Paar zu, das schüchtern lächelt und eine Ecke des Teppichs fallen läßt. »Dankeschön«, sagen sie auf Deutsch und gehen unzufrieden hinaus.

Ehe sie die Ladentür schließt (vor fünf oder halb sechs braucht sie gar nicht ans Wiederaufmachen zu denken, bei dieser Hitze ist niemand im Dorf unterwegs), wirft die Frau einen Blick auf die Straße. Nanu, da ist die Dame, die gestern den blauen Schal gekauft hat. Sie sieht der Frau nach, die wie in Trance die steile Gasse zur Kirche hinaufgeht und denkt: Ich verstehe nicht, warum sie bei ihrem Umfang zu dieser Tageszeit einen Spaziergang machen muß. Vielleicht ist sie ja verrückt, den Blick einer Verrückten hat sie.

Sie schließt die Fensterläden und stellt die Deckenventilatoren auf Höchststufe. Vor Viertel vor sechs ist gar nicht ans Aufmachen zu denken.

Weil dieser alberne Tropf unbedingt eine Zitrone auf seine Vulkanbesteigung mitnehmen will, in der Speisekammer aber keine mehr sind, hat sie sich, alberner und dickköpfiger noch als er, auf den Weg zum Supermarkt gemacht, statt nebenan in der Casa Arancio eine zu erbitten (ich will nicht stören, Sie sind bestimmt alle ganz erschüttert nach dem, was passiert ist, ich bin es auch). Der Supermarkt hat natürlich längst geschlossen, es ist schon nach zwei.

In Wahrheit, gesteht sich Signora Elide ein und betrachtet versunken ihren umfangreichen Schatten auf dem Pflaster der ansteigenden Gasse, hat sie nur nach einem Grund gesucht, aus dem Haus zu kommen, weil sie es nicht mehr ertragen konnte, dem Trottel bei seinen Vorbereitungen für den Aufstieg zuzusehen.

»Willst du etwa trotzdem auf den Vulkan?«

»Warum sollte ich denn nicht gehen?«

»Na ja, ich weiß nicht, nach dem Unglück von letzter Nacht.«

»Na und? Was hat das denn mit mir zu tun?«

Genau, was hat er schon mit den Vancori und mit der Insel zu tun? Und mit mir? fragt sich die verstörte Elide und richtet ihren Blick hoffnungsvoll auf die einladende Oase, die hinter der Ecke der Apotheke auftaucht. Was weiß Nuccio schon von mir? Und warum mußte ich diese weite Reise hierher machen (zehn Stunden im Schnellzug Turin-Neapel und weitere neun auf der *Piero della Francesca*)? Nur um mir diese – entscheidenden? unvermeidlichen? karmischen? – Fragen zu stellen? Und mich in dieser merkwürdigen Situation wiederzufinden?

Ohne sich eine Antwort auf ihre Fragen zu geben (schon sie zu stellen verschafft ihr eine vorübergehende Erleichterung) betritt sie leicht gebückt die Oase der Bar Ingrid und bestellt einen Eiscafé. Einen doppelten.

Sie nimmt ihn mit hinaus und führt ihn sich in der schattigsten Ecke des Cafés unter der Pergola aus Rohrgeflecht in kleinen Schlucken zu Gemüte. Hier kann sie endlich in aller Ruhe, ohne diese durchgedrehte Nervensäge von ihrem Gatten, über das Ereignis von gestern nacht nachdenken.

Mit einem plötzlichen Schauder sieht sie diesen gutaussehenden Mann im blauen Jackett – wie schön Männer doch manchmal sein können! – vor sich, wie er dunkel lächelnd sein Glas hebt, wie er allein auf der Klippe steht, die breiten Schultern der Nacht dargeboten. Sie stellt sich vor, wie er hinunter aufs Meer sieht, das aus dieser Höhe nicht zu erkennen ist, spürt den Sog der strudelnden Tiefe. Dann fällt sein Körper nach vorn, schlägt gegen das Boot.

Ein neuer Schauder kriecht über ihren Rücken. Gott, in was für eine Situation habe ich mich da gebracht.

Von einem plötzlichen Schwindelanfall überkommen, beschließt Frida, vernünftig zu sein, die schwere Gartenschere auf einer Mauer abzulegen und erst einmal wieder zu Atem zu kommen. Warum muß ich auch zu dieser Tageszeit im Garten schuften? Um die Nerven zu beruhigen, klar.

Sie setzt sich auf die niedrige Mauer, blickt zur Apsis von San Bartolo hinunter und stößt einen tiefen Seufzer aus, während sie – auch sie – einen unangenehmen Schauder zwischen ihren Schulterblättern spürt. Und das bei dieser Hitze. Ich muß wirklich ziemlich angeschlagen sein.

Sie hat sogar Livia zur Casa Arancio geschickt oder sie vielmehr gebeten, dort nachzufragen, ob man dort in irgendeiner Form Unterstützung braucht. In Wirklichkeit wollte sie jedoch allein sein, um sich zu beruhigen und wieder zu sich zu kommen. Sie denkt an die Gesichter ihrer Freunde heute morgen. Das gelblich-fahle von Charles, Franzos verstörtes, aufgeregtes Gerede, Consuelos starre Miene, Caterinas schmerzlich geweitete Augen. Und das unruhige Zucken in Fabrizios Wangenmuskeln.

Sie steht auf und fährt sich mit den Händen übers Gesicht. Als sie die Augen schließt, taucht Corrados Gesicht vor ihr auf. In schneller Abfolge verändert es seinen Ausdruck, von einem feinsinnigen Lächeln bis zur ernst gerunzelten Stirn. Und schließlich zur wächsernen Starre von heute morgen. Sie sieht Corrado, der sämtliche Mädchen am Strand anmacht, Corrado, der in einer Hängematte im Schatten der Palme im Garten der Vancori schläft, Corrado, der sie im Mondlicht entkleidet. Einer von vielen im Grunde, oder? Nein. Wir alle haben unsere Liebesphantasien, entwerfen uns ein Phantom, in dem sich die geheimsten Wünsche und verborgensten Sehnsüchte verdichten. Liebe? Nein, sagt sie sich mit einem Blick auf die Terrasse ihres Hauses. Liebe nennt man das noch mit achtzehn, zwanzig, man hält es für Liebe. Doch es ist Begierde, nichts als Begierde. Schlimm allerdings, daß man die beiden leicht verwechseln kann. Mit einem bitteren Lachen denkt Frida an ihre Freundin Simonetta, die seit fünfzehn Jahren einem Kerl hinterherläuft, der sie wie Dreck behandelt, der überhaupt nichts kapiert, der sich, wenn sie mit Freunden im Restaurant sind, möglichst weit weg von ihr setzt und sie keines Blickes würdigt und der obendrein auf unerträgliche Weise von sich selbst überzeugt ist – unter sich nennen sie und ihre Freundin ihn nur den »Superscheißkerl«. Und doch, so sagt Simonetta, ist er der einzige, der ihr das Gefühl gibt, einen Körper zu haben. Tja. Es gibt Frauen, die sich ihr ganzes Leben lang nach einem kompletten Schwachkopf verzehren – und sogar zärtliche Gefühle entwickeln, wenn sie ihm beim Älterwerden zusehen, wenn sie das erste graue Haar entdecken, den ersten Krähenfuß –, nur weil seine Hände sie auf die einzig richtige Weise, die einzig ersehnte Weise zu berühren wissen.

Eine Gefahr, in der auch ich geschwebt habe, überlegt Frida und bricht einen abgestorbenen Eukalyptuszweig ab. Eine Gefahr, der sich viele Frauen bei Corrado ausgesetzt haben. Weil Corrado einer war, der dafür sorgte, daß die Tür nie ganz zugemacht wurde. Kaum glaubtest du, dich von ihm befreit zu haben, hatte er schon wieder den

Fuß in der Tür. Und du warst auch noch froh, daß er wieder da war. So hat er es mit allen gemacht, vor allem mit Valeria. Es gefiel ihm, sich alle Türen offenzuhalten, seine Frauen nie ganz zu verlassen, ihnen nicht zu gestatten, sich völlig von ihm abzuwenden. Vielleicht hat ihn deswegen die Sache mit Livia so erstaunt, vielleicht sogar geärgert, vielleicht sogar verunsichert. Eine ungewöhnliche Konkurrentin, Livia. Frida denkt mit Abscheu daran, wie Corrado die junge Frau gestern abend im Garten der Casa Arancio angesehen hatte. Als hätte er überlegt, wie sie wohl im Bett ist, ob er sie rumkriegen könnte ...

Sie nimmt die Gartenschere und kappt mit einem sauberen Schnitt den Stiel einer Geranie. Nun, ihm ist keine Zeit mehr geblieben, es zu versuchen. Andererseits hatte sie gestern in einem bestimmten Moment und bei bestimmten Lichtverhältnissen einen unbekannten Ausdruck in seinen Augen gesehen, den sie nicht zu deuten wußte. Sie hatte sich gerade zu Susy umgedreht, um auf eine Frage zu antworten und dabei bemerkt, wie Corrado, der auf der unteren Terrasse bei seinem Onkel saß, sich nach jemandem umblickte. Er sah irgendwie ... beunruhigt, fast gequält aus. Als würde er jemandem nachblicken, dem er weh tun mußte, obwohl er es nicht wollte. Sie hatte nicht feststellen können, wem dieser Blick galt oder wer ihn hervorgerufen hatte.

Habe ich mich getäuscht? Dieser Blick sah Corrado gar nicht ähnlich. Vielleicht habe ich nur meine eigene Beunruhigung auf ihn übertragen, weil ich das Böse von Stromboli fernhalten wollte, von den Menschen, die ich liebe, von denen ich mich beschützt fühle. Aber das Böse hat sich eingeschlichen und das empfindliche Gleichgewicht der Insel gestört.

Mit einem kleinen Seufzer steht sie auf und durchquert

den Garten. Sie geht ins Haus und schrubbt sich die Hände mit einem großen Stück Kernseife, betrachtet sich im Spiegel über dem Waschbecken. Und doch ist es, als hätte Corrados Tod eine Bedrohung abgewendet.

»›Ihr Strandnachbar hat sein Radio auf volle Lautstärke gestellt. Wie verhalten Sie sich? A: Sie gehen schwimmen. B: Sie rufen laut: Ich habe furchtbare Kopfschmerzen! C: Sie bitten ihn freundlich, es leiser zu stellen.‹«

»D: Ich schlage ihm den Schädel ein.«

»Komm schon, du mußt ernsthaft antworten. Soll ich's dir nochmal vorlesen?«

»Nein ... ich nehme B. Wenn wir wenigstens einen Strandnachbarn hätten. Dieser Strand kommt mir vor wie ein Friedhof.«

»Vor allem jetzt, wo es wirklich einen Toten gegeben hat«, kichert Ornella. Maria Grazia schüttelt ein wenig Sand von ihren Beinen. »Und du immer mit deinem: Was für eine wunderbare Insel, was für ein schöner Urlaub! In ein Leichenschauhaus hast du mich gebracht.«

»Uff.« Ornella wirft Zeitschrift und Kuli auf ihr Strandtuch und steht auf. »Kommst du mit schwimmen? Den Strandtest willst du ja doch nicht zu Ende machen.«

»Geh du nur.«

»Hast du schon wieder schlechte Laune?«

»Na hör mal, schon vorher waren die hier nicht besonders freundlich zu uns, und jetzt, wo dieser Typ sich kopfüber in das Boot von dem Engländer gestürzt hat ...«

»Also, ich glaube ja, sie haben ihn um die Ecke gebracht.«

Maria Grazia dreht sich um und sieht ihre Freundin über die Sonnenbrille hinweg an. »Meinst du wirklich?«

Ornella setzt sich wieder auf ihr Handtuch. »Ich weiß nicht. Mir ist da so ein Gedanke gekommen.«

»Was für ein Gedanke?«

»Na ja, dieser Vancori schien nicht gerade der liebenswerteste Mensch der Welt zu sein, oder?«

»Aber überleg mal, wieviel Leute man da umbringen müßte.«

»Ja schon, aber ... Ich weiß nicht, gestern abend lag so etwas in der Luft.«

»Was wird das denn? Ornella, die übersinnlich Begabte?«

»Ach, Mensch. Aber es wäre doch möglich, oder?«

»Vielleicht hat ihm ja seine Sekretärin, diese Caterina, einen Schubs gegeben. Sie war unheimlich sauer.«

»Damit sie jetzt arbeitslos ist? Quatsch. Eher die Griffa.«

»Diese Hure von Exfrau, meinst du? Und warum?«

»Was weiß denn ich? Sie haben sich gehaßt, das war nicht zu übersehen.«

»Eine heftige Szene mitten in der Nacht?«

»Ja, kann sein. Sie ist auf die Insel gekommen, um ... um ihn zu erpressen?«

»Langsam, langsam, wie kommst du denn auf die Idee? Andererseits, wenn wirklich jemand den berühmten Produzenten beseitigt hat, wäre seine Frau ...«

»Oder Exfrau ...«

»Egal, wäre die Hure die Hauptverdächtige. Vielleicht erbt sie ja.«

»Vielleicht auch nicht. Vielleicht fällt alles an die Familie, an diesen Onkel und dessen Schwestern. Das sollen drei ziemlich verrückte alte Jungfern sein.«

»Oder er hat sich gestern abend mit jemandem gestritten.«

»Auf dem Fest?«

»Oder vorher.«

»Oder gleich danach.«

»Mit diesem Regisseur aus Rom?«

»Oder mit der ehrwürdigen Principessa mit den vielen Namen?«

»Und was hältst du von diesem komischen Priester oder was der ist, der ständig an ihr klebt?«

»Merkwürdiger Kerl, stimmt. Aber ich habe auch schon an diese Ratte gedacht.«

»Was für eine Ratte?« fragt Maria Grazia erschrocken.

»Doch keine echte, ich meine diesen Rosario.«

»Wie kommt so ein häßlicher Kerl bloß zu einem solchen Bruder? Hast du den gesehen?«

Ornella malt mit einem Zeh Ornamente in den Sand und seufzt: »Klar habe ich ihn gesehen. Und er hat keine Sekunde lang die Superhure aus den Augen gelassen.«

»Womit wir wieder am Anfang wären. Aber glaubst du wirklich, daß ihn einer von denen umgebracht hat?«

»Ich hab da so eine Idee«, schließt Ornella geheimnisvoll und nimmt den Strandtest wieder zur Hand.

Maresciallo Calì sieht durch die schräggestellten Lamellen der Jalousie auf den kümmerlichen Grünstreifen vor der Kaserne. Er beschließt, daß man die vier Pflanzen dort draußen mal ordentlich gießen müßte. Er wird Rosingana damit beauftragen, sobald er zurück ist. Das gleichmäßige Summen der elektrischen Schreibmaschine hinter seinem Rücken erinnert ihn an die momentane Aufgabe: »Hast du alles?« Carabiniere Colombo wirft einen Blick auf das beschriebene Blatt und nickt. »Ja, Signor Maresciallo.«

»Lies nochmal vor.«

»Von vorne?«

»Nein, die letzten Zeilen.«

»Also ... Der Gerichtsarzt der Gemeinde Lipari, Doktor Giuseppe Capodanno, stellte nach seinem Eintreffen den Tod des genannten Vancori fest, der nach seiner Schätzung vor Tagesanbruch, zwischen zwei und drei Uhr morgens ...«

»Hast du ›vor Tagesanbruch‹ hinzugefügt?«

»Soll ich es rausstreichen?«

»Nein, laß es.«

»... Vernehmung des Zeugen Ruben Carmi, geboren in ...«

»Überspringen.«

»Wohnhaft ...«

»Überspringen.«

»Zahlender Feriengast bei ...«

»Überspringen.«

»Bis wohin?«

Statt einer Antwort fragt der Maresciallo: »Gibt es was Neues vom Hubschrauber?«

»Soll ich nochmal anrufen?«

Calì dreht sich um und sieht in das gebräunte Gesicht seines Untergebenen. »Ja, versuch's nochmal.« Colombo nimmt den Hörer ab, wählt eine Nummer, beginnt, mit jemandem zu sprechen.

Der Maresciallo dreht sich wieder zum Fenster, die Hände auf dem Rücken verschränkt. Er sieht zu dem schmucklosen Hof und der kleinen Straße hinaus, auf der in diesem Moment eine Gruppe von lachenden und sich balgenden jungen Leuten mit Rucksäcken vorbeizieht, aus denen Schwimmflossen und Taucherbrillen herausragen. Er denkt daran, daß auf der anderen Seite des Dorfes, in Piscità, statt des üblichen sommerlichen Gelächters betroffenes Schweigen über den *tödlichen Unfall* – so die vorläufige offizielle Bezeichnung – von vergangener Nacht herrscht.

Während der letzten zwei Monate hat die örtliche Carabinieristation, deren Befehlshaber er ist, folgende Einsätze zur Wahrung der öffentlichen Ordnung durchgeführt:

Anfang Juli (auf Drängen der beiden Gemeindepfarrer, von denen wiederholt Hinweise eingegangen waren) eine pflichtgemäße und wenig Dank hervorrufende Razzia am langen Strand von Piscità mit dem Ziel der Personalienfeststellung eventueller Nudisten und Bestrafung derselben mit Geldbußen und strengen Ermahnungen. Während dieses Einsatzes Überprüfung eines älteren dänischen Paares beiderlei Geschlechts, das in einer rauhen und unverständlichen Sprache gegen die (einzig verständlicher Ausdruck) katholisch-faschistischen italienischen Gesetze protestierte. Der Einsatz zur Bestrafung der Erreger öffentlichen Ärgernisses wurde gegen Ende des Monats wiederholt. Bei der Durchführung desselben wurden zwei weitere Personen (sehr jung und unzweifelhaft sizilianischer Herkunft) vorübergehend festgehalten und erkennungsdienstlich behandelt, die im Schutz eines Felsens ihrer Pflicht als Liebespaar nachgekommen waren.

Maresciallo Calì schämt sich freimütig dieser unnützen Unternehmungen im hellen Sonnenschein. Und drückt (den wenigen Frömmlern der Insel, wie diesen finster blikkenden Vancori-Schwestern, zum Trotz) beide Augen zu. Sollen die Touristen doch ihre Schamteile unter Strombolis heißer Sonne zur Schau stellen, wenn sie unbedingt wollen!

Viel mehr Sorgen machen ihm diese Übeltäter, die mit ihren blödsinnigen Motorbooten in drei Meter Entfernung vom Ufer vorbeiflitzen, oder diese verantwortungslosen Taucher, die ihre Anwesenheit nicht mit den vorgeschriebenen Bojen kennzeichnen. Oder diese Hitzköpfe, die nachts ohne Führer auf den Vulkan kraxeln und ihn schon manche Nacht nicht haben schlafen lassen. Für die sollte es wirklich Bußgelder hageln, und zwar saftige. Vor zwei Jahren mußte er mit einem keuchenden Rosingana dort hinaufsteigen, um die Überreste eines Schwachkopfs aus Bergamo aufzusammeln, der sich neugierig zu weit über den Krater gebeugt hatte.

Trotzdem alles alltägliche Vorgänge, denkt er, während er mit einem Ohr Colombos Stimme lauscht, der immer noch telefoniert. Die Sache letzte Nacht jedoch ist etwas ganz anderes. Tödliche Unfälle passieren auf dieser Insel voll unberechenbarer Gefahren schon hin und wieder, aber dieser Tod hat etwas Aufsehenerregendes, Spektakuläres. Der Neffe des reichsten und wichtigsten Mannes der Insel, selbst reich und mächtig genug. Und inwieweit ist dieses Unglück wirklich als Unfall zu bezeichnen? Der Maresciallo fragt sich nämlich – doch bisher ist es nur eine Ahnung, ein vager Verdacht –, wie Corrado Vancori über dieses Geländer an der Spitze der Klippe fallen konnte. Dazu mußte er sich sehr weit hinübergebeugt haben, vielleicht, um unten etwas erkennen zu können. Aber was, bei dieser Dunkelheit? Das Boot des Engländers, das dort festgemacht war (das Boot, das zu seiner Bahre wurde)?

Das ergibt keinen Sinn. Und dieser Junge, dieser Ruben Carmi, was machte er beim Morgengrauen im Wasser? War er nachts um drei schwimmen gegangen und hatte so Vancoris Aufmerksamkeit erregt? Der sich daraufhin zu Tode gestürzt und dem Jungen einen Schock versetzt hatte? Ja, klar, schnaubt Calì durch die Nase, und dann hat er vier Stunden gewartet, ehe er Alarm schlug. Nein, nein, so paßt es nicht. Es muß anders gewesen sein. Die naheliegendste Schlußfolgerung (neben der Unfall-Hypothese) wäre wohl, daß jemand ihm einen Stoß versetzt hat.

Colombos Stimme reißt ihn aus seinen Gedanken: »Der Hubschrauber wird in einer Stunde hier sein, Maresciallo. Wir müssen drüben Bescheid sagen, damit sie die Leiche für den Transport vorbereiten.«

Calì dreht sich zu dem jungen Mann um. »Ja. Du gehst hinunter nach Scari und nimmst den Helikopter in Empfang. Wir holen die Leiche mit Pippos Boot ab.« Man wird sie wieder hinunter zum Wasser tragen und von dort zum Hubschrauberlandeplatz transportieren müssen, überlegt der Maresciallo. Er nimmt den Telefonhörer ab und denkt: Wenn ihn jemand gestoßen hat, wer war es? Jeder hätte in den Garten der Vancori eindringen können, die nach altem Inselbrauch nicht im Traum daran denken, die Gartenpforte abzuschließen. Denn Gefahren gehen auf Stromboli von der Insel selbst aus, von ihrer gewaltsamen Natur, und nie von den Menschen. Fast nie.

Charles erhebt sich von der Chaiselongue. »Ich versuche, den Maresciallo wegen des Hubschraubers zu erreichen.« Er geht ins Haus.

So verstreicht der Tag einerseits untätig, andererseits angefüllt mit Erledigungen, Entscheidungen, Dingen, die es zu besprechen gilt. Vor einer halben Stunde ist Franzo vom Palazzo zurückgekommen, hat von Valerias Szene vor der Leiche berichtet und ist dann nervös und bedrückt in seinem Zimmer verschwunden. Consuelo hat beschlossen, Caterina zu unterstützen, Isolina hat noch einen Kaffee gemacht, und Matteo ist zur Casa Rosmarino zurückgekehrt, um sich ein wenig hinzulegen. Auch Fridas Freundin ist gerade wieder gegangen. Nur Fabrizio ist mit Charles auf der Terrasse zurückgeblieben. Jetzt, da er allein ist, betrachtet er das kaum merkliche Schwanken der Bougainvilleazweige und den Hauskater, der seine Krallen an einer Fußmatte wetzt. Das lahme Kätzchen hat sich – nach einer stummen Bitte um Erlaubnis an die Haushälterin – mit den gesunden Pfoten in seinen Schoß gehangelt. Er streichelt es und lädt es ein, sich auf ihm zusammenzurollen.

In der lastenden Stille des Nachmittags schließt er die Augen. Er wird sich eines seltsamen Gefühls der Dazugehörigkeit bewußt: Zwar ist er erst seit gestern morgen hier, doch sind ihm das Haus, seine Zimmer und seine Gesichter schon ganz vertraut. Vielleicht liegt es an der Herzlichkeit, mit der sie ihn hier aufgenommen haben, vielleicht an der erstaunlichen Begegnung mit dem jungen Mann von gestern – wie stelle ich es nur an, fragt er sich, zu erfahren, ob es ihm besser geht, ob er sich von dem Schock von heute morgen erholt hat? –, vielleicht auch an den Kapriolen des Schicksals: das Wiedersehen mit der so heiteren, so veränderten Frida, das Filmprojekt, die unselige Begegnung mit Vancori. Er denkt auch an Irene. Aber fühlt sich nicht allein, auch nicht verwirrt. Er sieht, unter dem Eindruck dessen, was die Principessa ihm erzählt hat, das Gesicht des alten Vancori wieder vor sich. Ein Mann, der eine Frau geliebt hat und nicht mit ihr leben konnte. La séparation des corps. Wie seine eigene Trennung von seiner Frau, von der so zerbrechlich wirkenden Irene, die doch aus Eisen ist. Er versteht jetzt, was Sebastiano vor einigen Tagen zu ihm gesagt hat: »Auf der Insel zählt nur, was auf der Insel passiert.« Auch er ist ganz und gar von der erwartungsvollen Atmosphäre im Haus eingenommen. Irene ist weit weg, verblaßt hinter dem weißen Flattern eines Segels, das gerade das Meer durchkreuzt.

Er muß in Rom anrufen, aber er denkt dabei nicht an

seine Frau, sondern wieder an Sebastiano. Er muß ihm erzählen, was passiert ist. Als er Charles' Schritte auf der Treppe hört, öffnet er die Augen. Die Stimme des Engländers verkündet hinter ihm: »Der Hubschrauber wird bald hier sein. Ich gehe und sage den anderen Bescheid.«

Die Seele will nicht davonfliegen. Für den Körper wird alles getan, jede Vorsichtsmaßnahme getroffen. In ein weißes Tuch gehüllt, wird Corrados Leiche von Pietro und Rosario vorsichtig zu dem kleinen Strand unterhalb des Palazzos hinuntergetragen, während Neugierige sich an der Einfriedungsmauer der Casa Arancio versammeln. Ihre Gesichter sind betroffen zu den Fenstern des Palazzos erhoben, aus denen die Klageschreie der drei Vancori-Schwestern dringen. Caterina tritt, gefolgt von Consuelo, aus der Terrassentür und zögert einen Moment, wobei sie zu Don Bartolos Fenster hinaufsieht. Die Principessa murmelt etwas und geht ins Haus zurück. Franzo nimmt Valerias Arm, gemeinsam steigen sie die Treppe zum Strand hinunter. Susy und Federico folgen ihnen. Der Junge reicht Livia die Hand und hilft ihr, über einen Stein zu klettern. Livia wiederum ergreift die Hand von Frida, die neben Fabrizio geht. Giancarlo nähert sich im Laufschritt, Ruben eilt ihm voraus.

Am kleinen Strand warten schon Charles und Matteo mit dem Maresciallo. Sie helfen einem der Bootsleute, Pippos Boot ans Ufer zu ziehen. Am hinteren Teil des Strands tauchen Maria Grazia und Ornella auf, halten sich aber fern. Unter der Klippe schaukelt Charles' Barke.

Die Leiche wird ins Boot gehievt. Der Maresciallo gibt dem jungen Rosingana und den Bootsleuten rasch einige Anweisungen. Dann steigt er ebenfalls ein und fordert

Caterina und Valeria auf, ihm zu folgen. Das Motorboot setzt zurück, wendet und fährt davon.

Ein lockerer Trauerzug setzt sich in Richtung Hafen in Bewegung. An der Kreuzung der beiden Straßen treffen sie auf Signora Elide, die sich ihnen mit einem schüchternen Lächeln anschließt. Charles bietet ihr seinen Arm.

Während sie schweigend dahingehen, denkt Frida an das Boot, das Corrados leblosen Körper transportiert. Sie denkt auch an das Tankschiff, das bei Ficogrande festgemacht hat, an die Schlauchboote und die Kähne, die vor der Küste kreuzen. Das Tankschiff wird Wasser in die Leitungen der Insel pumpen. Es wird die ganze Nacht vor Anker liegen und bei Tagesanbruch leer zurück nach Messina fahren. Knatternd überholt sie ein Moped.

Zwei Schritte hinter ihr denkt Fabrizio an die *Piero della Francesca*, an ihr beruhigendes Rollen. Er betrachtet das Wrack einer verrosteten »Lapa« auf einem Feldweg im Röhricht. Dann begegnet sein Blick dem des »Jeune homme nu«, der jetzt nicht mehr nackt ist, sondern sein Hemd trägt. Der Junge sieht ihn an, ohne die Augen zu senken. Fabrizio ist es, der den Kontakt unterbricht und einem Tragflächenboot nachschaut, das hinter Strombolicchio am Horizont verschwindet.

Unterwegs schließen sich weitere Freunde stumm dem Trauerzug an: Ruth und Alberto, Madame Wagner und der Architekt Pagliero.

Jetzt sind sie auf der Piazza von San Vincenzo angekommen, wo sie an Iddus Planke den Hubschrauber auftauchen sehen. Sie eilen in den Ort hinunter und drängen sich zwischen die Touristen, die Einkäufe machen oder einen ersten Aperitif nehmen.

Am Strand von Scari versammeln sie sich schließlich um den kleinen Hubschrauberlandeplatz. Der Helikopter ist bereits gelandet. Der Maresciallo leitet die Operation, schnell wird Corrados Leiche hineinverfrachtet.

Der Pilot nimmt seinen Sitz wieder ein, schon beginnen die Propellerblätter, sich zu drehen. Während sie dem Hubschrauber nachsieht, der in kürzester Zeit nur noch ein Pünktchen am südlichen Horizont ist, überlegt Caterina, daß jedes der besonderen Transportmittel, über die die Insel verfügt, dazu beigetragen hat, Corrados Körper fortzubringen. Aber die Seele, denkt auch sie, will nicht gehen.

Die Rückkehr nach Piscità erfolgt in nicht minder trauriger Stimmung.

Vor dem Tabakladen kommt es zu einer kleinen Versammlung. Matteo zerrt an den Leinen von Romanow und Hohenzollern und verkündet: »Ich kaufe noch Zigaretten für die Signora.«

»Ich komme mit hinein«, echot Charles. Franzo hält ihn zurück: »Wir treffen uns vorm Lebensmittelladen, es ist kein Obst mehr im Haus.«

»Ich begleite dich«, sagt Frida, »ich muß auch noch etwas besorgen.« Sie wendet sich an Fabrizio: »Möchtest du heute abend nicht zum Essen zu uns kommen?«

»Ja, gern.«

Franzo sieht zuerst Charles an, dann Frida. »O nein, laßt uns heute abend alle zusammensein. Komm du mit Livia zu uns.« Charles lächelt: »Ja, kommt lieber zu uns runter.« Er hängt sich bei Caterina ein: »Und du siehst zuerst nach Don Bartolo und den armen Schwestern und kommst dann auch.« Zu Signora Elide: »Der Cavaliere macht seine Vulkanbesteigung?«

Da sie nickt, fährt Charles fort: »Dann sollten Sie auch nicht allein bleiben heute abend. Leisten Sie uns Gesellschaft, wenn Sie mögen.« Elide deutet ein dankbares Lächeln an.

Franzo fragt Ruben in besorgtem Ton: »Du willst doch hoffentlich heute nicht auch auf den Vulkan, oder?«

»Nein, ich gehe ein andermal.«

»Ah, gut. Du wirkst immer noch ganz blaß um die Nase, und man muß ausgeruht sein, um dort hinaufzusteigen. Komm zum Essen zu uns.« Ruben nimmt freudig an, wobei er ein wenig in sich hineinlächelt.

Die Gruppe löst sich auf. Matteo sagt: »Haltet ihr bitte mal die Halunken für mich?« und übergibt die beiden Leinen an Giancarlo und Ruben. Fabrizio ist unentschlossen, ob er ebenfalls Zeitungen kaufen oder den anderen zum Lebensmittelgeschäft folgen soll. Da dreht sich plötzlich Susy mitten auf der bergauf führenden Gasse nochmal um und ruft: »Giancarlo, kommst du und hilfst uns tragen?« Der Junge öffnet den Mund zum Protest, fängt Rubens strengen Blick auf, klappt ihn wieder zu – aha, kapiert! – und antwortet dann: »Gut, ich komme.« Er reicht dem Freund die Leine mit dem ungeduldigen Romanow daran und folgt den anderen. Federico empfängt ihn mit einem kräftigen Klaps auf die Schultern.

Als sie allein sind, sieht Fabrizio Ruben ins Gesicht. »Du kannst es behalten, wenn du willst«, sagt er und deutet auf den obersten Hemdknopf. Der Junge wird rot: »Ich werde es waschen und Ihnen ...«

»Nein, nein, ich möchte es dir schenken, wenn es dir gefällt.«

Ruben senkt die Lider mit den dichten Wimpern, der andere versteht, daß dies ein Dankeschön ist. Spontan faßt Fabrizio ihn am Ellbogen. »Erzähl mir, wie es war, als du heute morgen die Leiche gefunden hast. Und sieze mich bitte nicht.« Matteo, Charles und Caterina kommen aus dem Tabakladen: »Gehen wir?« Die Hunde wechseln die Hände.

Maria Grazia bückt sich, um ein Glas Marmelade aus einem Regal zu nehmen, tut es in den Einkaufswagen und zischt: »Hast du gehört? Sie treffen sich, sie essen zusammen, und uns laden sie überhaupt nicht ein, so ein Scheiß.«

»Aber ich bitte dich, was haben wir denn damit zu tun?« Ornella beäugt unentschieden eine Dose Sauerkraut und eine Packung mit tiefgefrorenen Kutteln. Maria Grazia schüttelt die Löwenmähne und läßt die auffälligen Ohrringe mit den falschen Türkisen klingeln. »Sind wir etwa nicht erschüttert?«

»Ach komm! Sag bloß, du bist erschüttert.«

»Nein, aber ...«

Ornella kichert: »Hast du etwa Lust auf eine schöne Totenwache heute abend? Denn sie werden bestimmt auf der Terrasse der Casa Arancio zusammenhocken und des lieben Verstorbenen gedenken.«

»Stimmt«, sie läßt eine Tüte Natron in'den Wagen fallen, »aber deine Vermutung kann mich nicht überzeugen.«

»Ach nein?«

»Ich weiß nicht, ich habe sie vorhin alle genau beobachtet und ...«

»... und du glaubst, du würdest es an irgendwelchen nervösen Zuckungen erkennen, wenn einer von ihnen den Produzenten um die Ecke gebracht hätte? Natürlich achtet der Mörder darauf, sich nichts anmerken zu lassen.«

»Aber diese Idee von dir ...«

Ornella späht nach dem Verfallsdatum am Boden einer

Dose eingemachten Obsts. »Ein Motiv ist jedenfalls vorhanden.«

»Ein ziemlich schwaches.«

»Findest du? Wenn du in dieser Situation gewesen wärst, hättest du nicht ...«

»Ich hätte diesem Schwein die Augen ausgekratzt.«

»Na siehst du.«

»Aber vorhin am Hubschrauberlandeplatz kam sie mir, wie du gesagt hast, ganz normal vor.«

»Normal, was heißt schon normal. Du hast doch wohl gemerkt, daß sie nervöser ist als sonst, oder?«

»Sie wird ihre Tage haben«

»Du bist zu prosaisch, Maria Grazia.«

Maria Grazia fährt verärgert herum. »Was spielst du dich hier eigentlich als Detektivin auf? Vielleicht ist dieser Typ ja wirklich von allein von der Klippe gefallen, vielleicht war ihm schwindelig.«

»Oder sie war es, die ihn zu seinem Schöpfer geschickt hat.«

»Du bist also überzeugt, daß sie es war.«

»Wär möglich, wär möglich«, orakelt Ornella weise und verwirft einen Bund Löwenzahn zugunsten eines aus Zichorienblättern. »Vergiß dieses eine Detail nicht.«

Maria Grazia nimmt eine Flasche Marsala mit Ei in Augenschein. »Das ist allerdings aufschlußreich, das gebe ich zu.«

»Und es ist ganz klar, daß zwischen ihr und Vancori ...«

»Eine Bettgeschichte?«

»Hundertprozentig.«

»Also, ehrlich gesagt, ich hätte diesen Produzenten auch nicht von der Bettkante gestoßen.«

»Aber der Fall liegt hier anders. Es geht darum, daß sie Angst hatte, daß er ...«

»Daß das Schwein ...«

»Daß das Schwein, auch wenn man über Tote nicht schlecht sprechen soll, den großen Verführer spielt bei ...«

»Es gibt doch echt komische Leute auf dieser Welt. Ich meine, ich bin ja wirklich tolerant, aber auf dieser Insel scheint niemand normal zu sein.« Maria Grazia schnuppert an einer Lauchstange, wirft sie wieder zu den anderen zurück. »Jedenfall siehst du jetzt, daß ich recht hatte.«

»Womit?«

»Als ich sagte, daß deine ... Hauptverdächtige mir nicht gefällt.«

»Also wirklich«, Ornella sieht der Freundin ins Gesicht, »wir sind doch Frauen, oder?«

»Das will ich meinen.«

»Dann sollten wir ein Minimum an Solidarität zeigen. Ob sie nun normal ist oder nicht, sie hatte allen Grund, diesen Kerl umzubringen. Wenn einer – beziehungsweise eine – meine Frau – beziehungsweise meinen Mann – mit einem solchen Ausdruck im Gesicht ansehen würde ...«

»Würde ich ihn erschlagen und fertig.«

»Genau! Und weil wir Frauen sind, werden wir den Mund halten. Wir stellen Nachforschungen an, aber wir sagen kein Wort.«

»Nicht zuletzt, damit niemand auf die Idee kommt, auch uns um die Ecke zu bringen.«

»Wie?«

»Na, wie man hier eben Leute um die Ecke bringt.« Sie versetzt sich mit der Handkante einen schnellen Schlag gegen den Hals. »Ich habe nämlich solchen Engelsgesichtern wie deiner Mörderin noch nie über den Weg getraut.«

Hinter einer Säule kommt Livia mit einem Halstuch in der Hand hervor. »Gehört das euch?« fragt sie und hält es

Maria Grazia hin, deren Gesicht sich mit einem hübschen Aubergineton überzieht. »Oh ... äh ... ja, das ist meins.«
»Es lag auf dem Boden, ist wohl heruntergerutscht.«
»Ah, danke.«
Livia geht mit einem winzigen Lächeln davon.
Maria Grazia sieht die Freundin entsetzt an: »Meinst du, sie hat uns gehört?«
Ornella legt mit zitternder Hand ein Päckchen eingelegte Oliven in den Einkaufswagen. »Kein Zweifel.«

Die kleine Gruppe hat unbewußt wieder zu dem entspannten, schlendernden Schritt nachmittäglicher Spaziergänge zurückgefunden. Charles zeigt Caterina ein im Bau befindliches Haus. Sie bleiben stehen, um es in Gesellschaft von Susy, Federico und Giancarlo zu kommentieren, während Romanow und Hohenzollern mit aristokratischer Zurückhaltung das Hinterteil eines Hundes unzweifelhaft plebejischer Abstammung beschnüffeln.
Einige Meter hinter ihnen auf der tiefergelegenen Straße hört man schon nicht mehr, was sie sagen. Dagegen läßt sich Rubens klare Stimme vernehmen, die fragt: »Und deckt Giovanni den Mord an seinem Vater auf?«
Fabrizio blickt auf eine Gartenpforte mit einem verblichenen blauen Anstrich. »Nein, weil es nichts aufzudecken gibt.«
»Wieso?«
»Giovanni läßt seine Frau Nicole in Paris zurück und reist nach Stromboli, wo er Manfredi kennenlernt.« Er schielt verstohlen nach Ruben, dessen Augen unverwandt auf ihn gerichtet sind. »Dann fahren sie zusammen nach Palermo, zu Manfredis Mutter, die Giovannis Vater in zweiter Ehe geheiratet hatte.«

»Und er verdächtigt diese Frau, ihren Mann umgebracht zu haben.«

»Ja, mit Manfredi als Komplizen.«

»Doch in Wirklichkeit?«

»In Wirklichkeit war der Tod des Vaters ein klarer Unfall.«

»Also findet Giovanni letztendlich nichts Neues heraus auf seiner Reise.«

»Er findet sich selbst.«

»Aha.«

Fabrizio bleibt stehen und lehnt sich mit dem Rücken gegen eine abbröckelnde Mauer. »Giovannis Reise ist eine Flucht vor seiner Frau Nicole, vor der Sicherheit, den Gewißheiten. Allein in Palermo versteht er, daß er lernen muß, ohne sie auszukommen.«

»Und Manfredi?«

»Ist wie ein wiedergefundener Bruder für ihn.«

»Aber Manfredi verliebt sich in Giovanni?«

»Ja.«

»Und Giovanni?«

»Giovanni kann sich nicht mehr verlieben.«

»Das glaube ich nicht.«

Fabrizio hebt den Blick zu den samtenen Augen des Jungen. »Warum?«

Ruben zuckt nervös mit den Schultern. »Weil Giovanni, nach allem, was du mir erzählt hast, gerade nach Sizilien reist, um sich zu verlieben.«

»Das behauptet auch Sebastiano, mein Drehbuchautor.«

»Und er hat recht. Wie willst du Giovannis Entwicklung abschließen?«

»Als er entdeckt, daß sein Vater eines natürlichen Todes gestorben ist, kehrt er nach Paris zurück.«

»Wo Nicole auf ihn wartet?«
»Nein, sie hat ihn verlassen.«
»Und dann?«
»Dann nichts, er bleibt allein, versucht, auf sich gestellt erwachsen zu werden.«
»Oder er gesteht sich ein, daß er in Manfredi verliebt ist. Er bittet ihn, zu ihm nach Paris zu kommen.«
Fabrizio schweigt. Was macht dieser Junge da, bringt er eine Geschichte für ihn zu Ende, für die er kein richtiges Ende weiß? Ruben fügt zögernd hinzu: »Oder vielleicht ...«
»Was?«
»Vielleicht ist es eine zu offensichtliche ... zu symmetrische Lösung, Nicole durch Manfredi zu ersetzen?«
»Vielleicht.«
Ruben streift die letzten Reste seiner Schüchternheit ab – dieser junge Herr hat sie nach und nach aufgebrochen – und platzt heraus: »Wovor hast du Angst?«
»Was meinst du?«
»Hast du Angst zu zeigen, was alle, die sich den Film ansehen, erwarten werden? Nämlich daß Giovanni Manfredi ebenfalls liebt? Er ist seine einzige Möglichkeit.« Ruben holt Atem.
Betroffen von der Heftigkeit und Ernsthaftigkeit seiner Worte antwortet Fabrizio nicht. Der Junge macht zwei Schritte nach vorn, sein langgestreckter Schatten durchschneidet schräg die Treppe vor einem verfallenen Haus. Fabrizio betrachtet seinen Rücken. Er sieht, was Giovanni sieht, wenn er Manfredi nachblickt. Es macht ihn benommen. In Rom, als er sich auf seine Figuren konzentrierte und sie in seiner Phantasie Gestalt annahmen, hätte er sich diese Aufnahme nie so gut ausdenken können. Er stellt sich vor, er würde durch eine Filmkamera blicken,

erweitert das Bildfeld ein wenig, schwenkt von Rubens – Manfredis – Rücken auf die Umgebung: die von der Salzluft abgeblätterten weißen Mauern, das blaue Viereck einer Gittertür. Dann richtet er seine Augen für eine langsame Panoramaaufnahme nach links auf die Masse des Vulkans. Iddu ist eine flimmernde Fläche im dunstigen Licht der Abenddämmerung, über dem Gipfel steigt eine graue Rauchwolke mit orangefarbenen Rändern auf.

Wenn Giovanni Manfredi auf der Insel begegnet, kann er sich dem jüngeren Mann nicht anvertrauen. Er ist voller Argwohn und Zweifel, er glaubt, daß der andere ihn ablenken, ihn in einen Hinterhalt locken will. Giovanni – und mit ihm der Zuschauer – mißtraut der selbstvergessenen Natürlichkeit des Jungen, seiner entwaffnenden Unschuld. Er muß auf der Hut sein. Manfredi geht ein Stück voraus und zeigt Giovanni die Straße, die zu seinem Haus führt, aber Giovanni weiß, daß es sich um eine Falle handelt. Jedoch – und jetzt ist es Fabrizio, der sich vor sich selbst entlarvt, indem er diesen schmalen Rücken betrachtet, der mit ergreifender Ungezwungenheit sein Hemd trägt –, wie soll er sich nicht diesem schön geformten Nacken, diesen kräftigen Beinen eines Jungen anvertrauen, der das Auto, den Motorroller verschmäht und zu Fuß durch die Stadt geht – er sieht ihn durch einen Säulengang eilen, einen winterlichen Platz überqueren –, so wie er mit der gelassenen Schönheit seiner dreiundzwanzig Jahre durchs Leben geht?

Ruben dreht sich um, und auf seinen Wangen, in seinen Augen spiegeln sich alle Gedanken Fabrizios wider. Mit einem Lächeln in der Stimme, das bereits das zärtlich-spöttische eines Liebhabers ist, sagt er: »Du hast ihm einen ganz schön schwierigen Part zugedacht, deinem Manfredi.«

Endlich ist er eingeschlafen. Consuelo sieht auf die tiefe Falte, die Don Bartolos Stirn durchschneidet und sich auch im Schlaf nicht glätten will. Sie würde gerne rauchen, aber etwas hält sie davon ab. Bartolo hätte nichts dagegen einzuwenden, aber ihr scheint, daß die Situation – eine Alte, die einem Alten beisteht – nach einer gewissen Gesetztheit und Würde verlangt. Dann schnaubt sie verächtlich durch die Nase und schilt sich eine sentimentale Gans. Sie zündet sich eine Camel an und setzt sich in einen Korbsessel neben der Balkontür.

Hier sitze ich also, lacht sie in sich hinein, die Tochter des Fürsten Blasco-Fuentes, die in dessen ehemaligem Zimmer beim Sohn des Halbpächters wacht. Kopfschüttelnd blickt sie sich um.

Über dreißig Jahre lang hat Consuelo dieses Zimmer nicht mehr betreten. Seitdem das Haus nicht mehr ihrer Familie gehört. Vor dreißig Jahren war es nicht in diesem schlichten, ländlichen Stil eingerichtet. Schwere, dunkelblaue Stofftapeten mit Damaststruktur hingen an den Wänden, es gab eine große Petroleumlampe aus Rauchglaskugeln und ein massives Holzgestell, in dem die Lieblingsgewehre ihres Vaters standen. Ein ausgesprochen maskulines Zimmer. Auch jetzt, denkt sie, während ihre Augen über die nackten, weißen Wände gleiten, ist es das Zimmer eines Mannes. Eines ungebundenen Mannes. Das Bett ist breit, aber schlicht, mit einem schmiedeeisernen Kopfteil. Es wird von zwei schmucklosen Nachttischchen aus dunklem Nußholz flankiert, an einer Seitenwand steht eine ebenso dunkle Kommode mit einem kleinen Spiegel darauf. Keine Fotos, keine Bilder. Nur zwischen den beiden Fenstern hängt das Porträt eines lächelnden jungen Mannes, das immer wieder Consuelos Blick anzieht. Zuerst dachte sie, es sei Corrado, aber als sie näher heranging und das vom Maler in der rechten unteren Ecke mit schnörkeligen Ziffern aufgepinselte Datum sah, wurde ihr klar, daß es sich um Bartolo handelte, im Alter von fünfundzwanzig Jahren oder noch jünger.

»Ich hatte ganz vergessen, wie schön du warst.«

Vancori hatte wortlos, in einer erschöpften, doch gleichzeitig ironischen Geste die Arme gehoben. Consuelo hatte sich über ihn gebeugt: »Du bist immer noch schön.«

»Ich bin alt.«

»Ein sehr schöner Alter.«

Er hatte sie mit demselben stummen Vorwurf angesehen, mit dem er sie immer ansah, wenn sie auf der Straße unterhalb des Palazzos vorbeiging oder sie sich am Hafen oder in den Gassen des Dorfs begegneten.

»Du könntest mich wenigstens ein einziges Mal anlächeln, Bartolo.«

Er hatte die Augen gesenkt und mit zittriger Hand über einen Ärmel seines Morgenrocks gerieben.

Als die anderen gegangen waren, war Consuelo zum Zimmer des alten Vancori hinaufgegangen. Die drei Schwestern waren auf einmal ruhig geworden und hatten sich unterwürfig um sie geschart: die Principessa kehrt in ihr Haus zurück! Annunziata war in die Küche gelaufen, um einen Kaffee zu machen, Consuelo hatte Immacolata geholfen, die ermattete Kleine ins Bett zu bringen. Sie hatte sich eine Weile am Kopfende von Incoronatas Bett aufgehalten und ihrem klagenden Bericht über das furchtbare Unglück zugehört. Dabei hatte sie sich flüchtig umgesehen und festgestellt, daß dies einst ihr Mädchenzimmer gewesen war. Doch ohne Bedauern, nur mit einer minimalen Beschleunigung des Herzschlags. Sie hatte Kaffee mit den Vancori-Schwestern getrunken und sie dann allein gelassen, um zu Bartolo zu gehen. Als er sie hereinkommen sah, hatte er versucht aufzustehen, indem er sich auf seine Kissen stützte. Aber sie hatte nur schweigend mit dem Kopf geschüttelt und ihm geholfen, wieder die bequemste Lage einzunehmen. Im Haus war es still geworden, als ob ihre Anwesenheit – nach so vielen Jahren des Wartens auf ihren Besuch – die Verzweiflung des Morgens vertrieben hätte.

Irgendwann war Bartolo endlich eingeschlafen. Jetzt kann Consuelo, mit der Zigarette in der Hand, in Ruhe das Zimmer betrachten und von diesem – inzwischen gänzlich unvertrauten – Fensterplatz aus den Geräuschen von früher lauschen: den Schritten der Leute, die auf der kleinen Straße unten vorbeigehen, dem entfernten An- und Abschwellen von Radiomusik, dem monotonen Rollen der Brandung. Dreißig Jahre, seit sie zum letzten Mal in diesem Haus war, und fast fünfzig, seit dieser Mann, der dort schwer atmend auf dem Bett liegt, sie zum letzten Mal berührt hat.

Rechts von ihr befindet sich eine halbgeöffnete Tür. Consuelo erinnert sich gut an den angrenzenden Raum, den ihr Vater als Ankleidezimmer benutzte. Sie steht auf, wirft einen Blick auf Bartolo, öffnet die Tür ganz. Sie sieht einen großen, mit ordentlichen Stapeln von Karten und Plänen bedeckten Schreibtisch. Einen alten Ledersessel, einen Schirmständer, aus dem verschiedene Spazierstöcke herausragen. Sie geht auf ein Bücherregal zu, das eine ganze Wand bedeckt, betrachtet es verblüfft. Mit dem Zeigefinger fährt sie die Kehlungen des Holzes nach. Sie stellt fest – und ein Detail, das ihr sofort aufgefallen ist, bestätigt ihre Feststellung –, daß es sich bei dem Möbelstück um einen alten Schrank ihres Vaters handelt, der nach Entfernung der Türen zu einem Bücherregal umgebaut wurde. Oben in der Mitte ist das Wappen der Blasco-Fuentes mit der darüber prangenden fürstlichen Krone in das Holz geschnitzt.

Er hat es all die Jahre immer vor Augen gehabt, lächelt Consuelo und denkt daran, daß sie dasselbe Wappen manchmal zerstreut auf dem über die Jahre hinweggeretteten – und unvollständigen – Kaffeeservice wahrnimmt, das sie in ihrem Landhaus aufbewahrt, oder auf den vergilbten Essenseinladungen mit Speisefolge, die ihre Mutter einst verschickte und die sie sich nicht entschließen kann wegzuwerfen. All die Jahre, als ob ... als ob er, Bartolo, der letzte Fuentes wäre. In gewissem Sinn ist er das auch, denn er ist der letzte, der mich wirklich geliebt hat. Aber es ist auch – sie sieht wieder zu dem Wappen hinauf – eine hübsche kleine Rache. Noch ein Teil der Vendetta der Vancori.

Auf dem Schreibtisch – hier dann doch – stehen mehrere gerahmte Fotografien. Einen Augenblick lang hofft sie, auch eine von sich darunter zu finden, doch sie weiß im Grunde, wie sehr sie das überraschen würde. Sie entdeckt das Gesicht einer schönen Frau, in der sie Chiara erkennt, Corrados lange verstorbene Mutter. Auf einem anderen Bild ist Corrado auf dem Plateau der Klippe zu sehen. Wie faszinierend Corrado war. Und wie unsympathisch, bemerkt die Principessa mit innerer Distanz, als sie das Foto in die Hand nimmt. Der Sohn, der unserer hätte sein können. Aber mein lieber Bartolo, ein Sohn von uns beiden hätte nicht Corrados männliche Brutalität besessen, oder sie wäre zumindest von der Seite der Fuentes her gemildert worden. Sie denkt flüchtig an ihre beiden Söhne, Ascanio und Andrea, die hell und feingliedrig sind. Sie schlagen nach mir. Sie stellt das Foto zurück, wobei der Schnurrbart des Toten durch einen Lichtreflex plötzlich zu zucken scheint. Ein unangenehmer Eindruck.

Consuelo lauscht auf das schwache Keuchen ihres lange verflossenen Liebhabers. Sie sieht auf die Uhr, es ist fast sieben, bald werden die anderen wieder da sein.

Wir lassen hier eine schöne Gelegenheit verstreichen, lieber Bartolo. Vor fünfzig Jahren wärst du nicht in meiner Gegenwart eingeschlafen. Ganz im Gegenteil. Doch sieh uns jetzt an. Wir sind zwei alte Leute, die ein Meer von Zeit verschwendet haben, ein ganzes Leben. Zwei Leben.

Und so stellt die Principessa nach fünfzig Jahren still die Frage, die sie im Grunde ihres Herzens immer bewegt hat, während das Leben sie woanders hinführte: Warum hast du mich nicht entführt, als wir jung waren? Warum, du dummer Feigling?

Wie rüstet sich ein Immobilienverwalter für eine Vulkanbesteigung aus? Regeln gibt es nicht. Der Cavaliere Persutto hat sich für bequeme, graugrüne Bermudashorts entschieden, dazu cremefarbene Kniestrümpfe und leichte Turnschuhe, ein dunkelbraunes Polohemd, unter dem das breitgerippte Unterhemd hervorschaut, ein um die Hüften gebundener Fleecepullover, ein Tropenhelm, eine Bauchtasche mit zwei Zitronen, ein Taschenmesser und ein Halstuch der armen Signora Elide, die jetzt den abmarschbereiten Trottel in seiner Aufmachung als junger Entdecker begutachtet. Mit ernster Miene kommentiert sie: »Du siehst aus wie Alec Guiness auf der Brücke über dem Kwai.« Er knirscht mit den Zähnen und kapiert überhaupt nicht, daß sie ihm gerade ein schmeichelhaftes – und nicht im geringsten zutreffendes – Kompliment gemacht hat.

»So, habe ich jetzt alles?«

Signora Elide bemerkt einen weißen Gegenstand auf der Kommode hinter ihrem Gatten. Eine Sekunde lang zögert sie. Es wäre das perfekte Verbrechen! schießt es ihr durch den Kopf. Und die Mordwaffe wäre noch nicht mal eine, denn hier zurückgelassen würde sie sich in den stichhaltigsten Beweis ihrer vollkommenen Unschuld verwandeln. Der arme Nuccio, bei Morgengrauen nach Luft schnappend unter einem Felsabhang gefunden! Doch dann gewinnen ihre angeborene Ehrlichkeit, ihr unerschütterliches Moralempfinden und auch die jahrzehntelange Gewohnheit, sich von dem Trottel unterdrücken zu lassen, die Oberhand. Sie seufzt: »Dein Asthmaspray, Nuccio«, und deutet mit dem Finger auf die eben noch perfekte Mordwaffe, die als solche nun nicht mehr existiert.

Der Cavaliere ergreift das Fläschchen, stopft es fahrig in seine Bauchtasche und besitzt auch noch die Frechheit, zu schimpfen: »Was für ein Erbsenhirn du hast, immer vergißt du alles.«

›Signora Masoch‹ erhebt sich mit einem einzigen, tröstlichen Gedanken in ihrem Kopf: daß sie den ›Cavaliere de Sade‹ für mindestens sieben bis acht Stunden nicht zu Gesicht bekommen wird. »Überanstrenge dich bitte nicht. Und sei vorsichtig auf diesen steilen Felsen.«

»Ich bin in Topform«, tönt Nuccio, »ich kann's gar nicht abwarten, endlich dort oben zu stehen!«

»Wann kommst wieder?«

»Der Führer hat gesagt, zwischen zwei und drei sind wir zurück im Dorf.«

Signora Elide will gerade auf gut Glück eine Bitte im Sinne von »Weck mich nicht, wenn du kommst« äußern, als er frohgemut ankündigt: »Sobald ich zurück bin, erzähle ich dir alles.«

Endlich macht sich der Cavaliere davon: »Es ist sieben, ich gehe.«

Sie sieht ihn den Garten durchqueren und (mit einem schallenden »Sakrament nochmal!«) über ein Steinchen von der Größe einer Nuß stolpern. Das fängt ja gut an.

Der junge Carabiniere Colombo dreht sich zu seinem nicht minder jungen Kollegen Rosingana um und deutet mit dem Kinn auf die dunkle, unbewegliche Gestalt im Hof: »Hast du ihn jemals in so mieser Stimmung erlebt?«
Der andere brummt: »Nee. Ist eine ganz schön harte Nuß, der Tod von dem Vancori.«

Colombo streckt sich und legt sein Koppel ab. »Diese Scheißhitze. Ich glaube, heute nacht kommt es zu einer Explosion.« Er stößt seinen Kollegen mit dem Ellbogen in die Seite: »Ein Glück, daß sie die Leiche von hier weggeschafft haben, was?«

»Mensch, hör doch auf.« Rosingana steht auf und biegt den Rücken durch. »Gehen wir mal raus und wässern diese vier Zwergpalmen.« Er nähert sich dem Maresciallo, der mit den Händen auf dem Rücken vor dem ausgetrockneten Zierbeet steht.

»Maresciallo, soll ich das Beet sprengen?«

»Ja, spreng es.«

Rosingana rollt einen Gartenschlauch aus, dreht den Hahn auf und beginnt, die schwarze Erde zu bespritzen, die gierig das Wasser aufsaugt.

Calì atmet den tröstlichen Duft feuchter Erde ein, beobachtet interessiert die großen Flecken, die sich auf dem Beet bilden und gleich wieder verschwinden. Was wohl darunter ist, fragt er sich. Schichten um Schichten schwarzer Erde und verfestigter Lava und weit und breit kein

Tropfen Wasser, nicht mal die Spur von einer Quelle. Wie haben die Menschen es nur fertiggebracht, seit Tausenden von Jahren auf diesen Inseln zu leben? Die Phönizier hatten ja wohl kein Tankschiff, das sie mit Wasser versorgte, oder? Und doch – er denkt an die kürzlichen Funde aus der Bronzezeit an einem Abhang hinter San Vincenzo und an das berühmte vorgeschichtliche Dorf in der Bucht von Junco auf Panarea – sind sie schon immer hergekommen, um hier zu siedeln. Er stellt sich einen Kollegen aus der Jungsteinzeit vor, der ein paar ungeschickte Höhlenbewohner ermahnt, die Regenwasser verschwenden, indem sie die Sammelbecken aus Ton zerstören, oder gesalzene gebührenpflichtige Verwarnungen an einige Schlitzohren erteilt, die Wasserschmuggel zwischen Salina und Filicudi betreiben. Er wird auch seine Problemchen gehabt haben, sinniert er und grüßt im Geiste seinen hypothetischen Maresciallokollegen aus dem dreizehnten Jahrhundert v. Chr. Und er wird auch das eine oder andere Mordopfer zu Gesicht bekommen haben.

Denn im Kopf des Maresciallo hat sich aus irgendwelchen Gründen die Überzeugung festgesetzt, daß es sich bei Vancoris Tod um Mord handelt.

Er hat sich die Mauer am Rand der Klippe noch einmal angesehen. Sie ist hoch, nicht unüberwindlich hoch, aber doch sicher. Er glaubt, daß Vancori sich hinübergebeugt hat, um unten etwas sehen zu können, vielleicht das Boot des Engländers. Möglicherweise hat ihn jemand dazu aufgefordert. Aber selbst dann müßte er praktisch auf die steinerne Umfriedung gestiegen sein, um hinunterzufallen. Merkwürdig, sehr merkwürdig. Es sei denn ... es sei denn jemand unten im Boot hat ihn gerufen oder irgendwie seine Aufmerksamkeit erregt. Das wäre möglich.

Fassen wir zusammen: Vancori ist zwischen zwei und

drei Uhr in der vergangenen Nacht von der Klippe gestürzt. Währenddessen ging das Fest in der Casa Arancio weiter. Doch einige Gäste hatten sich zu der Zeit schon verabschiedet (und einer von ihnen hätte im Garten des Palazzo versteckt auf das Opfer lauern können). Womit diejenigen entlastet wären, die sich noch auf dem Fest befanden. Falsch. Denn der – er zögert einen Moment, das Wort zu denken – denn der Mörder (oder die Mörderin oder die Mörder) hätte das Fest nur kurz zu verlassen brauchen, um heimlich über das Mäuerchen zwischen den beiden Grundstücken zu springen, den Produzenten zu töten und unbemerkt wieder zur Casa Arancio zurückzukehren. Aber das würde heißen, daß Vancori schon auf der Klippe gestanden und nur darauf gewartet hätte, ermordet zu werden. Nein, nein, so geht es nicht. Vancori hat das Fest nach Aussage von Signora Caterina gegen ein Uhr verlassen, um seinen Onkel nach Hause zu begleiten. Signor Franzo hat vorhin zusätzlich ausgesagt, daß sie zusammen mit diesem Paar aus Turin – wie hießen sie doch gleich? – ah ja, Cavaliere Persutto und Gattin gegangen seien.

Er muß die von der Casa Arancio und ihre Freunde noch einmal verhören oder besser gesagt ein ausgedehnteres Plauderstündchen mit ihnen abhalten, um zu ermitteln, wer zwischen zwei und drei noch auf dem Fest war.

Inzwischen hat er immerhin herausgefunden, wo sich Vancori gestern tagsüber aufgehalten hat. Auf Lipari, beim Notar Butera. Er hat bereits versucht, den Notar zu erreichen, aber seine Haushälterin sagte, er sei bei einem Klienten in Catania und komme erst morgen abend zurück. Soll er ihn für eine Zeugenaussage nach Stromboli bitten? Nein, besser ich fahre nach Lipari und bemühe den alten Butera nicht.

Jedenfalls muß er weitere diskrete Nachforschungen anstellen und dafür sorgen, daß sie sich alle zur Verfügung halten, jedoch ohne ihnen den Eindruck zu vermitteln, daß sie unter Verdacht stehen und überwacht werden. Diesen Regisseur allerdings muß er wohl ausdrücklich bitten, noch ein paar Tage auf der Insel zu bleiben. Signor Franzo hat gesagt, sein Gast habe die Absicht, bald wieder abzureisen, vielleicht schon mit dem Schiff morgen abend. Aber warum will er so bald wieder fort, wo er doch gerade erst angekommen ist? Er muß ihn aufhalten. Morgen früh statte ich als erstes der Casa Arancio einen Besuch ab.

Er hebt den Blick zum Vulkan. Der Abend senkt sich herab, die Luft ist von einem ockerfarbenen Flimmern erfüllt. Bald wird das Licht in jenes Violettblau übergehen, in dem auch die meisten Tür- und Fensterrahmen auf der Insel gestrichen sind. Dann sieht er wieder auf die dunkelbraune Erde. Was wohl darunter ist, fragt er sich erneut.

Er ruft seinen Kollegen aus dem Bronzezeitalter um Hilfe an, bittet ihn um eine Eingebung. Er stellt sich vor, wie dieser – nachdenklich, bärtig und halbnackt – denselben schwarzen Sand betrachtet und genau wie er darüber nachgrübelt, wie er einen Mörder dingfest machen kann. Er wird sich in einer ähnlich heiklen Situation befunden haben: einer Gruppe von Personen entgegentreten zu müssen, die aus dem einen oder anderen Grund auf der Insel etwas gelten. Dabei von einem bösartigen Zweifel geplagt, der in der Abenddämmerung erst richtig Gestalt annimmt. Nämlich daß die von ihm verfolgte Fährte sich auf dieser Insel der Scheinwahrheiten als falsche Fährte erweisen könnte.

6

Nicht mit dir und nicht ohne dich – Das erste Stündchen vergeht wie im Flug – Livia beschwichtigt – Urlaubsbekanntschaften (vielleicht klappt es diesmal) – Ohne Alibi – Gefangener des Meeres – Kalvarienberg – Eine Geschichte im Familienkreis – Die Rechnung – Tränen (der Wut und der Einsamkeit) – Ein weiteres Opfer – Etwas ganz Entscheidendes – Geistererscheinungen – Nicht die Sonne, sondern weißes Haar – Das Echo der Angst in der Casa Benevenzuela – Musik der Stimmen – Ein bedeutsames Detail (*Sienjora* Wilhelmina Grünberg) – Maria Grazias unaussprechliche Erleichterung – Nächtliche Sonne – Die Plejaden – Ein Versprechen – Corrados unvergeßlicher Blick – Aus dem Rhythmus – Im Gegenlicht – Versammlung auf der Piazza – Ein Witz zur Aufmunterung – Der Mann im Garten – Im Dunkeln – Schlaflose Nacht

»Und was sagt Caterina dazu?«

»Sie ist bestürzt, wie wir alle.« Fabrizio macht eine Pause und hört auf das schwache Rauschen in der Leitung. Dann fährt er fort: »Wenn es noch eine Chance gab, den Film mit ihm zu machen ... jetzt ist sie jedenfalls dahin.«

»Allerdings«, schnaubt Sebastiano.

»Was ist denn das für ein Lärm im Hintergrund?«

»Ach, dieser Dummkopf von Dromos jagt wieder die Katze. Der übliche abendliche Eifersuchtsanfall. Wie ist es dort bei dir?«

»Wunderbar... abgesehen natürlich von dem Unglück von gestern nacht.«

»Aber ich verstehe das alles nicht, Vancori war total interessiert an dem Film. Er hat dich doch extra dorthin kommen lassen. Sehr ärgerlich.«

»Ja, gestern abend war ich auch ganz schön wütend.«

»Das ist wirklich eine Neuigkeit. Vancori tot, unfaßbar.«

Fabrizio drückt den Hörer fester ans Ohr und blickt durch die Fenstertür hinaus auf die schwach beleuchtete Terrasse, wo Isolina gerade den Tisch deckt. »Du hattest recht.«

»Womit?«

»Hiermit, mit dieser Insel.«

Sebastiano Guarienti gluckst: »Schon verliebt? Aber sei vorsichtig, Stromboli ist eine gefährliche Insel. Du kennst doch den Ausspruch: ›Nicht mit dir und nicht ohne dich‹.«

»Wie meinst du das?«

»Wenn du auf Stromboli bist, möchtest du wieder fort, und kaum bist du fort, fehlt es dir. Sehr gefährlich.«

»Ja, mir schwant schon so etwas. Und du, arbeitest du?«

»Ich habe auf Neuigkeiten von dir gewartet, aber mit dieser Nachricht habe ich nicht gerechnet, muß ich gestehen. Was machen wir jetzt mit dem Drehbuch?«

»Ich habe gestern abend mit Caterina gesprochen. Sie behauptet, der Film müsse jeden auch nur halbwegs intelligenten Produzenten interessieren.«

»Davon bin auch ich überzeugt. Ich werde also weiterschreiben. Und was machst du? Kommst du zurück?«

Fabrizio zögert: »Ich weiß nicht... hier bitten mich alle, noch ein paar Tage zu bleiben.«

»Tu das, du bist doch gerade erst angekommen. Wie findest du es bei Franzo und Charles? Denk daran, daß du Isolina erobern mußt, wenn du dort einen schönen Urlaub haben willst.«

»Ich tue mein Bestes. Sie sind alle sehr nett hier.«

»Wirklich? Ach übrigens, gestern abend waren Duccio und ich in Fregene bei den Guaschinos zum Abendessen. Kennst du sie?«

»Flüchtig.«

»Deine Frau war auch eingeladen, aber sie ist nicht gekommen.«

»Sie wird auf dem Land bei ihrer Familie sein.«

»Komisch, sie haben dort angerufen, aber da war sie auch nicht.«

»Irene sagt nie, wohin sie fährt.«

»Hast du sie schon länger nicht mehr gesehen?«

»Sie war erst letzte Woche bei mir, um noch ein paar Sachen zu holen.«

»Die Guaschinos haben gesagt, sie hätten sie schon vor mehreren Tagen eingeladen.«

»Vielleicht ist sie ja in Venedig oder in Frankreich ... oder sie hat es einfach vergessen.«

»Ja, möglich.«

Fabrizio sieht Ruben durch den Garten kommen und Isolina begrüßen. »Jedenfalls denke ich, daß ich noch ein paar Tage bleiben werde.«

Sebastiano lacht: »Dann genieße den langen Strand, und nicht nur den. Gib Caterina einen Kuß von mir und halte mich auf dem laufenden.«

»Wird gemacht.«

»Zum Schluß noch die Anekdote der Woche. Du kannst sie den anderen weitererzählen, um sie aufzumuntern.«

»Schieß los.«

»Also, gestern abend bei den Guaschinos hat mir eine Dame von irgendwelchen Familienproblemen erzählt«, kichert Sebastiano, »und am Ende sagt sie doch: ›Wir leben wirklich mit einem Temistoklesschwert über unserem Kopf‹!« Fabrizio gluckst, aber Sebastiano unterbricht ihn: »Das ist noch nicht alles, halt dich fest. Die betreffende Dame sieht mich darauf todernst an und meint: ›Diogenes, wollte ich sagen‹. Quelle horreur, eh? Das mußt du Consuelo erzählen.« Sebastianos Lachen verklingt jenseits des Meeres.

Das erste Stündchen vergeht wie im Flug. Nach den endlosen Serpentinenkurven vor dem Observatorium hat die Gruppe – es sind nicht mehr als zwanzig, den Führer eingeschlossen – eine kurze Rast vor der militärischen Einrichtung gemacht, die vor Jahren in eine Pizzeria umgewandelt wurde. Jetzt geht der übermütige Persutto an der Spitze, dicht hinter dem Führer, dem er mit intelligenten Fragen auf den Wecker fällt: »Und wohin führt dieser Weg dort?« Antwort: »Nirgendwohin.« Oder: »Wie oft sind Sie denn schon auf den Vulkan gestiegen?« Antwort: »Achtzehntausendmal.«

In bester Laune und mit kecken Riesenschritten nimmt der Cavaliere den dunkelgrundigen Weg in Angriff, der von niedrigen Sträuchern und vereinzelten Röhrichtwäldchen gesäumt wird.

»Gehen Sie langsamer, sparen Sie sich Ihre Puste lieber für später auf.«

»Keine Sorge, ich bin ein ausgezeichneter Bergwanderer.«

Weiter hinten gehen Susy und Federico ruhig Hand in

Hand. Ihnen folgt Giancarlo, der vor sich hinbrummelt: »Hat der Träumer sich doch tatsächlich Hals über Kopf verliebt. Was sagt man dazu! Und ich habe überhaupt nichts gemerkt. Natürlich sah man gestern abend, daß er irgendwo über den Wolken schwebte, aber ich hatte nicht kapiert, wegen wem. Verguckt der sich doch in den Cassinis. Will vielleicht eine Filmdiva werden, unser Ruben.«

Susy dreht sich lachend zu ihm um: »Nur kein Neid! Hoffen wir, daß sie zusammenkommen, dann kann Ruben uns alle beim Film unterbringen. Vielleicht hat der schöne Regisseur ja auch eine Rolle für dich und mich.«

»Na, ich weiß nicht«, mischt sich Federico mit zweifelnder Miene ein.

»Was weißt du nicht?«

»Ob dieser Cassinis ... mit Männern, meine ich.«

Susy sieht Giancarlo fragend an: »Was meint denn der Experte?«

»Puh, ich hab auch keine Ahnung. Er sieht gut aus, ziemlich männlich. Und ist verheiratet, wie ich höre.«

»Was nichts heißt, oder?«

»Nein, überhaupt nichts. Was glaubst du, welche Scharen von braven Ehemännern ...«

»Du kennst wohl eine ganze Reihe, du gewissenloser Wüstling?« erkundigt sich Federico.

»Ich und Wüstling! Du hast ja keine Ahnung, wieviele Männer mit einem Ehering am Finger mir schon untergekommen sind. Es würde dir die Sprache verschlagen.«

»Da bin ich sicher.«

»Letzten Sommer zum Beispiel, in Valenza Po ...«, haucht er mit träumerischem Blick, »dieser gött-li-che vereidigte Wachmann, der mir hinterher sogar Fotos von seinen Bälgern gezeigt hat. Mußt du dir mal vorstellen.«

»In Valenza Po?«

»Ja, ich habe dort meine Tante Mariuccia besucht.«

»Schweif nicht ab, Giancarlo. Sag was zu dem Regisseur.«

»Was soll ich da sagen? Er wäre eine großartige Partie für unseren kleinen Ruben. Genau das richtige Alter, ernsthaft, solvent. Hoffen wir, daß die Insel wenigstens ihm Glück bringt.«

»Oh nein, fang nicht wieder damit an! Wenn du es nicht schaffst, mit jemandem im Bett zu landen, dann liegt es nur daran ...«

»Ich weiß nicht, woran es liegt. Ich weiß nicht, was auf dieser Insel geschieht. Wahrscheinlich stehen meine Sterne schlecht.« Ein Donnern unter ihren Füßen bringt die drei zum Schweigen.

»Leute, wie deutlich man Iddu hier hört!«

Der blonde Norweger, der sich ihnen im Laufe des Aufstiegs angeschlossen hat, lächelt: »Vulkan gesprochen.«

»Genau«, lächelt Susy zurück, »gesprochen.«

Giancarlo sieht das Mädchen mit hochgezogenen Augenbrauen an und murmelt nachäffend: »Vulkan gesprochen und ich mich erbrochen.«

»Geh weiter, Blödmann.«

»Was soll ich euch sagen? Das Klopapier fehlt!« verkündet Isolina verärgert, wobei sie die Hände in die Hüften stemmt und mit dem Kopf auf die Einkäufe zeigt, die der Lieferjunge vom Lebensmittelladen gerade gebracht hat. »Und dann liefern sie die Sachen auch noch so spät. Was ist denn, wenn mir eine Zutat zum Kochen fehlt? Soll ich vielleicht bis Mitternacht warten?« Sie hebt den großen Karton an, aus dem diverse Flaschenhälse ragen.

»Warten Sie, ich helfe Ihnen.« Fabrizio springt auf und nimmt der Haushälterin den Karton aus den Händen.

»Danke«, sie dreht sich vielsagend zu den anderen auf der Terrasse um. »Endlich mal einer, der mir was abnimmt! Morgen gibt's Regen.«

»Oder der Vulkan bricht aus, richtig, Isolina?«

»Vielleicht schon heute nacht«, entgegnet diese und zwinkert Elide zu, die in aufrechter Haltung auf der Steinbank sitzt.

»Hoffentlich nicht«, bemerkt Charles ebenfalls zu Elide, »von Katastrophen habe ich für heute ...«

»Um beim Thema Vorräte zu bleiben ...«, unterbricht Franzo und deutet auf die Kiste, die Fabrizio gerade in die Küche trägt, »in einem Jahr mit besonderem Wassermangel – es hatte wochenlang nicht geregnet und das Tankschiff lag wegen starkem Seegang vor Messina fest – brachte Isolina in den Badezimmern nette Schildchen an, auf denen stand: *Wehe, wenn jemand das Bi-de benutzt!* Geschrieben ›Bi-de‹.«

»Wir hatten das Haus voller Gäste«, ergänzt Charles mit Blick auf Fabrizio, der aus der Küche zurückkommt, »und sie schickte sie zum Strand, damit sie sich im Meer waschen sollten.«

»Na und«, ruft Isolina von der Küchentür aus, »was sollten sie auch sonst tun? Sich da unten«, sie zeigt auf »da unten«, »mit Mineralwasser waschen? Ihr spinnt wohl.« Sie deutet mit Daumen und Zeigefinger auf ihre Schläfe und macht eine schnelle Kreisbewegung mit der Hand.

Charles fährt lachend fort: »Kurz darauf ist nicht nur das Tankschiff gekommen und hat die Insel wortwörtlich mit Wasser überflutet, sondern auch ein furchtbares Gewitter mit heftigen Regenfällen.«

Franzo spielt eine Szene auf der Terrasse nach: »Isolina

hat sich mitten im Garten aufgebaut: in der einen Hand den Gartenschlauch, mit dem sie die Pflanzen wässerte, in der anderen einen Regenschirm!« Zu Charles: »Du warst nicht da, und sie wiederholte ständig: ›Wir müssen diesen Garten sprengen, sonst findet Franzocarlo ihn ganz verwelkt vor, und dann welkt er uns am Ende auch dahin, *povra masnà*, der arme Junge!‹«

Ruben muß noch mehr lachen, als er die Haushälterin mit einem Nudelholz aus der Küche kommen und es in Franzos Richtung schwenken sieht: »Wenn ich nicht wäre, wäre dieses Haus schon völlig heruntergekommen.« Sie fuchtelt mit dem Utensil vor Fabrizios Nase herum. »Und diese beiden brotlosen Künstler würden mit leeren Händen dastehen, jawohl.«

Auf dem Gartenpfad tauchen Frida und Livia auf.

»Ah, da seid ihr ja.« Charles steht auf, um die beiden Frauen zu begrüßen. Fabrizio und Frida küssen sich auf die Wangen. Der Mann lächelt: »Was hast du, ist dir eine Laus über die Leber gelaufen?« Sie verzieht das Gesicht: »Erzähl ich dir später.«

»Wollt ihr noch einen Aperitif oder setzen wir uns gleich zu Tisch?«

»Was ist mit Caterina?«

»Sie ißt mit Don Bartolo zu Abend und kommt danach herüber. Consuelo und Matteo leisten uns zum Kaffee Gesellschaft.«

»Ja dann ...« Frida wendet sich an Livia, deren Gesicht einen amüsierten Ausdruck zeigt. Die junge Frau antwortet: »Von mir aus können wir gleich essen.«

Charles hat die seltsame Stimmung zwischen den beiden Frauen bemerkt. »Gut, dann wollen wir mal.« Er lädt Signora Elide ein, sich zu seiner Rechten ans Kopfende des Tisches zu setzen.

Frida faltet ihre Serviette auseinander und stöhnt: »Gott, was für ein Tag!« Franzo stimmt ihr zu: »Furchtbar! Ich kann es nicht fassen, gestern abend war Corrado noch hier bei uns.«

»Was für ein furchtbarer Unfall«, murmelt Elide und starrt auf den Teller vor sich. Livia, die Ruben gegenübersitzt, lacht leise und dreht den Kopf zu Frida: »Nur daß manche es nicht für einen Unfall halten.«

»Was willst du damit sagen?« fragt Franzo mit hochgezogener Augenbraue. Alle sehen Frida an, die nur verstimmt den Kopf schüttelt. Livia beschwichtigt gut gelaunt: »Komm, ärgere dich nicht.« Zu den anderen: »Frida ist sauer, weil es Leute auf der Insel gibt, die glauben, ich hätte Corrado umgebracht.«

Charles wird blaß: »Was? Wovon redest du?«

Frida zischt: »Von diesen beiden Miststücken.« Sie sieht Franzo an: »Ich hätte nicht übel Lust, ihnen die Anzahlung zurückzugeben und sie hinauszuwerfen.«

»Um Gottes willen, könnt ihr uns vielleicht mal erklären, was los ist?«

Livia muß immer noch lachen: »Ach, dummes Gerede eben. Hör auf, es dir so zu Herzen zu nehmen. Jedenfalls, als wir heute nachmittag alle im Lebensmittelladen waren, habe ich mitgehört, wie die Brünette ...«

»Das Obermiststück.«

»Ach, Frida.«

»Miststück. Nutte.«

»Gut, wie also diese Maria Grazia, unser lieber Feriengast, gerade zu ihrer Freundin sagte, daß Vancori ihrer Meinung nach ermordet worden sei und daß sie glaube – oder war das die andere? Das habe ich nicht so ganz mitbekommen –, daß ich es gewesen sei. Zum Totlachen, oder?«

»Nein, das ist überhaupt nicht zum Lachen«, grollt Frida. Livia entgegnet: »Es war ein großer Fehler, es dir zu erzählen. Du regst dich viel zu sehr über die beiden dummen Schnepfen auf.«

»Frida hat recht«, mischt sich Charles ein, »wie können sie es wagen?«

»Na ja, sie spielen halt ein wenig Räuber und Gendarm, um sich die Zeit zu vertreiben.«

»Nein, nein«, sagt Franzo ernst, »ich stimme Charles zu: Wie können sie es wagen? Und was soll dieses Gerede von einem Mord?« Fabrizio erwidert: »Ich sehe das wie Livia. Die beiden haben wahrscheinlich schon am Strand angefangen, Kommissar zu spielen und Vermutungen anzustellen. Wer weiß, was ihre Hirne noch alles ausgebrütet haben.«

»Daß wir hier auf Stromboli umhergehen und Leute umbringen?« fährt Franzo auf und schlägt mit der Faust auf den Tisch. An Frida gewandt: »Oh Gott, es tut mir leid. Ich habe dich auch noch gebeten, das Haus an diese beiden ... diese beiden ...«

»Sag's ruhig: Miststücke«, schimpft Frida.

»Potzblitz nochmal«, tönt Isolina mit der Suppenschüssel in der Hand. »Schickt sie zurück nach Hause, diese beiden *sûmmie!*«

»Scheusale sind sie allerdings«, bemerkt Ruben, »auch was das Äußere betrifft. Ich habe sie schon auf dem Weg zum Hubschrauberlandeplatz gehört, wie sie ihre cleveren Vermutungen anstellten.«

»Und was haben sie gesagt?« fragt Fabrizio.

Ruben versucht abzuwiegeln. »Na ja, sie schienen unentschlossen, wer für sie als ... hmm ... als Mörder in Frage kommt.«

»Wen hatten sie in Verdacht?« fragt Frida und zerbricht

krachend ein Grissino. Ruben lächelt milde: »Livia hat recht, sie sind einfach dumm.«

»Wen?« wiederholt Frida hart.

Der Junge stößt einen Seufzer aus: »Euch beide.«

Livia sieht Frida an, die beschließt: »So. Morgen fliegen sie hochkant raus, die beiden Miststücke.«

Wollen wir doch mal sehen, ob es heute abend klappt, denkt Maria Grazia genüßlich und klimpert mit den Wimpern in Richtung des kräftigen Dunkelhaarigen, der sich gerade ein halbes Fladenbrot in den Mund schiebt und zufrieden darauf herumkaut.

Ornella plaudert angeregt mit dem Kumpel des Dunklen (ebenfalls dunkel und mit Schnurrbart): »Letztes Jahr in Griechenland konnten wir keine Auberginen und Gurken mehr sehen. Furchtbar!«

»Das Essen in Griechenland kann man vergessen«, urteilt der Schnurrbärtige und rollt eine Scheibe rohen Schinken um ein Grissino, »nach einer Woche habe ich mich schon nach den Spaghetti all'amatriciana von meiner Mama gesehnt.« Die Damen lachen ausgiebig über die geistreiche Bemerkung.

Sie haben die beiden – weit offenstehende Hawaiihemden, Gel in den Locken, Goldarmbänder – vor der Pizzeria getroffen, wo sie ebenfalls nach einem Tisch anstanden. Die Wirtin hat die vier in der Eile einfach an den ersten freigewordenen Tisch zusammengesetzt, der sich nur leider in einer schlecht beleuchteten Ecke nahe bei den Toiletten befindet. Ornella hat der Freundin anfangs zweifelnde Blicke zugeworfen, allerdings vergeblich, denn Maria Grazia legte es schwer darauf an, sich mit den

Typen anzufreunden. Doch jetzt, nach zwei Gläsern Weißwein der Sorte Donnafugata, taut Ornella allmählich auf und scheint sogar von einer gewissen Lachlust ergriffen, die sich nicht wieder legen will. Die Männer machen sich das zunutze und überschlagen sich fast mit sommerlichen Komplimenten und Scherzworten: »Ihr seid ja schon braun wie die Neger.«

»Na, ihr seht auch nicht gerade blaß aus.« Darauf werden die beiden Hemden vollständig aufgeknöpft. »Guck mal, beinahe hätte ich mich da verbrannt.«

»Hmm ... und woher hast du diese Narbe?«

»Mich hat letztes Jahr vor Santo Domingo ein Hai angegriffen.«

»Glaubt ihm kein Wort, er ist bei Frascati mit seinem Motorrad gegen einen LKW gedonnert.«

Neue Heiterkeitsausbrüche bei unseren Damen. Maria Grazia angelt nach einer Olive und gewährt tiefe Einblicke in ihr Dekolleté. Ornella schlägt die Beine übereinander. Die erste schwärmt: »Das Essen war zwar schlecht in Griechenland, aber diese Strände, dieses Meer. Und auch abends ...« Sie wirft einen übertrieben gelangweilten Blick auf die belebte Terrasse der Pizzeria.

»Wart ihr schon im Sball?«

»Was ist das?«

»Die beste Diskothek der Insel«, erklärt der Dunkle. Schnurrbart ergänzt: »Auch die einzige, übrigens.«

»Wir haben gestern abend Musik gehört, konnten aber nicht feststellen, woher sie kommt.«

»Sie liegt ein bißchen außerhalb, die Disco, mitten in einem Röhrichtfeld. Wollt ihr nachher mit uns hingehen?«

Kurzer beratender Blickwechsel zwischen den beiden, die plötzlich eine jungfräuliche Unentschlossenheit an den Tag legen. »Wie ist denn dieses Sball? Ist es gut besucht?«

»Hier geht man entweder ins Sball oder man hängt den ganzen Abend auf der Piazza herum«, verkündet der stämmige Dunkle und fügt, ganz der Lebemann, mit gesenkter Stimme hinzu: »Es sei denn, ihr könnt einen verlockenderen Vorschlag machen.«

»Abwarten«, weicht Maria Grazia aus, »die Nacht ist noch jung.« Dabei denkt sie, ganz die Lebefrau: Endlich zwei richtige Kerle. Ah!

Die Wirtin kommt mit ihren Pizzen.

Als Franzo und Charles die Besitzung kauften, der sie – wegen des Orangenhains hinter der ausgedehnten Ruine – den Namen Casa Arancio gaben, faßten sie auch gleich den Entschluß, ein zweites, ebenfalls verfallenes Gemäuer, das sich auf dem Grundstück zwischen dem Haupthaus und dem Orangenhain befand, zu einem Nebengebäude auszubauen. Charles plante, das Haus mit einem eigenen Garten, der mit dem Obstgarten des Hauptgebäudes verbunden sein sollte, und einem kleinen gepflasterten Hof zu umgeben. Zur Begrenzung des Gartens pflanzte er eine dichte Rosmarinhecke, die in wenigen Jahren zu einem duftenden kleinen Wald heranwuchs. Auf diese Weise erhielt das Nebengebäude, das früher das *Laboratorium* genannt wurde, weil Charles dort seinen Arbeitsraum eingerichtet hatte, den Namen Rosmarino. Im Laufe der Jahre wurde es immer wieder ein wenig umgebaut und neu eingerichtet, bis es sich in ein komfortables Sommerhäuschen für Gäste verwandelte. Inzwischen kann man auch im Winter dort wohnen, weil Franzo darauf bestand, einen leistungsfähigen Holzofen in der Küche aufzustellen – in der es auch einen funktionierenden Kamin gibt –, für den Fall, daß Freunde sie auch in der kühleren Jahreszeit besuchen kommen wollen, wie es häufiger zwischen Weihnachten und Neujahr geschieht. Consuelo mietet die Casa Rosmarino jeden Sommer für zwei Monate und hat mit der Zeit einiges zur Einrichtung des Hauses beigetragen: Sie hat ihren Freunden ein wunderbares Prunkbett geschenkt, das ihrer Mutter gehörte, hat mit ihnen zusammen die Teppiche und die Korbsessel für die Terrasse ausgesucht und einige schöne, neapolitanische Veduten aufgehängt, die sie von einem Cousin geerbt hat. Außerdem läßt sie von einem Jahr zum anderen immer ein paar Kleider in den Schränken zurück. Hin und wieder kommen im September ihre Söhne nach, vor allem Andrea, der jüngere, der in London lebt, wo er als Broker bei einer Versicherungsfirma arbeitet. Er ist verheiratet und hat zwei kleine Kinder, die die Principessa vergöttert.

An diesem Abend betrachtet Consuelo versunken ein kleines Ölbild über dem Kamin. Darauf sieht man – die Grundstimmung des Bildes ist irgendwie komisch, hat etwas Verlegenes – die Königin Maria Carolina von Neapel, wie sie auf der Kruppe eines Esels die Hänge des Vesuvs erklimmt. Im Hintergrund begrüßt eine kräftige Eruption die erlauchte Besucherin. Consuelo lächelt über das wenig entspannte Gesicht der Königin, über ihre üppige Krinoline, die das Hinterteil des Eselchens verdeckt und das feine, mit Straußenfedern verzierte Hütchen. Unglaublich, in welcher Aufmachung sie damals auf den Vesuv gestiegen sind. Sie stellt einen Vergleich zur Aufmachung der heutigen Vulkanbesteiger an, wobei ihr dieser schreckliche Persutto wieder einfällt, den sie heute morgen um sieben vor der Gartentür der Casa Arancio herumscharren gesehen hat.

Seufzend nimmt sie ihre Zigaretten und das Feuerzeug vom Kaminsims. Sie zündet sich eine an und schlendert auf die Terrasse hinaus. Im Dämmerlicht des Gartens sieht sie Matteo mit dem Rücken zu ihr in einem Gartensessel sitzen. Eine dünne, blaue Rauchsäule steigt über seinem Kopf auf. Neben dem Sessel liegen friedlich zusammengekauert Romanow und Hohenzollern. Sie scheinen zu schlafen, ein vertrautes leises Schnarchen ist zu hören.

Matteo und sie haben heute nicht zu Abend gegessen, keiner von beiden hatte Hunger. Consuelo geht auf den Gartensessel zu. Matteo dreht ihr ruhig seinen Kopf zu: »Möchtest du dich hierhersetzen, Signora?« Sie schiebt mit dem Fuß ein Kissen heran. »Nein, laß nur.« Sie hockt sich neben ihn und nimmt den Kopf der Bracke zwischen die Hände, die ein verliebtes Winseln ertönen läßt. Sogleich kommt der Mops in ihren Schoß gekrochen und rollt sich dort zusammen.

Matteo sieht sie durch die Rauchwolke seiner Zigarre hindurch an: »Wie geht es Don Bartolo?«

»Besser, scheint mir. Caterina ist bei ihnen. Die Schwestern sind völlig durcheinander.«

Der Barnabit stützt den Kopf gegen die Rückenlehne und nickt. Die Principessa sieht zu ihm auf: »Wir sind den ganzen Tag nicht eine Minute zusammengewesen, Matteo.«

»Stimmt. Gehen wir auf einen Sprung zur Casa Arancio hinüber?«

»Sie werden noch beim Essen sein.«

Matteo sagt nichts darauf. Er fährt sich mit der Hand durch den üppigen Bart. Gemeinsam blicken sie durch den dunklen Garten auf die weiß leuchtenden Blüten des riesigen Oleanderstrauchs vor dem matteren Weiß einer Mauer. Kein Geräusch ist hier in dem umfriedeten Innenhof zu hören. Der Abend bringt keine Erleichterung von der Plage des Schirokko. Die beiden lassen ihre Blicke durch die stehende Luft schweifen, am Oleander vorbei, zu dem gewundenen Stamm des Weinstocks, der sich über die Terrasse rankt, und weiter dahinter zu dem bedrohlichen Gewirr des Bleikrauts, das den schmalen Durchgang zum Orangenhain überwuchert. Die Principessa streichelt das glänzende Fell des Mops und bemerkt: »Du hast Corrado nie gemocht, stimmt's?«

»Du auch nicht, Signora.«

»Nein, ich auch nicht. Dieser Tod ...«

»Ja?«

»Er wird einiges auf der Insel verändern, vermute ich.«

»Für die Vancori?«

»Aber auch für Caterina, ihre Arbeit.«

»Bei ihrer Erfahrung wird Caterina bald wieder jemanden finden, der ihr eine neue Stelle anbietet.«

»C'est vrai, trotzdem ist alles anders. Zum ersten Mal habe ich Bartolo besiegt erlebt.«

»Er ist besiegt.«

»Ja, und das tut mir leid. Er ist alt, er ist nur noch ein armer Alter.«

Matteo beugt sich ein Stück nach vorn. »Er wird bestimmt nicht seine Arroganz verlieren, Signora.«

»Ich weiß nicht. Ich habe heute wirklich Mitleid für ihn empfunden.« Auf dem Gesicht der Principessa zeichnet sich ein ungewohnter Ausdruck ab. Leichte Verwirrung ist auf ihrer Stirn zu lesen. Matteo bemerkt es im schwindenden Licht der Abenddämmerung: »Was hast du, Signora?«

»Letzte Nacht.«

»Letzte Nacht?«

»Ich bin aufgewacht und konnte nicht wieder einschlafen. Ich glaube, es war ziemlich spät, so gegen drei oder vier. Zuerst bin ich ins Wohnzimmer hinuntergegangen ...« Sie zögert. »Dann kam ich an deinem Zimmer vorbei. Das Licht brannte.« Sie bricht ab und senkt die Augen.

Matteo seufzt: »Und ich war nicht da.«

Consuelo schweigt. Der Barnabit streckt die Hand nach Romanows schwarzem Fell aus und begegnet der Hand der Frau. Er streichelt sie. »Auch ich konnte nicht schlafen. Ich bin hinausgegangen, um dem Meer zuzuhören.«

Consuelos besorgte Augen richten sich auf den schönen Vollbart des Mannes, seine wirren Locken. Matteo murmelt sanft: »Und ich bin niemandem begegnet.« Mit einem kleinen, verschmitzten Lächeln schließt er: »Ich habe kein Alibi, Signora.«

Aus irgendeinem Grund – eine verrückte Assoziation – muß Pietro plötzlich an eine blonde Frau und ihr riesiges Appartement mit Blick auf den Central Park denken. Meter um Meter von Rauchglasfenstern, durch die man auf die Bäume, den See, den Himmel von New York sah. Wie aus einer dieser atemberaubenden Filmszenen oder einer Hochglanzzeitschrift. Die Blonde – schön, reif, reich, – hatte ihn zuerst ins Badezimmer geführt, um ihm die Fliesen zu zeigen, die er dort anbringen sollte, dann ins Schlafzimmer, um ihm sich selbst in voller Nacktheit zu zeigen.

Es war nicht das erste Mal, daß er mit einem unternehmungslustigen Kunden weiblichen Geschlechts im Bett landete. Auch der eine oder andere nicht minder unternehmungslustige Kunde männlichen Geschlechts hatte versucht, ihn dorthin zu bekommen. Diese Einladungen hatte er stets liebenswürdig abgelehnt.

Dieser Nachmittag vor wenigen Monaten, als er in den Armen der Blonden zwischen ihren parfümierten Laken lag, ist ihm in lebhafter Erinnerung geblieben. Während er damit beschäftigt war, seine Auftraggeberin und sich selbst zufriedenzustellen, waren ihm mit einem Mal die verfallenden Mauern der Casa Benevenzuela in den Sinn gekommen. Er hatte den Blick zu den hellrosa Wänden des luxuriösen Zimmers gehoben, zu den wehenden Leinenvorhängen, den Wandleuchtern, den Bildern. Ohne daß er wußte, wie ihm geschah, hatten sich die von der Salzluft porös gewordenen Innenwände der Benevenzuela davorgeschoben, der türkisfarbene Brotschrank in der Küche seiner Mutter, der geschwärzte Rauchfang über dem Kamin. Ein überwältigender Duft, der Duft der Sehnsucht, war ihm in die Nase gestiegen.

Hinterher hatte er mit der Blonden kalten Weißwein getrunken, bei dem sie sich freundschaftlich über die Renovierungsarbeiten im Bad einigten. Als er die Wohnung verlassen hatte, war er die Park Avenue mit gleichmäßigem Schritt entlanggelaufen, genauso wie man das steil ansteigende Stück der Höhenstraße von Piscità angehen muß.

Jetzt leuchtet er mit der Taschenlampe die Außenmauern der Benevenzuela ab und atmet in tiefen Zügen den lange vermißten Geruch des Hauses ein, den muffigen Geruch der Weinpresse, die seit Jahren niemand mehr benutzt hat, die Feuchtigkeit, die aus der Zisterne aufsteigt, das süßliche Aroma der dünn gewordenen Wachstuchdecke, die immer noch den wackeligen Küchentisch bedeckt. Er geht alleine und im Dunkeln – das Haus hat noch nie elektrisches Licht gehabt – durch die hintereinanderliegenden

Räume im Erdgeschoß. Die Tür zum Vorratshäuschen, wo sein Vater seine Werkzeuge aufbewahrte, ist mit den Jahren morsch geworden, in den Angeln hängen Bruchstücke aus rohem Holz, die, wie er im Schein der Taschenlampe erkennt, früher einmal in demselben zarten Türkiston gestrichen waren wie der Brotschrank. Die Küchenmöbel existieren nicht mehr. Waren wahrscheinlich sowieso nur noch Brennholz, vermutet Pietro und untersucht mit dem Lichtstrahl die Decke des Vorratshäuschens. In Rauch aufgegangen wie seine Kinderjahre hier auf Stromboli. Im kalten Licht der Taschenlampe dehnen sich die restlichen Deckenbalken aus, ziehen sich zusammen, verschwinden wieder in Teichen aus Dunkelheit. Nischen, Lüftungsfensterchen, Zwischenböden. Pietros Fuß entdeckt den zerfressenen Rand einer Bodenfliese mit einem wunderschönen Muster aus dem siebzehnten Jahrhundert – feine, dunkelblaue Spiralen auf gelbem Grund – und dahinter ein abgebrochenes Stück eines Waschbeckens.

Er sieht sich selbst nackt im Bett dieser Frau in New York liegen, hört wieder das Heranrollen der Flutwelle, die ihn in jenem Moment ergriffen hat, um ihn endgültig hierherzuspülen. Nun, da er allein in seinem Haus ist, beginnt er sich langsam auszuziehen, um den Kreis zu schließen. Er löscht die Taschenlampe, läßt die Kleider zu Boden fallen und geht durch die Zimmer, dankbar, den löchrigen Ziegelboden unter seinen Fußsohlen zu spüren. Er hängt sein Hemd an den Griff der Küchentür, die Unterhose wirft er auf den Tisch.

Nackt geht er in den Garten hinaus. Auf der nachtschwarzen Terrasse spürt er die Wärme des gerade vergangenen Tages von den Steinen aufsteigen. Mit der Hand berührt er den Stamm des Feigenbaums, prüft die rauhe Oberfläche der gemauerten Steinbank.

Seine Mutter wäscht einen Teller im Waschbecken der Terrasse ab, sein Vater hackt Brennholz, der kleine Rosario kritzelt mühsam in ein Schulheft, die Zunge im Mundwinkel.

Das entfernte Rauschen der Brandung erinnert ihn einen Augenblick lang an das ohrenbetäubende Brausen der Subway zwischen der zweiten und der dritten Avenue. Dann hört er nur noch das Meer, sein Meer, das ihn umgibt und auf der Insel festhält. Endlich gefangen.

Im Verlauf der zweiten Stunde beginnt das gleichmütige Antlitz des Vulkans sich zu enthüllen. Rechts von ihnen, hinter der Spitze der schrägen Steintafel der Sciara, läßt Iddu auf einmal ein Gebrüll ertönen, das sich durch seine schwarzen Eingeweide windet, bis es an den vor Sternen und Dämpfen flimmernden Himmel stößt.

An einen Felsgrat geklammert ziehen sie instinktiv die Köpfe ein. Susy ist die erste, die ihr Gesicht dem wilden Brüllen zuwendet. Ein Riß geht durch die Nacht, sie spürt den rötlichen Widerschein des Vulkangottes auf ihrer Haut. Lächelnd sieht sie Federico an, der dicht neben ihr steht, und möchte für immer das flüchtige, helle Leuchten auf den Wangen des Jungen festhalten. Ihre Hände (die sich keinen Moment losgelassen haben) fassen sich noch fester. Einen Schritt hinter ihnen schüttelt Giancarlo heimlich ergriffen vom Donnergrollen des Berges den Kopf.

Auch die anderen sind auf ein Zeichen des Führers stehengeblieben. Das Getöse verklingt in der Ferne, davongetragen von launischen Echos. Danach ist der Weg wieder in die gespannte Stille getaucht, die das Verstummen des Grillengesangs – schon über eine halbe Stunde lang haben sie das Zirpen im Röhricht nicht mehr gehört – hinterlassen hat.

Hier auf halber Höhe – sie befinden sich etwa sechshundert Meter über dem Meeresspiegel, wie der Führer erklärt – sind die Röhrichthaine rar geworden, fransen in große Flächen von scheinbarem Nichts aus. Dornsträucher wedeln unter widrigen kleinen Windböen mit ihren Zweigen. Der eine oder andere aus der Gruppe zieht sich einen Pullover oder ein Fleecehemd über und denkt an die drückende Hitze, die sie dort unten zwischen den Häusern des Dorfes am Meer zurückgelassen haben.

Susy sieht sich im Lichtergewirr der Taschenlampen um und begegnet dem verzückten Blick des Cavaliere Persutto. Verzückt ... oder eher glasig? fragt sie sich, als schon wieder ein Lichtstrahl die Richtung wechselt und das blonde Lächeln des – eindeutig verzauberten – Norwegers neben ihr beleuchtet.

Der Führer nimmt mit erfahrenem Blick die Parade seiner Schützlinge ab und reicht einer munteren Dame mittleren Alters hilfreich die Hand, während sie in ihren vernünftigen Wanderschuhen, die sie zu Hause in Cervinia extra aus den Tiefen ihres Schranks hervorgezogen hat, einen mit eisernen Verbindungsstücken gesicherten Felsen erklettert. Dann sieht er zu dieser Landplage hin, die vor einer Stunde an den unteren Vulkanhängen noch unbedingt vorausrennen mußte und jetzt, wie zu erwarten, schon die ersten Ermüdungserscheinungen zeigt, und fragt: »Wird's denn gehen, Cavaliere?«

Persutto, in seinem Stolz getroffen, beeilt sich zu antworten: »Aber ja, natürlich, warum?«

»Wir können noch ein wenig rasten, wenn Sie möchten.«

»Nein, nein«, haucht er, als er den stummen Vorwurf

auf den Gesichtern der anderen bemerkt. »Mir geht
ausgezeichnet.«

Der Führer hebt den Kopf: »Ab jetzt werden wir im
Gänsemarsch gehen, und zwar schön langsam und gleichmäßig. Hier beginnt der anstrengendste Teil des Aufstiegs.« Er kehrt ihnen den Rücken zu und nimmt beschwingt die Wanderung wieder auf.

Der Cavaliere inhaliert heimlich eine großzügige Dosis
Asthmaspray. Dann hebt er den Blick zu dem vor ihm liegenden Kalvarienberg.

Caterina ist mit abgespanntem Gesicht eingetroffen, sie
trägt ein dunkelviolettes Leinenkleid und einen weißen
Schal. Charles holt einen Stuhl herbei und stellt ihn zwischen Frida und Ruben.

»Ich habe schon gegessen, danke. Vielleicht ein Glas
Wein.«

Franzo schenkt ihr ein. »Nicht mal ein bißchen Obstsalat zum Nachtisch? Wir sind fast fertig.« Er deutet auf den
Salade niçoise, den Isolina für seinen Geschmack mit zuviel Öl angemacht hat.

»Gut, dann esse ich welchen mit. Aber ich wollte euch
nicht unterbrechen.«

Franzo schnaubt geringschätzig und lehnt die Käseplatte ab, die Ruben ihm reicht. »Fabrizio hat mich gefragt,
warum ich mit der Schauspielerei aufgehört habe.«

Caterina lächelt Cassinis an. »Und, hat er es dir erzählt?« Fabrizio lächelt zurück und schüttelt den Kopf:
»Er schweigt sich aus.«

Franzo zuckt die Achseln in Caterinas Richtung. »Erzähl mir lieber, wie es denen dort drüben geht.«

»Don Bartolo liegt noch zu Bett, ich mußte ihn zwingen, ein wenig von der Brühe zu sich zu nehmen, die Immacolata für ihn gekocht hat. Die drei Alten ...«

»Beten sie?« fragt Frida.

»Ja, sie haben sich in Incoronatas Zimmer eingeschlossen. Sie ... sie haben die Möbel in Corrados Zimmer mit schwarzen Tüchern verhängt.«

»Oh je«, murmelt Livia. Auch Signora Elide führt erschrocken die Hand zum Mund. Caterina fährt fort: »Es sind die Tücher, die die Särge ihres anderen Bruders und ihrer Schwägerin, Corrados Eltern, bedeckten. Ich habe ihnen geholfen, sie aus einer Truhe zu holen, ich hatte sie noch nie gesehen. Meterweise schwarzer Tüll, an manchen Stellen mottenzerfressen.« Sie zündet die Zigarette an, die Fabrizio ihr offeriert hat. »Bevor ich hierherkam, bin ich zum Pavillon gegangen, um mich umzuziehen. Ich habe geduscht und das erstbeste übergezogen, was ich fand, dieses weiße Kleid, das ich auch gestern abend anhatte. Dann bin ich nochmal kurz oben im Palazzo vorbeigegangen.« Sie lacht nervös auf. »Incoronatas mißbilligender Blick hat mich so getroffen, daß ich zurückgegangen bin und mich wieder umgezogen habe.« Zur Demonstration hebt sie eine Falte des violetten Kleides an.

Charles seufzt: »Die Armen, das ist eine Tragödie, von der sie sich nicht wieder erholen werden.«

Isolina murmelt etwas vor sich hin und erhebt sich vom Kopfende der Tafel. Ruben springt ebenfalls auf, sagt: »Ich helfe Ihnen« und beginnt, die Teller einzusammeln.

Nach einem Moment der Stille, die nur von Geschirrklappern unterbrochen wird, läßt sich sanft Fabrizios Stimme vernehmen: »Nun, Franzo, wollen Sie mir jetzt verraten, warum Sie die Bühne verlassen haben?«

Franzo lehnt sich auf seinem Stuhl zurück. »Also gut,

warum nicht.« Mit einem melancholischen Schulterzukken: »Aber es ist keine lustige Geschichte, ich warne Sie.«

Er wirft seine Serviette auf den Tisch. »An dem Abend, als meine Mutter starb, war ich im Theater, im Malibran in Venedig. Am Nachmittag, während der Proben, hatte ich noch mit meiner Schwester telefoniert, die mich beruhigt hatte. Meine Mutter lag im Krankenhaus, aber ihr Zustand schien nicht bedrohlich zu sein. Nicht lebensbedrohlich, jedenfalls. Trotzdem hatte ich so eine Vorahnung, ich wußte, daß ihr Ende kurz bevorstand. Aber ich wollte wohl aus dem Ton meiner Schwester heraushören, daß es keine Komplikationen gab, wahrscheinlich hat mich auch nur der Wunsch getrieben, nach Monaten der Vorbereitungen endlich in der Premiere aufzutreten. Ich weiß es nicht. Ehe ich auf die Bühne ging, rief ich noch einmal in Turin an. Im Krankenhaus sagte man mir, daß meine Schwester gerade nach Hause gegangen sei und meine Mutter sich ausruhe. Also ging ich hinaus und begann, meine Rolle zu spielen. Nach der Vorstellung ging ich mit der ganzen Truppe in ein Restaurant in der Nähe des Theaters, am Corte del Milion. Erst im Hotel erhielt ich die Nachricht. Meine Schwester hatte sie gegen Mitternacht beim Portier hinterlassen.« Franzo fährt sich mit der Hand über die Augen. »Es mag Ihnen sentimental vorkommen, Fabrizio, aber der Gedanke, daß meine Mutter allein im Krankenhaus starb, während ich zwischen Antipasti und Spaghetti den üblichen albernen Scherzen nach einer Vorstellung beiwohnte...« Er unterbricht sich und sieht zu dem Laubwerk über der Terrasse hinauf. »Ein furchtbarer Gedanke, jedenfalls.«

Charles sieht seinen Gefährten mit einem zärtlichen Lächeln an. »Ich trage auch einen Teil der Schuld.« Zu

Fabrizio: »Ich war im Iran, um mir einige Ausgrabungen anzusehen. Ich war nicht bei ihm.«

»Du hättest nichts tun können, Lieber.« Franzo breitet die Arme aus. »Niemand hätte noch etwas für meine Mutter tun können. Aber ich hätte bei ihr sein können. Und so hat mich plötzlich, oder vielleicht auch nicht so plötzlich, ein Ekel vor meiner Arbeit überkommen, vor den Hotels, dem ständigen Kofferpacken, sogar vor dem Puder- und Schweißgeruch der Garderoben. Ich hatte es satt, mich nach Regisseuren, Impresarios und Theaterdirektoren zu richten, Kostümbildnerinnen hinterherzulaufen, die mein Kostüm vergaßen, Sekretärinnen, die meinen Namen nicht schreiben konnten, so daß er falsch auf den Plakaten erschien und so weiter. Ich hatte alles satt. Ich saß mitten in der Nacht in diesem Hotelzimmer in Venedig, meine Mutter war im Krankenhaus gestorben und er«, er deutet auf Charles, der den Blick auf die hölzerne Tischplatte gesenkt hat, »war weit weg im Orient. Am Morgen habe ich eine befreundete Kollegin geweckt, habe ihr erzählt, was passiert ist und bin in den ersten Schnellzug nach Turin gestiegen. Gleich nach der Beerdigung bin ich hierher gefahren. Und habe mich acht Monate lang nicht mehr von der Insel fortbewegt.«

»Es tut mir leid, ich bin sehr taktlos gewesen«, entschuldigt sich Fabrizio.

»Nein, keine Sorge.« Franzo beugt sich zu ihm über den Tisch. »Ich hätte es Ihnen in jedem Fall erzählt. Fragen Sie mich nicht, warum.«

»Vielleicht«, lächelt Cassinis, »wegen meines Berufs. Wir wissen beide, was diese Arbeit von uns verlangt, nicht wahr?«

»Nein, das ist es nicht, oder höchstens zum Teil. Es liegt an etwas anderem. Etwas in Ihnen selbst.«

Caterina meldet sich mit einem Hüsteln. »Offenbar gehört Fabrizio schon zur Familie.« Auch Livia schlägt kameradschaftlich einen leichteren Ton an: »Wir haben es dir ja gesagt, wir sind ein bißchen schwierig hier auf der Insel, aber wenn wir jemanden ins Herz geschlossen haben...« Charles entgeht der neugierig-zärtliche Blick nicht, mit dem Ruben Fabrizio ansieht. Zu Franzo sagt er: »Dann ist noch etwas anderes passiert. Erzähl die Geschichte zu Ende.«

»Ich war hier auf der Insel, Charles kam nach, sobald er sich freimachen konnte. Es war Mai, Caterina und Consuelo waren auch für ein paar Tage da. Caterina erzählte mir von einer ziemlich guten Rolle in einem Film, den Corrado produzierte. Alle redeten auf mich ein, daß ich wieder anfangen solle zu arbeiten. Corrado rief mich aus Rom an, um mir zu sagen, daß er mich für die Rolle wollte, daß ich es mir überlegen sollte.« Er zuckt die Achseln und steht plötzlich auf. »Es war meine Schuld. Ich konnte mich nicht entschließen, brauchte zuviel Zeit, weil ich von Schuldgefühlen zerfressen war. Am Ende hat Charles mir sogar eine Szene gemacht und drohte, mich zu verlassen.« Franzo zieht eine selbstironische Grimasse in Richtung seines Lebensgefährten. »Ich rief also Corrado an und sagte ihm, daß ich die Rolle annähme, daß ich mich glücklich schätzte, den Film mit ihm zu machen.« Er bricht in Lachen aus und schüttelt den Kopf, ohne weiterzuerzählen.

Charles wendet sich an Fabrizio: »Corrado hatte die Rolle schon einem anderen gegeben.«

»Ich wiederhole, daß es allein meine Schuld war. Ich hatte mir zuviel Zeit gelassen. Corrado...«

»Corrado hätte dir wenigstens sagen können, daß er noch einen anderen Schauspieler im Sinn hatte, findest du nicht?« schließt Frida nüchtern und steht ihrerseits auf.

»Es ist nun einmal so gekommen.« Franzo deutet einen Tanzschritt mit einer imaginären Partnerin an. »Charles und ich haben daraufhin beschlossen, Zimmervermieter zu werden, der besseren Sorte, versteht sich!« Er gibt seine Phantasiepartnerin auf und faßt dafür die sehr wirkliche Isolina um die Taille. »Machen wir ein bißchen Musik, Leute, und Schluß mit den traurigen Geschichten.«

Isolina versetzt ihm einen Stoß und lacht: »Dir ist heute wohl der Wein zu Kopf gestiegen, was? Such dir jemand anderen zum Tanzen, *fulatùn,* Dummkopf!« Dann, im üblichen Befehlston: »Und ihr bleibt sitzen, denn es gibt noch Obstsalat, der mir schlecht wird, wenn ihr ihn nicht eßt, und dann muß ich ihn morgen wegwerfen..«

Die Familie nimmt gehorsam wieder am Tisch Platz.

Als die Rechnung kommt, verdirbt Maria Grazia alles. Aber eins nach dem anderen.

Während des Essens hat sich eine fühlbare Spannung aufgebaut. Vor allem, weil die beiden Hawaiihemden (um sich interessant zu machen) begonnen haben, Horrorgeschichten über die Insel zu erzählen.

»Kennt ihr das Gespenst von der unteren Straße?«

»Welches Gespenst?« Ornella macht einen Hüpfer auf ihrem Stuhl.

»An der unteren Straße steht ein unbewohntes Haus, in der Nähe des Scalo dei Balordi, des Anlegeplatzes der Deppen«, informiert sie der stämmige Dunkle.

»Der Name sagt alles«, unterstreicht Schnurrbart intelligent. Der andere fährt fort: »Dort kann man, in mondlosen Nächten ...«

»... wie dieser ...«

»... einen Geist im Garten sehen.«

»Nein!« einstimmig die beiden Frauen.

»Doch, wirklich. Sie sagen, es sei ein Mann, der vor vielen Jahren in dem Haus ermordet wurde. Ertränkt in der Zisterne. Das hat den Eigentümern großes Unglück gebracht, wie man sich erzählt, sie haben ein schlimmes Ende genommen, sind alle völlig verarmt und früh gestorben.«

»Ach, ihr wollt uns doch nur auf den Arm nehmen.«

»Nein, nein, es ist wahr. Es ist der Geist eines nackten Mannes mit« – er macht eine Geste von ausgesuchter Vornehmheit – »so einem Ding zwischen den Beinen.«

Maria Grazias schallendes Lachen bringt die verständigere Ornella in Verlegenheit. »Scheint der Geist eines Wahnsinnigen zu sein!« Am Nachbartisch hebt eine Dame unbestimmten Alters kaum merklich eine Augenbraue.

»Wahnsinnig oder nicht, jedenfalls hat er wohl einen beeindruckenden Rüssel. Sollen wir ihn euch zeigen?«

»Was?«

»Den Rüssel von dem Toten! Oder sind euch lebendige lieber?«

Die Frau am Nebentisch schließt die Augen und tupft sich die Lippen mit der Serviette ab.

Der Dunkle macht unverzagt weiter: »Und der Erhängte hinter der Kirche?«

»Welcher Kirche?« murmelt Ornella und kratzt sich an einer Schulter. »Doch nicht etwa San Bartolo?«

»Ja, warum?«

Die beiden Frauen sehen sich mit einem gefrorenen Lächeln an. »Nichts, nichts.«

»Wo wohnt ihr denn eigentlich?«

Ornella deutet vage mit der Hand hinter sich: »Ach, dort oben, in einem Haus.«

Darauf Schnurrbart hellhörig: »Habt ihr euch etwa bei dieser Römerin eingemietet, die's mit Frauen hat, wie heißt sie doch gleich?«

»Frida«, wirft der Dunkle ein.

»Ja«, flüstert die arme Ornella.

»Aber auf dem Weg dorthin kommt man hinter der Kirche vorbei, genau an der Stelle, wo der Typ sich aufgehängt hat!« platzt Schnurrbart aufgeregt heraus. Sein Kumpel unterstützt ihn: »Er baumelte an einem Haken in der Kirchenmauer, und seine Zunge hing ganz weit heraus ...« Er mimt den schrecklichen Ausdruck des Erhängten. Die Frau vom Nebentisch steht auf, nimmt ihre Handtasche und geht.

Auch unsere beiden amüsieren sich nicht mehr ganz so gut. Maria Grazia sieht sich um. »Wir könnten mal bezahlen.« Weltgewandt winkt sie mit einer Hand der Wirtin, die herbeieilt.

Die beiden Rüpel – inzwischen hat sich herausgestellt, daß sie aus Rom sind – flüstern sich gegenseitig etwas ins Ohr und lachen dabei. Sehr höflich.

Ornella redet sich unterdessen ein, daß die beiden, trotz ihrer offensichtlichen Mängel (die im folgenden aufgezählt werden) rein äußerlich betrachtet gar nicht so übel sind. Der Dunkle (der es auf Maria Grazia abgesehen hat) ist groß, kräftig gebaut und von einer gewissen männlichen Häßlichkeit, die etwas Anziehendes hat. Der andere (Schnurrbart, mit dem sie blickweise schon ein wenig geflirtet hat) bietet eine hübsch gebräunte Brust unter seinem Hemd, große, wohlgeformte Hände und einen sinnlichen Mund. Was die Mängel betrifft: Schnurrbart hat eine Pizza mit Knoblauch und Zwiebeln bestellt (was nicht das Angebrachteste ist, wenn man die Nacht mit einer Dame verbringen will) und sich schon zweimal mit dem Finger in der Nase gebohrt. Der Dunkle (abgesehen von seiner Vulgarität, gegen die selbst neun Jahre in einem Schweizer Internat nichts ausrichten könnten) putzt sich seit ungefähr eine Viertelstunde die Backenzähne mit einem Zahnstocher aus, den er auch jetzt nicht wegzulegen gedenkt und wie einen Pfeil zwischen den Lippen herausragen läßt. Man kann eben nicht alles haben.

Dennoch ist Ornella nicht vollauf begeistert von der Idee gemeinsamer Unternehmungen nach dem Essen. Ihr wird bewußt, daß sie nur ihrer dickschädeligen Freundin zuliebe mitmacht. Aber dann kommt die Rechnung und besagte Freundin führt sich in einer Weise auf, die sogar den beiden Rüpeln zuviel wird.

Maria Grazia greift sich herrisch den Zettel und beginnt, alles schön auseinanderzudividieren.

»Aber nein, bist du verrückt! Wir teilen einfach alles durch vier«, poltern die beiden Ehrenmänner los. Maria Grazia sieht sie an, als wären sie nicht ganz bei Sinnen. »Was soll das, wir müssen doch ausrechnen, was jeder hatte!«

Der Dunkle nimmt ihr die Rechnung aus der Hand, liest den Gesamtbetrag: »Laß mich mal, ich bin sehr gut in Mathematik. Also: einhundertfünfzigtausenddreihundert ... hmm ... geteilt durch vier macht etwa ...«

Maria Grazia schnappt sich den Zettel zurück: »He, moment mal, so geht das nicht!«

Ornella, die das schon kennt, schließt die Augen. Die andere senkt pedantisch die Nase auf das Stückchen Papier. »Also. Du«, sie zeigt auf den Schnurrbärtigen, »hattest eine große Pizza mit Knoblauch und Zwiebeln, macht elftausendfünfhundert. Davor habt ihr beide je eine Portion rohen Schinken gehabt, das sind zehntausend pro Nase. Zusammen also einundzwanzigtausendfünfhundert, merk dir das. Dann zwei Cola, oder hast du drei getrunken? Ja, drei. Das sind neuntausend, plus ein Viertel Mineralwasser, das hatten wir alle, macht weitere siebenhundertfünfzig. Das Tiramisù kostet neuntausend, der Kaffee zweitausendfünfhundert, dann sind wir, glaube ich, bei zweiundvierzigtausendsiebenhundertfünfzig. Dann kommen noch zweitausend für die Bedienung hinzu – diese Halsabschneider –, macht zusammen vierundvierzigtausendsiebenhundertfünfzig.« Ohne Atempause fährt sie an den Dunklen gewandt fort: »Du hattest die Käse-Pizza, die kostet mehr, nämlich zwölftausend, dann die andere Portion rohen Schinken, wie gesagt zehntausend, ein Bier ...«

Die beiden müssen, wie zwei Erstklässler ihrer Lehrerin, Maria Grazia sprachlos zusehen, die mit einem Augenbrauenstift in großen Schnörkeln die genannten Beträge auflistet. Ornella merkt, daß dies zuviel für sie ist. Selbst für zwei – wie sie bisher glaubten – mit allen Wassern gewaschene Römer.

Valeria weint. Aus Bitterkeit, aus Einsamkeit. Aber vor allem aus Wut. Sie weint schon seit Stunden, das Gesicht verwüstet, die Haare zerzaust, die Haut stumpf. Ausgestreckt liegt sie auf dem riesigen Bett, ihre geschwollenen Augen sind auf die weiße Zimmerdecke gerichtet. Dabei nimmt sie, ohne es zu wissen, quasi eine Familientradition wieder auf, indem sie mit geschlossenen Lippen eine tröstliche Litanei wiederholt: Schwein, Mistkerl, Hurensohn. Hin und wieder wird sie von einem Schluchzen geschüttelt. Sie putzt sich lautstark die Nase und wirft das hundertste Papiertaschentuch über den Bettrand.

Im Laufe der Stunden hat sie beobachtet, wie Licht und Schatten an der Decke sich veränderten. Verwirrt wie sie ist, bleibt sie im Düstern liegen, im grauen Licht der Dämmerung.

Während dieses trägen Nachmittags, der sich jetzt in einen einsamen Abend auflöst, hat Valeria Rückschau gehalten, indem sie einen Film auf einem geistigen Schneidetisch betrachtete. Sie hat bei wenigen Standbildern verweilt (dem Tag ihrer Hochzeit, ihrer vor Stolz weinenden Mutter, ihrem vor den vielen Kameraleuten und Fotografen verlegenen Vater), hat schnell vorgespult (die schlechten Filme, die sie drehte, bevor sie Corrado kennenlernte, aber auch danach), und sich die eine oder andere rare Sequenz in Zeitlupe angesehen (einen Urlaub in Polynesien, die einzig wirklich glückliche Zeit ihrer Ehe). Mistkerl.

Die Tränen fließen von allein, unaufhaltsam, unaufhörlich. Noch nie hat sie so geweint, noch nicht einmal, als sie einer anderen eine Rolle in einem Film gegeben hatten, mit der sie sicher groß rausgekommen wäre. Noch nicht einmal, als Corrado sich von ihr trennte. Im Gegenteil, bei dieser Gelegenheit hatte sie eine ungeheure, wenn auch vorübergehende, Erleichterung verspürt. Schließlich ließ er sie reich, immer noch jung und wesentlich berühmter als vor ihrer Heirat zurück. Und doch hatte sie sich mit der Zeit (nach sehr kurzer Zeit) einsam gefühlt. Natürlich gab es Partys, Reisen, Häuser, Männer, aber im Grunde hatte sie ihre Tage damit zugebracht, miserable Drehbücher für zweitklassige Filme zu lesen, in denen man ihr eine Rolle anbot. Und das – es schmerzt sie, sich das einzugestehen – ohne einen Mann wie Corrado an ihrer Seite. Es ist nicht leicht, einen wie ihn kennenzulernen.

Schwein, Verräter, Schuft. Aber der einzige, der sie wirklich befriedigen konnte. Auch der einzige, der sie geheiratet hatte.

Deshalb war sie jedesmal, wenn er zu ihr zurückkam, bereit für ihn gewesen. Oh, sie hat ihn schon ein wenig zappeln lassen – aber nicht zu sehr, weil ihr Mann sich die Frauen schließlich aussuchen konnte –, damit sie begehrenswert für ihn blieb. Doch dann war etwas passiert (seit Wochen grübelt sie schon darüber nach). Corrado war auf einmal distanziert, seltsam melancholisch gewesen. Völlig verändert.

Sie zündet sich eine Zigarette an, stützt sich auf einen Berg von Kissen und denkt über den Anlaß nach, aus dem sie auf diese verfluchte, feindliche Insel gekommen ist. Alle sind hier gegen sie. Gut, diese dumme Gans von Caterina hat zu ihr gesagt: »Bleib nicht allein heute abend, komm zur Casa Arancio.« Aber sie kann sich vorstellen, wie die sich freuen würden, sie zu sehen. Wie sie sie alle verabscheut. Nein, lieber bleibt sie hier allein und hängt ihren Erinnerungen nach.

Der Anlaß ihrer Reise auf die Insel droht sie zu ersticken, hält sie gefangen. Sie glaubt, ein teuflisches Gelächter von den Wänden widerhallen zu hören. Dieses Haus, dieses vermaledeite, elende Haus. Zum hundertsten Mal sieht sie Corrados Gesicht von gestern nacht vor sich und denkt an ihren Streit auf der Klippe.

»Du hattest es mir versprochen, du Wurm.«

»Hör auf, Valeria.«

»Was heißt hier hör auf, ist dir klar, in was für eine Situation du mich bringst?«

»Du wirst jemand anders finden, der dir ...«

»Wen denn? Du willst mich wohl verarschen, was? Aber das zahl ich dir heim.« Sie hatte versucht, ihn zu ohrfeigen, aber er hatte ihr flink den Arm auf den Rücken gedreht. »Laß mich los, du tust mir weh«, hatte sie unter seinem festen Griff gekeucht. Früher hätte er sie vielleicht geschlagen, das war öfter vorgekommen während ihrer Ehe. Aber diesmal nicht. Er hatte sie gleich wieder losgelassen und sich schweigend einige Schritte entfernt. Das war für sie der endgültige Beweis, daß er sich verändert hatte. Aber warum, was steckte dahinter?

Sie war nach Hause gerannt und auf der unteren Straße mit diesem Pietro zusammengestoßen. Sie denkt an die Hände des jungen Mannes, an ihre Hingabe an ihn. Es war wie ein Akt der Rache, bei dem sie dunkel spürte, daß auch er denselben Ritus vollzog.

Und so war, während sie sich an seine muskulösen Schultern klammerte, dieser erregende, dieser böse Gedanke in ihr entstanden und hatte ihre Leidenschaft noch gesteigert: Daß dieser von weither gekommene junge Mann als Instrument einer raffinierten Rache an ihrem Ehemann dienen könnte.

»»*Hoc erat in votis: modus agri non ita magnus, hortus ubi et tecto vicinus iugis aquae fons et paulum silvae super his foret.*‹« Charles unterbricht sich und lauscht dem gedämpften Echo einer Eruption. Ruben neben ihm lächelt: »Das ist Horaz, nicht wahr? Eine Satire. Bitte lesen Sie weiter.«

Charles sieht den Jungen an: »Nur, wenn du übersetzt.«

»Ich kann es versuchen, ich kann den Text noch fast auswendig.«

»*Auctius atque di melius fecere. Bene est. Nil amplius oro, Maia nate, nisi ut propria haec mihi munera faxis.*«

Ruben lacht leicht verlegen: »Vielleicht können Sie mir

dabei helfen«, und senkt die Augen. »›Genau das war mein Traum: ein bescheidenes Haus auf dem Land, mit einem Garten ...‹«

»Kleinen Garten.«

»›... kleinen Garten bei einer Quelle und vielleicht einem Stückchen Wald.‹« Er sieht auf und begegnet Fabrizios Augen, die ihn ruhig betrachten. Dann beendet er den Abschnitt: »›Diese Segnungen haben die Götter mir gewährt, und noch viel mehr. Jetzt bitte ich dich, Sohn der Maja, nur noch darum, sie für immer behalten zu dürfen.‹«

Charles deutet einen Applaus an und bemerkt die Blicke interessierter Zärtlichkeit, die zwischen dem Jungen und Cassinis hin und herwechseln. Auch Consuelo lächelt. »Horaz, mon ami?«

»Ja, eine Satire über die Lebensweisheit.«

»Die genau auf ihn zutrifft«, bemerkt Franzo mit einem gerührten Blick auf seinen Gefährten.

»Aber auch auf dich, oder?« entgegnet Caterina. »Vielleicht auf uns alle.«

»Ach, ich«, winkt Franzo ab, »wenn Charles nicht gewesen wäre, würde es all das hier nicht geben.« Er zeigt auf den Garten, die Terrasse. »Alles hat ganz zufällig begonnen, wie das immer so ist. Vor fünfunddreißig Jahren entstand die Idee, ein verlassenes Haus auf einer abgelegenen Insel zu kaufen.«

»Und dann noch eines und noch eines«, mischt sich Isolina an Fabrizio gewandt ein. »Sie hätten mal sehen sollen, was das für eine Katastrophe hier war, als die beiden mich zum ersten Mal hergebracht haben. Ich habe gesagt: Seid ihr verrückt, Häuser – was sich so Häuser nennt! – auf einem Vulkan zu kaufen? Aber sie wollten natürlich nicht auf mich hören, dickköpfig wie sie sind.«

»Und du hast doch immer am meisten Spaß hier gehabt, Isa.«

»Ja, Spaß beim Steineschleppen!« Dann lacht sie: »Aber es ist gut geworden, nicht?« Alle lachen mit und sehen zu der Hausecke hin, die durch die Bougainvilleazweige hindurchschimmert. »Sehr gut, Isolina. Und das ist auch dein Verdienst«, sagt Frida, »ebenso wie die Casa Mandarino und die Casa Limone.«

»Denn die Idee, Zimmerwirte zu werden«, bemerkt Franzo zu Fabrizio, »war nicht die schlechteste.«

Consuelo spielt mit einem Ohrring und meint: »Zum Glück habt ihr angefangen, in Piscità wieder etwas aufzubauen, denn sonst ...«

»Ja, aber nicht nur wir, sondern auch Vancori«, erwidert Charles. »Don Bartolo war der erste auf der Insel, der begriffen hat, welche Schätze sie birgt. Er hat mit großem Sachverstand Häuser gekauft und wieder aufgebaut.«

»Stimmt«, antwortet Consuelo. »Mein Vater hätte alles seinen Gang gehen lassen, wie er es sein ganzes Leben getan hat.«

Frida berührt Fabrizios Arm. »Du mußt Ruben bitten, dir die Casa Mandarino zu zeigen. Das ist mein Lieblingshaus.«

»Sie ist recht klein, die Casa Mandarino«, erklärt Charles, »besteht eigentlich nur aus einem Zimmer mit Bad und Küche. Aber es ist ein hübsches Häuschen, und der Garten ist mir gut gelungen.«

»Auch uns gefällt es sehr gut in der Casa Limone«, läßt sich schüchtern die Stimme von Signora Elide vernehmen. Alle drehen sich zum Kopfende des Tisches, wo sie, eingehüllt in ihren blauen Schal, sitzt. Errötend fährt sie fort: »Als wir angekommen sind, mein Mann und ich, habe ich mich zuerst ein bißchen ... fremd gefühlt«, hüstelt sie nervös, »aber jetzt ... jetzt glaube ich, daß ich noch nie an einem schöneren Ort gewesen bin.« Sie senkt die Augen auf den Tisch und murmelt: »Und bei so netten Menschen.«

Franzo steht auf und küßt ihre Hand. »Wir sind stolz, Signora, daß die Insel in Ihnen ein weiteres Opfer gefunden hat.« Dann wendet er sich mokant an die Tischrunde: »Im übertragenen Sinne, meine ich natürlich.«

Valeria steht endlich auf und hinterläßt auf den Kissen Spuren der letzten Tränen, über die sie noch verfügte. Sie fühlt sich wie ein Wrack. Taumelnd geht sie in die Küche, öffnet den Kühlschrank und trinkt in kleinen Schlucken Mineralwasser aus der Flasche. Sie wischt sich die Lippen ab und lehnt ihre Stirn gegen die kühle Außenseite des Gefrierfachs.

In den drei Jahren, seit Corrado sie verlassen hat – sie hatte noch nicht in die Scheidung eingewilligt – hat sie ihr Vermögen so gut wie aufgebraucht. Nicht alles, natürlich, aber doch einen großen Teil. Deshalb mußte sie ihn an sein Versprechen erinnern, ist sogar extra deswegen auf die Insel gekommen. In der Überzeugung, daß er es halten würde, denn über Corrado konnte man sagen, was man wollte, aber nicht, daß er sich gern ein gutes Geschäft durch die Lappen gehen ließ. Und das Haus wäre ein gutes Geschäft gewesen, für sie beide.

Sie weiß noch, wie er vor drei Jahren auf dem Diwan ihrer Wohnung in Rom saß: »Das Haus auf Stromboli gehört dir. Aber wenn du es irgendwann loswerden möchtest, kaufe ich es dir wieder ab.«

»Gib mir das schriftlich.«

»Wenn du darauf bestehst.« Er hatte es getan. Und im

vergangenen Herbst war er wieder darauf zu sprechen gekommen, hatte sie geradezu gedrängt: »Du bist doch nie in der Casa Morgana. Verkauf sie mir, du machst ein gutes Geschäft.«

»Ich weiß nicht«, hatte sie sich geziert, »ich muß es mir überlegen. Du bist immer noch interessiert?«

»Aber ja, das habe ich doch gerade gesagt.«

Doch gestern – und auch schon während der letzten Wochen in Rom – hatte Corrado sich ausweichend verhalten. Davor hatte er sogar noch davon gesprochen, daß er eine Rolle in einer seiner Produktionen für sie habe, um ihr kurz darauf hastig mitzuteilen, daß er nicht mehr beabsichtige, den Film zu machen. Und daß er das Haus nicht mehr kaufen wolle.

Gestern nacht auf der Klippe hatte sie ihn gefragt: »Was soll ich denn jetzt machen?«

»Biete es öffentlich zum Verkauf an.«

»Aber es würde Monate, Jahre dauern, einen Käufer zu finden. Wer interessiert sich denn schon für ein so großes Haus auf dieser Insel? Und ich will es auf keinen Fall unter Wert weggeben.«

»Denk dir etwas aus, Valeria. Ich kaufe es jedenfalls nicht.« Dann wieder, als täte es ihm leid: »Wir reden nochmal darüber. Ich werde schon einen Käufer für dich finden.«

Aber warum, zum Teufel? Warum hat er sich vom Kauf zurückgezogen? Sicher nicht aus Geldmangel. Corrado ist – war – steinreich. Warum dieses seltsame Verhalten und dann wieder diese Nachgiebigkeit, geradezu Sanftmütigkeit? Beinahe, als hätte er Angst.

Dann wird ihr der Grund schlagartig klar. Sie fährt sich mit der Hand an den Mund. Wäre das möglich? überlegt sie und tastet nach einem Stuhl. Wäre es möglich, daß

Corrado ... aber natürlich! Plötzlich ist sie ganz sicher, die überraschende Erkenntnis macht sie benommen. Wenn einer wie Corrado auf einmal den Freundlichen, Hilfsbereiten spielt (»Ich werde schon einen Käufer für dich finden«), dann aus einem bestimmten Grund. Weil er etwas Wichtiges, etwas für ihn ganz Entscheidendes als Gegenleistung will. Und Valeria hat jetzt, wenn auch zu spät, begriffen, was das war.

»Spürt ihr ihn?« flüstert die Kleine und streckt die Ärmchen nach oben. »Ja, ja«, antworten die anderen beiden und starren in die dunklen Ecken des Zimmers. »Er ist hier«, murmelt Incoronata mit geschlossenen Lidern, »er ist es.«

Mit einer Hand hält Annunziata das dreibeinige Tischchen fest, während sie mit der anderen die Kerze herunternimmt und Corrados Bett beleuchtet. Riesige Schatten tanzen über die Wände und die Zimmerdecke. Immacolata streicht über eine Falte des schwarzen Tülls, der das Lager bedeckt, und klagt: »Hier ist ein Loch, und da auch. Wir müssen sie flicken.« Sie sucht die anderen Möbel des Zimmers mit den Augen ab, schwarze, wogende Massen.

»Es ist egal«, verkündet Incoronata mit zurückgelegtem Kopf, »er sagt, daß es ihm egal ist.«

»Frag ihn, warum er auf die Klippe gegangen ist, der liebe Junge.«

»Ja, was sah er dort? Warum fiel er ins Meer?«

Die Kleine antwortet nicht, stößt statt dessen einen tiefen Seufzer aus. Sie rollt ihren Kopf, läßt ihn dann auf die Brust sinken und murmelt: »Warum hast du uns verlassen, Corradino?«

»Frag ihn, wer seinen Tod wollte.«

»Wer hat dir Böses getan?« Incoronata wird von einem Beben geschüttelt, ihre Beine zucken krampfartig. »Nein, nein, nein!« Sie unterdrückt einen Schrei, preßt ihre Hand auf den Mund. »Geh fort von da, nicht, nicht. Bleib stehen. Paß auf, mein Sohn!«

»Was siehst du?« Annunziata bekreuzigt sich hektisch. »Sag uns, was du siehst«, drängt Immacolata, steht auf und hält den Oberkörper der Schwester fest, der auf dem Stuhl hin und herschwankt.

»Das Meer und der Schatten. Das Meer und die Erde. Das Meer und der glänzende Fels. Nein!« Ihr Kopf schnellt zur Seite wie von einer Ohrfeige getroffen. Die Schwestern drücken sich an sie, sie schüttelt wild den Kopf und führt die Hände an die Schläfen. Die anderen beiden können sie nicht beruhigen, sie schlägt um sich, als wolle sie jemanden vertreiben. Dann verzieht sie den Mund zu einem höhnischen Lächeln und röchelt: »Willst du, daß ich es tue? Willst du wirklich, daß ich es tue? Gut.« Plötzlich ruhig geworden führt sie ihre rechte Hand an die Wange und ritzt blitzschnell mit dem Fingernagel eine tiefe Wunde in das Fleisch. Eine feine Blutspur zeichnet sich auf der Wange der Alten ab, einige Tropfen fallen auf ihren schwarzen Schal. Schließlich krümmt sie den Rücken nach hinten und fällt zurück, die Augen weit aufgerissen.

Mit einem Knall fliegt die Tür auf. Die Wände erzittern. Eine weiße Gestalt kommt drohend auf sie zu.

Ornella hat genug, auch für Geschmacklosigkeit gibt es eine Grenze, heilige Madonna! So sachte wie möglich schiebt sie den Arm weg, der sich gerade um ihre Taille legen will. Sie lächelt genervt, als der Schnurrbart ihr mit der Taschenlampe ins Gesicht leuchtet. Der lacht seinerseits unsicher und richtet das Licht auf die beiden vor ihnen. Ornella sieht das von einem engen Minirock aus buntem Atlasstoff fest umspannte Hinterteil dieser Unglückseligen, die sich ihre beste Freundin nennt. Die Unglückselige wiegt sich unanständig in den Hüften, eine Hand in der hinteren Jeanstasche des Dunklen vergraben, der ihr – aufgeblasener Gockel – einen Arm um die Schultern gelegt hat. Als würden sie sich seit dem Kindergarten kennen.

Dem Schnurrbart ist nach der deutlichen Zurückweisung seitens seiner Begleiterin der Gesprächsstoff ausgegangen. Zum Glück, denkt Ornella, nach dem Schwachsinn, den sie sich von ihm anhören mußte. Die anderen beiden dagegen lachen wie die Hyänen und richten die Strahlen ihrer Taschenlampen kreuz und quer auf die Grundstücksmauern entlang der unteren Straße.

Na schön, brütet Ornella, dieser Hexe gefällt es auf der Insel nicht, sie ist launisch und voller Schrullen, und im Urlaub verliert sie immer die letzten Hemmungen, die sie sonst gerade noch bremsen. Aber sich gleich diesen beiden römischen Deppen an den Hals zu werfen! Traurigkeit überkommt sie. Es scheint zwar ein gewisser Zwang zu bestehen, sich in den verwünschten vier Urlaubswochen, die unsereins im Jahr zusammenkratzen kann, möglichst kräftig zu amüsieren, aber das kann man doch auf verschiedene Weise tun, oder? Kann man zum Beispiel einen ... ganz besonderen Ort wie diesen nicht einfach genießen? Müssen wir gleich mit den Erstbesten ins Bett steigen, die ein Minimum an Interesse zeigen? Also wirklich!

Die Lachlust, die sie beim Essen noch hatte, ist ihr

völlig vergangen, vielleicht ist der Wein an ihrer schlechten Laune schuld. Schurrbart versucht es noch einmal mit seinem Arm. Diesmal entzieht sie sich ihm brüsk. Scher dich zum Teufel, verdammt! In was für eine Situation ist sie da geraten! Was soll sie bloß mit dem vor Geilheit sabbernden Schnurrbart machen, wenn die beiden Schwachköpfe dort vorn sich über kurz oder lang in ein Röhrichtfeld verziehen? Wenigstens hofft sie, daß diese bescheuerte Maria Grazia noch soviel Verstand besitzt, die Kerle nicht ins Haus einzuladen. Wie komme ich da bloß wieder raus? fragt sie sich wütend, aber auch ein bißchen verängstigt.

Sie sieht, wie der stämmige Dunkle seinen Arm – den sie sich stark behaart und verschwitzt vorstellt – von Maria Grazias Schulter nimmt und auf etwas zeigt. Die Unglückselige dreht sich brünstig um: »Ornella, komm und sieh dir das an, schnell.«

»Was?« Sie holt sie vor einer hohen Mauer ein.

Der Dunkle verkündet so selbstzufrieden, als gehöre es ihm: »Das ist das Geisterhaus!«

»Das da?« fragt Ornella nüchtern.

»Ja«, lacht Maria Grazia idiotisch, »ob es dahinter wirklich einen Geist gibt?«

»Laßt uns nachsehen«, schlägt Schnurrbart vor, den die Kühle der Blonden etwas eingeschüchtert hat. Ornella lehnt sich an die Mauer: »Sollen wir jetzt etwa da hinüberklettern oder was?«

»Warum nicht?« drängelt der Dunkle und verschränkt die Hände als Steigbügel für seine Dame. Maria Grazia hört nicht auf zu kichern. Ornella warnt sie: »Das eine sag ich dir, wenn du eins über den Schädel bekommst wegen unbefugten Betretens eines Privatgrundstücks, werde ich ...«

»Puh, deine Freundin ist vielleicht eine Spielverderberin!«

»Stimmt, wer soll uns denn schon sehen?«

»Und außerdem«, entgegnet Maria Grazia leicht gereizt, »wärs doch toll, wenn es dieses verflixte Gespenst wirklich gäbe.« Übermütig fragt sie: »Also, wer geht als erster?« Die beiden Männer formen sogleich einen Sitz mit ihren Armen: »Du gehst.«

»Klar doch, ich hab überhaupt keine Angst.« Mit einem überheblichen Blick zu Ornella: »Ich werd's dir zeigen!« Sie schiebt ihren sowieso schon reichlich kurzen Minirock hoch – wobei sie den peinlichen Tanga enthüllt, den sie sich extra für diesen Urlaub gekauft hat – und hoppla, sitzt sie auf den Armen der beiden Deppen.

Oben steckt sie den Kopf zwischen zwei Oleandersträucher, späht forschend in den pechschwarzen Garten und versucht, die Leere unter sich einzuschätzen. Oh, eine Leiter! Mit triumphierendem Gackern dreht sie sich um: »He, hier unten ist eine Holzleiter. Rückt mich ein bißchen nach links ... ja, gut so. Halt!« Die Angeberin klettert hinüber.

Ornella erstirbt ein gepreßtes: »Um Himmels willen, paß auf, Maria Grazia!« auf den Lippen. Sie hört einen lauten Schrei.

Sie haben sie auf das Totenbett des Neffen gelegt, wo sie – und mit ihr die Schwestern – unter dem Zornesausbruch des Bruders zittert, der auf sie niedergeht: »Ihr seid verrückt. Drei vollkommen Verrückte. Schon immer gewesen. Ich lasse euch einsperren, ich bringe euch ins Irrenhaus.« Don Bartolo hebt den Arm, seine Hand greift ins Leere, er läßt ihn kraftlos wieder fallen.

Annunziata nähert sich dem Bruder, sie kniet vor ihm nieder und berührt den Saum seines weißen Pyjamas. »Verzeihung, Bartolo. Verzeih uns, aber wir sind drei... drei...« Sie findet kein Wort, das ihren Schmerz ausdrücken würde. Verwirrt schließt sie: »Drei Waisen. Genau wie du, weil du deinen Sohn verloren hast.«

Don Bartolo sieht in das verstörte, fanatische Gesicht seiner Schwester hinunter, wendet dann den Blick Immacolatas gepeinigtem Schluchzen und dem feinen Blutrinnsal auf Incoronatas Wange zu. Dieselbe Wunde, die Corrado heute morgen im Gesicht hatte.

Gestützt von Annunziata läßt er sich auf dem Bettrand nieder, wo er in einer Masse schwarzen Tülls einsinkt. Er faltet die Hände im Schoß und denkt, daß die Schwestern recht haben, daß sie jetzt wirklich so etwas wie Waisen sind. Er stellt fest, daß es keinen Ausdruck – diese schwarze Verzweiflung, dieser wahnsinnige Schmerz hat offenbar keinen Namen – für jemanden gibt, der ein Kind verloren hat.

Folgendes war passiert: Maria Grazia war vorsichtig Stufe für Stufe die Leiter hinuntergeklettert und heil auf den Grasstoppeln des stillen Gartens gelandet. Garten, oh je. Eher ein ausgedehntes, unebenes Gelände, das von der Fassade eines Hauses im Zustand offensichtlicher Vernachlässigung begrenzt wurde. Kichernd hatte sie die Taschenlampe angeknipst und mit dem Lichtstrahl ihre Umgebung abgeleuchtet. Wie magnetisch angezogen war der Strahl sofort auf die glühenden Augen des Geistes gestoßen, der sie stumm anstarrte. Keine zehn Meter von ihr entfernt.

Sie hatte aus Leibeskräften geschrien und vor Schreck

die Taschenlampe fallen lassen, die noch eine Pirouette in der Luft gedreht und dabei für einen winzigen Augenblick den nackten Körper des Geistes und das – die beiden hatten recht, oh mein Gott – beachtliche *Ding* (in Ruhestellung und dennoch riesig) zwischen den Beinen der furchterregenden Erscheinung beschienen hatte.

Ihre Knie hatten angefangen zu zittern, waren wabbelig wie Gelatine geworden. Angetrieben von der geheimnisvollen Kraft blinden Entsetzens war Maria Grazia blitzschnell auf die andere Seite der Mauer geklettert, wobei sie wild mit den Armen fuchtelte, sich die Hände aufschrammte, die Bluse zerriß und immer noch schrie: »Er ist da! Er ist wirklich da! Schnell weg, los, los!« Wie eine Wahnsinnige war sie die Gasse entlanggestürmt, gefolgt von der armen Ornella und den beiden römischen Deppen, die schon beim Ertönen des Schreis jede Aussicht, den Abend mit einer schönen Bumserei zu beschließen, dahinschwinden gesehen hatten.

Auf der anderen Seite der Mauer hatte der Geist sich seelenruhig wieder an den Stamm des Feigenbaums gelehnt und sich grinsend gefragt, wer wohl diese kreischende Verrückte mit den zerzausten Haaren war, die wie eine schaurige Erscheinung aufgetaucht und wieder verschwunden war.

Kurz darauf war er ins Haus zurückgegangen, wo er seine verstreuten Kleider vom Boden der Casa Benevenzuela aufgesammelt hatte.

Im Verlauf der dritten Stunde vollenden sie den Aufstieg zur Hölle. Oder zum Paradies, je nachdem. Umweht von einem Gassturm – einem dichten, wirbelnden Nebel – haben sie die letzte Spitze vor dem Hauptkrater überwunden und betrachten nun, teils stehend, teils auf dem heißen Sand hockend, in gebanntem Schweigen die archaische Gewalt und elementare Gleichgültigkeit, mit der die Krateröffnungen Feuer speien.

Ein Gutteil des letzten Stücks haben sie bewältigt, indem sie sich gegenseitig halfen, sich die Hände reichten, wenn sie auf den Geröllhängen ausrutschten, und sich beim Klettern stützten, während die Erde unter ihren Füßen bebte. Susy hat dem Cavaliere geholfen, sich den Schal seiner Frau um Nase und Mund zu binden, weshalb Persutto jetzt einem Banditen ähnelt, der vergeblich auf eine Postkutsche lauert. Zwischen Tuch und Hütchen kann man gerade noch seine vor Verzagtheit und Bestürzung brennenden Augen erkennen.

Der Cavaliere will sich nicht eingestehen, daß dieser Aufstieg ihn überfordert. Er hatte zwar damit gerechnet, daß er müde werden würde, aber er hatte dabei nicht an diese vollkommene Erschöpfung gedacht, die jede Faser seines untrainierten Körpers befällt. Das ist kein Abenteuer, sagt er sich, während er versucht, wenigstens seine Nase vor dem erstickenden Schwefelgeruch zu schützen, das ist das Ende. Aber immerhin ein erhebendes, mystisches Ende. Ein heroisches. Von hier oben kann er mühelos sein Leben überblicken und sich im Geheimnis des Feuers spiegeln, das fünfzig Meter unter ihm emporlodert und sein Gesicht, sein Gehirn, seine wirren Gefühle verglüht. Er sendet einen stummen Hilferuf aus (an sein Asthmaspray, aber vor allem an Elide, die er dort unten ruhig und zufrieden von ihren Gastgebern umhätschelt weiß) und fragt sich, ob er es schaffen wird. Nicht einmal die verschwommene Gegenwart der anderen um ihn herum kann ihn trösten – der Führer, der den jungen Leuten aus der Casa Mandarino lächelnd erzählt, wie er im Frühjahr hier oben von einem Sandsturm überrascht wurde; der Norweger, der ekstatisch ins Leere starrt; oder die muntere Dame, die ungefähr in seinem Alter ist und nutzloserweise Fotos in der nächtlichen Dunkelheit verschießt. Denn er fühlt sich ganz allein auf etwas Unbekanntes zuschweben, das ihn heimtückisch und süß zugleich ergreift.

Die Gedanken in seinem Kopf überstürzen sich wellenartig und ungeordnet. Er sieht das heimtückische Tablett voll Kaktusfeigen vor sich, das Franzo ihm gestern abend reichte, sieht, wie er sich gedankenlos davon bedient – und weiß nicht, ob das Reißen in seinem Bauch daher stammt oder vom Kanonendonner des Vulkans. Er denkt an sein ungeschicktes Stolpern im Garten der Casa Arancio und den unangenehmen Eindruck, daß ihm jemand ein Bein gestellt hatte, hört Corrado Vancoris schmeichelnde Stimme, die sich besorgt erkundigt, ob er sich weh getan habe. War am Ende er es, der sein Bein ausgestreckt hatte, um ihn zu Fall zu bringen? Die Frage ist ihm schon den ganzen Tag im Kopf herumgegangen.

Elide wird ihm nicht helfen (wo bist du, wenn ich dich mal brauche?) und ebensowenig der Führer und die anderen der Gruppe, die sich in ihrer jugendlichen Dummheit und Kraft darüber freuen, am Rand der Hölle zu stehen.

Einzig sein brillanter Gelehrtenkopf (Sonntagsgelehrter zwar, aber dennoch Gelehrter), sein umfassendes Wissen kommen ihm zu Hilfe. Und inmitten der rötlichen Dämpfe Iddus, während die Welt um ihn herum fröhlich in die Luft fliegt, erkennt er plötzlich die gelassene Gestalt eines Greises, der auf den entfernten Horizont deutet.

Dankbar murmelt er in Doppelquartetten mit alternierenden Reimen:

Ecco Lipari, la reggia
di Vulcano ardua che fuma
e tra i bòmbiti lampeggia
de l'ardor che la consuma:
quivi giunto il caval nero
contro il ciel forte springò
annitrendo, e il cavaliero
nel cratere inabissò.*

Der Alte (es ist der dritte Alte, der ihm zu Hilfe kommt, die anderen beiden sind der verehrte Carducci und der schuldbeladene Theoderich) gibt sich ernst und feierlich, ehe er für immer im Krater versinkt, und flüstert ihm ins Ohr:

Ma dal calabro confine
che mai sorge in vetta al monte?
Non è il sole, è un bianco crine;
non è il sole, è un'ampia fronte
sanguinosa, in un sorriso

---

* Dort ist Lipari, das hochaufragende Vulkanschloß,
  das rauchend und unter dröhnendem Hall
  in der Feuerglut leuchtet,
  die es verzehrt:
  ein schwarzes Roß bäumte sich einst wiehernd
  vor dem flammenden Himmel auf,
  und sein edler Ritter
  versank im Krater.

di martirio e di splendor:
di Boezio è il santo viso,
del romano senator.*

Rosario sitzt auf seinem Bett und hält eine Fotografie in der Hand. Er betrachtet sie lange, ohne eine Gefühlsregung. Das Gesicht der abgebildeten Frau (nicht schön, noch nicht einmal sehr attraktiv und auch nicht mehr jung) scheint seinen eigenen dumpfen Ausdruck widerzuspiegeln. Schließlich legt er das Foto neben sich auf das Bett.

Er stützt den Kopf in die Hände, läßt die Schultern hängen. Für eine Nutte. Das bißchen Geld, das er besaß, hat er für sie ausgegeben. Er sieht die Fotgrafie nicht mehr an, sondern senkt den Blick auf seine ausgetretenen Schuhe. Aber jetzt, lacht er leise in sich hinein, muß ich es wenigstens nicht zurückzahlen. Der junge Herr hatte es ihm gestern abend noch gesagt: »Behalt das Geld, Rosario, ich will es nicht mehr.«

»Aber du hast es mir doch ...«

Vancori hatte ihn fest angesehen: »Glaubst du denn, ich habe nichts gemerkt? Pietro will das Haus nicht verkaufen, stimmt's?«

---

* Doch was steigt vom kalabrischen Ufer
  zum Gipfel des Berges auf?
  Nicht die Sonne, sondern weißes Haar;
  nicht die Sonne, eine hohe,
  blutige Stirn und
  ein glanzvolles Märtyrerlächeln:
  es ist das heilige Antlitz Boetius',
  des römischen Senators.

Stammelnd hatte er geantwortet: »Ich weiß nicht, ich werde ihn schon überreden.«

»Nein, es ist nicht mehr wichtig«, hatte Vancori müde geseufzt, »ich will euer Haus nicht mehr.«

»Aber wieso? Ich ...«

Corrado hatte ihn mit einem boshaften Lächeln gemustert: »Du hattest gar keinen anderen Käufer, nicht wahr?«

»Aber was ist mit dem Vorschuß, den du mir gegeben hast, das Geld für das Grundstück unter dem Friedhof?«

»Ich sage doch, behalt es. Es ist nicht mehr wichtig«, hatte Corrado wiederholt und einen Stein über das Geländer der Klippe geschleudert. »Und jetzt geh, sie erwarten dich in der Casa Arancio.« Das war vor dem Abendessen gewesen.

Rosario steht auf und legt das Foto mit den fleckigen Rändern zurück zu den anderen in eine Blechkiste auf dem Metallregal.

Er hatte später noch einmal mit ihm sprechen wollen, als er sah, wie er mit Don Bartolo das Fest verließ. Er war durch den Garten gegangen und hatte ihn wieder auf der Klippe stehen sehen, bestrahlt von einem im Haus angelassenen Licht. Dann hatte er gesehen, wie die Frau auf Corrado zuging, und einen Teil ihres Streits mitangehört. Er hatte nicht solange warten können, bis die Frau des jungen Herrn aufhörte, ihn zu beleidigen. Auf dem Rückweg zur Casa Arancio hatte er dann noch jemanden im Garten des Palazzos gesehen. Jetzt hat er Angst, erkannt zu haben, wer es war, und seinerseits erkannt worden zu sein.

Nervös läuft er im Zimmer herum und versetzt der Matratze einen Fußtritt, die er extra für Pietro hingelegt hat und die sein Bruder nicht benutzen wollte. Und vielleicht auch in dieser Nacht nicht benutzen wird.

Er geht in den Hof des Palazzos hinaus, betrachtet die dunklen Fenster und hört ein fernes Klagen. Die Verrückten, die verrückten Tanten.

Er verläßt den Hof durch die Gartenpforte und eilt den Feldweg entlang bis zur Kreuzung, wo er nach links in die untere Straße einbiegt. Ein Viertelmond ist aufgegangen und erhellt schwach die Mauern und die Eingangspforten der Häuser. Er geht schnell und ohne Taschenlampe, jeder Winkel, jede Kurve ist ihm bekannt. Niemand begegnet ihm.

Er stößt die Pforte zur Benevenzuela auf, die still im Dunkeln liegt. Verdammtes Haus, ich werde dich verkaufen, ich will nicht im Elend und als Diener sterben. Er denkt wieder an das Foto, an das Vergnügen, das er sich erkaufen muß. Ich will mehr Geld, und wenn ich euch dafür bezahlen muß, ihr Huren, dann werde ich euch eben bezahlen.

Er betritt das Haus, indem er die halboffene Tür zur Küche mit dem Fuß aufstößt. Er tastet sich bis zum Tisch, auf dem, wie er weiß, eine Kerze steht. Er findet sie und zündet sie an. »Wo bist du?«

Die Küche ist leer, genauso wie die Vorratskammer, der Raum mit der Kelterwanne und das andere Zimmer im Erdgeschoß. Er geht wieder hinaus und steigt die Treppe aus Lavagestein hinauf, die in den ersten Stock führt. Ein Zimmer und noch eines dahinter, welches das seiner Eltern war. In einer Ecke auf dem Boden liegt der Schlafsack seines Bruders. »Wo bist du?« ruft er wieder. Die nackten Wände der Benevenzuela werfen spöttisch das Echo seiner Angst zurück.

Wütend hebt er Pietros Schlafsack auf, öffnet ihn, wendet das Innere nach außen. Dann beginnt er, ein weißes Hemd zu zerreißen, vielleicht dasselbe, das Pietro gestern abend anhatte. Er denkt an das weiße Schimmern, das er im nächtlichen Garten des Palazzos gesehen hat.

Die tiefe Stimme von Zarah Leander verhaucht – bei gemäßigter Lautstärke – auf den letzten Noten von *Ich bin die fesche Lola*.

»Die singt wie ein Mann«, kommentiert Isolina und fächelt sich Luft zu. An Franzo gewandt: »Vielleicht gefällt sie dir deswegen so gut.« Franzo erhebt sich von der Steinbank und geht auf die Treppe zu, die vom Feueraltar nach unten führt. »Legen wir also etwas anderes auf. Was willst du hören?«

»Woher soll ich das wissen! Such du etwas aus, aber etwas Gescheites diesmal! Warum soll ich mir bei all der wunderbaren Musik, die wir in Italien haben, so eine deutsche Äffin anhören, von deren Gesang man kein Wort versteht!«

Matteo erklärt Fabrizio: »Was Musik angeht, ist Isolina eine überzeugte Nationalistin.«

»Das will ich meinen: Verdi, Puccini, La Traviata, La Bohème und so weiter – darum beneidet uns die ganze Welt, und ihr müßt euch immer so einen Kram anhören.« Zu Ruben: »Weißt du, daß sie mich heute den ganzen Tag mit einer vollgedröhnt haben, die auf Türkisch singt?«

Charles lacht: »Nicht auf Türkisch, das war Ägyptisch.« Ebenfalls zu Ruben: »Oum Koulsoum, die berühmteste Sängerin Ägyptens. Kennst du sie?«

»Ja, natürlich. Habt ihr Kassetten von ihr?«

»O nein!« explodiert Isolina. »Wenigstens dich habe ich für einen anständigen Jungen gehalten! *U Calsûn!* Wie kann ein Mensch nur so heißen? Es gibt keine Religion mehr.« Sie steht auf und geht ebenfalls zur Treppe.

»Bleibt ihr nur hier sitzen und hört euch irgendein gräßliches arabisches Gedudel an, ich gehe ins Bett, ich bin todmüde.«

»Bleib doch noch Isa. Im Haus kommt man vor Hitze um«, fordert Caterina sie auf.

»Nein, nein, ich gehe.« Wieder zu Ruben, mit vorwurfsvoller Stimme: »Wie kann dir, wo du doch Jude bist, so eine arabische Äffin gefallen?«

»Wer hat jetzt Vorurteile, Isa«, lacht Consuelo.

Entgegen der schlimmsten Erwartungen der Haushälterin dringt auf einmal die klare Stimme Montserrat Caballés aus dem Erdgeschoß zu ihnen herauf und intoniert: *Ebben? N'andrò lontana.* Charles gluckst: »Bist du jetzt zufrieden?«

»Ja, bin ich«, antwortet Isolina pikiert und beginnt, die Treppe hinunterzusteigen, »und ich werde sie mir unten allein und in aller Ruhe anhören, die Wally!« Sie trifft mit Franzo zusammen, der fragt: »Ist dir Catalani recht, Isolina, oder hättest du lieber ...«

»Ist mir sehr recht, ciao und gute Nacht.«

Franzo ist auf dem Feueraltar angekommen und sieht die anderen fragend an: »Was hat sie denn?«

»Nichts«, antwortet Frida, »ist nur so eine musikalische Laune.«

»Ah, diese Insel läßt uns alle Dummheiten sagen – und begehen!« Franzo wendet sich an Caterina: »Ich habe die Wally für dich aufgelegt, weil ich weiß, daß das deine Lieblingsoper ist.«

»Danke.« Caterina prostet dem Freund zu. »Du hast recht, Franzo, es ist die Insel, das Meer ...«

»... diese Terrasse, die über dem Nichts schwebt«, ergänzt Livia. »Sie ist wie ein Schiff, das nachts auf offenem Meer ankert.«

»Ja, ein Narrenschiff«, lacht Franzo, »und wir sind die Schiffbrüchigen.«

»Oder Passagiere auf einer Reise ins Unbekannte«, schließt Consuelo theatralisch.

»Übrigens«, sagt Franzo zu Fabrizio, »das mit dem Schiff morgen abend wird nichts. Der Familienrat hat beschlossen, daß Sie noch nicht wieder abreisen dürfen, weder morgen noch übermorgen.«

»Noch irgendwann«, lacht Frida. »Wir nehmen dich als Geisel, damit Sebastiano herkommen muß, um dich zu befreien, und dann nehmen wir auch ihn gefangen.«

Consuelo: »Und vielleicht auch gleich noch seinen Onkel, den Grafen di Lauriano, ein wunderbarer Mann. Und immer noch sehr gut aussehend.«

Franzo: »Ah, Zeno! Wißt ihr noch, wie er einmal hier zu Besuch war? Was haben wir gelacht! Wir sehen ihn oft in Turin, er wohnt nur einen Katzensprung von uns entfernt.«

Consuelo beugt sich, plötzlich ganz ernst, zu Cassinis: »Kein Schiff, mon ami. Es ist ein zu schmerzliches Erlebnis, wenn das Schiff von Stromboli ablegt. Und jemanden mitnimmt, den wir mögen, meine ich.«

Im sanften Kerzenschein ahnt Ruben Fabrizios geschmeicheltes Lächeln mehr als er es sieht. Der Mann dreht sein im Schatten liegendes Gesicht in Rubens Richtung: »Also gut, dann bleibe ich.«

»Du hast mich an etwas erinnert, Consuelo.« Franzo setzt sich neben Livia. »Es hängt mit dem zusammen, was ich euch beim Essen erzählt habe. In den wenigen Stunden, die ich in der Nacht, in der meine Mutter starb, schlief, träumte ich von einer Situation, die ich wirklich erlebt habe und von der ich heute noch manchmal träume, vor allem hier auf der Insel. Vor vielen Jahren war ich einmal mit einer Theatertruppe in Buenos Aires. Ich fuhr mit dem Schiff nach Europa zurück. All diese Gesichter auf dem Kai ... die Gesichter derjenigen, die zurückblieben. Die ausgestreckten Arme, das Winken, die Augen, die einen Verwandten, einen Freund suchten, den sie vielleicht zum letzten Mal sahen. Ich war noch sehr jung und froh, nach einer anstrengenden, aber abwechslungsreichen Tournee nach Hause zurückzukehren. Froh, auf einem schönen Schiff zu sein und eine vom Theater bezahlte Fahrkarte zu haben. Auf einmal wurde mir klar, daß die Lage für viele andere Passagiere – und gerade auch für die, die zurückblieben – eine ganz andere war. Für sie bedeutete das Ablegen des Schiffes etwas unbeschreiblich Schmerzliches. Den Abschied.«

»Genau so ist es«, sagt Frida mit leiser Stimme, »wenn das Schiff von der Mole ablegt ... obwohl es nicht den Ozean überquert, sondern nur nach Neapel fährt. Aber seine langsame, fast majestätische Abfahrt bedeutet einen Abschied, der jedesmal endgültig scheint.«

»Es ist egal, ob du auf dem Schiff oder auf der Mole bist«, nimmt Franzo den Faden wieder auf, »was zählt, ist, daß du nicht mehr mit den Menschen zusammen bist, mit denen du es vor einer Minute noch warst.«

»Auf der Insel«, sagt Charles ruhig, »ist dieses Gefühl besonders stark. Vielleicht kehren die Leute unter anderem deshalb immer wieder hierher zurück: Es ist ein Versuch, den Moment des Abschieds, des Verlassens, rückgängig zu machen. Der Wunsch nach Vereinigung.«

»Umgekehrt kommen diejenigen, die die Insel und den Vulkan nicht leiden konnten, nie wieder«, sagt Matteo. Frida lächelt: »Man kommt immer wieder zu Iddu zurück, und sei es nur im Traum. Du bist vielleicht in Mailand, es ist mitten in der Nacht, im Januar oder Februar, und plötzlich taucht er – oder sie – vor deinen Augen auf, in deinem Kopf. Der düstere Berg.«

»Ist Stromboli denn männlich oder weiblich?« fragt Fabrizio.

»Männlich, männlich«, antwortet Franzo entschieden.

»Und das hat nichts mit Frauenfeindlichkeit zu tun«, erklärt Caterina, »es ist nur sehr wenig Weibliches an diesen spitzen Felsen und diesen Gärten, die eher zum Anschauen als zum Anfassen gemacht sind.«

»Dornen, Steine, Unebenheiten. Keine Zugeständnisse«, ergänzt Charles. Nach kurzer Pause fügt er hinzu: »Wie Corrado.«

»Auch genauso anziehend wie er«, sagt Livia mit Blick zu ihrer Geliebten, »manchmal sogar lieblich, wie Corrado sanft und liebenswürdig sein konnte, wenn er wollte.«

»Ja, zart und mild wie der Honig von Ruth. Oder wie ihre afrikanischen Duftessenzen.« Charles wendet sich an Caterina: »Riechst du deinen Trachelospermum jasminoides? Er duftet bis hier herauf.«

»Es ist ein falscher Jasmin, nicht wahr?« fragt Livia.

»Ja, auch er ist ein Teil des Rätsels, aus dem die Insel besteht: nichts ist, wie es scheint. Wie Caterina schon sagte, wehe dem, der die Pflanzen in diesen heimtückischen Gärten berührt.«

»Oder der über den ersten feindlichen Eindruck, den Stromboli bei der Ankunft macht, nicht hinauskommt«, fügt Matteo hinzu und bläst eine neue Rauchfahne zwischen seinen Lippen hervor. Vergnügt schließt er: »Aber seien wir froh, daß die Insel viele Leute gleich wieder vertreibt.«

Signora Elide läßt sich von dem Rondo aus Stimmen im sanften Kerzenlicht einlullen. Sie hebt den Blick zu den Lichtern der Taschenlampen, die vom Berg herunterblinken und als blasse Imitationen von Sternschnuppen vereinzelt durch die Nacht tanzen. Die wirklichen Sterne überspannen wie der gewölbte Deckel einer Spieldose die zärtliche – aber auch, wie Elide findet, unerklärlicherweise beunruhigende – Musik der Stimmen, die vom Feueraltar der Casa Arancio aufsteigt.

Der junge Carabiniere Rosingana zuckt die Achseln, während der ebenso junge Carabiniere Colombo einen letzten Blick auf die abblätternde Mauer wirft: »Niemand zu sehen.«

»Natürlich nicht! Wenn wir all diesen verrückten Hinweisen nachgingen, würden wir selbst verrückt.«

»Werden wohl ein paar betrunkene Jugendliche gewesen sein.«

Rosingana schnaubt: »Gehen wir zurück. Seit der Vancori umgekommen ist, hören sie überall komische Geräusche.« Sie gehen an der Mauer der Casa Benevenzuela entlang zur oberen Straße und leuchten mit ihren Taschenlampen die Hauseingänge ab. Sie bemerken das aufschlußreiche Detail nicht, das ihre nächtliche Expedition nicht ganz ergebnislos hätte verlaufen lassen.

Colombo hatte den Anruf entgegengenommen. Eine aufgeregte Stimme berichtete (in deutschem Italienisch) von einem markerschütternden Schrei auf dem Verbindungsweg zwischen den beiden Straßen.

»Welchen Weg meinen Sie?« hatte Colombo höflich gefragt.

»Via Barnao, Ecke untere Straße zum Meer. Kommen Sie und sehen, ob jemand tot, ja oder nein?«

»Sagen Sie mir bitte Ihren Namen, Signora?«

»*Sienjora* Wilhelmina Grünberg, Casa Pappagallo. Ich

gehört schrecklichen Schrei. Hier eine Person niedergemetzelt, sagt man so, ja?«

»Das wollen wir nicht hoffen, Signora.« Er hatte sich zum Maresciallo umgedreht, der ihm mit einer knappen Kopfbewegung zu verstehen gab: Geht hin und seht nach, dalli.

»Wir kommen, Signora.« Also hatten sich Colombo und Rosingana auf den Weg nach Piscità gemacht. Sie hatten sich Zeit gelassen, es war nicht das erste Mal, daß die *Sienjora* Wilhelmina anrief, weil irgend jemand in der Nähe ihres Besitzes, der an dieses große, halbverlassene Haus angrenzt, in dem es angeblich spukt, herumlärmte. Den Lärm, vermuten die beiden jungen Carabinieri, macht höchstwahrscheinlich der altersschwache Papagei der Grünberg, die, genauso taub, unmusikalisch und altersschwach wie ihr Federvieh, nach dem das Haus benannt wurde, die Schreie desselben für eine von außen kommende Gefahr hält. Aber Pflicht ist Pflicht, wie der weise Calì mit verstecktem Grinsen nicht zu betonen versäumt, wenn er sie losschickt, ihrer Aufgabe als Hüter der öffentlichen Ordnung nachzukommen. Egal, ob es sich um echte Verbrecher oder durchgeknallte Papageien handelt.

Sie kommen am Hotel La Sciara vorbei und spähen in den großen, hell erleuchteten Garten und den Patio, aus dem Gelächter und die Musik eines kleinen Orchesters herüberdringen. Rosingana sieht Colombo an: »Entweder hat der Papagei geschrien, oder Leute, die auf dem Weg hierher waren, um sich zu amüsieren.«

»Die Glücklichen.«

Oben am Weg angekommen wenden sie sich nach links, in Richtung des Dorfes. Eine Vulkanschlucht führt gedämpfte, rhythmische Musik herauf. Sie gehen unter einem verblichenen Schild vorbei, das vage einen Weg durch ein Röhrichtfeld anzeigt.

»Werfen wir einen Blick ins Sball?«

»In Uniform? Bist du verrückt? Der Geschäftsführer kriegt einen Herzanfall, wenn er uns so sieht.«

»Na und?« Colombo zieht eine Fratze wie ein knallharter Cop aus einem Film von Scorsese: »Zeigt eure Ausweise, Mafiaknechte!«

»Er fällt auf der Stelle tot um, bei all den Beschwerden, die er wegen zu lauter Musik schon dauernd bekommt.«

»Auf dieser Insel übertreiben sie es aber auch mit ihrem ewigen Ruhetick.«

»Du kapierst überhaupt nichts, Colombo.«

»Ist doch wahr! Auch wenn wir zum Arbeiten und nicht zum Amüsieren hier sind, aber diese Insel ...«

»Diese Insel?«

»... ist wirklich eine Toteninsel! Ein Glück, daß sie mich im Oktober nach Milazzo versetzen. Noch ein Winter hier, und ich drehe durch.«

Rosingana schüttelt den Kopf und grüßt mit einer Handbewegung ein Paar, das ihnen vor dem Haus von Aimée begegnet. Auf dem Gartenzaun hocken nebeneinander mindestens acht Katzen. Colombo macht Miau, wobei ihm vermittels einer gelungenen Gedankenverbindung einfällt: »Für uns gibt es dort eh nichts zu naschen.«

»Wie, naschen? Wovon redest du?«

»In unseren schönen, steifen Uniformen wird keine mit uns poussieren.«

»Na, hör mal, hast du nicht eine Freundin auf dem Festland?«

»Eben, auf dem Festland!« Er rammt dem anderen den Ellbogen in die Seite – offenbar eine Gewohnheit. »Man ist nur einmal jung, Rosi.«

»Aber immer dumm, und nenn mich nicht Rosi.«

Im Schutz der ausgedehnten Dunkelheit balgen sie wie zwei kleine Jungen, wobei sie sich jedesmal zusammennehmen, wenn der Schein einer Taschenlampe auftaucht oder Licht aus einem der Häuser auf den Weg fällt. So kehren Rosingana und Colombo in die Kaserne zurück, um dem Maresciallo von ihrem ergebnislosen Ausflug Bericht zu erstatten.

Das bedeutsame Detail, das unsere beiden jungen Polizisten bei ihrer lustlosen Überprüfung übersehen haben, hängt an einem rostigen Nagel in der Einfriedungsmauer der Casa Benevenzuela. Es handelt sich um ein winziges, ausgefranstes und vielfarbiges Stoffdreieck von nicht allerbester Qualität, das jedoch, wenn es vom restlichen Kleidungsstück entfernt wird, die Vollständigkeit desselben gefährdet. Ein ärgerliches Mißgeschick, das der unglücklichen Besitzerin des Kleidungsstücks den Abend endgültig verdirbt. Wie man dem nächsten Abschnitt entnehmen kann.

»Verdammte Scheiße«, tobt Maria Grazia und dreht die Hinterseite ihres Minirocks nach vorn. »Sieh dir das an!« Sie zeigt auf den breiten Riß, der quer durch den Stoff geht und den Blick auf ihren fast nackten Hintern freigibt.

»Aber das ist doch ganz allein deine Schuld, du dumme Gans«, explodiert die verärgerte Ornella, schleudert ihre Espadrilles von sich und läßt sich aufs Bett fallen. »Warum mußtest du auch unbedingt über diese Mauer klettern und die Entdeckerin spielen? Um diesen beiden behaarten Affen zu imponieren, die uns, wenn dein sogenannter Geist nicht gewesen wäre, mitten auf der Straße vergewaltigt hätten?«

»Jetzt hör mir mal zu ...«

»Nein, hör *du* mir zu, blöde Kuh. Du hast mir einen Schrecken eingejagt, den ich dir im Leben nicht verzeihen werde.« Sie steht wieder auf und fuchtelt mit den Armen. »Erst springst du in der Dunkelheit in einen fremden Garten, und dann fängst du auch noch an zu brüllen wie am Spieß.«

»Wenn du auf der anderen Seite gewesen wärst ...«

»Halt den Mund, Gans von einer Gans. Und dann rennst du davon, als hätte man dir eine Pfefferschote in den ...«

»Sei nicht so vulgär, Ornella.«

»Ach, leck mich doch am Arsch. Du bringst mich noch ins Grab.«

Maria Grazia zieht ihre völlig zerknitterte Bluse aus. »Hör auf, so zu brüllen und leck dich selbst am Arsch. Guck lieber, wie mein schöner Minirock jetzt aussieht!«

»Dein blöder Rock ist mir scheißegal. Ist dir überhaupt klar, was für eine Angst ich ...«

»Und was für eine Angst ich erst hatte, als ... als ...« Sie baut sich mitten im Zimmer auf, ihr Mund steht halb offen, die Augen sind weit aufgerissen, die Arme hängen schlaff herab. »Du hättest ihn sehen sollen, Ornella. Er war da, weiß, nackt, grauenvoll. Und starrte mich mit gebleckten Zähnen an!«

»Jetzt hör aber auf! Da war überhaupt nichts in diesem Garten. Glaubst du neuerdings an Gespenster?«

»Seit heute nacht, ja«, antwortet Maria Grazia überzeugt.

Ornella geht zum Kühlschrank, öffnet ihn und nimmt eine Flasche Gatorade heraus. »Du bist wirklich übergeschnappt. Andererseits ...« Sie hält inne, die Hand auf dem Griff des Kühlschranks.

»Andererseits?« bohrt die andere, die ihren Stimmungswechsel spürt.

»Na ja, wenigstens war dein Geist zu etwas nütze.«

»Was willst du damit sagen?«

Ornella schraubt den Flaschendeckel ab und nimmt einen tiefen Zug. »Er hat uns von den beiden Affen befreit, nicht wahr?«

»Und darüber bist du froh?«

»Natürlich bin ich froh, und du auch, gib's zu!«

Jetzt, da sie sich ein wenig beruhigt hat, läßt Ornella die Szene noch einmal an sich vorbeiziehen: das blitzende Hinterteil der davonstiebenden Maria Grazia, der entsetzte Dunkle – sie könnte wetten, daß er morgen ein hübsches Büschel weißer Haare auf seinem Kopf vorfindet – und der Schnurrbärtige, der ihr stammelnd hinterherläuft: »Was ist, was hast du gesehen?«

»Den Geist, es gibt ihn wirklich«, hatte die Übergeschnappte gebrüllt. Die beiden mußten gemerkt haben, daß sie keinen Spaß machte, daß sie wirklich einen furchtbaren Schreck bekommen hatte. Sie versuchten, sie zu beruhigen: »Jetzt gehen wir erst mal schön tanzen und dann ...«

»Tanzen? Ich will nach Hause!«

»Dann begleiten wir euch nach Hause. Wir machen es uns gemütlich!«

»Nach Hause zu meiner Mama will ich, nach Turin, jetzt sofort!«

Sie war wieder losgerannt, gefolgt von der erschrockenen Ornella, die gleichzeitig die Gelegenheit zur Flucht erkannt und den beiden zugerufen hatte: »Ihr seht doch, meine Freundin ist ganz durcheinander. Wir gehen schlafen, danke für den Abend.«

Sie waren ihnen noch ein Stück hinterhergelaufen,

atemlos auf den Fersen der Verrückten: »Wohin wollt ihr denn? Bleibt doch stehen!« Vergeblich. Vor dem Kirchplatz von San Bartolo hatten sie erschöpft und frustriert aufgegeben und sie mit einem eleganten: »Dann fahrt doch zur Hölle, hysterische Weiber!« ziehen lassen.

Ornella betrachtet die Schwachsinnige, die immer noch wütend auf ihren irreparablen Minirock starrt, sich dann brüsk den Pony aus der Stirn streicht, die Ohrringe abnimmt und sie in eine Zimmerecke schleudert. »Na komm, wir haben nochmal Glück gehabt.«

»Du magst ja froh sein, daß es so gekommen ist, aber ich und der Dunkle ...«

»Mit diesem Zahnstocher im Maul? Bist du sicher?«

Maria Grazia hebt abrupt den Kopf, um zu widersprechen, aber als sie das übertrieben angewiderte Gesicht der Freundin sieht, wie sie dort vor dem Kühlschrank steht, überkommt sie plötzlich eine unwiderstehliche Lust zu lachen ...

Ornella, die weiß, wie sie sie nehmen muß, versetzt ihr den letzten Stoß: »Und was ist mit dem Rülpser, den dein Traumprinz nach dem Essen ausgestoßen hat?«

Maria Grazias volltönendes Lachen kommt aus tiefster Seele, aus den verborgenen Winkeln ihrer Kindheit, ein Echo ihrer Kleinmädchenängste, eine atavistische Befreiung von dem erlittenen Schrecken und der Gefahr, der sie entkommen ist. Sie lacht nicht nur, weil das geheimnisvolle Gespenst im Garten sie nicht gepackt hat, sondern auch aus unaussprechlicher Erleichterung darüber, daß die sogenannte Liebesnacht – eine von den vielen bedeutungslosen – fehlgeschlagen ist.

»Sieh mal, der Große Wagen.« Susy zeigt mit ausgestrecktem Arm auf das Sternenbild. Federico umfaßt ihre Taille: »Und das dort ist Aldebaran.«

»Welcher?« Der Junge nimmt ihre Hand und führt sie am Himmelszelt entlang. »Was für eine Nacht! Sogar der Wind hat sich gedreht.«

Der Vulkan gibt gerade einmal Ruhe. Giancarlo wendet sich an den Führer, der in ihrer Nähe sitzt: »Ich habe gehört, daß ein Rekordausbruch erwartet wird. Stimmt das?«

»Bei Iddu weiß man das nie so genau. Aber ich glaube nicht daran, zumindest nicht in nächster Zeit. Auf jeden Fall ist es beängstigender, wenn er schweigt, als wenn er spricht. Wenn er still ist, hat man immer den Eindruck, daß er sich darauf vorbereitet, zu explodieren.«

»Stimmt«, entgegnet Giancarlo und betrachtet das schöne Profil des Führers, »geht mir auch so.« Susy lächelt in die Dunkelheit. Giancarlo läßt wirklich keine Gelegenheit aus ...

Der blonde Norweger, der hinter ihnen hockt, macht sich bemerkbar: »Milchstraße. Wunderbar.« Susy reicht ihm eine Feldflasche: »Hast du Durst?«

»Nein, danke.« Er deutet auf die Zitronenscheibe, auf der er seelenruhig herumkaut. Der Führer steht auf. »Ich denke, es ist Zeit, zurückzugehen. Hinunter nehmen wir den anderen Weg, durch die sogenannte ›Alte Schmiede‹.«

In die kleine, auf dem Gipfelgrat kauernde Gruppe kommt Leben. Die ältere Dame packt ihre Kamera ein, mit der sie alles festgehalten hat: Felsen, Eruptionen, den Führer, unsere jungen Leute. Beim Aufstehen streckt sie dem Cavaliere die Hand hin und flötet munter: »Los, auf geht's.« Persutto, der überlebt hat, klopft sich die Bermudas aus – der Sand ist sogar bis in die Unterhosen vorgedrungen – und grüßt den schwarzen Horizont, den Bringer erhabener Gedanken.

Giancarlo lächelt den Führer an, der ihm mit einem rein geschäftsmäßigen Lächeln antwortet. Der Junge stöhnt innerlich, dann begegnet er Susys belustigtem Blick. Er streckt ihr die Zunge heraus und zuckt selbstbelustigt die Achseln. Er hatte auf ein Wunder gehofft, hier oben, auf dem Gipfel des Vulkans. Oh mächtiger Äolus und auch ihr Götter der Unterwelt, warum erbarmt ihr euch nicht eines braven Jungen, der nach Liebe sucht? Warum, hä?

Allerdings ist es ja oft so, daß einer das Gesuchte direkt vor der Nase hat und es nur nicht sieht ...

Der Norweger, der der letzte in der Reihe ist, wirft seine abgenagte Zitronenschale in den Sand, dreht sich gelassen zum vorletzten um (nämlich Giancarlo, der nach einem äußerst mutlosen Gruß an den Krater gerade losgehen will) und zieht ihn wortlos – wozu auch reden? – an sich. Und küßt ihn.

»Aldebaran, Kassiopeia, der Drache.« Franzo steht mitten auf der Terrasse, Hände auf den Hüften, Gesicht zum Himmel gerichtet. »Atair, Auriga und dort unten ...«, er deutet auf den unsichtbaren Horizont über dem Meer, »die Plejaden, die gerade aufgehen.«

»Welche sind es?« fragt Ruben.

»Diese kleine Gruppe dort, direkt über dem Kranzgesims des Palazzo Vancori.«

Sie sind nur noch zu dritt auf dem Feueraltar: Franzo, Ruben und Fabrizio. Charles ist vor kurzem hinuntergegangen, um Caterina und Signora Elide sowie Frida und Livia zu verabschieden. Auch Consuelo und Matteo sind zu Bett gegangen. Sie haben Isolina in der Küche noch mit dem Katzenfutter hantieren hören, dann eine lautstarke Gruppe junger Leute, die von einem nächtlichen Bad zurückkehrte. Franzo hatte sie von der Höhe der Terrasse aus zum Schweigen gebracht. Ihr Gelächter hatte sich in der dichten Stille der Nacht aufgelöst.

Die Nachbargärten liegen im Dunkeln, nur hier und da brennt noch eine schwache Außenlampe. Auch in den höhergelegenen Häusern sind die Lichter ausgegangen, und die Leuchtpunkte der Taschenlampen an den Berghängen sind ebenfalls verschwunden. Im Osten ist der Mond aufgegangen, der innerhalb weniger Stunden seine gekrümmte Bahn durchlaufen wird.

Franzo läßt seinen Arm sinken. »Seit vierundzwanzig Stunden gibt es Corrado nicht mehr. Unglaublich.« Zu Fabrizio: »Was wird aus Ihrem Film? Caterina hat mir gesagt, es sei ein guter Stoff.«

»Ich weiß es noch nicht, Sebastiano wird die erste Drehbuchversion vollenden, und dann werden wir über die nächsten Schritte entscheiden. Übrigens«, er beugt sich auffordernd vor, »ich wäre froh, wenn Sie es einmal lesen würden, Franzo. Es gibt eine Figur darin, zu der ich gern Ihre Meinung hören würde.«

»So, so, zufällig ein alter Anwalt?«

»Woher wissen Sie ... ah, Caterina natürlich!«

»Ja, sie hat schon ein paar Andeutungen gemacht.«

»Es wäre die perfekte Rolle für Sie. Vielleicht hat Sebastiano sich beim Schreiben sogar von Ihnen inspirieren lassen. Er hat die Figur auch erfunden. Sie ist ein wenig mysteriös, sehr interessant. Es ist keine große Rolle, aber ...«

»Nein, nein, ich danke Ihnen, Cassinis. Es ist sehr nett, daß Sie an mich gedacht haben, aber ich glaube nicht, daß ich wieder mit der Schauspielerei anfangen werde.«

»Überlegen Sie es sich, ich bitte Sie. Ich schicke Ihnen das Drehbuch, sobald es fertig ist.«

»Danke, aber wie gesagt ... haben Sie denn schon die Hauptrollen besetzt?«

»Möglicherweise habe ich den Hauptdarsteller, einen französischen Schauspieler, mit dem ich schon einmal gearbeitet habe, aber es gibt da noch eine andere, schwieriger zu besetzende Rolle. Die eines jungen, aristokratischen Sizilianers, von dem ich ziemlich genaue Vorstellungen habe, aber ...«

»Sie brauchen unser junges Binsengewächs hier«, lacht Franzo.

»Wie bitte?«

»Ja, ihn hier.« Er deutet auf Ruben, der in derselben Pose des *Jeune homme nu* von Flandrin, in der Fabrizio ihn gestern zum ersten Mal gesehen hat, auf der Steinbank sitzt. »Schlank und biegsam wie eine Binse.«

Ruben lacht errötend: »Ich glaube nicht, daß ich zum Schauspieler geeignet wäre. Außerdem«, er holt tief Luft, »hat er mir noch kein Angebot gemacht.«

»Dann tun Sie es jetzt«, fordert Franzo Fabrizio auf und klatscht begeistert in die Hände. »Ich würde mich freuen, eine Karriere hier auf dem Feueraltar ins Rollen zu bringen. Wenn ihr wüßtet, was auf dieser Terrasse schon alles seinen Anfang genommen hat! Und alles – oder das meiste – war mit Glück gesegnet.«

Die Köpfe von Fabrizio und Ruben wenden sich einander zu, ihre Schatten überlagern sich. Fabrizio: »Ich habe ihm schon von der Figur erzählt, aber er sagt, ich behandele sie schlecht.«

Franzo, der nicht von gestern ist – auch nicht in Herzensdingen – spürt, daß sich auf der Terrasse eine dieser besonderen Begegnungen zwischen besonderen Menschen abspielt. Lächelnd sinniert er, daß dieser Ort einem Raumschiff gleicht, das bereit ist, zu himmlischen Zielen aufzubrechen, und Gleichgesinnte anzieht. Er hört den Jungen mit verliebter Stimme scherzen: »Ich werde mir einen Agenten suchen müssen. Regisseuren sollte man nicht über den Weg trauen, was meinen Sie, Franzo?«

»Im Prinzip hast du recht. Aber diesem Punkt würde ich schon trauen. Ich weiß nicht ... es könnte etwas sehr Gutes dabei herauskommen. Ein schöner Film, meine ich.«

Alle drei lachen über die deutliche Anspielung, wobei sich jeder seine eigenen Gedanken dazu macht. Franzo erhebt sich von der niedrigen Terrassenmauer. »Gut, ich drehe jetzt meine übliche Nachtrunde und schließe die Burg ab. Warum geht ihr nicht noch irgendwohin und besprecht die Einzelheiten? Ihr könnt natürlich auch hier oben bleiben.«

»Hast du Lust, noch ein paar Schritte zu gehen?« fragt Ruben und gibt seine malerische Haltung auf.

»Ja.« Auch Fabrizio steht auf. Sie helfen Franzo, noch ein wenig Ordnung auf der Terrasse zu schaffen, sammeln Kissen und Gläser ein und tragen sie ins Wohnzimmer hinunter. »Laßt alles hier stehen, ich räume es morgen früh weg.«

Franzo begleitet sie auf dem Gartenpfad und öffnet ihnen die Pforte. »Gute Nacht, ihr Lieben.« Er kneift Ruben leicht in den Hintern: »Und du paß auf! Laß dir die Rolle gut erklären und spiele sie mit Leidenschaft. Oder«, er senkt die Stimme und unterdrückt ein Lachen, »spiele am besten gar nicht. Ciao.« Er schließt die Gittertür hinter ihnen.

Nach der Hälfte des Pfads bleibt er stehen und sieht

zum Palazzo Vancori hinauf. Die Plejaden leuchten hell und klar am Himmel.

Sie leuchten für alle, auch für die, die sie nicht beachten. Wie Valeria, die statt dessen fasziniert die nackte Schulterlinie des jungen Mannes neben ihr studiert. Er ist eingeschlafen, er hat die Augen geschlossen und sich sofort einem kurzen, ruhigen Schlaf überlassen. Valeria beobachtet den leicht geöffneten Mund, das schwache Beben der Nasenflügel, die sich regelmäßig hebende und senkende Brust.

Sie hat schon viele schlafende Männer aus dieser Nähe und unter denselben Umständen betrachtet. Manche davon so schön, daß es ihr den Atem raubte, andere so berühmt, daß sie ihr Streben nach gesellschaftlicher Anerkennung befeuerten. Doch dieser hier gleicht keinem von ihnen, er erinnert sie an nichts und niemanden, außer vielleicht – seltsame Assoziation – an ein Werbeplakat, das ihr vorgestern auf der Taxifahrt in Neapel ins Auge gefallen war. Es handelte sich um die riesenhaft vergrößerte Fotografie eines Kindes, das friedlich in den Armen einer Frau schlief und neben sich ein Babyfläschchen stehen hatte, für das die Reklameschrift darüber warb.

Wie er wohl als kleines Kind aussah? Rosario müßte eigentlich ein Foto haben, sie wird ihn danach fragen.

Vor einer Stunde hatte er plötzlich vor ihr gestanden. Sein Kopf war im Küchenfenster aufgetaucht. Er war hereingekommen, hatte die weit offen stehende Kühlschranktür geschlossen und war zu ihr an den Küchentisch getreten. Er hatte ihr Gesicht zwischen seine Hände genommen und sie forschend angesehen. Dann hatte er sie geküßt und dabei ihre Wangen gestrichelt.

Im Bett, in diesem Bett, hatten sie sich aneinander gepreßt und sich einer langsamen, endlosen Umarmung hingegeben, wortlos, mit einem gelegentlich aufblitzenden Lächeln von ihm. Sanft, tröstlich.

Nach der Liebe – diesmal schmelzend und süß, ganz anders als der heftige Ringkampf von vergangener Nacht – war er eingeschlafen, einen Arm über Valerias Brust geschlungen. Valeria bewegt sich nicht, atmet kaum. Sieht ihn nur an. Das Werkzeug ihrer Rache – einer nun nutzlosen Rache – liegt in tiefem Schlaf, wehrlos wie das Kind auf dem Plakat in Neapel. Wortlos ist er gekommen, ihren Schmerz, ihre Einsamkeit zu lindern. Sogar sein Arm ist beschützend, nicht besitzergreifend um sie gelegt. Er ist nur ein Junge, ein wunderbarer Junge, denkt Valeria und verspürt eine Zärtlichkeit, die sie seit Jahren nicht mehr gekannt hat. Oder ist es noch mehr? Vielleicht ist er der einzige auf dieser feindseligen Insel, der genauso allein ist wie sie, vielleicht hat er sie deswegen gewählt. Für wenige Stunden in dieser tiefen Nacht sind sie zu zweit, ein Bollwerk gegen die Einsamkeit.

Zum erstenmal in ihrem Leben denkt Valeria darüber nach, wie sie wohl als alte, verblühte Frau sein wird. Sie berührt ihr Gesicht und versucht, sich die Spuren der kommenden Jahre vorzustellen. Die feine Körnung der Haut wird dicker und gröber werden. Die Haare – ihre glänzenden, wunderschönen Haare – werden stumpfer, dünner werden und ihre Spannkraft verlieren. Sie malt sich aus, wie sie sie mit einem einfachen Gummiband im Nacken zusammengebunden trägt. Ohne sie zu betrachten, sieht sie, wie ihre Hände mager und gekrümmt werden und sich mit diesen häßlichen, verräterischen Altersflecken bedecken. Schließlich sieht sie sich im Garten dieses Hauses oder in irgendeinem anderen Garten, allein, alt, verlassen und verbraucht. Doch ihr gealtertes Selbst vollführt vor ihrem geistigen Auge plötzlich eine unerwartet einfache häusliche Handlung: Es schneidet zwei Blüten ab und bindet sie mit anderen zu einem kleinen, ungeordneten Strauß zusammen, geht dann damit ins Haus zurück und trällert ein längst aus der Mode gekommenes Lied vor sich hin. Valeria lächelt dieser anderen, so heiteren, sorglosen und erfüllten Valeria zu und gibt sich ein Versprechen: Es in den kommenden Jahren zu etwas zu bringen.

Das Kind öffnet die klaren Augen, und Valeria sieht sich in ihnen gespiegelt. Die zusammengeschrumpfte Zeit erhält einen Stoß, dehnt sich wieder aus wie eine volltönende Ziehharmonika. Sie läßt es geschehen, daß dieser mitfühlende Junge sie an sich zieht und die Valeria von heute küßt. Indessen verstreicht dieser helle Moment, der sie mit Orkanbrausen nach vorne treibt, der Frau entgegen, die sie sein wird.

Sie ist hinaufgegangen, um nachzusehen, ob alle schlafen. In den Fluren des Palazzos herrscht Stille, die nur von einem schwachen Keuchen gestört wird. Das ist Incoronata, denkt Caterina, während sie das Licht auf dem Treppenabsatz löscht, die gegen ihren Kissenberg gelehnt sitzt und schlecht schläft. Aus Don Bartolos Zimmer dringt kein Geräusch.

Caterina steigt langsam die Treppe hinunter und geht in die Küche, um ein Glas Wasser zu trinken. Dann betritt sie den Garten und lenkt ihre Schritte auf die Klippe zu. In Rosarios Zimmer brennt noch Licht. Sie bleibt an der Stelle stehen, von der Corrado hinabgestürzt ist. Vor sich sieht sie das Meer, den Leuchtturm von Strombolicchio, die fernen Positionslichter eines Schiffs. Sie schaut zu den Sternen hinauf und erkennt die glänzende Brosche der Plejaden, die schon hoch über dem Horizont steht.

Mit einem Finger berührt sie die steinerne Brüstung, beugt sich aber nicht hinüber. Am Nachmittag, nach der Rückkehr vom Hubschrauberlandeplatz, war es ihr gelungen, Jacques zu erreichen, Corrados französischen Teilhaber. Er wollte sofort herkommen, aber sie konnte ihn davon abbringen.

»Aber was ist mit der Beerdigung?«

»Wir wissen noch gar nichts. Sie haben ihn nach Lipari gebracht, für die Autopsie. Es wird eine Untersuchung geben.«

»Ja, sicher. Mein Gott, Caterina! Corrado war in den letzten Tagen ... Ich habe am Sonntag noch mit ihm telefoniert, er kam mir irgendwie merkwürdig vor, ich weiß nicht. Was für einen Eindruck hat er auf dich gemacht?«

»Du hast recht, Jacques. Etwas stimmte nicht mit ihm.«

»Er sagte mir, daß er den Film von Cassinis nicht mehr produzieren wolle. Mir war nicht klar warum, es ist ein guter Stoff, die Idee gefällt mir, ich finde sie überzeugend. Ist Cassinis dort bei euch?«

»Ja, er ist am Dienstag angekommen.«

»Ich verstehe das alles nicht, Caterina. Auch was diesen anderen Film angeht, den mit der Deneuve ... wir hätten über die Außenaufnahmen sprechen müssen, aber Corrado verhielt sich die ganze Zeit ausweichend.«

»Aber als du ihn gesehen hast, was hat er ...«

»Ich habe ihn nicht gesehen, ich sage doch, er hat mich angerufen.«

»Aber war er denn am Sonntag nicht in Paris?«

»Nein, er hat mich von Rom aus angerufen.«

»Er war in Rom? Mir hat er gesagt, er komme direkt

von dir, sei eben wegen des Films mit der Deneuve bei dir gewesen.«

»Wir haben uns nicht gesehen. Er war in Rom, das hat er mir zumindest erzählt. Und danach ist er gleich zu euch gefahren.«

Jacques hatte sie gebeten, ihn morgen wieder anzurufen und ihm eventuelle Neuigkeiten mitzuteilen. Caterina fröstelt plötzlich und hüllt sich enger in ihren weißen Schal. Sie blickt auf die tiefschwarze Masse, die sich endlos vor ihr erstreckt, denkt an die Seele, die nicht fortgehen will. Sie glaubt nicht an diese Dinge und gehört auch nicht zu den Menschen, die sich leicht beeinflussen lassen. Und doch ist es, als ob die Klagen der Vancori-Schwestern sich in ihrem Kopf festgesetzt hätten, ihn ganz ausfüllten und von den Hauswänden widerhallten. Corrado liebte diesen Ort, hier häufte er die Früchte seiner Arbeit an. Doch etwas war geschehen, er hatte sich verändert. Sie sieht wieder diesen seltsamen, beinahe verängstigten, fast flehenden Blick von gestern abend in seinen Augen. Der verwirrte Blick eines Mannes, den eine große, unstillbare Sehnsucht gefangen hält. Vielleicht ist diese unerfüllte Sehnsucht der Grund dafür, daß seine Seele nicht von hier fortgehen kann.

Caterina spürt ein Sausen in den Ohren und ein leichtes Schwindelgefühl, denkt sich aber nichts dabei, weil das in letzter Zeit öfter bei ihr vorkommt. Dann wird das Sausen von einem anderen Geräusch ganz in ihrer Nähe übertönt. Sie hört Schritte hinter sich und dreht den Kopf, um zu sehen, wer es ist.

Eine seltsame Unstimmigkeit herrscht zwischen ihnen. Etwas läuft nicht so, wie es sollte.

Vor der Pforte der Casa Arancio haben sie nicht den Weg zur Casa Mandarino eingeschlagen, sondern sind in Richtung des langen Strands gegangen. Ruben erzählt von sich, von der Universität, von der verflixten Seminararbeit, die er schreiben muß. Sachte angespornt durch die Fragen seines Begleiters. Am Strand angekommen setzen sie sich auf die Zementplattform, ihre Rücken dem Dorf, ihre Augen dem schwarzen Abgrund des Meeres zugewandt.

Während Ruben spricht, teilt sich sein Bewußtsein: Er hört seine Stimme vernünftige, höflich-geistreiche Dinge sagen; doch daneben lauscht er den wild durcheinanderwirbelnden Gedanken im Hintergrund, die bei aller Verwirrung so klar und scharf sind, daß es schmerzt. Wie Gedanken beim ersten Rendezvous wohl sein müssen, vermutet er mit einem heimlichen Lächeln. Er spürt, fast greifbar, eine Art verdrängter Traurigkeit bei Fabrizio, eine übermäßige Zurückhaltung. Und während er munter von seiner Freundschaft mit Susy, Giancarlo und Federico erzählt, denkt er den ganz normalen Gedanken eines ganz normalen, verliebten Jungen: Ich gefalle ihm wohl nicht genug.

Aber vielleicht, auch das wäre möglich, war ihr romantisches Beisammensein einfach zu geplant, zu vorhersehbar gewesen. Schon seit gestern abend hatte es in der Luft gelegen, dann wieder am Nachmittag und heute abend, unterstützt von Franzos kupplerischen Bemerkungen und seinem taktvollen Rückzug. Ruben spürt – jedoch ohne Ängstlichkeit –, daß der Rhythmus dieser *Sache* (die sich in einem berauschenden Strömen, das er neben diesem Mann empfindet, äußert) heute nacht ein wenig unterbrochen worden ist. Doch nicht für immer, er pausiert nur, wartet auf den richtigen Zeitpunkt, auf einen bestimmten

Akkord. Daher beunruhigt Ruben die momentane Dissonanz nicht, sondern läßt ihn vielmehr eine andere Facette seiner neuartigen Gefühle entdecken.

Aber es beunruhigt offenbar den anderen. Die perfekte Szenerie dieser Sommernacht hat ein doppeltes Gesicht. Das Meer, der Mond, der Wind scheinen plötzlich voller heimtückischer Gefahren zu stecken. Das Meer wirkt feindselig, der Mond verblaßt in einem dunstigen Hof, der Wind dreht sich und wird schneidend. Fabrizio reibt sich die Arme: »Es wird ein bißchen frisch, nicht wahr?«

»Ja, möchtest du gehen?«

Fabrizio zögert kurz, steht dann von der Plattform auf. »Ist wohl besser.«

Während er ebenfalls aufsteht, hat Ruben eine von seinem Begehren für diesen Mann gelenkte Erleuchtung: Vielleicht gefalle ich ihm auch *zu sehr*! Vielleicht hat er Angst, diesen perfekten Moment zu zerstören. Aber ja. Mit einem inneren Seufzer der Erleichterung denkt er an Giancarlo, an dessen Erzählungen von seinen amourösen Heldentaten. Ihm wird klar, daß Fabrizios Zurückhaltung möglicherweise nichts anderes ist als Behutsamkeit ihm gegenüber. Plötzlich fühlt er sich erwachsen und unendlich glücklich. Küß mich, Dummkopf, denkt er.

»Warum lachst du?« fragt Fabrizio und hält auf den Weg zu, der sie zur Straße zurückbringt.

»Nichts, nichts, ich mußte nur an Giancarlo denken. Seit wir hier sind, jammert er uns die Ohren voll, daß er seinen Traummann noch nicht begegnet ist. Wir können es nicht mehr hören.«

»Ah! Vielleicht hat ihn die Vulkanbesteigung ja inspiriert.«

»Hoffen wir's.«

Sie gehen eine Weile schweigend nebeneinander her,

und Ruben spürt, daß der Rhythmus zurückkehrt, die Musik wieder zu strömen beginnt. Ruhig nimmt er Fabrizios Arm: »Giancarlo spielt immer den Coolen, Skrupellosen, dabei ist er in Wirklichkeit ein herzensguter Kerl. Aber wenn er nicht damit aufhört, sich so anzustrengen, immer gut in Form, immer sprungbereit zu sein, wie er sagt, wird er seine verwandte Seele nie finden.«

»Du meinst, man darf nicht zu verkrampft sein, um sie zu finden?«

»Genau, sonst erkennt man sie erst gar nicht.«

Hinter der Gartenpforte der Casa Mandarino sehen sie noch ein Licht auf der Terrasse brennen. Ruben dreht sich zu Fabrizio um: »Vielleicht sind sie schon zurück. Möchtest du mit hineinkommen?«

»Es ist spät.«

»Ja. Morgen gehen wir mit Frida und Livia zum alten Friedhof. Kommst du auch?«

»Gern.«

»Kein Schiff also. Hör auf die Worte der Principessa.«

»Kein Schiff.« Fabrizio legt eine Hand auf seinen Arm. »Ich habe heute abend nicht gerade vor Charme gesprüht.«

Ruben beugt sich zu ihm und küßt ihn leicht auf die Wange: »Gute Nacht, Fabrizio.« Sie sehen sich an. Der Junge schließt mit einem feinen Lächeln: »Wir haben alle Zeit der Welt.«

Der furchtsame Ausdruck auf seinem Gesicht, als er aus dem Dunkeln in den Lichtkegel trat, hatte sie überrascht. Für einen kurzen Augenblick hatte Caterina geglaubt, Corrados glänzenden Schnurrbart zu erkennen und die leicht im Wind flatternden Schöße seines eleganten Jakketts von gestern abend, in dem er als Leiche aufgefunden worden war. Doch der nachtblaue Stoff des Jacketts hatte sich in den eines Hemds mit abgestoßenen Manschetten verwandelt, und aus Corrados Mokassins waren schwere, feste Halbschuhe geworden.

Eine Stimme hatte ihren Namen gemurmelt. Sie hatte ihm zugehört. Jetzt berührt sie den Mann am Arm: »Sei ganz ruhig, du hast dich getäuscht.«

»Nein, ich habe ihn gesehen.«

»Du hast nichts gesehen.«

»Aber er war hier, bei ihm. Ich war auch da. Und die Signora Valeria.«

»Du irrst dich bestimmt, Rosario. Jetzt setz dich erst einmal hin und beruhige dich.« Sie muß den Mann fast zwingen, sich neben sie auf die Mauer zu setzen. Rosario ringt die Hände: »Ich habe gesehen, wie sich die Signora Valeria mit dem jungen Herrn gestritten hat.«

»Du sollst ihn nicht so nennen. Ihr wart Cousins.«

»Ich bin ein Diener in diesem Haus, Donna Caterina. Jedenfalls haben sie sich gestritten, die Signora Valeria schrie richtig. Ich habe mich zurückgezogen und dort«, er deutet mit dem Arm auf den Garten, »hinter der Palme, habe ich ihn gesehen. Er hat sich versteckt.«

»Und dann bist du noch einmal wiedergekommen?«

»Ja, kurz darauf. Aber es war niemand mehr da. Weder der junge Herr noch Pietro.«

Caterina lächelt Rosario an: »Mach dir keine Sorgen. Du hast dir das alles nur eingebildet. Du hast Angst, daß Pietro einen Streit mit Corrado hatte, ja?«

»Ja, und daß ...«

»Daß er ihn hinuntergestoßen hat? Das ist gar nicht möglich.«

»Warum?«

»Als du Corrado mit seiner Frau streiten gesehen hast, war es gerade erst Mitternacht. Aber Corrado ist viel später gestorben, das hat der Arzt gesagt.«

»Na und?«

»Wenn es überhaupt Pietro war, hielt er sich wahrscheinlich aus einem anderen Grund hier auf.« Sie rutscht ungeduldig hin und her, beherrscht sich aber. »Kein Grund zur Sorge, glaub mir. Als ich vom Fest nach Hause kam, was einige Zeit später war, lebte Corrado noch. Er war in seinem Zimmer.«

»Dann war es also doch nicht Petruzzo!«

»Aber nein, was hast du dir da in den Kopf gesetzt? Genug jetzt. Wo ist Pietro eigentlich?«

»Ich weiß es nicht. Er will nicht hier schlafen. Er streift über die Insel oder treibt sich sonstwo herum.«

Caterina sagt lieber nichts dazu. »Geh schlafen, Rosario. Und setz nicht solche Gerüchte in die Welt.«

»Ich habe nur Ihnen davon erzählt. Danke, Donna Caterina, danke.« Er steht von der Mauer auf und verbeugt sich ungelenk. Dann kehrt er ins Haus zurück.

Caterina betrachtet seine mageren Schultern, den unsicheren Gang. Wie hatte sie ihn nur mit Corrado verwechseln können? Kopfschüttelnd steht sie ebenfalls auf und geht, ohne sich noch einmal umzusehen, zum Pavillon.

Man versammelt sich auf der Piazza. Abschiedsgrüße, übertriebene Ausrufe der Erleichterung (»Gott, was für eine Plackerei! Dieser Abstieg von der Rina Grande, bis zum Hals haben wir im Sand gesteckt!«), zufriedene Kommentare (»Aber schön war's! Hat sich gelohnt.«).

Die Gruppe der Vulkanbesteiger mischt sich im Morgengrauen unter die Wartenden vor dem Kirchhof von

San Vincenzo. Erregtes Gelächter, Scherzrufe, freudiges Hundegebell. Auch hier und da ein: »Psst! Es ist schon nach drei!«

Susy verabschiedet sich von dem Führer, der in Richtung Scari weitergeht, und bemerkt, wie die ältere Dame fröhlich einen großen, kräftigen Mann in einer roten Strickjacke und mit einer ebenso imposanten Dogge an der Leine küßt. Sie murmelt Federico zu: »He, hast du gesehen, von wem unser spätes Mädchen abgeholt wird?«

»Vielleicht ist es ja ihr Sohn.«

»Quatsch! Das sah nicht nach einem keuschen Sohneskuß aus.«

»Apropos«, Federico deutet auf eine undeutliche Form am anderen Ende des Platzes, »was sagst du zu den beiden dort?«

Susy muß lachen. »Lassen wir sie in Ruhe. Vielleicht haben sich da die Richtigen gefunden?« Sie gehen zu dem verstörten Persutto hinüber, der völlig entkräftet auf einer niedrigen Bank hockt.

(Inzwischen hat die undeutliche Form den Umriß zweier eng umschlungener Gestalten angenommen, die sich langsam unter einer Straßenlaterne vorbeibewegen. Für den Bruchteil einer Sekunde kann man eine männliche Hand über einen aufblitzenden blonden Norwegerschopf streicheln sehen.)

Susy beugt sich über die Elendsgestalt auf der Bank. »Kommen Sie mit uns, Cavaliere? Wir haben denselben Heimweg.«

»Äh ... oh! Ja gern, Kinder. Wie nett von euch.«

Federico hilft Persutto aufzustehen, wobei die Gelenke desselben sich knirschend in Bewegung setzen. »*O povri nui*. Ach, wir Armen!« ächzt der Hausverwalter und Genealoge und stützt sich auf den Arm des Jungen. Als sie

die Kirche passiert haben, wirft er einen Blick auf den schrecklichen Berg, der drohend über ihnen aufragt. Wie in Trance murmelt er: »*E il cavaliero nel cratere inabissò* – und sein edler Ritter versank im Krater.«
»Was sagen Sie, Cavaliere?«
»Nichts, nichts. *Anduma mac a ca'*. Gehen wir nach Hause.«

Um sie zum Lachen zu bringen (und den Ärger von vorhin endlich vergessen zu lassen), erzählt Livia, die gerade aus der Dusche kommt, ihrer Liebsten einen Witz. »Weißt du, was Venedig für eine Frischvermählte auf ihrer Hochzeitsreise bedeutet?«
Frida hebt die Augen von ihrem Buch, schon ein Lächeln auf den Lippen. »Nein, was?«
»Die zweite Enttäuschung.«
»Komm sofort hierher.«
»Hast du denn keine Angst, mit einer Mörderin zu schlafen?«
»Hör auf damit.«
Später, im Dunkeln: »Ich habe nur Angst, wenn du nicht da bist.«

Ein gereizter Prospero beschließt, daß er Durst hat. Er läßt sich von Franzos Bett gleiten (warum macht der denn nicht endlich das Licht aus und versucht, ein wenig zu schlafen? Die ganze Zeit sitzt er hier im Bett und starrt an die Wand. Menschen!) und stolziert auf die Treppe zu. Dabei wirft er einen Blick durch die halbgeöffnete Flügeltür des Nebenzimmers. Auch Charles scheint nicht ans Schlafen zu denken. Nichts als Verrückte in diesem Haus.

Im Erdgeschoß hört er Isolinas vertrautes Schnarchen (aha, wenigstens eine, die schläft!), trinkt einen Schluck Wasser aus seinem Napf und geht in den Garten hinaus, wo er sich plötzlich zwei Beinen gegenübersieht. Er blickt zu der dunklen Gestalt auf (die er mit seinen Katzenaugen natürlich sofort erkennt).

Er fragt sich, was sie bloß alle haben seit heute morgen. Franzo ist nervös, Charles geistesabwesender als gewöhnlich, und jetzt steht auch noch der dort mitten im Garten und starrt zum Vulkan hinauf.

Prospero hat genug. Er macht sozusagen auf dem Absatz kehrt und geht wieder ins Haus, den neuen Gast aus dem blauen Zimmer allein zwischen Oleander- und Stechapfelbäumen in der Dunkelheit zurücklassend.

Auch im Nachbargarten schläft jemand nicht. Eine feine Rauchsäule steigt in der stillen Luft auf und verliert sich zwischen weißen Oleanderblüten.

Romanow trottet auf den sitzenden Mann zu. Matteo beugt sich zu ihm hinunter und streichelt ihn.

Einen Hauch von Kühle suchend, dreht Consuelo ihr Kissen um. Im Dunkeln sieht sie wieder die müden Augen des alten Vancori vor sich, die sie schweigend anstarren.

Wie dumm wir gewesen sind, Bartolo, was für eine Verschwendung. Jetzt sind wir alt, unsere Zeit ist vorbei, und uns bleibt nur noch, auf das Ende zu warten. Das deine scheint nahe, Bartolo, was mich grämt. Ich habe nichts für dich tun können, und werde auch jetzt nichts mehr tun. Aber ich werde weiter jeden Sommer hierherkommen, jeden, der mir bleibt, und denselben Traum wie Charles,

Franzo und Caterina träumen: ein kleiner Garten bei einer Quelle und vielleicht ein Stückchen Wald.

Sie schließt die Augen und sieht ein junges Mädchen von einem Balkon aus auf einen dunkelhaarigen Jungen hinunterblicken, während in der Ferne, von den Vulkanhängen her, Gewehrschüsse zu hören sind. Der Junge sieht zu ihr auf, geht ins Haus und erscheint kurz darauf an ihrer Türschwelle.

Consuelo fährt sich streichelnd mit einem Finger über die Lippen. Jeder von uns ist der Gefangene eines Traums, mon vieux.

Endlich ist Ruben eingeschlafen, seine neuen Gedanken haben ihn in den Traum gewiegt. Er hat die anderen beiden zurückkommen und bemüht leise auf den Hängeboden klettern hören. Das schmale Bett neben ihm bleibt leer. Für eine Nacht schläft es sich ruhig in der Casa Mandarino.

In der dunkelsten und heißesten Nacht des Jahres, während Iddu dort oben wieder die Welt erzittern läßt, schmilzt Giancarlo in einem abgelegenen Röhrichtfeld dahin wie Schnee unter der Sonne. Einer nordischen Sonne.

Elide lauscht der Stille des Hauses. Ausgestreckt auf dem Bett liegend, nur mit einem Laken bedeckt, atmet sie die Düfte des Gartens ein. Den Jasmin, die vom Tau befeuchtete Erde. Gerüche der strombolanischen Nacht, die sie inzwischen zu unterscheiden gelernt hat und mit sich in den Turiner Winter, in ihre Wohnung in der Via Duchessa

Jolanda nehmen wird. Schmunzelnd denkt sie an das Eßzimmer, das Schlafzimmer, das kleine Wohnzimmer, den verglasten Balkon, der auf den Innenhof des mehrstöckigen Hauses hinausgeht. Als ob sie an eine fremde Wohnung dächte, die sie einmal als kleines Mädchen gesehen hat, vor einer halben Ewigkeit.

Sie streicht über das weiße Laken, die Ecke des Nachttischchens, den Lampenschirm aus Reispapier. Dankbar lächelt sie diesem neuen Haus zu.

Dann hört sie, wie an der Küchentür hantiert wird. Sie setzt sich auf, lehnt sich mit dem Rücken an das Kopfende des Bettes. Ihr Mann kommt ins Zimmer und tastet nach dem Lichtschalter. Sie kommt ihm zuvor, indem sie die Nachttischlampe anknipst.

Der Cavaliere steht ihr staubbedeckt und erschöpft gegenüber. Tja, da ist er wieder. Sie lächelt ihn an. Laut: »Nun, wie war's?«

Er schnallt seine Bauchtasche ab, kratzt sich am Knie: »Du wirst es nicht glauben, Elide, aber ich bin Boetius auf dem Vulkan begegnet.«

»Dem Geometer Boetius, unserem Nachbarn? Tatsächlich?«

»Aber nein, wie ungebildet du doch bist! Aus der Ballade von Theoderich!« Er skandiert: »Car-duc-ci!«

»Was? Fängst du schon wieder mit Carducci an?«

Persutto schüttelt den Kopf. »Steh auf und mach mir einen Kamillentee, ich bin fix und fertig.«

Signora Elide lächelt und spürt, wie die spontane Zärtlichkeit, die sie noch vor einer Sekunde für den heil und gesund von seinem Ausflug zurückgekehrten Tropf empfand, verfliegt. Ergeben steht sie vom Bett auf, um ihrem Gatten den gewünschten Kräutertee zu bereiten.

Franzo öffnet die Tür zu Charles' Zimmer. Der Engländer sieht von seinem Buch auf, nimmt die Brille ab. »Kannst du nicht schlafen?«

»Nein.«

»Komm her.« Er klopft auf die Matratze. Franzo streckt sich neben seinem Gefährten aus. Charles legt ihm einen Arm um die Schultern und plaziert das Buch auf dem Nachttisch. Franzo schmiegt sich an seine Seite. Tief in der Nacht lauschen sie gemeinsam den leisen Schwingungen zwischen diesen Wänden, die sie schon als junge Männer umgeben haben. Dann schläft Franzo in den Armen seiner alten Jugendliebe ein.

Es beginnt wie ein normales Gewitter. Doch vom Horizont her rast bereits der Sturm heran und bedroht den Schlaf der Lebenden. Der Himmel wird von horizontalen Blitzen durchzuckt, die die Trennlinie zwischen Wasser und Luft markieren, während tiefhängende schwere Wolken sich mit dumpfem Aufschlag ins Meer zu stürzen scheinen.

Die Uferwellen lassen noch nichts von der Gefahr ahnen, sie sind nur dunkler und mit silbrigen Kämmen bestückt. Doch plötzlich erheben sie sich wie ein großes Segel, als würde ein unterseeischer Wind die Tiefen aufwühlen und die Wasseroberfläche empordrücken, um sie aufzublasen und anschließend in Millionen Tröpfchenfragmente zu zerschmettern.

Die erste große Sturmwelle schlägt mit dumpfem, fast metallischem Klang auf den Strand. Sie zieht sich jäh zurück, um Platz für eine neue zu machen, noch höher und heimtückischer als die erste, eine wütende Vorbotin des anrollenden Unwetters.

Jetzt kommen sie in Paaren herangedonnert, in Schwadronen zu viert, zu sechst. Eine türmt sich wie ein Wäschestapel auf und krümmt sich am Ufer, ohne zusammenstürzen zu wollen. Doch dann breitet sie sich fächerartig aus und hinterläßt ihre Spuren weit jenseits des sanft abfallenden Ufersandes. Sie wirft sich auf den Strand, reißt ihn mit sich, zerstört die glatte Fläche. Hinterrücks überfallen erliegt die Küste widerstandslos dem Ansturm. Der wird rhythmischer, hämmert mit seinem kalten Lärm gegen den Himmel. Der aufgewühlte Strand ergibt sich. Wasser durchdringt ihn.

Eine Düne rutscht ab und wird eingeebnet. Über der versteckten Leiche unterspült ein Strudel die Sandschicht zwischen Grab und Oberfläche und trägt sie ab. Weniger als ein Meter Sand trennt nun die verscharrten Gliedmaßen von ihrer möglichen Entdeckung. Doch das Meer gräbt nicht weiter, mitleidig läßt es eine dünne Decke über dem Körper liegen und zieht sich mit einer Schleppe aus schäumender Gischt wieder zurück.

Mit dem Nachlassen des Sturms, der schon wieder das Weite gesucht hat, kehrt das gewohnte sanfte Flüstern der Brandung bei ruhiger See zum Ufer zurück.

Morgen vormittag wird eine junge Frau mit ihrem Kind zum Strand gehen. Sie wird sich in der Sonne ausstrecken und ein Buch zur Hand nehmen, während das Kind sich ein paar Schritte weiter konzentriert mit Eimerchen und Schäufelchen zu schaffen macht und ahnungslos die spärliche, weiße Sanddecke bearbeitet.

7

Auf liebenswürdigste Weise – Eine junge Frau mit Kind – Prolog zu einer verblüffenden Entdeckung – Die und ihre Geheimnisse – Der Schatten einer Wolke – Der lange Todeskampf der Kleinen – Ausgrabung – Fridas Gartenschere – Charles und der Reigen (die versteckte Bestie) – In der Eile, von dort wegzukommen – Begegnungen auf dem Elf-Uhr-Tragflächenboot – Ruben und eine nur ihm vorbehaltene zärtliche Geste – Nichtsnutz – Danse macabre – Letztes Gelächter – Die nackten Tatsachen – Zwei Männer bei der Arbeit – Fabrizio will diesmal keinen Fehler machen – Der Archipel von Sodom – Ganz allmählich kommt Licht in die Sache – Abstraktes Wetter (wahrscheinlich der Teufel) – 090 – Letzten Sommer – Ein Spielzeug von früher – Auch auf Panarea – Spaziergang zum alten Friedhof (die schwarzweiße Hündin) – Das gesprächigste Volk der Welt – Eine unfaßbare Grausamkeit – Alles sehr zerbrechlich – Das Ende vor dem Sturm

Auf den durchdringenden Ruf: »Frische Fiiische!« folgt das Knattern einer »Lapa«, die vor der Gartenmauer der Casa Arancio wendet. Maresciallo Calì schüttelt den Kopf. »Ich muß dem mal sagen, daß er frühmorgens noch nicht so einen Lärm machen soll.«

Franzo zuckt gleichmütig die Achseln. »Ach, wir haben uns daran gewöhnt, Maresciallo.« Charles grinst: »Vielleicht brüllt er vor unserem Haus besonders laut, wir kaufen nämlich nie Fisch bei ihm.«

»Gut möglich«, lächelt Calì mit einem Blick in die Runde um den Tisch. »Noch einen Kaffee, Maresciallo?« fragt Caterina.

»Gern, danke.«

Isolina steht auf. »Ich koche frischen, der hier ist doch schon kalt.«

»Bemühen Sie sich bitte nicht, er schmeckt noch sehr gut.«

Die Wirtschafterin protestiert: »Nein, nein, nachher schlägt er Ihnen auf den Magen.« Mit der Espressokanne in der Hand begibt sie sich in die Küche. Consuelo zündet sich eine Zigarette an und nimmt den Gesprächsfaden wieder auf: »Sie sagten gerade, daß heute die Autopsie ist.«

»Ja, Principessa. Ich fahre mit dem Elf-Uhr-Tragflächenboot nach Lipari, um mit Doktor Capodanno zu sprechen. Und ...« Er sieht kurz auf seine Hände, fährt dann fort: »Ich hoffe, Sie bleiben alle noch für ein paar Tage auf der Insel. Dann kann ich Sie über das Ergebnis informieren.«

»Aber sicher, Maresciallo«, antwortet Franzo mit einem Blick zu Fabrizio, »niemand hat die Absicht, sich von hier fortzubewegen.«

»Gut.«

»Entschuldigen Sie die Frage«, sagt Charles und beugt sich ein wenig vor, »haben Sie etwa ... gewisse Vermutungen, was Vancoris Tod betrifft? Ich meine, glauben Sie, daß etwas anderes als ein Unfall die Ursache gewesen sein könnte?«

»Sehen Sie, bei einem gewaltsamen oder, sagen wir, nicht natürlichen Tod sind wir grundsätzlich verpflichtet, eine Untersuchung durchzuführen.« Er hebt die Arme zu einer Geste, die ausdrücken soll, wie unangenehm ihm die Sache ist. »Was soll man machen, das ist unser Job«, weicht er aus.

»Natürlich.«

»Übrigens«, hüstelt Calì, »würde ich gern einen Blick auf Ihr Boot werfen. Es ist doch seit gestern nicht angerührt worden, oder?«

»Nein, es liegt auf dem Strand, so wie wir es gestern morgen zurückgelassen haben. Ich begleite Sie, wenn Sie möchten.«

»Das wäre sehr freundlich. Dann würde ich gern mit Don Bartolo sprechen«, sagt er zu Caterina, »wenn Sie denken, daß ich ihn nicht allzusehr störe.«

»Ich komme mit Ihnen hinüber«, erwidert Caterina.

»Danke, Signora.« Calì macht Anstalten aufzustehen. Franzo hält ihn zurück. »Warten Sie doch noch auf den Kaffee, Maresciallo, danach gehen wir gemeinsam runter zum Strand und sehen uns das Boot an.«

Calì setzt sich wieder und wendet sich an Fabrizio: »Wie ich höre, sind Sie extra auf die Insel gekommen, um mit Vancori zu sprechen.«

»Ja, er hatte mich eingeladen, um mit mir über ein Projekt zu sprechen, an dem ich gerade arbeite.« Caterina ergänzt: »Signor Cassinis bereitet einen Film vor, an dem Corrado interessiert war. Wir, das heißt, Vancoris Produktionsgesellschaft, für die auch ich arbeite, wollten ihn produzieren.«

Calì sieht Fabrizio an: »Das tut mir leid für Sie und ihr Projekt.«

Fabrizio richtet sich in den Schultern auf. »Es war noch nichts fest abgesprochen mit Vancori. Mein Drehbuchautor in Rom schreibt noch am ersten Teil.«

»Sie kennen ihn übrigens, Maresciallo«, wirft Consuelo munter ein. »Es ist Signor Guarienti, der letzten Sommer hier zu Gast war, erinnern Sie sich?«

»Aber ja, sicher, ein sehr sympathischer Mann. Er hat

mir verschiedene ... Detailfragen über meine Arbeit gestellt. Soweit ich mich erinnere, schrieb er gerade an einer Kriminalgeschichte.«

»Genau«, lacht Caterina, »Sebastiano hatte schon diesen Film im Sinn, der tatsächlich so etwas wie ein Krimi ist, und brauchte genauere Informationen.«

»Ja, er war sehr neugierig, sehr interessiert und hat mir einen Haufen Fragen über den Ablauf einer Untersuchung gestellt, über die Hierarchien bei der Polizei und so weiter. Ich erinnere mich gut an ihn. Er war mit einem Freund hier und hatte, wenn ich mich nicht irre, einen großen weißen Hund dabei.«

»Ja, Dromos, ein Maremma-Hund.«

»Aha.« Auch sie sind Meister im Ausweichen und Ablenken bemerkt der Maresciallo gutmütig.

Isolina kommt mit der dampfenden Espressokanne zurück, die sie auf einem Kachuluntersetzer abstellt.

»Wer möchte noch?«

Schweigend schenken sie sich Kaffee nach. Es ist halb zehn Uhr morgens. Calì dankt Charles, der ihm die Zuckerdose hinhält. Caterina reicht ihm das Milchkännchen.

»Nehmen Sie Milch, Maresciallo?«

»Nein, danke, ich mag ihn lieber schwarz.« Er trinkt seinen Kaffee in einem einzigen Schluck aus und stellt die Tasse auf dem Tischrand ab. An Isolina gewandt sagt er: »Hervorragend, danke. Den hatte ich nötig.« Dann steht er auf und wendet sich an die Hausherren: »Ich möchte Ihre Gastfreundschaft nicht unnötig strapazieren, aber ich müßte ein kurzes Dienstgespräch führen. Dürfte ich vielleicht ...«

Franzo springt auf: »Aber natürlich, kein Problem. Kommen Sie, ich bringe Sie nach oben, dort können Sie ungestört telefonieren. Hier entlang, bitte.« Gefolgt vom

Maresciallo geht er ins Haus. Man hört ihre Schritte auf der Treppe verklingen.

Schweigen senkt sich auf die Terrasse. In der Ferne ist abgeschwächt immer noch der Ruf des Fischverkäufers zu hören: »Frische Fiiische!«

Matteo krault seinen Bart und wickelt sich eine Locke um den Zeigefinger. Den Blick zur Bougainvillea gehoben murmelt er: »Und so kam der Maresciallo an diesem schönen Morgen vorbei, um uns auf liebenswürdigste und diskreteste Weise mitzuteilen, daß wir alle des Mordes an Corrado verdächtig sind.«

Eine junge Frau beugt sich lächelnd über das Kind an ihrer Hand und zeigt auf den weitläufigen Strand vor ihnen. »Hast du das Gewitter heute nacht gehört? Hattest du Angst?«

Der kleine Junge zieht eine große Netztasche hinter sich her, in der man verschiedene, bunte Gegenstände erkennen kann: Schippchen, Eimerchen, Sandförmchen, ein kleiner, blau-roter Laster. Ernst hebt er sein Gesicht zur Mutter und antwortet: »Nein, und du?«

»Ein bißchen schon. Aber du warst ja da, und dann hatte ich keine Angst mehr.« Das Kind nickt stolz.

Sie gehen an der Wasserlinie entlang. Die Frau trägt ein helles Baumwollkleid und eine Strandtasche über der Schulter. Der Junge trottet neben ihr her. Hin und wieder bleibt er stehen und hebt einen Kiesel, eine Muschelscherbe auf. Die interessantesten Stücke zeigt er seiner Mutter. Die er für wert hält, gesammelt zu werden, steckt er in eine Seitentasche des Netzes, wobei er den kleinen Reißverschluß ordentlich auf- und wieder zuzieht. »Wohin gehen wir?« fragt er. Die Frau sieht sich um: »Was hältst du von dort drüben? Dort scheint es schön ruhig zu sein.«

»Ist gut.«

Sie halten an einer Stelle an, wo der Sand sich zu lockeren Dünen aufgeschichtet hat, wenige Meter vom Meeresufer entfernt. Um sie herum ist weit und breit niemand. Die Frau rollt eine große indische Decke aus, holt ein Strandlaken aus ihrer Tasche und legt es darauf. Während sie ihr Kleid aufknöpft, unter dem sie einen schwarzen Badeanzug trägt, beobachtet sie vergnügt, wie ihr Sohn sich flink die kleinen Tennisschuhe und das Hemdchen auszieht und alles zusammen mit den Shorts auf einen Haufen wirft. Dann fängt er gleich an, in seinem Netz herumzukramen.

Die Frau setzt sich mit dem Gesicht zum Meer auf die Decke und bindet ihre Haare zu einem Pferdeschwanz zusammen. Sie fegt ein wenig Sand vom Handtuch, legt ihre Armbanduhr ab und tut sie in die Tasche. Dann nimmt sie ein Buch heraus und schaut auf die weite, blaue Fläche vor sich. Zum Glück hat das Gewitter von letzter Nacht kein schlechtes Wetter gebracht. Das Meer ist ruhig und sieht sauber aus. Sie läßt den feinen Sand durch ihre Hand rinnen, er ist schon wieder trocken, sehr gut.

Das Kind verteilt seine Arbeitsgeräte um sich herum und beginnt einen komplizierten, nur ihm bekannten Bauplan im Sand auszuführen. Seine Mutter setzt eine Sonnenbrille auf und nimmt das Lesezeichen heraus, mit dem sie gestern abend eine Seite des Romans *Der Zauberberg* markiert hat. Sie beginnt zu lesen.

Mitten am Vormittag findet Frida etwas Verblüffendes heraus. Aber eins nach dem anderen.

Sie war früh aufgestanden, noch vor Livia, hatte in der Küche Kaffee gemacht und dabei über ihre Gäste – die beiden Miststücke – in der Zisterne nachgegrübelt. Ihre Wut von gestern abend war schon wieder verraucht, und Livia zuliebe, die sich überhaupt nicht ärgerte (sondern sich auch noch köstlich dabei amüsierte, ihr die Gesichter der beiden zu schildern, als sie sie bei ihrem peinlichen Fauxpas im Supermarkt erwischte), hatte sie beschlossen, es gut sein zu lassen und sie nicht hinauszuwerfen. Allerdings hatte sie begonnen, über einer raffinierten Möglichkeit zu brüten, es den beiden ein wenig heimzuzahlen und sie nicht so leicht davonkommen zu lassen. Während sie versuchte, den widerspenstigen Deckel der Milchflasche abzuschrauben, war ihr jedoch der selbstironische Gedanke gekommen, daß Racheaktionen nicht gerade ihre Stärke waren. Schon zu Schulzeiten hatte sie immer versucht, die Unnachgiebige zu spielen, was ihr bald langweilig wurde, so daß sie die Sache vergaß, weil sie mit den Gedanken schon wieder woanderes war. »Eine sehr männliche Haltung im Grunde«, hatte der neunzehnjährige Fabrizio einmal bemerkt. Als ihr das einfiel, mußte sie lachen, wobei sie – endlich – den verdammten Schraubverschluß aufbekam.

Dann hatte sie ein Frühstückstablett zusammengestellt und war wieder hinauf ins Schlafzimmer gegangen, wo Livia sie lächelnd erwartete, die Arme hinter dem Kopf verschränkt: »Guten Morgen.« Nach einem Kuß: »Hast du gut geschlafen?«

»Und du?«

Frida hatte in ein gebuttertes Brötchen gebissen und eine Grimasse gezogen. »Geht so. Hör mal, wegen der beiden ...«

»Oh nein, denkst du etwa immer noch daran?«

»Na ja.«

Livia hatte gelacht: »Paß auf, wir könnten sie ja langsam in den Wahnsinn treiben! Wir legen falsche Fährten, lassen sie die furchtbarsten Dinge glauben, was hältst du davon?« Sie hatte ihre Gefährtin zu sich herangezogen: »Es wäre vielleicht nicht besonders geschmackvoll unter diesen Umständen, aber ...«

»Sie haben wirklich einen gehörigen Schrecken verdient.«

Livia hatte sich die Haare aus der Stirn geschüttelt und mit schelmischem Grinsen zu bedenken gegeben: »Weißt du, wenn zwei so konventionelle Personen an einen Ort wie diesen kommen und mit ... eher ungewöhnlichen Menschen wie uns zusammentreffen, kann man nichts anderes erwarten. Außerdem ist es nur normal, daß Leute Vermutungen anstellen, wenn so etwas passiert. Wir hätten es auch getan, wenn wir nicht ... selbst von der Sache betroffen wären.«

»Aber vielleicht nicht auf ganz so plumpe Art, hm?«

»Tja, man müßte die beiden mal zur Sprecherziehung schicken. Die haben vielleicht ein Organ! Besonders die Dunkelhaarige, Maria Grazia. Vielleicht ist sie ja taub, nur Taube brüllen so und glauben, sie würden mit normaler Lautstärke reden.«

Schließlich hatte Frida gelächelt und verkündet: »Na schön, ich überlasse sie dir! Und um den Frieden mit den beiden Schnepfen zu besiegeln, werde ich ihnen die Anmeldeformulare für Feriengäste bringen, die sie noch ausfüllen müssen. Das hatte ich ganz vergessen. Zufrieden?«

»Oh!« Livia hatte sie wieder an sich gezogen. »Dann werden sie sozusagen per Gesetz zu Mitgliedern der Inselgemeinschaft. Sollen sie ruhig sagen und denken, was sie wollen, die Ferienschnepfen!«

Und so, aber das wird man noch am späteren Vormittag erfahren, findet Frida etwas Verblüffendes über die beiden heraus. Oder besser gesagt, über eine der beiden.

Der Langnasige fährt von seinem Strandtuch hoch und massiert sich die Seite. »Was machst du denn? Boxt du mich in die Rippen?« Sein neben ihm liegender Freund deutet mit dem Kinn nach rechts und schlüpft gleichzeitig flink in seine Badehose. Langnase dreht den Kopf und sieht in der Ferne den Maresciallo in Begleitung einer kleinen Gruppe von Leuten den Weg zum Strand herunterkommen. Er wird blaß unter seiner beachtlichen Bräune. »Madonna, die Polizei! Das ist doch ein Skandal!« Auch er zieht sich schnell die neben einem Stein hingeworfene Badehose über. »Können die einen nicht in Ruhe lassen auf dieser Insel? Verdammter Mist, das ist das letzte Mal, daß du mich hierher gekriegt hast, klar?«
 Er funkelt seinen Freund böse an, der sich ruhig eine Zigarette ansteckt und den noch weit entfernten Polizeimeister beobachtet.
 Langnase zetert hysterisch weiter: »Zuerst dieser blöde Knabe, der uns erzählt, der Strand sei voller Flöhe und das Wasser voller Quallen und uns dazu bringt, einen kilometerweit von hier entfernten Platz zu suchen! Damit wir dann herausfinden, daß er uns verarscht hat, weiß der Teufel, warum. Ist dir klar«, er fuchtelt mit einer Tube Sonnencreme auf Plazentabasis unter der Nase des anderen herum, »wie dumm uns dieser kleine Scheißer hat dastehen lassen? Das ganze Dorf hat gelacht, weil wir darauf hereingefallen sind! Und obendrein«, er streift seine cremebeschmierten Finger an den Waden ab, »haben sie ein Fest in der Casa Arancio gegeben und uns nicht einge-

laden. Unhöfliche Bande! Wenn die glauben, daß wir bei ihnen anklopfen, um unsere Aufwartung zu machen, haben sie sich geschnitten. Bei der Bubi auf Panarea wär das alles anders gewesen, das hab ich dir ja hundertmal gesagt.« Er steckt eine Hand in seinen Strandrucksack und fummelt nach einem Papiertaschentuch. »Verdammt, diese Creme schmiert vielleicht! Und jetzt kommt auch noch die Polizei, um unschuldige Leute zu piesacken, die nackt in der Sonne liegen. Nie wieder setze ich einen Fuß hierher.«

»Sie kommen gar nicht wegen uns.«

»Was?« Langnase späht zum anderen Ende des Strands, wo der Maresciallo nicht mehr zu sehen ist. »Aber wo ...?«

»Er wird nochmal zu der Stelle gegangen sein, wo dieser Typ runtergestürzt ist.«

»Ach ja, der Tote! Der Produzent! Also, sag mal«, ruft Langnase erregt, »hast du neulich Valeria Griffa gesehen? Für wen hält die sich eigentlich? Sharon Stone?«

»Sie ist schöner.«

»Findest du? Ich finde sie furchtbar vulgär. Aber ihr Haus! Wie es wohl von innen aussieht? Ich stelle es mir ganz im marokkanischen Stil eingerichtet vor: Gitterwerk, Duftlampen, Alkoven!«

Der andere grinst: »Schon möglich. Den Garten hat ihr der Engländer von der Casa Arancio angelegt. Das ist mal wirklich einer mit Geschmack.«

»Geschmack! Hier verkriechen sie sich alle in ihren geheiligten Besitztümern, um Gott weiß was zu treiben! Auf Panarea dagegen kann man sich noch richtig amüsieren: jeden Abend Partys, Einladungen ...« Langnase steht auf und hält Ausschau, ob die Gruppe zurückkehrt. Niemand ist zu sehen, alle sind hinter einem Lavagrat in Richtung der Unglücksklippe verschwunden. Er blickt auf seinen Freund hinunter, der sich wieder in der Sonne ausgestreckt hat: »Und diese Blasco-Fuentes? Sie hat keine müde Lira mehr, das wissen alle, stolziert aber im Dorf herum wie die Kaiserin Eugenie. So ein Getue.«

»Ziehen wir zur Bubi um.«

»Aber wir wissen doch gar nicht, ob sie überhaupt auf Panarea ist! Wir können nicht einfach unangemeldet dort auftauchen.«

»Dann bleiben wir eben hier.«

»Du nimmst mich nicht ernst.« Dann plötzlich: »Na so was!«

»Was ist?«

»Kennst du den dort? Ich glaube, ich habe ihn schon mal irgendwo gesehen.«

Der andere öffnet ein Auge und schielt in die angezeigte Richtung. Er sieht einen Mann mittleren Alters auf sie zukommen. »Nein, wer soll das sein?«

»Ich weiß nicht, sein Gesicht kommt mir bekannt vor. Hm, ich erinnere mich nicht.« Von der wieder eingekehrten Ruhe am Strand ermutigt, zieht er seine winzige Badehose aus und bleibt mit den Händen in den Hüften in Positur stehen.

Der Mann geht vorbei, ohne sie zu beachten, sein Blick ist nachdenklich zu Boden gerichtet. Er stapft auf den hinteren Teil des Strands zu.

Der Langnasige hat eine Erleuchtung und zischt dem anderen vertraulich zu: »Aber ja! Das ist Fabrizio Cassinis, dieser Regisseur, der so einen Erfolg gehabt hat mit seinem ersten Film, wie war noch der Titel? Mit diesem französischen Schauspieler ... wie heißt er doch gleich?« Der Freund richtet sich auf und blickt Fabrizios sich entfernenden Rücken nach. Er sieht, wie dieser am Wasser stehenbleibt und unverwandt zum Horizont sieht. »Ich kann mich auch nicht erinnern, aber es war ein schöner Film. Ein richtig guter.« Er schließt die Augen wieder und stützt den Nacken auf ein zusammengerolltes Handtuch. Langnase stößt einen Seufzer der Erleichterung aus: »Na ja, so schlecht besucht ist die Insel gar nicht in diesem Jahr, oder?«

»Schon, aber auf Panarea ...«

Langnase streckt sich auf seiner Matte aus: »Uff, aber diese Hexe von Bubi hat uns noch nicht mal angerufen und gefragt, ob wir kommen wollen ...«

Der Schatten einer Wolke lenkt sie von ihrer Lektüre ab. Die junge Frau sieht überrascht zum Himmel und legt einen Finger zwischen die geöffneten Buchseiten. Die einzelne Wolke zieht an der Sonne vorbei, treibt nach Osten und hinterläßt eine dünne, dunstige Spur. Die Frau dreht sich nach ihrem Kind um, das etwa zehn Meter hinter ihr einen kleinen Graben in den Sand zieht. Sie ruft: »Möchtest du ins Wasser? Ist dir heiß?«

Der Junge verneint, ohne den Kopf zu heben: »Ich muß das hier erst fertig machen.« Sie greift nach einer Flasche Mineralwasser, schraubt den Deckel ab und trinkt. »Hast du Durst?«

»Was?«

Sie hält die Flasche empor. Das Kind schüttelt wieder den Kopf. Seine Mutter legt die Flasche in den Schatten der Tasche zurück. Dann sieht sie aufs Meer. Rechts von ihr, aber in einigem Abstand, ist eine recht lebhafte Gruppe versammelt: Frauen, Kinder, ein Hund, ein dicklicher Mann, der eine Luftmatratze ins Wasser schiebt. Die Kinder rennen ihm hinterher und bespritzen sich gegenseitig, der Hund bellt freudig, hat aber nicht den Mut, ihnen ins Wasser zu folgen. Links, ebenfalls nicht allzu nah, liegt eine weitere Frau auf der Seite. Man kann nicht erkennen, ob sie schläft oder liest. Ein Surfer versucht erfolglos, den Strandbereich hinter sich zu lassen und aufs Meer hinauszugelangen.

Die junge Frau denkt unbestimmt an ihren Mann, dann an ihre Mutter, die sie an diesem Abend anrufen muß, sowie an das Schädlingsbekämpfungsmittel, das sie noch kaufen will, um die Blätter der Glyzinie damit zu besprühen. Sie beobachtet, wie die Wellen sich träge am Ufer brechen und der wenige Schaum sich schnell auflöst und den Sand zuerst dunkel, dann glänzend macht. Plötzlich hört sie die helle Stimme ihres Kindes: »Mama, komm mal her und sieh.«

Sie dreht sich um. Ihr Sohn hockt zwischen zwei kleinen Dünen und schaut auf etwas vor sich im Sand. Sie sieht ihn vorsichtig mit seinem Schippchen kratzen. »Was hast du gefunden?« Ruhig bedeutet er ihr, zu ihm zu kommen.

Die Frau legt das Lesezeichen ins Buch, steht auf, schüttelt ihre Hände aus und geht auf die Dünen zu. »Was ist? Hast du einen Schatz gefunden?«

Der Junge sieht zu ihr auf. »Ich weiß nicht, guck du mal.« Die Frau beugt sich lächelnd über ihr Kind, rückt sein Mützchen zurecht, das ein bißchen verrutscht ist, und blickt zu Boden. Dort, vor den gekreuzten Beinen ihres Sohnes, ragt eine Hand aus dem Sand.

An diesem Morgen hat Don Bartolo darauf bestanden, sich vollständig anzukleiden. »Ich bin nicht krank. Hört mit dem Gejammer auf!« Immacolata und Annunziata haben ihm geholfen, ein frisch gebügeltes weißes Hemd anzuziehen und den Knoten der schwarzen Krawatte zu binden, die er, wie sie glauben, von nun an immer tragen wird. Don Bartolo hat eine graue Perle hineingesteckt, die Corrado ihm einmal zum Geburtstag geschenkt hatte. Als der Maresciallo eintraf, hat er Caterina gebeten, ihn ins Arbeitszimmer zu führen und ihm zu sagen, er möge einen kleinen Moment warten. Er hat sich ins Jackett helfen lassen, ein Taschentuch mit Trauerrand in die Brusttasche gesteckt und zu Caterina gesagt: »Gut, ich bin fertig.« Caterina hat ihn hinunter ins Arbeitszimmer begleitet, in dem Calì mit auf dem Rücken verschränkten Händen neben der Terrassentür auf ihn wartete.

Caterina läßt sie nun allein, schließt die Tür hinter sich und geht zu Incoronatas Zimmer. Sie klopft, tritt ein. Die Kleine ist im Bett, ihr untersetzter Körper wird von Kissen gestützt, sie röchelt in ihrem leichten Schlaf. Bei Caterinas Eintritt öffnet sie das rechte Auge, schließt es wieder, gestikuliert mit den Armen auf der Bettdecke. Caterina nähert sich ihr. Auch in diesem Zimmer hat Incoronata darauf bestanden, gemäß dem Brauch die Möbel schwarz zu verhängen. Das Bett gleicht daher schon jetzt einer Totenbahre oder, schießt es Caterina sonderbarerweise durch den Kopf, einem Konzertflügel mit der kleinen Alten als Tastatur.

»Tut es weh, Incoronata?« Caterina sieht auf den mit Heftpflaster befestigten Mullverband, der die Greisinnenwange bedeckt. Die Kleine murmelt ein erschöpftes Nein.

»Sehen wir mal nach.« Caterina hebt vorsichtig den Rand des Mullverbands an. »Ich werde den Verband wechseln.« Aus dem Nachttisch holt sie ein Fläschchen Desinfektionsmittel, ein Päckchen Mull und eine große Pflasterrolle. Behutsam nimmt sie den alten Verband ab, betupft die Wunde mit einem Wattebausch. »Tue ich Ihnen weh?« Incoronata schüttelt den Kopf.

Die Wunde ist schon dabei zu vernarben; quer verläuft sie über die faltige, aber unglaublich weiße Haut der Alten. Die vornehmen Sizilianerinnen, vor allem die älteren und besonders die von den kleinen Inseln, haben es immer vermieden, ihren Körper der Sonne auszusetzen, gemäß der Tradition, nach der nur Frauen niederen Stands sonnengebräunte Haut hatten. Incoronata hat stets viel Wert auf ihren mondbleichen Teint gelegt, noch mehr als die Schwestern. Schon als Mädchen ist sie nur selten hinaus in die unerbittliche sizilianische Sonne gegangen, und wenn, dann nur in ihre schwarzen Schals gehüllt – ein Mittelding zwischen Nonne und ewiger Witwe.

Nachdem sie einen frischen Verband angelegt hat, nimmt Caterina eine Bürste aus der Nachttischschublade und bürstet das schüttere Haar der Greisin. »Soll ich Ihnen etwas bringen? Einen Tee?« Incoronata umklammert mit ihrer Klauenhand Caterinas Arm und flüstert: »Er ist noch hier, bei mir. Er hat mich erwählt, um die Wahrheit kundzutun.«

»Wollen Sie nicht noch ein bißchen schlafen, Incoronata?«

»Nein, ich darf nicht schlafen, ich muß aufpassen. Auch Ihr müßt Euch vor Gefahren hüten, Caterina.«

»Welche Gefahren?«

»Hier auf der Insel.« Sie sieht zum geöffneten Fenster hinaus aufs Meer. »Dort unten. Von dort unten kommt die Gefahr.«

Caterina löst sanft die Hand von ihrem Arm und legt sie mit einem flüchtigen Streicheln auf die Bettdecke. »Es gibt keine Bedrohung, Incoronata, seien Sie ganz ruhig.«

»Nein, er wird zurückkommen und sich rächen. Und

das ist richtig so. Er hat uns alle geliebt, auch Euch, er wird uns nicht verlassen.«

Caterina erhebt sich und richtet die Kissen im Rücken der alten Vancori: »Rufen Sie mich, wenn Sie etwas brauchen.«

»Ihr seid gut, Caterina, gut und stark. Helft ihm bei seiner Rache, wenn er Euch ruft.« Nach kurzer Pause: »Er wird Euch rufen.«

Caterina nickt. »Ist gut, Incoronata. Aber jetzt müssen Sie versuchen zu schlafen.« Sie geht aus dem Zimmer, schließt die Tür hinter sich, lehnt sich gegen die Wand und legt die Hände vors Gesicht. Sie denkt, daß es ein langer Todeskampf werden wird.

Der dickliche Mann rennt aus dem Wasser auf die beiden zu, herbeigerufen vom Schrei der jungen Frau.

Benommen starrt er auf die Hand im Sand, dann auf die Frau, die ihr Kind weggeführt hat. Die anderen Frauen nähern sich zögernd, während die Kinder im Wasser bleiben. Auch der Hund eilt herbei. Eine Frau ruft: »Was ist? Ist was passiert?« Der Mann sieht wieder auf die weißen, gekrümmten Finger hinunter. Der Hund beschnuppert die Hand und beginnt winselnd zu scharren. Der Mann hält ihn am Halsband zurück: »Hör auf, aus!« Er wendet sich an eine der Frauen: »Nimm mal den Hund und bring ihn weg.«

»Aber was ist denn?«

»Sieh selbst.«

»Oh Gott, ... ist das ...?«

»Wir müssen jemanden rufen, die Polizei.«

»Ja, aber, ... oh mein Gott.« Die Frau nimmt den Hund am Halsband und zerrt ihn davon.

An ihrem Platz hat die junge Frau das Kind in ein Handtuch gehüllt und sieht ihm ernst ins Gesicht. »Ist alles in Ordnung? Hast du dich erschrocken?« Der Junge schüttelt ernst den Kopf und sieht wütend zu dem Mann hin, der seine Sandkonstruktion zerstört hat, als er auf sie zurannte. »Meine Schippchen.«

»Ich gehe sie holen. Setz dich hierhin.« Sie drückt ihn auf die Decke: »Bleib schön hier, nicht weglaufen.« Dann geht sie auf den Mann zu, der sich immer noch über die Stelle beugt. »Was ist es?«

Der Mann sieht sie an, deutet auf den Boden. »Mein Hund hat angefangen zu graben und ... da ist noch ein Arm ...«

»Tun Sie etwas, ich bitte Sie.«

»Ja.« Er ruft seiner Gruppe zu: »Bringt mir mal das Handy.« Wieder an die junge Frau gewandt: »Hat Ihr Kind den Fund gemacht?«

Sie nickt und reibt sich fröstelnd die Arme. Einen Augenblick lang hat sie verrückterweise geglaubt, es liege nur eine Hand dort, eine Hand ohne Körper. Doch jetzt wird ihr klar, daß eine Leiche unter dem Sand vergraben sein muß. Eine Frau reicht dem Mann sein Mobiltelefon. Er wählt eine Nummer.

Die junge Mutter sieht sich besorgt nach ihrem Kind um, das noch immer friedlich auf der Decke sitzt. Ein Auto rast hinter den Dünen am Rand des hellen Sandstrands auf der Landstraße nach Rom vorbei.

»Ich muß es in Rom gelassen haben, schade.« Frida sucht vergeblich im Regal nach einem Buch, das sie gern lesen würde. »Was ist das für ein Buch?« fragt Livia.

»Dieser Highsmith-Krimi, *Der talentierte Mr. Ripley*.

Ich hatte ihn in einer alten amerikanischen Ausgabe. Pech.« Sie gibt es auf und zieht ein Gedichtbändchen aus dem Regal. Zerstreut blättert sie darin. Livia stopft ein blaues Badetuch in ihren Rucksack. »Gehen wir an den Strand?«

»Ja, gut, und heute abend steht dieser Spaziergang zum alten Friedhof auf dem Programm. Hast du Lust, mitzukommen? Ich habe Fabrizio gestern den Vorschlag gemacht.«

»Gern. Müssen wir im Dorf noch etwas einkaufen?«

»Laß uns einen Blick in den Kühlschrank werfen.«

Livia hebt den Kopf zu der weit offenstehenden Fenstertür. Hinter der Einfriedung der Terrasse sieht sie, wie die beiden von der Zisterne sich die Stufen hinaufschleppen. Sie zeigt auf sie und flüstert: »Dort kommen unsere beiden sympathischen Detektivinnen.«

Frida tritt mit einem kleinen Grunzen auf die Terrasse hinaus. Die beiden – schon in Strandausrüstung – sagen schüchtern guten Tag, als sie den eingefriedeten Bereich mit den gemauerten Steinbänken betreten. »Ich hoffe, wir stören nicht. Wir bringen Ihnen diese ...« Ornella reicht Frida die Anmeldeformulare, die ein Relikt der in den siebziger Jahren aufgekommenen Antiterrorgesetze sind und auf der Insel immer noch von den Feriengästen ausgefüllt werden müssen. (Was mit unterschiedlicher Genauigkeit gehandhabt wird: Viele vergessen es einfach, und der Maresciallo führt nur selten ernsthafte Kontrollen durch.)

Frida nimmt die Blätter und legt sie auf einen Tisch. Brüsk fragt sie: »Kaffee?«

»O nein, vielen Dank. Wir haben schon zu Hause welchen getrunken und sind spät dran.« Maria Grazia erklärt: »Wir wollen einen Ausflug nach Panarea machen.«

»Mit Pippos Boot?«

»Nein, das war schon ausgebucht. Wir nehmen das Tragflächenboot um elf.«

Frida blickt nachdenklich auf die tiefblaue Fläche hinter den beiden: »Ja, das Meer ist heute ruhig, da wird das Tragflächenboot fahren.«

»Fährt es denn manchmal nicht?« erkundigt sich Ornella höflich.

»Oh«, schnaubt Frida und nimmt die große Gartenschere vom Tisch, »wenn schwerer Seegang ist, fährt hier gar nichts ab, und es kommt auch nichts an. Oft noch nicht mal das Schiff vom Festland.«

»Und dann sitzt man hier fest?« ruft Maria Grazia und starrt entsetzt auf die Schere, die Frida lässig von einer Hand in die andere wirft.

»Tagelang manchmal. Vor allem im Winter. Im Sommer kommt das selten vor, höchstens wenn es einen Sturm gibt. Das passiert schon mal, vor allem in der zweiten Augusthälfte. Ich habe im Radio gehört, daß an der Küste von Latium heute nacht einer gewütet hat.«

Maria Grazia sieht sie mit einem gezwungenen Lächeln an: »Was ist, wenn wir abreisen müssen und ...«

»Kein Problem. Wenn am Tag eurer Abreise schlechtes Wetter herrscht, könnt ihr solange im Ferienhaus bleiben, bis der Sturm vorüber ist.« Mit hochgezogenen Augenbrauen fügt sie hinzu: »Es sei denn, ihr beschließt, früher abzufahren.«

Livia kommt auf die Terrasse. »Guten Morgen. Wie ich höre, wollt ihr nach Panarea.«

»Ja, ähm ... guten Morgen. Wir wollen es uns mal ansehen.«

»Es ist schön dort, wird euch gefallen. Ganz anders als Stromboli. Ruhiger.«

»Ah, schön. Wir kommen mit dem Tragflächenboot um sechs zurück. Das ist das letzte, hat man uns gesagt.«

»Falls ihr auf Panarea festsitzt, ruft uns an. Eine Freundin von mir hat dort ein Haus, ich könnte sie fragen, ob sie euch für eine Nacht aufnimmt.«

»Oh je, oh je«, raunt Maria Grazia, »wir sind überhaupt nicht auf eine Übernachtung eingestellt.« Zu Ornella: »Was meinst du? Sollen wir einen Schlafanzug einpakken?«

Ornella lächelt Frida an: »Glauben Sie denn wirklich ...?«

Frida macht ein paar Schritte in den Garten. Automatisch folgen ihr die beiden. »Nein, keine Sorge, das Meer sieht gut aus heute. Aber im Fall des Falles ruft an. Nur keine Scheu.« Dann verabschiedet sie sie kühl: »Danke für die Formulare und schönen Ausflug.«

Mit einer Reihe von verlegenen Ähs und Ahs und Uhs machen sich die beiden auf den Weg, der ins Dorf hinunterführt. Livia sagt grinsend zu ihrer Freundin: »Leg endlich diese Schere weg. Ich glaube, die beiden haben schwache Nerven.« Dann fällt ihr Blick auf die ausgefüllten Formulare. Ein Ausdruck heiterer Verblüffung zeichnet sich auf ihrem Gesicht ab. Dann bricht sie in Lachen aus.

Charles blättert mit schlechter Laune, die von Traurigkeit umflort ist, in dem zerfledderten Rezeptbuch seiner Mutter. Schließlich findet er, was er gesucht hat. Stehend lehnt er sich an einen niedrigen Küchenschrank und überlegt, ob alle Zutaten im Haus sind: Äpfel? Ja, mehr als genug, außerdem Rohrzucker, Mehl, Butter, Zitronen und Zimtstangen.

Er legt das Buch beiseite, öffnet ein Fach des Schränkchens und holt eine feuerfeste Form heraus. Immer, wenn er melancholisch ist – doch diesmal quält ihn nicht nur Traurigkeit, sondern auch Sorge und Angst –, macht Charles Apple crumble nach einem alten Familienrezept. Am Seitenrand neben dem Rezept stehen Anmerkungen in der nervösen Handschrift seiner Mutter. Jahr für Jahr verblaßt die Schrift mehr. Niemand im Haus, noch nicht einmal Isolina, besitzt die Erlaubnis, in diesem Buch zu blättern, das Charles zwischen seinen Botanikbüchern und Gartenprojekten im Regal aufbewahrt.

Mit der Zubereitung der Nachspeise, die seine ganze Konzentration erfordert, verschafft er sich vorübergehend Erleichterung. Isolina (die ihn wie ihre Schürzentasche kennt) hat sofort gemerkt, daß an diesem Morgen nichts Gutes in der Luft liegt, wie sie sagt, und hat ihn allein gelassen, damit er in *seiner* Küche wirken kann. Charles trägt die Äpfel zum Tisch, setzt sich und beginnt, sie säuberlich zu schälen. Matteo hat recht, der Maresciallo ist gekommen, um ihnen auf freundliche Weise mitzuteilen, daß Corrados Tod ihm verdächtig erscheint. Daß es sich mit einiger Wahrscheinlichkeit nicht um einen Unfall, ein Unglück handelt. Dunkel ahnt Charles eine Bedrohung auf das Haus zukommen. Während er versonnen die mehligen Apfelstücke betrachtet, spürt er, daß das harmonische Gleichgewicht der Insel dabei ist, aus den Fugen zu geraten.

Seine friedliche, häusliche Beschäftigung stellt einen Kontrapunkt zu der hartnäckigen, seltsamen Vorahnung von Gefahr dar. Als würde ein schreckliches Tier im Garten unter den Stechapfelbäumen auf der Lauer liegen und nur darauf warten, den ersten Ahnungslosen, der auf dem Pfad vorbeikommt, zu verschlingen. Eine blutdürstige Bestie, eine gräßliche Strafe für den Schaden, den die Insel durch den Tod Vancoris erlitten hat.

Charles betrachtet seine Hände. Er fragt sich, was wirklich wichtig ist im Leben. Ehrlichkeit im Fühlen und Handeln, Selbsterkenntnis und Verständnis für andere, die Fähigkeit, Liebe zu schenken. Ein fröhlicher Bilderreigen zieht vor seinen Augen vorbei: Franzos Lachen, Caterinas ruhiges Wesen, Consuelos zärtlicher Sarkasmus, die Wonne, mit der Matteo seine stinkenden Zigarren raucht, Isolinas mütterliche Rauheit und die jungenhafte Fridas, Livias liebenswerte Sorglosigkeit. Dann die neu hinzugekommenen Eindrücke: die von Unruhe durchsetzte Liebenswürdigkeit ihres Gastes, Fabrizio Cassinis, und die bezaubernde Unschuld dieses Ruben, so jung, so vielversprechend, denkt Charles mit einem Lächeln. Er schließt den Reigen in einzigartiger Verbindung mit der unauffälligen Gegenwart der Signora Elide – deren Schweigen durchaus nichts Unbehagliches hat – und der sehr auffälligen, geradezu stürmischen von Valeria, nunmehr Corrados Witwe. Er legt das Schälmesser ab und sieht als letzte, wie aus der Ferne, die kleinen Gestalten der so verschiedenen Brüder Benevenzuela vor sich auftauchen. Die beide, wenn auch aus unterschiedlichen Gründen, eine gewisse Verzweiflung in sich tragen. Er sieht sich selbst im Halbdunkel dieser Küche sitzen, an einem Morgen im Hochsommer. Hoffend, daß es noch viele Sommer für ihn, für sie alle, geben wird.

Seine gute Laune will nicht zurückkehren. Dann eben nicht, seufzt er, steht auf und zündet den Ofen an. Wenn nur die dunkle Bestie dort draußen im Garten verschwinden und das Haus und seine Bewohner für immer in Ruhe lassen würde, so daß sie – das wünscht er sich mit einem kleinen Stich im Herzen – in ihrem unschuldigen Reigen in Ruhe miteinander alt werden können.

Als erstes trifft ein Polizeiwagen aus Fregene ein. Die Beamten sperren sofort den Bereich der Fundstelle ab und halten die Neugierigen fern, die den Strand zu bevölkern beginnen.

Ein Kommissar befragt die junge Frau, die sich wieder angezogen und ihren Mann (aber noch nicht ihre Mutter) angerufen hat, um ihm von dem Vorfall zu berichten. Sie erklärt, daß ihr Sohn die Leiche gefunden habe. Der Kommissar streicht über den Kopf des Kindes, das mit interessiertem Blick zu ihm aufsieht. Der Mann hat erlaubt, daß er seine Schippchen wiederhaben kann und auch den blau-roten Laster, der dort hinten zwischen den Dünen zurückgeblieben war.

Der Junge späht zwischen den Beinen der Erwachsenen hindurch auf das Geschehen am Strand. Er sieht zwei Männer in Uniform an der Stelle von vorhin graben. Sie bewegen sich um einen kleinen Sandberg herum, der immer höher wird, je länger die Männer Sand und Erde aufschaufeln. Was für eine tolle Grube! Er allein hätte nie ein so tiefes Loch graben können, denkt er mit einem Blick auf sein gelbes Plastikschippchen. Er muß etwas Wichtiges entdeckt haben, um all diese Leute in Bewegung zu setzen, und er versteht nicht, warum seine Mutter ihn so fest an der Hand hält und ihre Hand leicht verschwitzt ist und ihr Gesicht – sonst immer so ruhig und lächelnd – jetzt so verzerrt und erschrocken aussieht. Die Stimmen der Erwachsenen verschmelzen zu einem Summen, niemand interessiert sich für ihn. Er möchte wirklich sehen, was sie dort ausgraben. Einer der Männer um das Loch ruft den Kommissar: »Kommen Sie mal, Herr Kommissar. Wir können sie jetzt herausziehen.«

Ah, endlich gibt es was zu sehen. Aber statt ihn an dem Spiel teilhaben zu lassen, beugt der Mann sich über ihn und sagt lächelnd: »Danke für deine Hilfe, Kleiner. Jetzt gehst du schön mit der Mama nach Hause.« Wie? Was soll das? Die Mama zerrt ihn fast gewaltsam weg, während ein anderer Polizist ihr hilft, die Decke, die Handtücher, die Taschen einzusammeln.

Als die Frau ihn zum Auto führt, das am Straßenrand geparkt ist, kann der Junge noch einen Blick auf den Kommissar erhaschen, der neben dem Loch hockt und etwas herauszieht, das – aber es ist aus der Entfernung nicht genau zu erkennen – wie ein Arm aussieht.

Erst abends zu Hause, nachdem sie das Kind zu Bett gebracht hat, das sofort friedlich eingeschlafen ist, bemerkt die Frau, daß sie ihr Buch verloren hat. Sicher hat sie es in der Eile, von dort wegzukommen, am Strand vergessen. Sie wird nicht dorthin zurückkehren, um es zu suchen.

Das Tragflächenboot legt pünktlich vom Kai ab. Es wendet einmal in großem Bogen um sich selbst, richtet den Bug nach Süden, erhebt sich und durchpflügt das ruhige Gewässer von Scari.

Durch ein gischtbespritztes Fenster beobachtet Maresciallo Calì, wie die letzten, oberhalb des Strands liegenden Häuser auf seiner rechten Seite verschwinden. Dann zeichnen sich schon die ersten Felsvorsprünge unterhalb der Forgia Vecchia ab, des alten Pfades, der einmal das Dorf Stromboli mit Ginostra auf dem Landweg verband und heute an der Spitze von Malo Passo abbricht.

Calì wendet sich dem Inneren des Tragflächenboots zu, das einen plötzlichen Satz macht. Er wechselt ein paar Worte mit der vor ihm sitzenden Aimée, die ihm erzählt, daß auch sie auf dem Weg nach Lipari ist, um mit dem Bürgermeister über eine komplizierte Angelegenheit im Zusammenhang mit der Müllentsorgung auf der Insel zu sprechen. Mit gedämpften Stimmen tauschen sie sich über die ewigen Probleme mit dem Amtsschimmel aus, die chronische süditalienische Schlamperei, die Schwierigkeit, schnelle und einfache Lösungen für jedwedes Problem zu finden. Dann vertieft die Frau sich in die Lektüre des Papiers, das sie für den Bürgermeister vorbereitet hat.

Calì betrachtet das Urlaubervolk und die anderen Mitreisenden um sich herum. Jungen in Bermudashorts (einer sogar in Badehose und mit bloßen Füßen auf dem hellblauen Teppichboden; Taucherflossen und -brille an den Rucksack geknotet); eine Frau aus dem Dorf, die besitzergreifend einen alten Fernseher auf ihrem Schoß umklammert; ein alter Mann mit einem edlen, weißhaarigen Kopf und hypnotisierenden grauen Augen (er erinnert ein wenig an Don Bartolo Vancori, obwohl er ein eher nordischer Typ ist); zwei Frauen oder Fräuleins in bunten Strandkleidern, die eifrig miteinander tuscheln. Die Dunkelhaarige rümpft auf eine Bemerkung ihrer Freundin hin abfällig die Nase, wobei sich ein Spinnennetz aus Falten über ihr gebräuntes Gesicht zieht. An wen oder was erinnert sie ihn bloß? Ah, an eine Pflaume, entscheidet der Maresciallo und beobachtet, wie die Brünette sich eine goldfarbene Sandalette auszieht und ihren Knöchel massiert. Die andere, die Blonde, schüttelt dauernd ungeduldig oder resigniert den Kopf und blickt ebenfalls auf die Keilabsätze ihrer Begleiterin. Zwei Touristinnen, die er bereits gestern im Dorf gesehen hat, oder war es woanders? Ach ja, am Hubschrauberlandeplatz, als sie Vancoris Leiche wegbrachten. Wieviele gleich aussehende Gesichter – selten ist mal eines darunter, das sich von den anderen unterscheidet, wirklich individuell ist – kommen ihm Sommer für Sommer unter die Augen. Gebräunte Frauen in Sommerkleidern wie die der beiden dort, Männer mit dunklen Sonnenbrillen, farbigen Polohemden und Bootsschuhen, die sie, beim Zustand der Wege auf der Insel, am Ende des Urlaubs wegwerfen (vielleicht sogar auf die verhaßten wilden Müllkippen, denkt er mit einem Blick auf Aimées schneeweißen Haarknoten). Meistens sind es nordische Gesichter (aus sizilianischer Sicht), hin und wieder römische oder typisch neapolitanische. Hinzu kommen noch die wirklich nordischen (aus europäischer Sicht), alle blond, sehr groß, sehr gesund und nicht voneinander zu unterscheiden. Gesichter wie die dieser beiden (die Blonde fängt seinen Blick auf und weicht ihm zerstreut aus), die er nach wenigen Wochen vollkommen vergessen haben wird. Hier aber – seltsame Verknüpfung von Schicksalsfäden – irrt der Maresciallo, der sich selten irrt, gewaltig.

Bei einem plötzlichen Satz des Schiffes (wir befinden uns in der stets bewegten Meerenge zwischen Stromboli und Panarea, links kann man schon die drohende, dunkle Masse von Basiluzzo erkennen), erhalten auch die Gedanken des Maresciallo einen Stoß und wechseln die Richtung. Er denkt an das, was er auf Lipari zu erledigen hat und geht noch einmal die Fragen durch, die er dem Notar Butera stellen will, mit dem Corrado Vancori seinen letzten Nachmittag verbracht hat.

Die Blonde sieht ihn wieder an und lächelt diesmal, vielleicht, weil sie von einer Vorahnung gestreift wird, die aber schon an Hellseherei grenzen müßte.

Ruben ist aus einem erschreckenden – und gleichzeitig lächerlichen – Traum erwacht und sieht nun mit einem erleichterten Seufzer zu den Balken unter dem Hängeboden auf. Lächelnd streckt er die Hand nach dem Reisewecker auf dem Nachttischchen aus: zwanzig nach elf, Donnerwetter, hatte er lange geschlafen!

Seine Großmutter hat ihn gelehrt, daß schlechte Träume ein gutes Zeichen sind. Sie bedeuten, daß verborgene Ängste und Sorgen an die Oberfläche gekommen sind und sich nun mit dem Traum auflösen und vergessen werden können, sozusagen um dem neuen Tag freies Feld zu lassen. Gut so, denkt er und lacht leise in sich hinein, obwohl er sogleich das Bedürfnis verspürt, nachzusehen, ob alles in Ordnung ist, alles noch so, wie er es gestern verlassen hat.

In seinem Traum befand er sich mit Charles, der Principessa, Caterina und Corrado Vancori im Boot unter der Sciara del Fuoco. Der Filmproduzent zeigte den anderen etwas am Berg, weiße Dampfwolken stiegen aus den Kratern auf, Steine und Lavabrocken rollten die Sciara hinunter. Dann gingen sie in einem märchenhaften, violett und rot schimmernden Wasser schwimmen, wobei vielfarbige Fische zwischen ihren Beinen spielten. Als alle wieder im Boot waren, fuhren sie lachend und unter weißspritzenden Gischtbögen zu beiden Seiten des Bootes zum Dorf zurück. Doch kaum hatten sie die Punta Labronzo umfahren und konnten Strombolicchio sehen, als statt der ersten Häuser von Piscità ein Gewirr von Metallröhren auftauchte, Schlote, aus denen stinkende Dämpfe stiegen, ein riesiges, rostiges Eisengebilde anstelle des Strands. Eine Art Alptraum-Raffinerie, eine Verschandelung der Landschaft, auf der es vor kleinen Gestalten wimmelte, eine graue, kranke Hölle. Verschwunden der Meeresstreifen vor dem Strand, überbaut von einer endlosen Zementplattform, in der sich tiefe, schwarze Risse auftaten. Ruben versuchte, die Aufmerksamkeit der anderen zu erregen, die sich vollkommen gleichgültig verhielten, wollte eine Erklärung von ihnen haben. Doch er konnte keinen ihrer Rücken dazu bewegen, sich zu ihm umzudrehen. Vancoris Rücken wurde wie von einem Schauder durchzuckt, der Mann deutete mit der Hand auf den Vulkangipfel, der ebenfalls hinter den gelben Giftwolken des Alptraums verschwunden war.

Dann, wie es oft in Träumen geschieht, die einer sprunghaften Logik folgen, wechselte die Szene. Er sah seine Großmutter an einem Tischchen der Konditorei Baratti & Milano an der Piazza Castello in Turin sitzen. Sie nippte an einer Tasse Schokolade und las eine Zeitung. Dann wurde ihr Blick von der sich öffnenden Glastür, die auf die Arkaden des Platzes hinausgeht, angezogen, und sie winkte freudig Fabrizio zu, der hereinkam und nach ihr Ausschau hielt. Ruben konnte durch die großen Fensterscheiben des Cafés sehen, wie Fabrizio sich neben seine Großmutter setzte und sie auf die Wangen küßte, wie er selbst es getan hätte, mit derselben familiären Begrüßungsgeste. Die beiden lachten gemeinsam über einen Zeitungsartikel. Dann hatte Ruben sich zum Platz umgedreht, aus dem ein riesiges Schwimmbecken geworden war. Vor seinen Augen lag auf einmal, prächtig und lebendig, der ungeheure Pottwal von der Sciara. Ehe er ins Wasser abtauchte, hatte er den mächtigen, quadratischen Kiefer – dessen ist sich Ruben auch jetzt im Wachzustand noch sicher – zu einem Lächeln gehoben, das nur ihm galt. Einem familiären Lächeln.

Jetzt lächelt auch er zu den Balken des Hängebodens hinauf. Er kann das leichte Atmen von Susy und Federico dort oben hören. Sie werden von dem nächtlichen Ausflug auf den Vulkan ganz schön erledigt sein. Er dreht sich zu dem zweiten Doppelbett um. Es ist leer und unbenutzt. Wo ist wohl dieser Tunichtgut von Giancarlo abgeblieben? Wo hat er die Nacht verbracht? Ob Iddu ihm Glück gebracht hat ...?

Energiegeladen, doch ohne Lärm zu machen, steht er auf. Er rennt ins Bad und denkt mit unendlicher Zärtlichkeit an seine Großmutter, an die liebkosende Geste, mit der sie Fabrizio im Traum übers Kinn streichelte. Eine Liebkosung, die seine Großmutter immer ihm vorbehalten hatte.

Giancarlo überlegt unterdessen ernsthaft, ob es wirklich so schwer sein kann, Zopfmuster zu lernen. All die Pullover, die man in den endlosen skandinavischen Wintern stricken könnte! Diese schönen, großen Muster – Zopfmuster vor allem – in allen Farben. Wunderbarer Gedanke, selbst bei dieser Hitze!

Zwei nackte, blonde Arme umschlingen ihn, ziehen ihn unter das Bettlaken zurück. Er läßt sich wieder ins Bett sinken und überlegt, daß selbst ein notorischer Nichtsnutz wie er mit Leichtigkeit lernen müßte, Wolle und Stricknadeln zu handhaben. Bestimmt, dazu braucht es nicht viel.

»Bei Durchfall ist Zitronensaft das beste.«

»Red keinen Quatsch, Elide, guck lieber im Medizinschränkchen nach ... und sieh mich nicht mit diesem Gesicht an!«

Signora Elide wendet sich von der Fensteröffnung ab, durch die sie (von der Terrasse aus) ihren Gatten auf der

Kloschüssel beobachtet hat, und verflucht sich selbst, die Kaktusfeigen, mit denen die Insel übersät ist, und ihr Schicksal als Märtyrerin. Sie geht in den kleinen Badezimmervorraum und fragt sich, ob sie daran gedacht hat, etwas gegen Durchfall einzupacken. Nein, stellt sie beim Durchforsten des Medizinschränkchens fest. Die Stimme ihres Gatten (die durch die dünne Trennwand dringt) läßt sie zusammenfahren. »Was ist jetzt? Mich zerreißt es fast!«

»Nein, wir haben nichts, das helfen könnte. Ich gehe zur Casa Arancio und frage dort nach.«

»Ja, großartig!« tönt der Cavaliere. »Damit sich alle über mich lustig machen!« Höhnisch ahmt er eine Falsettstimme nach: »Mein Mann leidet seit gestern nacht unter Dünnpfiff. Haben Sie vielleicht etwas, das diese Sturzbäche von Sch ...«

»Hör auf, Nuccio. Sei nicht so ordinär.«

Hinter der Tür hört man ein unheimliches, aus den Tiefen der Eingeweide kommendes Donnern, das von Persuttos Brüllen nur knapp übertönt wird: »Ich und ordinär? Potzblitz, ich möchte dich mal sehen, wenn du stundenlang auf der Toilette festsitzt.«

Ich sitze schon mein ganzes Leben lang fest, grübelt Elide auf dem Weg zur Küche. Sie hebt ihre Stimme, damit sie über den Geräuschen erschütternder Entladungen, die aus dem Bad dringen, gehört wird: »Ich mach dir jetzt eine heiße Zitrone. Bleib, wo du bist.«

»Wo soll ich denn hingehen, Sakrament nochmal! Vielleicht in den Garten, um dort zu kacken?«

In der Küche legt Signora Elide ihre Handflächen auf die marmorne Tischplatte und fragt sich, ob es nicht für alles eine Grenze gibt. Dabei ist es nicht die – sagen wir mal – momentane Unpäßlichkeit ihres Mannes, die sie stört. Nein, die ist nichts Neues für sie. In all den Jahren ehelicher Gemeinschaft hat Nuccio ihr schon alles mögliche zugemutet, auch was den Magen-Darm-Bereich angeht. Er hat einen schwachen Magen, einen schwachen Darm und eine schwache Blase, der Cavaliere, und sie hat sich nie davor gedrückt, ihm mit prompter Hilfe zur Seite zu stehen. Bis jetzt. Denn es ist nicht die alte Elide, die erkannt hat, daß eine Grenze erreicht und überschritten wurde, sondern die neue, nagelneue Elide, die aus den Eingeweiden des Vulkans entsprungen ist. Aus deutlich attraktiveren Eingeweiden, denkt sie, als die des Trottels dort im Bad. Wegen dem sie nun auf den Teller mit den Zitronen auf dem Tisch starrt. Doch statt zwei zu nehmen, sie aufzuschneiden, auszupressen und Wasser aufzusetzen, begibt sie sich ins Schlafzimmer und holt einen Bademantel, ihre Tasche und einen Strohhut heraus. Dann geht sie, vergnügt mit ihren Sandalen über das brüchige Pflaster des Weges klappernd, an den Strand. Vergeblich schreit der Cavaliere inmitten von undefinierbaren Geräuschkaskaden, die beängstigend zwischen den Wänden des kleinen Bads widerhallen: »Ist diese heiße Zitrone bald fertig? Beeil dich, Elideee!«

»*Franzocarlo* ist in der Küche und backt mit sooo einem langen Gesicht einen Kuchen, der andere ist verschwunden, und der Regisseur – keine Ahnung.«

Consuelo, die Isolina auf dem Gartenpfad getroffen hat, erwidert: »Wir gehen an den Strand, falls du Franzo siehst, richte ihm aus ...« Die nervöse Stimme des Letztgenannten, der gerade durch die Pforte kommt, unterbricht sie: »Ich bin hier.« Er tritt zu den beiden Frauen. »Ich wollte ins Dorf gehen, aber es ist zu heiß.« Zu Isolina:

»Schreib auf, was fehlt, ich gehe dann heute nachmittag einkaufen.«

»Kommst du ein bißchen mit uns an den Strand?«

Aus Richtung der Casa Rosmarino taucht nun auch Matteo auf, gefolgt von den Hunden. Franzo: »Ich weiß nicht, ich wollte eigentlich nach der Geschirrspülmaschine sehen, sie verliert schon wieder Wasser.«

»Ruf doch Francesco.«

»Schon geschehen. Er hat gesagt, er kommt noch vor Mittag vorbei und ...« Isolina fährt dazwischen: »Und da mußt du den ganzen Tag im Haus sitzen und auf ihn warten? Als ob Francesco nicht auch allein zurechtkäme. Ich weiß nicht, warum ihr euch heute alle in der Küche herumtreiben müßt! Wie soll ich denn in diesem Durcheinander ein Mittagessen zustande bringen?«

»Mensch, Isa, dann laß es eben ...«

»Nein, Isolina hat recht.« Sie drehen sich zu Charles um, der auf sie zukommt. »Ich bin fertig in der Küche. Für heute.«

»Ah, um so besser. Ein Käfig voller Narren.«

»Kommst du jetzt mit an den Strand?«

»Hör mal, Signora, die Hunde ...«

»Wer wartet dann auf Francesco?«

»Bist du im Dorf gewesen?«

Frida und Livia kommen gerade rechtzeitig, um die momentane Konfusion im Garten – und die zugrundeliegenden Unentschlossenheiten – aufzulösen. Frida lehnt sich über die Gartenpforte und ruft lachend: »Was ist das, eine Versammlung der Hausgemeinschaft?«

»Ah, ihr seid's. Nein, wir überlegen gerade ...«

»Warst du jetzt im Dorf oder nicht ...«

Die beiden Frauen betreten den Garten. Frida nimmt die Situation in die Hand: »Also, laßt uns mal nicht so ungemütlich hier rumstehen. Setzen wir uns auf die Terrasse, Livia und ich haben euch nämlich was Lustiges zu erzählen.« Angetrieben von der – wiedergefundenen – guten Laune und Energie der Freundin gehorcht die kleine Gruppe und begibt sich auf die Terrasse. Consuelo stellt ihre Strandtasche ab, setzt sich und sieht Frida auffordernd an: »Also, was gibt's?«

Frida zu Livia: »Soll ich es erzählen? Eigentlich gebührt dir die Ehre, du hast schließlich die Entdeckung gemacht.«

»Nein, nein, wenn's nötig ist, greif ich ein.« Die anderen sehen die beiden an, schon von ihrer Heiterkeit angesteckt.

»Gut.« Frida stellt ebenfalls ihre Tasche ab und beginnt: »Heute morgen habe ich den beiden Ziegen aus der Zisterne die Anmeldeformulare gebracht ...«

»Oh, ich Dummkopf!« Franzo schlägt sich klatschend mit der Hand gegen die Stirn. »Ich habe ganz vergessen, sie von den Persuttos ausfüllen zu lassen.«

»Macht doch nichts«, sagt Charles, »laß Frida weitererzählen.«

»Also, die beiden Schnepfen sind zu uns heraufgekommen und haben die Formulare zurückgebracht, ehe sie gegangen sind.«

»Du hast sie rausgeworfen? Tatsächlich?« fragt Consuelo amüsiert.

»Nein, nein. Livia hat sich für sie eingesetzt. Sie sind heute nach Panarea gefahren. Gut. Kaum waren sie weg, hat Livia einen Blick auf die komplett ausgefüllten Formulare geworfen: Name, Vorname, Adresse, Beruf.« Sie kichert. »Als ich ihnen das Haus vermietete, habe ich nur mit der Blonden gesprochen.«

»Ornella.«

»Genau. Ornella hat mich in Rom angerufen und mir ihren Namen, ihre Telefonnummer und so weiter gegeben. Aber du«, an Franzo gewandt, »als du ihnen in Turin begegnet bist ...«

»Und?«

»Phil hat sie dir doch vorgestellt, oder?«

»Ja, warum?«

»Hat Phil dir nicht ihre Nachnamen genannt?«

Franzo sieht die Freundin ungeduldig an: »Doch ... nein, sie waren nur auf einen Aperitif bei uns, ich habe sie nicht nach ihren Namen gefragt ... hast du uns jetzt genug auf die Folter gespannt?«

»Also«, nimmt Livia das Wort, »ich habe nämlich auf dem Formular entdeckt, wie die andere, die Brünette, mit Nachnamen heißt.«

»Maria Grazia?«

»Maria Grazia«, bestätigt Frida mit einem Glucksen in der Kehle. Consuelo spürt, daß das ihr Terrain ist, und fragt: »Et alors, ma chère?«

»Haltet euch fest. Ihr Nachname ist Falloppio.«

»Nein!«

»Das gibt's nicht! Wie passend!«

Isolina stemmt die Hände in die Hüften und bleibt mitten auf der Terrasse stehen: »Was lacht ihr denn wie die Hyänen? Wer ist denn dieser Falloppio?«

Charles rennt ins Haus und kommt nach kürzester Zeit mit einem Band einer Taschenbuchenzyklopädie wieder heraus. »Sehen wir mal nach ... hmm ... da ist es! Gabriele Falloppio, 1523-1562, Entdecker der Fimbrien oder Muttertrompeten, die auf italienisch nach ihm benannt wurden: Trombe di Falloppio, siehe auch unter Trombe, Trompeten. Aha!«

Die Terrasse der Casa Arancio wird von einer Heiterkeitswelle erfaßt – nach dem diplomatischen, doch bedrückenden morgendlichen Besuch des Maresciallo war das auch nötig. Alle reden wild und ausgelassen durcheinander: »Zum Schreien, daß dieses mannstolle Flittchen so heißt ...«

»Ob sie sich auch die berühmten Trompeten des hochberühmten Falloppio hat abschnüren lassen?«

»Es sind nicht die Trompeten, die abgeschnürt werden, sondern die Eileiter, du Dummkopf! Daran merkt man, daß du mit der Materie nicht im geringsten vertraut bist.«

»Vielleicht ist die häßliche Brünette ja eine direkte Nachfahrin des berühmten Entdeckers der Trompeten. Wir sollten Persutto danach fragen, dann kann er sich mal so richtig austoben mit seiner Genealogie.«

»Das wäre wirklich eine schöne Aufgabe für unseren Cavaliere, nach ihren Wurzeln zu forschen ...«

»... oder ihren Trompeten!«

»Quelle horreur, mes enfants!«

Isolina geht kopfschüttelnd in *ihre* Küche zurück, die nun endlich frei ist: »Daß so ein häßliches und ungezogenes Weibsstück auch noch einen Vorfahr hat, dem nichts besseres einfiel, als seine Nase in anderer Leute Trompeten zu stecken! Was für Zeiten! Eine, die nur herumtrompetet und, wie mir scheint, auf der Insel nicht genug ...«

»... zu blasen findet«, schließt Franzo mit Genugtuung.

Während man in der Casa Arancio lacht – was auch gut ist, denn für einige Zeit wird es dort keinen Grund zur Fröhlichkeit mehr geben – geht man in der Casa Benevenzuela zu Tätlichkeiten über.

Rosario ist erneut in sein altes Zuhause geeilt und hat endlich Pietro angetroffen, der den Küchentisch hinaus auf die Terrasse, in den Schatten des Feigenbaums getragen hat. Der Junge hat die alte Wachstuchdecke abgenommen und ist nun dabei, sorgfältig die Tischplatte zu säubern.

»Was machst du da?« fährt Rosario ihn grußlos an.

»Ich versuche, Mamas Tisch wieder sauber zu bekommen.« Er sieht auf. »Wo sind die anderen Möbel geblieben?«

Rosario funkelt ihn wütend an: »Möbel! Sperrmüll, meinst du wohl. Wir hatten noch nie viele Möbel in diesem Haus, falls du das vergessen hast.«

»Da waren zum Beispiel die beiden Eisenbetten oben.«

»Verkauft oder auf den Müll geworfen.«

Pietro wirft dem Bruder einen mißbilligenden Blick zu, dann fährt er mit seiner Arbeit fort. Rosario läßt nicht locker: »Und die Kommode im Zimmer der Alten habe ich zu Brennholz zerhackt.« Pietro reagiert nicht.

»Teller, Gläser, Bestecke, alles weggeworfen, vernichtet, war eh nur Mist.«

Pietro legt den Lappen ab. »Was hast du?«

»Ich? Die Frage ist, was hast du! Wo bist du letzte Nacht gewesen?« Der Jüngere zuckt die Achseln. Sein Bruder fährt giftig fort: »Weißt du, daß der Maresciallo gerade im Haus war?«

»Na und?«

»Du bringst mich um den Verstand, Pietro, du bringst mich um!«

»Was redest du da, hör auf.«

Endlich explodiert Rosario, er macht einen Satz auf Pietro zu und packt ihn am Hemdkragen. »Du hast dich neulich nachts im Garten des Palazzo versteckt. Du warst dort! Du hast den jungen Herrn umgebracht!«

Pietros Faust landet in seiner Magengrube, er klappt

ächzend zusammen. Sein Bruder hält ihn fest: »Rosario, warum sagst du ...« Aber er hat keine Zeit, den Satz zu beenden. Rosario rammt ihm von unten sein Knie in die Leiste und brüllt: »Du Bastard! Du wolltest das Haus nicht verkaufen, du bist nur hergekommen, um mich zu ruinieren, du Mörder!«

Pietro weicht zurück, stützt sich an der Mauer ab. »Du haßt mich, Rosario. Was hab ich dir getan?«

Doch Rosario hört nichts, ist vernünftigen Worten nicht mehr zugänglich, weil eine blinde Wut Besitz von ihm ergriffen hat. Er stürzt sich wieder auf den Bruder. Pietro verteidigt sich und versucht, nicht zu fest zurückzuschlagen, aber weil er einfach stärker ist, trifft er ihn heftig am Brustkorb. Rosario greift nun mit Klauen und Zähnen an, Pietro boxt ihn ins Gesicht. Sie rollen über den Tisch, der unter ihrem Gewicht mit dem trockenen Krachen zersplitternden Holzes nachgibt. Rosario verteilt schwitzend Faustschläge ins Leere. Pietro steigt der ranzige Geruch des anderen in die Nase, dann spürt er auf einmal den Geschmack von Blut im Mund. Er zieht sich zurück und leckt sich über die Lippe, befühlt sie, sieht auf seine Finger. Rosario hat seine Unterlippe verletzt, die heftig blutet. Er läßt den Bruder auf dem Boden liegen, geht zur Zisterne, schöpft ein wenig Wasser. Dann hört er ein krampfhaftes Keuchen hinter sich. Er sieht sich um. Rosario steht nicht auf, sondern krümmt sich auf den Fliesen der Terrasse zusammen und beginnt, mit dem hohen Klageton eines Tieres zu weinen.

Pietro geht zu ihm, beugt sich über ihn, versucht ihn aufzuheben. Der andere entwindet sich ihm, krümmt sich noch mehr in sich zusammen. Pietro sagt langsam und deutlich: »Ich habe Corrado nicht getötet.«

Das häßliche, von Tränenspuren gestreifte Gesicht Rosarios wendet sich ihm zu: »Ich auch nicht, ich auch nicht, ich schwöre es.«

»Aber natürlich nicht, beruhige dich.« Rosario greift nach den Händen des Jüngeren: »Hilf mir, Petruzzo. Du bist mein Bruder.«

»Ja, aber jetzt steh auf, hör auf zu weinen, alles ist gut.«

»Nein, nein, nichts ist gut. Der junge Herr ist tot, tot! Und ich, und wir? Was sollen wir jetzt tun?«

Pietro reißt Rosario, der schlaff wie eine Marionette geworden ist, gewaltsam empor, stützt ihn und dreht ihn zur Vorderfront des Hauses. Mit harter Stimme sagt er: »Das ist unser Schicksal. Krieg das endlich in deinen Schädel.«

Die Leiche liegt auf einer Metallbahre in einem abgedunkelten kühlen Raum. Sie ist entkleidet worden, zwei Männer beugen sich über sie. Der ältere hebt eine Augenbraue und sagt zu dem anderen: »Der Körper befindet sich in einem fortgeschrittenen Stadium der Verwesung, auch wenn der Sand die Wirkung der Hitze etwas gemildert haben dürfte.«

»Wie lange hat sie dort gelegen? Tage? Oder gar Wochen?« fragt der Kommissar.

»Genau kann ich das erst nach der Autopsie bestimmen. Aber ich würde sagen, höchstens eine Woche, zehn Tage. Vielleicht aber auch weniger.« Er berührt mit seiner Hand, die in einem Gummihandschuh steckt, den fahlen Arm der Leiche.

»Also, die Todesursache ...« Der Kommissar deutet auf den Oberkörper.

»Ja, ist offensichtlich.«

Der Kommissar geht zu einem Tisch, auf dem die Kleider des Opfers angeordnet sind: eine Bluse, eine Hose, Unterwäsche, ein einzelner Turnschuh aus blauem Segeltuchstoff. Der andere ist nicht gefunden worden. Neben den Kleidern liegen eine Armbanduhr, eine schmale Goldkette und, als wichtigstes Fundstück, ein Führerschein, der in der hinteren Hosentasche steckte. Der Kommissar nimmt den Führerschein, öffnet ihn und betrachtet das Paßfoto. »Er gehörte ihr.« Er dreht sich wieder zur Leiche um. Man kann das Gesicht noch gut erkennen. »Wann werden Sie das Ergebnis haben?«

»Ich fange gleich an. Jemand muß Kontakt zur Familie aufnehmen.«

»Ja, machen wir uns an die Arbeit.«

Machen wir uns an die Arbeit, sagt sich auch Fabrizio und zieht aus der Gesäßtasche seiner Hose ein Notizbuch hervor. Aus einer anderen Tasche holt er einen Kuli, dann öffnet er das Büchlein und beginnt zu schreiben.

Der Strand hat sich im Laufe des Vormittags gefüllt, vor allem in der Nähe der Häuser. Doch hier, unterhalb des Friedhofs der Choleratoten, ist außer ihm praktisch niemand, nur ein Paar zu seiner Rechten und die weiter entfernte Gruppe der Norweger bei den Felsen der Landzunge. Vor ein paar Minuten hat Fabrizio gesehen, wie die schweigsame Dame aus der Casa Limone die Stufen von der kleinen Straße herunterkam und sich etwa in der Mitte des Strandes ein Plätzchen im Schatten suchte. Er hat beobachtet, wie sie ihre Tasche auf den Kieseln abstellte, sich bekleidet und mit einem schwarzen Strohhut auf dem Kopf auf einem flachen Felsen niederließ und den Blick versunken aufs Meer richtete.

Fabrizio macht sich kurze Notizen: *Manfredi auf der*

Insel: Jeans und ein weißes Hemd. Wo soll die Begegnung zwischen Giovanni und dem Rechtsanwalt spielen? Straße oder Innenraum? Manfredi arbeitet im botanischen Garten von Palermo – Dialog zwischen ihm und Giovanni in den Wintergewächshäusern. Wichtig: die Farben der Abendkleider der Frauen beim Fest im Palazzo Torriani: weiß, schwarz, violett, verschiedene Rosatöne. Giulia, Manfredis Cousine, ist die einzige in Rot.

Ein kurzes Kleid in leuchtendem Rot, wie das von Saint-Laurent, das Irene im letzten Winter in Paris gekauft hat. Er schreibt: *Giulias Schmuck, mit der Kostümbildnerin sprechen.*

Er hebt den Blick zum Meer. Und die Farben auf der Insel? Bei den hier spielenden Szenen gibt es keine wichtigen weiblichen Figuren. Manfredi trägt Jeans und Oberhemd, Giovanni ein schwarzes Polohemd, der Anwalt einen hellen Anzug mit Krawatte und einen Spazierstock, wie ihn der alte Vancori neulich abends hatte. Bei den Anfangsszenen in Paris dagegen Blautöne, dunkles Braun und Grau. Auch in Giovannis und Nicoles Wohnung. Nicole mag einfarbige Flächen in Grundtönen, genau wie Irene. Ein großes, hell bezogenes Sofa, auf dem Giovanni sitzt, wenn er das letzte Mal mit Nicole spricht. Wie das in seiner Wohnung in Rom, das Irene wie alle Möbelstücke ausgesucht hat. Irene hat bei seinem vorigen Film auch an der Ausstattung mitgearbeitet, sich um die Dekoration der Räume gekümmert, sogar Vorschläge für einige Kostüme der Darsteller gemacht. Details, die sehr gelobt wurden, als der Film herauskam.

Wie soll er jetzt ohne Irene zurechtkommen? Er wird sich auf sich selbst, auf seinen eigenen Geschmack verlassen müssen. Irene war in all den Jahren eine Führerin für ihn gewesen und hat ihm unter anderem beigebracht, auf

Kleinigkeiten zu achten und sie mit Sorgfalt auszuwählen, weil sie sowohl auf dem Set als auch im Leben einen Unterschied machen. Fabrizio erinnert sich an die Begeisterung seiner Frau, als sie die perfekten Lampen für das Haus der Hauptfigur in seinem letzten Film aufgetrieben hatte. Sie hatte sie danach für sich, für ihre gemeinsame Wohnung erworben. Als sie ging, wollte sie sie nicht mehr haben. Sie hat nur ganz wenige Dinge mitgenommen. Vergangene Woche, bei ihrer letzten Begegnung, hat sie nur ein paar Bücher und Sommerkleider in ihren Koffer gepackt.

Vancori ist tot, Irene hat ihn verlassen, aber er muß diesen Film machen, sagt er sich, hebt den Kopf und schaut nach rechts. Vom Anfang des Strands her sieht er Ruben auf sich zukommen. Man muß an die Zukunft denken, an neue Dinge. Es wäre gut, nimmt er sich mit Blick auf den beschwingten Gang des Jungen vor, diesmal keinen Fehler zu machen.

»Ist er es oder ist er es nicht?«

»Er ist es, er ist es!« flüstert Maria Grazia aufgeregt und verschlingt den bekannten Fußballspieler mit den Augen, der drei Tische weiter bei einer Gruppe unter der üppigen Bougainvillea des Cafés sitzt. Ornella saugt an ihrem Strohhalm und schielt über ihre Sonnenbrille hinweg. »Himmlisch gutaussehend, besser als im Fernsehen.«

»Er hat nur einen Schönheitsfehler.«

»Welchen?«

»Er spielt bei Juventus. Wenn er bei Toro wäre, wäre er mein Traummann.«

»Ach, ich würde ihn auch nehmen, wenn er in der zweiten, dritten, vierten Liga spielen würde!«

»Hast du diese muskulösen Beine, diese großen Hände gesehen? Wie erst der Rest sein muß!«

»Maria Grazia!«

Schnepfe Falloppio boxt die Freundin übermütig in die Seite und stößt dabei die Cola vor sich um. »Mensch, paß doch auf!«

»Uff, der Kerl hat mein Blut in Wallung gebracht.«

Ein Kellner in Shorts und Trägerhemd kommt herbei, wischt flink den Tisch ab und fragt: »Soll ich dir eine neue bringen?«

Maria Grazia mit munterer, lauttönender Stimme: »Ja, mit viel, viel Eis.« Einer aus der Gruppe um den bekannten Fußballer dreht sich zu ihnen um. Ein Junge neigt sich dem Spieler zu und flüstert ihm etwas ins Ohr. Der lacht und legt ihm eine seiner wunderbaren, großen Hände aufs Knie.

Unsere beiden erstarren. »Das darf nicht wahr sein! Der auch? So ein Mist, das ist doch nicht möglich!«

»Wo sind wir bloß gelandet?« kichert Ornella.

»Im Archipel von Soda.«

»Sodom.«

»Egal, puh. Wir sollten's besser aufgeben. Nächstes Jahr fahren wir nach Laigueglia, damit gehen wir auf Nummer sicher. In Ligurien sind sie wenigstens noch interessiert.«

»Hier aber auch. Nur wir sind nicht so gefragt.«

»Sprich für dich selbst. Wenn ich mich gestern abend nicht so erschrocken hätte, wäre ich mit den beiden ...«

»... römischen Deppen? Ich bitte dich! Laß uns lieber diese berühmte Bucht Cala Junco suchen, die sie uns alle wie das Paradies auf Erden geschildert haben.«

»Gut, auf geht's.« Maria Grazia will gerade aufstehen, da fällt ihr ein: »Und wenn wir dort eine ganze Fußballmannschaft antreffen, die sich in den Büschen bespringt?«

»Hör auf, du bist unmöglich.« Ornella winkt dem berühmten Fußballer lachend zum Abschied zu. Und er, drei Tische weiter, winkt fröhlich zurück.

Gegen eins geht der Maresciallo mit dem Doktor Capodanno in einer Trattoria am Hafen von Lipari essen. Er bestellt eine Seezunge, während der Arzt zufrieden einen Teller Spaghetti mit Muscheln in Angriff nimmt.
»Immerhin wissen wir, daß er an dem Sturz gestorben ist. Er hat sich den Kopf am Bootsmotor aufgeschlagen.« Capodanno rollt einen Berg Spaghetti auf seine Gabel.
»Und der Kratzer im Gesicht?«
»Der ist allerdings seltsam ... Kellner, noch etwas Wein. Wirklich seltsam. Vielleicht hat er ihn sich beim Fall zugezogen, an einer Felsspitze. Andererseits ...«
»Was?«
»Es ist eine sehr glatte, feine Wunde. Die Felsen dort unter der Klippe sind aber gar nicht so scharfkantig, soweit ich mich erinnere.«
»Nein, das stimmt. Vielleicht hat er sich vor dem Fall verletzt.«
»Und wie? Soll er sich etwa selbst ins Gesicht geschnitten haben?«
»Oder ein anderer.«
»Hmm ... Sie wollen also sagen, Maresciallo, daß jemand Vancori mit einem Messer angegriffen hat?«
»Mit irgendeiner Art von Klinge, ja, oder ...«
»Ich habe die Wunde genau untersucht. Sie verläuft von unten nach oben über die Wange.«
»Eben.«
»Was?«
»Also kann sie nicht von einer Felsspitze stammen.

Man muß also davon ausgehen, daß Vancori mit dem Kopf zuerst hinuntergestürzt ist, sonst hätte er ihn nicht an dem Motor aufgeschlagen. Die Wunde würde dann aber in die andere Richtung verlaufen: von oben nach unten.«

»Das stimmt!« ruft der Doktor aus und legt seine Gabel ab. Calì entgrätet geschickt die Seezunge und fährt fort: »Daher kann man mit einiger Sicherheit davon ausgehen, daß jemand versucht hat, ihn zu verletzen.«

»Aber auch das kommt mir seltsam vor. Es gibt keine anderen Zeichen eines ... körperlichen Angriffs. Es sei denn ... aber ja! Er ist rückwärts über die Klippen gestürzt, als er sich wehren wollte.«

»Nein«, entgegnet der Maresciallo ruhig, »so kann es nicht gewesen sein. Die Mauer mit dem Geländer ist zu hoch. Vancori hätte schon darauf steigen müssen, um hinunterzufallen. Wenn er sich hätte verteidigen wollen, wäre er in den Garten geflohen, in die andere Richtung. Nein, das paßt nicht.«

»Ich verstehe das nicht. Jemand greift das Opfer an. Er verletzt es im Gesicht, das Opfer steigt auf die Mauer und fällt hinunter. Merkwürdig.«

»Äußerst merkwürdig. Daneben gilt es zu bedenken, daß Vancori ein kräftiger Mann war, er hätte sich auf andere Weise zu wehren gewußt, hätte seinen Angreifer vermutlich selbst angegriffen. Dann würden wir allerdings noch andere Verletzungen bei ihm festgestellt haben. So jedoch ...«

»Vielleicht ist er aus dem Hinterhalt angegriffen worden. Er hatte nicht bemerkt, daß jemand ...«

»Dann wäre er am Rücken verletzt worden und nicht im Gesicht. Nein, ich glaube, daß er vorher mit seinem Angreifer gesprochen hat. Wenn es ein Angreifer war.«

»Nach Lage der Dinge scheint mir diese Schlußfolgerung zwingend, Maresciallo.«

Calì trinkt einen Schluck Wein. »Ja. Wir müssen herausfinden, womit ihm die Wunde zugefügt wurde.«

Doktor Capodanno verspeist seine letzte Muschel. »Jedenfalls muß es eine sehr scharfe Klinge gewesen sein. Sehr scharf und sehr fein.«

Der Nachmittag des elften August, eines Donnerstags, kündigt sich heiß und trocken an, auch wenn eine leichte Südweststrømung mit dem vorherrschenden Schirokko zu konkurrieren versucht.

Isolina hat sich in ihr Zimmer zurückgezogen und die Fensterläden geschlossen. Im Dämmerlicht streichelt sie über das Fell des lahmen Kätzchens, das mit einem offenen Auge neben ihr schnarcht. Auf dem Tischchen neben dem Bett liegen ein paar Fotografien. Auf einer ist ein Mann mit ernstem Gesicht und borstigem Schnurrbart abgebildet, der starr in die Kamera blickt. Es ist Isolinas vor über zwanzig Jahren verstorbener Ehemann. Auf einem anderen Schwarzweißfoto sieht man sie als junge Frau mit einem zierlichen Mädchen, ihrer Tochter, die ebenfalls tot ist, gestorben im zarten Alter von vier Jahren. Das letzte Bild zeigt sie schon im fortgeschrittenen Alter zwischen Franzo und Charles. Ein Freund von *Franzocarlo* hat es vor sechs oder sieben Sommern auf der Terrasse aufgenommen, an dem Vorabend eines Festes. Isolina trägt ihren goldbestickten Sari, Franzo hat sie lachend untergehakt, und Charles hebt mit einer ulkigen Grimasse den Saum ihres Gewands an.

Doch Isolina betrachtet nicht die Fotografien, sondern die Zimmerdecke, und denkt, daß es wirklich an der Zeit ist, alles neu zu weißen. Sie werden im nächsten Frühjahr damit anfangen, *Franzocarlo* will das ganze Haus neu streichen, einschließlich der Außenwände und der Tür- und Fensterrahmen. Vor drei Wochen gab es eine längere Diskussion über den richtigen Blauviolett-Ton für die Fensterrahmen. Der eine (*Franzocarlo*) vertrat die Ansicht, man solle dieselbe Farbe wie zuvor nehmen, und sie kann sich schon die vielen Probeanstriche vorstellen, die nötig sein werden, bis genau die richtige Abtönung gefunden ist. Der andere (*Franzocarlo*) schlug dagegen vor, einen etwas helleren Farbton zu wählen. Sie hatten das ganze Abendessen hindurch debattiert. Wann war das? Ah ja, an dem Abend, bevor *Franzocarlo* nach Rom fuhr. Vier Tage später war er zurückgekommen, den Koffer voller Bücher für den anderen. *Franzocarlo* hatte sich beschwert, weil *Franzocarlo* ein bestimmtes Botanikbuch, das er gerne haben wollte, vergessen hatte. Was will der Junge bloß mit noch mehr Büchern, wo er doch schon das ganze Zimmer voll davon hat, weiß Gott! Außerdem hatte *Franzocarlo* Stoff aus Rom mitgebracht, um daraus neue Kissen für die Steinbänke zu nähen. Als ob es nicht schon genug Krimskrams in diesem Haus gäbe!

Als sie sich nun im Bett herumdreht, fällt ihr Blick auf die Fotografien. Kopfschüttelnd betrachtet sie diejenige, die sie mit den beiden zeigt. Sie lächelt ihrem Töchterchen zu, deutet einen Gruß an ihren Mann an und denkt an ihre beiden seltsamen Familien, die sich im Laufe der Jahre zu einer einzigen vermischt haben. Sie erinnert sich an *Franzocarlo* als kleinen Jungen, ein Kind, das keinen Moment stillsitzen konnte, schon damals sprunghaft und nervös wie heute. Seit einiger Zeit wieder besonders, ungefähr seit dem Tag, an dem er aus Rom zurückkam.

Sie wälzt sich erneut herum – diese Hitze! – und blickt

auf die Fensterläden. *Franzocarlo* hat recht, entscheidet sie, die Rahmen sollten wieder in derselben Farbe gestrichen werden. Wir sollten keinen Farbton, keinen einzigen Nagel verändern. Das Haus und die gesamte Insel sind gut so, wie sie sind.

Auch Valeria versucht, während des träge dahinfließenden Nachmittags, ein wenig zu ruhen. Sie hat Ordnung in den Schränken und in ihren Gedanken gemacht. Auf dem Bett liegend betrachtet sie ein Seidenhemd, das über der Rückenlehne eines Sessels hängt. Eines der letzten Geschenke, das Corrado ihr gemacht hat, ehe er sich von ihr trennte. Sie trägt das Hemd schon seit drei Jahren, weil es ihr gefällt, weil es ihr besonders gut steht und weil sie irgendwie daran hängt.

Wie lange das wohl schon ging, fragt sich Valeria, und vor allem mit wem? Denn inzwischen erscheint ihr alles sonnenklar. Warum ist sie nicht früher darauf gekommen? Wie hat sie nur nicht gleich kapieren können, daß ein Mann oder Exmann – und vor allem einer wie Corrado –, der plötzlich freundlich zu einem ist, etwas Bestimmtes als Gegenleistung will, etwas, das ihm sehr wichtig ist. Doch gerade Corrados Art, das Wissen darum, was für eine Sorte Mann er war, hatte sie abgelenkt. Sie hätte nie gedacht, daß es einmal so weit mit ihm kommen könnte, aber wie man sieht, ist alles möglich. Sie würde für ihr Leben gern wissen, wer die Person ist. Bestimmt eine aus dem Filmgeschäft, Corrado kannte gar keine anderen Leute. Eine andere Schauspielerin? Unwahrscheinlich, in Rom hätte sich die Neuigkeit von einer neuen Liebschaft Corrado Vancoris innerhalb einer Viertelstunde wie ein Lauffeuer verbreitet. Es sei denn ... die fragliche *Dame* hätte ihrerseits Grund für höchste Diskretion. Das wäre natürlich möglich. Corrado hatte Dutzende von Frauen, allseits bekannte Geschichten, die er keineswegs geheimhielt, wenn er sie auch nicht hinausposaunte. Die perfekte Methode, das Wasser zu trüben, um eine geheime Affäre, *die* Affäre zu haben.

Im Nachhinein tut er ihr jetzt beinahe leid. Der arme Corrado mußte sehr verliebt gewesen sein, um sie zu bitten – auch wenn er nicht mehr die Zeit dazu gehabt hatte –, ihm die Freiheit zu schenken. Damit er wieder heiraten konnte.

So war es, denkt Valeria und drückt ein Kissen an sich, er hatte keine Zeit mehr, mich um die Scheidung zu bitten. Er wollte es an diesem Abend auf der Klippe tun. Aber warum wollte er mir das Haus nicht abkaufen? Sie versucht, sich die betreffende Dame vorzustellen, wie sie zu Corrado sagt: »Was willst du denn mit noch einem Haus auf dieser Insel? Noch dazu dem deiner Exfrau?« Sie sieht Corrado seinen Kopf neigen und eine ... Blonde? eine Rothaarige? küssen. Welcher Typ Frau gefiel Corrado? fragt sie sich und betrachtet eine ihrer Haarsträhnen. Aber vor allem, welchem Typ Frau ist es gelungen, diesen uneinnehmbaren Mann wirklich und endgültig verliebt in sich zu machen? Darin liegt das ganze Rätsel.

Livia schwimmt allein. Sie ist ziemlich weit draußen, unter ihr und über ihr nur Blau in verschiedenen Schattierungen. Das Wasser verschafft Erleichterung von der brütenden Hitze des Strands. Sie unterbricht ihre regelmäßigen Schwimmstöße und hält an, taucht mit dem Kopf unter Wasser und streicht beim Auftauchen ihre Haare im Nacken zurück. Sie sieht zum Ufer und erkennt, wie ein dunkler Punkt, nämlich Frida, sich über einen anderen dunklen Punkt, nämlich Consuelo, beugt und sich Feuer geben läßt. Sehr schön, sie hat wieder gute Laune. Die Sache mit dem Nachnamen der blöden Brünetten hat sie aufgeheitert. Diese beiden haben es doch beinahe geschafft, die Harmonie ihrer Inseltage zu zerstören. Neben der Sache mit Vancori natürlich. Sie seufzt und bläst eine kleine Wasserfontäne in die Luft. Eine Harmonie, die sie, wenn es sein müßte, mit Zähnen und Klauen verteidigen würde.

Sie beginnt, konzentriert und mit gleichmäßigen Stößen aufs Ufer zuzuschwimmen. Eingetaucht ins Blau, hört sie nur ein Flüstern, das Rauschen der Wassermassen um sie herum, in ihren Ohren. Sie vertraut sich den beruhigenden Empfindungen ihres Körpers an.

Am Strand sieht Frida den hellen Kopf ihrer Geliebten mit den wellenartigen Schwimmbewegungen auf- und abtauchen. Consuelo folgt dem Blick der Freundin und lächelt. »Sie ist ein wunderbares Mädchen«, sagt sie augenzwinkernd, »das spricht für dich.«

Frida lacht. »Livia ist so natürlich. So ... sportlich.« Immer noch lachend: »Nein, das wollte ich gar nicht sagen, das ist blöd. Oder es ist immer irgendwie reduzierend, über sie zu sprechen. Sie ist ... versteh mich nicht falsch, Consuelo, aber Livia ist ganz Körper. Ich habe noch nie jemanden getroffen, der ein so einfaches, so – ich wiederhole mich – natürliches Verhältnis zu sich und seiner Umgebung hat. Gott, klingt das sentimental.«

»Nein, es ist mir auch aufgefallen. Es hat mit Unschuld, mit Unverdorbenheit zu tun. Sie ist gesund.«

»Gesund? Ja, im Sinne von rein, unversehrt. Es macht mir beinahe angst.«

»Warum?«

»Na ja«, sie zieht eine Grimasse, »was ist, wenn sie eine

von denen ist, die eines schönen Tages Zigaretten kaufen gehen und nicht wiederkommen?«

Consuelo gluckst und legt der anderen beruhigend eine Hand auf den Unterarm: »Du erstaunst mich, meine Liebe. Wenn Livia Zigaretten holen geht, dann doch nur für dich, Dummkopf.« Sie lachen, und Frida steht auf, um die Schwimmerin in Empfang zu nehmen. Consuelo wendet sich Signora Elide zu, die einen Meter weiter sitzt und eine Zeitschrift in den Händen hält. Die ruhige, zufriedene Miene der Frau läßt sie lächeln. Die Insel hält doch jedes Jahr neue Überraschungen bereit, denkt sie und sagt laut: »Wie geht es dem Cavaliere? Wie war der Aufstieg?«

Elide legt ihre Zeitschrift auf den Knien ab. »Er ist ein wenig unpäßlich. Ich glaube, der Besuch auf dem Vulkan hat ihn durcheinander gebracht.«

»Tja, Iddu ...« Zu Frida und Livia, die gerade herbeikommen: »Frida, du kennst doch die Geschichte von dem Engländer auf dem Vulkan?«

»Ja, erzähl sie, Consuelo.« Die Principessa lächelt Elide an und macht neben sich Platz für Livia. Auch Matteo kommt und setzt sich zu den Frauen. Die Hunde spielen am Ufer miteinander.

»Bien, man erzählt sich, daß gegen Ende des achtzehnten Jahrhunderts ein Engländer die äolischen Inseln besuchte und auch den Stromboli bestieg. Als er den Gipfel erreichte, sah er zu seiner größten Überraschung in einiger Entfernung einen Londoner Bekannten. Doch der Mann verschwand hinter einem Felsen, und er bekam ihn nicht mehr zu Gesicht. Als er viele Monate später wieder in London war, erinnerte er sich an die seltsame Begegnung und suchte den Mann auf, um sich zu vergewissern, daß wirklich er es war, den er auf Iddus Gipfel gesehen hatte. Die Frau des Mannes erzählte ihm, daß ihr Gatte vor der spanischen Küste Schiffbruch erlitten habe und ertrunken sei. Der Engländer fragte sie nach dem Datum, das sich mit dem Tag seiner Vulkanbesteigung deckte. Er erzählte der Frau von seinem Erlebnis, worauf diese ihm verbot, öffentlich darüber zu sprechen. Aber er erzählte die Geschichte natürlich herum. Er wurde der Verleumdung angeklagt, es kam zu einem Prozeß, bei dem von Hexerei die Rede war. Sie sagten, die Begegnung auf dem Vulkan sei Teufelswerk, nur der Satan habe sich so etwas ausdenken können. Der Engländer wurde dazu verurteilt, die Frau des verschwundenen Mannes zu entschädigen.«

»Wofür?« fragt Livia.

»Für ihre verletzte Ehre. Es muß eine große Schande gewesen sein, daß ganz London davon hörte, wie ihr Mann bei seinem Tod in die Hölle gefahren war.«

»Wir sitzen auf dem Eingang zur Hölle«, bemerkt Matteo grinsend. »Hier hat der Teufel bei jedem Ereignis seine Finger im Spiel.«

»Aber auch die Engel.« Alle drehen sich zu Signora Elide um, die ganz ruhig gesprochen hat. Sie wird rot. »Ich meine, die Schutzengel. Als ich ein kleines Mädchen war, hat meine Mutter mir immer erzählt, daß die Schutzengel einen im Leben begleiten. Überallhin, an alle Orte, an die das Leben einen führt«, schließt sie und senkt die Augen.

»Sind Sie gläubig, Signora?« fragt der Barnabit.

»Ich gehe zur Messe.« Dann, verschämt: »Hin und wieder bete ich auch, wenn ich allein bin.« Consuelo spürt Sympathie für die Frau in sich aufwallen. »Auch ich tue das, Madame.«

Frida steht auf und sieht zum hinteren Teil des Strands, wo sie zwei Punkte erkennt, einen am Ufer und einen im Wasser. Der Punkt am Ufer, nämlich Fabrizio, beugt sich über etwas, schreibt vielleicht. Frida sagt: »Sehr gut, Teufel und Engel zusammen, wie es sich gehört. Wir gehen jetzt nach Hause und halten ein Mittagsschläfchen, später machen wir mit Cassinis und Ruben einen Spaziergang zum alten Friedhof. Hat jemand Lust mitzukommen?«

Consuelo schüttelt den Kopf: »Zu anstrengend für mich, geh du, Matteo.«

»Nein danke, Frida.« Auch Signora Elide, obwohl versucht zuzusagen, lehnt ab: »Ich muß nach Hause und sehen, wie es meinem Mann geht.«

Matteo ruft die Hunde. Zu Frida: »Wenn du dem Teufel begegnest, lad ihn zum Abendessen ein.«

»Wird gemacht. Und die Engel zum Kaffee.«

Der Polizeiwagen fährt ohne Sirene die Via Garibaldi hinauf und läßt Trastevere hinter sich.

Die Adresse auf dem Führerschein des Opfers stimmt mit einem Eintrag im Telefonbuch überein. Unter der Nummer meldete sich nur ein Anrufbeantworter, der Kommissar hat wieder aufgelegt, ohne eine Nachricht zu hinterlassen. Während der Wagen jetzt San Pietro in Montorio umfährt, überlegt er, daß in den letzten Tagen niemand vermißt gemeldet wurde, auf den die Beschreibung des Opfers zutrifft. Merkwürdig. Es kommt zwar vor, daß Leichen von nicht vermißten Personen aufgefunden werden, manchmal dauert es Wochen, um einen Namen herauszufinden, und oft sind es Ausländer, illegale Einwanderer. Aber hier liegt der Fall anders. Der Fahrer späht aus dem Fenster und versucht, die Hausnummer auszumachen. »Ist es hier, Herr Kommissar?«

»Weiter oben, glaube ich.«

Das Auto hält vor einem dreistöckigen, von einem Garten umgebenen Haus. Der Kommissar steigt aus, sagt zum Fahrer: »Warte hier auf mich.« Er geht auf die Pforte zu, liest die Namen neben den Klingelknöpfen. Der gesuchte ist darunter. Er klingelt. Eine Frau steckt ihren Kopf aus einem Fenster im Erdgeschoß. »Suchen Sie jemanden?« Der Kommissar hebt die Hand: »Ja, können Sie mir aufmachen?«

»Wer sind Sie denn?«

»Polizei, Signora.«

Die Frau macht ein erstauntes Gesicht und legt den Lappen hin, den sie in der Hand hält. »Oh, natürlich, kommen Sie herein.« Die Pforte öffnet sich. Der Kommissar geht über den gepflasterten Gartenweg, der die Pforte mit dem Hauseingang verbindet. Ein schönes Haus aus der Jahrhundertwende, gepflegt, elegant. Auf dem Klingelbrett hat er auch den Namen eines bekannten Zahnarztes erkannt.

Die Frau erwartet ihn in der Vorhalle, sich die Hände an der Schürze abwischend. »Ist etwas passiert? Wen suchen Sie?« Der Kommissar sagt es ihr. Die Frau sieht ihn überrascht an. »Aber sie sind nicht da, sind im Urlaub.«

»Seit wann?«

»Hmm, heute ist Donnerstag ... seit ein paar Tagen.«

»Sie können mir sicher sagen, wo ich sie erreichen kann.«

»Ja, ja, kommen Sie ... ist denn etwas Schlimmes passiert? Mein Gott ...« Der Kommissar schiebt die Frau sachte in die Hausmeisterloge, wo sie fieberhaft in einer Schublade zu wühlen beginnt. »Wo hab ich denn ... wo kann es ... ah, hier.« Sie zieht ein kleines Adreßbuch heraus, blättert darin und reicht es dem Kommissar. »Hier, bitte.« Der Mann liest den mit großen, schiefen Buchstaben geschriebenen Namen. Darunter stehen zwei Telefonnummern mit derselben Vorwahl: 090.

»Wo ist das?« fragt er, auf die Vorwahl zeigend.

»Eine Insel bei Sizilien.« Die Frau dreht sich zu einem Spiegel um, in dessen Rahmen mehrere Ansichtskarten stecken. Sie nimmt eine herunter und gibt sie dem Kommissar. Der betrachtet das grellfarbige Foto eines Vulkanausbruchs, dreht die Karte um und liest: *Stromboli, die Krater bei Nacht.*

»Wer gehört zur Familie?« Die Hausmeisterin sagt es ihm.

»Die Familie hat sich zerstreut«, lacht Susy, die sich über den Rand des Hängebodens beugt. Federico packt sie und zieht sie zu sich zurück. »Komm her.«

»Schon wieder? Sei brav, es ist schon nach vier.«

»Na und?«

Sie sind um ein Uhr mittags aufgewacht, Susy ist hinuntergegangen, um Kaffee zu machen, sie haben Obst und Kekse gefrühstückt und sich bis jetzt geliebt, unterbrochen von kleinen Nickerchen und kichernden Spekulationen über den Verbleib der anderen. »Wo Giancarlo wohl steckt?«

»Er wird schon in Oslo sein. Paß auf, noch vor September bekommen wir die Einladung zur Hochzeit.«

»Also wirklich, dieser Norweger! Immer so zurückhaltend, und dann ...«

»Und der andere Liebesvogel?«

»Ruben? Tja, die Sache scheint ernster zu sein.«

»Aber auch mehr ... weniger ...«

»Was plapperst du da?«

»Weniger sicher, meine ich.«

»Ah ja?« Federico streckt die Hand nach einem Pfirsich aus. »Also, nach meiner Ansicht ist Ruben bis über beide Ohren verliebt.«

»Soviel steht fest. Aber der andere, der Regisseur?«

»Der auch, aber er scheint nicht gerade ein Mann von großer Entschlossenheit zu sein.«

»Vielleicht hat er seine Gründe«, seufzt Susy und sucht zwischen den Laken nach einer Serviette, »vielleicht ist er sich noch nicht sicher ... ich meine, er hat wohl keine Lust auf ein Abenteuer.«

»Du glaubst, es ist ihm jetzt schon ganz ernst?«

»Ehrlich gesagt, ja. Jedenfalls, wenn man danach geht, wie er Ruben gestern angesehen hat. Vielleicht ist er dabei, sich zu verlieben und das verwirrt ihn, weil er es nicht gewohnt ist. Diese Ehefrau ...«

»Frida sagt, sie hätten sich getrennt.«

»Das muß nichts heißen. Ich weiß nicht.«

Federico schüttelt ein Kissen auf und grunzt: »Du wirst sehen, daß wir auch von denen eine Hochzeitseinladung bekommen. Ruben zieht nach Rom zu Cassinis, und wir feiern alle gemeinsam Weihnachten. Und Silvester in Oslo.«

»Wer fährt nach Oslo?« tönt Rubens Stimme von unten herauf. Susy windet sich aus Federicos Armen und streckt den Kopf über das Geländer des Hängebodens. »Giancarlo natürlich. Hast du's noch nicht gehört?«

Ruben steigt drei Stufen der schmalen Treppe hinauf. »Noch im Bett, ihr Schweinigel? Und splitterfasernackt! Unmöglich! Unsere Giancarlessa hat also endlich ...«

»Genau. Er ist heute nacht nach dem Abstieg vom Vulkan verschwunden, und rate mal, mit wem? Mit diesem superschüchternen Norweger, kannst du dir das vorstellen?«

»Ja, ja, soviel zur nordländischen Zurückhaltung.« Ruben macht wieder kehrt auf der Treppe und geht in die Küche, um einen Schluck Wasser zu trinken. Susy ruft ihm nach: »Und du, wo kommst du her?«

»Vom Strand. Ich nehme jetzt eine Dusche und dann gehe ich mit Frida, Livia und Fabrizio zum alten Friedhof.« Er sagt »Fabrizio« mit einem gewissen, besitzergreifenden Unterton. Die beiden auf dem Hängeboden wechseln bedeutungsvolle Blicke. Ruben geht ins Zimmer zurück und fragt: »Kommt ihr auch mit?«

Federico antwortet: »Nein, danke, nach heute nacht habe ich erst mal genug vom Wandern.« Zu Susy: »Hast du Lust?«

»Nein, nicht besonders. Ich gehe lieber auf einen Sprung ins Dorf, ich muß Postkarten kaufen und etwas aus der Apotheke besorgen.«

Ruben nimmt einen Bademantel aus seinem Schrank: »Na schön, ich geh jetzt duschen, und ihr solltet euch mal was anziehen, liederliches Pack.«

»Wer sieht uns denn schon hier oben?«

»Ich sehe euch«, brüllt Ruben aus dem Bad, »ich und der liebe Gott!«

Aus dem oberen Stockwerk, aus dem Radio in Franzos Zimmer, erklingen die letzten Takte von Glucks *Orfeo ed Eurydice*. Dann hört man die Stimme des Moderators, der das nächste Musikstück ankündigt.

Fabrizio sagt: »Ich habe ein wenig am Strand gearbeitet.«

Am anderen Ende der Leitung lacht Sebastiano: »Wie hast du das denn geschafft? Normalerweise ist es unmöglich, auf Stromboli zu arbeiten, viel zu viele Ablenkungen.«

»Ich habe mir nur ein paar Notizen gemacht. Dieser Teil mit Manfredis Arbeit im botanischen Garten muß noch besser ausgearbeitet werden. Er und seine Mutter sind ja verarmt, wir müssen den Aspekt der heruntergekommenen Adelsfamilie etwas mehr betonen. Damit wird der Charakter der Mutter und ihre Beziehung zu Giovannis Vater besser verständlich.«

»Ja, diese tragische, aristokratische Dekadenz, sehr sizilianisch. Und Giovannis Vater hat die beiden nahezu mittellos zurückgelassen. Auf diese Weise nimmt auch das, was der Anwalt auf Stromboli zu Giovanni sagt, eine zwielichtige, geheimnisvolle Färbung an.«

»Giovanni fährt nicht zuletzt nach Palermo, um das Rästsel der Hinterlassenschaft seines Vaters zu lösen, weil er glaubt, daß dieser reich gestorben sei.«

»Sehr gut, so stimmt es«, sagt Guarienti immer noch lachend. »Laß dir am besten die eine oder andere Geschichte von Consuelo erzählen. Sie ist eine Quelle der Inspiration.«

»Hab ich schon gemacht. Sie hat mir auch ein paar Adressen in Palermo für die Außenaufnahmen genannt. Ich hätte nichts dagegen, für ein paar Tage nach Palermo zu fahren, sobald ich von der Insel weg kann.«

»Sag mir Bescheid, wenn du fährst, ich werde für ein paar Tage meine Mutter in Frankreich besuchen.«

»Ist sie in Cap Ferrat?«

»Ja, meine Schwester ist auch dort mit den Kindern. Hier in Rom hält man es nicht aus vor Hitze! Gestern nacht hat es zwar ein heftiges Gewitter gegeben, aber heute ist es wieder genauso brütend. Die Stadt ist wie ausgestorben, abgesehen von den Japanern. Brauchst du etwas von hier?«

»Nein, ich wüßte jetzt nichts. Ich rufe später meine

Hausmeisterin an, um zu hören, ob mit der Wohnung alles in Ordnung ist. Jetzt mache ich erstmal einen Spaziergang mit Frida.«

»Weißt du, ich habe mich wirklich für Frida gefreut. Wie ist denn ihre Freundin so?«

»Vor allem wunderschön. Und sehr nett. Frida strahlt vor Glück.«

»Wie das Leben so spielt. Letzten Sommer ging es ihr noch total schlecht, ihr Vater hatte diese ganze Verantwortung auf sie abgewälzt, ihr Liebesleben war ein einziges Chaos ... und dann hatte sie auch noch einen Riesenkrach mit Corrado.«

»Tatsächlich?«

»Ja, das ist mir erst jetzt wieder eingefallen. Wir saßen eines Abends alle nach dem Essen auf der Terrasse der Casa Arancio. Vancori war auch da und machte irgendeine Bemerkung, ich weiß nicht mehr genau, worum es ging, aber es hatte etwas mit Antisemitismus zu tun. Frida hatte sowieso schon schlechte Laune, und es kam zu einem hitzigen Streit, in den alle verwickelt wurden. Irgendwann stob Frida wütend davon. Am nächsten Morgen war natürlich alles vergeben und vergessen, aber ich erinnere mich gut an diesen Streit, weil er mir zeigte, wie deprimiert Frida in diesen Tagen war. Caterina und ihre Tochter Claudia stellten schließlich mit einer List die allgemeine Eintracht wieder her.«

»Wie haben sie das gemacht?«

»Sie legten ein Myrtensträußchen vor Fridas Tür, zusammen mit einem Friedensangebot von Corrado, das sie aber selbst geschrieben hatten. Frida ging zum Palazzo, um Vancori zu danken, der war natürlich völlig verblüfft ... Alles endete jedenfalls in großem Gelächter.«

»Mir ist dieses besondere Gleichgewicht hier auch aufgefallen: Charles und Caterina, Franzo und die Principessa.«

»Eine perfekt funktionierende Familie. Wie schön, daß es so etwas noch gibt! So, dann werde ich mich jetzt mal um meine Familie kümmern. Heute abend kommt Duccio von Ischia zurück, und ich muß einen Supermarkt finden, der noch aufhat, damit ich so etwas wie ein Abendessen auf den Tisch bringen kann. Ah, die kleinen Freuden des Ehelebens!«

»Grüß Duccio, Dromos und die Katze von mir.«

»In dieser Reihenfolge? Ist gut. Ah, hier noch das Bonmot der Woche. Heute morgen stand ich in der Schlange bei der Post, vor mir ein Paar. Er tratscht mit seiner Frau oder Freundin und läßt dabei diese Perle fallen: ›Weißt du, daß Silvana gerade aus Griechenland zurückgekommen ist? Sie war auch in Lesbos, dem *Dorf*, in dem Sappho *geboren* wurde.‹ Was sagst du dazu?«

Fabrizio lacht: »Soll ich das Frida und Livia erzählen?«

»Klar, dann kannst du mir beim nächsten Mal ihre Meinung dazu berichten. Ciao, Küßchen.«

Die Frau steht benommen in einer Ecke und ringt die Hände. Der Kommissar lächelt ihr zu und läßt den Blick über die Wände des schönen Raumes schweifen. Er hat keinen Durchsuchungsbefehl, aber die Hausmeisterin hat nicht im Traum daran gedacht, ihn nach einem zu fragen. Sie hat ihn in die Wohnung im dritten Stock geführt und mit ihrem dicken Schlüsselbund aufgeschlossen. Dann war sie gleich zum Balkon geeilt: »Nachher muß ich nochmal heraufkommen und die Pflanzen gießen.«

Der Kommissar hat eine Runde durch die geschmackvoll eingerichteten Zimmer gedreht. In dem Arbeitszimmer, an das der Balkon angrenzt, hat er Halt gemacht und die Regale voller Bücher betrachtet, die mit einem Deckel verschlossene Schreibmaschine, den großen, ordentlich aufgeräumten Schreibtisch. Jetzt steht er im Wohnzimmer und sieht sich die Fotografien auf einer Kommode an. Die Hausmeisterin fängt seinen Blick auf und murmelt, den Tränen nahe: »Wie ist das denn bloß passiert? Mein Gott, wie schrecklich.«

Der Kommissar hat ihr in der Hausmeisterloge von der aufgefundenen Leiche berichtet, sie aber aufgefordert, noch mit niemandem darüber zu sprechen, da er zuerst ein bestimmtes Telefonat führen müsse. Dann hat er darum gebeten, die Wohnung sehen zu dürfen. Die Untersuchung muß hier ihren Anfang nehmen. Ohne es zu berühren betrachtet er ein gerahmtes Foto und fragt: »Das ist sie, nicht wahr?«

Die Hausmeisterin nickt und wischt eine Träne ab, die ihr langsam über die Wange rollt. »Die arme Signora, ich kann es einfach nicht glauben. Im Schlafzimmer sind noch mehr Fotos. Kommen Sie.« Sie führt ihn in ein helles Zimmer. Mehr Bücher, noch ein Schreibtisch. Auf dem Schreibtisch steht ein Farbfoto. Der Kommissar sieht in das lächelnde Gesicht des Opfers, ein schönes, heiteres Gesicht. Was für eine Verschwendung, denkt er. Neben dem Foto steht ein dicker Bildband über Innendesign. *Kolonialhäuser* lautet der Titel auf dem Einband. Hinter dem Band steht ein Kinderglobus, eines dieser Spielzeuge von früher aus bunt bemaltem Blech.

Der Kommissar hört ein Schluchzen hinter sich und dreht sich um: »Bitte fassen Sie nichts an, Signora. Ich muß eine Untersuchung eröffnen.«

»Sicher, sicher.« Sie gehen gemeinsam zur Wohnungstür. Auf einer Konsole, neben dem Telefon, liegt ein gelber Zettel. Darauf stehen dieselben Nummern, die die Hausmeisterin dem Kommissar gegeben hat, die beiden Nummern mit der Vorwahl von Stromboli. Und darunter eine Nachricht: *Liebe Jole, wenn etwas ist, kannst du mich hier erreichen.*

»Blödes Stromboli! Hierher hätten wir fahren sollen, verdammt!« Maria Grazia beobachtet die Fernsehberühmtheit, die gerade wieder eine in Strandnähe festgemachte Yacht erklimmt. »Und hast du den dort gesehen?« Ornella nickt und schiebt den Träger ihres Bikinioberteils hoch. »Wenn wir eine Kamera dabei hätten, könnten wir denen hier«, sie deutet auf das Skandalblatt, das sie in Händen hält, »ein paar schöne Schnappschüsse verkaufen.«

»Allerdings, guck mal, wie der sie umarmt. Was für eine Show!« Sie sehen zu, wie ein großer Blonder der Berühmten einen Arm um die Taille legt. Die Frau schüttelt ihre Haare, beide verschwinden im Innern der Yacht.

»Die hat wirklich alles, was das Herz begehrt.«

»Schön, reich, mit Milliardenbeträgen von der RAI und von Berlusconi umworben! Was will man mehr!«

»Aber wenn sie sich nicht bald entscheidet, endet sie noch bei Tele-Mondovì. Ob sie sich für so unersetzbar hält?«

»Ich habe gelesen, daß sie ihren Vertrag für diese Sportsendung nicht verlängert haben ...«

»Zum Glück! Darin geht sie einem vielleicht auf den Senkel. Sie ist leider ziemlich dumm.«

»Ich kann mir nicht vorstellen, daß jemand dumm ist, der soviele Fernsehsendungen macht.«

»Sie war doch bestimmt mit Gott und der Welt im Bett! Selbst du könntest, wenn du mit dem Richtigen ...«
»Oh, vielen Dank!«
Sie schauen über den herrlichen, von hohen Felswänden umschlossenen Strand, das fast karibische Meer – besser als karibisch –, den fernen Umriß von Lipari. Um sie herum tummeln sich nur wenige Leute, sonnen sich, lesen, schwatzen mit gedämpfter Stimme (manch einer hat sich schon nach unseren beiden umgedreht, aufmerksam geworden durch die schrille Stimme der indiskreten Dame Falloppio). In der Bucht sind zwei Yachten zu sehen, ein Motorboot, Schwimmer. Über ihnen, auf einem flachen Felsgrat, tauchen ein paar Köpfe auf. Unentwegte, die sich dort hinaufgewagt haben, um die Überbleibsel des prähistorischen Dorfes von Cala Junco zu besichtigen. Ornella betrachtet das Halbrund der Felswände, die trockenen Sträucher. »Hier besteht bestimmt Brandgefahr, wenn einer nicht aufpaßt, kann es zu einem hübschen Kaminfeuerchen kommen.«
Maria Grazia fährt erschrocken auf: »Wenn du ein Feuer siehst, sag mir sofort Bescheid, ich weiß die Nummer der Feuerwehr auswendig.«
»Reg dich nicht auf; außerdem hast du hier doch gar kein Telefon.«
»Pfff«, macht die Trockenpflaume, »das wäre doch die beste Gelegenheit, uns dorthin einladen zu lassen.« Sie deutet auf die Yacht und mimt: »Hilfe, Hilfe, die Insel brennt, schnell, retten Sie uns!« Sie stößt die Freundin mit dem Ellbogen in die Seite. »Stell dir vor, wie toll! Wir würden uns von dem großen Blonden in Sicherheit bringen lassen und ihm zeigen, daß auch wir, auf unsere bescheidene Art ...«
Ornella steht auf (und bemerkt dabei ein Mädchen, das

sie mit hochgezogenen Augenbrauen anstarrt), versucht zu lächeln und zischt mit starren Lippen: »Hörst du jetzt wohl auf, wie eine Irrsinnige zu brüllen?«

»Wer brüllt denn?« brüllt Maria Grazia.

An Deck der Yacht erscheint die Fernsehberühmtheit, die ihren Badeanzug gewechselt hat und etwas aus einem Glas schlürft.

»Hierher hätten wir kommen sollen, Panarea ist wirklich schick, Mensch!«

Keine Tagediebe.

Frida liest laut das an einem Metallgitterzaun angebrachte Schild: »Zu verkaufen: Zitronenhain mit *Ruihne*, keine Tagediebe.« Ruben kommentiert: »Sie scheinen lange an dem Text gearbeitet zu haben.«

»Aber nicht an der Rechtschreibung«, lacht Livia und wiederholt: »*Ruihne*. Und was sagt ihr dazu?« Sie zeigt auf ein anderes Schild, das aus einem Stück Karton besteht und schief zwischen die Gitterstäbe einer Pforte geklemmt ist. *Privates Anwesen, keine Zimmervermietung!* steht darauf gekritzelt. Irgendein Witzbold hat das »An« von Anwesen mit »Ver« überschrieben, so daß nun ein recht zutreffendes *Privates Verwesen* zu lesen ist.

Sie spazieren langsam auf das Dorf zu und lesen die Namen auf den Pforten, die Hinweise, die improvisierte strombolanische Schilderkunst. Fabrizio entdeckt ein *Verkaufe Kapern*, das mit hübschen Bildchen in Temperafarben verziert ist. Ruben macht auf ein liebevoll gemaltes *Kein »Lapa«-Verkehr zwischen 20 und 7 Uhr* aufmerksam. Vor einem schönen, verfallenden Haus (Casa Saltalamacchia, nach einem alten Beinamen der Insel, wie Frida ihnen mitteilt) begegnen sie einer schwarzweiß gefleckten

Hündin mit einem sanften, freundlichen Gesicht. Frida beugt sich zu ihr hinunter und krault ihre struppigen Ohren. »Patù, du läufst ja immer noch hier herum.« Die Hündin dreht ein paar Pirouetten, mit denen sie ihrem Wohlgefallen Ausdruck gibt. »Sie gehört Maria, einer Freundin von mir, die das ganze Jahr über auf der Insel lebt.« Frida richtet sich auf. »Sie ist ein lieber Hund.« Dann schlägt sie sich mit einer Hand auf den Oberschenkel: »Und was jetzt? Kommst du mit uns spazieren?« Das läßt sich Patù nicht zweimal sagen. Sie gehen weiter, gefolgt – oder auch angeführt – von der schwarzweißen Hündin.

Die Sonne verliert allmählich an Kraft, die Schatten werden länger, die gebräunte Haut der Leute, die ihnen auf der Straße begegnen, zeigt sich von ihrer besten Seite. Frida wirft einen Blick auf Fabrizios Segeltuchschuhe. Er bemerkt ihren Blick und fragt: »Sind die in Ordnung? Zu leicht für unseren Spaziergang?«

»Nein, wird schon gehen. Wir müssen nicht richtig klettern, aber der Weg ist ziemlich uneben.«

»Wird denn der alte Friedhof noch benutzt?« will Ruben wissen. »Nein«, antwortet Frida, »noch vor wenigen Jahren war er sogar völlig mit Brombeergestrüpp überwuchert. Ein paar junge Leute vom italienischen Alpenverein in Neapel haben den Weg dorthin neu angelegt und die Grabsteine gesäubert. Sie haben auch den kleinen Friedhof über dem langen Strand restauriert.«

Livia: »Der sogenannte neue Friedhof liegt dort oben, wir kommen noch daran vorbei.« Sie sind am Fuß eines steilen Treppenaufgangs angekommen, den sie zwischen zwei Mauern aus Lavagestein erklimmen und dabei die Häuser des Dorfes unter sich lassen. Oben – wo Patù sie schon mit hängender Zunge erwartet – sehen sie sich dem offenstehenden Gittertor des neuen Friedhofs gegenüber. Sie gehen hinein. Der Friedhof liegt auf einer leicht geneigten, sich nach Westen öffnenden Hochebene. Die Grabstätten sind dicht aneinander gedrängt. Die ältesten stammen vom Ende des neunzehnten Jahrhunderts und wurden mit den gleichen sizilianischen Kacheln geschmückt, die sich auch in den Häusern finden. Einige Gräber, die ärmeren, weisen eine Einfassung aus bunten Tonscherben oder kleinen, schmiedeeisernen Gitterchen auf. In dem Bereich, der dem Eingang und der kleinen Kapelle am nächsten gelegen ist, befinden sich die neuesten, schon vereinheitlichten Grabstätten, Tafeln aus Marmor oder Schiefer, eingemeißelte Engelchen, Madonnenfiguren aus Zement. In einer Ecke steht ein massiger, weißer Würfel, das Grabmal, das Don Bartolo für sich und seine Familie anfertigen ließ. Die vier bleiben davor stehen und betrachten es.

Notar Butera und Maresciallo Calì, die sich bisher nicht persönlich kannten, haben sich gegenseitig eingeschätzt und waren sich sofort sympathisch. Als echte Sizilianer haben sie die Komplimente und höflichen Vorreden übersprungen und sind gleich zur Sache gekommen. Doch ebenfalls nach Art echter Sizilianer haben sie durch Anspielungen und doppelte Bedeutungen einen Code zwischen sich etabliert, den beide mit gleicher Sicherheit beherrschen. So wurden zum Beispiel die wechselseitigen Bekundungen des Bedauerns über das Vorgefallene mit einem augenzwinkernden Schweigen besiegelt, während das Dienstmädchen einen geeisten Kaffee servierte, dem der Notar, aber nicht der Maresciallo, ein Häubchen Schlagsahne hinzufügte.

Jetzt sitzen sie sich in zwei schweren Ledersesseln gegenüber und sehen sich mit betrübtem Lächeln an. Butera seufzt: »Ich kannte Vancori schon als kleinen Jungen. War eng mit seinem Vater befreundet, auch mit Don Bartolo. Wie geht es den Tanten?«

»Tja.« Mit sprechender Geste.

»Verstehe.«

Das Dienstmädchen kommt herein, um das Tablett abzuräumen. Butera bittet es, die schweren Samtvorhänge, die die Fenster halb verdecken, noch ein wenig mehr aufzuziehen. Dann geht die Frau wieder hinaus. Der Notar bietet dem Maresciallo eine Zigarre an. Calì lehnt ab. Butera zündet sich seine in aller Ruhe an, legt das Feuerzeug auf den Tisch. »Ja, ich habe ihn am Dienstag nachmittag gesehen. Er hatte mich am Vortag von Rom aus angerufen und mich um ein Treffen gebeten. Wir haben zusammen in Quattropani bei einer Verwandten von mir zu Mittag gegessen.«

»Ich habe auch Verwandte in Quattropani, entfernte Cousins mütterlicherseits.«

»Ah, sehr gut.«

Butera raucht schweigend. Dann fährt er fort: »Vor dem Mittagessen habe ich ihm ein Haus bei den Thermen von San Calogero gezeigt, das Bekannte von mir zum Verkauf anbieten.« Calì nickt. »Wir haben eine kleine Autotour gemacht, es war schon sehr heiß, obwohl der Schirokko noch nicht wehte.« Er beugt sich ein wenig vor: »Wie ist es auf Stromboli?«

»Furchtbar.«

»Aber vielleicht nicht so schlimm wie hier«, lächelt der andere, »ihr habt wenigstens Iddu, der die Winde abhält.«

»Oder sie noch verstärkt.«

Butera lacht zufrieden. »Das stimmt, ah Iddu ...« Er

betrachtet diesen Offizier, der ihm keine Fragen stellt und ihn das Spiel bestimmen läßt, mit höchstem Wohlgefallen und beschließt, ihm entgegenzukommen. »Vancori schien nicht er selbst zu sein am Dienstag.«

»Tatsächlich?«

»Ja. Ich habe ihn zu den Thermen gebracht, weil ich seine Leidenschaft für den Erwerb von Häusern kannte, eine Leidenschaft, die er von dem vorzüglichen Don Bartolo geerbt hatte. Ich bot ihm noch ein anderes Haus in Caneto an, das er sich jedoch nicht einmal ansehen wollte. Die Vancori besitzen, wie Sie sicherlich wissen, auch hier auf Lipari mehrere Anwesen, neben denen auf Stromboli, Salina und Ginostra.«

»Das ist mir bekannt.«

»Sehr gut.« Butera fragt sich, wieviel der Maresciallo wirklich weiß, auch, wieviel er bereits erraten hat. Er hofft, daß er, wenn er schon etwas ahnt, genug Taktgefühl besitzt, ihm nicht den Überraschungseffekt zu verderben, den er gerade vorbereitet. Aber er spürt, daß der Maresciallo ein Mann von Welt ist. Er wird ihn nicht enttäuschen. »Die Vancori kauften und kauften. Corrado – Friede seiner Seele – erzählte mir auch von seinem Interesse an einem schönen Haus dort drüben bei euch, einem Anwesen namens La Benevenzuela, das entfernten Verwandten von ihm gehört.«

»Ich kenne es ganz gut.«

Butera streift die Asche seiner Zigarre in einen großen Zinnaschenbecher auf der Sessellehne. »Ein richtiges Immobilienimperium. Und doch«, er bläst eine Rauchwolke aus, »schien Corrado auf einmal nicht mehr interessiert. Ich habe ihn immer wie einen Sohn behandelt, und er hat sich mir von jeher anvertraut. Das tat er auch am Dienstag.« Die Stille, die sich daraufhin im Zimmer ausbreitet, wird nur vom Knattern eines Motorrollers unten auf der Straße gestört. Nachdem der nervtötende Lärm verklungen ist, seufzt Butera tief auf und verschränkt die Hände vor dem Bauch. Er sieht dem Maresciallo fest in die Augen: »Er sagte mir, daß er nichts mehr erwerben wolle. Überhaupt nichts mehr. Im Gegenteil, er wolle all seine Besitzungen verkaufen.«

Der Maresciallo sperrt die Augen einen Millimeter weiter auf und bestätigt dem Notar damit, daß er ein Mann von Lebensart ist. Er hatte also schon etwas geahnt, doch mit der verhaltenen Verblüffung auf seinem Gesicht bedankt er sich stillschweigend für die gemachte Enthüllung. Die Sizilianer sind gegenüber Leuten vom Festland das reservierteste Volk der Welt, aber unter sich eines der gesprächigsten. Weshalb Butera mit einem komplizenhaften Lächeln nun wortreich erklärt: »Alles wollte er verkaufen, alles. Er wollte all seine Angelegenheiten in Ordnung bringen, dabei vor allem Don Bartolo und die Tanten wohlversorgt wissen. Er sprach mit mir sogar über seine Exfrau und bat mich, für sie ebenfalls eine zufriedenstellende Lösung zu finden, eine Art ... neuer Mitgift, sozusagen. Und auch einen Käufer für die Villa, die sie an ihn wiederverkaufen wollte. Offenbar war die schöne Signora Valeria«, er reibt Daumen und Zeigefinger aneinander, »hiermit etwas knapp.« Calì nickt, Butera holt Luft. »Wenn ich sage, er wollte alles verkaufen, meine ich alles, nicht nur seine Besitzungen auf den Inseln, sondern auch die in Rom, sogar seine Filmproduktionsfirma.« An dieser Stelle ist die Verblüffung Calìs echt. Butera frohlockt. »Alles wollte er liquidieren, natürlich so vorteilhaft wie möglich, ohne allzu große Eile, aber doch mit einer gewissen Dringlichkeit.« Er unterbricht sich, wartet auf das wohlverdiente »Und warum?«

»Und warum?« Bravo, Calì.

Der Notar breitet die Arme aus. »Wer weiß? Er hat mir nichts weiter erzählt.«

»Aber Sie haben doch gewiß eine Idee, Herr Notar, oder?«

»Aah. Mehr als eine, lieber Maresciallo, mehr als eine.«

»Vielleicht ... sollten wir unsere Ideen austauschen?« Ein Genie, dieser Maresciallo, ein Meister des Taktgefühls. Oh, es ist schon eine Weile her, seit Butera ein so befriedigendes Match ausgetragen hat. »Lassen Sie uns das tun. Was konnte ein Mann wie Vancori für Sorgen haben, die ihn zu einem solchen Entschluß bewogen?«

Calì geht zur Attacke über. »Es gibt drei mögliche Gründe, würde ich sagen.« Er hebt eine entsprechende Zahl von Fingern. »Erstens Geld ...«, er läßt den Daumen verschwinden. Butera nickt und sieht auf die übriggebliebenen beiden Finger. »Gut, aber das können wir ausschließen, denn davon hatte er mehr als genug. Bleiben die anderen beiden: Krankheit und Liebe.«

Calì blickt ernst drein und ballt die Hand zur Faust: »Krankheit. Glauben Sie ...«

»Ich weiß es nicht, es ist nur eine Vermutung. Er war so verstört, wie ich ihn noch nie erlebt habe. Ein Mann wie er, allem Anschein nach gesund, stattlich ... es wäre möglich.«

»Und der andere Grund?«

»Auch dabei handelt es sich um eine Krankheit, nicht wahr, Maresciallo?«

»Allerdings, die Krankheit des Herzens ist die schlimmste aller Krankheiten. Aber warum dann alles verkaufen?«

»Um wegzugehen, zu verschwinden. Um, wie man so sagt, woanders ein neues Leben zu beginnen.«

»Allein? Einer wie Vancori?«

»Nein, nicht allein. Aber bedenken Sie, das ist nur eine Annahme, ich weiß nichts Genaues.«

»Und dann stirbt er plötzlich.«

»Ja, das ist das Rätsel, Maresciallo. Das Unglück.«

Calì hält dem anderen einen letzten Köder hin: er schweigt. Butera beißt an: »Es war doch ein Unglück, nicht wahr?«

»Es ist immer ein Unglück, wenn einer von uns stirbt, lieber Notar.«

Caterina faltet den Brief an Claudia zusammen und steckt ihn in einen Umschlag, den sie jedoch nicht schließt. Sie steht auf und geht in den Garten. Auf dem Mäuerchen zwischen den Gärten des Palazzo und der Casa Arancio, unter den Zweigen des falschen Jasmin, dösen Prospero und das lahme Kätzchen. Heute morgen hat Fabrizio sie gefragt, was mit dem Tier passiert sei. Charles war ihr zuvorgekommen: »Ein Fangeisen.«

Fabrizio, verwundert: »Wer legt denn hier Fangeisen aus?«

»Die Wilderer dort oben an Iddus Hängen. Um Wildkaninchen damit zu fangen.«

Franzo: »Wir haben schon alles versucht, diese Grausamkeit zu unterbinden. Aimée hat sich an den Bürgermeister von Lipari gewandt, sogar an Animal Amnesty. Nichts zu machen, sie legen diese schrecklichen Fallen immer wieder in den Röhrichthainen aus.«

»Und immer wieder«, hatte Charles mit Blick auf das Kätzchen erklärt, »geraten eben auch Hunde und Katzen hinein.«

»... und Christenmenschen.« Isolina war in der Küchentür aufgetaucht. »Wie dieses Kind vor zwei Jahren.«

»Das ist ja furchtbar.« Fabrizio hatte sich zu der Katze hinuntergebeugt, um ihr über den Buckel zu streicheln, worauf sie ihm gleich in die Arme gesprungen war.

»Das ist es allerdings.«

Noch so eine kleine, unfaßbare Grausamkeit, denkt Caterina jetzt und sieht zu Prospero hin, der sie aus Schlitzaugen zwischen den Blättern hindurch fixiert. Endlose Grausamkeiten.

Sie geht über den Hof, öffnet die Pforte, die direkt in den Garten ihrer Freunde führt, und folgt dem steinernen Pfad zur Terrasse der Casa Arancio. Dort trifft sie auf Isolina, die eine Strohtasche unterm Arm trägt.

»Gehst du weg, Isa?«

»Ja, ich gehe mit *Franzocarlo* ins Dorf. Auf die telefonische Bestellung kann man sich ja nicht verlassen, hast du gesehen, was sie mir gestern für Gemüse geschickt haben? Und dieser Springinsfeld von *Franzocarlo* ist nicht in der Lage, gescheit einzukaufen.«

»Ja, ja, ich bin blöd, ich weiß.« Franzo taucht auf dem Pfad auf, ebenfalls mit einer Tasche in der Hand.

»Du bist nicht blöd, aber manchmal könnte man glauben, daß du von gestern bist«, erklärt Isolina tantenhaft. »Du läßt dich immer von diesen Halsabschneidern im Lebensmittelladen übers Ohr hauen.«

»Puh, Isa, fang nicht schon wieder damit an. Los, gehen wir.« Zu Caterina: »Kommst du zum Essen heute abend?«

»Gern, danke. Die anderen?«

»Consuelo und Matteo gehen zum Aperitif zu den Barosi, wenn sie nicht schon dort sind. Charles«, er deutet aufs Haus, »ist in der Küche.« Mit gesenkter Stimme: »Leiste ihm ein bißchen Gesellschaft, er ist schon den ganzen Tag total niedergeschlagen.«

Caterina nickt: »Ciao, bis später.« Sie gehen auseinander. Caterina legt das kurze, restliche Wegstück zur Terrasse zurück. Plötzlich verstummt der Gesang der Zikaden um sie herum. Sie bleibt stehen und lauscht der Stille. Charles kommt mit einem Buch in der Hand aus der Küche.

»Maria Cincotta in Barnao, 27. Juli 1902.« Livia sieht zu Ruben auf, der die Augen auf einen anderen Grabstein senkt und liest: »Der zärtlichen Fürsorge ihrer schmerzgepeinigten Eltern entrissen ruht hier Carmela Di Mattina, zwei Jahre alt. 18. Juli 1902.«

»Sie müssen auch einer Epidemie zum Opfer gefallen sein. Diese Gräber stammen fast alle aus demselben Monat«, bemerkt Livia und säubert mit der Hand eine rissige Grabplatte. Das kleine Grab des Mädchens hat sich in dem leicht geneigten Gelände abgesenkt. Dahinter ragt der Stumpf einer abgebrochenen Säule empor. Grauer, moosüberzogener Stein. Ruben beugt sich über das Grab. Die Platte ist an mehreren Punkten gebrochen, aus einem trichterförmigen, schwarzen Loch ragen verbrannte Grasstoppeln. »Wir sollten besser nichts anfassen, alles scheint hier sehr zerbrechlich zu sein.«

»Du hast recht.« Livia dreht sich um und schaut über den kleinen alten Friedhof. Nicht mehr als zwanzig Gräber, manche hinter Sträuchern und Röhricht verborgen. Um hierher zu gelangen haben sie dem neuen, tiefergelegenen Friedhof den Rücken gekehrt und sind einen steil ansteigenden Pfad hinaufgeklettert, der durch kleine, in die Erde gesteckte Pflöcke oder auf Steine aufgemalte weiße Pfeile markiert war. Livia sieht Frida und Fabrizio am Rand der natürlichen Terrasse stehen, vor dem weiten Schirm des Himmels. Das Meer ist dabei, sich in einem kräftigen Violett mit hellblauen Streifen am Horizont zu färben. Links von ihnen kündigt sich rosig der Sonnenuntergang an. Die schwarzweiße Hündin hat sich neben Fabrizio gehockt und blickt ebenfalls aufs Meer.

Livia betrachtet Rubens schönen Kopf, der immer noch über das Grab gebeugt ist. Der Junge sieht auf und lächelt sie an: »Alles sehr zerbrechlich.«

Frida bückt sich und krault Patù hinter den Ohren, während sie zu Fabrizio sagt: »... bei einem Abendessen ihres Vaters. Er ist einer unserer Familienanwälte, ein eigenartiger, sehr intelligenter, sehr spröder Mann. Als Vater meistens abwesend. Livias Mutter ist eine schöne Frau, die wegen eines Nervenleidens seit vielen Jahren von einer Kurklinik zur nächsten wandert.« Sie dreht sich um, sieht Livia und Ruben auf ein Grab zugehen und fährt fort: »Daher ist Livia unter Gouvernanten, zerstreuten Großmüttern und hysterischen Tanten aufgewachsen, die mehr damit beschäftigt waren, sich um irgendwelche Erbschaften zu streiten als ein kleines Mädchen aufzuziehen.« Sie lächelt und senkt nachdenklich den Blick. »Als ich sie im Oktober letzten Jahres kennenlernte, ging gerade ihre Beziehung zu einer älteren, sehr besitzergreifenden Frau zu Ende. Es war eine relativ lange Beziehung, sie hatte über drei Jahre gedauert.«

»Hast du die Frau mal kennengelernt?«

»Ja, sie ist eine in gewissen Kreisen in Rom recht bekannte Persönlichkeit.« Lachend: »Du weißt ja, wie wir Frauen sind, kaum haben wir einen Mann oder ein schönes Mädchen erobert, werden wir herrisch.« Wieder ernst: »Diese Frau war äußerst dominant, schlimmer als besitzergreifend. Sie hielt Livia praktisch unter Verschluß ... Ich meine, sie verbot ihr, sich mit anderen jungen Leuten zu treffen, ganz normale Sachen zu machen, die man in ihrem Alter so macht. Kurzum, sie hinderte sie am Wachsen. Unerstättlich in ihren Ansprüchen. Livia war von ihr abhängig. Mit zwanzig hat man noch nicht genug Möglichkeiten, sich zu wehren, wenn man in die falschen Hände gerät.«

Fabrizio nickt: »Das kann jedem passieren, egal, nach welcher Art von Partner man sucht.«

»Stimmt. Aber ... sie war eben so frisch, so begehrenswert.«

»Eine Art Hörigkeit?«

Frida schnaubt: »Nicht wirklich, eher eine Obsession, würde ich sagen. Die Geschichten ähneln sich alle«, lacht sie wieder, »und wir Frauen haben ein großes Talent, sie noch zu komplizieren. Vielleicht, damit wir uns über euch Männer beschweren können, weil ihr uns nicht genug liebt, euch nicht genug um uns kümmert, nicht mehr in der Lage seid«, schließt sie theatralisch mit komisch emporgereckten Armen, »uns glücklich zu machen. Also rächen wir uns, indem wir jemand anderen unglücklich machen.«

»Nun ja, auch wir haben unsere Methoden ...«

»Ja, ich weiß. Diese Verrückte, mit der Livia drei Jahre zusammen war, hat jedenfalls alle zur Verfügung stehenden Register gezogen: Bemutterung, Unterdrückung, maßlose Eifersucht. Sie hat auch versucht, den Pygmalion zu spielen, ihr vorzuschreiben, wen sie sehen durfte und wen nicht, wohin sie gehen, welche Bücher sie lesen durfte oder sollte. Eine furchtbare Langweilerin, jedenfalls nach dem zu urteilen, was mir Livia erzählt hat, die glücklicherweise so stark ist, daß sie heute darüber lacht. Sie hat sie sogar mit dieser anderen Methode gequält, in der wir Meisterinnen sind, der sexuellen Erpressung nämlich, die zwischen Frauen sehr raffinierte Varianten annehmen kann.«

»Livia muß sehr einsam gewesen sein.«

»Ja. Sie ist von den Armen ihrer minderbemittelten Tanten in die einer blutsaugerischen Liebhaberin gewandert. Auch wenn es nicht freundlich klingt: Diese Frau wird keine zweite wie Livia mehr finden, sie hat ihre Chance vertan.«

»Und wie war es, als ihr euch kennengelernt habt?«

»Tja, wer hätte gedacht, daß ich ... Sie hat mich erwählt, alles ging von ihr aus. Plötzlich lag dieser blonde Kopf in meinen Armen, der, auch wenn man es zuerst nicht glaubt, ganz genau weiß, was er vom Leben will. Livia ist kein unsicheres, kleines Mädchen, aber als ich sie kennenlernte, war sie ziemlich am Ende. Erschöpft, orientierungslos.« Frida lacht plötzlich leise auf und sieht den Freund an. »Weißt du, was sie eines Abends, vor ein paar Monaten, hier auf der Insel zu mir sagte: ›Bevor ich dich kennenlernte, konnte ich mir nicht vorstellen, einmal eine solche Beziehung zu haben.‹ Was sie damit meint, habe ich sie gefragt. ›Eine normale Liebesbeziehung zwischen normalen Menschen, nicht zwischen einem Opfer und seinem Peiniger.‹ Dann sagte sie noch: ›Ich konnte es nicht mehr ertragen, in die Rolle des Peinigers gedrängt zu werden.‹«

Fabrizio streichelt Fridas Arm. »Diesmal hat sie Glück gehabt.«

»Findest du?«

»Aber ja.« Sie sehen sich lächelnd an, drehen sich dann auf Rubens Ruf hin um: »Wir gehen dort hinauf, kommt ihr nach?« Der Junge zeigt auf den Weg, der sich noch weiter den Berg hinaufwindet. Frida nickt: »Wir kommen.« Die Hündin sieht sie hoffnungsvoll an. Frida hakt sich bei Fabrizio ein: »Und du, was willst du jetzt tun?«

»In welcher Hinsicht?« Aber er lächelt dabei und weicht Fridas neckendem Blick nicht aus. »Mit diesem Jungen dort, meinst du?«

»Genau.«

»Was würdest du mir raten?«

Frida macht eine halbe Drehung um sich selbst und zwingt Fabrizio, sich mitzudrehen. Sie blicken auf Rubens und Livias Rücken, die sich bergaufwärts entfernen. »Sie sind bezaubernd, nicht wahr? Und wir beide haben allmählich das richtige Alter, um einen gewissen Zauber schätzen zu können.« Sie kichert: »Weißt du, was Consuelo neulich über die Liebe beziehungsweise das Verliebtsein gesagt hat? Sie sagte: ›Ob dieser oder ein anderer ist völlig egal, Hauptsache er ist ganz er selbst. Oder sie ist ganz sie selbst.‹«

»Ich habe meine Ganz-sie-selbst schon gehabt.«

»Irene? Sicher, aber jetzt bist du allein. Und zu haben.«

»So sehr zu haben, daß ich mich fürchte.«

»Mach's doch so wie ich: laß dich erobern. Schau, sie scheinen so zart und zerbrechlich zu sein«, sie deutet mit dem Kinn auf die beiden vor ihnen, »und dabei ... Wir waren auch so in ihrem Alter, erinnerst du dich?«

»Wir waren voller Vorurteile, verbohrt, ruhelos.«

»Aber auch entschlossen und klarsichtig, wenn wir wollten. Ich zum Beispiel habe dich mit achtzehn klar und deutlich begehrt.«

»Und ich? Wie habe ich mich verhalten?«

»Du warst immer von einem Haufen Leute umgeben, die dir den Weg ebneten: deine Familie, Irene ... Jetzt mußt du mit dir selbst abrechnen, mein Lieber. Und es ist nicht gesagt, daß unterm Strich nichts übrigbleibt. Gefällt dir Ruben?«

»Sehr.«

»Dann mal los, worauf wartest du? Er wird dir schon den Weg zeigen. Und du wirst von allein wissen, was du zu tun hast. Außerdem ...«, Frida drückt den Arm des Freundes, »er oder ein anderer ... Das gehört zum Spiel dazu, nicht wahr?«

»Aber woher weiß ich, ob es wirklich das Richtige ist?«

»Es bleibt dir nichts übrig, als es auszuprobieren. Mit Freundlichkeit, mit Zärtlichkeit. Eigenschaften, die du in ausreichendem Maß besitzt und zu nutzen weißt. Sieh dir diesen Ort an, diese Stille. Livia hat mir gesagt, daß es für sie – und vielleicht auch für mich – der einzige Ort auf der Welt ist, an dem sie sich sicher fühlt. Auf einem Vulkan! Charles hat recht: die Bedrohung, die versteckte Gefahr geht von uns aus, nicht von diesem Berg, der jeden Moment in die Luft fliegen kann.«

Fabrizio sieht, wie Ruben sich vor ihnen am Hang umdreht und grüßend einen Arm hebt. Neben dem braunen Kopf des Jungen taucht der honigfarbene Livias auf. Die schwarzweiße Hündin springt um sie herum, ein klarer Kontrast zum Grün und Goldbraun der Sträucher, das mit der untergehenden Sonne zu Schatten verblaßt. Der erhobene Arm des Jungen fängt einen letzten Strahl auf. Alles Licht der Welt.

Liparische Inseln. Ludwig Salvator, Erzherzog von Österreich. Siebentes Heft: Stromboli. Prag 1896.

Caterina schlägt den Band auf und betrachtet das Porträt des Erzherzogs. Charles beugt sich über ihre Schulter: »Ein schöner Mann, nicht? Er war ganz verliebt in unsere Inseln. Schau ...« Er blättert in dem dicken Buch, sie überfliegen gemeinsam die abgebildeten Radierungen von Inselansichten, die Bildunterschriften in Deutsch und Italienisch tragen: *Sciara d'u Fuocu und Pietra di Struognuli heute.* Darunter: *La Sciara d'u Fuocu e la Pietra di Struognuli come appaiono oggi.*

Charles fährt fort: »Er war ein großer Reisender, der Erzherzog, er bereiste den ganzen Mittelmeerraum, wahrscheinlich auch, um der erstickenden Atmosphäre in Wien zu entfliehen. Er konnte es sich leisten. Und er war auch ein hervorragender Zeichner, wie man sieht.«

»Ja, diese Radierungen sind wunderbar. Schau, hier ist Piscità. Es hat sich nicht sehr verändert seit dem Ende des neunzehnten Jahrhunderts.«

»Stimmt, man erkennt sogar einzelne Häuser ... das des Colonnello, den Palazzo der Blasco-Fuentes ... der Brennofen, der noch bis vor einigen Jahren am Strand stand.«

»Wir müssen Consuelo fragen, ob ihre Familie damals den Erzherzog beherbergte.«

»Sie tat es, er war Gast bei ihrem Großvater. Man sagt, Ludwig Salvator habe eine Geliebte hier auf der Insel gehabt. Er besuchte sie jedes Jahr auf Stromboli, aber eines Frühjahrs war sie nicht mehr da, einfach verschwunden. Man hat nie wieder etwas von ihr gehört. Der Erzherzog starb 1915 in Böhmen.« Charles überläßt Caterina den Band. »Möchtest du ein Glas Wein?«

»Gern.«

Während Charles in die Küche geht, blättert Caterina wieder in den Seiten und findet eine Liste alter Ortsnamen der Insel: *Fila da Baraunna, Casa du Schiavu, Vadduni da Mulinciana* ... Dann stößt sie auf eine Windrose: *Starker Schirokko, zwei Tage im Jahr. Leichter Mistral, dreiundsechzig Tage. Gemäßigter Nordostwind, drei Tage.* Dann müßte der Schirokko nun bald aufhören. Hoffen wir's, sagt sie sich, klappt das Buch zu und legt es auf die nackte Holzplatte des Tisches.

Charles kommt mit einem Tablett auf die Terrasse. Er stellt die Flasche auf einem Strohuntersetzer ab, schenkt der Freundin ein. Sie trinken schweigend und sehen in den Garten.

Es ist eine blaue Stunde. Noch zu früh für den Aperitif, schon zu spät für ein letztes Bad. Bald wird sich ein neuer Sommerabend über die Insel senken, eine neue, von der Mondsichel erhellte Nacht. Eine Hochsommernacht, die das Ende eines Lebensabschnitts markiert. Manchmal hat man ein klares Bewußtsein von der vergehenden Zeit. Man spürt das Bevorstehen eines Ereignisses, das alles umwirft, nach dem nichts mehr ist wie zuvor. Ohne es zu wissen, nähern wir uns einem Gipfel, von dem aus wir auf das zurückblicken, was wir gewesen sind. Auch auf das, was wir verloren haben.

Die beiden alten Freunde, die dort mit den Weingläsern in ihren Händen vor der flimmernden Kulisse eines mediterranen Gartens sitzen, spüren, daß die Stunde des Abschieds sich nähert. Sie versuchen, sie hinauszuzögern, klammern sich ans Leben. Sie zünden eine Zigarette an, wischen die abgefallenen Blätter der Bougainvillea, die sich im Laufe des Tages angesammelt haben, vom Tisch; Caterina glättet eine Falte ihres Rocks, Charles fährt sich mit einem Finger über die Stirn. Der Augenblick des Stillstands vergeht, und jeder ihrer Atemzüge treibt sie nun unerbittlich auf den Epilog zu.

Auf der Mole herrscht Aufregung. Hier und dort wird eine Stimme laut: »Was soll das heißen, es fährt nicht? Das darf doch wohl nicht wahr sein! Sitzen wir etwa hier fest?«

Der Angestellte der Reederei breitet hilflos die Arme aus: »Nur ein kleiner Schaden, das Boot kommt bald, seien Sie beruhigt.« Er erkennt den Maresciallo, der zwischen den anderen auf der Mole steht, und geht auf ihn zu. »Maresciallo, wir haben gerade einen Anruf von Vulcano bekommen. Die Heckklappe des Tragflächenboots klemmt. Sie sind dabei, sie zu reparieren.«

»Wie lange wird es dauern?«

»Höchstens eine halbe Stunde. Sagen Sie doch etwas zu den Leuten ...«

Calì sieht sich um, begutachtet die kleine Menge, die sich am Kai versammelt hat. Er murmelt Aimée neben sich zu: »Mal wieder die übliche Bescherung.« Die Frau schüttelt den Kopf und sieht auf ihre Armbanduhr. »Schon viertel nach sechs. Wir werden wohl nicht vor neun nach Hause kommen.«

Eine Dame neben ihr hat sie belauscht und wendet sich sogleich an ihren Begleiter: »Hast du das gehört, Ferruccio? Wir müssen in Stromboli anrufen, daß wir später kommen. So was Blödes! Hoffen wir«, sie sieht auf ihre nackten Beine, ihr leichtes Sommerkleid, »daß es nicht noch kühl wird. Wir sind praktisch nackt!« Der Mann schnaubt verächtlich, schlägt eine Zeitung auf und echot: »Die übliche Bescherung.«

Calì betrachtet den kleinen Hafen von Lipari, das Kommen und Gehen der Wartenden, die majestätisch am Horizont vorbeiziehende Fähre. Die Verspätung beunruhigt ihn. Er wollte schon längst wieder auf Stromboli sein, um Fakten zu klären, zu überprüfen. Irgendwann am Nachmittag ist ihm ein schrecklicher Verdacht bezüglich Vancoris Tod gekommen. Er hat eine Bemerkung des Notars Butera – und eine ähnliche des Doktor Capodanno beim Mittagessen – mit etwas in Zusammenhang gebracht, das ihm an diesem Morgen in der Casa Arancio aufgefallen ist. Es ist nicht mehr als ein Verdacht, eine vage Ahnung, die ihn jedoch quält und seine Stimmung verfinstert. Er fragt sich, ob es möglich sein kann. Es wäre gewiß furchtbar, aber eine einleuchtende Erklärung. Er sieht in die gebräunten Gesichter der Leute, nimmt Einzelheiten ihrer Kleidung, ihrer Körper wahr. Die beringten Finger einer Frau, die eine Strohtasche an sich preßt. Ja, es wäre möglich. Aber solange er nicht wieder auf der Insel ist, kann er keine Bestätigung für das bekommen, was ihm plötzlich als Lösung des Falls erscheint. Ein grausamer Mord. Das Motiv ist nicht leicht zu verstehen, im Moment kann er lediglich Vermutungen anstellen. Soll er seine beiden Adjutanten anrufen? Nein, er muß die Frage selbst mit äußerstem Feingefühl angehen, überlegt er, andernfalls könnte ihm Vancoris Mörder unversehens entwischen. Und in der heraufziehenden Nacht verschwinden.

Unsere beiden Damen lassen sich am Kai von Panarea erschöpft auf eine Mauer sinken. »Die Lesbe hatte recht. Wir werden hier die ganze Nacht festsitzen, verdammt nochmal.«

Ornella sieht zu den dunklen Umrissen von Basiluzzo und Lisca Bianca hinüber. Ihr Blick wandert nach links. Dort zeichnet sich, unerreichbar, fern und spöttisch das teuflische Dreieck von Iddu vor dem Horizont ab. Sie fragt sich, ob und wann sie nach Stromboli zurückkehren werden. Und auf einmal huscht etwas über ihre Seele, eine Vorahnung, die sie sich nicht erklären kann, die sie erschreckt, aber auch – wie seltsam! – tröstet. Nämlich, daß sie diese aus blendendem Licht und tiefer Dunkelheit gemachte Insel nicht mehr verlassen wird, sobald sie dorthin zurückgekehrt ist.

Der alte Friedhof liegt leer und verlassen oben am Hang. Über dem Grab des Mädchens breitet sich ein langer, feuchter Schatten aus. In der Ferne hört man das fröhliche Bellen der schwarzweißen Hündin.

Auch Ruben überkommt eine plötzliche Vorahnung. Er dreht sich noch einmal zu dem kleinen Friedhof um, kurz bevor eine Wegbiegung ihn seinen Blicken entzieht. Er betrachtet einen Moment das weiße Leuchten der Grabsteine, dann sieht er hinunter nach Piscità. Eine seltsame optische Täuschung läßt ihn die Häuser von einem weißen Nebel umhüllt sehen. Oder ist es Rauch? Er begegnet Fabrizios Blick, der etwa drei Meter vor ihm ebenfalls stehengeblieben ist. Der Mann wirft seine letzten Bedenken ab, läßt sie zwischen die Steine rollen. Rubens Augen leiten ihn im sterbenden Tageslicht.

Das Ende nimmt seinen Anfang mit einem Ferngespräch zur Casa Arancio.

8

Die brennende Insel

Das laute Klingeln des Telefons hat Charles aus seinen Gedanken gerissen. Lächelnd hat er sich bei Caterina entschuldigt und das Gespräch im Wohnzimmer angenommen.

Kurz darauf hat er sich erstaunt zu der am Terrassentisch sitzenden Freundin umgedreht, die sich gerade einen Fußknöchel rieb, und sie durch die offenstehende Fenstertür gerufen: »Caterina, es ist für dich, aus Rom. Ein Polizeikommissar.«

Jetzt beobachtet er von der Terrasse aus, wie sie sich neben dem Kamin über das Telefon beugt. Er sieht, wie sie den Kopf schüttelt, sich mit der Hand auf die Rückenlehne eines Sessels stützt. Dann läßt Caterina den Hörer sinken, legt auf. Sie dreht sich zu ihm um, tritt aus dem Halbdunkel des Hausinneren auf die Terrasse. Ihr Gesicht – Charles wird es nie vergessen – trägt einen bestürzten Ausdruck. So wird sie als alte Frau aussehen, denkt er, während er ihr entgegengeht. »Was ist, ist etwas passiert?«

»Es ist Claudia.«

»Was ist mit Claudia?« Er hat keine Zeit zu überlegen,

denn Caterina schwankt auf einmal, droht zu fallen. Er faßt sie um die Taille, führt sie zu einem Stuhl neben dem Tisch. »Was ist mit Claudia? Was ist passiert?«

»Sie ist tot.«

»Das kann nicht sein ...«

»Sie haben ihre Leiche am Strand gefunden, bei Fregene. Sie war im Sand vergraben.«

Charles zieht einen Stuhl heran, die Beine scharren über den Terrassenboden. Er setzt sich neben die Frau. »Aber wie ist das passiert?« Nach kurzem Zögern: »Hat man sie umgebracht?«

»Ja, man hat sie umgebracht.«

»Wer war es, weiß man es schon?«

»Nein.«

»Mein Gott, Caterina.« Charles nimmt die Hände der Freundin, spürt, daß sie eiskalt sind. Er läßt eine Hand wieder los, fährt sich übers Gesicht. »Mein Gott«, wiederholt er. »Was haben sie dir gesagt?«

»Nichts, nur daß sie tot ist, daß sie die Untersuchung aufgenommen haben.«

»Wann hast du sie zuletzt gesehen?«

»Am Abend, bevor ich hierher gefahren bin. Wir haben eine Fahrt mit dem Auto gemacht, sie und ich.«

»Und seitdem hast du nichts mehr von ihr gehört?«

»Nein ... ich habe ihr geschrieben. Auch von Corrados Tod.«

»Hast du sie nicht angerufen?«

»Nein.«

»O Gott.« Charles berührt Caterinas Arm. Sie sitzt starr und aufrecht auf dem Stuhl, ihr Blick verliert sich in Richtung Meer.

»Aber was kann nur passiert sein? Wer ...?«

Caterina murmelt, während das vertraute Sausen ihre

Ohren erfüllt: »Sie wollte sich am nächsten Tag mit Corrado treffen.«

Charles hebt ruckartig den Kopf: »Mit Corrado? Warum?«

Endlich sieht Caterina ihm in die Augen: »Um alles zu entscheiden.«

Auf der Straße fährt knatternd eine »Lapa« vorbei. Charles läßt den Blick der Freundin nicht los: »Um was zu entscheiden, Caterina?«

»Alles, ihre Zukunft.«

»Das verstehe ich nicht.«

Caterina tastet nach dem Tisch. »Hast du eine Zigarette?«

»Ich weiß nicht, im Haus müßten noch welche sein. Warte ...« Er will aufstehen, sie hält ihn zurück: »Ist nicht so wichtig. Begleite mich zum Pavillon.« Nun versucht sie aufzustehen, schafft es aber nicht. Charles drückt sie wieder auf den Stuhl. »Jetzt bleib mal schön hier sitzen, ich hole dir etwas Wasser, und dann erklärst du mir alles. Sei ganz ruhig.« Er läuft in die Küche und kommt gleich darauf mit einer Karaffe voll Wasser zurück. Er schenkt ihr ein. Caterina nimmt das Glas, stellt es wieder ab. »Es war Corrado, Charles.«

Der Engländer starrt sie an. »Aber wieso?«

»Weil er sie liebte, es war das erste Mal, daß Corrado eine Frau wirklich liebte, meine Tochter. Seine Tochter.«

»Was redest du?«

»Er hat sie aufwachsen sehen, er war wie ein Vater für sie, ersetzte den Vater, den Claudia nie gekannt hat. Als ihr uns vor siebzehn Jahren miteinander bekannt gemacht habt, hat Corrado mir einen Job gegeben, hat sich um mich und um Claudia gekümmert. Er brachte sie zur Schule, spielte mit ihr, nahm sie mit hierher auf die Insel. Weißt du, wieviele Sommer sie hier gemeinsam verbracht haben?«

Charles nickt automatisch, sieht Caterina mit weit aufgerissenen Augen an. Sie fährt fort: »Erinnerst du dich, wie wir diesen falschen Jasmin zu Corrados Geburtstag gepflanzt haben? An den letzten Sommer, an diesen Streit mit Frida, an all die Ausflüge mit dem Boot? Erinnerst du dich, Charles?«

»Ich kann einfach nicht glauben, daß Corrado ...«

»Er liebte sie. Sie war das Mädchen, das er liebte. Er war dabei, alles für sie aufzugeben.«

»Und du wußtest davon.«

»Ja.«

»Aber was heißt, er wollte alles für sie aufgeben?«

»Er wollte mit ihr fortgehen. Deshalb wollten sie sich in Rom treffen.«

»Caterina, ich verstehe das nicht. Du sagst, Corrado war verliebt in Claudia, wollte mit ihr zusammenleben. Aber warum sollten sie gleich fortgehen?« Er hält inne, holt tief Luft. »Warum sollte er sie töten?« Im selben Atemzug denkt er: Er hat sie getötet und sich dann selbst umgebracht.

Caterina faßt den Freund am Arm. »Kommst du jetzt mit mir hinüber? Ich habe keine Zigaretten.« Charles hilft ihr beim Aufstehen. Schweigend gehen sie über den Pfad. Der Engländer öffnet die Pforte, sie betreten den Garten des Palazzo Vancori. Im Pavillon zündet sich Caterina sofort eine Zigarette an, dann läßt sie sich am Schreibtisch nieder. Sie bedeutet Charles, sich neben sie zu setzen. Er zieht einen Korbsessel heran.

Caterina legt ihre Hände flach auf die warme Holzplatte des Tisches. »Sie konnten nicht in Rom bleiben. Ich bin per Zufall hinter ihre Pläne gekommen. Claudia hatte mir etwas von einer Südamerikareise mit Freunden erzählt. Doch dann traf ich eine Freundin von ihr, die gar nichts davon wußte.«

»Sie wollte mit Corrado fortgehen?«

»Ja, mit ihm.« Plötzlich macht Caterina eine seltsam fahrige Geste, unterdrückt ein Kichern. »Oh, sie haben mich lange hinters Licht geführt. Ich hatte keine Ahnung. Ich hatte die ganze Zeit keine Ahnung.«

»Von was?«

»Daß Claudia mit ihrem Vater schlief, natürlich.«

»Aber was redest du da?«

»Ich habe dir doch gesagt Charles, Corrado war wie ein Vater für mein Kind. Wenn ich an all die Zeit denke, die sie allein miteinander waren, in all diesen Jahren, auch hier. All die Male, die sie allein mit dem Boot hinausgefahren sind. Errinnerst du dich an Claudias strahlendes Gesicht, wenn sie nach einem Tag auf dem Meer mit Corrado zurückkam?«

»Das kann nicht sein, Caterina, das ist unmöglich.«

»Es ist wahr, mein Lieber. Sie hat es mir selbst gesagt, an dem Abend, bevor ich abfuhr. Sie hat gesagt: ›Geh uns aus dem Weg, Mama. Ich bin es, die Corrado liebt.‹«

Mit einem Mal versteht Charles. Er sieht die Frau neben sich an, seine liebste Freundin, sieht, wie sie in einem Drehbuch blättert, hinter Komparsen herrennt, einen Set organisiert. Tüchtig, kompetent, selbstsicher. Doch ohne je selbst eine Affäre zu haben, einen Liebhaber, einen Partner. Er sieht sie diesen Mann anbeten, der auch sie zerstört hat, der alle Frauen hatte, nach denen es ihn gelüstete, sogar eine schöne Ehefrau zum Vorzeigen. Er stellt sich vor, wie sie sich an einem Schreibtisch in irgendeinem

Büro gegenübersitzen. Aber sie waren nie miteinander im Bett, waren sich nie nahe. Er sieht Caterina jeden Abend mit einem Stapel Drehbücher unterm Arm allein nach Hause gehen. Siebzehn Jahre lang. Sein Blick fällt auf die Hände der Freundin, sie spielt mit dem Ring, den sie immer trägt. Der mit dem scharfkantigen Stein, scharf wie eine feine Klinge.

Er kann es nicht glauben. Leise fragt er: »Was ist an dem Abend, bevor du abgefahren bist, passiert?«

Caterina umklammert das Lenkrad. Sie will nichts hören, will überhaupt nichts mehr hören. Claudia neben ihr redet wie ein Wasserfall: »Denn ich liebe ihn auch, Mama, schon seit Jahren. Er war der erste Mann, mit dem ich geschlafen habe, vor drei Jahren auf Stromboli, an einem Nachmittag, als du mit Charles nach Lipari gefahren warst, und jetzt kann er nicht mehr ohne mich leben. Wir gehen fort, fort auch von dir, weil du mich immer am Gängelband hältst, mich erstickst mit deiner Fürsorge, deiner Aufmerksamkeit. Er ist es, den ich will, Mama. Und er will mich. Geh uns aus dem Weg, Mama.«

Caterina fährt das Auto an den Straßenrand, steigt aus, läßt die Tür offen. Sie geht aufs Meer zu. Claudia ruft sie, folgt ihr, hält ihren Arm fest: »Ich liebe dich, Mama. Wenn du mich nur endlich mein eigenes Leben führen ließest! Du bist ständig im Weg, ständig da, um zu verstehen, zu helfen, zu verzeihen! Aber was denn verzeihen, was? Daß andere sich die Freiheit nehmen, sich nahezukommen, sich zu lieben? Du bist noch nicht einmal fähig gewesen, deinen Ehemann zu halten oder dir einen Liebhaber zu nehmen. Immer hast du nur auf einen Fingerzeig von Corrado gewartet, um einen Blick, eine Zärtlichkeit, ein

Lob gebettelt. Du hast dich unentbehrlich gemacht, und jetzt kann auch er nicht mehr! Er will mich, und um mich zu bekommen, muß er von dir fort, muß dich und deine lästige, ekelhafte Liebe abschütteln.«

Sie hatte sie am Hals gepackt, wußte nicht, daß sie soviel Kraft besaß. Sie waren hingefallen und in ein Sandloch gerollt. Caterina hatte Claudias Hals umklammert. Ihre Tochter hatte sich gewehrt, sie an den Haaren gezogen. Dann war sie immer schwächer geworden.

»Weißt du, was geschah, während meine Hände um ihren Hals lagen?« Charles sieht Caterina unverwandt an, legt seine Finger an die Schläfen. Die Frau fährt fort: »Ich habe dich gesehen, ich habe euch alle gesehen, dort, auf der Terrasse der Casa Arancio, auf dem Feueraltar. Ich habe auch mich selbst gesehen, meine Hände, die ein Tablett mit Getränken hielten, ich half Isolina, den Tisch zu decken. Ich habe deine Stimme gehört, die mich aus dem Garten rief, und Franzos Lachen und das von Consuelo. Und das Gesicht von Don Bartolo am Hafen, wie er am Kai steht und ich vom Tragflächenboot gehe. Wie jedes Jahr, jeden Sommer. Dann habe ich Claudias Hals losgelassen. Ich konnte aus dem Loch klettern, das nicht sehr tief war. Dann habe ich sie mit Sand zugedeckt.« Sie sieht durch ein Fenster auf die hohe Palme der Vancori im schnell abnehmenden Abendlicht. »Sie war schwanger von Corrado. Auch das hatte sie mir an diesem Abend erzählt.«

Charles schließt die Augen.

Prospero streckt sich träge zwischen den Zweigen des falschen Jasmin, blickt flüchtig zu dem flachen Bau wenige Meter vor ihm. Dort sieht er sein Herrchen und diese Frau im Halbdunkel des Zimmers sitzen.

»Und dann bist du hierher gefahren.«
»Ja, wegen mir, wegen euch. Weil ich die Menschen um mich brauchte, die mich lieben.«
»Und Corrado?«
»Er war wie wahnsinnig. An dem Abend, als er ankam, hat er mich gleich nach Claudia gefragt. Ich sagte, ich wisse nicht, wo sie sei, dächte, sie sei in Rom. Er glaubte mir nicht. Er hat mich keine Minute in Ruhe gelassen, und am Abend darauf, nach den Sternschnuppen, ist er mir wieder gefolgt, spät in der Nacht, dort auf die Klippe.«

»Sag mir, wo sie ist.«
»In Rom, hab ich dir doch gesagt. Warum suchst du sie?«
»Du weißt es.«
»Was soll ich wissen, Corrado?«
»Du weißt alles, sie wollte es dir erzählen. Sie hat mit dir gesprochen, ich bin ganz sicher.«
Caterina sieht diesen Mann an, den sie mehr als jeden anderen geliebt hat, der ihr – so glaubte sie – vor siebzehn Jahren das Leben gerettet hat. Zum ersten Mal erlebt sie ihn besiegt, flehend: »Sag mir, wo sie ist, Caterina, sag's mir.«
»Ich habe sie umgebracht.«

Erregte Erklärungen, ungläubige Fragen waren gefolgt. Doch Caterina wollte nichts mehr hören. Sie wollte nur noch Stille. Während Corrado bestürzt ihre Handgelenke packte, war ein großes Bedürfnis nach Stille in ihr entstanden, der Wunsch, nur noch die Brandung des Meeres dort unten, jenseits der Mauer zu hören. Schließlich hatte sie ihn ins Gesicht geschlagen. Der Ring hatte die Haut geritzt, eine dünne Blutspur, fein wie ein Grashalm, hatte sich auf Corrados Wange abgezeichnet.

Plötzlich sieht Caterina das Gesicht der Kleinen, das sich vor Corrados schiebt, und er flüstert: »Willst du, daß ich es tue? Willst du wirklich, daß ich es tue? Gut.«

Corrado war auf die Mauer gesprungen: »Du hast mein Leben zerstört, du hast mir das einzige genommen, an dem mein Herz hing.« Dann hatte er wiederholt: »Willst du, daß ich es tue?« Ohne eine Antwort abzuwarten hatte er sich hinuntergestürzt, war mit ausgebreiteten Armen durch die Nacht von San Lorenzo gefallen.

Caterina schaut den Freund an. »Ich habe nichts zu trinken hier, geh bitte und hol etwas aus der Casa Arancio.«

Er streichelt ihren Arm: »Hör zu, Caterina. Wir werden nichts sagen, es wird nichts passieren. Du bleibst hier bei uns, wir kümmern uns um dich. Ja? Du bleibst in der Casa Arancio bei mir, Franzo und Isolina. Ich werde es niemandem erzählen, noch nicht einmal Franzo, wenn du es nicht willst.«

Sie erwidert die zärtliche Geste, lächelt blaß: »Claudia ist nicht tot, sie macht eine Reise. Die Reise, die sie vorhatte. Ich muß zu ihr, muß mich um sie kümmern. Sie ist meine Tochter, der einzige Mensch, den ich auf der Welt habe.«

»Du hast uns, Caterina. Du hast mich. Bleib hier bei mir.«

Caterina beugt sich vor, streift die Stirn des Engländers mit den Lippen und murmelt: »Gut, ich tue, was du willst. Aber jetzt geh und hol uns etwas zu trinken. Ich warte hier auf dich.«

Charles steht auf, läßt ihre Hände los. »Beweg dich nicht vom Fleck, ich bin gleich wieder da.« Er verläßt das Zimmer. Und begeht damit einen schrecklichen Fehler.

Mit fortschreitendem Abend kann Ruben ein seltsames Gefühl des Unbehagens nicht unterdrücken. Seite an Seite gehen er und Fabrizio einen anderen Weg zurück, als den, den sie auf dem Hinweg zum Friedhof genommen haben. Vor ihnen schaltet Frida schon an manchen Stellen die Taschenlampe ein: »Paßt auf, hier ist eine Erhebung.«

Die Hündin folgt ihnen und legt bei den grollenden Geräuschen des Berges die Ohren an. Schließlich kommen sie auf einer asphaltierten, steil abfallenden Straße heraus. Alle vier bleiben stehen, der Hund trottet heran und beschnuppert Rubens Schuhe. Der Junge blickt wieder in die Richtung von Piscità. Wie vorhin scheint ihm, als wären die Häuser des Dorfes von einem Nebel umhüllt, der diesmal rosafarben vor dem Orange und Blau des Himmels wirkt. Rechts von ihnen taucht wie eine kleine weiße Wolke das Tragflächenboot von Lipari auf der glatten Meeresoberfläche auf.

Allein geblieben streckt Caterina eine Hand nach der roten Mappe auf dem Tisch aus. Sie öffnet sie, zieht die Blätter des Drehbuchentwurfs von Sebastiano Guarienti und Fabrizio heraus. Lächelnd denkt sie: Schade, es war ein guter Stoff. Mit den Blättern in der Hand steht sie auf, nimmt das Feuerzeug vom Tisch, geht in den Garten.

Ich wollte hier mit euch alt werden. Das war mein einziger Wunsch.

In der Stille des Gartens betrachtet sie erneut die himmelhoch aufragende Palme der Vancori, die dunkle Fassade des Hauses. Nur in der Küche brennt ein Licht. Lächelnd denkt sie an die Angst, die die Insel manch einem, der sie nicht kennt, einjagt, die Angst und die Einsamkeit, die man in dieser Stunde zwischen Tag und Nacht empfindet. Sie überquert den Hof, geht ums Haus, betrit Rosarios Zimmer, knipst eine Lampe an. Sofort findet sie, was sie sucht. Der kleine, blaue Plastikkanister steht neben der Tür. Sie nimmt ihn, schraubt den Deckel ab, schnuppert den stechenden Benzingeruch.

Mit dem Kanister in der Hand geht sie wieder hinaus, wobei flüchtige Bilder vor ihren Augen tanzen: das Gesicht ihres Mannes, der sie verlassen hat, Claudia als kleines Mädchen mit einer roten Mütze auf dem Kopf, Corrados lachender Schnurrbart, ihr Arbeitszimmer in Rom mit der Dachterrasse davor, ihre Bücher, die in den Regalen gestapelten, verschnürten Drehbücher. Caterina ist vor allem dieses Sausens in den Ohren müde, dieser Flut, die steigt und steigt und ihr keinen Frieden gönnt. Still – eingetaucht in die Stille, nach der sie sich sehnt – bittet sie alle um Vergebung, einen nach dem anderen, vor allem Charles für die kleine Täuschung, mit der sie ihn dazu gebracht hat, sie allein zu lassen. Schließlich vergibt sie auch sich selbst.

Die Flamme schießt sofort lodernd auf. Die zusammengerollten Blätter fangen mit Leichtigkeit Feuer, wie eine Prozessionsfackel. Im Licht der Flamme sieht Caterina, wie die gläsernen Augen Prosperos und des lahmen Kätzchens sie von der Mauer aus beobachten. Stumm ziehen sie sich hinter die Zweige zurück, verschwinden schnell im angrenzenden Garten. Endgültig allein, nur mit ihrer Schuld als Zeugin, schüttet Caterina Benzin über ihren Rock und legt mit der Papierfackel Feuer an den Saum. Während der Stoff zu lodern beginnt – in einem gleichmäßigen Flammenrund, als wäre das leichte, weiße Kleid ein Vulkankegel, über den sich glühende Lava ergießt – läßt sie sich in die Blätter und duftenden Blüten des falschen Jasmin sinken. In kürzester Zeit werden sie selbst und der Jasmin zu reinem Feuer. Am Fuß des düsteren Berges.

Die durch den Abend schwankende Flammengestalt wird zuerst von Incoronata gesehen, die von der Höhe ihres Balkons Corrados Geist erkennt, der gekommen ist, seiner Rache beizuwohnen.

... dann rennt Charles schon mit einer Decke herbei, versucht verzweifelt, sie über den taumelnden, brennenden Körper zu werfen, schafft es aber nicht, ihn zu stoppen. Die Flammengestalt wehrt sich (aus dem aufgerissenen Mund dringt ein unterirdisches Röcheln, ein schon erstorbener Schrei), stößt gegen die Hauswände, gegen die Palme, gegen die Einfriedung der Terrasse auf der Klippe. Charles verbrennt sich die Hände, seine Augen sind voller Tränen, er versucht, die Freundin festzuhalten, schafft es nicht. In einem letzten, erschöpften Kraftakt – die Beine sind schon nicht mehr zu erkennen, verklebt mit dem Stoff des Rockes – steigt Caterina auf die Einfriedungsmauer und stürzt sich ins Nichts, bildet eine leuchtende Flugbahn. Die letzte Sternschnuppe ihres letzten gemeinsamen Sommers.

... dann muß Hilfe herbeigeholt, das Feuer unter Kontrolle gebracht werden.

Engel und Teufel der Insel machen mit den Winden gemeinsame Sache, um dem Brand, der um den falschen Jasmin herum lodert, eine ganz bestimmte Richtung zu geben. Der Schirokko legt sich, bringt die Luft zum Stehen und macht einer nördlichen Brise Platz, die die Flammen auf das Meer zutreibt, auf die Mauern des Palazzos.

Die Steine der Gartenmauer halten das Feuer vom Grundstück der Casa Arancio ab. Schnell wird klar, daß die größte Gefahr für den Palazzo Vancori besteht.

Vom alten, einsam gelegenen Friedhof aus gesehen nimmt Rubens optische Täuschung – die keine war – nun deutlicher Gestalt an. Dort unten, zwischen den Häusern von Piscità, steigt ein roter Nebel empor. Auf dieser aus Feuer gemachten, so wasserarmen Insel ist das Feuer auch der größte Feind.

    Isolina spürt die Bedrohung noch ehe sie sie sieht. Sie

legt Franzo eine Hand auf den Arm. Die beiden stehen vor San Bartolo, umgeben von Oleanderbäumen. »*Franzocarlo*, da stimmt was nicht«, sagt sie.

»Was ist?« Franzo wechselt eine Einkaufstasche auf den anderen Arm. »Achtung, hier ist schon wieder ein Loch. Dieses Pflaster ist eine Katastrophe.« Dann blickt er in das plötzlich verfinsterte Gesicht seiner alten Kinderfrau: »Was hast du?«

»Dort, schau.«

Franzo hebt den Kopf und späht durch das Laub der Olivenbäume um die Casa Anselmo. Hinter den Wipfeln leuchtet es rötlich. »Das ist bei uns, lauf«, fordert ihn Isolina ganz nüchtern auf und versetzt ihm einen heftigen Stoß mit der Hand. Der Mann läßt seine Einkaufstaschen fallen und beginnt schnell, den Hang hinunterzurennen.

Charles sieht auf einmal Pietro mit einem übervollen Wassereimer neben sich. Der junge Mann schüttet das Wasser auf den Jasmin und brüllt: »Die Spritze, Rosario, hol die Spritze.« Charles läuft zu Rosario und hilft ihm, den langen Gummischlauch zu entrollen. Sie schließen ihn an den Wasserhahn der Zisterne an.

»Er ist zu kurz, er reicht nicht bis dorthin.«

»Ich hole einen anderen aus der Casa Arancio.« Charles stürzt auf die Straße, biegt rennend in den Gartenpfad ein und knallt mit Franzo zusammen: »Schnell, komm, es brennt.«

»Aber was ist ...«

»Lauf, ich erklär's dir später. Hol den Schlauch aus dem Küchengarten, ich hole den aus dem großen Garten.«

Franzo geht in den Küchengarten und rollt hektisch den dort liegenden Schlauch auf, der sich zwischen Kaktusfeigen verfängt. Er flucht leise, reißt sich die Hände an den Stacheln auf, schafft es schließlich und läuft wieder auf die Straße.

Eine weiße Erscheinung taucht im Haupteingang des Palazzos auf. Es ist Don Bartolo, der auf seinen Stock gestützt die Treppe hinuntersteigt. Pietro eilt an seine Seite, stützt ihn. Vancori zeigt mit dem Stock auf die erste Etage und keucht: »Schnell, dort oben, die Alten.«
Pietro rennt ins Haus.

Die Palme der Vancori fängt Feuer und brennt wie Zunder.

Sie benachrichtigen Calì, der gerade das Tragflächenboot verlassen hat. Der Maresciallo schickt Colombo und Rosingana vor. Dann ruft er in der Casa Arancio an. Isolina nimmt ab und sagt, er solle sofort kommen, so schnell wie möglich.

Vor der Bäckerei begegnen die vier Maria, Patùs Frauchen, die rasch auf die abfallende Straße am Dorfende zugeht. Die Hündin springt an ihr hoch, während sie Frida erklärt, daß es irgendwo brenne, sie wisse aber nichts Genaues, man müsse nachsehen.
»Wo soll es brennen?«
»Bei uns in Piscità. Ruth hat mich angerufen.«

Livia legt Frida eine Hand auf die Schulter: »Beeilen wir uns.« Begleitet vom fröhlichen Gebell des Hundes eilen sie auf den vorgelagerten Ortsteil zu.

Das Feuer frißt sich an der Gartenmauer entlang, nährt sich von Sträuchern und Stauden, erreicht das Erdgeschoß des Palazzos. Inzwischen ist eine ganze Reihe von Feuerspritzen und Gartenschläuchen im Einsatz, alle tun, was sie können. Ruth und Francesco sind eingetroffen, die Frau blickt entsetzt auf die Wand des großen Hauses, die an ihren Besitz grenzt. Francesco läuft los, um weitere alte Decken zu holen, der Architekt Pagliero und Alberto, die ebenfalls direkte Nachbarn sind, helfen ihm. Franzo ist schnell ins Haus gerannt, jetzt sieht man, wie er Pietro hilft, Incoronata hinauszutragen. Die Alte wirkt wie ein kleiner, schwarzer Vogel auf den Armen des jungen Mannes. Hinter ihnen kommen die beiden anderen Vancori-Schwestern heraus, stumm, mit weißen Gesichtern. Annunziata umklammert die kleine Statue der Madonna von Pompeji. Die rotgelben Flammen im Garten bilden einen Widerschein auf ihren dunklen Kleidern und werfen groteske Schattenflecken an die Hauswände.

... dann trifft Consuelo, fast rennend und auf Matteos Arm gestützt, von der kleinen Straßenkreuzung her ein. An der großen Gartenpforte des Palazzos begegnet sie Charles, dem jemand die leicht verbrannte rechte Hand verbunden hat. Die Principessa hält ihn an: »Was ist passiert?«

»Es ist Caterina.«

»Was ist mit Caterina ...?« Doch sie scheint plötzlich zu verstehen, legt die Hand auf den Mund. »Wo ist sie?« Ohne eine Antwort abzuwarten, sieht sie zur Klippe hinüber. »Sie auch?« Charles nickt und bedeutet ihr, nicht weiterzugehen. »Warte hier, Consuelo. Matteo, komm mit und hilf uns.« Die Principessa hält den Engländer am Ärmel fest: »War sie es?«

»Ja.« Dann rennt Charles in den Hof des Palazzos, gefolgt von Matteo. Über Consuelos Wangen rollen langsam zwei dicke Tränen.

Federico füllt wie rasend Eimer mit Wasser aus der Zisterne. Neben ihm reicht Susy sie an Rosario weiter. Sie arbeiten schweigend und hastig, ohne sich anzusehen, die Köpfe über den Wassertank gebeugt.

Signora Elide gibt Consuelo eine Decke, die sie über die Beine der Kleinen breitet. Isolina setzt Teewasser auf und sieht sich auf einmal erschrocken um. Dann nimmt sie das lahme Kätzchen auf den Arm und geht, es in ihrem Zimmer einzuschließen. Prospero folgt ihnen.

... dann bringen Frida und Livia Immacolata und Annunziata dazu, sich auf Franzos Bett zu legen. Die beiden Alten liegen dort starr ausgestreckt und halten sich an den Händen.

Der Cavaliere Persutto stolpert in einen vollen Wassereimer, stößt ihn um und flucht, worauf Ruben ihn streng zurechtweist: »Passen Sie doch auf, gehen Sie lieber aus dem Weg.«

Rosarios Zimmer brennt. Die Matratzen brennen, die alten Kleider des Dieners, die Blechkiste mit Papieren und wenigen Fotos. Es brennen die Regale, das Feldbett, die alten Fischreusen. Rosarios Zimmer gibt es nicht mehr.

Fabrizio und der Carabiniere Colombo stoßen die zur Terrasse gehende Küchentür der Vancori ein, damit das Feuer ins Freie kann. Durch ein Fenster reicht Valeria dem jungen Carabiniere schnell eine Feuerspritze, die dieser sofort auf die Zimmerdecke richtet, auf die hölzernen Dachbalken. Fabrizio schreit: »Die Treppe, die Treppe, dort, schnell.« Charles kommt mit einer weiteren Spritze herein und überflutet den Treppenabsatz vor dem ersten Stock mit Wasser.

Der blonde Norweger hält Giancarlo an einem Hemdzipfel fest. Der Junge küßt ihn schnell auf die Wange und rennt dann ebenfalls auf das Erdgeschoß des Palazzos zu.

... dann sieht Don Bartolo der Principessa in die Augen und murmelt: »Dein Haus, Consuelo.« Sie streicht zärtlich über seine Stirn und hält ihm die Tasse hin: »Trink, Bartolo, sonst wird es kalt. Sei ganz ruhig, mach dir jetzt keine Sorgen.«

Der Brand ist jetzt auch von ferne zu sehen, aus dem Dorf kommen immer mehr Leute herbeigelaufen. Von der Meerseite treffen Boote ein. Ein seltsamer Brand, der zwar heftig lodert, aber nur innerhalb des Umkreises des Palazzos und seines Gartens. Er greift noch nicht einmal auf den Pavillon über, in dem Caterina jahrelang zu Gast war. Er scheint sein Wüten auf das Haupthaus, die Palmen, die Reihen von Feigenkakteen und Jasminhecken zu beschränken. Eine Weile sieht es so aus, als wolle er auf die Zimmer im ersten Stock überspringen, vor allem auf das von Corrado, als könne er es nicht abwarten, die Lagen von schwarzem Tüll zu verschlingen.

Doch der Einsatz der Löschenden hält ihn ab. Das Feuer hat bereits Rosarios Zimmer und den angrenzenden Vorratsschuppen vernichtet. Nun stürzt es sich auf die Küche und das Eßzimmer, bedroht die Treppe, den Kelterraum hinterm Haus. Oben, in Don Bartolos Arbeitszimmer, scheinen die ordentlich zusammengefalteten Flurkarten von den zahllosen Besitzungen der Vancori auf dem Schreibtisch des Alten ruhig ihrem Ende entgegenzusehen.

Calì brüllt im Hof seine Anweisungen. Sein Verdacht war richtig, erkennt er in übelster Laune und verflucht im stillen alle Tragflächenboote der Welt. Wenn sie pünktlich angelegt hätten, hätte er diese Tragödie vielleicht ... aber noch sind ihm nicht alle Einzelheiten klar. Er hat bemerkt, wie die dunklen Augen des Engländers ihn im Vorbeihasten ansahen, und fürchtet nun, daß ein Teil der Wahrheit nie ans Licht kommen wird.

Maria Grazia und Ornella hocken mit anderen Neugierigen auf der äußeren Begrenzungsmauer der Casa Arancio und starren in ihren Strandkleidern auf die Tragödie. Ornella spürt hinter sich, in der Ferne, die gleichmütige Präsenz des Vulkans.

... dann ist da Caterinas Körper, der mit dem Kopf nach unten in der Bucht treibt, nur wenige Meter von Charles' Boot entfernt. Carabiniere Rosingana, dessen nackter Oberkörper aus dem Wasser ragt, schiebt ihn mit einem Ruder auf den Strand zu.

Inzwischen helfen auch die Winde – und die Engel und nachsichtigen Teufel der Insel – bei der Bekämpfung des Brandes. Die Luft wird still, und die Menschen können die Flammen bändigen. Das Feuer wird aus dem Haus vertrieben, das obere Stockwerk ist gerettet. Doch der Garten ist für immer zerstört.

In der Nacht – mittlerweile ist es Nacht – denkt Consuelo daran, daß sie einige hundert Zigaretten früher noch auf der Terrasse der Barosi saß und mit dem Hausherrn vergnügte Scherzworte wechselte. Sie sieht sich auf der Terrasse der Casa Arancio um, sieht, wie Franzo Charles' improvisierten Verband überprüft, sieht Matteo aus der Casa Rosmarino, wo er nach den Hunden gesehen hat, zurückkehren und Isolina erschöpft auf der Steinbank sitzen. Wieder denkt sie an die »séparation des corps«. An diese endgültige Trennung. Bisher hat Charles ihr nur sehr wenig erzählt. Es wird noch genug Zeit sein, im Kreis der

Überlebenden der Familie die ganze Wahrheit zu erfahren. Im Moment weiß sie nur – und das ist es, was zählt –, daß Caterina nicht mehr da ist. Und daß sie ihr fehlen wird.

Die Augen auf seinen Verband gerichtet – Franzo ist nach oben gelaufen, um eine saubere Mullbinde zu suchen – denkt Charles an die Auferstehung des Fleisches, noch eines dieser verwirrenden Mysterien des katholischen Glaubens. Er versteht, daß das Mysterium genau darin liegt, nicht im Geist, sondern im Fleisch. Er sieht den verkohlten Körper seiner Freundin vor dem Hintergrund der Hecken hin und hertaumeln. Er läßt sich Zeit – alle Zeit, die nötig ist –, um voll und ganz zu verstehen, um mit der Seele zu erfassen, was es bedeutet, nicht mehr seine Hand auf Caterinas Arm legen zu können, ihr Lachen nicht mehr zu hören, sich nicht mehr in den Augen eines Menschen zu spiegeln, der ihm mit zärtlich vertrautem Blick sein Verständnis zeigte und seinerseits auf Verständnis hoffen konnte.

Tief in der Nacht gehen die Plejaden über dem rauchgeschwärzten Kranzgesims des Palazzo Vancori auf. Unbeweglich, unbefleckt senden sie ihre ewige Botschaft der Reinheit an den dunklen Berg gegenüber.

Tief in der Nacht gibt es keine Erklärungen, außer für Franzo, seinen Gefährten. Der versteht, der nichts sagen wird, nur das Notwendigste.

... dann, kurz vor Morgengrauen, schlüpft Ruben erschöpft in das blaue Zimmer. Fabrizio zieht ihn an seine Brust. Dann schlafen sie in der Umarmung der geretteten Insel.

Am Morgen finden Charles und der Maresciallo in einer Schublade von Caterinas Schreibtisch eine Reihe von Briefen und Karten an Claudia. Alle stecken in Briefumschlägen, die nicht adressiert sind.

9

Kein Ende

Iddus erwarteter Ausbruch fand im darauffolgenden November statt, genauer gesagt am vierundzwanzigsten des Monats um elf Uhr zwei morgens.

Francesco ging gerade durch seinen Garten und knöpfte eine alte Flanelljacke mit von Ruth aufgenähten Lederflicken an den Ellbogen zu (der milde strombolanische Herbst ging in diesen Tagen in einen außergewöhnlich kalten Winter über).

Er war abrupt stehengeblieben und hatte sich am Stamm eines Olivenbaums festgehalten. Dann hatte er schnell den Kopf zum Vulkangipfel gehoben. Eine blendend weiße Rauchsäule war in das klare Blau des Himmels hinaufgeschossen. Ein Schlag, ein einziger Schlag hatte die Luft erschüttert – in den Tagen darauf erfuhr man, daß er bis Milazzo und weiter zu hören gewesen war. Francesco hatte sich nach dem Haus umgedreht und gerade noch gesehen, wie die Glasscheiben der Veranda unter der Explosion erzitterten. Es gab keine Schäden. Später hatten er und Ruth bei einem Rundgang eine zerbrochene Fensterscheibe in einem offengelassenen Fenster im Vorratsschuppen der Casa Malanta entdeckt. Frida, die im Oktober abgereist war, hatte Ruth die Hausschlüssel dagelassen. Sie waren ins Haus gegangen, um nach eventuellen weiteren Schäden zu suchen, aber es war alles in Ordnung, nur der leichte Riß in der Wand von Fridas Zimmer schien Francesco etwas tiefer geworden zu sein. Er hatte es sich erneut vorgenommen, einen Maurer kommen zu lassen, der einen genaueren Blick darauf werfen sollte.

An diesem Novembermorgen hatte sich das ganze Dorf auf der Piazza versammelt. Die alten Frauen hatten sich vor dem Portal von San Vincenzo bekreuzigt und sich an andere, deutlich beängstigendere Ausbrüche erinnert. Die Vulkanologen von Lipari hatten viel später als sie vorausgesagt, daß Iddu *sprechen* werde.

Da es ein schöner Morgen mit ruhiger See war, waren sofort zahlreiche Boote zur Sciara hinausgefahren, wo das Schauspiel der Rauchwolke – und der glühenden Gesteinsmassen, die die schräge Felswand hinunterrollten – sich in seiner ganzen furchterregenden Großartigkeit entfaltete. Auch ein Fotograf, der in Scari Urlaub machte, war dabei und schoß eine Reihe von Farbfotos, die er gewinnbringend an einen Verlag in Messina verkaufte. Der stellte daraus Postkarten her, die im folgenden Sommer in den beiden Tabakläden der Insel feilgeboten wurden.

Von einem Ausguckposten der Carabinieri beobachtete Maresciallo Calì lange und schweigend das bedrohliche Brüllen des Berges.

Von den unseren befand sich im Moment der Explosion niemand auf der Insel. Zwei Tage später stieß Fabrizio in Rom beim Überfliegen der Inlandsnachrichten im »Messaggero« auf eine siebenzeilige Notiz, die von dem außergewöhnlichen Ausbruch des Vulkans Stromboli berichtete. Er stand gerade in der Bar der Stazione Termini, wo er auf die Ankunft eines Schnellzugs aus Turin wartete. Er sah zur Bahnhofsuhr hinauf, rannte in eine Telefonzelle und wählte, sich ein wenig mit den Zeitzonen vertuend, Fridas Nummer in Argentinien.

»Hier ist es noch früh am Morgen! Was ist passiert?«

»Iddu hat gesprochen. Ich habe es gerade in der Zeitung gelesen.«

»Na so was. Ich rufe sofort Ruth an. Hat es Schäden gegeben?«

»Offenbar nicht, die Zeitung spricht nur von einem großen Schrecken für die Inselbewohner.«

»Ich rufe gleich dort an, wie spät ist es eigentlich bei euch?«

Dann hatten sie noch ein wenig über dies und das geredet, sich gegenseitig ausgefragt: »Wie geht es Livia?«

»Sehr gut, sie schläft ... ah nein, jetzt ist sie wach.«

»Gib sie mir mal, dann sage ich ihr selbst Hallo.«

Nach weiteren Grüßen und Küssen: »Berichte mir von eurem Film, grüß Sebastiano, wir sehen uns im Frühling ...«, hatten sie aufgelegt. Fabrizio war gerade rechtzeitig aus der Telefonzelle gekommen, um die Ankündigung des Schnellzugs zu hören. Er war zum Bahnsteig gegangen, auf Ruben zu, der mit einer Lederjacke und einer großen Umhängetasche aus dem Zug stieg. Der Junge hatte schon von weitem grüßend den Arm gehoben. Ein durch das Bahnhofsdach gefilterter Sonnenstrahl hatte den Arm getroffen und alles Licht des römischen Nachmittags über ihn ergossen.

Signora Elide knöpft ihren Mantel auf, läßt ihr Halstuch auf einen Küchenstuhl fallen und stellt die Einkaufstaschen auf den Tisch. Noch im Mantel geht sie zum Thermometer. Sogar in der Wohnung ist es eiskalt!

Sie hat einen kleinen Gang zum Markt an der Piazza Benefica gemacht, hat vier Paar beige Socken für Nuccio gekauft, eine Spule rotes Nähgarn, die Zeitung, Milch, Tomaten. Den Zucker hat sie vergessen, natürlich! Macht nichts, murmelt sie vor sich hin, dann fange ich eben schon beim Kaffee mit meiner Diät an. Heute ist sie allein, ihr Mann ist mit einem Geometer, der ihn wegen einer Immobilienberatung dabeihaben wollte, nach Bra gefahren, wo eine Villa verkauft werden soll. Sie wird sich ein weichgekochtes Ei machen, das reicht.

Schließlich zieht sie ihren Werktagsmantel aus, hängt ihn in den Schrank im Flur, geht zurück in die Küche. Dort nimmt sie eine Kasserolle, füllt sie mit Wasser, gibt ein Ei hinein, stellt das Ganze auf eine Gasflamme. Dann schlägt sie die »Stampa« auf und liest auf Seite dreizehn rechts oben: *Starke Eruption auf der Insel Stromboli*. Begierig überfliegt sie die wenigen Zeilen: *... gestern morgen gegen elf Uhr ... keine Sach- oder Personenschäden ... ein anderer Ausbruch von 1930 ... die berühmte Sciara del Fuoco ...*

Sie blickt von der Zeitung auf, schaut zum Küchenfenster. Hinter den weißen Gardinen, die einen Spalt aufgezogen sind, sieht sie die Reihe grauer Balkons vom Wohnhaus gegenüber, die Rolläden vor den Garagen, die Müllcontainer. Dann läßt sie den Blick zu den grünbraunen Kacheln ihrer Küche schweifen, den braun gestrichenen Hängeschränken, dem geblümten Wischlappen neben dem Ausguß.

Sie öffnet eine Schublade, holt eine Schneiderschere heraus und schneidet die Zeitungsmeldung sorgfältig aus. Dann geht sie ins Schlafzimmer, wo sie einen Schrank aufschließt. Aus der hintersten Ecke eines Fachs zieht sie eine Schachtel hervor und nimmt den Deckel ab. In der Schachtel liegt, ordentlich zusammengefaltet und in eine durchsichtige Plastikhülle verpackt, der prächtige blaue Schal, den sie im vergangenen Sommer auf der Insel gekauft hat. Auf dem Schal liegt ein weißer Briefumschlag. Darin eine getrocknete Bougainvilleablüte. Signora Elide schiebt den Zeitungsausschnitt in den Umschlag. Eine Träne tropft auf die Plastikhülle. Sie wischt sie ohne Hast ab, legt den Schal in die Schachtel zurück. Sie schließt den Schrank und geht wieder in die Küche, wo sie sich die Nase putzt. Dann bricht sie auf einmal in Lachen aus, weil sie an die hinterhältigen Streiche denkt, die Iddu denjenigen spielt, die ihr Herz an ihn verlieren. Nun hat er sich auch bei ihr wieder eine hübsche Bosheit geleistet. Über den Gefühlsaufwallungen nach der Zeitungslektüre hat sie das Ei auf dem Herd völlig vergessen, das jetzt seit gut zehn Minuten kocht. Was soll's, denkt sie und hebt die Augen zur Küchendecke – wo sie den Gipfel des Vulkans sieht, der sich vor einem flimmernden Augusthimmel erhebt –, dann esse ich es eben hartgekocht, ganz wie du willst.

Wie man aus der Zeitung erfahren konnte, hat Valeria Griffa sich mit einem Schweizer Pharmaindustriellen ausgezeichnet neu verheiratet. Sie lebt in Genf und hat eine vielversprechende zweite Karriere begonnen, nicht zuletzt dank ihrer Leistung in dem Film von Cassinis. Der Film – den viele von Ihnen sicher gesehen haben – ist in Italien und Frankreich mit großem Erfolg gelaufen. Die Kritiken waren durchweg begeistert, Valerias schauspielerische Leistung wurde hervorgehoben und als Neuentdeckung gefeiert. Ein bekannter Journalist betonte, daß die Griffa, nun da sie die zweitklassigen Rollen aufgegeben habe, ihr Bestes geben könne und eine unerwartete Reife zeige, wobei sie jedoch immer noch dieses Strahlende auf die Leinwand bringe, das sie berühmt gemacht habe. Schön und erfolgreich, kurzum (ein anderer, etwas bissigerer Filmkritiker bemerkte, daß sie heute viel faszinierender sei, da sie mit Klugheit und Charme zu altern wisse).

Valeria ist oft in Paris, wo man ihr viele Theaterrollen anbietet. Sie verfolgt ihre Karriere unter dem schützenden Blick ihres zweiten Mannes, der mit ihr um die Welt reist, sie in amüsante Lokale zum Tanzen führt und sie nachts im Bett fest in seinen Armen hält.

Die Casa Morgana ist – wenig schmeichelhaft – an einen Teppichgroßhändler verkauft worden, der den Garten von Charles neu anlegen ließ und ihn dabei ein wenig von seiner übertrieben exotischen Note befreite. Valeria ist nie wieder auf die Insel zurückgekehrt.

Irene Cassinis lebt in Arles mit einem Antiquitätenhändler zusammen. Für den nächsten Film ihres Exmannes, der schon in Vorbereitung ist, hat sie einen wunderbaren Schlafsessel aus der Zeit Napoleons aufgetrieben, der perfekt in die Wohnung des Hauptdarstellers passen wird.

Giancarlo ist im September nach den Ferien auf Stromboli für etwa zehn Tage auf eine kleine, hundertfünfzig Kilometer von Oslo entfernte Insel gefahren. Es hat nicht funktioniert. Er ist lachend – habt ihr mich dort etwa als Rentierhirtin gesehen? – mit Koffern voller Norwegerpullover und Strickmützen zurückgekommen, die er an seine Freunde verschenkt hat.

Susy und Federico wohnen jetzt in Venedig und haben eineiige Zwillinge, zwei süße, winzige Jungen. Ruben und Giancarlo sind die Patenonkel – oder Patentanten, wie der unverbesserliche Giancarlo nicht zu betonen versäumt.

Mit der großzügigen Hilfe von Franzo und Charles haben Pietro und Rosario die Casa Benevenzuela wieder aufgebaut. Es ist ein wunderhübsches Haus geworden. Getreu Pietros Plänen haben sie ein Nebengebäude errichtet, das sie von Mai bis Oktober, manchmal auch im Winter, einträglich vermieten. Rosario altert schlecht wie sein Vater, und machmal fährt er nachts aus dem Schlaf auf und keucht: »Das Feuer, das Feuer...«. Dann schläft er wieder ein. Die Touristinnen (und auch viele Touristen) verzehren sich nach Pietro, der unbeirrbar und mit großer Ausdauer und Geduld für Verbesserungen und Verschönerungen am und im Haus sorgt. Er verläßt die Insel nie.

Ornella – es ist Anfang Frühling – betrachtet verzückt die lange Reihe von Ginsterbüschen. Sie pflückt eine kleine, gelbe Blüte ab und gibt sie ihrem vierjährigen Sohn. Der Junge, dessen Name Nicola ist, nimmt sie, schnuppert daran und ruft seine Schwester. Das Mädchen, das Maria Grazia heißt und ein Jahr älter ist als ihr Brüderchen, kommt mit einem schwarzweißen Hündchen im Schlepptau herbeigelaufen.

Ornella sieht zum Berg hinauf, so friedlich und heiter

an diesem Morgen, und denkt lächelnd, daß sie sich beeilen muß, weil sie noch Einkäufe im Dorf machen will, bevor sie hinüber nach Scari fährt, um Luca abzuholen, der mit dem Mittags-Tragflächenboot von Lipari zurückkommt.

Luca hat den Maresciallo besucht, der seit einem Monat pensioniert ist und ein Häuschen in Quattropani gekauft hat (vermittelt vom Notar Butera, eine günstige Gelegenheit). Der Maresciallo hat versprochen, sie seinerseits bald auf Stromboli zu besuchen. Mit amüsiertem Kopfschütteln denkt die Frau an jene lange zurückliegende Sommernacht nach dem Brand, an die beiden Carabinieri, die sie und diese verrückte Maria Grazia nach Hause begleiteten, und an den ersten Kuß, den der junge Rosingana ihr im Olivenhain hinter der Zisterne gab.

Ein Kuß, auf den nach wenigen Spätsommer- und Frühherbstwochen die Hochzeit folgte. Calì war ihr Trauzeuge gewesen, und den Jungen hatten sie ihm zu Ehren Nicola getauft. Der junge Carabiniere Colombo hatte sich bald darauf nach Catania versetzen lassen. Mit dieser erzdummen Maria Grazia hatte sie sich noch ein wenig geschrieben, hin und wieder in lockeren Abständen telefoniert. Luca hat den Befehl über die Carabinieristation übernommen, er ist jetzt Brigadiere und hat zwei Gehilfen, zwei Jungen aus dem Norden, die die Insel schon satt haben. Sie beide hingegen, Ornella und ihr Mann, haben sie alles andere als satt, es geht ihnen wunderbar hier, die Kinder wachsen heran, daß es eine Freude ist, und die Arbeit ist keine Last: auf der Insel passiert nichts, wenn man mal von den paar Nudisten, unvorsichtigen Surfern und Vulkanausbrüchen absieht.

Ornella blickt wieder zu ihrem Berg hinauf und seufzt tief und glücklich. Man sieht sie den Feldweg aufs Dorf zugehen, gefolgt von ihren Kindern und dem Hündchen. Unten glitzert Strombolicchio im stillen Aprilmorgen.

Die Urnen mit der Asche von Caterina und Claudia ruhen nebeneinander in einem zuerst vorläufigen – doch jetzt, mit den Jahren, offenbar endgültig gewordenen – Begräbnisplatz in der Familiengruft von Consuelos erstem Mann auf dem römischen Veranohügel. Der Sohn der Principessa hat die beiden Nischen in Anbetracht der Tatsache, daß die Familie mittlerweile fast ausgestorben und noch sehr viel Platz in dem kleinen Tempel ist, gern zur Verfügung gestellt. Im vergangenen Monat hat Consuelo, als sie mit Matteo und den beiden Hunden namens Romanow und Hohenzollern in Rom Zwischenstation machte, den Friedhof besucht, sich davon überzeugt, daß alles in Ordnung ist und dem zuständigen Wärter ein großzügiges Trinkgeld hinterlassen.

Corrados sterbliche Reste hingegen ruhen neben denen von Don Bartolo, seiner Tante Incoronata und seinen Eltern auf dem Friedhof von Stromboli. Auf dem Foto, das auf Incoronatas Grab prangt, blickt die Kleine nach links zu dem ihres Neffen. Corrados Schnurrbart verblaßt von Jahr zu Jahr mehr über dem unveränderlichen, grashalmdünnen Lächeln.

Die noch lebenden Vancori-Schwestern – beide inzwischen über neunzig – leben in einem Altersheim in Milazzo, wo sie über zwei große Zimmer verfügen. In dem einen schlafen sie, während sie in dem anderen eine Art Privatkapelle eingerichtet haben, vollgestopft mit angestaubten Votivgaben, Zeitungsausschnitten von heiligen Orten und Gegenständen, Heiligenbildchen und getrockneten Olivenzweigen. Auf einem dreibeinigen Tischchen in einer Ecke steht dieselbe Fotografie der Schwester, die auch das Grab schmückt. Nur daß Incoronata hier finster zu dem nach Norden gehenden Fenster, Richtung Stromboli schaut. Das einst sprechende Tischchen schweigt seit Jahren unter dem gestrengen Blick des Papstes.

Am Ostertag im Jahr nach dem Brand fand in der Casa Arancio eine kleine Zeremonie statt. Umringt von wenigen, engen Freunden pflanzte Charles einen Rincospermenstrauch auf dem vom Feuer kahlgefressenen Teil des Geländes, an derselben Stelle der Mauer, wo vorher der andere gestanden hatte. Franzo reichte seinem Partner die Gießkanne, und dann gossen alle nacheinander ein wenig Wasser um die Wurzeln der Kletterpflanze. Neben Charles und Franzo waren an diesem Morgen versammelt: Isolina, Consuelo und Matteo sowie Francesco, Ruth, der Architekt Pagliero, Alberto, Gin Wagner, Aimée, Alda und Giovanni Anselmo, Pietro und Maria und die Hündin Patù, die ihre sanfte Schnauze geduldig auf den Vorderpfoten abgelegt hatte. Nach der Zeremonie begaben sich alle auf die Terrasse. Isolina hatte auf Franzos Geheiß ein kaltes Buffet mit Salaten und verschiedenen Käsesorten angerichtet und viel vor sich hingebrummelt, um sich nicht von ihren Gefühlen überwältigen zu lassen: »Soll das vielleicht ein *disnè* sein, wie es sich gehört, ein anständiges Osterfrühstück? So ein Unsinn, zum Donnerwetter!« Worauf sie sich lautstark die Nase putzte und Prospero, das lahme Kätzchen und ihre fünf heißhungrigen Sprößlinge in die Küche zum Futternapf rief.

Ehe er den anderen gefolgt war, hatte Charles sich noch einmal zu der geschwärzten Fassade des Palazzos, den mit Brettern vernagelten Fenstern und dem Palmenstumpf in der Mitte des Hofs umgedreht. Dabei hatte er beschlossen, solange man auf Käufer wartete (die nicht kommen würden), selbst für einen neuen Anstrich des Hauses und Caterinas Pavillon zu sorgen. Er würde mit Franzo darüber sprechen. Man kann nicht mit dieser ständigen Erinnerung vor Augen leben. Dann war auch er zur Terrasse der Casa Arancio gegangen. Da es ein milder Tag war, hatten sie den Kaffee oben auf dem Feueraltar getrunken.

Auch jetzt noch, an bestimmten Sommerabenden, wenn sie Gäste haben, oder in den einsamen Stunden der Morgendämmerung oder an manchen windstillen Nachmittagen (und wenn er gewisse, stumme Blicke mit Consuelo tauscht) fehlt Caterina ihm sehr. Er spricht fast nie darüber, schon gar nicht mit Fremden. Aber er denkt an sie. Manchmal überrascht er sich dabei, daß er nachrechnet: Wie alt wäre Claudia jetzt? Oder: Wie wäre wohl ihr Kind geworden? Aber vor allem sieht er das niedergeschlagene Gesicht der Freundin vor sich, denkt an ihre Spaziergänge ins Dorf, an die kleinen Gesten, die sich unmerklich in der Erinnerung festsetzen – ein in die Hand gestütztes Kinn, ein überraschtes Lächeln, ein sich entfernender Rücken.

An dem Morgen nach dem Brand hatte Charles einen Diebstahl begangen. Er und Calì hatten die nie abgeschickten Briefe an Claudia gefunden, und dann hatte Charles, als der Maresciallo kurz hinausgegangen war, um seinen Adjutanten Anweisungen zu geben, auf dem Schreibtisch Caterinas Ring entdeckt. Er war sicher, daß Caterina den Ring für ihn dort hingelegt hatte. Er hatte ihn in die Hand genommen und die ganze Zeit, während er mit dem zurückgekehrten Maresciallo im Zimmer war, in der geschlossenen Faust gehalten. Als er danach durch den verbrannten Garten gegangen war, hatte er ihn in seine Hosentasche gleiten lassen. Calì mußte etwas geahnt haben, er suchte den Ring an Caterinas Leiche, glaubte ihn schließlich verlorengegangen. Angesichts des verschlossenen Ausdrucks des Engländers hatte er die Sache schließlich auf sich beruhen lassen, auch ihm schien es lieb zu sein, daß wenigstens diese Einzelheit für immer im Dunkeln blieb.

Charles bewahrt Caterinas Ring in einer kleinen Schachtel zwischen den Pflanzenbüchern auf seinem Schreibtisch auf.

... und so bevölkert sich die Luft mit Geistern, freudig empfangen von den Winterwinden – der Schirokko lauert im Hinterhalt auf den nächsten Sommer – und vom Regen, von den veränderlichen sizilianischen Wolken und von den Engeln und Teufeln, die sich unter dem Vulkan einen heimlichen Wettstreit liefern. An einem Abend in dieser langen, toten Jahreszeit nehmen die Geister von der verlassenen Insel Besitz, versammeln sich auf den Steinbänken, streifen die niedrige Mauer um die Klippe, tanzen auf dem Feueraltar der Casa Arancio – ein verlassenes Raumschiff – und ziehen wieder in den verriegelten Garten hinunter, vorbei an den leeren Fenstern und den verrammelten Vorratsschuppen. Sie lächeln Kassiopeia, Aldebaran, dem Großen Wagen und dem Polarstern zu, dem Delphin und dem Auriga, den Zwillingen und den Plejaden, die zum Trost der Seefahrer dort oben hängen. Strombolicchio, selbst ein schwarzes Gespenst, taucht aus dem dunklen Brunnen des Meeres auf und verschwindet wieder, während die Olivenbäume der Casa Malanta sich dem Schlaf hingeben; genau wie weiter oben, entlang der alten Lavastromtäler, die Steineichen, die Kastanien und die vereinzelten einfachen Eichen, die Ginsterbüsche, die im Mai nach Honig duftenden Klebsamen, die Orangenblüten, die Tuberosen und die Zistrosen, die Poleiminze und die Myrte. Weiter unten schlummern die verlassenen Häuserruinen, die wuchernden Bougainvilleen, die vor Beginn der schönen Jahreszeit beschnitten werden müssen, die furchtbaren, in den Röhrichthainen verborgenen Fangeisen, der in einem zusammengerollten Blatt verkrochene Hausgecko und das Tankschiff, das betrunken auf der Reede vor Ficogrande neben dem kleinen Boot schaukelt, von dem Charles sich ohne Bedauern getrennt hat. Es schlafen die im mißgünstigen Winterwetter feucht gewordenen Wände der Geschäfte und Restaurants, das Haus, in dem Ingrid Bergman übernachtete, der alte Friedhof mit seinen vergessenen Barnaos, Cincottas und Famularos. Und an den Hauswänden oder den hohen Felswänden des langen Strands hallen – hörbar nur für die Geister – die Echos der vielen Stimmen wider, die dort erklungen sind, das Gelächter nach dem Baden im Meer, die Seufzer der Liebenden, umfangen von einem inzwischen verblaßten sommerlichen Traum. Rufe von nackten jungen Männern, zarten Mädchen und milde gewordenen Alten und das ruhelose Gebell der Hunde bei Vollmond.

An Winterabenden wie diesem enthüllt die Insel dem, der dafür offen ist, ihr Geheimnis, ihre schlichte und dennoch rätselhafte Wahrheit, nämlich daß jenseits von ihr – außerhalb des magischen Horizontkreises um das dunkle Dreieck des Berges – nichts, nur sehr wenig von Bedeutung ist.

ABSCHIEDSGRUSS

Falls Sie einmal beschließen sollten, auf diese Insel zu reisen, könnten Sie versuchen, in den Ständern vor den beiden Tabakläden eine Postkarte von diesem inzwischen weit zurückliegenden Ausbruch zu finden. Mit ein wenig Glück entdecken Sie vielleicht noch die eine oder andere. Doch Sie werden feststellen, daß die einst leuchtenden Farben unter der unbarmherzigen sizilianischen Sonne verblaßt und zu einem changierenden, goldgetüpfelten Schwarzweiß verschmolzen sind.

ACKNOWLEDGMENTS

In primis muß natürlich **Iddu** genannt werden (und mit ihm seine schneeweiße Rauchfahne, die im Sommer, gegen sechs Uhr abends, einen blassen Orangeton annimmt). Dann das **Meer** von Stromboli unter der **Sciara del Fuoco**, um **Strombolicchio** und vor dem Küstenstrich des **langen Strands**, wo es immer ein wenig bewegt ist.

Dann, in der Reihenfolge ihres Auftretens
(oder Abgehens oder Erwähntwerdens):

Sebastiano Guarienti, sein Hund, sein Freund und sein Onkel Zeno (nicht notwendigerweise in dieser Abfolge). **Fridas Vater** (in Argentinien). **Zwei Männer**, von denen einer eine lange Nase und eine unnatürliche Bräunung hat. Die **verstreuten Völker** des langen Strandes (unter denen ein **blonder Norweger**, der sich inzwischen in den Nebeln des Nordens verloren hat, sowie die **Neapolitaner** mit ihrem Modemix aus Calvin Klein und vorderem Orient hervorstechen). Eine vollständig nackte, ältere **Dame** (ebenfalls aus Norwegen). Consuelos unbekümmerter Vater, der **letzte Fürst Blasco-Fuentes** (aber auch deren **zweiter Mann**, ihr erster Sohn Ascanio, Herzog Albertoni, und ihr zweiter Sohn Andrea, der nur Signor Guidi heißt, der glückliche). Die verwirrte Hausmeisterin in der Via Nicola Fabrizi in Rom und der verdutzte **Kommissar**. Eine **junge Frau** mit ihrem **Kind**, das nichts mehr von diesem schlimmen Tag in Fregene weiß, und die **Kinder** von Ornella, die fröhlich den Weg vom Observatorium hinunterlaufen. Der ausgezeichnete **Notar Butera** (mit falscher **Cousine** in Quattropani) und der **Doktor Capodanno** (auf Lipari). Zwei **Schwerenöter aus Rom**, die das Nachsehen hatten. Frau (oder besser) **Sienjora Wilhelmina Grünberg** in der Casa Pappagallo – untere Straße. Die **Baronessa de Tersztyanszky** (auch eine Vorfahrin von Consuelo – die Liste wollen wir hier nicht wiederholen). **Mae West**. Die **Sclarandis** (auf ihrem Boot). Die **Guaschinos** (bei denen Sebastiano und Duccio in Fregene zum Abendessen waren). Die **Gräfinnen Berlinghieri** (und ihr vollblütiger Adel). Die **Vulkanologen** von Lipari. Die erfahrene **Boutiquebesitzerin** und die gelassene **Apothekerin**. Ein älteres **deutsches Paar**, längst wieder in seiner Kölner Wohnung. **Giovanni, Manfredi** und **Nicole** (in Paris und auf den verbrannten Drehbuchseiten). Die **Deneuve** (der Caterina nicht mehr begegnet ist). Die (mehr oder weniger) vergessenen Toten namens **Barnao, Mandarano, Saltalamacchia, Di Mattina, Cincotta, Acquaro, Famularo, Oliva, Restuccia, Utano**. Der furchterregende **Geist** im Garten der Casa Benevenzuela. **Rubens Großmutter**, die in aller Ruhe bei Baratti & Milano – Turin sitzt. Ein **ranggleicher Kollege** des Maresciallo (XIII. Jahrhundert v. Chr.). **Ein berühmter Fußballer und eine hochberühmte Fernsehmoderatorin** (auf Panarea). Ein Geometer in Bra mit dem scheel blickenden **Persutto**. **Italo** (der nie genug gelobte Gepäcktransporteur der Insel). Die **Wally von Catalani, Zarah Leander, Gluck, Montserrat Caballé, Satie, Debussy, Delibes** und **Oum Koulsoum** (*U Calsûn* wie Isolina zu sagen pflegt), **Horaz, Thomas Mann, Oscar Wilde, Tomasi di Lampedusa, Patricia Highsmith** und der unverwüstliche **Carducci** (mit Theoderich und Boetius), der **Erzherzog Ludwig Salvator von Österreich** (1847-1915) und **Gabriele Falloppio** (1523-1562), ein Vorfahr – ausgerechnet! – von Maria Grazia.

Des weiteren:

Der **Feueraltar** der Casa Arancio, die **Steinbänke** (um die Innenseite der Terrassen herumgemauert, falls man das bisher nicht verstanden hat), der prächtige **blaue Schal** der Signora Elide, viele rumpelnde »**Lape**«, eine Scheibe geeiste Melone und die von ihr ausgelöste Unpäßlichkeit der **Kleinen**, die **Palme der Vancori** (die Charles in diesem Jahr neu gepflanzt hat), die Spiele, die immer noch auf der *Piero della Francesca* gespielt werden, das **Tankschiff** (und mit ihm der **Hubschrauber** aus Lipari, die **Mopeds**, das **Schlauchboot** des Architekten Pagliero, das ehemalige Boot von Charles und das von **Pippo**, die **Tragflächenboote** der Reedereien Siremar und SNAV und weitere mehr oder weniger funktionstüchtige »**Lape**«), der durchdringende Schrei »**frische Fiiische**«, der **Hausgecko**, das delikate **Mandelgebäck** der Bar Ingrid, der *Jeune homme nu* von Flandrin, der unter der Sciara gestrandete **Pottwal**, das trübselige Chaos von **Rosarios Zimmer** und der übermäßige Prunk der **Casa Morgana**, **das Begräbnis** von Consuelos Großvater, Meter um Meter bedrückender **schwarzer Tüll**, eine kleine Hausstatuette der **Madonna von Pompeji** (vor dem Brand gerettet) und ein Foto des **Papstes**, die **Flurkarten** von Don Bartolo (für immer im Feuer vernichtet), die Kirchen **San Vincenzo** und **San Bartolo** (mit ihren jeweiligen Pfarrern), ein sich nicht

507

mehr bewegendes dreibeiniges **Tischchen**, der vorzügliche **Honig von Ruth**, Consuelos **Schmuck** (ob echt oder nicht) und Caterinas verhängnisvoller **Ring**, Corrados lächelnder **Schnurrbart** und die **Briefe** an Claudia, der tröstliche **Apple crumble** von Charles, Fabrizios Hemd (das Ruben ihm natürlich nicht zurückgegeben hat), das ganze sommerliche Zubehör (Luftmatratzen, Pareos, Decken, Matten usw.), der **falsche und der echte Jasmin**, die giftigen **Stechapfelbäume** und die bezaubernden **Bougainvilleen**, die **Kaktusfeigen** (ebenfalls verhängnisvoll, aber nur für Persutto) und die **Geranien**, die **Kapern** und der **Rosmarin**, die **Steineichen** und die einfachen **Eichen**, die **Myrte**, der **Wermut** und die **Poleiminze** in diesen tückischen Gärten, die eher zum Anschauen als zum Anfassen angelegt sind, der verderbliche **Schirokko** und der wohltuende **Nordwind**, die verschiedenen **Friedhöfe** und das kalte Funkeln von **Kassiopeia, Aldebaran,** dem **Großen Wagen**, dem **Polarstern, Delphin, Auriga,** den **Zwillingen** und den **Plejaden**, die zum Trost der Seefahrer dort oben hängen.

Besonderen Dank an:

Vuitton, Chanel, Valentino, Krizia, D&G, Calvin Klein und an alle anderen, die zur Kostümausstattung beigetragen haben (wie der unbekannte **indische Schneider**, der Isolinas berückenden Sari nähte).

Ganz besonderen Dank an:

Alberto, Roberto und **Gin** (quelle horreur, mes enfants!), **Andrea, Elena, Patrizia, Enzo, Marco, Tinin, Mariolina, Giorgio, Nausicaa** (deutlich zu erkennen an dem Detail des einzelnen Lockenwicklers auf der Stirn), **Gian Piero** und **Pier Luigi**, **Dolly**, **Anna** und **Willy** (»Willst du was im Dorf, Signora?«), **Laura**, **Maria Giulia** und **Cesare** (auch an **Miranda**, **Annalisa**, **Rita** und **Anita**), **Ruth** und den nicht aus der Ruhe zu bringenden **Francesco**, **Alda** und **Giovanni**, **Aimée** (und ihre Anträge an den Bürgermeister von Lipari), **Maria** (mit **Mario** und den **Jungen**), **Timur** und die andere, unvergeßliche **Maria** (*wehe, wenn jemand das Bi-de benutzt!*), **Bruno** und **Vittorio**, **Romeo**, **Talia** und **Claudine**, **Edward**, **Jean-Michel**, **Guido** und **Pino**, **Roberto Luca**, **Großmutter** und **Großvater**, die lächeln werden (und meine ganze **Familie**), **Davide**, der in der näheren Umgebung war, und **Sandrino**, der weiß, welche Farbe das Meer dort unten hat.

Und schließlich an:

Massimiliano (konzentriert über das Waschbecken der Terrasse gebeugt, während er eine antike sizilianische Kachel restauriert), **Puni** und **Patù**, Marias schwarzweiße Hündin, die sich in diesem Moment neben mir auf der Steinbank zusammenkauert, weil sie Angst vor Gewittern hat und vielleicht – ich werde mal einen Blick auf Iddu werfen – gleich ein neues über uns hereinbricht.

Stromboli, Casa Warka, Donnerstag, den 3. April 1997

Christoph Geisselhart
Die Erben der Sonne
Roman

BLT

Nr. 92011 · DM 16,90

Christoph Geisselhart

DIE ERBEN DER SONNE

Mit seinem italienischen Freund Gianni bricht der junge Archäologe Valentin zu einem Dorf in den Bergen bei Neapel auf. Sie wollen die Spur von Giannis verstorbenem Vater verfolgen, der dort einst altertümliche Relikte fand. Schon bald sind sie nicht nur einem Familiengeheimnis auf der Spur, sondern auch den Geheimnissen lang vergangener Zeiten – und geraten in den Sog einer Zeitreise, die sie bis in die versunkene Welt der Etrusker führt ... Familiensaga, Geschichtsbuch und Krimi – ein fazinierendes Buch, das Vergangenheit und Gegenwart, Raum und Zeit magisch vereint.

Renato Olivieri

CASANOVAS ENDE

Mitten ins Herz. Mit einer Nadel aufgespießt wie ein Schmetterling. So starb der Mailänder Möbelfabrikant Valerio Biraghi. Keiner kann sich so recht vorstellen, weshalb, galt Valerio doch als seriöser, friedlicher Zeitgenosse. Und so macht Commissario Ambrosio sich auf die Suche nach einem Motiv – und findet heraus, daß der Ermordete ein heimlicher Casanova war, der auch noch andere Leidenschaften hatte ...
Ein spannender Krimi und ein wunderschöner Roman, geheimnisvoll und reich an Schlüsselerlebnissen.

Nr. 92003 · DM 16,90

Bisher erschienen bei BLT:

Ljudmila Ulitzkaja
MEDEA UND IHRE KINDER
Nr. 92001 · DM 16,90

Jack Dann
DIE KATHEDRALE DER ERINNERUNG
Nr. 92002 · DM 18,90

Renato Olivieri
CASANOVAS ENDE
Nr. 92003 · DM 16,90

Olga Kharitidi
DAS WEISSE LAND DER SEELE
Nr. 92004 · DM 16,90

Gloria Vanderbilt
ICH ERZÄHLE ES NUR DIR
Nr. 92005 · DM 16,90

Julie Harris
DER LANGE WINTER AM ENDE DER WELT
Nr. 92006 · DM 16,90

Peter Landesman
MEERESWUNDEN
Nr. 92007 · DM 16,90

Laura Joh Rowland
DER KIRSCHBLÜTENMORD
Nr. 92008 · DM 16,90

Rosita Steenbeek
DIE LETZTE FRAU
Nr. 92009 · DM 16,90

William Elliott Hazelgrove
AUF DER SUCHE NACH VIRGINIA
Nr. 92010 · DM 16,90

Christoph Geisselhart
DIE ERBEN DER SONNE
Nr. 92011 · DM 16,90

Swain Wolfe
DIE FRAU, DIE IN DER ERDE LEBT
Nr. 92012 · DM 12,90

Brigitte Schwaiger
EIN LANGER URLAUB
Nr. 92013 · DM 14,90

Jean Vautrin
DAS HERZ SPIELT BLUES
Nr. 92014 · DM 16,90

BLT
Mit der Welt auf Buchfühlung